다시 못 올 것에 대하여

다시 못 올 것에 대하여

초판 인쇄   2023년 4월 14일
초판 발행   2023년 4월 19일

지 은 이   김광휘 김봉군 차배근 최래옥
발 행 인   김춘기
발 행 처   (주)해맞이미디어
편   집   다담기획

등록번호   제320-199-4호
주   소   서울시 관악구 조원로12길 20
전   화   02-863-9939
팩   스   02-863-9935

ISBN 978-89-90589-89-7   03800

값 23,000원

다시 못 올 것에 대하여

해맞이미디어

차례

🌵 서문

우리들은 서울 주변의 동서남북에 살고 있다.

서울 강남 동쪽에 살고 있는 김봉군 박사, 서울 서쪽 안양 근처의 산본 수리산 밑에 살고 있는 김광휘 작가, 서울 남쪽 천안 근처의 들녘에 널따란 서가를 가지고 사는 차배근 교수, 서울 북쪽 수유리 근처에 유유자적하고 있는 최래옥 장로.

삶의 궤적도 동서남북이었다.

김봉군 박사는 대학교수로 성실히 강의 준비를 하면서도 쉬지 않고 저서를 냈다. 문학평론서, 수많은 수필, 시국을 질타하는 예리한 논평, 그리고 만년에는 우리나라 시조문학을 갈무리하고 세계에 한국 시조를 소개하는 일에 앞장서고 있다.

김광휘는 사범대학을 졸업하여 교사생활을 꼭 10년하고, 나머지 40년에 걸친 세월을 방송국에서 글쓰며 보냈다. 주로 칼럼원고를 썼으며 대형 TV 프로그램을 기획하고 썼다. 그리고 노년에는 평전과 소설 쓰기에 몰두하고 있다.

차배근 교수는 우리 사범대학 국어교육과 출신으로는 드물게 미국 유학을 하고, 그곳에서 언론정보학을 가져와 모교인 서울대학교에 언론정보학과를 신설하였다. 매우 학구적이며 그의 명강의와 명성 때문에 학생들에게 인기가 높았다.

최래옥 교수는 젊은 시절부터 전국을 누비며 우리의 전래동화, 동요들을 수집 발굴하고 그 내용을 KBS에서 방송을 했던 선구적인 교수이며 행동반경이 넓은 학자이다. 우리 민중 속에 흩어져있는 고유한 민담이나 속담을 찾아내고 구수한 야담까지도 섭렵하여 많은 저서를 냈다.

　이렇게 우리는 1960년 서울대학교 사범대학 국어교육과에 들어가 졸업하고, 대학교단과 방송계, 그리고 학문세계에서 활발히 활동해 왔다. 특히 최래옥 장로는 그 많은 업무량을 무릅쓰고 틈이 나는 대로 교회를 성실히 섬겨 장로님으로 존경을 받았다.

　그러나 우리 네 사람의 학문이나 활동 근저에는 커다란 공통점이 있다. 서울대학교 학생 중에서도 사범대학 남학생들은 대체로 집안 형편이 어려웠다. 대학 시절 예외 없이 아르바이트에 매달려 밤잠을 줄여야 했고, 먹는 것조차 시원찮았다. 또 서울에서 고등학교를 나온 차배근을 제외하고는 세 사람 모두가 시골 출신이다. 김봉군은 경상도 남해 출신이고, 김광휘는 충청도이며, 최래옥은 빨치산이 출몰하던 지리산 근처가 고향이었다. 그래서 낯선 서울 땅에 뿌리를 내리느라고 적지 않은 고생을 했다. 하지만 단 하나 이른바, 시골 명문인 진주고, 대전고, 전주고를 나왔다는 자부심 하나로 버티고 서울 명문가 출신인 차배근과 어울릴 수 있었다.

　그리고 무엇보다 우리는 대학 신입생 때 겪었던 그 젊음의 뜨거운 경험, 〈4.19〉라는 젊음의 문을 함께 겪고 그 소중한 경험을 공유하고 있다는 사실에 남이 모르는 자부심을 가지고 있는 것이다.

　그래서 문득 사당동 국수집에서 조개국물 사이에 숨어 있는 국수가닥을 건져 올리며 누가 먼저랄 것도 없이 '우리 책 한 권 써보자' 하는 결의를 제법 도원결의하듯 결행했던 것이다. 결행이란 어휘를 감히 쓰는 것은 이런 결의를 할 때 우리가 이미 80 고개를 넘었다는 사실을 충분히 알고 있었기 때문이다.

아무튼 이 노인들이 역적모의를 한 끝에 모반의 결실이 맺어졌다. 노년의 애교 쯤으로 봐 주시기를 바란다.

방송작가 김 광 휘

김광휘

- 대전고등학교 졸업.
- ROTC 2기 육군소위
- 1965년 맹호부대로 베트남전 참전
- 이후 방송작가
- MBC라디오 '홈런출발(1980~1994)', '격동50년(1995~2006)'
- MBC 코미디 '웃으면복이와요'
- 정치드라마 '제4공화국'
- 교양프로 '독서토론'"문학산책'
- 저서 〈호지명의 딸〉〈귀인〉〈태양의 천사 I , II〉

대학에 갓 들어와 패기만만하던 시절

두 번의 4.19

김광휘

첫 번째의 4.19

충청남도 대덕군 유천면 내동리.

내가 기억하고 있는 중학교 때의 내 집 지번이다. 지금은 대전광역시에 포함되어 번듯한 도심지가 되었지만 70여 년 전 그 시절, 내가 대전중학교에 입학했을 무렵 내가 살던 동네는 대전시 외곽의 시골 동네였다. 쉽게 말하자면 유성온천에 가까운 공군 비행장 근처에 있었던 시골 동네였다. 그 동네에서 아침밥을 먹고 학교로 향하는 길이 만만치 않았다.

긴 둑방을 걷고 개울을 건너고 마을 몇 개를 지나고 서대전을 건너야 보문산 밑에 있는 대흥동의 대전중학교에 닿았다. 까만 모자에 '中'자가 아로새겨진 대전중학교 모자를 쓰고 지나가면 아주머니들은 한 마디씩을 했다.

"얘, 넌 참 좋겠다. 공부를 잘한 모양이구나. 대전중학생이 되었네? 그래, 공부는 잘해야지. 아유, 우리집 아이도 너처럼 그런 모자를 쓰고 다녔으면 얼마나 좋겠니?"

그런데 들말이나 변동마을의 또래 소년들은 도끼눈을 뜨고 지나가는 나를 괴롭혔다.

"짜식, 넌 마, 범생이지? 공부 밖에 모르는 범생이지? 그래, 난 공부 못한다. 그래서 중학교 못 갔다. 너 인마, 대전중학생이라고 유세하는 거야? 모자 벗지 못해? 그 모자 벗지 못해?!"

실제로 모자를 벗기는 아이들도 있었고 가방을 빼앗는 아이들도 있었다. 그러던 어느 날 변동마을에서 내가 고전을 하고 있을 때, 성큼성큼 누가 다가왔다. 대전중학교 상급생이었다. 그는 똑바로 서서 큰소리로 외쳤다.

"야 이놈들, 그 가방 돌려주지 못해? 왜 지나가는 학생을 괴롭혀? 너희들 혼나볼래?"

아이들은 그 학생의 위세에 눌려 내 가방을 돌려주고 슬금슬금 물러났다. 나는 가방을 찾고 그 상급생에게 고맙다는 인사를 하였다. 그는 나를 살펴보며 차분하게 말했다.

"다친 데는 없니? 어디에 사니?"

내가 내동에 사는 신입생이라고 말하자 그는 씨익 웃으며 말했다.

"나, 박용식이야. 너보다 2학년 상급생이다. 바로 이웃마을 괴정동에 살고 있다. 앞으로 학교 다닐 때는 함께 다니자. 길이 머니까 친구 삼아 다니자."

이렇게 해서 나는 중학교와 고등학교를 그 박용식 선배와 함께 다니기 시작했다. 내가 박용식 선배와 함께 나란히 학교에 가기 위해 나서는 모습을 보며 누구보다도 어머니가 좋아하셨다. 어머니는 박용식 선배를 보고 매달리듯 말씀하셨다.

"아이고, 우리 광휘 혼자 30리 길을 다니는 것이 늘 걱정됐었지. 학교가 좀 멀어? 들말을 지나 개울을 건너고, 변동을 지나 서대전 삼거리를 건너야 학교를 갈 수 있으니 늘 마음이 놓이지 않았는데... 형 같은 상급생이 이웃에 사니 얼마나 고마운가... 아이고, 고마워라."

박용식 선배와 함께 걸으면 좋은 것이 한두 가지가 아니었다. 우선 부지런한 용식 선배가 아침 일찍 나타나 '광휘야, 시간 됐다. 어서 나오너라.' 이렇게 불러주니까 머뭇거리기 좋아하던 나는 지각을 하지 않게 되었다. 선배와 함께 시골동네를 통과하게 되니까 동네 아이들이 덤비거나 시비를 걸지 않았다. 뿐만 아니라 형은 걸으면서도 늘 영어 단어를 외우든지 수학 공식을 외웠다. 나는 그 형으로부터 좋은 습관, 그러니까 걸으면서도 단어를 외거나 수학 공식을 외는 식으로 공부할 수 있다는 것도 배웠다. 또 앞만 보고 씩씩하게 걷고 남자답게 가슴을 쫙 펴고 걷는 걸음걸이까지도 배우게 되었다. 참으로 고마운 선배였다. 선배가 대학입시 준비를 하면서 저녁에 늦게까지 공부를 하니까, 하급생인 나는 선배 교실 근처에서 늘 기다리며 공부를 하게 되었다. 기다리는 것도 나에게 덕이 된 셈이었다. 어머니는 그런 선배가 고마웠던지 저녁때는 전을 부쳐놓고 기다리시기도 하고, 감자를 삶아놓고 기다리시기도 하였다. 마루에 나란히 앉아 형과 함께 어머니가 준비해놓으신 간식을 먹을 때면 어머니는 아주 흐뭇한 얼굴로 우리를 지켜보시며 특별히 형에게 당부하였다.

"광휘가 너무 어리광을 피우는 게 아닌가? 잘 부탁해, 용식이 총각."

형은 말수가 적었다. 수다를 떨거나 자신이 나를 동생처럼 돌보고 있다는 사실에 대해 결코 자랑하지 않았다. 늘 친형처럼 말없이 나를 조용히 돌봐주었다. 참으로 자별한 형이었다.

어느 날 하굣길에 내가 물었다.

"형은 어느 대학에 갈 건데?"

그는 묵묵히 걷다가 말했다.

"난 해군사관학교에 갈 거야."

나는 깜짝 놀라며 물었다.

"해군사관학교라면 배 타는 데 아니야? 아유, 배 타는 게 굉장히 어렵다던데? 배 타고 바다에 나가면 멀미나고 춥고 덥고 배고프고..."

그는 진짜 해군처럼 앞을 보고 말했다.

"나는 그래도 바다가 좋아. 확 트인 바다... 오대양 육대주, 이 세상 어디로든지 갈 수 있는 푸른 물결이 넘실대는 저 바다가 좋아. 나는 꼭 해군이 될 거야. 해군 장교가 될 거야. 그래서 맨 먼저 미국 메릴랜드주 아나폴리스에 있다는 미국해군사관학교에도 꼭 가볼 거야. 그리고 저 남미 해안가도 가볼 거야."

그는 졸업과 동시에 정말로 해군사관학교에 합격하였다.

1957년 겨울일 것이다.

내가 고등학교 2학년을 맞고 대학 입시라는 것을 골똘히 생각하기 시작할 때, 그는 까만 해군사관 제복에 까만 코트를 차려입고 나타났다. 그때 나는 대전시내로 집이 이사하여 대전 변두리의 인동이라는 지역교회에 다니고 있었는데 그 형이 나타난 것이다. 크리스마스 무렵이었다. 교회 사람들은 그 무렵이 바쁜 때였다. 우리는 매일 교회에 모여 성가 연습을 했고, 크리스마스 캐럴 연습과 성극을 준비하는 일에 몰두하고 있었다. 아기 예수가 이집트로 헤롯왕을 피하여 피난을 가고, 헤롯왕이 아기 예수를 찾아 해치려고 하는 성극을 어설프게 꾸며 열심히 연습하고 있었다. 극을 보다 극적으로 꾸미기 위해 캐럴과 연극을 나름대로 긴박하게 엮으며 연극 연출에까지 매달리고 있을 때였다. 남녀 중고등학교 학생들이 장작난로를 때면서 대본을 펼치고 열심히 떠들고 있을 때, 교회 문이 열리면서 멋진 해군 제복을 입은 젊은이가 성큼성큼 걸어 들어왔다. 무릎을 꿇고 기도를 드린 후에 우리 학생들 쪽으로 서서히 걸어왔다. 그 멋진 사관생도의 모자를 손에 들고 코트를 벗어든 채, 내 어깨를 툭 쳤다.

"잘 있었니? 형이 왔다!"

우리 교회에는 당시 대전여고생들과 간호학교 학생들이 많이 다녔는데, 조숙한 편인 간호학교 학생들이 큰 소리로 감탄하였다.

"어머, 멋져! 해군사관생도야! 저... 졸업하시면 해군제독이 되는 건가요?"

용식이 형은 부동자세로 서서 간략하게 대답했다.

"제독은 함대를 움직이는 장군을 말합니다. 우리는 졸업하면 해군소위가 됩니다."

간호학교 학생들은 호기심 어린 눈동자로 말했다.

"해군장교는 너무 멋져요. 미국도 갈 수 있고, 일본도 갈 수 있고, 홍콩도 갈 수 있잖아요."

용식이 형이 대답했다.

"물론 갈 수 있겠죠. 그러나 해군은 우리 바다부터 지켜야 합니다."

그러자 간호학교 학생이 또 물었다.

"해군은 영어를 잘해야 되지 않나요?"

용식이 형이 대답했다.

"물론이죠. 해군은 넓은 바다로 나가 외국 군인들하고도 경쟁을 하고 함께 훈련을 할 수도 있으니까 일단 영어를 잘해야죠. 또 외국에 나가면 외국인들과 대화를 해야 하니까 영어만은 일단 유창해야 합니다. 그래서 우리 해군은 영어를 아주 중요시합니다."

그러자 간호학생들이 약속이나 한 듯이 큰소리로 외쳤다.

"어머, 그렇다면 이참에 영어 노래 하나 해보세요! 어서요!"

그러자 용식이 형은 씩씩한 해군사관답게 답하였다.

"좋습니다. 마침 제가 사관학교에서 배워온 노래가 있습니다. 요즘 미국에서 가수 빙 크로스비가 불러서 아주 히트를 하고 있는 크리스마스 노래입니다."

용식이 형은 눈을 지그시 감더니 노래를 부르기 시작했다.

"I'm dreaming of a white Christmas Just like the ones I used to know Where the tree tops glisten And children listen To hear sleigh bells in the snow…"

난 내 귀를 의심했다. 용식이 형이 그렇게 멋진 바리톤 음색을 가지고 있는 줄 몰랐다. 아주 윤기 있고 기름진 목소리였다. 또 그 노래는 내가 생전 처음 듣는 것이었다.

"Oh I'm dreaming of a white Christmas With every Christmas card I write May your days be merry and bright And may all your Christmas be white…"

모두 숨을 죽이고 그 노래를 듣고 있었다. 참으로 신비하고 감미로운 노래였다. 훗날 빙 크로스비의 목소리로 그 노래를 들어봤지만 그날 교회 난롯가에서 용식이 형이 불러주던 그 노래의 신비감과 황홀함을 뛰어넘지는 못했다.

형이 노래를 끝내고 나자 내가 재차 물었다.

"형, 그 노래를 누가 불렀다고?"

"응, 빙 크로스비라는 미국 가수야. 아주 세계적으로 유명한 가수지. 너도 이 노래는 지금부터 암기해라."

나는 바로 형에게 그 노래를 다시 한 번 천천히 부르라고 하면서 배우기 시작했고, 그 노래는 나의 크리스마스 18번이 되었다.

1957년! 한국 전쟁이 겨우 수습되고 우리의 소년소녀기가 푸르고 푸른 청춘의 숲으로 들어가기 직전. 그 황막했던 시절, 대전 변두리에서 가난에 허덕이며 대학 입시를 준비하던 내가 멋진 해군사관생도 유니폼을 입은 용식이 형이 가르쳐준 화이트 크리스마스는 평생의 카피트처럼 내 기억의 오솔길 위에 곱게 펼쳐졌다. 요즘은 크리스마스 캐럴도 현란해지고 성탄을 축하하는 노래도 참으로 다양하지만 이 늙은 노땅이 생각하기에 그 많은 크리스마스 성가곡과 캐럴 중에서도 빙 크로스비의 그 나지막하고 점잖은 크리스마스의 축가, 화이트 크리스마스를 능가할 명곡이 있을까 싶다.

　　또 하나, 성탄절에 관련된 생각으로 전후 우리가 겪었던 그 크리스마스와 요즘의 크리스마스 풍경을 비교한다면 첫사랑과 낡고 남루한 통속소설만큼이나 차이가 난다.

　　그 시절 교회 모습이라는 것은 너나없이 고달프고 힘들었다. 교회 건물은 목조건물이었는데 교회 바닥이 시원찮은 전후의 초라한 목재로 지어진 탓인지 걸을 때마다 교회 바닥이 출렁출렁했고, 의자라고 해야 우리 성가대가 앉는 몇 가닥의 벤치 같은 의자가 전부였고, 우리 교인들은 모두 바닥에 앉아 예배를 보았다. 그 시절만 해도 남녀가 유별하여 남자, 여자 좌석이 분명하게 나뉘어져 있었고, 학생들은 물론 교복을 입고 다녔지만 성인들은 모두 예외 없이 미국사람들이 전해준 구호물품 박스에서 꺼낸 치수가 아주 큰 미국사람들의 옷을 이리저리 줄여서 입고 다녔다. 그 시절에 따뜻한 캐시미어 오버 코트를 입은 사람들이 있었다면 그건 역시 미국 아저씨, 아주머니가 입다가 보내준 오버코트를 시장에 나가 요령껏 줄여서 입은 것들이었다. 학교에서는 집안 형편이 어려운 학생들에게는 저녁때 남으라고 하면서 담임선생님께서 봉지에 무엇인가를 넣은 것을 슬그머니 전해주었다. 쌀 반말쯤이 들어있거나 밀가루나 우유가루가 들어있는 회포대 자락을 살며시 전해주셨다. 나는 그 주머니를 받을 때에는 목덜미가 너무나 뻣뻣해지며 얼굴이 붉어져서 도저히 그 쌀자루와 우유봉지를 들고 집에까지 갈 수가 없었다. 나는 번번이 담임선생님이 전해주시는 그 쌀봉지나 우유봉지를 교문 근처에 던지고 빈손으로 집으로 향하였다. 사실상 집에 가면 저녁 먹을 밥이 없어서 그냥 천정을 바라보고 자는 날도 있었다. 그러나 나는 학교에서 담임선생님께서 극빈학생에게 주는 그 쌀봉지, 우유봉지를 손에 든 채 길을 걸을 수가 없었다. 특히 우리 대전고등학교는 대전여고와 방향 상으로는 서로 정면을 보고 있었고, 가고 오는 길에 여학생들을 자주 만나는데 정말 그런 쌀부대나 우유봉지를 들고 다닐 수는 없었다. 자존심이 칼끝처럼 서 있던 소년기가 아니었던가. 더구나 나는 교회에 가면 학생회장이었다. 또 YMCA에 나가면 대전고등학교 기독학생회를 대표하는 고등학교 학생 YMCA, 즉 HI-Y(High school YMCA)의 회장이기도 하였다.

사실, 나는 겉으로 보기에는 궁기가 들어 보이지 않는 모양이다. 우리 반 친구들이나 교회 학생회 친구들도 내가 그렇게 못 사는 집에 살고 있으며 어머니가 시장에서 좌판을 놓고 장사를 하고 계신다든지, 누나가 편물점에 나가 편물기계를 돌리고 있다는 사실을 눈치채지 못하는 듯했다.

80을 넘긴 지금도 그때의 내 소년기를 돌아보면 문득 코끝이 찡해올 때가 많다. 참으로 가정형편은 말이 아니었다. 6.25 사변으로 크게 운영하시던 공장을 송두리째 날려버리고, 사장님이 졸지에 빚쟁이가 되었던 아버지는 중풍을 맞아 누워 계시고, 대전여중에 우등생으로 들어가 잘 다니던 여동생도 학교를 그만두고 직장을 다닌다는 것을 생각하다 나는 어느 날 문득 푸르고 푸른 보문산 위의 푸른 하늘을 쳐다보며 외쳤다.

"왜 하늘은 이렇게 잉크물이 뚝뚝 떨어질 것처럼 푸른 거예요? 이 푸르고 푸른 하늘이 너무나 싫어요."

이렇게 외치며 나는 눈물을 닦았다. 참으로 동서남북 어디를 바라봐도 막막하고 암담한 시절이었다.

그러나 나는 공부만은 악착같이 잘했다. 우리 대전고등학교에서는 모의고사를 보면 전교생 480명의 성적을 마치 과거 시험의 방문처럼 교무실 처마 밑에 일렬로 써서 붙였다. '몇 반 몇 번 아무개, 전체 성적 몇 등' 참으로 명문 고등학교답게 한 줄로 세우기를 했다. 성적순으로! 기를 쓰고 시험을 보고 나면 잘하면 전교 36등이나 38등에서 오락가락하였다. 서울법대나 상대는 갈 수 있지만 나는 그 시절에도 문학병에 걸려 결국 서울사대 국어교육과로 들어오게 된 것이다.

이야기가 사뭇 중심을 잃고 있다. 다시 이야기의 줄기를 짚어가자. 다시 크리스마스 이야기로 돌아가기로 하자.

그 가난했던 1950년대의 대전고등학교 재학 시절… 크리스마스 때만은 풍성했다. 모두 배는 고프지만 잘 참고 성가곡을 연습했다. 크리스마스 캐럴과 Holy city 같은 다소 난도가 있는 성가곡도 연습하고, 4부 합창으로 멋진 크리스마스 성곡을 준비했다. 그 시절에는 교회 앞에 가건물도 몇 채 있었다. 아예 천막으로 지은 것도 있었고 아슬아슬한 판잣집으로 지은 집이 대부분이었다. 목사님 댁도 판잣

집이었고, 전도사님 댁도 판잣집이었다. 또 그 시절에는 거제도 포로수용소에서 풀려나온 반공 포로들이 각 교회에 와 있었다. 아마도 갈 곳 없는 그분들이 교회 앞의 천막에서 우리들과 함께 자고, 또 함께 먹기도 하였다. 우리는 그 반공 포로 아저씨들을 '전도사님'이라고 높여 불렀다.

가난과 슬픔, 전후의 어두움과 무질서가 교회라는 안식처에서 적당히 함께 서식하고 있었던 셈이다. 모두 교회에서 먹고 자고 공동생활을 하였다. 나는 때가 되면 염치없이 목사님 댁에 가서 밥을 얻어먹기도 하였다. 목사님 댁에는 형제가 있었는데 형제가 모두 대전고등학교를 다녔고 공부를 잘했다. 해군사관학교를 간 용식이 형과 동급생인 백북원이 형이었고, 그 동생은 남원이었는데 형제가 다 공부를 썩 잘했다.

그 대전의 한촌이라고 할 수 있는 인동교회의 목사님 큰 아들은 서울대학교 의과대학에 합격하였다. 동생 백남원은 서울대 약대에 합격하였다. 나는 의대에 합격한 백북원 형에게 물었다.

"형, 어떻게 하면 영어를 완벽하게 마스터 할 수 있어?"

형은 자신이 보던 두꺼운 영어책을 보여주며 말했다.

"응, 이 책을 사거라. 이 책을 6번만 마스터 해봐."

나는 'English Syntax'라고 쓴 영어책, 우리말로는 '영어구문론'이라고 된 그 두꺼운 책을 잡고 한숨을 쉬었다. 아니, 이렇게 두꺼운 영어책을 6번이나 읽고 외라고? 형의 대답은 간단했다.

"그래, 서울대학교 오고 싶으면 그 책을 마스터 해야 돼."

그 백북원 형이 가르쳐준 대로 나는 재수를 하며 그 영어구문론을 정말 6번 읽고, 달달 외웠다. 서울대학교 유진 교수가 쓴 그 시절의 교재였다. 지금 생각해도 아주 훌륭한 책이었다.

이야기가 지엽말단으로 흐르는 듯한데, 그 시절 풍속사를 읽는다고 생각하고 참아주시길 바란다. 사실 그 시대에는 일본 사람이 썼던 삼위일체라는 영어책이 인기 넘버원이었는데, 서울의대를 무난히 들어간 백북원 형이 독파했던 그 영어구문론이 구닥다리 같은 삼위일체보다 훨씬 좋은 책이었다.

그 시절 우리 교회를 담당하였던 전도사님은 북한에서 내려오신 명선성이라는 분이었는데, 평안도 사투리를 쓰며 아주 씩씩한 여장부이셨다. 믿음도 좋고, 참으로 지칠 줄 모르며 교인집을 누리시던 훌륭한 여전도사였다. 그분이 서울 혜화동에 있는 교회로 영전이 되어 가셨다. 모두 눈물로 말렸지만 서울하고도 부자들만 사는 혜화동 교회로 가신다는데 말릴 재간이 없었다.

우리가 서울대학교 교복을 입고 백북원 형과 백남원 군, 그리고 내가 혜화동 교회로 명성선 전도사님을 찾아가자 그 전도사님이 도무지 믿지 못하겠다는 눈빛으로 우리를 맞으셨다.

"아니, 너희들이 대전 인동교회의 촌놈들 맞간? 너희들이 어드렇게 해서 서울대학교 교복을 입었네? 뭐, 목사님 큰아들 자네는 의대, 둘째아들 남원이 자네는 약대, 그리고 학생회장 김광휘 자네는 서울사대? 사범대학도 분명히 서울대학이간? 자네들 같은 순 촌학생들이 어드렇게 해서 대 서울대학교에 학생으로 들어왔단 말이가? 너희들이 입은 교복이 정말 서울대학교 교복이 맞네? 우리 혜화동 교회에도 서울대학생들은 많지 않아. 나 원 이거야!"

그렇다! 그 시절 우리는 눈 먼 고기가 고기를 잡듯이 대전 촌놈들이 서울대학교 교복을 걸치고 혜화동 거리를 누비게 됐으니 미상불 그 순박한 전도사님이 믿기 어려웠을 것이다. 그러나 어쨌든 우리는 그 시절에 그런 반전도 만들어 낼 수 있었다.

다시 얘기를 크리스마스 얘기 쪽으로 돌려보기로 하자. 그 시절 학생들은 성가 연습을 목이 쉬도록 하고, 크리스마스 날이면 어깨에 자루를 하나씩 얼러 매고 새벽송을 돌았다. 대전에서 결코 부촌이라고 할 수 없는 인동, 시장통, 천동, 대동, 세천 입구까지 부지런히 다리품을 팔면서 걷고 또 걸었다. 이 새벽송을 도는 학생들 틈에 내가 자랑해 마지않는 해군사관생도 박용식 형도 끼어있었다. 그는 사관생도답게 행렬의 제일 앞에 서서 우리들을 이끌었다. 우리들이 4부로 '고요한 밤 거룩한 밤'을 부르면 기다리고 있던 교인들은 아주 반가운 목소리로 '어서들 오시게, 어서들 와. 아멘, 아멘!' 이러면서 과자와 사탕, 그리고 김이 무럭무럭 나는 시루떡을 건네주었다. 우리들은 얼러 매고 간 자루를 활짝 펴서 그 선물들을 받았다. 그리고 모두 교회에 돌아와서 그 선물들을 펴놓고 파티를 하였다. 고달픈 들장미 사이에 핀 백장미 같은 추억이라고 해야할까?

정말 그 시절의 크리스마스는 첫사랑처럼 순전(純全)하였고, 첫눈처럼 맑고 깨끗한 것이었다. 가난 속의 풍요였고, 그 어려움 속에서 온갖 간난신고를 잊게 해주는 사랑의 미약(媚藥)이었다.

다시는 돌아올 수 없는 우리 젊음의 깨끗한 추억이었으며, 동정녀 마리아같은 기억의 파편들이다.

아무튼 크리스마스가 지나고 용식이 형은 나에게 물었다.

"너는 어느 대학으로 갈래?"

나는 그 당시만 해도 터무니없는 관념론에 빠져있었다. 독일어를 가르치던 황윤주 선생이 우리들에게 실존주의라는 난해한 전염병을 전해주었다. 당시 유럽에서 유행한다는 실존주의 철학이 무엇인지는 알 길이 없으나 그 선생님이 가르쳐준 대강은 이런 것이었다.

'에, 사르트르는 비록 공산주의자였지만 인간의 허무함을 아주 시의 적절하게 말하였다. 우리 인간은 우주라는 공간에 던져진 조약돌과 같은 존재이다. 사르트르는 좌익적인 견지에서 우리 인간은 자유로운 개체이며 독립된 생명체라고 설파하였다. 카뮈는 공산주의자는 아니고, 중간자적인 위치에 있는 철학자지만 그는 시지프스의 고단함을 설파하였다. 우리 인간은 누구나 삶의 짐을 산꼭대기까지 밀어 올리면, 그 짐이 또르르 굴러 내려와 우리는 또 다시 그 짐덩어리를 들어 올리게 되어있다. 그의 이방인이나 페스트같은 작품을 꼭 읽어보길 바란다. 또, 우익 철학자로는 마르셀 프루스트라는 신부가 계신다. 이 분은 신자이기 때문에 너무 확실한 기독교적인 이념이 좀 흠이라면 흠이 될 것이다.'

그 시절의 독서수준에서 사르트르, 카뮈, 마르셀 프루스트는 미상불 접근하기가 어려운 존재였다. 그러나 푸르고 푸르던 고등학생의 가슴에 심겨진 그 실존주의적인 고뇌는 사뭇 장엄하게 자라고 있었다. 나는 철학과에 진학하여 실존주의 철학을 완벽하게 터득하고, 신학교에 진학하여 정말로 유식하고 통달한 목사님이 되어봤으면 하는 야심을 가지고 있었다.

해군사관학교에 다니던 박용식 선배가 내 진로를 물었을 때, 나는 주저하지 않고 서울문리대 철학과에 진학하겠다고 당당하게 말했다. 그런데 사정은 요상하게 돌아갔다. 서울문리대에 진학을 하려면 제2외국어를 선택해야했다. 나는 프랑스어를 선택했다.

당시 대전고등학교에서는 50명쯤의 프랑스어 학습반이 있었는데 대전 지역의 어느 신부님이 프랑스어를 가르쳐 주시다가 젊은 선생이 반 학기 정도 가르쳐 주셨는데, 그 분이 정식교사가 아니었던지 아니면 피난 생활이 끝나 황황히 서울로 가버렸던지 그만 프랑스어 반이 해산되고 말았다. 그래서 우리 50명은 급한 김에 가까운 중국 화교학교로 달려가 중국어를 배우기로 하였다. 키가 크고 대만에서 공부를 하고 왔다는 화교 청년이 우리를 잘 가르쳐주었다. 서울대학교 문과대학의 차상원 교수가 지은 중국어 I , II , III를 거의 다 마칠 쯤에 청천벽력 같은 서울대학교 입시요강이 발표되었다.

'1959년 입시에서는 제2외국어 중국어를 폐지한다.'

참말 어이없는 날벼락이었다. 이렇게 해서 1959년 대전고등학교 문과반 출신 학생들 중에서 서울대학교 문리대 지망생들은 대부분 재수를 선택하였다. 그 당시 재수생들은 하릴없이 도시락을 싸들고 우남도서관, 즉 이승만 대통령을 기념하는 그 도서관에서 점심과 샛밥을 겸한 두 개의 도시락을 해치우면서 열심히 공부하였다. 그렇게 해서 1960년 봄에는 서울대학교에 턱걸이를 하였다. 나는 철학과를 가겠다는 그 지고지순한 의지를 꺾고 교직과 문학을 해결할 수 있는 사범대학 국어과를 선택하였다.

용식이 선배가 해사로 돌아가 나에게 편지로 간곡하게 권했다.

'교직을 선택하거라. 좋은 선생님이 되어 학생들을 잘 가르치면서, 틈틈이 작품을 써 보거라. 서울에서 교사 생활을 하며 문학 활동을 한다면 얼마나 이상적인 일이 되겠니. 꼭 서울사대를 가기 바란다!'

그리고 용식이 형은 추신으로 이런 글을 달아주었다.

'서울사대 국문과에는 내 절친인 손중근 군이 다니고 있다. 손중근 군은 대전중학교 시절부터 그림 그리기에 뛰어난 실력을 보였고, 글 쓰기에도 능한 친구이다. 아마 그 친구는 한국 문단을 깜짝 놀라게 할 소설가가 될 것이다. 감수성이 뛰어나고 문학성 또한 깊은 친구 이다. 네가 서울사대에 진학하면 그 친구를 선배로 만나게 될 것이 다. 내가 네 얘기를 해놨으니 꼭 서울사대로 가거라. 국문과로!'

대학시절 신사복을 입어본 기억이 없다. 그 시절 교복이야말로 가장 경제적인 전천후 의상이었으니까.

1960년 봄, 정말 나는 서울사대 국어과 학생이 되었다.

일제시대에는 경성여자사범학교였다는 서울 용두동의 서울사대는 부속중학교와 함께 있었는데, 사실 대학 캠퍼스로써는 별로 볼품이 없었다. 이웃에 있는 고려대학교처럼 웅장한 석조 건물과 드넓은 운동장을 자랑하는 캠퍼스가 아니고 또 그 건너 상대 건물처럼 독립된 캠퍼스도 아니었다. 빨간 벽돌 건물이 3층 정도로 올라서 있는 평범한 캠퍼스였다. 그러나 조용한 운동장, 옛날 임금님이 농사일을 짓기 위해 몸을 풀었다는 선농단이 붙어있는 청량대라는 언덕이 붙어 있는 뒷동산이 제일 마음에 들었다. 일제시대 때 지었음직한 허름한 강당에는 낡은 피아노 한 대가 놓여있고, 그 건너에 가정과에서 쓰는 신축 건물이 덜렁 서 있었다. 어쨌거나 그 신설동 건너 용두동에 있는 그 캠퍼스에 내가 주인공이 되었다는 것을 감지덕지하며 나는 테니스코트 끝에 두어 평 자라 있는 잔디밭 위에 벌렁 누웠다.

"주님, 저를 서울사대 학생이 되게 해주신 은혜에 감사합니다."

1960년 3월의 하늘이 빙그르르 돌며 웃어주었다.

곰보추탕집

서울사대가 있던 용두동은 사실상 초라하였다.

성동역이 있는 역사가 있고, 그 옆으로 개울이 흘렀다. 개울은 물이 깨끗하지 않았다. 개울가에는 초라한 판자촌이 옹기종기 서있고, 대학 근처는 일제시대 모습 그대로 여자사범대학이 있었음직한 소박한 대학촌이 겨우 남아있었다. 그 대학촌 옆에 재래식 시장이 번창하였다. 그 개울가의 판자촌에는 대폿집이 많았다. 서울사대 학생들과 고대생들을 겨냥한 듯한 술집들이 개울가에 입립해 있었다.

우리들이 입학을 하자 누군가가 그 판자촌의 대폿집으로 인도하였다. 그 대폿집에서 아가씨들이 권하는 막걸리를 마셔보았다. 아가씨들이 부르는 유행가도 들었다. 우리들 신입생들도 유행가를 따라 불렀다.

그때 우리 신입생은 국어과가 40명이었는데 대전고등학교 졸업생은 3명이었다. 재수를 한 나 외에 명랑하고 근면한 한연수와 생글생글 웃으며 핸섬하게 생긴 오정세가 있었다. 우리 3명의 신입생을 위해 4학년이 된 선배들이 환영회를 해준다고 하였다.

　　선배 중에 신철수 형이 있었다. 아주 유쾌하고 서글서글한 선배였다. 신철수 형이 말했다.

　　"오늘 저녁에 환영회가 있으니 기다리고 있어라. 저 대광고등학교 가는 개울가의 곰보추탕집이라는 집이다. 아주 음식을 맛깔나게 하는 집이니까 와서 실컷 먹어라. 대학에 들어오면 늘 배가 고프니까 먹는 것이 최고다. 이 곰보추탕집은 추탕뿐만 아니라 설렁탕과 쇠고기 맛이 일품이다. 마음껏 먹고 마시거라."

　　곰보추탕집은 개울가에 있었는데 허름한 한식집이었다. 그러나 관록이 있어서 음식이 푸짐하였다. 우리는 설렁탕과 전과 고기들을 정신없이 먹기 시작하였다. 손중근 형은 조용히 웃기만 하였다. 신철수 형이 환영사를 해주었고, 2,3학년에 우리 대전고등학교 출신이 있었는지는 기억이 없다. 아무튼 나는 신입생을 대표하여 자리에서 일어나 고등학교에서 배운 '4월의 노래'를 불렀다.

　　'목련꽃 그늘 아래에서 베르테르의 편지를 읽노라
　　구름꽃 피는 언덕에서 피리를 부노라
　　아아 멀리 떠나온 이름 없는 항구에서 배를 타노라
　　돌아온 4월은 생명의 등불을 밝혀든다
　　빛나는 꿈의 계절아 눈물 어린 무지개 계절아'

손중근 형이 말했다.

"아니, 그렇게 멋진 가곡이 있었나? 그걸 어디서 배웠니?"

나는 머리를 긁으며 대답했다.

"고등학교에서 배웠습니다."

손중근 형이 혼자서 말했다.

"우리 때는 그런 가곡이 없었던 것 같은데..."

아무튼 그날 저녁 선배들은 후배들에게 술잔을 열심히 돌리면서 말했다.

"많이들 마시거라. 대학생이 되면 늘 배가 고프다. 자주 마시고 자주 먹어야 한다."

우리 신입생들은 술 마시는 것이 서툴렀다. 신철수 형이 연신 잔을 돌리고, 우리들은 두 손으로 받아 마셨다. 4월의 첫 주가 흘러갔다.

그 날

날씨가 아주 쾌청하였다.

3층에서 교육학 오리엔테이션을 받고 있는데 밖이 소란하였다. 누가 준비했는지는 모르지만 플랜카드와 깃대가 우수수 아래로 떨어지고 학생들이 아래층으로 내려가기 시작했다. 삽시간에 사범대학 운동장에 대학생들이 모이고 대오가 결성되자 선두에서 외쳤다.

"가자, 광화문으로!"

"가자, 경무대로!"

우리들은 무작정 내달렸다. 동대문을 거쳐 종로로 들어갔다가 을지로로 향하였다. 미국 대사관 앞을 스치면서 소리쳤다.

"미국놈들은 가만 있거라! 우리들이 해낼 것이다!"

우리 대열이 동대문을 지날 때쯤 고대생들도 따라붙었고, 서울상대 학생들도 따라붙었고, 그 뒤에 대광고등학교 학생들이 교복을 입은 채 따라오고 있었다. '전우의 시체를 넘고 넘어'와 같은 군가도 부르고, '무찌르자 오랑캐'같은 계몽가요도 부르고, 초등학교 때 배운 동요까지도 부르면서 행렬은 무섭게 시청광장 쪽으로 향하였다. 거대한 물결처럼 꿈틀거리는 학생들이 파도처럼 밀려가자 그때까지까만 동복을 입고 있던 경찰들은 모자를 벗어던지고 도망가기 시작하였다. 우리들이 시청광장에 들어서자 덕수궁 모퉁이에 붙어있던 파출소의 경찰들이 덕수궁 담을 넘어 도망가는 모습이 보였다. 삽시간에 변한 세태의 모습이었다. 아니, 경찰이 덕수궁 담을 넘어 도망가다니...

우리는 광화문 쪽으로 꺾었다. 그날 1960년 4월 19일 정오쯤이 되자 광화문은 젊은 학생들의 바다가 되었다. 중고등학교 때 대전역전에 모여 '휴전결사반대 궐기대회'를 하였으며, 그때마다 통일 없는 휴전은 있을 수 없다는 누군가의 메시지에 열렬한 박수를 보내며 인산인해를 이루었지만 이날 광화문에서 본 인파에는 미치지 못하였다. 정말 4.19날 광화문의 사람바다는 참으로 장엄하였다. 끝없는 젊음의 바다였으며 자유의 물결이었다. 그때 군인들이 탱크를 몰고 광화문에 서있었는데 그 탱크들이 바다 속에 잠긴 섬처럼 보였다. 탱크병들은 탱크 뚜껑을 열고 학생들을 바라보면서 멍하니 입을 벌리고 있었다. 학생들이 빵을 건네주자 빙긋 웃으며 하릴없이 빵을 입에 넣고 있었다. 그들은 파도에 갇힌 돛단배의 선원들이었다. 그들은 꼼짝없이 파도 속에서 소리도 못 내고 있었다. 학생들이 중앙청을 향해 구호를 외쳐대자 갑자기 중앙청 안에서 소방호스가 솟아오르더니 붉은 물을 뿜어대기 시작하였다. 처음에는 학생들의 하얀 옷에 붉은 물이 들기 시작하자 모두 피하더니, 피해봤자 갈 데가 없다는 것을 알자 모두 그 붉은 물을 신경 쓰지 않고 다시 외치기 시작하였다.

"가자, 경무대로!"

우리 신입생들은 효자동 쪽으로 움직여서 결국 경무대 들어가는 골목으로 들어섰다. 모두 마지막이라는 뜻으로 비감하게 소리쳤다.

"가자, 경무대로! 나오라, 이승만 대통령!"

우리 학생들이 경무대 골목으로 들어서서 마지막 역주를 하고 있을 때 경무대 쪽에서 까만 동복을 입은 경찰들이 2열 횡대로 늘어섰다. 그들은 학생들이 근접하자 침착하게 무릎쏴 자세를 취하였다. 무릎 한쪽을 꺾고 앉은 자세를 하더니 M1과 카빈총을 정면으로 겨누었다. 학생들은 멈추지 않았다. 드디어 총열이 불을 뿜었다. 따다다, 따다다다... 콩 튀는 듯한 총탄이 귓방울과 어깨를 스쳤다. 학생들은 정신없이 옆에 있는 민가 속으로 흩어졌다.

나는 정신없이 엎드리고 보니 어느 집의 부엌 아궁이 앞이었다. 일본식 집이었는데 그 아궁이는 지저분하지 않았다. 우리들이 머리를 박고 엎드려 있어도 검정이나 지저분한 것이 붙지는 않았다. 밖에서 외치는 소리가 들렸다.

"학생들이 총에 맞았다! 맞지 않은 사람은 나오시오. 피 흘리는 사람들을 병원에 날라주시오!"

그 효자동 거리에 하얀 가운을 입은 서울의대생들이 비틀거리며 들어왔다. 가정집에 머리를 박고 있던 학생들도 골목으로 기어 나오기 시작했다. 경찰들은 더 이상 총질을 하지 않았다. 골목은 피로 낭자하였고, 쓰러진 학생들이 여기저기에서 신음을 토하고 있었다.

나는 정신없이 뛰쳐나갔다. 피 흘리는 학생들을 의대생들이 하는 대로 담가에 싣기 시작했다. 총탄이 금방 날아올 것 같아 귓가가 아슬아슬하였다. 하지만 다행히 총탄은 날아오지 않았다. 나는 신음하는 학생을 담가에 싣고 정신없이 내닫기 시작하였다. 그때 그 담가를 든 또 다른 사람은 나 외에 의대생인 듯한 학생이 있었고, 나와 나란히 담가 앞을 잡고 있던 학생은 우리 대전고를 나온 영어과의 신입생 최준명 군이었다. 그는 나중에 대조선일보의 편집국장이 된 인물이다. 교장선생님의 아들로 얌전하고 공부를 잘하던 친구였다. 우리는 정신을 차리거나 서로 눈인사를 나눌 겨를도 없이 담가를 잡고 뛰었다. 피 흘리는 학생은 계속 담가 위에서 울부짖고 있었다. 우리는 을지로입구의 내무부 앞에서 너무 힘들어 담가를 잠시 내려놓았다. 부상당한 학생은 계속 울부짖으며 신음소리를 내고 있었고, 거리는 어수선하였다. 시민들이 창문을 열고 모두 내다보면서 '아이고, 아이고. 저를 어쩌나... 학생들 빨리 병원으로!' 하면서 응원해 주었다. 응원이고 뭐고 우리는 너무 숨이 차서 울부짖는 부상 학생에게 신경을 쓸 겨를도 없이 땀을 닦으며 숨만 몰아쉬고 있었다. 누군가가 병에 든 물을 건네주었다. 우리는 서서 벌컥벌컥 물을 마셨다. 담가를 다시 들고 을지로 6가까지 내리 뛰었다. 그곳에는 서울에서 가장 의료시설이 잘 되어있다는 중앙의료원이 있었다. 노르웨이 사람들이 지어주었다는 시설이었을 것이다. 응급실은 만원이었다. 우리들이 부상 학생을 들고 들어서자 누군가가 받아주었다. 우리는 땀을 닦을 겨를도 없이 인파에 밀려 쫓겨나왔다. 비명소리, 피비린내, 의사와 간호사들이 내지르는 소리들이 범벅이 되어 그곳은 아비규환이었다. 나와 최준명 군은 그곳을 나왔다. 두 사람은 터덜터덜 걸어 중앙의료원의 뒷길을 걷고 있었다.

그 때 점잖게 생긴 중년신사가 우리 두 사람에게 말했다.

"나, 음대교수인데… 학생들이지? 옷에 피가 묻었네. 그렇게 돌아다니면 안 되네. 오늘부터 통행금지가 실시되고 있네. 나, 음대교수일세. 날 믿고 따라오게. 우리 대학이 가까이에 있네."

우리 두 사람은 그 교수님을 따라갔다. 중앙의료원 뒷골목에 서울대학교 음악대학이 자리 잡고 있었다. 교수님은 계속 말했다.

"자, 숙직실로 들어가세. 두 사람은 우선 몸부터 씻게. 온 몸이 땀투성이군. 땀뿐이 아니라 피투성이군 그래."

나와 최준명 군은 교수 숙직실에 들어가 피 묻은 교복을 벗고 씻기 시작하였다. 우리가 씻고 나오자 교수님은 빵을 사오셨다.

"하루 종일 굶었지? 어서 빵을 좀 먹게. 아이고, 신입생들이 대학에 들어오자마자 변을 당했군 그래. 이 사람들아, 어디 사범대학생들이라고 했나? 아이고, 장차 교직에 나갈 사람들이 대학에 들어오자마자 풍파를 만났군. 내가 자네들에게 문리대 운동장에서 교가를 가르쳐준 교수일세. 성악과 김학상 교수야. '가슴마다 성스러운 이념을 품고 이 세상의 사는 진리 찾는 이 길을…' 아이고, 성스러운 이념이고 세상을 사는 진리고 간에… 대학에 들어오자마자 이 난리를 치고 있으니 이게 무슨 기구한 인연인가... 이 젊은 신입생들아!"

교수님은 담배를 피어 무셨다. 우리에게 서울대학교 교가를 가르쳐 주신 그 김학상 교수님은 길게 담배 연기를 내뿜으시며 말씀하셨다.

"자네들 세대도 기구하군! 참으로!"

그 날 1960년 4월 19일 김학상 교수님이 우리 두 사람에게 탄식처럼 전해주신 말씀은 '자네들 세대도 일제시대를 겪은 교수님 세대에 못지않은 시련을 겪고 있다'는 위로의 말씀이었다.

우리의 젊음은 결국 4.19라는 함성과 피로 시작되었다. 1960년 그 찬란했던 4월의 절정이었다.

다음 날 학교에 나갔더니 국어과 여학생들이 울고 있었다.

여학생 누군가가 말했다.

"국어과 4학년 손중근 선배가 희생당했어요. 경무대 앞에서 총에 맞았대요. 우석대학 의과대학 병원에 안치되었대요."

며칠 후, 신철수 형이 실신한 사람처럼 되어 나타났다. 얼굴이 반쪽이 된 채 우리 후배들에게 말했다.

"중근이가 정말로 깔끔한 사람인데, 어디에 홀렸던가? 평소에 하지 않던 모습을 보이더라고? 아 글쎄, 나한테 500환(그 무렵, 화폐개혁이 되었을 것이다.)을 꿔 달래... 물론 두말 않고 꿔줬지. 씩 웃으며 받아 가더라고. 오랜만에 이발을 해야겠다고 하면서 말이야. 그리고나서 그 돈으로 말끔히 이발을 하고 다음날 옷을 갈아입고 4.19 행사에 나간거야. 그리고 제일 앞장을 섰다가 경무대 앞에서 당한거지... 평소에는 그렇게 앞장을 설 사람은 아니었는데..."

아무튼 신철수 선배는 그때부터 아주 바빠졌다. 손중근 형이 아르바이트를 하고 있던 학생 집으로 달려가 유품을 수습하고, 손중근 형이 남긴 유고와 일기 등을 챙겼다. 평소에 친했던 권오만, 김광언, 성기철 친구들과 상의하여 손중근 유고집을 내기로 했다고 했다. 문학을 주도하던 이하윤 교수가 적극적으로 후원해주셨다. 그해 5월에 문학도 손중근이 남긴 시, 일기, 평론, 단편을 수습하여 조촐한 유고집을 엮었다. 이하윤 교수가 격려의 글을 써주시고 권오만 친구가 썼던 대학신문 기사와 김광언 친구가 쓴 추억담을 곁들여 신철수 형이 유고집을 기어이 엮어냈다. 그해 5월 대학 입구에 동상이 섰고, 그 동상 앞에서 손중근 형을 추모하는 조촐한 의식을 가졌다. 나는 신입생 대표로 손중근 형을 추모하는 글을 올렸다.

4.19때 서울사대에서는 우리 국어교육과의 손중근 선배와 체육과의 유재식 교우가 희생되었다. 그 추모동상 앞에서 나는 후배로서 조사를 지어 흐느끼며 읽었다. 1960년 5월.

그 추도식에는 글 잘 쓰던 제자 손중근을 아끼셨던 이하윤 교수와 학장 교수님께서도
앉아계셨다.

　1960년 그 화사했던 4월에 우리는 4.19라는 역사의 해일을 만났
고, 그 해일의 끝에서 마치 난파선을 수습하는 선원들처럼 우리들은
허둥지둥 아픔의 뒷수습을 하고 있었다. 그 40장 남짓한 얄팍한 유
고집을 나는 평생 간직하고 있었다. 〈孫重瑾 遺稿集〉.

　살아생전 손중근 형은 아르바이트를 하느라고 잠도 못 잤던 것 같
았다. 오죽했으면 마지막에 남긴 글이 이런 것이었을까.
　'실컷 자고 싶다, 실컷 자고 싶다!'
　그리고 형은 자기 이름에 얽힌 내용도 꼼꼼히 남겨놓았다.
　'한자에 능하신 우리 아버님이 일부러 그 어려운 瑾 자를 쓰셨다고

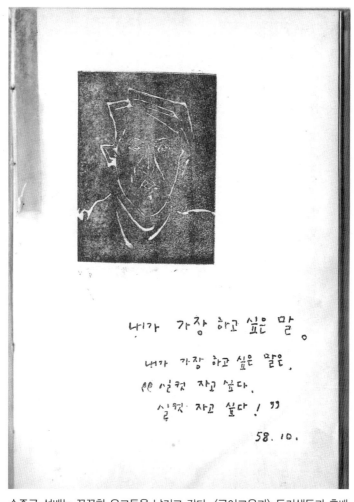

손중근 선배는 꼼꼼한 유고들을 남기고 갔다. 〈국어교육과〉 동기생들과 후배
들은 그 분의 유고를 모아 감동적인 유고집을 그해 5월에 펴냈다. 나는 그 유
고집을 평생 간직하고 있다.

해. 모두 한 번씩 물어보지. 무슨 근 자냐고... 그러면 내가 자랑스럽게 대답해. 아름다운 옥 근이야. 구슬 옥 변의 근(瑾)이야. 아름다운 옥 근. 손중근(孫重瑾)!'

그리고 그는 소녀 하나를 소중하게 사랑했다.
보라색 옷이 아주 잘 어울리는 아름다운 클라스 메이트였다. 성이 윤 씨였다. 아주 세월이 흘러 60년대 말, 나는 서울 시내 중학교 국어교사를 하면서 그 분을 동료교사로 만날 수 있었다. 어느 따스한 봄날, 서울 상도동 교정을 나서면서 화단 곁에서 그 분에게 슬며시 물었다.
"결혼은 하셨습니까? 선생님."
"했지요."
"어떤 분하고 사십니까?"
"평범한 은행원이에요. 은행 지점장을 지냈죠."
나에게는 그 분을 채근을 할 권리가 없음에도 나는 공연히 화난 사람처럼 물었다.
"그 분을 사랑하십니까?"
"사랑하니까 결혼했겠죠. 호호."
윤 선생님은 웃는 모습도 아름다웠다.
"손중근 선배가 선생님을 사랑했다는 것은 알고 계셨나요?"
"그야... 하지만 부담스러웠어요. 그 분은 제가 바라는 형이 아니었으니까요. 난 국문과를 다녔지만 문학이니 뭐니하며 심각하게 고개를 숙이며 다니는 남학생들이 별로였어요. 난 그저 평범하고 생활에 성실한 사람을 좋아했거든요."

이야기는 그쯤에서 끝났다. 윤 선생은 곧 다른 학교로 전근을 가셨다. 손중근 형은 그 윤 선생을 그리며 시도 몇 편 남겼었는데...

어떻게 사랑하는 건지 모르니까

우리 말없이 사랑합시다.
우리 둘 서로도 모르게 사랑합시다.

"나는 당신을 사랑합니다."
당신도 분명히 나를 사랑하지요.

"거절이에요."
당신은 어떻게 그 말이 입밖으로 나
왔는지 모르시겠죠?

"꼭 잊겠어요."
저도 이 한마디가 왜 나왔었는지 영
모르고 있어요.

그담에, 또,
서로 눈을 감아야지요.
(둘이 다 타죽지 않기 위해서......)
그러면, 여보,
당신과 나, 서로도 모르게

사랑할 수 밖에 없군요.

                                                        58.12.

윤 선생은 눈이 특별히 아름다웠다. 손중근 형은 윤 선생의 눈을
그리는 시도 남겼다.

너의 눈을

너의 눈을
너의 눈만을 크게 그려
冊床 머리벽에 붙여 놓았다.

마주 자릴 잡고 앉으면
네 눈이 얼마든지 화안히
타오르는 것을 본다.
문득 부끄럽다.
너보다 먼저 내가 少女처럼
고개를 숙인다.

그러면 으례
너의 눈도 화안히 타오르는 채
긴 속눈섭에 은빛 가루가 내돋힌다.

그때야 나는
눈물을 닦고 조그만 영웅이 되어
너의 눈속으로 들어가 거기 굳게 닫힌 문을 연다.

아— 거기
빨간 불덩이를 안고
끝없이 펼쳐진 보랏빛 구름—
그 빨간 圓形 宮殿에
나는 너의 손을 꼬옥 쥐고 있었다.
그러는 너의 눈엔 이제 내가 비쳐있었다.

57. 11. 10

아무튼 나는 손중근 형을 추모하면서 그 분이 남긴 단편 소설 '말고기'만은 세상에 알리고 싶다. 그 분이 22세의 짧은 생애를 마치지 않았다면 한국 문단에 필시 큰 족적을 남겼을 것이다. 그 분의 글이 가지고 있는 힘과 호흡을 생각할 때, 틀림없는 사실일 것이다. 그 증거로 나는 세상에 그 분의 유고 단편 〈말고기〉를 내놓는다. 꼭 읽어 주시기를 바란다.

이상시인이 세상을 뜨기전 문득 남긴 '종생기'와 맞먹는 작품이다. 감히 증언할 수 있다. 자신도 모르고 자신의 죽음을 암시한 무서운 작품이다.

말고기

덕구(德九)는 입으로 가져가던 파랑새를 퍼뜩 떼고 귀를 기우렸다. 이번에는 후다닥닥 하는 소리에 뱃대 줄이 철렁거리고 이어 버르적대는 소리까지 났다. 안채에서 미닫이 여는 소리가 탁 하고 들렸다. 아랫목에 쪼구리고 앉았던 아내가 먼저 일어섰다.

"여보게 덕구, 인자 당나구 자빠졌능개벼"

안에서 주인 영감이 외치는 소리가 이내 들려 왔다. 덕구는 "뒈질 테면 뒈지라지" 하고 속으로 꿍 소리를 내며 일어났다.

마굿간 앞에 가 보았다. 주인 영감과 그 아들 용액이가 벌써 나와 있었다. 마굿간 안은 컴컴했다. 다만 끊어지는 듯한 숨소리만이 불길처럼 들려왔다.

"이 빙충아, 불 내와!"

덕구는 아내에게 소리쳤다.

잠잠하던 말은 다시 용을 쓰기 시작했다. 대들보에 매달아 논 뱃대줄이 철렁대며 지붕이 들썩거리는 소리가 났다. 끊어지는 듯한 숨소리와 함께 말은 또 잠잠했다. 다 굳어버린 뒷다리가 힘을 쓸 리가 없다.

"글쎄 낮에 내가 뭐라던가, 자빠지기 전에 뱃대줄을 끌러 노라고 안했나. 아! 저렇게 몇 번만 더 지랄해 보게, 우리 헛간 자빠지잖겠는가?"

영감은 혀를 찼다.

"글쎄유, 그래두 혹 일어날가 하구………"

덕구는 끝을 맺지 못하고 말께 가까이 가서 손으로 뱃대줄을 더듬으려 하였다. 그러나 이젠 영 저렇게 몸둥이가 매달렸으니 뱃대줄도 끌르기 힘들뿐 아니라 제일로 집이 쓸어질까봐 탈이었다.

아내가 등을 가지고 나왔다. 말은 앞발을 꼬부려 들고 뒷다리는 처진채 고개를 외로 틀어 늘어뜨리고 있었다. 불빛이 닿자 두 눈은 비상하게 시퍼런 빛을 발해 몸서리가 날 지경이고 두 코구멍에선 허연 콧김이 끙끙소리와 더불어 뻗쳐 나왔다. 잔뜩 죄인 가슴, 숨은 곧 끊어질 듯 했다. 덕구는 또 뱃대줄을 끌러볼려고 바짝 대들었다. 그러자 말도 또 요동을 했다. 살아 있는 앞발과 목아지만이 허공을 내 두르고 물어 뜯을 듯이 아가리를 딱딱 벌렸다. 지붕이 들썩거렸다. 덕구는 물론 모두 흠칫 물러나 바라볼 뿐이다.

"애최 뱃대줄을 대들보다 맨 게 잘못이여"

이번에는 용액이가 언성을 높혔다. 말하는 품이 집 쓰러질게 제일 걱정인 모양이다. 덕구는 속으로 공연히 배알이 틀렸다. 아무데나 매면 어떠냐면서 쇠줄을 갖다 주며 대들보를 가르키던 용액이의 여섯 달 전 모습이 생각났기 때문이다. 모두가 어떻게 할 줄을 몰랐다. 덕구는 공연히 성화를 내어 말에다 대고 안 해 본 욕을 다 하면서 몇 번이나 대들었으나 그럴때 마다 말은 몸부림을 쳐서 어쩔 수가 없었다.

끙끙거리는 콧김과 시퍼런 눈알을 보며 모두 숨을 죽이고 섰는데, 말은 또 한번 앞발을 내두르고 용을 쓰더니 쇠줄이 뚝 끊어지며 말은 안쪽으로 머리를 두르고 자빠졌다. 또 몇 번을 뒤치닥거리더니 모로 넘어진 장난감처럼, 섰을 때와 꼭 같이 두 다리만 땅에 닿고 두 다리는 허공에다 뻗친채 누어 숨소리만 거칠었다. 그러나 숨소리도 점점 누긋해 지고 말은 쉽사리 죽지 않을 모양이다.

　말은 오늘 아침부터 두 뒷다리가 이젠 아주 죽어가는지 자꾸 궁둥이가 아래로 늘어졌고, 그럴때마다 뱃대줄 힘으로 마판을 구르며 미끄러진 뒷다리를 일으켜 세우곤 했던 것이다.

　두 달 전쯤 일이었다. 그 날도 덕구는 고향쪽에서 물가리를 한 구루마를 가득 싣고 어둘녘에야 구루마패 서넛과 샛고개를 넘고 있었다. 멀리　시내(市內)쪽 병참에는 전기불이 벌써 꽃 밭같이 환했다. 설(元旦) 때에는 며칠 좀 따스하더니 다시 대한추위가 들어 한 몫 단단히 할 양인지 귓바람을 울리며 오늘따라 어둠을 타고 덕구의 주린 뱃속으로 자꾸 기어들었다. 덕구는 빙판진 비탈을 조심하며, 말 주둥이께를 자갈채 잔뜩 들켜취고 뒤로 몸을 버텨 구루마가 함부로 굴러내려가지 않게 하면서 천천히 내려갔다. 구루마가 또 골짝을 따라 안으로 깊이 꾸부러져 들어간 곳에 이르렀다. 해(年)가 갈수록 골짝이 패여 들어가고 그럴수록 길은 깔막지고 또 갑자기 꺾이며 되 올라가게 마련이었다. 덕구는 지난 갈에 한번 잘못해서 그 아래로 한바퀴 굴린적은 있어도, 그후 한 번도 실수한 적이 없었다.

　덕구는 거기에 이르자 피던 담배를 내던지고, 정신을 바짝 다구쳤으나 그 날 따라 고개너머서 한 잔씩 얼린 술이 거기 와서야 올라온다고 느끼며 그만 내리달리는 구루마를 채 미처 획 돌려버리고 말았다. 눈 앞에서 구루마가 말과 함께 서너 바퀴 도는 듯 했다. 얼마 있어 앞뒤 오던 마꾼들이 모두 서너길 되는 비탈 아래로 내려가, 얼은 손으로 말부터 끌어 빼 내고 짐을 풀어 끌어올려 되 쌓고 해서 간신히 그날 오밤중에 병참을 지나 시내로 들어섰던 것이다. 말은 그때

호되게 다리를 치었던 모양으로 며칠을 두고 다리를 절었다. 그래도 그 뒤로 아무렇지도 않아 말은 촌길을 쉬지않고 또 왕래하였다.

그러나 요 바로 보름전 – 먼 산이며 하늘이 그대로 흐늘거리는 포장처럼 나려와 앉고 길바닥이 녹아서 전득거리던 날이었다. 덕구는 어제처럼 그날도 빈 구루마를 끌고 작은 고개를 넘어 시청(市廳)옆 광장으로 갔다. 벌써 여나문 채가 와서 기다리고 있었다. 날이 풀려 나무시세가 없어지면서 마꾼들은 그렇게 시청 옆 광장으로 날품 일을 하러 모여 들었다. 모여서 이야기를 하거나 낮잠을 자거나 혹은 구루마를 세워 놓고 술집부터 들어가 앉아 있거나 하는등, 종일을 기다려야 한번도 걸려들지 않는 날이 많았다. 덕구도 순경이 새끼줄을 쳐 논 그 안쪽에 아무데나 구루마를 대고 그 위에 털썩 주저앉았다. 저 쪽에서 털보가 이쪽으로 왔다. 털보는 말구루마도 끌지만 말병(病)을 볼 줄 아는 사람이었다. 나이 맞지 않게 머리가 허옇게 세고 둥글고 큰 얼굴에 눈이 실낱 같았다. 덕구는 모든 말꾼들 중에서 그래도 털보가 제일 좋다고 생각했다. 도대체 쨍쨍하고 야멸치게 생긴 놈들만 모인데서 마음이나 풍재가 풀더분한 게 좋았다.

털보는 이내 말께로 가더니 말 얼굴을 조심히 보고 몸 전체를 자세히 훑어 보더니 덕구더러 바짝 와 보라고 했다. 털보는 두 손가락을 벌리고 또 한 손으로 그 손가락 사이를 톡톡 두들겨 가며 등뼈를 따라 내려갔다. 소리를 들어 보라고 했다. 먼지가 풋석 풋석 나며 어쩨 소리가 이상하다고 생각했다. 털보는 뒷다리도 한참을 만져보았다.
"자네가 금방 구루마를 끌고 들어 올 때 말 걸음새를 잘 봤더니 어

째 이상하데. 이것 보게. 퍽퍽 하잖냐? 자네 말은 아주 곤 걸세. 아,
배하구 등가죽하구 전부 떠 있잖냐. 다리두 저렇게 절구 있구."

　그러면서 털보는 빨리 서둘지 않으면 말은 죽게 될 것이라고 하면
서 구루마에서 말을 메는 것이었다. 덕구는 가슴이 철렁하며 내가
왜 이렇게도 몰랐나 했다. 문득 새 말이라고서 헌 말을 사준 용액이
가 떠올랐지만 덕구는 무엇보다도 샛고개에서 굴러 떨어질 때 말은
이미 병이 들었을 게라고 생각됐다. 그리고 보니 요즘 말이 통 먹성
이 전 같지 않았다는 생각도 들었다.

　구루마는 그 곳에 떼 논채 말만 끌고 급히 집엘 와서 털보 시키는
대로 숯불을 피고 약쑥을 얻어 오라고 했다. 털보는 말을 모로 자빠
트리더니 다리와 입을 묶어놓고, 이내 주머니칼 같은 침으로 등뼈를
따라 양쪽으로 말등을 쿡쿡 찔러대는 것이었다. 그럴 때 등에서 검
붉은 피가 방울져 나왔다. 그는 이내 오좀동이를 가져 오라더니 약
쑥 뭉치를 오좀에 푹 담궜다가 꺼내서 침 논 등에 대고 숯불에 벌것
게 달군 호미로 자꾸 지졌다. 그 때마다 발은 등을 움츨거리고 고개
를 흔들려고 애를 썼다. 한참만에 털보는 말을 세우더니 가마니와
부대로 말등을 푹 덮어 마굿간에 매어 놓으면서, 이것이 사람으로
치면 일종 염병이니 밤에는 멍석으로 앞을 가려 한기가 없도록 하라
고 일렀다. 덕구가 방으로 가자고 상기된 얼굴로 당황해 하는데도
털보는 집에 무슨 일이 있다면서 손을 씻고 황황히 떠나 버렸다.

　그 이튿날로 덕구는 적잖은 돈을 마련해서 시청 옆에 가 털보를
만나 안받는체 하는걸 굳이 전했다. 그 후로 말은 낮에 따뜻한 마당
에 내어 매고 밤에는 멍석으로 가려주고 지성을 다했으나 딩게를 더

욱 많어 섞어주는 여물도 씹지를 못해서 여물통 밖으로 침만 발라서 흘어 놓기만 했다. 덕구는 여물을 줄 때마다 앞머리 늘어진 대가리를 주억거리고 앞발을 탕탕 구르며 어서 달라고 푸득 푸득 코를 불던 옛날을 생각하고 자꾸 그 어떤 "마지막"을 보는 것 같아 눈 앞이 흐려지곤 했다. 그렇게 열흘이 훨씬 넘었는 데도 말은 낫는 기색이 없었다. 덕구는 거의 매일 시청 광장에 나가다 시피 했으나 이상하게도 털보는 보이지 않고 아는 몇 사람도 그의 집을 모른다는 것이었다.

시름중에 또 날을 보내다가 어제는 어떤 사람의 말을 듣고 말보기로 유명하다는 노인을 데려왔다. 말을 보더니 당장에 가마니때기니 푸대쪽을 다 떼버리라고 했다. 이제 살아나기는 글렀지만 침이나 놓겠다고 했다. 그는 말을 손쉽게 자빠트리더니 침을 몇 군데 놓고 갔다. 그런데 그것이 오늘 아침부터 저렇게 뒷다리가 굳어버려 자꾸 궁둥이가 쳐지곤 하는 것이었다. 덕구는 마음이 조여서 낮에 그 노인한텔 또 쫓아 갔으나 어데 먼데로 말을 보러 갔다는 것이었다. 덕구는 맥 없이 고개를 떨구고 들어왔다. 아무리 그렇다고 해도 멀쩡한 생 말을 뱃대줄 끌러 눕히기는 싫었다. 행여 저러다 살아날가 하는 실날 같은 희망이라도 가져보고 싶었던 것이다.

넘어진 말을 두고 모두 방으로 들어갔다.
밤은 열두시도 넘었을 게다. 수염 허연 주인 영감과 토역질이나 하러다니는 그 아들 용액이와 그리고 덕구는 안방에서 맞대고 앉아 의논을 하였다. 용액이는 깎지를 끼고 앉아 고 빤한 눈으로 덕구를 똑바로 바라보며 말했다. 저 말은 죽은 거나 다름없다. 이제 죽을 때

를 기다려 내 다가 어디 산골짝에라도 묻으면 아무리 몰래 파묻는다
고 해도 칼쟁이들이 용케 알아가지고 파다가 죽은 말고기를 소고기
와 같이 섞어 팔아 먹을 것이라는 것이다. 그러니 우리가 지금 빨리
칼잽이를 불러다가 다만 얼마라도 고깃값을 빼야 되잖겠느냐는 것
이었다. 영감도 담뱃대를 떼가며 연신 "암만" "암만"하며 아들 말을
거들었다. 용액이는 또 날 새기 전에 동네 사람 모르게 얼른 잡아서
아침참에 팔아 버려야지 괜히 파출소 순경 귀에라도 들어가면 퍽 귀
찮으리라는 것이다. 소고기나 돼지고기도 한근에 사오백환 하니 이
말고기는 이백환도 너무 비싸고 백칠십 환이면 좋다. 고기에 주린
동네 사람들은 대번에 집어 갈 것이다. 칼잽이가 가져갈 것을 가져
가도 백근 내지 백이십 근은 나오니 이만환 가까이는 빠지리라는 것
이다. 덕구는 무엇이 무엇인지, 무슨 말인지 오리소리해서 통 알 수
없으면서도 용액이의 단호한 눈초리와 말투에 못이겨 또 고개를 몇
번이나 끄덕였다. 머리 속이 흐릿하고 가슴이 쾅 하고 비어 내려가
는 듯 해서 자꾸 정신을 가다듬으려 애를 썼다. 그러는 중에도 덕구
는 십칠만환 짜리 말을 가지고 이만환이라도 빼라고 차갑게 말하는
용액이가 죽이고 싶게 밉다는 생각과 더불어, 안된다 말에 칼질을
해서는 안된다. 또 이들 부자(父子)간이 꾸며 놓은 일에 속아서는 안
된다. 이제는 속아서는 안된다고 마음 속으로 마구 외쳤다. 그러면
서도 또 한편 울고 싶기도 했다. 마지막이다. 모든 것이 날라가 버렸
다. 아무것도 없다. 덕구는 정말 어데라도 혼자 찾아가 울어야만 할
것 같았다. 그럴수록 이상하게 덕구 마음은 이만환 이라는 시퍼런
돈들이 회오리를 치며 돌아갔다. 그거라도, 그거라도 잡아야겠다고
생각하는데 용액이가 일어나더니 옷을 주워입고 칼잽이에게 얼른

갔다오겠노라고 하면서 문 사이로 조그만 몸이 빠져 나갔다. 덕구는 또 의심아닌 의심이 점점 솟았다. 애초에 상등말이라고 해서 구루마 끼워 십칠만환에 사준 말이며 구루마가 말은 왜 저모양이구 다이야 는 왜 그렇게 밥부재 같이 기웠누. 이 집 영감이 외삼촌과 같은 집안 간이라서 오십리 되는 촌에서 이 대전(大田)시내로 나올 뜻이 있어 논밭 팔아 가지고 내려왔을 때, 조 아들놈 용액이가 말을 사라, 구루 마 사라, 막벌이 미천으로 더 가는게 없다. 말은 소와 달라서 무병하 고 쓱갈있어 좋다. 소야 막벌이가 되느냐, 그러면서 자기네 사람도 내주고 말과 구루마도 사주고 한 것이 모두 다 용액이가 설레발을 치며 해논 짓이었다. 마굿간도 마침 이집이 옛날엔 농갓집이었던 모 양이라 빈 오양간이 있어 거기로 들이고 모든 것을 제격으로 갖추었 던 것이다. 그러나 그게 몇 달이 지나고 알고 보니, 방세는 남들보다 오천환이 비싸게 전세를 부치고도 되배는 안해주고 구루마니 말이 니 영 말이 아니게 헌 것이었다. 그래도 덕구는 아뭇소리 못했다. 그 러기는커녕 나뭇짐이나 좋이 주인에게 그냥 주었다. 주인네들은 늘 덕구가 말 구루마를 처음해서 그렇게 쉬 절단난 게라고 하지만, 덕 구는 애초부터 주인네 부자가 자기를 아주 두메 사람이라고 바보같 이만 보는 것 같아서 늘 속으로 끙 하고 있었던 것이다.

이젠 또 말고기를 찢어 판다니 참 덕구는 자다가도 웃을 일이었 다. 그러나 덕구는 이제 또 이런 것 저런 것 생각할 수가 없었다. 마 음대로 해라, 될대로 되라는 심사에서 나아가 이에 이만환도 큰 돈 이라고 생각되며 돈회리바람이 눈 앞을 자꾸 가리었다. 그리고 얼마 를 주인 영감과 앉아 있노라니 대문이 삐득 거리는 소리가 나고 이

내 용액이가 들어왔다.

"하- 이 놈들, 발써 어디루 도리하러 가구 없데그려, 내일 식전에 같이 온다구 즈 애비가 얘기 했으니께."

용액이는 몸씨 추운 모양이었다.

덕구는 아무 말도 않고 일어나 밖으로 나왔다. 마굿간 앞엔 아직도 아내가 등을 들고 동동거리며 서 있었다. 덕구는 그리로 떼 놓던 발을 돌려 까작을 돌아 컴컴한 사랑으로 들어갔다. 시내(市內)라야 불(전기)도 안들어오는, 촌 구석 만도 못한 동네, 덕구는 윗목에 주저앉아 파랑새를 꺼내었다. 아내가 등을 들고 뒤따라 들어왔다. 누더기 같은 이불떼기와 철 모르고 자는 두 살 짜리 놈과 여섯 살 짜리 놈, 그리고 윗목 구석에 웅크리고 자는 옥냄이 년이 불빛에 비치었다.

덕구는 담배를 다 태고 이불을 끌어 거기 누으며 아랫목을 흘끗 보았다. 바보 같은 것. 아내는 또 찔끔거리는지 두 눈이 물 젖어 번득거리고 있다. 덕구는 그것이 보기 싫었다. 눈을 감았다. 내일 일이 어떻게 될지 영 까마득하였다. 이제 덕구에게는 남은 것이 없다. 논도, 밭도, 말도, 그러니까 조상도………. 차마 고향으론 도루 갈 수가 없다. 마지막이다! 눈 앞이 앗찔했다. 동생에게 맡기고 온 칠순이 다 된 어머님이 보인다. 빨건 말고기도 보인다. 용액이의 번득거리는 눈알도 보인다. 경기장 앞에가 지게를 지고 주춤거리는 제 모습도 보였다. 눈 앞으로 퍼런 지폐들이 뚝뚝 떨어졌다. 그런 속에서 덕구는 악몽처럼 잠이 들었다. 깜짝 놀랐다. 눈 앞에 팔년 전에 죽은 옛 아내가 참으로 오랜만에 나타났다. 아내는 또 보조개를 파가며 생글거리고 있었다. 덕구는 구원이나 얻은 듯이 두 손을 번쩍 쳐들었다. 그러자 아내는 이내 웃음이 가셔지고 우는 얼굴로 변하더니 죽을때 모습같이 또 손으로 무엇을 가르켰다. 덕구는 또 옥냄인가 하면서 고개를 돌렸다. 앗! 무엇인가 시체 같은 것이 눈을 부릅뜨고 자빠져 있었다. 덕구는 식은 땀을 흘리며 눈을 떴다. 등잔불이 켜진 채 졸고 있었다. 세상은 조용하고 눈 앞엔 옥냄이가 타개진 치마로 몸을 둘러 웅크리고 콜콜 자고 있었다. 아홉살이래야 다섯살 짜리만도 못한 것, 얼굴이 꼭 쭈그러진 깡통같았다. 덕구는 갑자기 죽은 아내가 생각키워 울고 싶었다. 그러면서 아랫목에 누었을 아내가 미워져 간다고 느끼었다. 천정이 점점 아래로 내려왔다. 방안이 굴속 같아진다고 생각했다. 천정이 점점 더 아래로 내려오며 가슴은 찍어누르는것 같고, 그러다 덕구는 푸뜩 내가 관속에 누었구나! ― 하는 생각이 들며 저도 모르게 허리를 치켜 세워 일어났다. 또 땀이 났다. 어쩌면 좋을가. 덕구는 도로 누워 눈을 감았다. 이까짓 일에 무얼, 하고 마음을 다잡으려 앨 쓰며 마음으로 헛 그림자들을 뿌리치며 자꾸 잠을 청했다.

사변때에도 나이 삼십이던 덕구는 용케 몸을 보존하였다. 그저 선대부터 물려오던 논다랭이며 밭때기를 이루고, 꼴베고 나무하며 늙은 홀 어머니와 그리고 이웃에 동생 내외를 거느리고 살았다. 이마가 좁고 코가 길고 등이 약간 구부정하니 허우대가 컸던 덕구는 정말 당나귀처럼 순덕하게 군 말 없이 일을 잘했다. 그런데 그에겐 참으로 예쁜 아내가 있었다. 영동(永同)에서 온 그 아내는 "글씨요, 글씨요" 하는 영동 사투리를 써가며 늘 보조개 패인 웃음을 생글거리곤 했다. 그러나 그 아내는 시집으로 온지 십년이 지났는데도 애 하나를 나아보지 못했다. 덕구는 혼자가 되면 그것 때문에 늘 시름이 되곤 했으나 생글거리는 아내 앞에만 가면 세상에서 아내만 있어주면 더 행복할 것이 없다고 늘 생각했다. 그러던 그 아내가 사변 그 이듬해 그러니까 지금부터 팔년 전에 정말 꽃처럼 예쁜 계집아이를 낳았다. 모두들 기뻐했다. 사내아이는 아닐망정 애를 날수 있다는게 얼마나 장하냐고 했다. 어머니며 덕구도 애기를 애지중지 하였다. 그러나 산모는 몸이 워낙 약한데다 초산이라 무척 욕을 본 모양인지 그대로 자리에 누운채 선뜻 일어나지를 못했다. 그러더니 날이 갈수록 얼굴색이 온통 노래지며 배가 자꾸 부어 올라왔다. 누르면 손가락 자죽이 남게 그렇게 아내의 배는 말갛게 부어왔다. 벽오동도 무척 다렸다. 한의가 또 침을 수 없이 놓아댔다. 나중엔 푸닥거리로 일을 대었다. 넉 달을 그렇게 고생하다가 만경이 되어서야 동생과 번갈아 업고 대전으로 달려갔으나 의사는 땀을 뻘뻘 흘리고 서 있는 두 바지 저고리를 아래 위로 훑어보며 이제 수술을 해도 별 수 없으니 도루 업고 가라고 했다. 어두워서야 집에 업고 왔을 때 아내는 이미 죽어가고 있었다. 아랫목에 눕혔다. 넉 달을 앓은 어미의 나오쟎는 젖을 판 갓난애기는 온 종일을 그나마 굶은 탓에 애잔하게 울어댔다. 아내는 마지막 힘을 내는 듯했다. 간신히 입을 떼더니 무어라 무어라 중얼거리며 손을 들어 아기 쪽을 연실 가리켰다. 그리고 자꾸 눈물을 떨구었다. 바깥은 마지막 갈바람이 낙엽을 몰고가는 소리가 들리었다. 아내는 고요히 숨을 거두었다.

덕구는 그때부터 자꾸 귓전에 아내의 상여 나가던 소리가 귀에 쟁쟁하고 그 마지막 죽을 때 눈물을 흘리며 갓난 아기를 가르키던 모습이 떠올라 일하다가도 아무래도 먼 산을 바라보는 버릇이 생겼다.

옛날 같이 해도 일은 통히 붙지 않았다. 자꾸 말 수가 줄어갔다.

그러나 덕구는 그 이듬해 봄에 동네사람의 중신으로 어느 과택을 얻었다. 첫째는 집안 대(代)를 잇기 위해서 이고 또 하나는 안살림을 맡아 볼 사람이 없었기 때문이었다. 머리통이 녹두알 같이 조그맣고 키는 크다 말았는지 덕구 중간밖에 안 올 듯 작은 새 아내는 또 덕구처럼 통 말이 없었다. 마음은 무척 고왔다. 걸핏하면 눈에 눈물이 돈다. 그런채로 그 아내는 몇년 안 가 사내애를 덜썩 하나 낳았다. 집 안에 그런 경사가 없었다. 여러해가 지나 또 하나 지금 한 살짜리놈을 낳았다. 덕구는 그 아들 놈들이 마음속으로 무척 사랑스러웠으나 남앞에선 내색도 아니하였다. 집안은 겉으로 보아 옛날 이상으로 단란하였다. 그러나 그 새 아내에게도 한가지 잘못이 있었다. 죽은 먼저 아내의 아기 옥냄이를 미음이나 밥물을 해다주고는 사랑스레 먹여 준다든가 안아준다든가 하는 일이 없었다. 옥냄이가 제 손으로 밥을 먹게 되었을 때도 몇해만에 잔뜩 응등거리고 걸어다니게 되었을 때도 밥에나 옷에나 너무 포악하게 구는 듯 했다. 덕구는 그것 때문에 몇 번을 머리끄덩이를 틀켜쥐고 아내를 두들기며 싸웠는지 모른다. 아무리 맞아도 반응이 없는 아내를 두고 덕구는 제가 먼저 울증이 일어나서 내버려 두곤하였던 것이다. 어머니 마저 덕구 보기에는 옥냄이 보다도 두 손자놈들을 더욱 귀애하는 듯 했다. 그렇다고 해서 덕구는 또 나타내서 옥냄이를 사랑하느냐 하면 그렇지도 않았다. 그렇게 옥냄이는 두어살이 적게 보이게 잔뜩 오구라들어 실내끼 같은 다리로 한 구석에 앉은채 가끔 할머니 품에나 안겨보곤 하면서 커났다.

해가 갈수록 덕구는 농사일이 싫어졌다. 곧잘 먼 산만 바라보았다. 지게 작대기나 소 낯짝이 자꾸 보기 싫어졌다.

일년내 쉴 새가 없는게 농민이다. 그래도 일년에 돈을 만져보지도 못했던 것이 바로 이제까지의 농민이었다. 농사져 쌀 내는 사람은 거의 없다. 산다랭이에 붙어있는 봉천지기나, 아니면 봇물을 받는 논이 있대야 너른 논이 있을 수가 없었다. 공출내고 얻어먹은 도짓쌀 갚고 나면 쌀이 부족한건 물론이거니와 무엇보다도 쌀값이 그래가지고는 쌀이 아까워서도 낼자가 없었다. 잡곡도 예쩐처럼 흔하지 않았다. 세금만 날로 가지 수가 늘어갔다. 한 집 두 집 한밭(大田)쪽으로 나가더니 사십호 되는 동네에 빈집이 셋이나 된다. 집 버리고 나가더니 시내 근처 채마밭에 가 온 식구 품 팔아 끄덕없다는 사람도 있고, 삼십리 밖 길목에 술집을 차린 사람도 있다한다. 동네 처녀들은 벌써 여럿이나 방직공장에 들어가지고는 공일이면 사자 대가리처럼 치장을 해가지고 거드럭거리며 다녀가곤 한다. 제대(除隊)는 잘 되는지 제대해 놀아온 청년들은 노랫가락이나 배워가지고 돌아왔지 농사일은 여벌이었고 저고리보다는 물들인 군복이라도 바지위에 입기를 즐겼다. 갖크는 놈들도 이발소 직공이라도 나가서 하고싶지 집에서 지게 지려하는 놈이 드물었다. 그래선 번득거리는 잠바나 덜뜨리고 으스대며 다녀간다.

농사를 지나 안 지나 모두 머리를 싸매고 용돈을 벌기에 힘을 썼다. 특히 부인네들은 사시를 대어 감, 도토리, 버섯, 산나물, 장작, 솔가루—심지어는 칡넝쿨 껍질을 벗기고 칡 뿌리를 다녀 가루를 내가지고 오십리 길을 걸어 한밭장으로 팔러갔다. 게으른 건 삼사십대 사내들이다. 어쩌다 나뭇지게나 지고 시내로 내려가지만 그들은 주로 농사일이나 보고 나무나 해다 쌓고 하는 구습대로의 일을 되 씹을 뿐이다. 잔뜩 게을러 가지고는 모여앉아 얘기 아니면 노름이 일이었다. 아무리 그렇다고 해도 어떻게 보면 농촌은 농촌대로 의연했고 또 영원히 그럴 것이다.

덕구도 이패에 끼어 옛일을 끄닐끄닐 해왔지만 늘 넋 놓고 있기가 일수니 마음 속에라도 이런 선풍이 아니 붙어올 수 없었다. 동네 사람들과 어울려 시시덕거리지도 못 하는 그는 늘 하늘을 보며 어디로 멀리 뜨고만 싶었다. 그러던 그가 하루는 한밭 쪽으로 한 사십리되는 외삼촌 댁엘 가서 이틀만에 황황히 돌아왔다. 갑자기 덕구는 집 팔고 전장 팔어 돈 사십만환이나 만들어 가지고 또 내려갔다. 그러다니 며칠 있다 웬 말(馬) 한 마리를 구루마 찌어 덜렁대고 올라왔다. 더구다나 덕구는 유단잠바를 걸치고 당꼬바지를 입고 다비까지 신고 있었다. 동네 사람들은 모두 의아했다. 덕구도 개화할 때가 있다고들 떠들었다. 칠순된 제 어머니를 동생에게 맡기고 그 이튿날로 보리짝이나 두어 가마니 팔아 신고 옷가지와 그릇과 그리고 마누라와 자식 두 놈, 그리고 옥냄이까지 신고 또 덜렁내며 고개를 넘어 한밭 쪽으로 달아나 버렸다. 동네 노인들은 덕구를 가리켜 조상도 조상이 물려 준 땅도 모르는 호래자식이라고 욕들을 했다. 하여튼 덕구는 외삼촌댁에 이주인네 부자를 만나 나쁘든 좋든 간에 그들의 주선으로 지금부터 여섯달 전에 고향을 떠난 것이었다. 그때 덕구는 고향을 떠나면서 동네가 보이는 고개를 넘어 오며 농사철도 끝나 한가하게 감나무 속에 붉게 휩싸여 있는 동네를 몇 번이나 뒤돌아 보았는지 모른다. 그 뒷산 붉은 골짝 속에 묻은 옛 아내가 산 위 하늘에 떠올라서 자꾸 가지 말라고 손짓하는 듯해서 덕구는 일부러

한밭쪽을 보고 채찍으로 말등을 갈기곤 했다. 고향을 떠나는 설레임과 많은 돈을 만져 보는 송구스러움에 덕구는 여러날을 속으로 어린애같이 겁을 집어 먹기도 하였다. 그러면서 덕구는 그럴때마다 누구엔가에 대해서 외치고 싶은 그 어떤 자신을 가지고 마음 속을 다잡곤 했다. 그해 겨우내 그리고 설을 세어 날이 풀릴 때까지 주로 촌으로 다니며 나무를 실어 날랐다. 눈이 쌓이거나 고갯길에 빙판이 졌을 때이면 거의 쉬지 않았다. 나무는 촌으로 가도 그렇게 많지는 않았다. 물가리던지 생장작이던지 닥치는 대로 실어 날랐다. 몇 년 전엔 산감(山監)도 심하더니 요사인 그도 쑥 들어가고 가끔 가다 순경에게라도 걸리면 나뭇다발을 빼주거나 돈 이삼백환을 내주면 그 뿐이었다. 덕구는 그렇게 산턱을 돌고 냇자갈을 밟고 걷노라면 공연히 속이 흐뭇하며, 세상 돌아가는 것이 그저 빤 한 것 같아서 혼자 웃을 때도 있었다. 예전처럼 멍하니 서는 버릇도 점점 없어져 갔다. 촌에 드나드는 구루마가 워낙 많고 또 나무도 썩 좋은 게 없을 뿐더러 한밭 사람들이 점차 구멍탄을 때기 때문에 큰 이는 남지 않았다. 그래도 덕구는 손에 떠나지 않았고 또 모일 때도 있었으나 그럴땐 그만큼 써지는 것도 많았다. 덕구는 또 주막에 들러 술도 조금씩 늘기 시작했다. 하여튼 그렇게 말구루마 여섯 달에 탈은 드디어 났던 것이다.

밤 내 뒤치락거리다가 새벽이야 잠이 떨어졌던 덕구는 용액이 가방문 앞에서 부르는 소리를 듣고는 깨어 일어났다. 아내는 벌써 자리에 없었다. 밖에는 짙은 안개가 온통 휩싸고 있는데 마당으로 지붕으로 가까운 곳에 서리가 하얗게 나려 앉았다. 목덜미에 스미는 아침 바람도 딴 날보다도 훨씬 싸늘했다. 덕구는 마굿간 앞으로 갔다. 벌써 웃동네 칼잽이 둘이 말을 들여다 보고 있었다. 말은 어제대로 넘어진 장난감처럼 네다리를 뻗치고 누어 있었다. 숨도 쉬고 눈도 뜨고 있다.

칼잽이 하나는 때묻은 저고리에다 피가 좀 묻은 국방색 군복을 입었는데 튀어난 눈망울이 북데미 같은 머리와 험상궂은 구레나룻과 참 어울려서 흉악한 모습을 하였다. 또 한 사람은 머리가 허옇게 시였으나 턱수염은 없고 콧수염만 아래로 삐쳤으며 육십이 넘은 모양으로 기운이 없어 보였다. 아들 같은 칼잽이가 덕구 보고 잡어선 자기네는 모가지와 대가리만 가져갈테니 그리 알라고 했다. 덕구가 우물쭈물하고 있는 사이에 용액이가 그러라고 대답하며 일변 세숫대에 물을 떠오고 마굿간에 가마닐 깔고 도끼를 갔다 주었다.

덕구는 얼른 마당을 가로 질러 방으로 도로 들어가 옥냄이 옆에 누었다. 또 담밸 태고 눈을 감았으나 온 정신이 귀로 쏠림을 어쩔 수 없었다. 곧 밖에서는 도끼로 말대가리를 치는 소리가 두 번 나더니 조용했다. 좀 있다 「아부지 여기 잡어」 「이놈아 칼을 그렇게 대면 못써」 하는 소리가 띄엄띄엄 들려왔다. 칼잽이 부자는 서로 반말이었다.

부엌에서는 찔끔 찔끔 아내의 쌀 이는 소리가 들려왔다. 아내는 지금도 바가지에 눈물이나 빠추는지 모른다. 덕구는 천정을 향해 눈을 감고 누어 있었다.

햇살이 환히 돌자 그 동네는 말고기가 돌기 시작했다. 용액이가 저울대를 들고 지켜 앉아 팔고 돈을 받았다. 온 동네 사람이 거의 다 사 날랐다. 그러나 거의 다 외상이었다.

집안에선 집안대로 복작댔다. 덕구 아내 만은 말고기 먹기를 거절했기 때문에 안채 부엌에서 주인 마누라와 그 며느리 또 이웃 여자들이 왔다갔다하며 고기며, 간, 허파, 복장을 삶아 내었다. 말고기 값으로 술을 받아왔다. 안방에선 말고기 소금 찍어 안주하며 술판이 벌어졌다. 주인 영감이며 이웃 몇몇, 그리고 칼잽이 부자 모두 신명이 나는 모양이다.

"아―, 해방되던 해, 말고기 무척 먹었드니, 일정 말기에 일본놈들이 그 존 호말을 막 죽여 파묻은 걸 노다지 파 먹었지 뭔가."

이런 소리를 영감이 했다.

"말고기를 이렇게 쇠고기 삶 듯이 해서는 검으티티하고 찔기기만 한거여, 꼬치장하고 파나 넣구 푹 고아보게. 첫상 나긋하고 부드러워 쇠고기 맛이 따라갈게 아니지."

이웃에서 온 영감이 또 이런 말도 했다.

덕구는 물론 끌려 들어가 술잔도 여럿하고 고기도 씹었다. 그러나 덕구는 처음 먹는 것이긴 했지만 통 맛을 몰랐다. 질긴지 어떤지 맛을 모르면서도 자꾸씹어 삼켰다. 그러나 덕구는 문득 내가 씹고 있는 것은 말고기가 아니라 조상부터 내려온 땅이고, 집이고, 소라는 생각이 들며 말고기에서 향긋한 흙냄새가 난다고 생각했다. 그리고 보니 정말 흙냄새가 나는듯했다. 자꾸 씹었다. 남보다 많이 먹어야 할 것 같았다. 용액이도 틈틈이 들어와 먹고 들이키고 했다. 곧 칼잽이 부자가 말 대가리를 가마니로 싸서 지게에 얹고 가지고 가자, 덕구는 어두운 방으로 건너와 하루 종일을 심심하면 말고기를 씹으면서 정말 관 속같은 방 안에 누워 있었다.

해가 멀리 계룡산 위에 떨어지면서 날씨는 이상하게 추워져 갔다. 바람이 코 끝에 맵게 불기 시작하며 마당에 흘린 물이 살어름치기 시작했다. 나성개 벌금자리 나온지가 언젠데 이제사 겨울을 되짚는 건지 참 알수 없는 날씨였다. 어둠이 깔리기 시작하자 덕구는 문득 용액이 한테 건너가 얼마나 팔렸는지 말고기 값을 달라고 했다. 용액이는 다 팔렸다면서 돈 천 오백환을 주었다. 덕구는 눈이 동그래 져 용액이 얼굴을 보았다.

"아 이 사람아, 다 외상일세, 그라구 아까 술 받어 왔잖어?"

용액이는 되래 소릴 빽 질렀다.

덕구는 그것을 홱 채가지고는 대문을 나섰다. 날이 몹시 추웠다. 아내가 뒤따라 나오며 어디 가느냐고 했다. 덕구는 그냥 시내 쪽으 로 걸어갔다. 곧 고개를 넘어 시청쪽으로 향했다. 날이 이내 어두어 져 눈 부신 불빛들이 수많은 십자가처럼 목을 매고 덕구 눈 앞을 일 렁대었다. 날이 추어지더니 초녀석인데도 거리는 불만 환하지 사람 이 적었다.

덕구는 그 전에 마꾼들과 얼려 몇 번 들어간 적이 있던 광장 옆 선 술집으로 등을 구부리고 들어갔다. 손님도 없었다. 덕구는 자리에 앉자마자 돈 천 오 백환을 펼쳐 보이며 술을 내 오라고 했다. 주인은 눈이 둥그래 술과 두부찌개를 내왔다. 덕구는 술을 자꾸 마셨다.

언제든지 처음 한 두 잔은 썼다. 그러나 나중엔 술이 아니라 맹물 인 것 같아 마구 목구멍 너머로 넘기었다. 나중엔 술이 술을 먹었다. 이렇게 술 먹은 적도 없었다. 술이 취할수록 덕구는 해 본 적 없는 주정을 하였다. 천 오백환을 펼치며, 나는 인제 이거라, 그까짓 구루 마는 털털이라 사 갈 놈두 없구 나는 이제 이것 뿐이라고 마구 소리 쳤다. 갈수록 고함소리로 변했다. 다 죽인다, 다 죽여, 누가 다 뺏어

갔느냐?

그러게 한참을 기세 좋게 떠들다가도 덕구는 그것이 또 이내 울음 투르 변하기도 했다. 주인이 와서 덕구를 내몰았다. 그래도 말 안듣 는 덕구에게 좋지 않은 소릴 하자 덕구는 돈을 휙 뿌리고 술집 주인 을 후려 갈겼다. 놀라서 뒷걸음 치던 술집 주인은 되레 덕구의 빰을 호되게 두어대나 내리 갈기곤 덕구를 광장으로 힘껏 걷어 차냈다. 등 뒤에서 둔탁한 평양 사투리 욕지거리와 서둘러 문 닫아 거는 소 리가 들렸다.

덕구는 거기 광장에 주저 앉은 채 소리치다가 울다가 하더니 갑자 기 무슨 생각이 났는지 벌떡 일어났다.

"그렇지, 나를 죽인 놈은 용액이여, 용액이-. 말 죽인 놈은 턱보 구, 털보-."

덕구는 주먹을 불끈 쥐었다. 그러나 몇 번이나 비칠거리며 자빠졌 다. 간신히 몸을 가누고 일어섰을 때 저 만치 시청 꼭대기서 내리 비 친 불빛 속을 가로 질러 이리로 총총히 걸어 오는 사람이 있었다.

"옳지, 털보다. 털보오!"

덕구는 소리지르며 마구 달려 갔다. 정말 그것은 털보였다. 주먹 에 무엇인가 흰 것을 들고 있었다.

"털보야 이놈, 왜 멀쩡한 말을 칼루 찔르구, 호맹이를 가지고 해서 죽였냐 말이어, 이 죽일 놈아, 그라구두 꼴두 안 뵈여?"

덕구는 막상 어떻게 해야 좋을지도 모르면서 두팔을 내두르고 떠 들었다. 털보는 뒤로 멈칫했다. 그러면서 덕구 뒤에 들려오는 소리 가 있었다.

"마누라가 여러날을 앓고 누어서 지금 약방에 갔다 오는 걸쎄. 덕구 웬일인가− 응?"

덕구는 털썩 주저앉았다. 술이 걷히며 정신이 도는 듯했다.

"내 시방 급하니 또 봄세. 내 곧 자네한티 들릴팅께."

하고 털보는 저리 사라지는 듯 했다.

"흥, 그런가, 털보는 역시 착한놈인가" 하면서 덕구는 또다시 일어났다. 죽일 놈은 용액이다! 덕구는 이제 또 "용액이를 죽여야 한다"고 고래고래 소리를 지르며 가눌수 없는 몸을 비트걸음치며 집으로 향했다. 몇 번을 자빠졌는지 모른다. 거리엔 어쩌다 한사람 웅쿠리고 지나가고 쓸쓸하기 짝이 없었다. 추위는 밤이 깊을수록 더하고 바람도 여전했다. 덕구는 오히려 열이 나서 "용액"이니, "죽인다"니 하는 소리로 빈 밤거리를 흔들면서 쪽으로 자꾸 걸어 나아갔다.

덕구는 "이놈아− 죽인다"하면서 몸뚱이로 대문을 디리 받고 꼬꾸라졌다. 누가 대문을 안쪽에서 얼른 열어 주었다. 무어라 중얼거리는 아내의 목소리는 몹씨 떨리고 우는 모양이었다.

"이 병신아! 또 울어? 비켜라, 비켜!"

덕구는 대문으로 들어가선 비친거리며,

"용액이! 용액이 좀 나오게, 할 말 있어, 할 말!"

안에서는 불이 꺼진 채 조용하였다. 아내가 또 매달리며 다급하게 우는 소릴 했으나 덕구는 홱 밀쳐 내렸다.

"안 나올티여! 용액이, 니가 나를 안직두 촌놈으루 아니? 나와라, 나와, 쥑인다아, 쥑여!"

덕구는 나중엔 목이 자꾸 메었다.

그 때 아내가 또 앞을 가로 막으며,

"……가 죽었어유-"

하는 듯 했다. 덕구에게 그 소리만이 들렸다.

"뭐? 죽었다구? 죽긴 누가 죽어! 내가 용액이를 쥑인단 말여!"

덕구는 또 아내를 밀어 던졌다.

그때 컴컴한 부엌 모퉁이를 희끄므레한 것이 돌아서 이리로 왔다. 비칠거리며 노려보던 덕구는,

"응, 응, 용액인가 나 자네한티 하, 할말있네."

막생 용액이가 앞에 나타나자 덕구는 취중에도 소리를 나추었다.

용액이는 대꾸도 않고 가까이 오더니 덕구 팔을 잡고 끌었다.

"여보게! 정신차리게, 이사람아. 죽었네, 죽었어."

덕구는 "뭐? 뭐여? 죽었다구?"하면서 엉겁결에 용액이가 끄는 대로 부엌 모퉁이를 돌아 뒷곁으로 갔다. 용액이는 장광(장독)뒤로 덕구를 끌고 갔다. 성냥을 확 그어 댔다.

"앗!"

덕구는 취중에도 깜짝 놀라 뒤로 물러 났다.

옥냄이가 고개를 밑으로 떨군체 큰 간장독 사이에 쪼구리고 있었다. 치마 폭엔 고기 몇 점이 침과 함께 얼어 붙어 있었고 아마 토(吐)하다 말은 것 같았다. 발 밑엔 양재기가 어푸러져 있는데 거기도 잘게 썬 고기가 몇 개 흐터져 있었다.

덕구는 저도 모르게 우는 소리를 내며 무릎을 꿇고 대들어 손을 만져 보았다. 옥냄이 몸은 얼음같이 찰 뿐 아니라 취에 얼었는지 벌써 굳어버린 지가 오랬었다. 제 어미가 못 먹게 하니까 훔쳐 가지고 숨어 먹다가 그대로 체한데다가 급작한 날씨에 얼어 죽은 것이 분명

하였다. 그러나 그뿐이랴! 덕구는 갑자기 휙 돌아스며 벌떡 일어나더니 용액이를 노려보다가 그 옆에 선 아내의 목을 틀켜 쥐었다.

"이 년! 옥냄이를 죽인건 너다, 너여! 너……"

덕구는 목구멍 너머로 걱걱 소리를 내며 팔뚝에 점점 힘을 주었다.

뒤에서 용액이가,

"이 사람아, 지금사 찾어 낸걸세 지금사 막!"

하며 뜯어 말렸으나 힘센 덕구를 감히 어쩌지 못했다.

눈 앞에 아내의 물 젖은 눈알이 희번덕 거렸다. 덕구는 한참만에 손을 놓았다.

발 밑에서 아내가 죽는 암탉마냥 푸득거렸다.

덕구는 두 손을 벌리고 벌벌 떨고 서 있는 용액이를 휙 밀치곤 급히 들어 가더니 어디서 삽을 찾어들고 왔다. 그리고 옥냄이를 번쩍 들어 올렸다. 용액이가 달려들어 내가 간다고 삽을 뺏으려는 걸 뿌리치고 덕구는 대문을 차고 나왔다.

하늘엔 별이 초롱초롱 내려다 보고 있었다. 대문 밖에 커다란 팽나무가 귀신처럼 가지없는 팔을 들고 아직도 쌩쌩 부는 바람에 울고 있었다.

덕구는 뒷산으로 올라갔다. 취중에도 남향 비탈을 찾아 땅을 파기 시작했다. 겉만 살짝 얼어 삽이 푹푹 잘 들어갔다. 얼만치 파다가 덕구는 삽을 던지고 옥냄이를 들고 한참인가 무엇을 생각하는듯 하더니 구덩이 안에 털퍽 던져 버렸다. 다시 삽을 찾아 흙을 그 위에 던져가며 덕구는 이렇게 중얼거렸다.

"이놈들아, 옥냄이 고기도 끄내다 팔아 먹어라아ー."

그러면서 덕구는 반나마 정신이 든다고 느끼며 머릿속에 무엇인가 깨닫는 듯 했다. 나쁜 놈은 용액이도 털보도 마누라도 아니다. 정말 덕구의 원수는 더 큰 무엇인지도 모를 더 큰 어떤 걸꺼라고 생각하며 덕구는 당장이라도 그 놈을 위해서 지게라도 사 지고, 이젠 정거장 앞이라도 좋으니 맨 팔뚝으로 싸워 이겨야 된다고 이를 갈아마시며 삽질을 했다.

1959年 10月

4.19 이후

손중근 형에 대한 추모집이 나오고 나서 우리는 다시 일상으로 돌아왔다. 그때 신철수 형이 나에게 말했다.

"나는 얼이 빠져서 움직이기 어렵다. 자네가 대전을 다녀오거라. 중근이네 집에서 장례식이 있다고 하더라. 용두동 집 주소는 알고 있지?"

"네, 알고 있어요. 다녀오겠습니다."

대전 용두동, 수녀원이 있고 프랑스 사제들이 드나드는 성당이 있는 용두동 산 아래에 손중근 형네 집이 있었다. 호곡소리가 들리고 분위기가 숙연하였다. 모두 수근 거렸다.

"아이고, 어렵게 공부시켜서 서울대학 나오고, 이제 한시름 놓는가 싶었는데 이게 무슨 날벼락이야... 그 젊은 총각이 죽다니... 그 아까운 인재가 세상을 떠나다니..."

머리를 푼 어머니가 제일 서럽게 울고, 친척 누나들인가 싶은 여인들도 따라 울었다. 나도 뒤에서 눈물을 훔쳤다. 그때 어느 중년 여인이 제일 서럽게 울다가 울음 끝에 이렇게 말했다.

　　"… 아니, 왜 하필 우리 손중근 학생이 가야했는가… 공부 잘하고 있던 우리 아들 성길이는 어쩌라고… 참말로 우리 아들 막 마음잡고 공부하려고 하는 판에 선생님이 갔으니 이제는 우리 아들 성길이를 누가 그렇게 정성스럽게 가르쳐 주겠는가… 아이고, 하나님도…"

　　그 부인은 손중근 어머니를 부여안고 통곡하였다. 그러다가 느닷없이 그 부인은 서울대학교 교복을 입은 나를 보자마자 달려왔다. 그리고 말했다.

　　"아이고, 서울대학생이 왔구만! 학생, 학생도 사범대학인가?"

　　"네, 중근이 형하고 같은 과에 있습니다. 이번에 입학한 신입생입니다."

　　여인은 나를 부여안고 환한 얼굴이 되었다. 눈물로 얼룩진 얼굴에 웃음이 퍼졌다.

　　"학생, 우리 성길이를 맡아줘. 우리 성길이가 이제 겨우 공부를 하기 시작했는데 학생이 제대로 가르쳐줘."

　　이렇게 해서 나는 그 장례식이 끝난 후에는 서울 신당동에 있는 그 부인의 집으로 가서 박성길이라는 중2짜리 남학생을 맡아 가르치기 시작했다. 중학생 아이가 여드름 투성이었다. 공부에 전념하기보다는 얼굴에 난 여드름과 씨름하는 시간이 많았다. 나는 아이에게 조용히 타일렀다.

　　"성길아, 여드름은 건드리면 덧난다. 여드름은 들여다볼수록 더 나는 거야… 아예 무시하고 책을 봐. 여드름은 무시당하면 제 풀에 사라질 거다."

아무튼 성길이는 내 말을 잘 듣기 시작했다. 여드름도 가라앉기 시작했다. 그 집에서 멀지 않은 한식집에 우리 과에 함께 다니는 안송자가 살고 있었다. 키가 훌쩍 크고 매사 시원시원한 아가씨였다. 사대부고를 나왔는데 성격이 아주 시원하였다. 성길이와 밤늦도록 씨름을 하다가 아이가 몸을 틀고 수업 진행을 방해하면 나는 일찍 자게하고 안송자 집으로 가서 그의 방문을 두들겼다. 내가 방문을 두들기면 그녀는 바람처럼 나왔다. 두 사람은 가까운 장충단 공원으로 발길을 옮겼다. 서울에 올라온 지 얼마 되지 않은 나는 서울 지리에 밝지 못했다. 서울시내 한가운데에 그처럼 아름다운 남산 공원이 아름다운 자태를 자랑하며 달빛에 용좌를 자랑하고 있을 줄 미처 몰랐다. 두 사람은 바위 위에 나란히 앉아 학과 내에 있는 이야기, 친구들 이야기, 갓 배우기 시작한 대학 교재들에 대한 이야기를 나누었다. 안송자는 너털웃음을 웃으며 말했다.

"광휘야, 우리 사대 남학생들은 왜 그렇게 패기가 없냐? 모두 어깨가 쳐져가지고 남자들이 왜 그렇게 시시해?"

"모두 지쳐서 그렇지 뭐. 아르바이트에 지치고, 학비 걱정에... 대부분이 촌놈들이니까 어리둥절해서 그런 거지 뭐."

"하긴 뭐, 우리 사범대학에는 시골촌놈들이 많지. 경기, 서울 나온 학생들은 대부분 법대, 상대로 빠지고, 사대에 들어오는 남학생들은 대부분 시골 출신들이잖아. 광휘야, 시골출신들은 왜 그렇게 촌스럽냐? 같은 교복을 입고 다니는데도 왜 그렇게 촌티가 나? 하는 짓도 그렇게 촌스럽고?"

"우리 지방 출신 남학생들 편에서 보면 서울 아이들도 모두 그렇고 그래. 일견 세련되어 보이지만 모두 얌체 같고 자기 생각만 하는 것 같더라. 그래도 우리 시골 출신들이 서로 인정을 나누고, 순수하지. 서울놈들은 모두 알로 까져가지고... 계집애들은 모두 콧대만 높아가지고, 나 참. 경기, 이화 나왔다고 코끝을 하늘로 하고 걷는 모습이라니... 안송자, 넌 그래도 사대부고를 나와 하는 짓이 시원시원하더라. 남학생들과 일찍부터 공학을 해서 그런 건지."

안송자는 긴 하품을 하며 바위 위에 쭉 누웠다. 그녀의 긴 허리가 달빛 아래에서 눈부시게 빛났다. 그녀는 달빛을 안고 큰소리로 노래를 부르기 시작했다.

'등불을 끄고 자려하니 휘영청 창문이 밝으오. 문을 열고 내려다보니 달은 어여쁜 선녀같이 내 뜰 위에 찾아오다 / 달아 내 사랑아, 내 그대와 함께 이 한밤을 이 한밤을 얘기하고 싶구나.'

성격이 시원시원한 안송자는 학교에서도 내가 갑자기 용돈이 궁해져 돈을 꾸워 달라고 하면 두말없이 핸드백을 뒤져 돈을 내주고 나의 자질구레한 일들을 막아주기도 하였다. 아주 시원시원한 아가씨였다. 그런데 그 후에 학교를 졸업한 후 얼마 후에 그 아가씨는 세상을 떴다. 따라다니던 남자들끼리 칼부림을 하다 안송자까지 다쳤다는 소문이 들려왔다.

강화도

성길이를 고등학교에 넣어주고 나는 신당동을 떠났다.

사실 손중근 형이 덮던 이불을 덮고 잘 때마다 두려운 생각이 들었던 것도 사실이다. 꿈에 손중근 형이 나타나는 건 아닐까... 손중근 형이 쓰던 책상과 그 책상 위에 남아있던 국어학개론 같은 손중근 형의 때가 묻은 교과서를 만질 때도 문득 손중근 형이 생각이 나서, 나는 그 집을 떠나기로 하였다. 손중근 형의 흔적으로부터 일단 멀어지고 싶었다. 그때 아현동에 살고 있던 불어과 유수열 군이 나에게 말했다.

"자기, 나하고 책장사 안 해볼래?"

"책장사라니?"

"왜 고등학교 때 우리학교 교문 앞에서 책장사를 하던 쌍둥이 형제가 있었잖아?"

"아, 그 쌍둥이 형제? 참고서 잘 팔던?"

"사실은 내가 지금 그 집에 그 쌍둥이 형제들과 함께 살고 있는데, 그 사람들은 책을 팔아서 돈 많이 벌었어. 대학 입시 참고서는 작년 꺼나 재작년 꺼나 내용이 다 거기서 거기잖아. 그러니까 그 사람들은 출판사에서 연도가 지난 입시 참고서들을 파지용으로 받아다가 표지만 갈아 끼워가지고 아 글쎄 싸구려로 파는 거야. 학생들이 그 내용을 아나? 싸니까 잘 사가는 거야. 우리 그 책을 좀 받아다가 팔아볼까?"

나는 선뜻 동의하였다. 아현동에 가서 그 쌍둥이 형제를 면담하고 대담하게 책을 수백 권씩 받아 놓았다. 불어과의 김창만도 따라나섰다. 나는 졸지에 불어과의 유수열, 김창만 군과 동업을 하게 되었는데 내가 판매 총책을 맡고, 유수열 군과 김창만 군은 짐을 나르고 수금을 하는 일을 맡기로 하였다.

일단 교복을 단정히 입었다. 그리고 학교를 찾아간다. 교무실에 들어가 선생님께 사정 이야기를 한다.

"서울사대에 다니는 학생들입니다. 쉬는 시간에 책을 좀 팔겠습니다. 입시에 관련된 참고서입니다."

4.19 직후였다. 선생님들은 대학생들을 기쁘게 받아주었다. 그때 학생들은 뻑하면 판문점으로 달려간다. '가자, 북으로! 오라, 남으로!' 뭐 이런 거창한 명제를 내세우며 요란딱딱하게 떠들 때인데, 우리들은 교복을 단정하게 입고 책장사를 하겠다고 학교를 찾아가니까 선생님들이 환영일색이었다.

'아이고, 서울사대 우리 후배들이 아주 용감하게 책장사를 다 하는군 그래? 우리 때는 아이들 가르치는 아르바이트가 고작이었는데, 책을 판매해? 아, 용감무쌍해. 잘 해봐. 다음 시간은 내 시간인데 우리 반에 들어가 수업 한 시간 해보지 않을래? 대학입시에 관한 요령을 얘기해주면 좋지. 영어는 어떻게 공부를 하고, 수학은 어떻게 마무리를 하면 서울대학에 들어갈 수 있다. 아, 그런 얘기들을 해주란 말이야. 아이들이 아주 좋아할 거야.'

그 선생님 말씀은 적중하였다. 교복을 입고 백묵을 들고, 스피드 있게 얘기하는 대학생을 경이로운 눈으로 바라보다가 맨 나중에 참고서를 사라고 하니까 학생들은 비명을 질렀다.

"형, 돈이 어디 있어요? 우리 돈 없어요."

나는 침착하게 말했다.

"아, 알고 있어요. 학생들 주머니에 돈이 없다는 것은 내가 더 잘 압니다. 지금 돈을 달라고 하는 게 아닙니다. 오늘은 그냥 가져가세요. 대신 다음 장날 다음날에 찾아오겠습니다. 그때까지 돈을 반장에게 전해주세요."

나의 아이디어는 적중하였다. 책은 완판되었고, 돈 역시 다음 장날이 지난 다음에는 어김없이 들어왔다. 판매루트가 점점 길어졌다. 처음에는 평택여상, 평택여고, 주로 천안 근처의 시골 여학교에서 책이 팔려나갔고, 그 다음 장날이 지나면 반장이 아주 수금을 잘해주었다. 나는 책값을 받아오며 반장과 부반장에게 무료로 한 권씩 책을 나눠주었다. 공짜로 책을 받는 반장과 부반장은 장날이 지나면서 수금을 아주 잘했고, 책값을 받으러 두 번 다시 그 학교를 찾아가는 일도 없었다. 유수열 군과 김창만 군은 나처럼 학생들 앞에 나서서 시원시원하게 말하는 것을 잘 못했다. 물론 수업도 두렵다고 하며 잘하지 못했다. 그래서 내가 영업 사원 겸 수업 전담으로 혼자 떠들고 혼자 판매를 전담하며 아주 장사를 잘하였다. 학교에 나가면 친구들이 말했다.

"야, 김광휘. 넌 어디를 그렇게 싸돌아다니는 거냐? 수업에 번번이 빠지면서? 왜 불어과 유수열과 김창만을 끌고 다니냐? 니가 조폭이냐?"

나는 판로를 좀 더 과감하게 확장하기로 하였다.

이왕 지방으로 다닐 바에야 풍광이 좋고 여행하기 좋은 곳으로 가기로 하였다. 그래서 아예 강화도 지역으로 향방을 정하였다. 겨울

되어 눈발이 날리며 살얼음이 깔려있었다. 당시만 해도 강화도에는 다리도 변변한 것이 없었다. 배를 타고 강화도로 건너가던 때였다. 눈이 펄펄 내리고 있었다. 창만이와 유수열은 책이 든 박스를 낑낑대며 끌고 따라왔다. 나는 영업 사원이기 때문에 그 무거운 박스를 들 필요가 없었다. 앞에서 휘적휘적 걷고 두 사람은 낑낑대며 짐을 끌고 따라왔다. 시골버스가 마니산 줄기를 따라 힘겹게 삐그덕 거리며 달렸다. 강화여고와 여상을 일착으로 들렀다. 강화여상에서는 서울사대 출신의 선생님이 계셨다. 아주 반색하며 우리를 맞아주었다. 난롯가에 앉아 계시던 선생님들이 모두 우리 일행을 신기하게 받아주시면서 학생들이 추위를 무릅쓰고 애쓴다고 격려까지 해주셨다. 내가 수업을 맡아 여학생들 방으로 들어갔다. 모두 박수로 환영해주었다. 여학생들의 질문은 뻔한 것이었다. 서울대학교는 어디에 있느냐, 이화여대는 어디에 있느냐, 숙대는 어느 쪽에 있느냐, 영어는 어떻게 공부를 하느냐, 나는 서울시내 주요 대학의 위치를 알려주며 대학 입시의 해결책은 이 책을 사봄으로써 해결된다고 간단명료하게 대답하였다. 책을 모두 나눠줄테니 다음 장날까지 책값을 반장에게 내주고 열심히 공부하라고 당부하였다. 반장이 대담하게 질문하였다.

"여기 강화도에 계시려면 여관에 계실 텐데, 어느 여관에 묵고 계세요?"

우리는 난처하였다. 우리는 당시 돈을 아끼기 위해 번듯한 여관에 묵지 않고, 하숙집이라고 써진 여인숙 비슷한 곳에 묵고 있었다. 그 허름한 여인숙의 위치를 대략적으로 알려주었다. 그런데 그날 저녁에는 그 허름한 여인숙 널널한 방에 그 교복 입은 여학생들이 찾아왔다. 그 여인숙 방은 팔도에서 모여든 장사꾼들이 수십 명이나 묵고 있었다. 내가 아랫목 쪽에 있었고, 유수열과 김창만도 함께 있었다. 당시 강화도 지역의 물건을 팔기 위해서 팔도에서 모여든 장사꾼들이 그 방에 유숙하고 있었다. 강화 돗자리를 받아 팔기 위해 찾아온 장사꾼들, 강화 반닫이를 서울에 팔기 위해 찾아온 가구 장사꾼들, 강화도 고구마를 받으러 온 장사꾼들, 강화도 돗자리를 거래하는 장사꾼들, 뿐만 아니라 서울에서 각종 잡화를 들고 찾아온 장사꾼들. 내 옆에는 나와 나이가 비슷한 10대 말의 총각이 앉아 있었다. 내가 물었다.

"총각은 무얼 팔러 다닙니까?"

총각은 면구스러운 듯 쑥스럽게 말했다.

"상을 팔러 다닙니다. 전라도에서 만든 상인데 아주 예쁩니다. 그런데 상은 매고 다니기가 힘들어 한꺼번에 많이 팔지를 못합니다."

그 총각이 말했다.

"저 대학생님, 내일 제가 학생들 책 파는데 따라가도 되겠습니까?"

유수열이 웃으며 말했다.

"아, 오세요. 얼마든지 오세요. 뭐, 책 파는 거야 쉽죠, 뭐. 이 사람이 다 팝니다."

이렇게 얘기를 한참 하고 있을 때, 밖에서 여학생들의 수근 대는 소리가 들리더니 교복 입은 여학생들이 그 남루한 여인숙 방으로 들어섰다. 그 여학생들은 손에손에 빵과 과자, 그리고 어디서 구했는지 꽃다발까지 구해가지고 들어섰다. 팔도의 장사꾼들이 모두 그 여학생들을 지켜보고 있었다. 반장이 앞장서서 말했다.

"저... 배고프실 것 같아서 조금 장만해 왔어요. 우선 이것 좀 드세요. 그리고 방에 이 꽃도 꽂아놔 주세요."

여학생들은 민첩하게 움직이더니 가져온 꽃병에 꽃을 예쁘게 꽂아주었다. 갑자기 방안이 환하게 밝아졌다. 빵과 과자를 팔도의 상인들에게 모두 나눠주었다. 모두 빵과 과자를 먹으며 말했다.

"하, 이거 서울대 학생들 때문에 우리가 호강을 하네. 아무튼 잘 먹겠수다."

어느 장사꾼이 말했다.

"아니, 나는 평생에 팔도를 돌아다니며 장사꾼 노릇을 해봤지만 이렇게 꽃 같은 아가씨들한테 빵과 과자를 얻어 먹어가며 장사를 하는 것은 처음 보는군. 이 여인숙 방까지 여학생들이 찾아오다니, 참말로 사람은 배우고 봐야 해. 아니, 서울대학교라는 곳에는 일단 들어가 보는 것이 좋겠구만 그래."

모두 잘 먹고 여학생들은 서울에 있는 각 대학에 대한 위치나 특성을 물으면서 단란한 시간을 보냈다. 다음날, 상 장수 총각은 우리를 따라오며 말했다.

"그 책, 저 주세요. 제가 들어드릴게요."

등에 상을 한 짐 짊어진 그 총각이 우리 책을 들어주겠다고 말했다. 내가 말렸다.

"아이, 자기 짐이 더 무거운데 무슨 말이오. 우리도 젊어요. 걱정 마세요."

그 총각은 우리가 여고나 여상에서 책을 팔 때, 교실 밖에서 우리를 지켜보며 한없이 부러워하였다. 눈이 펄펄 내렸다. 그날 오후, 나는 유수열과 창만이에게 말했다.

"우리 상 장수 총각하고 돼지고기나 먹으러 갑시다."

강화도 돼지고기가 유명하다. 드럼통 위에서 돼지고기가 이글거리고 있었다. 머리를 곱게 딴 아가씨가 고개를 숙이고 돼지고기를 뒤척였다. 그 아가씨도 우리가 대학생이라는 걸 아는지 고개를 숙인 채 열심히 고기만 구웠다. 상 장수 총각은 멀찍이 앉아 잘 먹지 않았다. 나는 가까이 오도록 재촉하여 그의 상 위에 고기를 많이 얹어 주었다. 그 처녀는 머리에 붉은 댕기까지 드리고 있었다. 고기는 잘 익고, 눈은 펄펄 내리고 있었다. 1960년대의 희디흰 눈발이었다. 강화 읍내에서 책이 모두 팔렸다. 나는 얼마 남지 않은 책을 들고 강화 일주를 하는 버스에 올랐다. 창만이와 유수열은 춥다고 하면서 서둘러 서울로 돌아갔다. 나는 혼자 강화 읍내에서 떨어진 시골학교에 들러 나머지 책을 팔고 터덜터덜 교문을 나설 때, 학생 하나가 따라왔다. 중학교 남학생이었다.

"어디로 가세요?"

"글쎄, 여기 여인숙이나 하숙집이 있나 알아보려구."

학생은 머뭇거리다가 말했다.

"우리 집에 가요. 저랑 같이 자요. 대학생 형님과 함께 자고 싶어요."

그 날 그 학생을 따라갔는데 눈은 여전히 내리고 있었다. 그 어머니가 반색을 하며 맞아주었다.

"아이고, 우리 집에 대학생이 오다니! 서울대학생이 오다니! 만식아, 잘 모시고 왔다. 내가 저녁 맛있게 대접할게."

그 아주머니는 정말 융숭한 저녁상을 내어주었다. 잘 먹고 그 만식이란 학생과 아주 뜨뜻한 방에서 잤다. 다음날, 내가 떠날 때 그 아주머니는 두툼한 무엇인가를 신문지에 싸서 주었다. 버스에 올라 그 신문지를 풀어보자 누룽지와 전이었다. 누룽지는 어찌나 잘 익었던지 이빨에 씹히는 감촉이 그야말로 누룽지 맛이었다.

'아그작 아그작.'

눈발을 헤아리며 먹는 그 누룽지 맛이 80이 넘은 지금까지도 잊히지 않는다. 참으로 호랑이 담배 피우던 시절의 인심이었으며 풍광이었다. 눈발을 희끗희끗 이고 있던 마니산의 모퉁이 모퉁이가 지금도 눈에 선하다. 시골 버스의 그렁그렁하던 엔진 소리가 정겹게 남아있다. 만식이 어머님이 싸주신 그 두툼한 누룽지와 전 뭉텅이가 지금도 눈에 어른거린다. 딱 한 번, 보고 스친 인연인데 참으로 소중하게 남아있다. 등에 상을 지고 부러운 눈빛으로 우리를 따르던 그 상 장수 총각도 눈가에 삼삼하다.

ROTC 소위가 되다

대학 3학년이 되었다.

ROTC 제도가 생겼다. 나도 2대 독자이지만 그 당시의 사정으로 아마 1년 반쯤 하고나면 제대를 하는 특례제도가 있었을 것이다. 하지만 사병으로 가기는 싫었다. 이왕이면 장교가 되고 싶었다. ROTC 생도가 되려면 신원조회를 통과해야 했다. 대전 우리 집에 방첩대원이 찾아왔다. 못 사는 우리 집이 초라했지만 성의껏 대접을 했고, 그의 주머니에 얼마였던지 노자를 주었던 기억이 있다. 어쨌든 서류도 다 쓰고 그가 묻는 대로 대답도 충실히 하였다. 서울에 올라와 ROTC를 관장하는 중령 앞으로 갔더니 뜻밖에도 그는 고개를 갸우뚱하며 말했다.

"학생은 안 될 것 같은데? 신원조회 결과가 좋지 않아."

"어떻게 안 좋은데요?"

그는 서류를 보며 차갑게 말했다.

"집안 형편, 극빈! … 자네, 보기는 부잣집 아들 같은데 집이 그렇게 어려워? 나 참, 결론, 월북 가능성이 있음."

"뭐라구요? 제가 육군 소위가 되면 DMZ를 넘어 북으로 넘어갈 가능성이 있다구요? 저희 집이 어렵긴 합니다만, 제가 월북을 할 만큼 가난하지는 않습니다. 가난해도 북으로는 안갑니다."

아무튼 ROTC 측에서는 소식이 감감이었다. 다른 친구들은 수속을 밟는 것 같은데 나에게는 나오라는 말이 없었다. 나는 대두병으로 하나 가득 담겨져 있는 정종 한 병을 사들고 대학 앞에 있는 그 중령의 집으로 찾아갔다. 그런 염치와 배짱이 어디서 나왔던지… 아마도 팔도를 다니며 책장사를 해봤던 그 이력에서 나왔던 게 아닌가 싶다. 그 중령은 술병을 세워놓고 담백하게 말했다.

"이렇게 술까지 사들고 찾아왔으니, 나도 그 용기에 답례를 하겠네. 정말 육군 소위가 돼도 월북하지 않겠나?"

"저희 집은 6.25때 공산군들 때문에 집 전체가 풍비박산된 내력이 있는 집입니다. 저희 집은 공장을 운영했는데요. 6.25때 폭격으로 집과 공장이 완전히 날아가서 거지가 됐구요. 저는 1.4후퇴 때 전북 이리로 내려가 구두닦이까지 해봤습니다. 저희 아버님이 홧병으로 돌아가셨구요. 저는 공산당이라면 고개가 돌아가는 젊은이입니다."

중령은 긴 말을 하지 않았다.

"좋아, 잘 해봐. 내일부터 나와!"

이렇게 해서 육군 소위가 되었다.

그때 임관식은 육군본부광장에서 했는데 어깨에 계급장을 달 때에는 부모나 애인이 찾아와 해주었다. 그런데 당시 어머니는 대전 시장에서 어렵게 좌판을 놓고 장사를 하실 때라 올라오시지도 못했고, 우리 여형제들은 다 어렸기 때문에 나는 계급장 달아줄 사람도 없었다. 물론 애인도 없었다. 그때 누가 내 어깨에 소위 계급장을 달아주었던지... 기억이 없다.

훈련을 받을 때는 우리 서울대학교 ROTC는 12개 단과대학생들이 수색에 있는 30사단에서 훈련을 받았다. 한 내무반에 각 단과대학생들이 골고루 섞여 훈련을 받는데 법과대 학생들은 숫자가 많지 않았지만 꼼꼼하고 착실했다. 상과대 학생들은 선이 굵고 아주 싹싹했다. 공과대 학생들은 과묵하고 치밀했다. 문리과 대학생들은 아주 난 체하고 말이 많았다. 우리 사범대 학생들은 두루두루 좋게 지내면서 선생 될 사람들처럼 만인에게 잘 해주는 편이었다. 나는 사범대학을 대표하여 자주 앞으로 나가다가 아예 응원단장이 되어 행사 때에는 꼭 앞에 나가서 떠드는 역을 맡아 하였다. 모두 나를 알아보고 친근하게 대해줬다. 그런데 주말이 되면 제일 괴로웠다. 주말이 되면 수색부대로 들어오는 포플러 나무 그늘 아래에 가족들이 모두 찾아오고, 애인이나 어머니들이 음식을 한 보따리씩 해가지고 와서 훈련생들을 먹였다. 모두 나가서 원 없이 먹고 들어오는 날이었다. 그런데 나는 찾아올 사람이 없었다. 주말이면 꼭 내무반에 남아 그냥 책을 보거나 낮잠을 잤다.

수색 훈련 중에서 가장 인상에 남는 일은 먼먼 교장을 찾아가는 일이었다. 교장이라는 것은 보통 4km, 8km, 12km 떨어져 있는 산속에 있는 강의실을 말한다. 강의실이라고 해야 산을 깔아뭉갠 빈터를 말하는데 우리 훈련생들은 아침에 열을 지어 군가를 부르며 구대장의 인솔 하에 그 교장으로 향했다. '아, 오늘도 산 속 교장에 가서 지루한 군사학 강의를 들어야 하는구나.' 겉으로는 모두 힘차게 군가를 부르지만 그 지루한 산 속 행진과 딱딱한 군사학 강의에 모두 지쳐 있었다. 이런 지루함 때문에 머리가 잘 돌아가는 교관들은 학과 시작 전에 각 단과대학 별로 장기자랑을 시켰다.

"야, 공과대학 앞으로! 할 수 있는 노래를 해봐."

노래를 해보라고 하면 대개 우물쭈물하며 중구난방으로 떠들다가 시간만 허비하기 마련인데, 우리 구대에서는 상과대학팀과 공과대학팀에서 뛰어난 사중창단이 있었다. 특히 상과대학팀은 당시 유행하던 팝송을 아주 맛깔나게 불러주었다. 거기에 지지 않기 위해 공과대학팀들도 잘 정돈된 사중창으로 응대하였다. 스키터 데이비스의 'Love me tender'가 아직도 기억에 남아있고, 프랭크 시나트라의 'Home on the range'도 기억에 남아있다. 우리 사범대학팀은 사중창단이 이루어지지 않아 내가 독창으로 땜빵질을 하였다. 다행히 나는 교회에 다니며 성가 부르기를 꾸준히 연습했고, 사범대학에 들어와서도 합창단에 나간 덕을 봤다. 사범대학 때에도 독어과, 불어과 학생들과 함께 사중창을 했던 이력이 있다. 오후 느슨해질 때에는 교관이 나를 지목하기도 하였다.

"야, 사범대학 김광휘 생도. 앞으로! 정신이 바짝 들도록 한 곡!"

나는 비교적 래퍼토리가 풍부했다. 아일랜드 민요 '오 대니 보이', 고등학교 때 배운 '오 솔레미오'를 비롯한 이태리 가곡, '배를 타고 나 하바나를 떠날 때 나의 마음 슬퍼 눈물이 흘렀네...' 같은 '돌아오라 소렌토로', 폴 앤카의 'Put Your Head On My Shoulder', 비틀즈의 'Hey Jude'... 닥치는 대로 불러댔다. 나는 인기가 있었다. 그때 사범대학 ROTC에는 교관 중에 키가 크고 아주 잘생긴 대위 하나가 있었다. 사람들이 노 대위, 노 대위라고 그냥 성만 불러댔다. 나중에 생각하니 그 분이 바로 노태우 대위였다. 문리대에는 전두환 대위가 있었고, 사범대학에는 노태우 대위가 있었다. 모두 육사 11 기생들이었다. 나중에 두 사람이 이 나라의 대통령이 될 줄을 그 누가 알았으랴.

그 60년대가 지나고 70년대가 끝나면서 박정희 대통령이 가고, 그 젊고 푸르던 전두환 대위가 머리가 벗겨지고, 어깨에 별 둘을 단채 갑자기 매스컴을 휘어잡고 대한민국의 주인공이 되었다. 나는 그 분의 공과에 대해서는 잘 모르겠다. 그러나 나는 그분이 대통령이 되었던 제5공화국에서 내 개인적으로는 발복을 한 인물이다. 아파트도 그 시절에 장만하였고, 생활도 안정되었다. 방송작가가 되어 신나게 동분서주하였다. 나는 80년대 말에 MBC에서 방송작가상을 타고, 부상으로 유럽여행을 하였다. 여행기간도 여행행선지도 내 마음대로 정하고, 그때 든 비용도 모두 방송국에서 부담해주었다. 호랑이 담배 피던 시절의 이야기이다. 요즘 같으면 어림 반 푼어치도 없는 일일 것이다. 그 무렵에는 올림픽까지 열렸다. 면목동에서 재래식 집에 살고 있던 우리는 집을 팔고 반포에 있는 아파트에 입주하였다. 어머니도 아이들도 내 처도, 아파트라는 그 16평짜리 거실 하나에 방 2개짜리 그 좁디좁은 보금자리를 황홀하게 느끼고 있었다. 그래서 나는 정말로 죄송하지만 제5공화국이나 노태우 대통령 시절을 폄훼할 수가 없다. 내 개인적으로는 두 분 다 나를 잘 살게 해준 대통령이라고 말할 수 있다.

여신과의 만남

선생은 시를 강의하지 않았다. 3층 강의실에 올라와 창밖에 낙엽이 모여 있으면 낙엽의 향기라도 맡겠다는 듯이 선생은 창문을 활짝 열게 하였다. 흰 저고리에 검은 통치마, 그리고 백구두를 신은 그 시인은 초현실적인 뮤즈였다. 영어과와 독일어과의 여학생들도 시인의 강의에 몰래 들어와 듣고 있었다. 3층 창문을 열고 말했다.

"바람이 얼마나 시원해… 자, 김광휘 학생. 고등학교 때 이 김동명 선생 노래 '내 마음'을 불렀겠지? 한 번 불러봐."

나는 호흡을 가다듬고 부르기 시작했다.

"내 마음은 호수요 그대 노 저어-오 나는 그 대의 흰 그림자를 안고 옥 같이 그대의 뱃전에 부서지리다 / 내 마음은 촛불이요 그대 저 문을 닫아주오 / 나는 그대의 비단 옷 자락에 떨며 고요히 최후의 한 방울도 남김없이 타오리다…"

노래가 다 끝나고 정적이 교실 바닥에 가라앉으면 선생은 교안을 주섬주섬 챙기고 일어서신다.

"오늘 수업은 끝내겠어요. 김동명 시인의 내 마음을 이 아름다운 가을에, 이 아름다운 교실에서 충분히 체험했습니다." 선생은 뚜벅뚜벅 걸어 나갔다. 나풀거리는 저고리 옷고름이 춤을 추며 선생을 따라갔다. 김남조 선생의 강의는 늘 그런 식이었다. 이은상의 내 고향 남쪽 바다, 성불사의 밤, 뭐 그런 것들을 간단한 해설과 함께 남학생과 여학생의 노래로 감상하는 선에서 시학시간을 대체했다.

요컨대 시라는 것은 느끼는 것이며 가슴에 품는 것이며, 생활 속에 거치해두었다가 길을 갈 때나 외로운 때 꺼내보는 것이 시라는 것을 말씀하셨다. 나는 수업이 끝나고 김남조 선생님과 함께 미니버스를 타고 효창동 선생님 댁까지 종종 따라갔다. 거기 가서도 장한사 같은 가곡을 불러드리면 눈을 지그시 감고, 하던 일을 멈추신 후 경청해주셨다. 그리고 말씀하셨다.

"김광휘는 김천애 선생의 '봉선화'를 들어보지 못했지?"

"네, 그럴 기회가 없었습니다."

"우리 김천애 선생은 봉선화의 뮤즈야."

당시 김천애 교수는 숙대 음악과 성악 교수였다. 그 김천애 교수는 우리 음악사에도 나오듯이 1940년 무사시노 음대를 졸업했는데, 졸업하던 그 해, 전일본 음악 콩쿠르에서 우리 가곡 봉선화를 불러 일약 선풍을 일으킨 성악가였다. 그녀가 불타오르는 듯한 눈동자와 목소리로 우리 가곡 봉선화를 부르면 청중은 삼시간에 울음을 터트리고 통곡의 바다를 이루었다고 한다. 숙명여대에서 대학 행사가 있을 때마다 김천애 여사는 흰 저고리와 까만 치마를 입고 숙명의 가곡 봉선화를 불렀다. 그녀는 말 그대로 봉선화의 여신이었다. 김남조 선생은 마치 김천애 여사가 곁에 있는 것처럼 증언하였다.

"아유, 그 분의 봉선화는 정말 심금을 울리는 독창이자 오케스트라였어. 혼자서 무대에서 부르는 노래 같지 않았어. 여사님이 눈에 불을 뿜으며 봉선화를 부르면, 내 가슴도 삽시간에 불타오르는 것 같았어. 정말 노래라는 것은 그렇게 불러야 해."

봉선화를 잘 불러 김남조 시인께서 좋아하던 그 성악가는 훌쩍 미국으로 가고 말았다. 김남조 선생은 가끔 우리 국어과 선후배들을 워커힐 안가에 초청하기도 하였다. 한강이 내다보이는 워커힐 북쪽 언덕에 시인의 별장이 있었다. 별장이라고 해야 독립된 호텔 객실 같은 호젓한 방이었는데 우리를 초청하고 거기서도 노래를 청하셨다. 선생님은 노래 잘 부르는 사람을 제일 좋아하셨다. 그때 부산대학교에서 문학을 강의하는 김정자 교수가 마침 올라와 있었다. 선생님은 김정자 교수에게 노래를 청하였다. 김정자 교수는 양수리 쪽으로 흐르는 한강의 푸른 물을 바라보며 채동선의 '고향'을 불렀다.

"고향에 고향에 돌아와도 그리던 고향은 아니려뇨 산꿩이 알을 품고 뻐꾸기 제철에 울건만 마음은 제 고향 지니지 않고 머언 하늘만 떠도는 구름 / 오늘도 메 끝에 홀로 오르니 흰점꽃이 인정스레 웃고 / 어린 시절에 불던 풀피리 소리 아니나고 메마른 입술이 쓰디쓰다..."

그날 워커힐 김남조 시인의 별장에 있었던 우리 동문들은 황홀경에 젖었다. 김정자 교수의 뛰어난 가창력, 그 애잔하고 방기하는 듯한 묘한 창법 때문에 모두 황홀경에 갇히게 되었다.

연전에 선생님 댁을 찾았다. 시학을 하시는 김은전 선생님, 김남조 선생님 따님을 가르쳤던 박찬도 선생, 그리고 나였다. 나는 휠체어를 타시는 선생님을 생각해서 박인환의 '세월이 가면'을 불러드렸다. 선생님은 잔뜩 찌푸리고 계시더니 말했다.

"난 말이야, 휠체어를 타면 굴욕감을 느껴. 마음대로 움직일 수도 없고, 가깝지도 않은 아주머니의 신세를 져야한다는 그 일이 굴욕스럽게 느껴져."

나는 선생님을 위로해드렸다.

"선생님, 선생님은 뮤즈, 여신이에요. 여신이 휠체어를 타면 강림하시는 것처럼 더 멋있잖아요. 자신감을 가지십시오."

그런데 선생님 댁에는 발레선수들이 잡고 다니는 바와 같은 나무들이 삐죽삐죽 거실에서 화장실 쪽으로 나 있었다.

"선생님, 이게 뭐예요?"

"아, 그것도 나를 굴욕스럽게 만드는 장치야. 처음에는 일곱 개만 세웠었는데 내가 나이가 드니까 안 되겠어. 그래서 지금은 열 개로 늘렸어."

나는 밝게 웃으며 말했다.

"어휴, 발레선수의 연습 바가 열 개나 놓여있군요? 선생님은 발레리나십니다. 멋지게 타고 다니세요."

선생님은 어이가 없으신지 잠시 나를 바라보시다가 결연히 말씀하셨다.

"저걸 잡고 가려면 온힘을 다 쏟아야 해. 참으로 치욕스럽기까지 해."

선생님께서는 참으로 말수가 적으시다. 나는 건방지게 불쑥 말씀

드린 일이 있다.

"선생님께서는 돈도 많으실 텐데 가난한 시인이나 불쌍한 사람들을 좀 도우시지 그러세요?"

선생님은 눈을 감고 대꾸를 하시지 않았다. 그러나 찬찬히 알아듣게 말씀하셨다.

"나, 틈나는 대로 혜화동 수녀원에 가. 거기 있는 봉쇄 수녀원은 한 번 들어가면 못 나오는 데야. 그 힘든 분들을 위해 수십 년간 나름대로 봉사해왔어. 그분들 애로사항도 들어주고, 수녀원 고치는 일도 도와드리고, 새로운 사업을 하시는데 기금을 내놓기도 했어. 민주화운동 하던 사람들이 손을 벌리면 어쩌겠어. 그저 소리 없이 도와주는 수 밖에…"

나는 선생님의 작품 중에서 다음 작품을 가장 사랑한다.

겨울 바다

겨울 바다에 가 보았지.
미지(未知)의 새,
보고 싶던 새들은 죽고 없었네.

그대 생각을 했건만도
매운 해풍(海風)에
그 진실마저 눈물져 얼어 버리고
허무의 불 물이랑 위에

불붙어 있었네.

나를 가르치는 건
언제나 시간
끄덕이며 끄덕이며 겨울 바다에 섰었네.

남은 날은 적지만
기도를 끝낸 다음 더욱 뜨거운
기도의 문이 열리는
그런 영혼을 갖게 하소서.

겨울 바다에 가 보았지
인고(忍苦)의 물이
수심(水深) 속에 기둥을 이루고 있었네.

　　1927년생인 선생님은 90대 중반을 넘기시고도 시집 19권을 거뜬
히 내셨다. 선생님의 스무 번째 시집이 나올 날도 머지않은 듯싶다.
선생님은 영생하시려는 것일까... 나는 시인 김남조 선생님께서 이
세상에 계시지 않는다는 생각은 해본 일이 없다. 광화문 광장에 장
엄한 이순신 동상이 의연히 서있는 것처럼 시인 김남조도 그 언저리
어디쯤에 영원히 계실 듯싶다. 광화문의 그 이순신 동상은 선생님
부군 김세중 교수의 작품이다. 광화문에 이순신 동상이 있고, 우리
가슴 속에는 시인 김남조의 동상이 영원히 남아있을 것이다.

지난 1994년 가을, 우리 국어교육과 동문들의 가을나들이가 있었다. 속리산이던가 하는 곳을 다녀오던 길에 문득 김남조 선생께서는 나에게 말씀하셨다. '김광휘 씨는 어디에 살던가?' '네, 서울 변두리 안양 근처 산본이라는 데 입니다.' 선생께서는 웃으며 말씀하셨다. '말 나온 김에 김광휘 씨 집에 한 번 가볼까?' 그래서 우리 동문들 모두는 버스를 돌려 우리집을 찾았다. 그때의 모습이다. 편안한 얼굴을 하고 계신 선생님 곁에 서 있던 나도 지금보다는 훨씬 젊어 보인다. 50대 초반이었을 것이다.

미국 아가씨

대학시절에교수실 입구 게시판에 글이 붙어 있었다.

'국어과 학생이면 환영, 영어가 통하는 학생이면 좋겠음. 교회에 나가는 학생, 한국기독학생회(KSCM)에 파견된 미국 학생선교사 마리안 맥케이(Marian McCaa, 여, 23세)가 통역 아르바이트생을 구

함. 서울대학교 12개 단과대학에 다니며 누가복음 강의를 하는데 도움을 줄 수 있는 학생을 구함.'

나는 응모하였다. 미국인치고는 동양인만큼이나 아담한 아가씨 하나가 이것저것 물었다.

"어느 고등학교를 졸업했어요? 어느 교회를 다니세요? 언제부터 교회를 나갔나요?"

나는 솔직하게 대답했다.

"어머니 따라 어려서부터 교회에 다녔다. 장로교회 신자이다. 특별한 믿음이 있는 것은 아니지만 오래 믿은 셈이다. 고향 대전에 있을 때 교회 학생회장과 고등학교 YMCA, 그러니까 대전지역 고등학생 YMCA 학생회장도 역임한 바가 있다."

그 여자선교사는 눈을 깜빡이더니 대답했다.

"Good, Very good! 함께 일해봅시다."

이렇게 해서 다음날부터 서울대학교 12개 단과대학을 틈이 나는 대로 찾아다니며 기독학생회의 성경공부를 이끌어 나갔다. 우선, 동양여인처럼 체구가 아담하지만 아주 미인인 그녀가 캠퍼스에 들어서면 남녀 학생을 불문하고 환영해주었다. 특히 수원에 있는 농과대학에서는 나무가 우거진 캠퍼스에서 야외 도시락을 먹으며 분위기 있는 성경공부를 하기도 하였다. 그녀는 미술대학의 동양화가 서세옥 화백으로부터 동양화를 배워 난을 제법 그럴 듯하게 칠 줄도 알았고, 수묵화도 우리보다 더 잘 그렸다. 사범대학에서는 가정과의 요리공부를 열심히 해서 불고기도 멋지게 재어 나를 즐겁게 해주기도 하였다.

우리 국어과에서 설악산으로 여행을 가는데 그녀도 꼭 비용을 낼

테니 데려가 달라고 하였다. 교수님들도 그 이채로운 미국 아가씨가 온다니까 환영이었다. 마리안 맥케이는 우리 사범대학 국어과의 설악산 수학여행에 2년이나 따라다녔다. 1962년 가을, 1963년 가을에 내설악과 낙산사 일대까지 우리과 학생들과 동행하였다. 그 당시만 해도 설악산 가는 길은 정말 고행과 다름이 없었다. 성능이 좋지 않은 버스로 20시간 이상씩 달려야 했고, 도로 형편이 열악하여 설악산에 닿으면 머리에 먼지를 한 움큼씩 이고 버스에서 내리면 먼지를 털어내는 일이 큰 행사였다. 그래도 그녀는 즐겁게 따라왔고, 우리 국어과 학생들과 어울려 천안삼거리도 부르고 보리밭도 함께 불렀다. 그러다가 그녀는 1963년 가을에 귀국하였다.

그 후 나는 육군소위가 되었고, 베트남에 파병이 되어 베트남 전선을 누비게 되었다. 그때 제일 열심히 위문편지를 베트남까지 보내주었던 것이 마리안 맥케이 누나였다.

그 누나는 그 후 자신의 고향인 미주리 주의 캔서스시티에서 대학교수였던 선배와 결혼해 살았다. 소화마비로 걸음걸이가 불편한 교수였지만 지성미가 넘치는 그분과 행복하게 살며 두 아들을 낳아 길렀다. 그 아드님이 대학 합창단의 지휘도 했고, 어머니의 재능을 받아 음악가가 되었는데 참으로 이상적인 가정을 이루었다. 어머니 마리안 맥케이는 캔서스시티에서 가장 유명한 파이프오르간 연주자였다. 그 어머니에 그 아들이었던지 그 아들은 하버드대학의 합창단을 지휘하기도 하였는데 얼마 전에는 그 아들이 50살이 되었는데 백혈병으로 세상을 떠났다는 슬픈 소식을 전하기도 하였다. 오래 살다보니 이런 슬픔도 듣게 되었다.

1960년대에 만나고, 우리 아들도 LA에 살고 있으니 미국 중부지역에 있는 그분을 못 만날 일도 없는데, 나나 마리안 맥케이 여사나 모두 80을 넘기고 할머니 할아버지가 되었으니 비행기 타는 일이 힘들어 서로 죽기 전에 다시 만날 일은 없을 듯하다. 인생사 무상하기만 하다. 하지만 아름다웠던 추억이다.

1962년 겨울이었던가... 육사14기 졸업생으로 전방 중대장을 하고 있던 사촌형 나병선 대위를 만나러 가려고 나설 때였다. 마리안 맥케이 누나가 나에게 물었다.

"광휘, 어디 가는데?"

"경기도 일동이라는 데를 가요"

"거기는 왜?"

"거기에 사촌형이 캡틴으로 있어요. 방학동안 가서 쉬고 학비도 좀 받아 오려구요."

"나 따라가면 안 될까? 나 한국 전방(front line) 구경하고 싶어. 한국군인들 생활도 보고 싶단 말이야."

참으로 호기심이 많은 미국 아가씨였다. 나는 짜증스럽게 말했다.

"거긴 군인들만 있는 곳이야. 미국 아가씨가 가면 눈에 띈단 말이야."

마리안 누나가 말했다.

"광휘는 내가 창피해?"

"아니, 창피하지는 않지만 사람들 눈에 팍 띄지."

아무튼 그녀는 막무가내로 따라나섰다. 내가 그녀와 시골 버스를 타고 이동 백골부대의 사단 보충중대를 찾아갔을 때, 사촌형 나병선 대위가 나오다가 우리를 보고 깜짝 놀랐다. 파란 눈의 미국 아가씨가 그 전방에 찾아온 것에 놀라는 눈치였다.

"아니, 광휘야. 이 미국 아가씨는 누구냐?"

내가 자초지종을 설명하자 병선이 형은 말했다.

"난 군인이야. 내 부대에 미국 선교사 아가씨가 찾아왔다. 이거 사
단장님께 보고해야해."

병선이 형은 사단장님께 전화로 보고를 하는 듯 했다. 그러더니
짚차가 오고 우리는 느닷없이 그 차를 얻어 타고 사단장 숙소로 달
려갔다. 별 두 개를 단 그 장군은 그 맹랑하게 생긴 미국 아가씨를
쳐다보더니 뜻밖의 말을 했다.

"아, 서울대학교에 온 선교사 선생님이라구요? 좋습니다. 오신 김
에 우리 한국군 태권도 시범단을 보십시오."

언제 준비가 돼있었는지 사단 연병장에는 태권도 시범단이 태권도
복을 입고 질서정연하게 서있었다. 구령과 함께 태권도 시범이 펼쳐
졌다. 마리안 맥케이, 파란 눈의 아가씨가 가져간 카메라를 들고 정
신없이 찍어댔다. 그날 이후로 마리안 맥케이도 두꺼운 군인 파카를
얻어 입고, 전방 구경도 하고 사단장님과 함께 전방고지 시찰까지 하
였다. 파란 눈의 아가씨라는 것이 사단장님의 마음을 움직인 것일
까? 1960년대 6.25 직후의 전쟁 기운이 남아서 그랬을까? 아무튼 그
사단장님은 마리안 맥케이를 융숭하게 대접하였다. 돌아올 때는 기
념품까지도 주셨다. 나도 덕분에 사촌형으로부터 맞춘지 얼마 되지
않은 신사복 한 벌을 얻어 입게 되었고, 한 학기 등록금도 얻을 수 있
었다. 여담이지만 여자는 동서양을 막론하고 미인일 필요가 있다.

아무튼 이 마리안 맥케이라는 여자는 나에게 두고두고 고마운 존
재가 되었다. 베트남에 있을 때 미국들과 합동작전을 할 때에는 나

의 콩글리쉬가 제법 잘 통했다. 다 마리안 맥케이와 2년 동안 영어를 익힌 덕분이었다. 한번은 퀴논 시내에 나갔다가 날이 저물어 쓰리쿼터 차를 몰고 미 해병대 근처로 찾아갔다. 야자수 우거진 그 지역에서 날이 저물자 미 해병대원들은 완전히 불을 끄고 베트콩들을 경계하고 있었다. 나는 날이 저물었다는 절박감 때문에 미 해병대 근처로 차를 몰고 급히 갔는데, 어둠 속에서 자동소총의 노리쇠 후퇴하는 소리가 일제히 들리더니 발사 직전의 상태였다. 나는 정신이 아득해지며 차에서 일어나 소리쳤다.

당시 사범대학에 미국 여자선교사 마리안 맥케이가 왔었다. 나는 그녀의 안내인이 되어 서울대학교 12개 단과대학을 함께 다녔다. 호숫가에 있는 농과대학 학생들이 제일 친절하게 맞아주었다.

"돈 슛! 아이 엠 라크 아미! 루테넌, 돈 슛! (Don't shoot, I am ROK Army! Lieutenant, don't shoot!)"

이 짧은 한마디가 나를 살렸다. 숲속에서 라이트가 켜지더니 성큼 성큼 해병대 상사가 와서 우리 차에 올라타고 자기 부대로 안내하였 다. 나는 그날 밤 그 부대에서 저녁을 잘 얻어먹고 155미리 야포소 리를 자장가처럼 들으면서 푸근히 잘 수 있었다. 해병대 대위가 말 했다.

"당신의 그 짧은 영어 한 문장이 당신의 목숨을 살린 거요. 그 영 어는 어디서 배웠소?"

나는 잠결에 대답하였다.

"마리안 맥케이라는 미국 아가씨한테 배운 듯하오."

운 좋은 육군 소위

내가 ROTC 소위가 되어 맨 처음 배치된 곳은 홍천 가까이에 있는 포병 사령부가 있는 산골짜기였다. 시동이라는 곳이었는데 한자로 時洞이라고 쓰는 것인지 詩洞이라는 곳인지, 알바는 없으나 나는 이 왕이면 시인이 사는 마을이라고 생각해서 나는 詩洞으로 생각하기 로 하였다. 아무튼 그 시동의 맨 끝에는 105미리 곡사포대대가 있었 고 편제상 60대대라고 불렀다. 그 옆에 또 하나의 105미리 곡사포대 대 61대대가 있었고, 그 옆에 나란히 155미리의 628대대가 있었다. 나는 60대대에 배치가 되었다. 대대장은 중령으로 진급이 되지 못 한 고참 소령이 지휘하고 있었다. 그 대대장의 존함은 지금 생각나지 않는다. (죄송하다.) 아무튼 그분은 개고기를 무척 좋아하는 듯싶었다. 우리 신참 ROTC 소위가 여섯 명이나 갔는데 모두 개울가에 모이게 하더니 개 한 마리를 잡고 시커멓게 태웠다. 그 개고기를 먹으라고 권하였다. 서울에서 간 우리 신참 소위들은 그 개고기를 선뜻 먹기가 뭐해 우물쭈물하고 있으니까, 주 소령님은 우리 소위들을 다그치셨다.

"이놈들아, 개고기를 먹을 줄 알아야 진짜 군인이 되는 거야. 자, 쭉 막걸리부터 들이켜고 자, 고기를 쭉쭉 찢어 된장에 발라먹어 봐!"

우리는 울상이 되어 막걸리를 마시고 개고기를 먹기 시작하였다. 우리 소위들이 먹기를 시작하자 주 소령님은 기분 좋은 표정이 되더니 말했다.

"모든 게 낯설 거야. 군인은 어떠한 환경에서도 살아남아야 하는 존재야. 자, 신참 소위들에게 첫 임무를 주겠다. 내가 내일부터 일주일씩 휴가를 줄 테니 고향에 돌아가 각자의 임무를 완수해서 돌아올 것. 국문과를 나온 김광휘 소위는 책을 200권만 구해서 도서실을 꾸미며 볼 것. 고대 사학과를 나온 윤 소위는 사학과에 관련된 책을 가져오던지 야학을 열던지 아무튼 병사들을 위한 시설을 생각해 볼 것. 약대를 나온 박 소위는 약을 몽땅 얻어 와서 열악한 우리 부대의 군의관실을 약으로 채워놓을 것. 우리 전방부대에는 모든 것이 부족한 형편이다. 각자 알아서 임무를 완수할 것. 귀관들의 능력을 본관은 주시해 볼 것이다."

참 어이없는 주문이었다. 요즘 군대에서는 있을 수 없는 명령이고, 생각할 수도 없는 상사의 행태이다. 그러나 그때는 그 주 소령님의 명령이 하늘의 명령같이 지엄하기만 하였다.

다음날 우리는 거짓말처럼 후방으로 나오는 군용차량을 타고 원주로 나와 모두 고향으로 돌아갔다. 나도 서울역까지 나와 대전 가는 기차를 탔다. 그때 기차를 타면 우선 좌석에 앉는 일이 별따기처럼 어려울 때였다. 좌석제가 아니고, 먼저 온 사람이 앉는 식의 기차타기였다. 천우신조로 좌석이 비어있었다. 나는 느긋하게 앉아 기차가 떠나기를 기다렸다. 그때 웬 서양 사람이 입석에 서서 땀을 흘리고 있었다. 그 큰 덩치에 자리를 잡지 못하여 이리 밀리고 저리 쏠리고…. 보기에 딱했다. 나는 자리에서 일어섰다. 그 외국인에게 자리를 양보하였다. 그분은 큰 키를 굽신거리며 고맙다고 자리를 잡았다. 그리고 춘추 모직 군복을 입은 내 모습을 보며 그는 내 목에 걸린 빨간 스카프를 보더니 단번에 알아 맞췄다.

"오우, 포병이시군요. Artillery!"

그런데 그 순간에 나도 그 분의 정체를 알 수 있었다. 당시 육군부대에는 '자유의 벗'이라는 월간지 비슷한 간행물이 배달되고 있었는데 그분을 그 월간지에서 본 듯하였다. 미 대령급 군무원으로 한국부대에 책을 보급하고 산간오지에 고등국민학교를 세워주는 원조 책임자였다. 월간지에 몇 번 소개가 된 인물이었다. 나는 기억력을 더듬어 그 분의 이름까지도 기억할 수가 있었다.

"저 혹시 자유의 벗에 나왔던 맥클레인 씨가 아닙니까?"

그 신사는 깜짝 놀라며 내 손을 잡았다.

"아니, 루테년, 제 이름을 어떻게 아세요?"

"네, 자유의 벗에서 봤습니다. 참 좋은 일을 많이 하시더군요."

"소위님은 어디를 가십니까? 휴가를 가시나요?"

나는 곤혹스러운 표정으로 나의 억지 여행에 관한 이야기를 고백하였다.

"아 글쎄, 전방대대장님이 우리한테 도서관을 지으랍니다. 그 산 골짜기에 책을 몇 백 부씩 비치한 도서관을 세워보라는 겁니다. 아 니 우리가 무슨 재벌집 아들인가요? 도서관을 만들게?"

내가 곤혹스럽게 사정을 실토하자 그 신사는 얘기를 듣고 나더니 회심의 미소를 지으며 말했다.

"네, 좋습니다. 고향 대전에 가서서 책을 구해보시구요. 오시다가 8군에 들러 절 찾아주세요."

그러면서 그 노신사는 자신의 명함을 건네주었다. 나는 고향 대전 에 가 휴가 같지 않은 휴가를 대충 보내고, 책 5권을 책방 하는 형에 게 얻어서 큰 기대하지 않고 명함에 있는 8군의 맥클레인 씨를 찾아 갔다.

그의 사무실은 의외로 컸다. 책상 위에는 퇴역 당시의 계급장이었 는지 대령 계급장이 그려져 있었고, 그분은 긴 말을 하지 않았다.

"나는 빈말을 하지 않는 사람입니다. 부대로 돌아가서 실어 나를 수 있는 트럭을 가져오십시오. 고대 앞에 있는 서울사대를 나오셨다 고요? 그 고대에서 멀지 않은 곳에 서울상대가 있습니다. 서울상대 건너편에 내 전용 창고가 있으니 그 창고에서 책을 꺼내 가십시오. 책이 상상할 수 없을 만큼 쌓여있을 것입니다."

맥클레인 씨는 나를 장교식당으로 데려가더니 비프스테이크를 사 줬다. 잘 먹고 전방으로 가서 대대장님께 자초지종을 말씀드렸다. 주 소령님은 눈을 깜빡깜빡하며 내 이야기를 다 듣고 나더니 말했다.

"자네, 그 미국 사람을 정말 믿을 수 있던가? 내가 부사령관님께 말씀드려 트럭 한 대와 쓰리쿼터 한 대를 병사들과 함께 보내는 것은 문제가 아니네만, 만약 트럭과 차량이 병사와 함께 움직였다가 일이 안되거나 또는 사고라도 나면 나는 끝이야. 가뜩이나 지금 나는 계급정년이 차 있는 사람인데... 자네가 나를 시험에 들게 하는군. 정말 트럭 한 대와 쓰리쿼터 한 대를 중사 하나, 병장 둘과 함께 내보내야 한단 말인가? 하 이거, 내 목이 김 소위 말에 달렸는데..."

주 소령님은 계속 고민에 빠져있더니 단안을 내렸다.

"좋아! 쓰리쿼터 한 대에는 자네와 운전병 병사 하나가 타고, 트럭 한 대에는 중사 하나와 작업병 두 명을 태워 보내지. 자네가 내 운명을 책임져주게."

이렇게 해서 강원도 홍천군의 시동에서 차량 두 대와 내가 출발하였다. 서울에 와서 8군의 맥클레인 씨를 만나고, 그 분이 건네주는 열쇠를 받은 후에 서울상대 앞의 커다란 흰색 건물을 찾아갔다. 그 건물의 문을 열자 나는 얼어붙고 말았다. 눈앞에는 엄청난 수의 미국 책이 산더미처럼 쌓여있었기 때문이었다.

우리는 이틀 동안 작업을 해서 사흘째 되는 날 왕십리의 하숙집터에 책을 산더미처럼 쌓아놓았다. 표지가 두껍게 처리된 하드커버의 책들이 어찌나 무겁던지 군용 트럭과 쓰리쿼터가 주저앉을 것 같았다. 책을 덜어냈다. 그리고 청계천 5가와 6가에 있는 헌책방 주인들에게 사정애기를 하면서 미국 책과 한국 책을 바꾸자는 제의를 하였다. 단서를 달았다. '한국 책은 헌 책도 좋습니다. 많이만 바꿔주세요.'

이렇게 해서 미국 책과 한국 책을 바꾸는 작업을 하루 종일 했다. 그리고 사흘 만에 우리는 부대로 출발하였다. 부대로 돌아가자 대대장님이 부대 문밖에서 포대장들과 기다리고 있었다. 나는 개선장군처럼 부대연병장에 미국 책 1000권, 한국 책 1000권을 쌓아놓았다.

두 번째의 4.19

1965년이 되자 내가 근무하고 있던 수도사단, 즉 맹호부대가 베트남으로 가게 되었다. 나는 그때 대대 보급장교로 매일 삼마치라는 고개를 넘어 홍천 읍내로 가 보급품을 타오고 있었다. 대대장병들이 먹을 쌀은 물론이고, 입는 군복에서부터 신는 워커에 이르기까지 보급품을 수령해서 창고에 쌓아놓는 일을 맡아서 하고 있었다. 그런데 부대가 베트남으로 가게 되자 나는 인질 비슷하게 되었다. 나는 부대의 보급장교였기 때문에 복잡한 보급품, 어떤 것은 남고 어떤 것은 대폭 모자라는 그 어이없는 사태에 대해 책임을 져야 했다. 속된 군대말로 군대에서는 '까라면 까야 한다.' 이유를 댈 수가 없다. 왜 보급품이 모자라느냐… 그 부대가 창설될 때부터 모자랐던 듯싶은 온갖 보급품도 당시 육군 소위였으며 그 일을 맡은 지 얼마 되지 않은 신참소위라는 말로 변명이 되지 않았다. 새로 전입온 육사 나온 장교가 부대행정을 엉망으로 해놓고 있는 ROTC 장교인 나를 용서하지 않을 기세였다. 그는 말했다.

"베트남으로 함께 갑시다. 가서 해결합시다."

이렇게 해서 나는 억지춘향식으로 베트남 행을 하게 되었다.

1965년 10월 3일 일요일 9시20분, 부산 제3부두. 나를 태운 '제너럴 가이거'라고 하는 미국 퇴역 전함에는 제1진으로 출발하는 청룡부대원들과 500명가량의 육군 맹호부대 선발대원들이 타고 있었다. 나는 그날부터 일기를 썼기 때문에 지금도 기록이 남아 있다. 정말 생전 처음 타보는 배였으며, 바다여행이었다. 부산 시내에서 동원되었음직한 여학생들이 손수건을 흔들어주었고, 군악대가 힘차게 해병대 노래와 맹호부대 노래를 연주해주었다. 함께 배에 타고 있던 해병들의 군가(軍歌) 소리가 지금도 귓가에 쟁쟁하다.

"흘러가는 물결 그늘 아래에 편지를 띄우고, 흘러가는 물결 그늘 아래에 춤을 춥시다~ 처녀 열아홉 살 아름다운 꿈속에 아이 러브 유~ 라이라이라이라이 차차차…!"

배는 대만해협 쪽으로 항진(航進)했다. 해병들은 배 위에서도 시도 때도 없이 군가를 불러댔다. 5박 6일의 항해 끝에 배는 베트남 중부 항구도시 '꾸이년'에 도착했다. 미군들은 그 도시를 그냥 '퀴논'이라고 불렀다. 내가 받은 5만분의 1 군용지도에는 'QUI NHON'이라고 쓰여 있었다. 나중에 안 일이지만 그 도시 이름은 중국 고전 《맹자》에 나오는 '귀인(歸仁)'에서 따온 것이었다. '어짊 속으로 돌아간다'라는 깊은 뜻을 가진 유서 깊은 고도(古都)였다.

그 항구도시에 한국 최초의 육군 전투부대 맹호부대가 상륙했고 그 도시의 북서쪽에 사령부를 차리게 되었다. 우리 선발대가 도착했을 때, 현지 일대는 얕은 능선이 구릉을 이루고 있는 밋밋한 능선지대로 옥수수 밭이 끝없이 펼쳐져 있는 평야였다. 그곳은 베트콩과 미군 101공수사단이 피나는 전투를 벌여 쌍방이 200여 명 이상의 사상자를 낸 곳이기도 해서 분위기가 어수선했다. 우리가 모래밭에 참호를 파고 첫날밤을 지낼 때, 미군 불도저들은 밤새도록 시체들을 치우고 있었다.

10월 27일에 맹호부대 본진(本陣)이 퀴논항에 도착했다. 나는 항구로 달려 나가 상륙주정(LST)을 타고 사단 깃발, 연대 깃발을 앞세우며 상륙하는 부대원들을 맞았다. 언덕 위에서는 미군 군악대가 신나는 '콰이강 마치'를 연주하였다.

며칠 뒤, 포병 사령부에서 나에게 보병부대로 전보(轉補)되었다는 연락이 왔다. 가야 할 곳은 맹호부대 제1연대 제1대대 소속 제3중대였다. 그때는 부대라고 해야 벌판에 천막을 치고 단위별로 듬성듬성 모여 있었고 현지 지리에 어두운 한국군을 위해 미군 101공수사단 병력이 외곽을 지켜주고 있었다. 채명신(蔡命新) 사령관도 철모에 별 두 개를 붙인 채 동분서주하고 있었다(그때 채명신 사령관은 소장이었는데 얼마 후에 중장으로 진급했다).

그때는 모두가 정신이 없었기 때문에 벌판에서 미군 전투식량인 C레이션을 까먹으며 각자가 알아서 자기 할 일을 찾아서 하는 식이었다. 가끔 별 네 개를 단 키 크고 잘생긴 미국 사령관 윌리엄 웨스트모어랜드 장군이 요란한 헬기 소리와 함께 현장에 나타나기도 하였다. 채명신 사령관이 달려가 맞았다. 두 사람은 벌판의 그늘에 앉아 지도를 펴놓고 한국군과 미군의 작전지역을 협의했다.

나는 어렵게 보병 제1연대 제1대대 제3중대를 찾아갔다. 부산 출신의 키 작은 관측하사 천 하사와 유선병 이 일병이 짐을 들고 따라오고, 전라도 출신의 관측병 박 일병이 앞장을 섰다. 가까스로 중대를 찾아가자 키가 나와 엇비슷하고 다부지게 생긴 대위가 선글라스를 벗으며 물었다.

"F.O요? 김 소위요?"

포병 관측장교를 군대용어로 F.O라고 부른다. 전방 관측장교라는 영어의 약자다. 나는 예의를 갖춰 거수경례를 하며 인사했다.

"네, 관측장교로 발령받은 김광휘 소위입니다."

그는 내 어깨를 툭 치며 말했다.

"잘해봅시다. 우리 보병은 포병이 잘 때려줘야 살 수 있어요. 김 소위, 영어 좀 한다면서? 우선 미군 포병과 항공병하고도 말이 돼야 합니다. 밤에 조명등과 에어스트라이크(공습)를 유도할 수 있어야 합니다."

"네, 그 정도는 할 수 있을 것 같습니다."

그제야 안심이 되는 듯 그는 악수를 청하며 말했다.

"난 육사 6기 장세동 대위요."

그 때는 요즘처럼 16기라고 하지 않고, 정규 육사 출신들을 그냥 6 기라고 하였다. 그러며 C레이션에서 꺼낸 커피를 권하면서 말했다.

"난 이소동(李召東 · 1군 사령관 역임. 대장 예편) 장 · 군의 9사단 수색중대장으로 있다가 자원해서 왔소. 군인은 싸움을 해봐야 되잖 아. 우리, 아마도 싸움깨나 하게 될 거요."

그 때 웅성거리고 있던 중대원들의 열 중에서 누군가가 달려왔다. 그는 큰 소리로 나를 향해 외쳤다.

"야! 자네, 김광휘 아니야? 나 최인수야! 최인수!"

고된 훈련으로 얼굴이 새까맣게 탄 키 작은 육군 중위가 큰 소리 로 외치며 내 손을 잡았다. 뜻밖에도 그는 내 고등학교 동기생이었 다. 그냥 알고 지내던 동기생이 아니라, 함께 교회도 다니고 재수할 때 도서관까지 같이 다녔던 절친이었다.

"아니!"

우리는 부둥켜안았다. 그렇게 인연이 깊었던 두 사람이 아득한 베트남전의 벌판에서 만나리라고는 상상도 할 수 없었기 때문이었다. 그것도 한 중대에서 소대장과 관측장교로 말이다. 아무튼 그는 중위 였고, 나는 소위였다. 그는 충북 보은중학교를 수석으로 나온 수재 로 대전고등학교에 입학하여 법관이 되기 위해 서울법대에 두 번이 나 응시했지만, 그 거만한 육법전서가 그를 뿌리쳤고, 이내 보병학 교로 달려가 육군 장교가 된 것이었다. 홧김에 서방질을 한 셈인데, 그 인연이 깊어 베트남에서 만나게 된 것이었다.

낯선 베트남에서 정글을 누비면서도 두려움이 없었으니 역시 젊음이 좋았던 듯싶다.

장세동 중대장이 반색하였다.
"아니, 이런 인연이 있나? 고등학교 동창생을 베트남 전쟁터에서 만나다니…. 우리 앞으로 정말 잘해봅시다."
나중에 유추(類推)해보니, 맹호부대에 이어 베트남에 온 백마부대

(9사단) 사단장인 맹장(猛將) 이소동 장군이 장세동 대위를 채명신 사령관에게 추천했던 것 같다. 어쩌면 이렇게 말했을지도 모른다.

"거기 물건 하나가 갔습니다. 내가 데리고 있던 수색중대장이오. 끝내주는 장교입니다. 중용해보세요."

베트콩 지역에서의 첫 밤

맹호1연대 제3중대의 관측장교로 발령받아 사단 본부 부근에 있는 보병연대에 있은 지 얼마 되지 않아 중대가 옮기게 되었다. 그 당시의 이동수단은 헬리콥터였다. 모두 헬기를 타고 자기 보급품을 들고 요란한 날갯소리를 들으며 어느 밋밋한 산 중턱에 내렸다.

장세동 중대장과 관측장교인 내가 위치를 파악하기 시작하였다. 뒤로 고지 하나가 있고, 그 너머에 대대 본부가 있고, 포병이 자리 잡고 있었다. 한국군으로서는 최초로 베트콩 지역에 떨어진 것이었다. 외곽지대는 먼저 와 있던 미군 101공수사단이 맡고 있었다. 무전기에서 대대장의 목소리가 들려왔다.

"장세동 중대장, 나 배정도(裵貞道·청와대 경호실 행정차장보 역임. 육군 소장 예편) 대대장인데, 축하해. 제3중대가 최전방을 맡게 됐어. 우리 한국군으로서는 최초로 베트콩 지역에 들어선 거야. 오늘 저녁부터 잘 해봐."

제3중대는 미군들이 던져주는 철조망을 받아 주변에 설치하고는 잡초를 치우고 야영 준비를 시작하였다. 이후 모두 C레이션을 까먹고, 중대장의 명령을 기다렸다.

"여러분, 어쩌다 보니 우리가 한국군 최초로 베트콩 지역에 들어와 첫 밤을 보내게 되었다. 자고로 살고 죽는 것은 하늘에 달렸다고 하였다. 우리는 군인이다. 살고 죽는 것은 하늘에 맡기고 최선을 다해보자!"

모두 저녁참으로 다시 C레이션을 까먹고 담배를 피워 물었다. 중대장이 소대장들에게 지시했다.

"오늘 밤부터는 절대 밤에 담배를 피울 수 없다. 담뱃불은 적의 표적이 된다. 아무리 모기가 물어도 소리를 내서는 안 된다. 홍천에서 배운 대로 거머리가 물고, 모기가 뜯고, 담배가 고프더라도 참고 또 참아야 한다. 그래야 살 수 있다."

첫 전투

그렇게 잔뜩 겁을 먹고 모두 총을 든 채 엎드려 깜빡 잠이 들었을 때, 어둠 속에서 누군가가 외쳤다.

"베트콩이다! 베트콩이 쳐들어온다!"

어둠 속에서 중대장의 명령이 떨어졌다.

"박격포, 조명탄 올려! F.O, 조명탄 때려줘!"

나는 떨렸다. 말로만 듣던 베트콩이 어둠 속에서 나타나고 전투가 벌어졌다. 실전이었다. 포대 위에 조명탄을 띄워 달라고 포사격 명령을 하였다. 얼마 후, 105mm 조명탄이 밤하늘에 올라 주변을 밝혔다. 부대 앞 개울을 가로지르는 베트콩들이 보였다. 사격이 시작되었다. 조명탄은 조금 있다가 꺼졌다. 다시 어둠이 찾아왔다. 중대장이 소리쳤다.

베트남 전투지의 유명한 UPI 통신 기자들이 부대를 찾아왔다.
왼쪽 두 번째가 나이고, 오른쪽 첫 번째 군인이 훗날 유명한 장군이 된 장세동 대위이다.

"김 소위, F.O! 미군 비행기 불러! 조명탄 쏴달라고 해!"
나는 미군 연락장교에게 우리 상황을 설명하고 조명탄을 투하해달라고 요청하였다. 곧이어, 거짓말처럼 미군 비행기들이 날아오고 하늘에서 조명탄이 터지기 시작하였다. 이런 상황에 베트콩들은 철수하기 급급하였다. 얼마 후, 총성이 멎었다. 날이 밝았다. 고지 위로 헬기들이 날아오고 제일 먼저 채명신 사령관이 달려왔다. 키 크고 잘생긴 그 장군이 성큼성큼 다가와 장세동 대위의 손을 잡았다.

"장 대위, 수고했어. 아주 멋지게 격퇴시켰군. 전과(戰果)는?"

장세동 대위는 간략하게 보고했다.

"베트콩 사살 2명입니다. 시체는 저기 있습니다."

채명신 사령관과 참모들이 베트콩 시체를 살펴봤다. 팬티 차림에 수류탄을 움켜쥔 결사대 2명이었다. 그들은 최초로 접한 한국군의 사기를 단번에 꺾기 위해 결사적으로 덤볐다가 깨끗이 당하고 시신 2구를 남기고 철수한 것이었다.

사단에서 나온 보도진이 사진을 찍고 전투교훈을 정리하는 장교가 상황을 기록하였다. 그 장교는 장세동 대위로부터 상세한 전투경위를 꼼꼼히 들으면서 들고 온 메모지에 정리했다. 그는 장세동 대위에게 깍듯이 경례를 하며 구면(舊面)인 듯 아는 체를 하였다. 나중에 알았지만 바로 허화평(許和平·청와대 정무1수석비서관, 제14·15대 국회의원 역임) 중위였다. 채명신 사령관은 베트콩을 사살한 병사 2명을 찾아서 격려해주었다.

"무섭지 않았는가?"

병사들은 턱을 앞으로 쭉 빼고 자신 있게 말했다.

"무섭지 않았습니다!"

사령관은 만족한 듯 어깨를 치며 말했다.

"그렇지! 적을 충분히 유인해서 마지막 순간에 방아쇠를 당기는 것이 진짜 군인인 거야. 좋아! 훈장을 상신하도록!"

그 날, 1965년 10월 29일 금요일, 베트남 중부 퀴논 북부 풍손 지역에서의 전투상황은 한국의 신문, 잡지에도 대서특필되었으며, 라디오 뉴스를 통해서도 요란하게 보도되었다. 《전우신문》(당시 군대에서 발행되던 신문)에는 대문짝만하게 나왔다. 육군 베트남전사에도 남아 있다.

1996년 필자는 개인적으로 그 전적지에 가본 일이 있다. 베트남군 전몰자(戰歿者) 묘지가 경건하게 조성되어 있었다.

고보이

한국군이 단독으로 베트남전에서 중대 단위로 승리를 거두게 되자 채명신 사령관은 부대 운영을 중대 단위로 하기로 결심했다. 그 최초의 시범부대로 장세동 중대, 즉 맹호 제1대대 제3중대를 미군들이 가까스로 교두보로 확보하고 있던 '고보이'라는 지역으로 투입하였다. 고보이는 퀴논 북동부 강가의 전략(戰略) 마을이었다.

미군들이 그 지역을 확보하기 위해 강가 마을의 이쪽저쪽에 폭격과 포격을 어찌나 심하게 했던지 마을은 거의 폐허가 되다시피 한 상태로 야자 숲속에 버려져 있었다. 우리 중대가 그 마을에 들어가자 미군들은 우리 한국군을 묘한 표정으로 맞았다.

현지에 있는 미군은 제2차 세계대전 때 노르망디 일대에서 용맹을 떨쳤다는 101공수사단 C중대였다. 그들은 이미 당시 최신 무기였던 M16소총을 들고 있었고, 아주 성능이 뛰어난 통신장비들을 갖추고

있었다. 미군 중대장은 굵은 시가를 물고 M1과 카빈총을 들고 나타
난 우리를 안쓰럽게 바라보며 장세동 대위에게 물었다.

"우리가 이 지역을 당신 중대에 인계하고 나면 이 강을 건너 앞으
로 저 평야지대를 점령해나갈 수 있겠는가?"

장세동 대위는 그 키 큰 미군 대위를 올려다보며 당당히 말했다.

"장담할 수는 없지만 우리는 우리 식대로 싸우겠다. 당신들이 싸
우는 모습을 사흘만 보여달라. 그 후 물러가도 좋다."

이렇게 해서 우리는 그날 저녁부터 미군들이 싸우는 모습을 곁에
서 지켜보았다. 중대 본부로 쓰이던 이층집은 프랑스 식민지 시절
에 세워진 건물 같은데 동네에서 가장 튼실하게 보이는 목조건물이
었다. 2층에 중대장실이 있고 무전기 안테나가 지붕에 삐죽하게 나
와 있었다. 시가를 입에 문 중대 선임하사와 중대장이 번갈아 가며
전투지휘를 하는 와중, 강 건너 소대에서 베트콩이 오고 있다는 보
고가 들어왔다. 즉각 105mm 포탄이 떨어지고 함성이 울려 퍼졌다.
여기저기에서 수류탄이 터지고 바로 앞까지 베트콩이 들어온 듯 요
란한 기관총 소리가 울려 퍼졌다.

장세동 중대장과 부중대장 김실근(육사 18기) 중위, 그리고 나는
납작 엎드려 그 전투장면을 숨죽이고 지켜보았다. 베트콩들이 아주
가까이 다가오자 연신 수류탄이 터지고 미군들의 함성이 울려 퍼졌
다. 어둠 속에서 울려 퍼지는 미군들의 소리는 주로 "갓 댐!" "퍼킹!"
같은 욕설이 대부분이었고, 부상당한 미군들을 실어 나를 헬기들이
연신 날아오기 시작하였다.

'전투라는 것이 정말 이런 것인가….'

나는 무서움 때문에 허리를 펼 수가 없었다. 부중대장 김실근 중

위는 나를 향해 말했다.

"김 소위, 우리끼리 저놈들하고 싸우게 되면 당신 저 미군 포병들처럼 대포 잘 쏠 수 있겠소? 자신 있어?"

난 자신이 없었다. 포병을 부르고 미군 비행기를 부르고 그럴 자신이 도무지 없었다. 내가 대답을 못 하고 있자 장세동 중대장이 뒤에서 말했다.

"닥치면 다 하게 되는 거야! 김 소위, 우리는 할 수 있어. 겁먹지마!"

이후 미군들은 떠났고 미군들이 떠나고 나자 우리는 더 무서웠다. 장세동 중대장은 말했다.

"우리는 우리 식대로 싸우는 거야. 우선 베트남 사람들을 마을 한가운데 모이게 하고, 밤에는 절대로 나가지 못하게 해. 마을 가에 있는 바나나 숲을 다 벌목도(伐木刀)로 치워. 바나나 나무인지, 베트콩인지 구분할 수가 있어야 말이지. 마을 주변을 깨끗이 청소해!"

병사들은 벌목도를 들고 마을 주변을 깨끗이 치웠다. 여자들과 어린이들은 헬기편으로 모두 퀴논 시내 피란민촌으로 후송시켰다. 마을에는 꼭 남고자 하는 노인들과 이장, 몇 명의 민병대들만 남게 되었다. 철조망을 겹겹으로 치고 사이사이 미군이 건네준 클레이모어 지뢰(야전폭탄)와 부비트랩(폭발물) 등을 설치하였다. 그리고 기관총을 촘촘히 배치하였다. 그야말로 물 샐 틈 없는 요새가 되었다.

밤마다 베트콩들이 기습하였다. 그러나 어느새 우리도 전투의 베테랑이 되어 있었다. 얼마 전에 봤던 그 미군들처럼 우리도 여유 있게 양담배를 피우며 시가를 물며 커피를 마시며 전투를 할 수 있었다. 나는 지도를 보고 기계적으로 화집점(火集點 · 미리 봐둔 공격지점)을 포대에 알려 사격이 자동적으로 이루어지도록 하였다. 채명신 사령관이 웨스트 모어랜드 대장과 함께 헬기로 날아왔다. 질서정연한 고보이 진지를 둘러보고 웨스트 모어랜드 대장이 말했다.

"채 사령관, 한국군 참 대단합니다. 내가 얼마 전까지 이곳에 있었던 우리 101공수사단 C중대를 보러 바로 이곳에 왔었습니다. 그때에는 미군들이 베트남 주민들과 마구 엉켜 있었고, 밤에는 주민과 베트콩을 구분할 수 없어 우물쭈물하다 사고를 당했다는 보고도 받았습니다. 그런데 한국군들은 이렇게 말끔하게 중대 진지를 구축했군요. 좋습니다. 앞으로는 이런 식으로 운영해보세요."

채명신 사령관은 웨스트 모어랜드 장군에게 장세동 대위를 소개하며 말했다.

"우리의 자랑스러운 컴퍼니 리더(중대장) 캡틴 장입니다."

장세동 대위는 반듯한 자세로 두 사령관에게 경례를 올렸다.

1966년 4월 19일, 아침이었다.

중대는 앞으로 있을 연대 작전의 준비 작업을 위해 고보이 평야 진격 작전을 펴기로 했다. 바로 전날 부중대장 김실근 중위가 목표 부락인 탄쾅 마을까지 정찰을 끝내고 돌아왔다.

"별 특이한 동향은 없었습니다. 적들이 침투한 흔적이 없습니다.

안심하고 패트롤(정찰)을 끝내고 올 수 있을 것입니다. 산책 삼아 갔다 오시죠 뭐."

그런데 장세동 중대장의 표정은 밝지 않았다.

"그런데 예감이 좋지 않아. 이상하게 기분이 찜찜하고 썩 내키지가 않아."

대대장이 병사의 군장(軍裝)을 점검하다가 무엇이 신경에 걸렸던지 거친 말을 하였다.

"새끼야, 이렇게 군화 끈을 풀고 어떻게 전투를 할래? 그렇게 정신 줄을 놓으면 뒈지는 거야. 알아?"

그는 지휘봉으로 병사의 배를 쿡 찔렀다. 그 모습을 보고 장 대위는 미간을 찌푸리며 혼잣말을 했다.

"제 부하가? 왜 아이를 때려? 작전하러 나가는데…."

그는 자존심이 강했다. 자신의 부하를 대대장이 건드리는 것이 참기 어려웠던 것 같았다. 부대는 출발하였다. 야자수 우거진 강변로를 따라 소리 없이 움직였다. 해가 평야 끝의 푸카트산 정상으로 떠올랐다.

아침 10시쯤 되었을 것이다. 아침참을 모두 거르고 나왔기 때문에 추수가 막 끝난 들판 끝에서 C레이션을 꺼내 먹었다. 목표지점인 탄쾅 마을이 눈앞에 보였기 때문에 내가 말했다.

"중대장님, 저 숲속의 마을이 탄쾅입니다. 오늘 작전 목표의 끝입니다."

중대장은 무전병에게 앞에 나간 2소대장을 부르도록 하였다.

"최 중위, 이상 없소?"

무전기 너머에서 답신이 왔다.

"네, 특이한 적정이 없습니다. 저희 소대는 이미 탄쾅 마을을 통과했습니다."

나는 C레이션에 든 과일통조림을 마지막으로 따 먹고 생뚱맞게 말했다.

"중대장님, 그러고 보니 오늘이 4·19네요. 전 그때 중앙청 앞에까지 갔다가 죽을 뻔했습니다. 까만 정복을 입은 경무대 경찰들이 무릎쏴 자세로 우리를 향해 무차별 사격을 했습니다. 저는 정신없이 옆집 부엌으로 들어가 머리를 쳐 박고 있었습니다. 그러고 있었는데 밖에서 비명소리가 들리며 젊은 학생들이 외치더군요. '살아있는 사람들은 나오시오. 여기 부상자들과 죽어가는 사람들이 있습니다.' 그래서 정신없이 뛰쳐나갔지요. 그리고 부상한 학생을 의대생들과 함께 담가에 싣고 을지로6가에 있는 메디컬센터로 달려갔습니다."

장세동 중대장이 말했다.

"아이고, 김 소위가 그때도 대단한 일을 했군 그래. 부상당한 친구를 옮겼다고? 그런 용기가 어디서 생겼어? 난 그때 막 임관을 해서 9사단에 갔었는데 첫 휴가를 받아서 청량리에 내렸었지. 아, 청량리역에 나오니까 학생들이 밀려다니는 거야... 학생들이 데모를 한다고 버스가 안 다니더군. 그래서 걸어서 동대문까지 갔는데 데모대들 때문에 움직일 수가 없었어. 참 대단했었지. 나도 군복을 입은 채 학생들과 함께 4.19 물결에 휩쓸려 다녔어..."

이런 말을 나누며 우리는 들판 위를 건들건들 걸어 마지막 목표로 향하고 있었다. 그 탄쾅 마을만 돌고 나면 고보이로 돌아가 샤워를 할 수 있다고 생각하면서 들판을 신나게 걷고 있을 때였다. 갑자기

타다다다다! 하는 기관총의 연속성 폭발음이 들리면서 내 뒤에 따라
오던 부중대장 김실근 중위가 풀썩 쓰러졌다. 그는 쓰러진 후에 나
를 향해 외쳤다.

"김 소위! 움직일 수가 없다! 내가 총탄에 맞았나?"

나는 달려가 보았다. 그의 대퇴부가 뻘겋게 되어 있었다. 나는 급
히 위생병을 찾았다.

"위생병! 위생병!"

그때 또 총성이 울렸다. 앞서가던 김지영 중위(육사 19기, 당시 화
기소대장)가 눈을 움켜쥐고 비틀거리고 있었다. 그 손끝에는 눈알
같은 것이 덜렁거리고 있었다. 중대장이 소리 질렀다.

"위생병! 위생병! 김 중위, 김 중위를 덮쳐!"

위생병이 100m 달리기 선수처럼 위생 배낭을 메고 달렸다. 계속
총성이 울렸다. 위생병이 김 중위를 안고 개울로 뛰어들었다. 숲속
에 서 있는 저격병의 기관총 총구가 보였다. 장세동 중대장이 벌떡
일어나 들고 있던 카빈총을 겨누었다. 그러나 한발 늦었다. 그가 왼
손을 움켜쥐더니 내 어깨 위로 풀썩 쓰러졌다. 그를 움켜잡았다. 그
의 피가 내 군복을 적셨다. 뜨뜻한 느낌이 전해졌다. 그의 얼굴이 창
백해지기 시작했다. 그는 들고 있던 군용지도를 나에게 넘겨주었다.

"김 소위, 2소대장 불러. 빨리!"

나는 이미 마을을 통과한 최인수 중위를 불렀다.

"뒤를 봐! 뒤에 있어! 지금 우리가 저격당하고 있어! 빨리 돌아와!"

중대장을 둘러업었다. 추수가 끝난 논에는 물이 고여 있었다. 벅
벅 기면서 소리쳤다.

"선임하사! 선임하사!"

베트남 전선에서 장세동 중대장은 참으로 용감하게 싸웠다. 1966년 4월 19일, 그가 베트공의 총탄에 쓰러졌을 때 내가 용케 헬기를 부를 수 있었다. 그는 살아났고 한때 대한민국 제2인자가 되기도 하였다. (왼쪽, 장세동 대위, 그리고 나)

　중대 선임하사가 개울에 엎드려 있다가 기어 올라왔다. 나는 소리쳤다.

　"중대장님 업어! 빨리 업어!"

　유도 선수였다는 그는 벌벌 떨면서 중대장을 둘러업고 뛰었다. 총탄은 계속 날아왔다. 나는 뒤에 누워 있는 부중대장을 업고 선임하사를 따라갔다. 총탄이 발뒤꿈치를 따라왔다. 달리면서 미국 헬리콥터를 불렀다. 좌표를 부르며 빨리 와달라고 소리쳤다. 다행히 헬기는 굉음을 내며 날아오기 시작했다. 그러나 적들의 기관총 사격 때문에 내리지를 못하고 있었다. 다급한 나는 어깨에 차고 있던 스모그(연막탄)의 핀을 뽑았다. 그런데 죽은 줄 알았던 중대장이 눈을 뜨며 말했다.

"안 돼. 스모그는 안 돼. 박격포가 날아와. 포판을 펴. 포판을!"

나는 관측하사 천 하사에게 헬기가 내릴 수 있도록 포판을 펴도록 했다. 천 하사는 구르면서 포판을 폈다. 헬기는 포판을 보고 쏟아지는 기관총탄 속에서 필사적으로 하강을 시도하였다.

최인수 소대가 달려왔다. 숲속에 숨어 있던 베트콩 부대와 혈투를 벌이기 시작했다. 너무 근접해 있었기 때문에 달리 손을 쓸 수가 없었다. 모두 야전삽을 꺼내 들고 베트콩과 뒹굴고 있었다. 신형인 듯한 헬기에서 날렵한 미군 위생병들이 뛰어내려 장세동 대위와 김실근 중위를 실어 올렸다. 장세동 대위는 헬기를 타면서 다시 눈을 떴다.

"김 소위, 중대를 부탁해!"

1966년 4월 19일, 퀴논 북쪽 고보이 벌판에서 벌어졌던 일이다.

내가 두 번째로 맞은 4.19의 수난이었다. 아무튼 그날, 신형 미군 헬기들은 베트콩들의 기관총에 맞지 않기 위해 저공비행을 주저하였고, 우리는 우물쭈물하는 미군 헬기들이 얄미워 공중을 향해 '빨리 내려와, 이 새끼들아!' 이를 악물고 소리를 질렀다. 미군 헬기는 베트콩들의 저격을 피해 아주 조심스럽게 내려앉았고, 우리들은 부상한 중대장, 부중대장, 화기소대장들을 차례로 헬기에 실었다.

나와 최인수 중위가 그 벌판 위에서 뒷수습을 해나갔다. 중대원들을 저격병들이 없는 곳으로 대피를 시키고, 베트콩들을 쫓기 시작했다. 포를 쏘고 싶었지만 우리 아군들이 너무 가까이에 붙어 있었기 때문에 포도 쏘지 못하고 모두 육탄전을 벌였다. 전방소대원들은 베트콩들을 붙잡고 처참한 살육전을 벌이고 있었다. 너무 급하니까 야전삽이나 허리춤에 차고 있던 대검을 뽑아 찌르고 야단들이었다. 나와 최 중위는 둔덕에 엎드려 계속 총을 쏘며 전투를 격려하였다. 날이 어두워지면서 겨우 베트콩들이 물러서기 시작했다.

악몽 같은 1966년 4월 19일이 저물고 있었다.

내가 풀지 못한 숙제

내 개인적인 가정사에 얽힌 이야기 하나가 남아있다.

베트남에서 근무할 때, 가장 큰 낙은 고국에서 오는 위문편지를 받는 일과 여성펜팔과 편지를 주고받는 일이었다. 그래서 나는 나와 친한 소대장 최인수 중위가 부산처녀와 신나게 펜팔을 한다는 사실을 알고 그를 졸랐다. 그래서 나도 부산 처녀와 펜팔을 하게 되었다. 그 신나는 펜팔 끝에 만난 것이 지금의 아내이다.

1966년 가을, 제일 빠른 귀국선을 타고 베트남에서 돌아오자 부산 제3부둣가에 분홍색 투피스를 얌전히 받쳐 입고 부산 어느 여고 제복을 입은 학생과 나란히 그녀가 서있었다. 후덕하고 해맑은 인상의 처녀였다. 그래서 나는 총력을 다해 그녀에게 매달렸고, 내 집이 가난한다는 점과 여동생들과 노모를 모시고 있다는 점도 고백하였다. 그녀는 어느 선박회사의 지점장을 하는 집의 딸이었다. 부산 동대신 동의 유복한 집에 살고 있었으며 숙대 국문과를 나왔다는 것도 알아 냈다. 나는 당시 인기가 있었던 베트남전 귀국장교라는 점을 십분 내세우고 서울대학교 출신이라는 점도 한껏 과시하였다. 그러면서 우리집이 지독하게 가난하다는 점은 숨기고 아버지가 6.25 후에 쇼 크로 중풍을 얻어 쓰러져 계시다는 점도 감쪽같이 숨겼다.

나는 그녀와 열심히 데이트를 하였고, 전방 백골부대 포병 정훈참 모라는 어리둥절한 내용을 그녀의 아버님에게 자랑하면서 결혼을 서둘렀다. 부산에서 아주 화통한 아주머니로 소문이 난 그녀의 어머 니가 나를 보자고 하였다. 후일 나의 장모님이 되신 그분은 아주 나 중에 말씀하셨다.

"자네를 처음 봤을 때, 나는 자네 눈동자를 지켜보았네. 월남에서 전투를 많이 해서 그런지 아주 눈동자가 살아 있었네. 사내다운 눈 동자였지. 그만한 눈동자라면 처자식 굶기지는 않을 것이라는 믿음 을 갖게 되었네. 그까짓 살림살이야 살면서 일으키면 되는 것이고, 자네가 어려운 처지에 처해있다는 것도 대충은 알 수 있었네만, 설 마 서울사대를 나온 장교출신의 젊은이가 내 딸 굶겨죽일까 하는 생 각을 했지. 그래서 순순히 결혼을 서둘렀지. 우리 화숙이도 그때 숙 대 국문과를 나와 결혼시킬 나이가 됐기 때문에 서둘러 결혼시킨 거 야. 잘 살아야 하네. 남자는 의지만 있으면 운명을 개척할 수 있는 거니까. 다시 한 번 말하지만 나는 자네 그 눈동자를 믿겠네."

나의 장모님은 노래도 썩 잘 부르시는 분이셨다. 나는 이제껏 고

복수의 노래, 황금심의 노래를 우리 장모님보다 더 잘 부르는 가수를 본 일이 없다. 우리 장모님을 통해 나는 사람팔자라는 것을 생각해본다. 왜 우리 장모님은 가수가 되지 않고 음전한 가정주부가 되셨을까…

이야기가 사뭇 옆으로 갔다. 내가 결혼을 하고 나자 내 처는 은근히 겁나는 이야기를 하였다.

"당신이 나온 서울사대 국문과 교수님 중에 고정옥(高晶玉)이라는 분이 계셨을 거예요. 제가 왜 당신이 나온 서울사대 국문과에 관심을 가지고 있었냐하면요… 우리 작은할아버님 한 분이 바로 당신 모교의 교수님이었던 고정옥 교수님이었어요. 고전시가와 민속학의 개척자였을 거예요. 경남 함양의 전설적인 수재였죠. 경성제국대학 출신이었으니까… 그런데 그분 내외가 6.25때 월북을 하셨어요. 북에 올라가 김일성대학인가 어디에서 교수를 하셨다고 하는데… 우리 집안에서는 그분 얘기만 나오면 모두 쉬쉬하세요. 아마 당신도 우리 집안과 인연이 닿았으니 앞으로 그분 때문에 문제가 될 수도 있을 거예요."

고정옥 교수.

우리 사범대학 국문과에서 6.25때 홀연히 북으로 사라진 교수이다. 그 교수님에 관한 자료를 뒤지면 모두 미상으로 나온다. 내가 베트남에서 돌아와 잠시 방첩부대의 근무할 때, 북으로 간 고정옥 교수가 나의 처 작은할아버지가 된다는 사실에 대해 지나가는 말로 방첩과의 노태우 소령이 슬쩍 물었다.

"나는 그분에 대해서 풍문으로만 들었지 그분에 관해서는 잘 모릅니다. 서울사대에 들어가서도 그분에 관해서 알아보려고 했지만 자료가 없어서 깊이 알지 못하고 있습니다."

노태우 소령은 알았다고 간단히 대답하고 갔다. 나는 그 후 방첩부대에서 전방사단으로 옮겨가게 되었고, 누군가가 말했다.

"자네, ROTC 나오고 장기복무 권유를 받은 모양인데... 자네 장군 되기는 글렀어. 제대하는 게 좋을 거야. 자네 집안에 월북한 거물이 있다면서?"

나는 고정옥 교수가 마음에 걸렸지만 설마 그분에 관한 것이랴 하는 생각을 하였다. 그러나 얼마 후, 고정옥 교수가 6.25 때에도 서울에서 활동을 하였고, 특히 그 부인이 호남출신이었는데 대단한 사회주의자였다고 누군가가 귀띔을 해주었다. 나는 군대에서 제대하였다. 그리고 고정옥 교수가 나의 직계 가족은 아니지만 내 앞길에 장애가 되리라는 느낌을 받았다.

그 후 방송계로 돌아와 작가 활동을 할 때는 별 문제가 없었다. 그러나 노태우 대통령이 취임한 후, 그분이 라디오 방송에 주례방송을 하기 시작했다. 일주일에 한 번, 대통령 연설문을 발표하였다. 그런데 초장부터 일이 생겼다. 그분이 취임 초에 날이 퍽 가물었는데 대통령은 그 점을 염두해둔 듯 라디오 연설에서 이런 내용으로 연설을 시작하였다.

"국민 여러분, 요즘 날이 무척 가뭅니다. 전국의 논이 쩍쩍 갈라진다고 들었습니다. 농민들은 농민들대로 가뭄 때문에 농사일을 걱정하고, 도시에서는 먼지 때문에 시민들이 힘들어 하고 있습니다. 이런 때일수록 우리 국민들이 일치단결하여 가뭄 극복에 마음을 모아야 할 것입니다..."

이런 식의 대통령 담화를 하는 날, 하늘에서는 장대 같은 비가 내리고 있었다. 그래서 그 대통령의 연설문은 녹음방송이라는 사실이 들통 나고 말았다. 이런 연유에서인지, 어느 날 방송국으로 시커먼 차 한 대가 들어오더니 수군수군하고 누가 날 찾았다.

"김광휘 작가님이세요? 잠시 저희들하고 어디 좀 가주실까요?"

나는 그 검은 지프차를 얻어 타고 이 차가 어디로 가는 것인가 어리둥절하였다. 그 시절에는 권위주의시대가 다 끝나지 않은 때여서 나는 이 차가 남산 어디쯤으로 가는 게 아닐까? 하는 생각을 하였다. 그런데 그 차는 청와대로 향하였다. 내가 타고 간 차는 청와대 경호실에서 보내준 차였다. 그 후 나는 노태우 대통령의 연설문을 쓰기 시작하였다.

후일 문화부 장관이 된 이수정 공보수석이 내 원고작성을 꼼꼼히 지켜봤고, 신우재 비서관이 철야작업을 함께 하였다. 나는 노태우 대통령의 원고 쓰는 일에 반년쯤 매달렸다. 정식으로 발령을 받은 것도 아니고, 나는 특별히 새벽잠이 많아 아침 일찍 청와대 출근하는 일이 제일 힘들었다. 그리고 밤늦게까지 타자기 앞에서 원고를 부르는 일이 너무너무 고달팠다. 신우재 비서관이 말했다.

"선생님, 이제 청와대 식구가 되시죠. 정식 직급을 받으시려면 2급을 받으실 수 있구요, 별정직으로 계신다면 1급을 받으실 수 있습니다. 별정직은 대통령이 바뀌실 때 사표를 내신다는 뜻입니다. 쉽게 말해 임시직이 되시면 1급이 될 수 있고, 영구직으로 계시려면 2급을 받으실 수 있습니다."

이렇게 해서 청와대 식구가 되는 신원조회를 하게 되었는데, 어느 날 당시 경호실장이 되는 장군이 나를 점심식사에 따로 초대를 하였다. 서초동 어느 개고기집이었다. 개고기 요리를 아주 고급으로 하는 집이었다. 그 자리에서 경호실장은 묘한 이야기를 하였다. 그 경호실장은 자신이 대전고등학교 나의 선배라는 사실도 슬그머니 알려주었다. 그러면서 식사를 다 끝내고 난 후, 그 경호실장은 나에게 묘한 훈수를 두었다.

"김광휘 후배님, 방송작가로 복귀하셔야겠습니다. 청와대 들어오시기가 어려울 것 같습니다. 우리 고등학교 후배님 되시니까 제가 솔직한 얘기를 해드리죠. 너무 섭섭하게 듣지 마세요. 후배님을 우리 각하 곁에 모실 수 없는 두 가지 장애 요소가 있군요. 첫째는 김광휘 작가님은 베트남에서 장세동 장군을 살리셨군요. 전투지에서... 그 사실은 대단히 귀한 일이며 군인으로서 너무나 당연한 일이었습니다. 그러나 그 대상이 문제입니다. 지금 장세동 장군은 우리 5공의 두통거리입니다. 그분은 내 육사의 선배님이시기도 한데, 아무튼 그분은 제5공화국의 2인자였습니다. 지금 우리는 '5공 청산'이라는 문제를 안고 있습니다. 장세동 장군은 경호실 문제로 머지않아 법적 제재를 받으시게 될 겁니다. 기밀을 유지해야할 청와대 비서진에 김광휘 작가님은 맞지가 않습니다. 둘째, 또 하나의 문제가 있군요. 집안에 월북한 분이 계시죠? 장인어른 집안인 것 같은데 꽤 거물이시군요. 고정옥 교수라고... 월북 교수죠."

이렇게 해서 나는 청와대 행이 좌절되었다. 나는 이런 내용을 장세동 장군에게 발설할 수가 없었다. 또 집에 와서 안사람에게 이야기를 하자 마음 약한 내 처 고화숙 여사는 눈이 붓도록 울기 시작부터 하였다. 그녀는 푸념하였다.

"아니, 6.25때 월북한 처 작은할아버지가 문제가 되나요? 처 작은

할아버지... 막내할아버지라고 하는데 우리는 얼굴도 못 봤어요. 그런 분 때문에 당신이 왜 불이익을 당하는데요?"

바로 이 점이 내가 입학하고 졸업한 사대 국문과와 얽힌 내용이었고, 북으로 간 고정옥 교수는 저명한 학자였다는 것만은 틀림이 없는 것 같다. 얼마 전 서울사대 국어과 어느 교수님이 북으로 간 고정옥 교수 전집을 펴낸다는 말과 함께 유족과 연결을 해달라는 청을 해왔다. 나는 고정옥 교수의 가족과 서울에 있는 자녀들에게 이런 내용을 전하면서 전집이 잘 나왔으면 좋겠다는 뜻도 전했다. 그러나 서울에는 북으로 간 아버지나 어머니에 대해 자신 있게 말해줄 수 있는 가족들이 없었다. 미국에 아들 하나가 건너가 있었지만 그 아들은 미국에서도 이혼을 한 후, 연락이 잘 닿지 않았다. (그 아들이 어떻게 미국까지 갈 수 있었는지... 북으로 간 아버지의 신원을 숨기고 신원조회망을 통과한 후, 미국까지 간 것은 미스터리였다.)

아무튼 이렇게 해서 우리 서울사대 국어과에 숨겨져 있던 고정옥 교수, 저명한 민속학자였으며 우리 동기 최래옥 교수처럼 민담과 민간설화의 탁월한 수집가였던 그분은 6.25때 부인과 함께 서울 성북동 지역에서 맹렬하게 활동을 한 후, 9.28 수복작전 때 국군이 한강을 건너오자 여름에 흰 러닝과 하복만 걸치고 있던 자식들의 옷 위에 까만 매직펜으로 이런 글씨를 썼다고 한다.

'경남 함양 아이입니다.'

아무튼 나는 고정옥 교수와 처가로 얽혀있다는 것을 이번 기회에 고백을 하고, 내 처는 지금까지도 그 사실을 목의 가시처럼 걸고 산다. 나도 거미줄처럼 흐릿한 처가의 가계도에 북으로 간 우리과 高晶玉 교수가 있다는 사실을 고백한다. 내 처는 가끔 혼잣말처럼 뇐다.

"처 막내할아버지, 다섯 번째 막내할아버지가 북으로 간 것도 무슨 죄인가? 왜 김광휘는 청와대에 못 들어가는 거야?"

나도 북으로 가신 처의 막내할아버지, 다섯 번째 막내할아버지가 일제 때 경성제대에 다녔으며 겨울방학 때는 함양 저수지에서 피겨 스케이트를 잘 타셨다는 이야기만을 어렴풋이 들은 일이 있다. 그리고 그 고정옥 교수의 또 다른 조카 중에는 저명한 사회학자이며 문리대 교수였던 고영복 교수가 있다는 사실도 고백한다. 고영복 교수는 우리나라 사회학의 대부이며 이철 같은 문리대 사회학과 출신 정치인들의 대부이기도 하다. 그런데 그 고영복 교수도 한때 고정간첩이라는 혐의를 받고, 처가 계통의 사람들 모두가 수군거리며 걱정하던 때가 있었다.

고정옥 교수의 집안이 일단 함양 부자였으며 수재들이었다는 것만은 틀림없는 것 같다.

날이 저문다

어느새 내 나이 80을 넘겼다.

내 청춘을 되돌아보면 불타고 있는 4.19의 문이 서있는 듯하다. 첫 번째의 4.19에서는 나의 대전고등학교 2년 선배이자 내 서울사대 국어과의 손중근 선배가 희생되었다. 그는 지금 서울 수유동의 4.19묘역에 누워계신다. 그의 진짜 신위는 고향에 묻혔는지 모르겠으나, 아무튼 그분의 공식적 묘역은 수유동 4.19묘역에 있다. 이 책이 발간된다면 공동저자들과 함께 그분 묘역을 찾아뵐 것이다.

두 번째 4.19날에 베트남 벌판에서 베트콩의 총에 맞아 헬기로 후송되었던 장세동 중대장님은 어느덧 구순을 바라보시며, 내 전화를 받으시면 오히려 걱정을 하신다.

"어디 아프다면서? 몸조리 잘해, 김 소위!"

그 분은 지금도 나를 김 소위로 부른다. 나는 그분을 지금도 중대장님이라고 부른다. 그분도 얼마 전에 TV에 나온 모습을 보니 지팡이를 짚고 있었다. 구순을 헤아리시는 분이니 당연한 일일 것이다. 우리 모두는 늙어가고 있다.

그때가 언제였던가... 장세동 장군은 느닷없이 나를 보고 어디 가서 하룻저녁을 자고 오자고 하였다. 나는 간단한 짐을 꾸려 그분과 동행하였다. 그분은 자세한 얘기도 하지 않고 기사에게 화천 쪽으로 가자고 하셨다. 차는 파로호가 보이는 화천 쪽으로 달려 평화의 댐이 보이는 비수구미라는 시골 마을로 들어섰다. 노란 강아지 한 마리가 꼬리를 치며 장세동 장군을 맞이하였다. 그 누렁이는 장군을 잘 아는 듯하였다. 꼬리까지 살랑였다. 장군은 그 누렁이에게 준비해간 간식을 나눠주며 아주 살가운 정을 나누었다.

다음날 아침, 장세동 장군은 느닷없이 나에게 말했다.

"우리 저 앞산으로 아침 등산 하고 올까?"

"저 산 말입니까? 아이고, 300고지는 넘겠는데요? 전 못 오르겠습니다. 자신 없습니다."

장군은 내 어깨를 툭 치며 말했다.

"난 오늘 아침이 만 70세야. 70이 됐지만 저런 산쯤은 자신 있어.

김 소위는 아직 65세잖아?"

난 손을 부비며 말했다.

"저는 산 타는 일은 자신 없습니다. 장군님보다 5살이 아래지만 체력은 제가 더 바닥인 것 같습니다. 저 평화의 댐이나 올라가십시다."

우리는 북한의 금강산댐에 대응하기 위해 세워졌다는 그 평화의 댐에 올랐다. 댐은 갈수기라 텅 비어있었고, 그 텅 빈 댐으로 북한의 금강산댐을 막아내려는 듯 의연한 모습을 보이고 있었다. 장 장군은 그 텅 빈 댐을 바라보며 말했다.

"허 참, 이 평화의 댐이 말이야... 이 장세동이가 호들갑을 떨어서 억지로 만들어 놓은 댐이라고 말들을 했지. 뭐 우리 5공이 이 댐을 조성하며 국민 성금을 떼어 먹었네 어쩌네 하는 풍문이 나돌고 말이야. 김 소위는 그런 말들을 믿었나?"

내가 말했다.

"제 머리가 그렇게 아둔해 보입니까? 그런 헛소리들을 믿게요?"

그날 우리 두 사람은 커다란 입처럼 벌리고 있는 텅 빈 평화의 댐을 무연히 바라보다가 돌아왔다. 장세동 장군은 특이한 이력을 가지고 있는 분이다. 세상 사람들은 그분이 전두환 대통령의 경호실장이었으며, 국가안전기획부의 부장이었다는 사실을 놓고 '장세동은 전두환의 분신' 운운 한다. 맞는 말이다. 전두환 전 대통령과 장세동 실장을 떼어놓고 말하기가 어렵다. 그러나 나는 장세동 장군이 군인으로서는 만점짜리 군인이며 남자로서 흠잡을 데 없는 매력 있는 남자라는 점만은 자신 있게 말할 수 있다.

아주 훌륭한 군인이며, 매력 있는 사나이다.

다만, 그가 헬기에 실려 가며 나에게 당부했던 내용이 선명하게 기억된다. 그는 피를 흘리며 헬기에 실려 가면서도 벌판에 서 있는 나에게 당부했다.

"김 소위, 우리 중대를 부탁해!"

김 봉 군

- 경남 남해 출생
- 진주고등학교 졸업
- 서울대학교(국어교육과, 법학과)를 거쳐 대학원을 마침.
- 문학박사, 문학평론가, 가톨릭대학교 명예교수
- 캐나다 Trinity Western University 객원교수
- 한국문학비평가협회, 한국독서학회 등의 회장
- 한국문인협회자문위원, 흥사단 민족통일운동본부 교육문화위원장
- (사)세계전통시인협회 이사장 역임.
- 저서에 《문장기술론》《세계 국가 시대의 시조 이야기》《문학 이론과 문예 창작론》 《이 역사를 어찌할 것인가》 등 20여 권

8순 기념 사진, 2020

갈맷빛 한려수도,
남해의 푸른 꿈

김봉군

4.19 그리고 아름다운 동행

교생 실습 대표 수업. 1963년 서울사대부고. 김봉군 교수는 자기 자신에게도 철저하고 남에게도 언제나 올바른 소리를 한다. 학생 때에도 친구들에게 더없는 친절과 진심으로 대해주었다. 선생님이 되어서도 존경받는 선생님이 되었다. 대학교에서도 학문도 깊고 학생들의 진로를 진심으로 지도해주었던 진짜 대학교수였다. 그는 교생 실습을 나가서도 학생들이 정말 좋아하는 교생 선생님으로 맞아주었다.

격동의 역사

서울대학교 사범 대학 국어과(지금의 국어교육과) 우리 17회 동문들은 요새 셈법으로 60학번 입학생이었다. 교표에 새겨진 라틴어 자모(字母) 'VERITAS LUX MEA(진리는 나의 빛)'의 뜻을 채 깨치기도 전에 4.19 혁명이 터졌고, 이듬해에는 5.16 군사 정변이 일어났다. 우리는 역사적 격동기에 대학 생활을 시작한 세대다. 4.19 날엔 4학년 손중근(孫重瑾) 선배가 산화(散華)했고, 5.16 때는 교육학과 정범모(鄭範模) 선생님이 옥고를 치르셨다. 이 파란(波瀾) 사나운 격동기에 우리는 곤고한 개인적 삶과 역사적 삶이 화해 또는 충돌하는 배리(背理)와 모순의 시공(時空)에서 분투할 수밖에 없었다.

1960년 4월 19일 오전에 우리는 1교시 '교육 원리' 강의를 들었다. 모두들 말이 없었고, 강의실 분위기는 침통했다. 강의가 끝나자 일제히 운동장에 모였다. 맨 앞줄의 선배들이 플래카드를 펼쳐들었다. "우리는 부정 선거 규탄한다. 독재 정권 물러가라."는 구호를 외치며 질주했다. 스크럼을 짜고 종로와 미국 대사관, 국회 앞을 지나 중앙청(광화문) 앞에 모여 앉았다. 학생 대표가 나서서 의견을 물었다. 학생 대표들이 대통령 면담을 할 것인가, 아니면 우리 모두가 몰려가서 의사를 관철시킬 것인가를 두고 갑론을박했다. 그때 '땅' 하는 총성이 울렸고, 홍익대 학생의 시신을 붙든 한 무리가 통곡을 하며 효자동 골목을 빠져 나오는 모습이 보였다.

우리는 일체의 토론을 멈추고 일어나서 효자동 골목으로 내달렸다. 골목 막다른 곳의 경무대(지금의 청와대) 앞에 바리케이드가 쳐지고, 군용 트럭들이 입구를 가로막았다. 누군가가 트럭을 몰기 시작하자 요란한 총성이 연이어 울렸다.

마구 터지는 최루탄은 고추보다 매웠다. 우리는 윗도리 속옷을 찢어 눈을 가린 채 앞 사람의 허리띠를 붙잡고 앞으로 나아갔다. 맨 앞에 섰던 학생들이 총을 맞고 쓰러졌다. 그때서야 그 총성이 위협용이 아닌 살상용인 줄 알게 된 학생들은 뿔뿔이 흩어져 골목길로 숨어들었다. 대광고등학교와 동성고등학교 학생들이 "이 비겁한 대학생놈들아." 하고 외치는 소리가 아프게 들렸다. 그날 경무대 앞 시위의 최전방에는 서울대학교 사범 대학과 대광고, 동성고 학생들이 있었다.

아이러니컬하게도 이승만 대통령의 제1공화국에서 3권 분립의 미국식 민주주의를 공부한 우리 대학생들은 역사의 배리에 깊이 탄식하였다. 뒤이어 들어선 민주당 정부가 실패하고, 4.19 혁명 실현의 꿈은 이렇게 하여 무기한 유보되었다. 그 시기에 필자를 위로한 것은 고등학교 시절 들려 주신 정봉윤 교장 선생님 말씀이었다.

"역사의 신은 인류에게 다대(多大)한 희생을 요구하면서 그의 수레바퀴를 조금씩 밖에 움직여주지 않는다."

명언이었다. 민주주의가 꽃피기까지 많고 긴 희생이 필요하며, 기다릴 줄 알아야 한다는 말씀이었다.

여기서 역사의 큰 전차를 끌고 가는 정치 주역들에게 당부할 말이 있다. 거대한 전차의 캐터필러에 희생되는 버마재비(사마귀)의 비극이 은폐되듯이, 역사의 거시적 명제 역시 인간이라는 실체와 구체적 삶의 현장을 외면하고 추상화하기 쉽다는 것이다. 한 가지 예를 든다.

우리 대학 같은 과에 4.19 시위 현장에서 산화한 손중근이라는 4

학년 선배가 있었다. 그는 극빈한 집안의 수재로, 대전고등학교 출신이었다. 늘 수석이나 차석으로 우등생이었던 그는 도지사 표창까지 받았다. 서울대학교 입학 시험을 보러 상경한 그는 하숙비가 없어 남산 약수터를 맴돌다가 시험장에 갔고, 당당히 합격했다. 그는 아르바이트로 4학년이 되었는데, 느닷없는 총성과 함께 영영 돌아오지 못할 길로 가고 말았다. 다음은 그가 쓴 일기의 한 대목이다.

비가 억수같이 퍼붓는다. 빗속에 등록은 마쳤으나 갈 곳이 없다. 컴컴한 기록소 안에서 몇 시간이고 생각하며 기다렸다. 오만이도 철수도 안 온다. 늦게야 원재 형이 왔다. 형을 따라가겠다고 눈 딱 감고 이야기했다. 갈 데가 없다. 그가 지금도 좁은 방에서 셋이 오그리고 자취하는 하는 줄 알지만 나는 갈 데가 없었던 것이다.
― 1959년 9월 20일

좋다. 세 번이나 실격당한 가정 교사 손중근은 네 번째의 '사기 행위'를 준비하고 있으니까. 또 비다. 빗 속에 오만네 집으로 가며 손바닥을 자주 보았다. 아침에 광언에게서 얻어든 전화 번호가 아직 지워지지 않았다. 그러나 모두 헛수고. 하는 수 없이 원재 형에게로. 여섯 명이 무릎을 박고 청승을 떨고 앉아 있었다.

광성, 석환, 기홍, 동배…… 어울려 술집엘 가서 모두 거나하게 취했다. 비가 주룩주룩 오는데 싸움까지들 하는 것이다. 비틀거리면서도 열심히 말리며 생각했다. 이런 곳이 있을 수 있는가?

눈 딱 감고 신문에 구직 광고를 내자. 삼천 환. 살을 깎는 돈이다.
― 1959년 10월 1일

그는 이렇게 곤고(困苦)했다. 4월 17일 일기에 "가짜가 많은 세상. abstract impression. 현대적 감각은 착란과 현기증. 생명의 원형같이 생생한 것이 있다."고 썼다. '낙조의 황홀한 마력'도 좇고 있었다.

살아있었으면 현저한 작가가 되었을 한 젊은이가 아깝게 희생되었다. 4.19 혁명은 다른 나라의 침략 때문이 아니라 우리네 위정자가 겨눈 총부리가 빚은 참극이었다. 우리를 몹시 아프게 하는 이유다. 거시적 역사학은 '미세해 보이나 절대적 가치가 있는 한 개인'의 실존적 비극을 외면한다.

4.19 혁명 덕분에 실권을 쥔 민주당 정부는 주류, 비주류와 신파, 구파로 분열되어 쟁투를 일삼는 바람에, 5.16 군사 정변의 역풍으로 1년도 못 되어 붕괴되었다.

교육학과 교수 정범모 선생님은 군사 정변을 비판한 죄로 옥고를 치르셨다. 잊히지 않는 것은 출옥 후 하신 선생님의 자세와 말씀이다. 얼마나 고생 많으셨느냐는 우리의 위로 인사를 받으시고는, "덕분에 노벨상 수상작 「의사 지바고」를 다 읽었다."고 태연히 대답하셨다. "대해탈(大解脫)은 속박에서 얻는 것입니다."고 한 한용운의 시나 "유마(維摩)의 일 침묵(一沈默)이 만 개의 뇌성이니라."고 한 『십현담(十玄談)』, 『유마경』의 역설(逆說)에 아직 익숙하지 못하였던 당시의 우리에게 의연하신 그분의 모습은 충격이며 감동이었다.

4.19 항쟁의 성격과 의의

중요한 것은 4.19 학생 항쟁의 성격과 역사적 의의다. 우선 이 의거가 혁명인가의 여부다. 혁명이라는 당위론과 아니라는 주장이 병립한다. "10만, 20만 시위대가 국가 공권력을 무력화하는 단계에 이르면, 그것은 이미 혁명이다."고 남시욱은 『한국보수세력연구』 (2011)에서 말했다. 한편으로 그는 "어떤 사회적 대변혁이 구질서를 무너뜨리기만 하고 새로운 질서를 수립하겠다는 계획이 없었다면, 그것을 혁명이라 부르기는 어렵다."고도 했다.

아닌 게 아니라 1960년 4월 19일 우리는 책가방을 들고 등교하여 여느 때와 다름없이 강의를 들었다. 그리곤 이심전심으로 운동장에 모여 시위 행렬을 짓고 시가지를 내달았다. 비계획적, 비조직적인 시위였다. 부정 선거를 다시 하라 외쳤고, 이 대통령 하야를 요구한 것은 한참 뒤의 일이었다. 이런 뜻에서 4.19 시위는 혁명이 아니다.

역사학자와 정치학자 다수는 이 항쟁을 4.19 학생 혁명이라 하나, 그렇지 않은 이들도 있다. '4.19 항쟁'(강만길), '4.19 민주화 운동'(강만길 · 김영명), '4.19 학생 봉기'(김영명)라 명명한다. 사실, 혁명의 사전적 의미는 '비합법적 수단으로 국체(國體)나 정체(政體)를 변혁하거나 종래의 권위나 방식을 단번에 뒤집어엎는 일'이다. 비전문가인 우리는 다수 학자들의 견해에 따라 '4.19 혁명'이라는 용어를 써도 좋으리라 생각된다. 4.19 혁명은 대통령 중심제인 자유당 독재 정부를 전복하였고, 야당인 민주당의 내각 책임제 정부를 탄생시켰다.

4.19 혁명으로 186명이 목숨을 잃었고, 1,500여 명이 부상했다.

서울 수유리 4.19 묘지에는 꽃같이 산화(散華)한 그 영령들이 조국의 발전상을 지켜보며 아프게 깨어 있다. 4.19 혁명 이후 항쟁 당일 얼굴조차 비치지 않던 학생들이 그 주역 행세를 하며 목청을 높이는 모습은 가관이었다.

또 대학가의 급진적 통일 운동은 4.19 정신과 거리가 멀었다. 가령, 서울대의 민족통일연맹은 북한 학생들에게 판문점에서 만나 '남북학생회담'을 열 것을 제안했다. 1961년 5월 3일의 일이다. 5월 13일 서울 동대문운동장에 4만여 명이 모여 궐기 대회를 열었다. "가자, 북으로. 오라, 남으로."의 구호까지 외쳤다. 4.19 혁명을 비교적 상세히 다루며 객관적으로 평가한 외국 서적은 그렉 브레진스키의 《Nation Building In South Korea》(2007) 다. 브레진스키는 특히 4.19 혁명 직후 민족통일연맹 같은 위험한 학생 조직을 의구심 어린 시선으로 분석했다.

1961년 1월 사회대중당은 외국 군대 철수 등을 주장하며 영세중립화통일방안을 제기하는 등 나라는 혼란의 도가니가 되었다. 5.16 군사 정변을 부른 혼란상이었다.

이승만 대통령의 독립 운동

4.19. 왜 일어났는가? 이승만 대통령의 장기 집권욕과 이를 뒷받침하기 위한 자유당 정부의 부패와 언론 탄압, 노골적인 부정 선거

때문이다.

미국서 자유 민주주의를 체득한 이 대통령은 왜 그런 무리수를 두었던가? 그는 명문 조지 워싱턴대, 하버드대, 프린스턴대에서 5년 만에 학사 · 석사 · 박사 학위를 받은 이 땅의 최고 엘리트가 아니던가. 이승만 탐구가 필요하다.

이승만은 개화파로 갑신정변을 이끌었던 김옥균보다 24세, 독립협회의 주역이요 그를 지도했던 서재필보다 13세 젊었다. 그는 미국 선교사 아펜젤러가 세운 배재학당 영어학부를 22세에 졸업했다(1895.4.~1897.7.). 그곳에서 서재필의 강의를 듣고 '정책적 자유'의 중요성을 뼈저리게 깨쳤다. 그는 『협성회보』, 『매일신문』 창간인, 『제국신문』 주필 등으로 언론 활동을 했고, 서재필은 독립협회에 가입하였다. 1898년 중추원 의관에 임명되었고, 1899년에는 박영효 측의 고종 양위와 박영효 총리 옹립 거사를 계획하다가 체포되어 5년 7개월간 옥고를 치렀다. 미국 공사 알렌의 비호로 대역죄 부분은 면책받고 탈옥죄로 수형 생활을 했다. 그는 옥중에서 영한사전을 편찬했고, 『독립 정신』을 집필했다. 내용은 입헌주의 정부를 옹호하는 내용이었다.

1904년 11월 이승만은 민영환과 한규설의 추천으로 도미하여 외교 활동을 벌였다. 미국 정부 헤이 국무 장관과 루스벨트 대통령을 만나 일본의 침략 의도를 알리며 미국의 도움을 요청했다. 미국의 속내는 딴판이었다. 루스벨트 대통령은 태프트 육군 장관을 일본에 보내어 가쓰라[桂太郞] 장관과 밀약을 맺게 했다. 미국은 필리핀, 일본은 조선에 대한 종주권을 행사하는 고약한 협약이었다.

6년여 만에 귀국한 이승만은 1912년 '105인 사건(일본 측이 소작한 미나미 총독 암살 미수 사건)'에 연루되어 하와이로 망명했다. 그는 그를 찾아온 여운홍과 샤록스 선교사를 통해 민족 지도자들에게 대중 봉기를 독려하는 밀지를 보내었다. 그것이 3.1 운동 발발에 크게 기여했다. 그는 우리 독립 운동의 미국 거점인 필라델피아에서 서재필, 정한경, 유일한 등 그곳 독립지사 100인이 참가한 집회에서 영문으로 번역된 3.1 독립 선언서를 직접 낭독했다. 이승만은 해외 독립 운동의 큰 별이었다. 그가 한성임시정부 집정관 총재, 상하이 임시정부 국무총리 · 임시 대통령, 연해주 대한국민의회정부 국무총리, 서울 조선민국임시정부 부도령(副都領), 평북 신한민국정부 국방 총리, 광복 후 좌익 계열의 조선인민공화국 주석에 추대된 것은 독립 운동가로서의 그의 위상을 입증한다. 이승만이 상하이에 도착했을 때 임시 정부 기관지 『독립신문』(1921년 신년호)의 기사는 감동 일색이다.

국민아, 우리 임시 대통령 이승만 각하 상해에 오시도다. *(중략)* 우리의 원수(元首), 우리의 지도자. 우리의 대통령을 따라 광복의 대업을 완수하기에 일심(一心)하자. *(중략)* 우리가 그에게 바칠 것은 화관(花冠)도 아니요 송가(頌歌)도 아니라 오직 우리의 생명이니, *(중략)* 마침내 그가 "나오너라." 하고 전장(戰場)으로 부르실 때에 일제히 "네." 하고 나서자.

황제에게 바치는 헌사처럼 어조가 격앙되어 비장하기까지 한 글이다.

이승만은 상하이 임시 정부 대통령 6년 재임 중 6개월간 그곳에 머물렀고, 의견 차이로 탄핵되었다.

우리가 주목할 것은 3.1 운동 직후인 1919년 4월과 8월에 필라델피아에서 마련한 건국 프로그램인 '건국 종지(建國宗旨)'와 '대민국 헌법 대강'이다. 전자의 초안 작성자는 유일한이다. 제1차 한인 회의에서 채택한 '한국인의 목표와 열망(Aims and Aspirations of the Koreans)' 5개항 중의 하나다.

그 내용은 이랬다. ① 민주 공화국을 건설하고, ② 중앙 정부는 국회와 행정부로 구성하며, ③ 대통령은 국회에서 선출한다는 것이었다. 중요한 것은 "민중의 교육 수준이 낮고 자치 능력이 부족한 점을 감안해 정부 수립 후 10년간은 중앙 집권적 통제 정치를 하되, 정부가 그동안 국민 교육에 치중함으로써 민중이 미국식 공화제 정부를 운영할 수 있도록 만들어야 한다."고 했다.(유영익, 「이승만 대통령의 업적 — 거시적 재평가」, 연세대 한국학연구소, 2004.)

제1공화국의 공과

이승만 대통령의 제1공화국 정부는 '10년간 중앙 집권적 통제 정치'를 필요로 했다. 3권 분립과 대통령 4년 임기제의 이상적 실정법(헌법)과 현실적 실현 가능성과의 괴리 문제로 인한 갈등상을 내포하여 출발한 것이 우리 제1공화국이었다. 조선 왕조 517년과 일제 강점 35년의 억압 체제밖에 경험하지 못한 국민들이 서구식 자유 민주주의의 '자유와 책임'이란 생소한 것일 수밖에 없었다. 이승만 정부가 초대 대통령 3선 개헌, 4사5입 파동, 3.15 부정 선거의 배리(背理)를 노골화한 연유다. 이 같은 중앙 집권적 통제 정치는 박정희 대통령의 제3공화국에 이어졌고, 마침내 경제 융성의 '기적'을 일구었다.

이런 주장이 터무니없는 억설은 아니다. 자유 중국(타이완)의 장제스 총통과 싱가포르의 리콴유 수상은 종신 집권하여 풍요한 민주 국가를 건설했다. 신생 국가의 초기에는 중앙 집권적 통제 정치가 종국에는 경제적 풍요와 자유 향유를 가능케 한다는 것이다. 하지만 이승만 대통령은 이 같은 통치의 필요성을 역설하며 국민의 이해를 구하는 노력을 결여한 지도자였다. 초대 대통령에 한하여 3연임해야 할 당위성을 내세워 국민을 간곡한 어조로 설득해야 옳았다. 이후 어느 대통령도 국민을 설득하려는 노력을 기울이지 않았다. 대한민국 통치자의 치부(恥部)다.

이승만 대통령은 악점의 유산만 남겼는가? 그건 아니다. 긍정적 업적이 적지 않다.

첫째, 유라시아 대륙이 공산주의에 크게 물들고, 국내의 좌파들이 발호하던 격동의 시기에 자유 민주 대한민국을 세워 자유를 수호한 것은 위업(偉業)이다. 남북 분단의 책임을 이승만 대통령에 지우려는 미국 브루스 커밍스와 국내 좌파 세력의 주장은 소비에트 연방 붕괴 후 거짓임이 드러났다. 북한 김일성이 유엔 감시 아래 선거를 실시하는 것을 거부하자, 이승만 박사는 1946년 6월 3일 지방을 순시하던 중에 전북 정읍에서 남한만이라도 선거를 실시하자는 단독 정부 수립안을 발표하였다. 김구, 김규식 등은 이를 반대하였다.

좌파들은 이를 근거로 하여 이승만 박사를 남북 분단의 '원흉'으로 지목하여 줄기차게 공격해 왔다. 1991년 소비에트 연합이 붕괴되면서 드러난 스탈린 시절의 비밀 문서는 이들의 공격을 무색케 하였다. 이에 따르면, 북한에는 1946년 2월에 실질적 정부인 북조선인민위원회가 설치되어 분단을 기정사실화하고 있었다. 김일성은 이상주의자인 김구, 김규식 선생을 평양 남북 지도자 연석회의에 초대하여 남북 합작 '쇼'를 연출하였던 것이다. 선전·선동과 위장 쇼는 공산당의 장기였다.

요컨대, 이승만 박사는 자유 민주 국가 대한민국을 세웠고, 중공의 묵인과 소련의 후원으로 6.25 전쟁이 발발하자, 탁월한 외교력을 발휘하여 유엔의 도움으로 이를 격퇴했다. 1950년 11월 자유 통일을 눈앞에 두었을 때 중공군이 개입하여 이를 무산시켰고, 미국은 1953년 7월 27일에 정전 협정을 맺었다. 우리가 다 아는 바다. 통일을 무산시킨 정전 협정에 반발하여, 이승만 대통령은 북한으로 송환될 반공 포로 2만7천 명을 석방하여 세계를 놀라게 했다. 북진 통일을 유보하는 대신, 그 대가로 한미상호방위조약을 체결함으로써 대한민국 안보 체제를 확보하기에 성공했다. 이로써 이 대통령은 '외교의 신'으로 불리게 되었다. 이 대통령이 예측한 대로, 이 조약은 '한반도에서 전쟁을 억제하고 한국 경제를 비약적으로 발전시키는 데 결정적 기여'를 했다. 이 대통령은 미국의 군사 원조를 받아 국방력 강화에도 성공했다. 6.25 전쟁이 나던 때에 10만명(육군 8개 사단)에 지나지 않았던 국군이 1954년에는 65만 명 대군(육군 26개 사단)으로 증강되었다.

둘째, 이승만 정부는 우여곡절 끝에 국회의 의결로 1949년 6월 유상 몰수·유산 분배 방식의 농지개혁법을 제정, 실행했다. 이로써 대지주는 몰락하고, 수많은 소작인들이 농토의 주인이 되었다. 김일성이 남침을 시작하기 전에 남로당 우두머리였던 박헌영은 단언했다. "인민군이 서울만 점령하면, 남조선 빨치산과 노동자·농민 들이 남한 전역을 해방시킬 것'라고 말했다. 김일성과 함께 스탈린에게 남침 전쟁을 승인받으러 모스크바로 방문한 자리에서 그는 이렇게 호언장담했다. 김일성은 실제 남침 전쟁을 일으켰으나, 남한의 노동자·농민 들 봉기는 없었다. 자기 소유의 농지가 생겼기 때문이다. 이는 김일성이 6.25 전쟁 책임을 물어 박헌영을 처형한 한 구실이 되었다.

이승만 정부의 농지 개혁은 정부 수립 이전부터 계획되었던 신의한 수였다. 러시아에서는 볼셰비키 혁명 후 집단 농장화 과정에서 지주 2천만 명이 피살되었고, 중공의 농지 개혁 과정에도 농민과 지주 5천만 명이 목숨을 잃었다. 북한에서도 많은 지주가 희생되었고, 23만 명 지주 중 15만 명이 남하했다.

대한민국에서는 농사짓는 사람만이 농지를 소유하는 경자유전(耕者有田) 원칙이 확립되고, 지주 계급이 소멸했다. 전체 농지의 92.4%가 자작(自作) 농지로 변했다.

셋째, 이승만 정부는 교육 혁명에 성공했다. 결정적인 정책은 초등학교 무상 의무 교육 제도였다(헌법 제16조). 광복 당시의 문맹률은 86%였는데, 1959년까지 학령 아동 96%가 취학하는 성과를 올렸고, 문맹률은 15.5%로 감소했다. 중학생은 광복 당시의 10배, 고등학생은 3.1배, 대학생은 12배나 늘었다. 해외(주로 미국) 유학생들도 급증했다. 1953~1956년간 정부 주관 유학생 선발 시험 합격자는 7,390명에 이르렀다.

아이러니컬하게도 이승만 정부의 자유 민주주의 교육은 학생들이 주도한 4.19 혁명의 에너지원이 되었다. 이른바 '토크빌 효과(Tocquevillean Effect)'였다.

박정희 정부가 본격적으로 추진한 경제 개발 정책 수행을 위한 인적 자원은 이승만 정부에서 마련한 것이었다. 1950~1960년대 후반까지 미국에서 경제학을 공부한 우수 고급 인재들은 박정희 정권의 경제 개발 정책의 브레인 역할을 했다.

방대한 저서 『역사의 연구』의 저자 아널드 토인비 박사의 말대로, 역사는 도전과 응전(Challenge and Response), 은퇴와 복귀의 과정을 거쳐서 진보하지 않는가. 이승만 정부의 장면 정부 간, 장면 정부와 박정희 정부 간, 전두환·노태우 정부와 김영삼 문민 정부 간의 역사 전개를 '단절'의 시각으로만 보는 것은 패착이다. 역사는 흐름의 맥락 안에 있다. 긍정적 계승은 물론 부정적 계승도 역사적 인간에게 역설적 의미로서 현현(顯現)한다.

이승만 대통령의 과오도 적지 않다.

자유주의자였던 이승만 대통령은 집권 후에 권위주의자로 변해 갔다. 1954년 중임을 넘어 3선을 위한 소위 '4사5입 개헌'의 무리수를 두면서부터 그는 국민의 신뢰를 잃었다.

선의로 해석하여, 건국 초기 10년 정도는 권위주의 통치(교도민주주의)를 할 수밖에 없다는 불가피한 상황이라면, 그를 국회의원과 국민들에게 절절히 호소, 설득하는 노력을 기울여야 했다.

당시 불세출의 지적 엘리트 이승만 대통령은 문맹이 대다수인 유권자, 감정 분출에 급급한 백가쟁명의 정치인 들과 함께 자유 민주

정치를 이끄는 가운데, 부지불식간에 권위주의자가 되었을 것이다.

둘째, 친일파 청산에 실패한 점이다.

1946년 3월 미 군정하의 과도입법의원이 친일파 처벌 법안을 제정했다. 정식 명칭은 '부일 협력자·민족 반역자·전범·간상배에 대한 특별 법률 조례)'였다. 이를 바탕으로 1948년 9월 7일에 제헌 국회는 소장파 의원들이 제출한 반민족행위처벌법안을 통과시켰다. 을사 5적을 비롯한 15개 유형의 반민족행위자들은 사형 및 10년 이하의 징역에 처하고, 유죄 판결이 난 자의 재산의 전부 또는 절반 이상을 몰수한다는 엄한 처벌 규정이 있는 법률이었다. 이에 따라 재산가 박흥식, 3.1 운동 민족 대표였다가 변절한 최린, 일제 작위를 받은 왕족 이지용, 독립 운동가를 고문한 친일 경찰 노덕술 등이 속속 체포되었다. 조사 건수 688명에 검찰에 송치된 자 599명, 특별 재판부에 기소된 자는 293명이었다. 이 중 사형 1명, 무기 징역 1명 등 체형을 선고받은 자는 26명에 불과했다. 이마저도 흐지부지되어, 친일파 처단 문제는 용두사미가 되었다.

물론 당시 사정으로 보아 친일파 모두를 처단하는 것만이 능사는 아니었다. 김구 선생의 뜻도 그랬다. "친일파라고 해서 가혹한 규정을 내려 배제와 처단만을 주장할 수는 없는 것입니다. (중략) 극단의 악질자가 아니면, 그들을 포섭해 건국 사업에 조력하도록 하는 것이 옳다고 생각한 것입니다." 이는 김구 선생이 1948년 3월 기자 회견에서 한 말이다.(백범사상연구소 엮음, 『백범어록』, 사계절출판사, 1996.)

대한민국 건국 초기에는 정부를 움직일 테크노크라트를 비롯한 전문 인재가 절대적으로 부족했다. 이승만 정부가 일제 강점기의 일반 행정 공무원과 경찰 조직을 전적으로 배제한 채 정책 수행을 하는 것은 불가능했다. 북한의 남침과 빨치산의 준동 등 불안한 치안도 문제였다. 이 같은 상황에서 김구 선생의 이런 발언과 이승만 대통령의 "뭉치면 살고 흩어지면 죽습니다."는 다급한 구호가 등장하였을 것이다. 아무리 그렇다 해도, 일벌백계의 본보기로 '악질 친일파' 몇 명은 중죄로 다스려야 했다.

지금 좌파들이 이승만 대통령에서 비롯된 보수파를 친일파로 몰아붙이는 데에는 친일파를 청산하지 못한 것을 빌미로 삼는 일반화의 오류가 있다. 이승만 대통령은 70 평생을 독립 운동에 바친 출천의 애국자였다. 그가 짠 초대 내각은 모두 항일 전선에서 분투한 애국자들이었다. 부통령 이시영, 국무총리 이범석, 재무부 장관 김도연, 상공부 장관 임영신, 문교부 장관 안호상, 법무부 장관 이인, 사회부 장관 전진한, 농림부 장관 조봉암, 무임소 장관 지청천, 헌병 사령관 장흥은 독립 운동가였다. 국방부 장관 신성모 · 손원일, 교통부 장관 민희식, 체신부 장관 윤석구는 흠결 없는 애국자였다. 반면에 북한은 친일파를 대거 기용했다. 김일성(김성주)의 아우 김영주 부주석, 홍명회 부수상, 장형근 사법부장, 강양욱 인민위원장, 정국은 문화선전부부장, 이활 공군 사령관, 허민국 9사단장, 박팔양 노동신문 편집부장, 한낙규 김일성대 교수, 정준택 산업국장, 한진희 교통국장 등이 친일파였다.

남과 북 당국이 친일파를 선호해서가 아니라, 인물난으로 인한 불가피한 선택이었다. 북한은 살벌한 철권 통치로 단기간에 반대파 숙청을 단행하였으나, 자유 민주 국가 대한민국 정국은 이념 싸움으로 인한 혼란이 극심했다. 1940년대 이후 현재까지 좌익 계열 정당 ·

정치 단체는 76개에 달한다. 1950년대까지만 해도 21개가 난립해서 제여곰 목소리를 높였다. 조선공산당, 남로당, 건국준비위원회, 인민공화국, 인민당, 신민당, 인민공화당, 사회민주당, 독립노동당, 민주독립당, 독전, 남로당, 사로당, 조선노동당, 근민당, 사회당, 노동당, 진보당, 민혁당, 민족민사당, 민사당, 사회대중당 등이 출현하여 현기증을 불러오는 형국이었다.

자유 민주적 기본 질서를 벼리로 하는 대한민국 정부에 이 혼란상을 쾌도난마식으로 척결할 보도(寶刀)란 있을 수 없었다. 이런 정치 상황에서 민주적 질서 확립과 경제 발전의 투 트랙 국가 전략 수립과 수행 능력이 그때 우리에게는 없었다. 이승만 정부의 통치 현상은 이런 상황 인식과 국가의 거시적 발전 논리에 따라 해석할 수밖에 없다.

이승만 정부의 세 번째 과오는 언론 탄압이다. 1954년 부산 정치 파동 때부터 시작된 언론 탄압은 1952년 8월 7일 야당지인 조선일보 주필 홍종인과 동아일보 주필 겸 편집국장 고재욱을 구금하는 데서 노골화하였다. 대구매일신문 주필 최석채는 국가보안법 위반 혐의로 구속 기소되어 무죄 판결을 받았다. 최악의 언론 탄압 사례는 1959년 4월 30일의 경향신문 폐간 조치였다. 이 신문은 4. 19 혁명 후에 복간 되었다.

민주당 정부의 파벌 싸움

4.19 혁명 덕분에 압도적 선거 승리로 집권하게 된 민주당 정부의 국회의원들은 민주화의 소명을 받은 선량(選良)이라기보다는 먹이 가로채기 쟁투로 실성한 독수리나 갈까귀 떼와 방불했다. 민생은 도탄에 빠져 실업자와 걸인 들이 길거리를 헤매고, 초등학생부터 성인에 이르기까지 쏟아져 나온 시위대가 시가지를 메웠다. 시위 그만하자는 시위까지 있었으니, 온 나라가 혼란에 빠진 채 갈 길을 잃었다.

내각 책임제하 구파의 윤보선 대통령과 신파의 장면 총리 간의 대립도 타협이 불가능한 수준까지 이르렀다. 윤보선 대통령 측의 김도연 국무총리 후보가 국회에서 111 대 112로 부결되면서 갈등은 극단으로 치달았다. 신파의 장면이 국무총리로 인준되면서 대한민국은 민주당 구파와 신파의 싸움판으로 전락했다.

민주당의 이 싸움판을 1년간 주시하던 군부는 1961년 5월 16일 새벽 총성을 울리면서 '혁명'이란 이름으로 정변을 일으켰다. 그 선두에 있었던 박정희 소장이 국가재건최고회의 의장이 되어 혼란을 수습하고, 국민의 직접 선거를 통해 대통령이 되었다. 군부의 소위 '혁명 공약' 중 크게 주목을 끈 것은 '지금까지 형식적이고 구호에만 그친 반공 태세를 재정비·강화'하겠다는 것과 '기아선상에 허덕이는 민생고를 시급히 해결'하겠다는 약속이었다. 박정희 정부는 18년간의 장기 집권을 통해 적어도 이 두 가지 공약 실천에는 성공했다. 특히 경이로운 경제 개발, '한강의 기적'은 세계 개발도상국 발전 전략의 '바이블'이 되었다.

이승만 정부와 장면 정부도 경제 개발 계획을 세웠으나 실패했다. 경제 융성의 '필요조건'이 정치적 안정이며, 자유 민주주의 실현의 필요조건이 경제 발전이라는 것을 박정희 정부가 실증(實證)했다.

유보된 4.19의 꿈

이 역사의 모진 파란 속에서 4.19 혁명의 '꿈'을 실현하는 길은 아프게 유보되었다.

다시 말하거니와, "역사의 신은 인류에게 다대한 희생을 요구하면서 그의 수레바퀴를 조금씩밖에 움직여 주지 않는다."신, 진주고등학교 은사 정봉윤 교장 선생님 말씀을 다시 소환할 수 밖에 없다.

우리는 이제 역사의 배리에 대하여 과도히 격노하거나 증오심을 분출할 필요는 없다. 그리고 제2차 세계 대전 때에 히틀러의 박해를 피하여 17개국을 망명했던 독일 역사 철학자 카를 뢰비트를 초대해도 좋다. "세속사란 죄와 죽음, 패배와 좌절의 기록이다." 그가 쓴 『역사의 의미』의 요지다. 우리는 모름지기 이 죄와 죽음, 패배와 좌절을 극복하기 위해 살아야 한다. 프랑스 철인이요 비평가인 자크 라캉은 그의 『욕망 이론』에다 "욕망의 주체는 나그네, 길은 사막, 대상은 신기루다. 그럼에도 우리는 그 욕망이 있기에 살아간다."고 썼다.

나는 카를 뢰비트의 세속사적 비관주의와 자크 라캉의 허무주의를 극복하는 '눈물겨운 지침'은 기독교 유신론임을 체화(體化)한 지 오래다. 나는 4.19 그날 비통히 산화하신 손중근 선배 앞에 이 글을 바친다.

4.19 혁명 정신은 지금도 우리 정신사의 동맥으로 생생히 살아 있는 자유혼(自由魂)의 성전(聖典)이다. 어떤 권위주의, 전체주의 세력도 4.19 혁명 정신을 거역할 수 없을 것이다.

덧붙인다. 우남(雩南) 이승만(李承晚) 박사는 누가 뭐래도 대한민국 건국 대통령이다. 그분의 공적과 과오는 진실 그대로 후대에게 편견 없이 전수(傳授)되어야 하며, 그의 빛나는 공적은 마땅히 기림받아야 한다.

1919년 4월 10일에 수립된 대한민국 임시 정부는 명실상부한 국가 수립을 위한 주비(籌備) 단계의 단체였음을 시인하는 것이 정직하다. 국민 · 영토 · 주권을 갖춘 정부는 1948년 8월 15일에 선 대한민국이다. 이것이 4.19 혁명 정신에 합치되는 '바른 생각'이다.

따라서, 지금부터 우리가 할 일은 8월 15일을 광복 및 건국 기념일로 삼고, 이승만 독립운동기념관을 건립하여 나라의 위상을 바로 세우는 것이다. 미국 조지 워싱턴은 워싱턴을 수도로 정하여 땅 투기를 한 혐의가 있으나, 미국인들은 그를 '건국의 아버지'로 받든다. 그가 독립 전쟁의 혁혁한 지도자인 까닭이다. 7천만 인민을 죽인 중화인민공화국의 모택동은 '공적이 7할, 과오가 3할'이라며 천안문 광장에 그의 사진까지 걸어 놓고 숭모(崇慕)한다.

우리는 허물을 침소봉대하여 귀한 인물들을 매장시키는 폐습에 젖어 있다. 맹성(猛省)이 요청된다.

남북 7천6백만 민족이여, 대한민국과 이승만 초대 대통령을 기리고 현창(顯彰)하라. 4.19 혁명 세대의 호소다.

따라서 4.19 혁명 이후의 대한민국은 제1공화국 이승만 정부의 긍정적 · 부정적 유산을 함께 물려받았다.(2023. 1. 25)

아름다운 동행

이야기의 첫머리가 너무나 무거워졌다. 이젠 우리 국어과 친구들과의 '아름다운 동행(同行)' 얘기를 할 차례다.

우리 17회 동기생은 모두 40명이 입학했다. 취업 전선이 험난했던 그 시절 사범 대학에 우수한 인재가 많이 몰렸다고 한 은사님이 귀띔하셨다. 사범 대학 입시 경쟁률이 최고 14 대 1이었다. 서울대 문과, 이과, 여학생 총수석을 사범대 입학생이 차지하기도 했다. 그래선지 동기생 모두가 범상치 않아 보였다. 김융자 · 안송자 · 지길웅(서울사대부고), 이석주 · 이주원 · 이창용(경복고), 길민자 · 김숙희 · 이승자(경기여고), 안운규 · 이수형(서울고), 박형준 · 한상무(용산고), 차배근(휘문고), 이영자(이화여고), 김영규 · 김중호 · 박경조 · 이규성(제물포고) · 최진성(인천고)은 서울과 인천의 명문고 출신들로, 그 기세가 등등하였다. 김광휘 · 오정세 · 한영수(대전고), 박종수 · 송정헌(청주고), 김반석 · 이명군(부산고), 박진길(경남고), 김숙자(경남여고), 김봉군(진주고), 최래옥(전주고), 이재훈(광주고) 등은 지방의 명문고 출신임을 자부하며 저들의 기세에 맞섰다. 문제의 인물들은 이들이 아니었다. 남인기·박종모(부산 해동고), 구본혁(경기 태성고), 이정근(경기 남양고), 박승운(천안농고), 오충섭(경기 삼일고), 서봉석(홍산농고) 같은 친구들은 출신고의 명성과 무관한 수재형 인간군에 속했다. 더욱이 김숙자 동문은 한강 이남의 유일한 여성 합격자여서 주목을 받았다.

우리 17회 동문들은 유난히 화합(和合)이 잘 되었다. 출신고, 출신 지역에 상관없이 학문과 놀이 양쪽에 걸쳐 불협화음 없이 잘도 어울렸다. 박진길·이석주·박형준·이명군 동문은 리더형, 김광휘 동문은 달변가형이었고, 자연 과학적 분석력이 탁월한 차배근 동문의 자못 시니컬한 유머는 우리의 폐부를 찌르곤 했다. 한상무 동문은 부조리한 세태를 향한 비분강개(悲憤慷慨)를 숨기지 못하는 정의파(正義派)였다. 충청도 연산 출신 한연수 동문은 콩을 팥이라 해도 "으응, 그려어." 하곤 곧잘 믿어버리는 호인(好人)이었다. 늘 미소를 잃지 않는 호남형 미남자 오정세 동문은 '백마강 달밤에 물새가 울어'의 구성진 가락으로 놀이판에 흥을 돋우었다. 평소에 말이 없는 침묵의 거사 이주원 동문은 「카타리」 절창으로 우리를 놀라게 하였고, 경상 방언식 독일어 발음으로 「보리수」를 부르던 남인기 동문이 새삼 그립다. 타고난 변론가 이정근·최래옥 동문은 전국 대학생 토론 대회에서 해를 번갈아 1등 상을 받아 왔다. 말 그대로 제제다사(濟濟多士)들의 면모다.

우리가 졸업하던 무렵의 취업 전선은 참으로 험난하였다. 그런 가운데도, 처음에는 입학 당시의 목표대로 우리들 대다수가 중등학교 교단에서 봉직하였다. 1964학년도 졸업생인 우리 동기생부터 자격증이 '고등학교 2급 정교사'가 아닌 '중등학교 2급 정교사'로 바뀌었다.

이후 1970년대 후반부터 하나, 둘 대학 교단으로 옮겨 가기 시작하였다. 일찍이 모교 신문대학원(지금 언론정보학부) 교수로 자리잡은 차배근(車培根) 동문은 미국 Kent University에서 한국 최초로 매스커뮤니케이션학 박사 학위를 받아 왔다. 29세 때였다. 그는 한국 언론 정보학의 선구자요 대가로서 확고히 자리매김했고, 서울대학교 언론정보학과 교수로 정년퇴임했다.

이석주(李奭周) 동문은 어학(語學)으로 한성대학교 교수가 되었고, 한국국어교육연구회(현 한국어교육학회) 회장까지 지냈다. 이탁(李鐸), 김형규(金亨奎), 이응백(李應百) 선생님의 학맥(學脈)을 이은 정통(正統) 국어학자로서, 순수와 응용 두 쪽에서 많은 업적을 남겼다.

충북 보은 출신 송정헌(宋政憲) 동문은 대만사범대학에서 동아시아 문학 비교 연구로 박사 학위를 받고 충북대학교 국어교육과에서 많은 교사를 길러 내었다.

지리산 운봉 출신인 최래옥(崔來沃) 동문은 서울대학교에서 「한국구비전설연구」로 박사 학위를 받고 이 땅의 세기적 스토리 텔러요, 구비 문학 대가(大家)로 사해에 명성을 떨쳤고, 한양대학교 국어교육과에서 많은 교사를 양성했다.

한상무(韓相武) 동문과 필자는 현대 문학 연구자, 평론가로서 체면치레를 하고 있다. 한상무 동문은 소설 쓰기에 뜻을 두고, 『현대문학』에 단편 소설 「산혈(散血)」로 김동리 선생의 초회 추천을 받았으나 끝내 완료 추천받기를 포기하고 강단 비평의 길로 돌아앉고 말았다. 강원대학교 국어교육과 교수로서 역시 교사 양성에 큰 공을 남겼다.

나는 문학이냐 법학이냐를 두고 고심했다. 한때 친지를 비롯한 고향 사람들의 열망을 외면하지 못해 서울대학교 법과 대학 법학과 학생으로 사법 시험 준비에 몰두하다가 심각한 종교 편력을 하는 등 영적 파란을 거쳐 문학의 길로 회귀했다.

1968년 1월 1일자 동아일보에 신춘문예 시 심사평이 실렸다. 내 시 「눈 오는 날의 보행」이 결선에서 고배를 마셨다. 당선자는 마종하 시인이었다. 그 후 1971년 김용호 시인의 추천을 받고 시단에 작게 데뷔하여 문학지 주간을 맡았다.

나를 학자의 길로 이끄신 분은 서울대학교 법과 대학 형법 분야 세계적 권위자 유기천(劉基天) 교수이셨다. 형법 총론 학기말 고사가 끝난 뒤 어느 날 나는 유기천 선생님의 호출을 받았다. 학장실 문을 열고 들어선 나를 선생님은 분에 넘치게 환대하셨다. 강의실에서 비정해 보이시던 그 어른의 내면은 의외로 따뜻했다. 선생님은 내 긴 답안지를 펼쳐 놓으시고는 극구 칭찬을 하셨다. 형법 답안지에 나의 인문학 지식을 총동원한 것이 주효했다. 지크문트 프로이트, 도스토옙스키, 가브리엘 마르셀 등 내 독서 체험을 선생님은 높이 샀다. 유기천 선생님은 법관이 아닌 학자가 되기를 강력히 권고하셨다. 당신의 모교인 미국 예일대학교 유학을 준비하라는 말씀이었다. 유학을 위한 영어 공부에 몰두하고 있던 나는 어머님 위독 소식을 들었다. 내가 형법학과 법철학 교수가 아닌 문학 교수의 길을 걷게 된 '사건'이었다.

성심여자대학교(聖心女子大學校, 현재 가톨릭대학교) 국어국문학과에서 문학 비평론을 강의하면서, 나의 시가 문학사에 남지 못할 졸작(拙作)임을 절감하고 평론(評論)으로 길을 새로이 트고 말았다.

『현대시학』(1983), 『문학사상』(1987), 『시조생활』(1990)을 통하여 평론가로 문단에 나온 것이다. 한국크리스천문학가협회, 한국문학비평가협회, 한국독서학회의 회장이나 한국문인협회 자문위원 등의 직분을 맡으며 늦깎이 평론가로서 미력(微力)을 보태고 있다. 시 창작을 포기한 필자를 줄곧 질책하였던 김남조(金南祚) 선생님께는 죄스럽다.

길을 찾아서

독어과로 전과했던 박진길 동문은 독일 뮌헨 대학교에서 「한 · 독 문법 대조 연구」로 박사 학위를 받고 돌아와 중앙대학교 교수로서 많은 학문적 업적을 남겼다.

MBC 「웃으면 복이 와요」, 「홈런 출발」, 「제4공화국」 등의 작가로 몇 트럭분의 원고를 쓰며 예리한 필봉(筆鋒)을 휘둘렀고, 지금은 프리랜서 문필가로 명성을 드날리는 김광휘(金光輝) 동문은 우리들의 자랑 중의 자랑이다.

ROTC 장교로 참전하였던 월남전 체험을 바탕으로 한 장편 소설 「호지명의 딸」에서 접하게 되는 현란한 문체는 독자들로 하여금 그의 번득이는 재기(才氣)와 창작 역량에 감탄하게 한다. 그를 소설 창작에 전념하지 못하게 한 그의 유랑적(流浪的) 자아(自我)를 필자는 안타까워한다. 그는 화술(話術)의 달인(達人)이다. 좌중을 웃게 하고 마음을 사로잡는 그의 화법(話法)은 경직된 스피치 이론을 무색케 한다.

김반석(金盤碩) 동문은 악명 높은 부산 사투리로 하여 일찌감치 교단을 떠나 KBS와 여러 신문사를 거쳐 『내외경제』 편집국장을 끝으로 언론계를 떠났다. 사람들은 이를 외도(外道)라고들 하지만, 나의 생각은 다르다. 국어과 출신이 기자나 방송인이 되는 것은 극히 당연한 일이라 생각된다. 사범 대학 국어과 출신이 교단에 있는 것이 정도(正道)이나, 확장적으로 정의(定義)를 내리면 언론인 또한 국어 교사인 까닭이다. 표준음으로 고치지 못한 채 일관되게 지금도 그대로인 그의 사투리가 요사이는 오히려 친근하기까지 하다.

남인기 동문은 국어과를 졸업하고 서울대학교 행정대학원을 2위로 입학하여 탁월한 논문을 썼고, 신문대학원에서도 석사 학위를 받았다. 사법 시험에 아까운 순위로 불합격하였으나, 행정 고시에는 당당히 합격하였다. 국회사무처, 문화공보부 등에 근무하다가 오스트레일리아, 사우디아라비아, 노르웨이, 이탈리아 주재 한국 대사관에서 공보관으로 일하였다. 수구초심(首丘初心)이란 말이 허언(虛言)이 아님을 그는 마침내 증명하였다. 공무원 말기에 문화관광부에서 정책국장으로 이 나라 문화 정책의 입안과 개혁(改革)에 많은 역할을 한 그는 국립중앙도서관을 거쳐 국립중앙극장장 직을 끝으로 퇴임하였다. 그는 문화재과장 시절 여러 법령을 정비하였다. 지금 시행되고 있는 저작권법은 그가 만든 법규 중의 대표적인 것이다. 자세히 살피면, 그의 외도도 필경 '국어'에로 귀착되었음이 드러난다. 그가 말년에 시조 시인으로 데뷔하여 66세 아까운 나이에 세상을 떴다. 시조 명작을 남긴 것은 그의 시재(詩才) 또한 범상치 않았음을 입증한다.

리더십과 의협심이 넘쳐났던 이명군(李明君) 동문은 일찍이 교단을 떠나 사업에 투신해서 성공하였다. 유성모직이란 회사를 세워 경제입국(經濟立國)의 한 몫을 담당하였던 사나이 중의 사나이 이명군 동문의 갑작스러운 타계(他界)는 살아남은 우리에게는 큰 슬픔이 아닐 수 없다. 그는 서예가인 길민자(吉敏子) 동문과 가정을 이루어 우리의 부러움을 샀다. 오정세(吳正世), 이영자(李英子) 동문과 함께 두 쌍의 동문 커플이었다.

사업 분야의 선구자는 실상 박형준 동문이다. 그는 교단에 전혀 서지 않고 처음부터 삼성(三星)에 입사하여 사업가의 역량을 닦았고, 뒷날 독립 사업체를 운영하며 태평양을 넘나들더니, 이제 영양센터 체인을 7개나 내어 국민 보양에 큰 몫을 담당한다. 본디 대인(大人)의 풍모를 타고난 박 동문은 우리들의 무전취식(無錢取食)을 자주 책임지곤 너털웃음을 짓곤 한 호인이다.

이제 이정근(李正根) 동문 얘기를 할 차례다. 그는 국어학자가 되려고 모교에서 석사 학위까지 받았으나, 끝내 서울신학대학교 교수로 갔다. 거기서 강의를 하며 신학(神學)을 공부하여 목회자가 되었다. 스피치의 달인이요 본디 기독교 신앙인의 전범(典範)이었기에, 학부 재학 시절부터 그는 '목사'로 불리었다. 지금 미국 로스엔젤레스의 유니온교회 원로 목사로서 많은 양떼를 먹이고 있다. 미주 지역에선 손꼽히는 유명 목회자로서 명성이 자자하다. 그는 우리 동문들에게 신앙적으로 많은 감화를 주어 왔다. 젊은 시절 필자의 흔들리는 기독교 신앙을 바로잡아 준 사람도 이정근 목사다. 우리는 그를 최래옥 장로와 함께 신앙의 길잡이로 삼고 산다.

길을 밝히는 사람들

지금까지 여러 동문들 이야기를 적잖이 하였으나, 사범 대학 국어과의 진정한 정통파는 중등학교 교단을 지킨 사람들이다. 한문학에 능한 한연수(韓連洙) 동문은 모교에서 석사 학위를 받고 한국외국어대학에 출강하기도 했으나, 서울사대부고를 비롯한 중등학교 교단을 꿋꿋이 지켜 중학교 교장으로 정년퇴임하였다.

이창용(李昌勇) 동문은 국어문법론으로 박사 학위를 마치고 한때 한국 방송통신대학교 교수로 있었으나, 고등학교 교장으로 정년퇴임했다.

청백리 반열에 올려 손색이 없는 사람으로 박경조(朴景照) 동문이 있다. 서울시 교육청 장학사 시절의 성실·공정·청렴한 그의 근무 자세는 잊히지 않는 일화로 남아 있다. 그가 구일중학교 교장 재직 시절 간암으로 아깝게 세상을 떠나 동료 교사들과 많은 제자들을 심히 오열케 한 바 있다.

전인 교육의 명문 제물포고 출신답게 중후한 바리톤 음성으로 우리 가곡을 부르고 악기도 다루며 서예에도 일가(一家)를 이룬 김중호(金仲浩) 교감 애기를 빠뜨릴 수 없다. 성심수녀회에서 운영하는 세계적 가톨릭 교육 기관인 서울 성심여고(聖心女高)의 교감 직을 맡아 희생·봉사·청렴의 교육자상을 본보이며 정년퇴임했다. 오래도록 천주교 성당 일을 맡아 봉사한 독실한 신자다.

충청도 신태인 출신 오정세(吳正世) 동문은 공립학교 재직 중 담임반 학생들이 수행 여행길에서 참변을 당하는 '죽음 체험'을 하고 교단을 떠났었다. 중동(中東) 열사(熱砂)의 사막에서 자기 실재(實在)의 참모습을 확인하고 돌아와 다시 사립 성보고등학교에서 후진을 기르다가 교감으로 정년퇴직했다. 여성 목사인 부인 이영자(李英子) 동문과 함께 독실한 신앙인으로 살고 있다. 만년에 여성 목사를 반려자로 만나 선교에 열정을 쏟고 있는 박종모(朴鍾模) 동문과 함께 독실한 기독교 가정을 이룬 축복받은 사람이다.

끝까지 평교사로 꿋꿋하게 교단을 지켜 준 우리 60학번 동문들을 지면 관계로 더 자세히 소개하지 못하는 것이 안타깝다. 헨리 반다이크가 교사들에게 바친 헌사 한 대목을 인용함으로써 이를 대신하려 한다. 특히 서울예술고등학교에서 수많은 예술 영재들을 길러낸 출천의 교육자 구본혁(具本赫) 동문에게 이 헌사를 바치고 싶다.

고명한 교육학자들은 새로운 교육학의 체계를 만들어 낸다. 그러나 젊은이를 구원의 길로 이끄는 일은 이 이름 없는 교사가 한다. 그는 세상의 그늘진 곳에 살며 고난과 싸운다. 그에게는 진군의 나팔도, 기다리는 전차(戰車)도, 수여될 황금의 훈장도 없다. (중략) 그는 수많은 촛불을 켜고, 그리고 훗날 그 촛불이 다시 빛나서 그의 마음을 밝혀 주기를 기다린다. 이것이 교사가 받는 단 하나의 보상이다.

이것은 1982년 필자가 엮은 이 땅 페스탈로치 수기집《길을 밝히는 사람들》(서한샘 동문 후원)에 실리기도 한 글이다. 서울대(교육심리학과) 후배 유안진 서울대 교수가 추천했었다. 이 수기집은 내가 대학 시절부터 전국 각지를 누비며 직접 만나거나 수소문하여 알게 된 107인 '거룩한 선생님들'의 체험 교육 지침서다.

이제는 황혼녘

60학번(당시는 93학번) 17회 우리 동문들은 지금도 모인다. 모여서 학창 시절 은사님과 세상을 뜬 동문 얘기를 한다. 개인적 · 역사적 삶이 다 힘들었던 1960년대 전반기, 그 파란에 찬 격동의 시공(時空)을 걸어 나와 겪은 영욕(榮辱)의 세월을, 우리는 이제 담담한 심정으로 관조할 수 있는 나이가 되었다.

고백할 것이 있다. 내가 왜 13 대 1의 경쟁시험을 치러 가며 서울대학교 법과 대학생이 되었는가 하는 아픈 학력 말이다. 그건 한 절통한 형사 피의자와 곤고한 고향 사람들의 폭풍 같은 열망을 거스르지 못한 나의 불인지심(不忍之心) 때문이었다. 육법전서를 불사르고 한국 문학의 길로 회귀한 이야기는 여러 차례 고백한 바 있다. 그 때의 심경은 동진 사람 도연명이 「귀거래사(歸去來辭)」에서 집약적으로 토로한 '각금시이작비(覺今是而昨非)' 그것이었다. 지금이 옳고 지난 날 일은 그릇되었다는 진심의 표백 말이다.

본디 시를 공부하러 입학한 대학이었다. 한데 나는 어느덧 국어학도가 되어 있었다. 느닷없이 법학도가 되었다가 결연히 돌아온 자리에는 현대 문학의 길이 열려 있었다. 나를 복되게 한 고마운 행로였다. 단언컨대, 법학 · 법조계로 가는 길 대신에 문학의 길을 더위잡은 나의 선택은 절묘했다.

이제, 국어 교사일 수밖에 없는 우리는 무엇으로 모교의 후배들을 도우며, 조국과 세계에 봉사할 수 있겠는가? 아직은 늦지 않았다고 우리는 생각한다. '아름다운 동행(同行)'을 위하여.

끝으로, 유명을 달리한 안송자, 최진성, 지길웅, 이명군, 송정헌, 서봉석, 이재훈, 박경조, 이창용, 박종수 동문들의 영혼이 천국 복락 누리기를 기도한다.

결산, 창작과 학문의 길

앞에서 밝혔듯이, 나는 1968년 동아일보 신춘문예에 응모한 내 시 「눈 오는 날의 보행」이 결선에서 탈락하는 충격 체험을 했다. 그 후 한동안 무기력증에 빠져 있던 나를 다시 일으켜 세우신 분은 김용호 시인(교수)이었다. 작은 월간지에 시 「말씀」을 추천해 주셨다. 대학 시절부터 시 쓰기를 독려하시던 김남조 선생님은 『현대시학』에 시를 제출하라는 엄명을 내리셨다. 고심 끝에 나는 시 대신 평론 「구상론─시와 믿음과 삶의 합일」을 써서 평단에 이름을 올렸다. 그때에 나의 평론을 호평하였던 『현대시학』 발행인 전봉건 시인의 도움은 잊지 못한다.

이후 나는 강단 비평의 담을 넘어 현장 비평의 길을 걷게 되었다. 또한 때늦은 1990년 『시조생활』(가을호)에 「시조시의 현대적 지평」이 신인문학상에 당선되면서 시조 평론가가 되었다. 심사 위원은 문덕수(시인·문학평론가)·유성규(시조 시인) 원로 문인이었다. 아주 늦은 2014년에는 시조 「창세기」가 당선되어 시조 시인이 되었다.

1980년대부터 졸고를 실어 준 『현대시학』·『현대문학』·『문학사상』·『월간문학』·『시문학』·『시와 시학』·『문예한국』·『문학저널』
『창조문예』·『한국크리스천문학』·『하나로 선 사상과 문학』·『문예
운동』·『시조생활』·『시조미학』·『시조사랑』 발행인과 편집진에 감
사를 표한다.

나의 학문 연구는 1976년 이후에 본격화하였다. 그 이전에 뉴크
리티시즘의 분석주의적 방법론에 따른「청록파의 유파(école) 시
비(是非)」같은 논문을 발표하였으나, 독창성 면에서 미흡했다. 나
의 독창적인 첫 연구는 늦깎이 석사 학위 논문「한국 현대시의 원형
성 연구 − 아니마 · 섀도우의 수용 양상」이었다. 서정주 · 유치환 ·
박두진의 생명과 역사적 응전의 어조(tone)를 분석함으로써 그 대
응 방식의 차이점을 밝힌 논문이다. 서정주의 역사적 순응주의, 유
치환의 정신사적 아나키즘, 박두진의『이사야서』적 낙원 의식과 구
약 성서적 편향성 등을 지적한 데 의의가 있다. 이는 구상 시에서
극복되는 우리 정신사 일반의 핵심적 과제로 확산된다. 내가 구상
시학 전문가로 나서는 계기가 된 논문이다. 그 후에 발표한「오영
수 소설의 반근대성과 생태주의적 상상력」은 20세기 우리 정신사
의 전통 지향성(tradition orientation)과 근대 지향성(modernity
orientation)을 탐조한 문제 논문이다.

박사 학위 논문도 늦게 썼다. 나의 불건강과 '완전벽' 때문이었다.
논제는『한국 소설의 기독교 의식 연구』였다. 가설은 문학 작품의
'의식 지향성'을, ①개인 의식의 형이상학적 지향, ②사회 의식의 형
이상학적 지향, ③사회 의식의 형이하학적 지향, ④개인 의식의 형
이하학적 지향의 네 위상으로 나누고 이를 적용하는 작업이었다. 텍

스트는 「무녀도」(김동리), 「을화」(김동리), 「용과 용의 대격전」(신채호), 「사반의 십자가」(김동리), 「등잔」(백도기), 「삼대」(염상섭) ,「재생」(이광수), 「청동의 뱀」(백도기), 「종각」(박영준), 「낮은 데로 임하소서」(이창준), 「땅 끝에서 오다」(김성일) 등 13개 작품이었다.

이 중에 「용과 용의 대격전」은 이전에 발표한 단일 논문 「단재 신채호론」의 기독교적 비판 의식을 주조로 하였기에 논란이 있었다. 이는 1970년대 이후 대두된 『창작과 비평』파의 비판적 리얼리즘 내지 사회주의적 리얼리즘과 결부되어 반론에 시달렸다. 단재의 이 작품은 가진 자(the haver)에 대한 못 가진 자(the unhaver)의 증오 · 저주와 폭력 혁명론을 실현한 혁명 소설이었다. 그 적개심은 하늘을 찔렀다. 에밀 브루너의 『정의와 자유』 이론에 배치되는 단재의 정의관(正義觀)에 대한 성찰을 담은 논문이었다. 하늘에 사무치는 민족애 · 조국애에도 불구하고, 그의 '자유와 사랑 없는 마르크스주의적 정의'는, 설령 물리적 투쟁에서 승리한다 해도 궁극적 진리 면에서 무위(無爲)에 그칠 것이다. 마침내 그는 소설 「꿈 하늘」에서 정치적 · 윤리적 아나키즘에 빠지고 말았다.

이것이 나의 주장이었기에, 사회주의적 리얼리즘의 문인 논객들의 표적이 되었다. 그들에게 단재는 무작정 영웅이요 우상이었기 때문이다. 이런 현상은 오만불손하고 유아독존적이며 쉴 새 없이 자기 말을 쏟아낼 뿐, 남의 말을 전혀 경청할 줄 모르던 이어령을 우상화하는 요즈음의 폐풍에 비견된다. 그는 천재적 아이디어 뱅크였을 뿐, 인격은 평균 이하였다. 만년에 그가 함께할 친구가 없음을 슬퍼한 것은 만시지탄이었다.

내가 발표한 100여 편의 논문은 시간에 쫓겨서 촉박하게 쓴 것들이 많다. 역사에 남을 명논문은 없어 보인다. 이제 제대로 된 논문을 쓰려 하니, 어느덧 인생 황혼녘이다. 미상불 일모도원(日暮途遠)이다.

내 저서 20여 권 중에 체면치레를 한 것은 1980년에 초판이 나온 후 2008년까지 스테디셀러였던 『문장기술론』이다. 학자, 교사, 법조인, 대학생 등 웬만한 지식인의 책장에는 이 책이 꽂혀 있을 만큼 널리 사랑을 받았던 책이다. 『문학개론』·『한국현대작가론』·『문학 작품 속의 인간상 읽기』도 스테디셀러였다. 『문학 비평과 문예 창작론』·『현대 문학의 쟁점 과제와 문학 교육』·『신문예사조론』·『다매체 시대 문학의 지평 읽기』·『시조의 이론과 시조 창작론』·『세계 국가 시대의 시조 이야기 — 고시조·근현대 시조 읽기』·『기독교 문학 이야기』·『한국 소설의 기독교 의식 연구』등은 나름 노작(勞作)의 결실이었다.

사범 대학 출신으로서 내가 사명감을 품고 진력한 것은 교육부 교육 과정 심의 위원, 교과서 심사 위원장, 한국독서학회 창설, 초대 회장, 한국국어교육연구회(한국어교육학회) 부회장을 지낸 일이다. 초·중·고교 교과서의 논설·작문·문학 교과서 집필 또한 나의 국어교육사적 사명이었다. 한연수 동문과의 공저였던 고등학교『문학』교과서는 전국 70%의 학교가 채택할 정도로 사랑을 받았다. 『독서』와『작문』교과서는 평작(平作)이었다.

국어국문학회·한국현대문학회·춘원연구학회는 회원으로서 이름을 올릴 정도였고, 한국문학비평가협회와 한국크리스천문학가협회는 회장으로 활약했다. 현재 한국문인협회 자문 위원, 국제PEN 한국본부 권익 위원을 하며 각종 문학상 심사에 참여하며, 산하 기관지『월간문학』과『PEN문학』에 평론을 기고한다. 특기할 평론은

2015년 『월간문학』에 발표한 『한국근현대시에서의 표절 문제』는 자료를 광범위하게 수집하여 쓴 문제 평론이다. 우리 문단의 표절 문제는 가벼이 간과해서 안 될 고질임을 실증한 노작이었다. 여러 작가의 대표작들을 모아 자기 창작집으로 발간하여 다년간 그 책을 판매하여 수익을 올리거나, 남의 저서를 자기 책으로 이름을 바꾸어 발행하여 저자 행세를 하는 경우는 최악이었다. 유명 대학 교수가 학생의 시를 통째로 훔쳐 자기 작품으로 발표한 것은 정상적인 사람의 상상력을 능멸하는 처사였다.

자유시 연구를 본업으로 삼아 오던 내가 시조론을 쓰게 된 것은 32년 전의 일이다. 1989년 7월 국어과 선배(12회)이신 유성규 시조 시인을 만나 전민족시조생활화운동본부 창설에 동참하게 되면서 그 이듬해 가을 산하 기관지 『시조생활』에 평론 「시조시의 현대적 지평」을 발표하였음은 여러 차례 밝힌 바 있다.

나는 2016년에 그 회의 회장을 맡아 2018년에는 법인으로 등록했다. 사단 법인 세계 전통시인협회 한국 본부를 발족시켜, 종주국 위치에서 시조 세계화 운동을 본격적으로 펼치는 중이다. 중국·일본·몽골·네팔·싱가포르·미국·영국·독일·뉴질랜드 등과 전통시를 번역·교류하며, 문화로 하는 공공외교(public diplomacy)에 기여하고 있다.

문화·스포츠 등을 매개로 하는 공공 외교는 중요하다. 나는 천재적 문화 정책 기획자인 우상일 실장(국장)과 심층 협의를 거친 다음, 내 제자인 박근혜 대통령과 문화체육관광부 장관을 설득하여 '동아시아문화공동체선언' 행사를 개최하자는 공공 외교적 거대 담론을 준비했다. 동·서양 문명·문화의 종착지요, 21세기 융합 문화 창조의 본산이 될 우리 대한민국이 의장국이 되어 동아시아문화공동체 선언을 한다는 것은 아시아와 세계 문명사의 사명이요, 영예가 될 것이다.

우리나라 문화·예술계의 학자 및 거장과 대통령이 공동 의장이 되어, 동아시아 문화·예술인들을 6백 년 우리 고도(古都) 서울에 모아서 대대적인 축제를 통해 우의를 다지고, 범인류적 문화·예술 창달의 길을 여는 것은 동아시아인들의 감동적인 문명사적 일대 사건이 될 것이다. 이 거대·담론이 구체화하려는 즈음에 음흉한 모해 세력이 대통령 탄핵 사태를 촉발했다. 땅을 칠 일이다. 박근혜 대통령은 '문화 융성'의 기치를 내걸었던 유일한 국가 지도자였다. 앞으로 어느 대통령이 이런 구호를 외칠 수 있겠는가. 문화 융성 정책. 21세기 융합 문명 시대를 선도할 절묘한 구호였다.

나는 80을 훌쩍 넘긴 이 나이에도 여러 문학 행사의 부름을 받아 주제 발표나 강연을 한다. 한국문인협회 여러 문학상, 동리목월문학상, 구상문학상, 이무영문학상, 김만중문학상 등의 심사 위원으로 참여한다. 4인 공동 시집 『천년 그리움으로 떠 있는 섬』도 내고, 시조도 쓴다. 제4평 평론집 『문학의 이론과 문예 창작론』에 이어 시조 평론집도 두 권이나 상재했다. 오래전에 출판한 에세이집 『시간과 영원을 위한 팡세』에 이은 제4에세이집 『선한 이가 당하는 고통에 대한 묵상』(2022)도 내었다.

법과 대학 동문들은 정년(停年, 定年)이 없는 문학을 전공한 나를 오히려 부러워한다. 서울대 법대 문우회원들은 재학생 시절부터 발행하던 『FIDES』에 작품들을 발표하며 문학 활동 중이다. "인생은 짧고 예술은 길며, 기회는 쉬 사라지고, 실험은 확실치 않으며, 판단하기는 어렵다"고 히포크라테스가 그의 『양생법(養生法)』에서 한 말을 새삼 소환해 본다.

나는 근래에 '융합 인문학'이론 정립에 심령을 집중하며 산다. 주요 텍스트는 내가 오래도록 탐독해 온 명저 다섯 권이다. 아널드 토인비의 『역사의 연구』, 에드워드 기번의 『로마제국쇠망사』, 강기철 교수의 『새지평』(상·하), 요한네스 휠스 베르거의 『서양철학사』, 정의채 몬시뇰의 『존재의 근거 문제』는 내 정신사 형성에 지대한 영향을 준 대작들이다.

이를 텃밭으로 하여 쓴 첫 작업이 『독서와 가치관 읽기』, 『문학 작품 속의 인간상 읽기』였다. 이런 실험을 거쳐 최근에 상재한 책이 『이 역사를 어찌할 것인가』(2020.11.)이다. 경제력 세계 10위, 군사력 6위에 문화가 융성한 대한민국이 정치 수준은 왜 4류인가에 대한 본질적인 물음에 응대하려 한 책이다. 무기력과 무정략의 우파와, '퇴영적 진보'의 형용 모순을 일상화하는 위선적 좌파 정치인과 지식인 들에게 전하는 나의 애정 어린 메시지를 담았다. 이 책에는 이광수의 친일 문제를 다룬 글이 있다. 그는 그가 일생껏 닮고자 했던 '세속적 성자(聖者, a man of worldly holiness)'의 길을 걸었다. 이 땅 민족 지도자급 인사 3만 내지 3만 8천 명을 학살하려 한다는 정보에 접한 이광수는 자신이 친일의 오명(汚名)을 무릅씀으로써 민족의 혼을 살리고자 했다. 내 최근 저서 『이 역사를 어찌할 것인가』와 논문 「이광수 문학의 정신적 지주(支柱)」의 내용이다. 이것은 나의 확신이다.

나는 후속 저서로 감히 『이 나라를 어찌할 것인가』의 집필을 시작했다. 우리 정치와 지성의 난맥상은 인문학적 기반이 부실한 데서 빚어졌다는 것이 가설이다. 우리 민족의 샤머니즘적 집단 무의식과, 압축 성장 과정에서 체질화된 부조리, 초월적 가치관의 결핍에 따른 '야수화(野獸化, brutalization)' 때문이라는 인식과 표리 관계에 있는 상념이다.

파스칼의 인생 명제를 패러디로 말하건대, 현대인들은 자신의 삶이 비참한 줄 알지 못하기에 진실로 비참하다는 나의 실존 의식은 가혹한 자학(自虐)인가. 소유욕에 과도히 탐닉하는 현대인 대다수를 비참하게 만드는 것은 인간과 자연 간의 분리(detachment), 인간 상호 간의 분리, 인간과 절대 진리와의 분리의 관계 파탄이다. 현대 비극적 문명사의 실상이다.

대학 시절 이야기에서 시작된 글이 칡넝쿨같이 길게 느즈러졌다. 현재란 과거의 결산임을 입증하려 한 글이다.

한 친구는 나더러 '과도한 엄숙주의'의 길을 고수해 오면서 고난을 자초해 왔다고 자주 질책한다. 그렇다. 하지만 나는 열심히 보람되게 살았고, 후회는 없다.

출생과 성장, 초 · 중 · 고교 시절

김봉군 교수의 고향은 절경이 즐비한 경남 남해이다. 그래서 그는 평생 고향의 바닷가를 잊지 않고 친구와 동료 들에게도 고향 경남 바닷가 풍경을 자주 언급하였다. 대학 재학 중에 고향을 방문하여서도 그는 아름다운 '내 고향 남쪽 바다'의 그 바닷가를 기어이 찾아간 듯하다.

선택과 만남의 길

인생길은 선택과 만남의 과정이다. 잘 선택하고 잘 만나야 하는데, 그것이 어렵고 뜻대로 되지 않는 것이 인생이기도 하다. 페스탈로치가 되는 길과 권세를 얻어 사회 정의를 세우는 길의 분기점에서 나는 심히 방황하기도 했다. 문학이냐 법학이냐를 두고 치열하게 고심했다. 출천의 좋은 부모님과 스승님과 벗들을 만나 기쁨을 누렸는가 하면, 무서운 사람 넷을 만나 '죽음 체험'을 했다. 인생에서 선택과 만남이 내 재주와 의지로만 되는 것이 아니라, 내가 어찌 못할 섭리에 따른 것임을 깨닫기까지 오랜 연륜이 필요했다.

내가 적빈(赤貧)의 빈손으로 고향을 떠난 지는 63년을 헤아린다. 여러 차례 중병에 신음하였으나 기적적으로 살아남았고, 이제 현존(現存)의 종착점 언저리에 이르렀다. 나름 실패해 보였던 나의 꿈은 여러 곡절을 겪으며 수정을 거듭하였고, 그 변곡점마다 섭리가 작용했음을 이제야 안다. 산악 같았던 내 '야망'이 무너진 것은 아름다움과 사랑과 구원의 강물로 이어져 왔다. 이 소망의 강물에서 나는 거듭났고, 문학과 신앙의 집에 귀착해 있다. 이 글은 내 험난했던 생애를 되짚어 보며 회개하는 작은 고백록이다.

인문학적 가정 배경

연약한 건강에다 피감화력에 휘둘리기 쉬운 나는 1941년 11월 11일(음력 9월 23일) 경남 남해군 창선면 진동리 장포마을 624번지(현 도로명 주소는 흥선로)에서 3남 5녀 중의 다섯째, 차남으로 태어났다. 바로 위 누님과 아래 누이를 병으로 잃었다. 지금도 총명하고 예뻤던 어린 누이동생의 모습이 자주 별같이 명멸한다.

내가 국문학자가 된 데는 가문의 배경과 관련이 있다. 한문학자이셨던 조부님(김金달達자오五자)과 외조부님(강姜성成자옥玉자)의 후손인 아버님과 어머님은 교육열이 남다르셨다. 서당 공부밖에 못하신 아버님(김金치致자경京자)이셨으나, 『천자문』·『명심보감』·『논어』를, 4세 때부터 중학 시절까지 익히도록 하시며 나를 동아시아 고전의 길로 이끄셨다. 나는 연산군 4년 무오사화로 인해 몰락한 조선 왕조 관료의 후손이다. 스승 김종직 선생이 쓴 「조의제문(弔義帝文」을 사초에 올렸다가, 연산군 4년(1498) 무오사화 때에 참형당하신 탁영(濯纓) 김일손(金馹孫) 사관의 직계 후손이다. 그 어른 직손인 담(淡) 자 걸(傑) 자 어른이 임진왜란 후 60년, 병자호란 후 16년 되는 1652년에 남해 창선으로 이주하셨다. 사대부 가문의 후손인지라, 선조들은 무지렁이로 몰락하기를 거부하고 주경야독하여 23인이 5품 이상의 관직에 오른 기록을 남겼다. 디지털 문명 시대인 이 21세기에 옛 시절 양반놀이를 찬양하려 함이 아니라, 우리 집의 인문학적 가풍을 이야기하려는 것이다. 우리 먼 종가는 경북 청도이며, 그곳에서는 유품으로 문집인 『탁영집』과 거문고 등이 보존 되어 있다. 경남 함양에는 청계서원(淸溪書院)이 있어 탁영 선생의 옛 일을 상고케 한다.

선친은 내 인문학의 첫 스승이셨다. 4세 때에 『천자문』을 사다 한 자 한 자 가르치셨고, 초등학교 4학년 때에는 『명심보감』을 암송케 하셨다.

선친은 나에게 글을 깨우치게 하심과 아울러 기본 윤리를 가르치셨다.

"갈림길에서 손윗사람이 먼저 가시게 해야지, 그 앞을 먼저 가로지르는 것은 무례다. 말은 하기 전에 다시 한 번 생각할 것이며, 들을 사람 처지를 배려해야 한다. 남의 말이 뜻에 차지 않을지라도 정중히 경청하는 자세를 갖추는 것이 중요하다."

나는 선친의 예절 교육을 마음 깊이 새기면서 유성기가 들려주는 판소리 「춘향가」의 구성진 가락에 장단을 맞추면서 천자문을 익혔다. 이몽룡 역을 훌륭히 소화해 내는 임방울 명창의 '천자 뒤풀이'를 따라 부르며 한자 공부에 신명을 내었다.

몽룡이 춘향을 만나고 온 후로 마음이 싱숭생숭하여 천자 뒤풀이를 허것다.

천개자시생천허니 태극이 광대 하늘 천. 지벽어축시허니 오행팔괘로 따지. 삼십삼천공부공허니 인심지시 감을 현. 이십팔수 금목수화 토지정색의 누루 황 … 삼황오제가 봉허시니 난신적자 거칠 황.

이를 바탕으로 하여 음양오행의 원리와 작용을 가르치는 『주역』의 기초 원리에도 접할 수 있었다. 초등학교 학생이었던 내가 동네 형님과 누님 들의 궁합을 봐준다고 호기를 부리기도 했으니, 생각하면 참 가소로운 일이다. '갑자 을축은 해중금(海中金)' 같은 운명 결정론을 입에 올렸으니 말이다.

무턱대고 외우기만 하였던 천자문이 우주 만상의 이치를 깨우치는 역사, 윤리, 철학 교과서인 것은 한참 후에야 알았다. 이런 천자문을 완성한 주흥사의 머리가 백발이 되었다는 전설은 신뢰함 직한 과장일 것이다. "남의 단점을 입에 담지 말고, 자기의 장점을 너무 믿지 말라. 냇물은 쉬지 않고 흐르며, 연못이 맑아 그림자를 비추듯이 얼굴은 생각과 같게 하고, 말은 안정되게 하여야 한다."처럼 천자문은 4언 고시의 짧은 형식에 주옥같은 내용을 품고 있었다.

또 『명심보감』은 어떤가. "자기를 귀히 여김으로써 남을 천대하지 말고, 자기의 큼으로써 작은 것을 업신여기지 말며, 자기의 용기를 믿음으로써 적을 가벼이 보지 말라. 나를 선하다 하는 자는 나를 해치는 자요, 나를 악하다 하는 이야말로 나의 스승이다. 남을 헤아리려 하는 자는 반드시 먼저 스스로를 헤아려 보라. 남을 해치는 말은 먼저 자신을 해치나니, 피를 머금어 남에게 뿜으면 먼저 그 입을 더럽히느니라. 은혜를 베풀었거든 보답을 구하지 말고 남에게 주고는 후회하지 말라. 남을 책망하는 자는 사귐을 온전히 하지 못하고, 스스로의 허물을 용납하는 자는 잘못을 고치지 못하느니라. 한때의 분함을 참으면 백날의 근심을 면하느니라. 손님이 오시지 않으면 가문이 속되고, 학문을 가르치지 않으면 자손이 어리석게 되느니라. 군자와의 사귐은 물과 같이 차분하고 고요하며, 소인과의 사귐은 꿀과 같이 달콤하다." 모두 주옥같은 금언들이다.

나는 선친의 자상한 윤리 교육을 스펀지처럼 흡수하며 자랐다.

문제는 있었다. 어려서부터 이 같은 윤리 기준에 맞추어 살다 보니, 어느새 나는 애어른이 되어 있었다. 거친 동네 아이들과 어울려 과일 서리를 하는 등 비행을 저지르거나 시행착오의 쓴맛을 볼 기회가 없었다. 이것은 나의 인성에 '완전벽'에 대한 강박 의식을 자라게 하였고, 공부나 사회생활에 만점이 아니면 마음을 놓지 못하는 불안 의식을 키우는 원인이 되었다. 자연히 세상 사람들의 부도덕한 언행이나 불의를 용납지 못함으로써 세상살이를 어렵게 하였다. 이런 딜레마에서 나를 구제한 것은 기독교 신앙이었다. "형제의 눈에 든 티끌은 보면서 네 눈에 든 들보는 보지 못하느냐?"는 사랑의 윤리로써 나는 거듭날 수 있었다.

우리 집은 부자유친이 실현되는 인문학당이었다. 선친은 독서 토론으로써 인문 교육을 실천하셨다. 텍스트는 나관중의 『삼국(지통속)연의』와 『조선오백년야사』였다. 제갈량의 열두 번 전투와 '오장원의 최후'를 가슴 아파했고, 적벽대전에 참패한 조조가 패주하는 대목에서는 쾌재를 불렀다. 조선 왕조 개국 초에 빚어진 이방원의 살육극과 수양대군의 왕위 찬탈, 연산군의 파천황의 패륜 등을 놓고 우리 집 부자 간에는 토론이 끊이지 않았다. 역사와 개인 윤리, 국가 윤리를 배우는 독서 체험이었다.

먼 훗날인 1998년에 내가 교육부를 설득하여 가톨릭대학교에 우리나라 최초로 독서 교육 전공 과정을 설치함과 아울러 독서학과를 설립하는 데 앞장서고, 한국독서학회 초대 회장을 지낸 것은 우연이 아니다.

어려서부터 한문에 길들여진 나는 어휘력 면에서 동기생들보다 훨씬 유리한 위치에서 공부할 수 있었다. 선친의 은혜다.

내 고향 남쪽 바다, 아름다운 고장

이런 인문학적 가정 배경과 함께 나는 아름다운 고향, 해상 낙원에서 성장하는 행운을 누렸다. 우리 집은 아담한 기와집에, 아이들이 간이 야구를 할 만큼 마당이 넓었다. 뒤꼍 언덕에는 큰 밤나무 일곱 그루가 숲을 이루었고, 뽕나무, 감나무와 배나무에 대밭도 있었다.

집은 동향이어서 바다 건너 통영 사량도 위로 해와 달이 정면으로 떠올랐다. 도둑이 없는 마을이라 문짝도 없는 대문을 나서면, 한려수도 잔물결이 작은 파문을 일으키며 리아스식 해안으로 밀려 왔다. 보름달이 밝은 밤, 잠이 오지 않는 나는 홀로 모랫벌에 나가 갈게집을 헤며 산책을 즐겼다. 아름다운 그 정적(靜寂)과 절대 고독, 지금도 눈앞에 선연(鮮妍)한 내 고향의 서정 어린 모습이다.

옛 고향 얘기에서 빠뜨릴 수 없는 곳이 돌발과 후리, 비정기적 나룻배다. 그 시절 바다에는 물고기가 흔했다. 썰물 때에 아이들은 바닷가에 작은 돌발을 쌓았다. 밀물에 실려 온 작은 고기들은 썰물이 질 때 돌발 안에 갇혔다. 어획고는 보잘것없어도 아이들 소꿉놀이하기에는 충분했다. 후리는 마을 공동체의 흥겹고 유익한 행사였다. 봄이 무르익을 무렵이면 남해안 일대에, 천적인 갈치 떼에 쫓긴 멸치 떼가 구름같이 밀려들었다. 동네 고기꾼들은 '이때다.' 하고, 전 마선에 그물을 싣고 바다엘 나가 반원형 그물 장막을 쳤다. 동네 사 람들이 그물의 양 끝을 잡아당겨 고기떼를 포획했다. 고기들의 그물 에 갇혀 모랫벌에 펼쳐지기가 무섭게 분배 대장 쇠방오(쇠바위) 아저 씨가 고유의 바가지를 들고 등장했다. 150호에 800여 명이 사는 마 을. 아저씨는 각 집안 대표의 얼굴을 보며, "너희 식구는 여섯이지, 여덟이지." 하며 정확히 인원수에 따라 배분했다. 남는 것이 아저씨 몫인데, 많지도 적지도 않았다. 아리스토텔레스의 '배분적 정의'를 알 리 없는 쇠방오 아저씨는 배분의 달인이었다. 역시 그리운 얼굴이다. 아저씨의 머리는 바위처럼 단단해서, 그의 박치기 한 번에 나가떨어 지지 않는 이가 없다고 해서 일명 쇠방오였다. 하지만 그 아저씨가 누구와 싸우는 모습을 보지 못하였기에, 박치기 이야기는 전설로 남 았다. '방오'는 '바위'의 우리 고장 사투리다.

나는 어려서부터 고향 사람들의 사랑을 듬뿍 받고 자라났다. 어떤 할아버지들은 내가 가는 길의 돌멩이까지 치워 주셨고, 아주머니들 은 고등학교나 대학 시절에 고향을 떠나올 때에 옥수수나 찐 고구마 를 싸 주시며 나의 성공을 축원하셨다.

우리 집에는 고유의 풍수지리설이 전래한다. 천생 선비 기질이어 서 돈벌이에 영 소질이 없으신 아버님의 사업이 뜻밖에 호황을 보 일 때의 이야기다. 어느 날 웬 낯선 이인(異人)이 찾아왔다. 접빈객 에 소문이 나신 어머님의 융숭한 대접에 감동한 그가 할 말이 있다 고 했다. 대문을 가운데 두면 재물이 크게 늘어나겠고, 집 좌측으로 옮기면 재물 대신 귀한 자식이 태어나리라는 말을 남기고 그는 떠났 다. 고심하시던 아버지는 가운데 있던 대문을 좌측으로 옮기셨다고,

어머님은 내게 자주 말씀하셨다. 재물을 포기하고 '인재'를 택하신 아버님의 용단이었다.

지금의 빙충맞은 내 모습을 보면, 그 이인의 예언이란 게 허언에 지나지 않은 것임에 틀림없다. 그래도 오늘날 내가 수도 서울 한복판에서 한 가정의 가장으로서 헛기침이라도 하고, 수다한 제자들의 사랑을 받으며 살 수 있게 된 것은 우리 부모님과 누님들이 그 이인의 '예언'으로 나를 여기까지 밀고 온 그 추동력 덕분이 아니겠는가.

사랑의 어머니

여기서 나는 어머님 이야기를 아니 할 수가 없다. 우리 어머님의 이웃 사랑 실천 일화는 무수하나, 지면 사정상 몇 장면만 여기에 재현하기로 한다.

중학교 시절 어느 토요일이었다. 나는 20리 가파른 산길을 허위넘어 대문에 들어서기가 무섭게 어머니를 불렀다. 배고프다는 신호였다. 어머님은 몹시 안쓰러우신 표정으로, "오늘 점심은 시장한 나병(한센병) 환자께 드렸으니, 저녁을 일찍 주마."고 하셨다. 늘 순종적이었던 내가 그날은 "하필이면 제 점심을 문둥이에게 주셨습니까." 하고 항변했다. 어머님은 단호한 자세로 대밭에 가서 회초리를 꺾어 오라셨다.

"너, 몇 끼 굶었느냐?"

"한 끼 굶었습니다."

"그 사람은 이틀 굶었다더라. 그래도 할 말이 있느냐?"

회초리로 방바닥을 치시며 하시는 어머님의 그 말씀에 정신이 번쩍 든 나는 어머님 손을 잡고 아프게 울었다. 그 후로 음식 투정을 하지 않기로 했다. 지금도 내가 음식상 앞에서, 이 세상 누군가 허기진 사람을 위하여 깊은 기도를 드리는 것은 어머님의 그 감동적인 교훈 덕분이다.

우리 집에는 남루한 걸객이 많이 모여들었다. 어머님은 걸인들도 밥상을 차려 대접하실 만큼 사람을 소중히 대하셨다.

1971년 2월 5일 많은 사람들의 애도 속에 어머님의 장례식이 끝났다. 친지들의 간청에 따른 5일장이었다. 그런데 장례 절차의 처음부터 끝까지 헌신적인 아저씨 한 분이 계셨다. 그는 오래전부터 지나칠 정도로 어머님을 지성껏 섬겼다. 아저씨는 마침내 고백했다. 사연인즉 이랬다.

우리 집이 유복한 때였다. 어머님은 면사무소에 볼일이 있어 외출하셨다가, 도장을 잊고 오신 걸 알고 급히 귀가하셨다. 대문 안에 들어서신 어머님은 놀랍게도 우리 집 쌀 한 가마니를 훔쳐 지고 일어서는 마을 청년과 마주쳤다. 소스라치게 놀라 그 자리에 털썩 주저앉은 청년은 살려 달라고 빌었다. 어머님은 청년을 붙들어 일으키셨다.

"이 흉년에, 오죽했으면 착한 자네가 쌀 훔칠 생각을 했겠나. 그냥 지고 가게."

청년은 어머님 말씀을 거역하지 못하고 집으로 갔다.

"그때 그 쌀이 아니었으면, 우리 식구들은 굶어 죽고 말았을 걸세."

아저씨의 음성은 떨렸고, 얼굴은 눈물범벅이 되어 있었다.

"천지신명이시여. 우리 아들딸들이 이 세상 사람들 눈에 잎이 되고 꽃이 되게 하여 주옵소서. 많은 사람들이 우러르고 칭찬하는 사람이 되게 하여 주옵소서."

그때까지 구세주 예수 그리스도를 알지 못하신 우리 어머님의 한결같은 기도였다. 장독대 위에 떠 놓으신 정화수 맑은 물 위에 꽃잎은 늘 하르르 약속처럼 내려앉았으리라.

어머님 장례식 날 고향 하늘에 펄럭이던 67개 추모의 깃발(만장)과 수많은 이들의 애도 행렬. 그것은 사람이 어떻게 살아야 하는가를 보여 주는 산 교훈의 표상이었다. 진주 강姜씨 수壽자 희喜자 사랑의 어머니셨다.

내가 교육과 학문을 하는 틈틈이 세상의 그늘진 곳에서 아파하는 이들을 찾아다니면서 작은 정성을 기울이며 산 것은 어머님이 몸소 보여주신 태산 같은 교훈 덕이다. 이 글을 쓰는 순간 함께 힘을 모았던 초원봉사(장학)회 가족들과 유승룡 이사장님의 얼굴이 꽃처럼 떨기져 떠오른다.

정봉윤 교장 선생님

일찍이 우리 집을 찾아와 이상한 예언을 한 그 이인이 말한 대로, 대문을 이전한 뒤에 아버님 사업은 망하고, 내가 태어났다 한다. 이상한 일이었다. 내가 중학교에 진학할 무렵에 우리 집은 겨우 자급 자족할 정도로 살림이 쪼그라들었다. 수석 장학금 덕에 면 소재지 창선중학교를 특등상을 받으며 마친 나는 가정 사정으로 고등학교 진학을 포기하고 공무원이 되는 보통 고시 공부를 시작했다. 그때 에 좋은 소식이 들려 왔다. 큰누님의 시종숙 어른이 서부 경남의 명 문 진주고등학교 교장으로 와 계시다는 것이었다. 서울에서 교육감 이 되시려고 경합하시다가 실패하여 '좌천'당하셨다는 소식이었다. 교장 선생님의 좌천이 내게는 천재일우의 기회가 되었다. 진주고등 학교는 1958년 서울대학교 주관식 입시에서 영어, 수학, 사회 3과목 만점으로 총 수석을 한 강인호 선배의 모교다. 나는 누님의 손에 이 끌려 정봉윤 교장 선생님을 찾아뵈었다. 큰절을 드린 나는 초·중학 교 성적표와 상장을 싸 간 보자기를 풀어 놓고 내게 장학금을 주십 사고 호소했다. 한동안 나를 대견하다는 듯 바라보시던 교장 선생님 은 단 한 마디로 답하셨다.

"우등생이 되어라."

였다.

나는 교장 선생 은덕으로 남강물 유유히 흐르는, 충절의 고장이요 예향(藝鄕)인 고도(古都) 진주에서 고등학교 시절을 보내게 되었다. 교장 선생님의 배려로 진주중 학생 입주 가정 교사를 하며 숙식을 해결하는 등 곤고한 학창 시절이 무르익고 있었다.

진주 출신 문인과 기타 예술가 들은 개천예술제의 대향연을 잊 지 못한다. 이는 영남 정신사의 거인 설창수 시인이 1949년 개천절 에 대한민국 정부 수립 1주년을 기념하여, '영남예술제'를 개최한 데서 유래한다. 이후 '개천예술제'로 개칭하여 전국적 행사로 확대하였다. 이형기, 박재삼, 성종화, 강희근, 양왕용, 강동주, 조종명, 고재곤 시인, 박대섭 시조 시인, 이유식·김봉군 평론가, 정목일 수필가 등은 이 개천예술제 백일장의 영향권에서 성장한 문인들이다. 판소리 대가 안숙선 명창도 진주 예술제에서 명성을 떨치고 진주 사나이와 백년가약을 맺기도 하였다. 나는 고교 2학년 때 개천예술제 백일장에서 낙방하고, 3학년 때에 교내 시 백일장에서 장원을 하여 체면치레는 했다.

고등학교 때 내가 한 일 가운데 특히 기억에 남는 일은 『사상계』지 전도사가 된 경험이다. 3학년 때 학급 반장이었던 나는 우리 반 친구들에게 『사상계』를 읽도록 열성적으로 권고했다. 독립군 출신 장준하 선생이 1953년 4월에 창간한 이 월간지는 1950~1960년대 이 땅 지식인들의 정신세계를 지배한 바로미터였다. 이 잡지를 통하여 세계 사상사의 흐름을 알 수 있었고, 자유 민주주의 이념을 제대로 전수받게 되었다. 훗날 대학생이 되어 4.19 혁명 대열에 앞장서게 한 사상의 기반을 제공해 준 것이 이 잡지였다. 가령, 숭실대 철학과 안병욱 교수의 글은 젊은이들의 심령을 흔들어 놓기에 충분했다.

고등학교 졸업을 앞두고 대학 입시 원서를 쓸 때의 일이다. 우등생이었던 나는 사회 선생님과 학급 담임 선생님, 고향 친지들의 권유에 따라 나는 서울대학교 법과 대학 법학과에 진학할 결심을 했다. 마침내 교장실 문을 두드렸다. 정봉윤 교장 선생님께서는 머리를 가로저으셨다. 사범 대학을 가라고 하셨다. 서울 갈 차비조차 아쉬운 우리 집 경제 사정이 최우선 고려 사항이었다. 법대에 가면 5,500명이 응시하여 고작 10~30명이 합격하는 사법 고시를 치러야 하는데, 그것이 궁핍한 내게는 무모한 장기전이라 하셨다. 나의 아픈 무소유를 간파하신 말씀이었다. "사범 대학에 가도록 해. 교직은 성직(聖職)이다. 교사 한 사람이 학생들의 인생과 나라의 운명도 바꿀 수 있지." 이 말씀에 크게 감화를 받고 진로를 교육자의 길로 바꾸었다. 친한 친구들은 예외 없이 서울대 상대, 공대, 법대로 갔다. 나를 '이상한 친구'라고 했다. 영문과가 아닌 국어과로 간 것도 납득할 수 없다고 했다. 나와 가장 가까웠고 공대로 간 친구가 제일 불만스러워했다.

주경야독의 길

돌이켜 생각하면, 나의 유소년 시절은 아슬아슬한 비탈길이었다. 동기 동창이 12명뿐인 진동초등학교 제1회 졸업생인 나는 선생님께 배우기보다 후배들을 가르친 기억이 더 생생하다. 왕복 40리 산길을 도보로 통학한 창선중학교 역시 학습 여건이 열악하기 짝이 없었다. "England is an island country in Europe."를 "잉글랜드 이즈 언 아이스랜드 카운트리 인 유로푸."로 읽어 주시던 영어 선생님, 인수 분해조차 어려워하셨던 수학 선생님이라도 계셨기에, 그런 영어·수학으로나마 고등학교와 대학에 진학할 수 있었던 나는 행운아다. 고마운 선생님들이셨다.

시골 출신 거개가 그랬듯이 나는 해 저물기까지는 농사일을 해야 하였으니, 그야말로 주경야독(晝耕夜讀)이 일상이었다. 연습지가 모자라면 학교에서 돌아오는 흙길에다 도형을 그려 가며 수학 공부를 하고, 영어는 귀갓길에 교과서를 통째로 외는 식으로 공부했다. 나의 장점은 난관 앞에서도 굴하지 않는 강인한 성격에 있었다. 또한 나를 우리 고장의 대표 선수격으로 보고, 나의 성공에 목을 매다시피 하는 고향 어른들의 불같은 성원이야말로 나로 하여금 칠전팔기의 험난한 행로를 걷게 한 원동력이었다.

나는 삶이 고달프고 버거운 날이면 참 좋으셨던 부모님과 나를 위해 하늘에 사무치도록 기도해 주신 두 누님, 나를 자식이나 형제처럼 사랑하셨던 고향 사람들, 고향 은사님들을 그리워하며 노산 이은상 선생님의 「가고파」를 읊조리면서 향수를 달랜다. 또한 크고 작은 섬들이 무리지어 떠 있는 '내 고향 남쪽 바다'를 눈앞에 떠올린다. 사량도, 수우도, 욕지도, 두미도, 세존도. 섬, 섬, 섬. 특히 작은 섬을 향해 아슴한 그리움에 젖곤 한다.

작은 섬에
다리 놓지 말라
천년 그리움을 지우지 말라

섬은 그냥
솔잎 몇 키운
흙덩이 바윗덩이가 아니다
작은 섬은
섬으로만 오롯이 있게 하라

모래들의 천년 은빛을 죽인

콘크리트의 그 다리들로는

그와 나의 거리가

지워지는 게 아니다

천년 그리움으로 떠 있는

작은 섬

    4인 공동 시집 『천년 그리움으로 떠 있는 섬』에 실린 졸시(拙詩) 「작은 섬」이다. 나의 그리움은 고향 바다 아득한 섬같이 외롭지만 아름답다. 아름다운 고향에서 자라난 나는 복이 많은 사람이다. 다만, 대단한 권력자가 되어 곤고한 내 고향을 구제할 '대표 선수로서 서울로 파견하셨던' 어르신들께서 크나큰 실망을 안고 세상을 뜨신 일이 가슴을 친다. 어쩌랴, 사람마다 분복(分福)이 있고 제각기 가야 할 길이 다른 것을. "내 귀는 소라 껍질 / 바닷소리에 귀를 기울인다."는 장 콕토의 시구가 오늘도 그리움을 불러 온다.

비정기적 나룻배와 물미 해안

    비정기적 나룻배 이야기가 아직 남았다.

    우리 외가 마을은 삼동면 동천리다. '고내'라고들 했다. '고내'는 '곶내' 곧 '꽃내[花川]'의 옛말이다. 지금 그 곳에는 꽃내중학교가 있다.

외가에 가려면 목장재(고려 · 조선 시대에 목장이 있었던 산등성이)를 넘어 바닷가로 내려가야 했다. 바닷가는 사람이 살지 않는 갊밭(자갈밭)이었다. 외가는 바다 건너에 있었다. 오가는 사람이 별로 없으니, 정기적인 나룻배도 필요치 않았다.

전화가 없던 옛날이니, 어머님과 나는 생나뭇가지들과 마른 덤불을 섞어 놓고 부싯돌로 불을 피웠다. 성냥이 귀하였기에 곱돌 뿌다구니를 마찰시키면 덤불 부스러기에 불이 붙었다. 생나뭇가지와 푸른 잎사귀들에서 짙은 연기가 피어오르면, 나는 흰 윗도리를 벗어 세차게 휘돌렸다.

바다 건너 노룻목 마을에도 어머님 친척인 진주 강씨들이 살았다. 내가 한참 동안 옷을 흔들면 건넛마을에서도 '알았다.'는 신호가 왔다.

노룻목 마을 뱃사공은 전마선을 띄우고 쉬엄쉬엄 노를 저었다. 20분은 족히 걸리는 바닷길을 건너 배가 우리 쪽에 가까워질 즈음에는 그쪽에서 "고모님. 조금만 지다리시다(기다려 주십시오)." 하고 목청껏 소리쳤다. 어머님은 "알았네에."하고 응대하며 반색을 하셨다. '지다리시다'의 '지'는 '기'가 구개음화한 남해 방언이다.

그때 어머님은 그 고마운 친척 사공에게 무엇으로 보답하셨는지에 대해서는 뚜렷한 기억이 없다. 아마 소액의 용돈 정도 손에 쥐여 주셨을 테고, 그 친척은 아니 받는다고 손사래를 쳤을 것이다.

지금은 도로가 휑히 잘 닦여 버스나 자가용 차로 쌩쌩 달리는 시절이 되었다. 외가 마을로 가려면 12킬로미터쯤 떨어진 지족 마을 창선교를 건너는 차를 이용하게 되었다. 지족은 죽방렴으로 유명하여 관광지 목록에도 오른 마을이다. 지족에서 외가 마을 동천리를 거쳐 차를 동동서쪽으로 몰며 오른쪽을 힐끗 보면, 이성계가 100일기도를 했다는 38경의 금산(錦山) 자락이 날갯짓을 한다. 방풍림으로 유명한 물건리를 좌측으로 내려다보고 차를 몰면, 오래지 않아 옛날 첨사가 수자리 섰던 미조항이 비말을 쓰고 눈 속에 어려 든다. 남해 사람들은 물건에서 미조까지의 이 둘렛길을 '물미 해안'길로 부른다.

남해 미조는 노량과 함께 임진왜란 때 이순신 장군의 주요 전적지다. 뿐만 아니라 고려 말 최영 장군이 왜적을 물리친 곳이라, 그곳에는 장군을 기리는 사당이 있다. 이순신 장군의 업적이 워낙 커서, 최영 장군의 왜구 토벌 전적지에 대한 사람들의 관심도는 낮다. 하지만 최영은 거친 왜구들이 그의 위용 앞에서는 공포에 떨게 했던 명장이었다.

남해 노량은 임진왜란과 정유재란 최후의 일전이 펼쳐졌던 격전지다. 나의 졸저『세계 국가 시대의 시조 이야기 ― 고시조와 근·현대 시조 읽기』(2022. 5.)의 한 대목을 여기에 옮긴다.

경남 남해군 설천면 노량리에는 이순신 장군의 빈무덤을 품은 충렬사(忠烈祠)가 있고, 공이 왜적의 흉탄에 쓰러진 관음포 이락사(李落祠)에는 "큰 별이 바다에 지다(大星隕海)."라는 현판이 걸려 있다. 앞뜰 잔디밭에는 "싸움이 한창 급하니, 내가 죽었음을 삼가 말하지 말라(戰方急慎勿言我死)."는 유언을 새긴 돌비가 있어 무심한 나그네를 숙연케 한다.

• 밤 야경이 지나도 심사가 산란해서 잠을 자지 못 했다. (1594. 8. 30.)

- 초저녁에 촛불을 밝히고 혼자 앉아 생각하니, 나랏일은 어지럽건만 안으로 어찌할 방법이 없으니 어쩌란 말인가. (1954. 9. 3.)
- 밤에 달빛이 낮과 같은데 잠을 이루지 못하고 뒹굴었다. (1594. 11. 13.)

이순신의 『난중일기』다. 두 어깨에 십자가를 진 만고 충절, 나라 생각에 애태우던 그 피어린 초려(焦慮)가 가슴을 저민다.

남해군의 행정 기관과 각급 학교에서 충무공 이순신의 호국혼(護國魂)을 기리는 행사와 교육에 정성을 쏟는 것은 당연한 일이다. 앞으로 최영 장군 기리기 행사와 교육 활동을 펼치는 일도 소홀히 해서 안 되리라 생각된다.

나는 이런 역사 유산을 품은 남해에서 생장한 것을 늘 자랑스럽게 여기며 살아 왔다.

특별한 동상례

우리나라 옛 혼인 풍속에 '동상례(東床禮)'가 있었다. 이는 보편적으로 혼인 예식이 끝난 뒤 신랑이 신부집 친구들에게 음식 대접을 하는 의식이었다. 한데 우리 고장 동상례는 특이했다.

신랑과 신부가 혼례 날이 정하여지면서부터 동상례 준비에 전전긍긍인 것은 이른바 '풍월 시험' 준비 때문이었다. 신랑이 말을 타고 신부네 마을 어귀에 들어서면, 그 마을 청년 대표가 신랑 앞에 지필 묵(紙筆墨)을 내밀었다. 시제(詩題)는 '마상풍월(馬上風月), 금일감 상(今日感想)'이었다. 말 타고 오며 바라본 자연 만상의 모습과 장가 드는 그날의 감상을 함께 묻는 시제였다.

그 옛날 시골에서 글자를 아는 이는 가뭄에 콩나기였다. 한자를 아는 사람은 극소수였고, 한글 해독 수준도 낮았다. 대다수가 문맹 이며 무지렁이였던 신랑과 신부 들은 유식한 이들에게 벼락치기로 글자를 익혔다. 한학을 한 극소수 엘리트들은 모방이나 표절에 가 까운 시구라도 써서 내밀 수 있었으나, 무지렁이들은 한자 한두 글 자 파자(破字) 놀이로 체면치레를 했다. 가령, '올 래(來)'자를 '人人 十人'으로 적는 것이었다. 어느 짓궂은 유식자는 무지렁이 신랑에게 '丁口竹天'을 가르쳐서 수난을 당하게도 했다. '가소롭다'의 파자이기 때문이다. 신부는 대개 '매울 렬(烈)'자나 '단심(丹心)'을 배워서 '하 루살이 식자(識者)' 행세를 했다.

혼인한 지 사흘 만에 신부 집으로 신행을 가는 것이 그 시절 풍속 이었다. 먼 옛날에는 신랑이 신부 집에 들어가 사는 풍속이어서, 산 행 길은 신랑 집으로 갔다. 그래서 '시집 가는'게 아니라 '장가 간다' 였다. 아무튼 신부 집에 간 신랑은 그날 밤 그 동네 청년들을 맞이하 여 음식을 대접했다. 음식상이 차려지는 동안 동네 청년들은 신랑을 우선 엄히 '문초'했다.

"근자에 우리 고을에서 어여쁜 행당화 한 송이를 도둑맞았다. 혹 그대가 그 꽃도둑 아닌가?"

마을 청년 대표는 천에 묶인 신랑 발목을 거꾸로 쳐들고 빨랫방망 이로 발바닥을 사정없이 내리친다. 신랑은 짐짓 자지러지는 소리로 항변한다.

"훔치다니요? 해당화가 제 발로 내 품에 안겨 온 것일 뿐이오."

이런 항변을 했다가는 자칫 치도곤을 당하기 일쑤다.

"아이구, 잘못했습니다. 한 번만 살려 주십시오."

하고 자백하는 것이 순리다. 그래도 옹살맞은 청년들은 별의별 트집을 잡아 가며 신랑을 닦달한다. 이를 보다 못한 장모가 씨암탉과 탁배기 동이를 대령하면, 그제서야 못 이기는 체하고 신랑 발목을 풀어준다. 하지만 그게 다가 아니다. '마상풍월'이 트집거리다. 이때 무슨 뜻인지도 모르고 써낸 '丁口竹天'이 문제다. '가소(可笑)롭다'는 뜻이 아닌가(신랑은 '천(天)'이 '요(夭)'의 잘못임도 알 리 없다). 청년들의 트집과 초달은 이 대목에서 절정을 치닫는다. 다시 거꾸로 매달린 신랑은 '애구구' 소리를 내며 장모님께 구원을 청한다. 닭백숙 한마리가 다시 들어오자, 주안상에는 이제 화기가 돈다. 신랑은 거듭되는 벌주에 대취해야 하고, 신랑은 노래 한 가락을 뽑아야 비로소 초달에서 해방된다. 흐벅진 동상례 정경이다.

서포의 「구운몽」과 남구만의 시조

고려와 조선 시대에 남해에는 사대부, 고관대작 들이 200명이나 귀양을 왔다. 이를테면, 숙종 때 장희빈 반대편에 섰던 서포 김만중은 남해로 귀양 와서 소설 「구운몽」과 「사씨남정기」를 썼다. 「구운몽」

의 선천 창작설은 논거가 탄탄치 못하다. 숙종 때 영의정이었던 남구만의 다음 시조도 남해에서 창작한 것으로 보는 유배문학연구소장 박성재 선생의 논문은 설득력이 있다.

동창이 밝았느냐 노고지리 우지진다
소 칠 아이는 상기 아니 일었느냐
재 너머 사래 긴 밭을 언제 갈려 하느니

『청구영언』과 『악학습령(樂學拾零)』에 전한다.

남해는 이들 유백객들의 영향으로 사대부 내지 궁중 문화가 전파되어, 그 잔영이 남아 있다. 동상례가 그 한 증거라 할 것이다. '어서 오시다(어서 오십시오), 잘 가시다(가입시다)'의 존칭어도 그 잔영으로 보인다. 남해에 성리학 유풍이 짙게 남아 있고, 교육열이 남다른 것도 그 영향이 아닌가 생각된다.

남해에는 고어 발음이 꽤 많이 남아있다. '따바리(똬리), 더러바서(더러워서), 병이 낫았다(나았다)' 등은 순경음[ㅸ] 이전의 'ㅂ'과 반치음(△) 이전의 시옷(ㅅ)이 살아 있는 예다. 방송의 영향으로 지금은 이들도 표준어 발음으로 급격히 바뀌고 있다.

남해는 유자, 비자, 치자 3자의 고장이다. 남해가 분양해 준 유자 묘목을 길러, 지금은 전남 고흥이 유자 집산지가 되었다.

남해는 아름다운 고장이다. 갈맷빛 물결 위로 그림 같은 섬들이 점점이 떠있는 한려수도, 그 곳의 거제, 통영과 함께 남해는 해상 낙원이다. 내가 가장 즐겨 부르는 우리 가곡이 「가고파」인 것은 자연스러운 일이다.

내 고향 남쪽 바다 그 수평선 위에 안단테 칸타빌레로 굼실대던 내 어린 시절의 꿈은 이제 피아니시모로 가녀리게나마 숨 쉬고 있는 나날이다.

남해에서는 박성재 선생을 중심으로 '남구만 시조의 길'(가칭)을 닦자는 운동이 일고 있다. 남해 출신인 내가 시조 시인이 된 것도 우연이 아닌 듯하다.

현대시학을 연구하고 강의해 오던 내가 시조론 정립과 시조 창작에 관심을 두게 된 곡절은 이응백 은사님 소개로 시조 시인 유성규 선배님을 만난 데 있다. 여러 차례 밝힌 내용이다. 내가 시조 평론을 쓰고, 늦깎이 시조 시인이 된 것은 이 두 어른 덕분이다. 다음은 내 졸작 시조들이다.

요것 봐 무지개다 아롱지는 물결이다
고운 임 깔끝마다 아리게 깎인 살결
버리고 살아남아서 아리아리 고와라
「나전 칠기」

아랑주 옷소매에
얼비치는 고운 살결

가얏고 열두 줄에
피리 소리 휘감기다

펼칠 듯

굽이져 돌아
종종치는 자태여

「춤사위」

여린 잠은 깨었네 대바람 푸른 소리
철 이른 사랑인 양 보채 대는 잔물결
갈맷빛 한려수도를 간질이는 봄바람

「한려수도 ― 남해 찬가 4」

달과 별 시새우다
달이 먼저 내려앉다

바람결에 실리어 간
소리들은 가뭇없고

푸르다
빛에 젖어서
홀로 앉은 빈 뜨락

「빛과 고요」

아내의 손끝에서
하늘이 펄럭이다

탈탈 털어 펼친 하늘

색색이 파동치네

어쩌랴
회오리치는
어머니의 비탈길

「빨래 널기」

세상을 싣고 가네
뒤집힐 듯 서서 가네

무릎 좀 깨어져도
허 웃으며 일어선걸

저물 녘
타는 놀빛에
오늘 하루 익는 소리

「트럭」

한쪽 다리 짧은 사람 정류장이 십 리입니다
넘어질 듯 절룩절룩 버스 훌쩍 떠납니다
하늘도 마음 졸이며 아슴히 보고 있습니다

「한 쪽 다리 짧은 사람」

열한 새 한산 모시 옥색 치마 입으셨네
육 남매 그린 정은 하늘까지 사무쳐서

어머니 되오시는 길 눈물 어린 달빛 자락

「꿈 · 달빛」

침묵이 들리는가
작은 우주 보이는가

오밤중의 절창도
호쾌한 낮 노래도

꼼지락
생명의 소리
저 안에서 움트리

「알」

쓰던 편지 접어 두고 차 한 잔 마주한다
잔잔한 그대 미소 봄날인 양 따스웠지
여울져 스러진 날들 물무늬 져 맴돈다

싸리순 점점이 붉은 가을 숲길 에돌던 곳
작은 손 여윈 손길 차마 떨쳐 돌아서던
그 마음 소릿바람으로 이 가을 밤 밝힌다

눈 내리고 거룻배 뜬 한겨우내 시렸던 날들
이제는 한 점 화폭 물무늬로 그리운 적

보아요 저기 봄 뜨락에 목련꽃 피고 지고

—「편지를 쓰다가」

졸작 10편이다. 한국시조시인협회가 엮은 『한국현대시조대사전』
(2021)에 실렸다. 유성규 시조 시인은 이렇게 단평을 붙였다.

우석(愚石) 김봉군의 시조는 전통미의 창조적 재현의 계기에 빛을
발한다(「나전칠기」, 「춤사위」). 그의 시조가 놓치지 않는 것은 시조의
정형미(整形美)와 우리 전통시의 은은한 광맥인 애틋한 그리움이다
(「한려수도」, 「빛과 고요」「꿈·달빛」, 「편지를 쓰다가」). 이 연면(連綿)
한 서정과 모더니티와의 융합은 김봉군 시조 미학의 결정적 명제다.
이는 모더니즘이 빠지기 쉬운 비정성(非情性)과 난해성에 도전하는
노작(勞作)의 일단이다(「빨래 널기」, 「알」). 부조리한 역사와 현실의
통고 체험(痛苦體驗)에도, 그의 시조가 하늘에 띄우는 낙관적 비전
은 우리 시조사의 한 소망이다(「한 다리 짧은 사람」, 「트럭」).

오랫동안 비평 활동을 한 까닭에, 내 시와 시조에는 무뎌진 감수
성의 흔적들이 산재해 있다. 감수성을 벼리는 일이 남은 내 시업(詩
業)의 으뜸 과제다.
신앙 시조집은 구상 중이다.

3

사나이로 태어나서,
통고 체험과 신앙의 길

시인 구상 선생님 서재에서 2001년 5월. 김봉군 교수는 저명한 시인이나 소설가 들을 평론가의 입장에서 자주 만났다. 그러나 구상 시인이나 김남조 시인 같은 원로들은 어른으로 모셨다. 단순한 시인으로 찾지 않고 아버지나 어머니를 모시듯 깍듯이 모셨다. 참으로 예절이 바른 교수였다.

우리 집안의 군대 트라우마

우리 가족에게 군대 이야기는 큰 트라우마로 각인되어 있다. 먼저 형님 이야기다. 6.25 전쟁이 발발하던 때에 해양 공무원이었던 형님은 해군으로 징집되었다. 9월 15일 인천상륙작전에 투입된 형님은 전투의 공포와 전쟁의 무모성을 온 몸으로 체험했다. 포탄의 굉음과 모험에 찬 상륙 작전은 치열했고, 예술가적 기질로 태어난 형님은 비참한 전쟁에 전율했다. 9월 28일 수복된 서울 남대문 지하도에 간 고등어처럼 쟁여져 쌓인 시신들을 보며, 형님은 몸서리를 쳤다.

문제는 군문을 나온 형님의 행방불명이었다. 어머님은 넋을 놓으신 채 형님의 이름만 부르시며 하고한 밤을 지새우셨으니, 온 집안이 비극의 도가니였다. 그러는 사이에 마을 청년 누군가는 전사했고, 다른 누군가는 다리를 잃은 채 비분에 차서 귀가했다. 인민군과 합세했던 누군가는 월북했고, 누군가는 조총련을 찾아 일본으로 밀항했다는 소식이 풍문을 탔다.

형님 소식을 애타게 기다리던 어느 날 놀라운 편지가 도착했다. 발송지는 일본 나가사키였다. 형님의 명필 편지 사연은 절절했다. 어린 나는 편지 내용보다 천하 명필인 형님의 필체를 황홀해 했다. 편지 내용인즉 이랬다. 군문을 나선 형님은 작은 땅덩이를 둘로 가르고, 부질없는 이념 전쟁으로 서로 죽이고 죽는 이 땅이 싫어 일본으로 밀항했고, 나가사키에 계시는 둘째 외숙부님 댁에 안착해 있다는 사연이었다. 한일 양국 간에 국교가 단절된 시절이었으니, 형님을 만날 길은 아득했다. 일본식으로 변성명을 하고 지내던 형님은 이웃의 고발로 신분이 발각되어 오무라[大村] 수용소에 갇히는 몸이 되었다.

아버님은 속수무책으로 지낼 수 없다시며 정부에 수없이 탄원서를 내셨다. 나라에서는 오무라 수용소에 있던 우리 국민과 남쪽 대한해협(현해탄)의 이승만 라인(평화선)을 넘어왔다가 부산에 수용되어 있던 일본인 어민들을 맞교환했다. 그 대열에 섞여 형님이 귀국한 것은 내 고등학교 2학년 때인 1958년이었다. 음악적 감수성이 풍부하여 작곡집까지 엮으셨던 형님의 20대 청년기 자유로운 영혼은 전투와 수용소 생활의 질곡 속에 유폐되어 있었다.

형님으로 인해 전투 트라우마를 안고 있었던 나에게 군대 생활은 애국적 의무 사항일 뿐이었다. 대학생 시절에 ROTC 지원을 하였으나, 폐결핵과 심각한 약시에 신경 쇠약, 극심한 두통과 안구 통증으로 신체검사 단계에서 불합격이었다.

내 불건강의 뿌리는 6.25 전쟁 직후에 앓은 장티푸스에 있다. 40도 이상의 고열에 시달리던 나는 겨우 구한 해열제 덕분에 목숨을 건졌으나 피난 왔던 4촌 형 둘은 끝내 숨졌다. 그 병의 후유증으로 중학교 1학년을 100여 일간 결석했다. 기억력의 급격한 감퇴, 극심한 두통과 안구통(眼球痛)으로 학업을 이어 가는 것이 거의 불가능했다. 나는 타고난 참을성으로 이 통증을 견디며 대학원 공부까지 하고, 엄청난 독서를 해야 하는 문학 교수 생활을 해 내었다. 스스로에게 갈채를 보낸다.

그 후유증인지 최근에는 황반 변성이 와서, 간간이 망막에 주사 치료를 해야 앞을 볼 수 있다. 스스로 개발한 한약제로 통증을 다소 완화시키며 살게 된 것은 천만다행이다.

법과 대학을 다닐 때에 폐결핵도 아문 듯하여, 시력표를 외우는 등 우여곡절 끝에 입대할 수 있게 되었다. 하지만 무리였다. 나는 정렬 대열에서 졸도하여 육군 병원으로 후송되었다. 기본 체력이 바닥인 데다 사법 고시 공부로 과로한 때문이었다. 1960년대 우리 육군 병원의 시설과 의료 체계는 열악하기 짝이 없었다. 그런데도 그곳에 성의(聖醫)가 있었다. 군의관 박 대위였다. 내 인적 사항을 파악한 그는 말했다. "당신 이대로 죽기는 아까우니, 군이 아닌 민간 병원에서 진료 받아야겠어." 그의 각별한 배려로 나는 육군 병원이 아닌 세브란스병원에 내 생명을 맡겼다.

세브란스병원 의사와 간호사 선생님들은 '천사'였다. 피골이 상접한 상태로 앰뷸런스에 실려 갔던 나를 세브란스 의료진은 지성으로 돌봤다. 그냥 몸만 치료하는 형식적인 의료진이 아니라, 마음까지 치유하는 심의(心醫)였다. 걸을 힘조차 없는 나는 병실 창밖 길을 자유롭게 걸어 다니는 사람들을 한없이 부러워했다. '앞으로 저 사람들처럼 걸을 수만 있다면, 주님의 일에 신명을 걸겠습니다.'고 다짐하며 간절히 기도했다. 흐려져 가던 내 신앙이 깊어지고 영혼의 키가 커진 결정적인 시기였다.

세브란스병원에서 크게 감명 받은 것은 찬양대가 병실 복도에서 들려주는 새벽 찬양이었다. 미션 스쿨인 연세대학교 병원다웠다. 나는 이 고마운 병원에서 6개월 만에 퇴원하여 책상 앞으로 돌아왔다. 그러나 내 영혼이 허하여 한때 승려 생활을 동경하여 입산까지 감행하였으나, 불교가 무신론임을 깨치고 다시 그리스도 앞으로 돌아온 이야기는 아낀다. 지면이 넘치기 때문이다. 하지만 그로 인해 얻은 것은 있다. 이광수의 베스트셀러 〈사랑〉이 불교의 6바라밀(보시 ·

지계 · 인욕 · 정진 · 선정 · 지혜)에 신약 성서 《고린도전서》13장이
습합(褶合)한 혼합주의(syncretism)적 사유(思惟)의 소산임을 그때
에 알았다. 또 선불교의 《유마경(維摩經)》이 전하는 패러독스로 교직
(交織)된 것이 한용운의 《님의 침묵》임도 그로 인해 깨쳤다. "유마의
한 침묵이 만 개의 뇌성이다."고 한 그 기막힌 역설 말이다. 아무튼
군대에서 내침당한 나는 종교 편력을 하고 신앙의 심층을 탐색하는
영성(靈性, spirituality) 탐구의 큰길을 더위잡을 수 있었다.

신앙의 길

　그럼에도 나는 군대 문제에 관한 한 참괴의 마음을 떨치지 못한다.
신병 훈련소에서들 목메어 부르던 유호 작사, 이흥렬 작곡의 '진짜
사나이'가 못 되었기 때문이다. "사나이로 태어나서 할 일도 많다만 /
너와 나 나라 지키는 영광에 살았다."는 그 노래 말이다. 나는 이 치
욕을 신앙으로 씻고자 했다.
　김용호 시인이 추천한 나의 졸작 시는 이런 내 신앙 탐색의 결산
에 갈음되는 실험작이다.

　말씀은
　아오지 탄갱에도 있다
　히로시마의 기억을 아프게 되살리는

말씀은
승리와 죽음의 워털루에서 폭풍이 된
뭉크의 절규
피밭을 갈퀴질하는 유황도의 불길
비아프라 깡통 조각의 깡마른 되울림
1950 내지 1970
'벤허'의 푸른 눈이다
'십계'의 우람한 암괴가 갈라지는 소리다
산에서 벌판에서 바다에서 마을에서 만나는
말씀은
실향(失鄕)의 피울음으로 지어 입은 누비옷
누비옷도 피에 절인 말씀의 형장(刑場)
아아, 누구의 집례로 흥성이는
욕정의 거리
소돔과 고모라의 발치에 누운
대연각 호텔
612호 676호 1592호 1636호
오오, 백기(白旗)의 남한산성
1910 방성대곡의
칼날이 서는 말씀은
푸른 솔가지 청청한
봉화 삼천리
겟세마네 밤 동산의
피어린 밤 동산의

불이 탄다

1971년에 쓴 「말씀」이다. 숫자들은 호텔 방 번호와 우리 통사(痛史) 연대의 중의(重義)다. 대연각호텔에 큰 화재가 있기 5개월 전에 발표되어 작은 파문을 일군 작품이다. 자연 서정 편향적인 우리 전통시, 개인 의식 중심인 우리 서정시의 관습에 도전한 의의가 있다고, 추천인 김용호 시인은 격려했다. 기독교 신앙시다.

〈배고픔에 대하여〉
샤먼 업트 러셀의 아픈 성찰이다
- 너희 언제 허기에 울어 본 적이 있느냐
과잉 반영된 도회의 거리
푸드 트럭 곁에서
- 절룩이는 허기 떼를 보는가
몸의 허기
마음의 허기
사랑의 허기에
존재의 허기는 오히려 사치다

욕망의 매연은 도회를 메우고
미세 먼지 숨을 죄는 아리디아린 지상
생령들의 숨가쁜 허기

〈세계가 100명의 마을이라면〉
영양 실조 20
1명은 기아 전선(飢餓戰線)
15명은 비만이다
무심한 64명이 사는 땅에서
– 이웃을 네 몸과 같이 사랑하라
메아리는 콘크리트 벽에서
분쇄된다
깨어난 새벽의 뒤척임은
어디쯤서 기척을 하려는가

졸작 「배리(背理)」다. 21세기 참회록이다.

육중한 주검들
웅크려 붙었다
폭풍도 할퀼 수 없었다
묵중히 얼어붙은
거대한 절망
피울음이 돌덩이 되었다

코커서스 돌덩이에 묶인
프로메테우스의 간덩이를 쪼아 대던 독수리들
파라오
나일강 물길 녘을

시커먼 그 욕망을
쌓아 올린 바벨탑

무력한 생령들
채찍으로 일동 집결
그들 숨길 찧어 맷돌질하는
현인신(現人神)
단말마의 헐떡임을 죽여 쌓은
허망한 불멸(不滅)
뭇 생령들의 묵중한 절망
수천 년 통고(痛苦)의 성령들이
문득 오늘 밤
별꽃 되어 명멸하는
나일강의 기나긴 침묵은
어찌된 영원(永遠)인가
붕정 만리
내 조국 북녘에도
강은 흐르는가

- 카이로, 피라미드뷰호텔에서

역시 졸작 「피라미드 앞의 묵상」이다. 세속사를 '죄와 죽음의 기록'
으로 본 역사 철학자 카를 뢰비트의 명저 『역사의 의미』를 소환하며
쓴 사회시다.

강원도 횡성 땅
치악산 그늘 서려 있는 곳
낮고 다감한 산모롱잇길 돌아
동산 작은 언덕에
마구간을 치워 억새 지붕 얹고
교회당이 서 있다

통나무 막대기
나무 십자가 아래
감자 캐다 나온
두 손이 있다

열둘이서 두 손 모아 기도하는
마구간 교회
별이 찬란한
서기 2천 년의 가난한 멧기슭에
내 친구 김 목사의
통나무 십자가

푸른 바람 불어 가고
은은한 찬송 소리
하늘에 가 닿는다

졸작 신앙시 「마구간 교회」다. 텐션 조절의 긴장감을 늦이면서 쓴

'읽히는 시'의 하나다.

모두 4인 공동 시집 『천년 그리움으로 떠 있는 섬』에 실린 작품들이다. 대학 3학년 때부터 오랜 세월 동안 시 쓰기를 거듭 당부하셨던 김남조 선생님께는 아직 보여 드리지 못했다.

나는 '진짜 사나이'가 못된 대신에 이 신앙시편을 친구들께 대신 바친다. 특히 월남전에서 격전 중에 부상한 장세동 중대장을 살린 친구 김광휘 예비역 중위에게 이 고백록을 전한다.

불교냐 기독교냐

궁핍과 질병, 치욕적인 군대 경험 등 통고 체험(痛苦體驗)으로 인해 나는 '인생이란 무엇인가' 하는 생의 본질적인 문제를 두고 씨름하는 신앙의 길에 심각한 자세로 들어섰다. 처음에는 존재 일체가 '무(無)'로 환원되는 불교에 심취했다. 입산을 결심하고 남한산성 장경사로 향하던 날 밤 달은 환장하게 밝았고, 산성 길 입구에서 한 낯선 여인이 한사코 동행을 자처했다. 자기는 남한산성에 사는 한 서방의 소실인데, 아들 하나만 낳으면 '팔자'가 펴인다는 이야기를 줄줄이 늘어놓았다. 끈질긴 유혹이었다. 달이 암만 찢어지게 밝아도 궁극적 진리를 찾아 나선 나에게 그런 시덥잖은 색정(色情) 따위야 우수마발(牛溲馬勃)이었다.

지금도 나는 종종 그 순간을 회상한다. 그리고 한 구체적 인간이 원초적 욕정을 사위게 하고 영적(靈的) 절대 순수의 경지에 도달할 수 있는가에 대한 질문 앞에 서게 된다. 나는 자신 있게 긍정적 응답을 할 수 있다. 나는 젊은 시절 한동안 그런 맑은 영혼으로 살았다. 그때에 나의 여성관은 단테의 베아트리체나 괴테의 그레첸, 이광수의 석순옥 같은 영적 절대성에서 이탈하지 않았다. 자연주의자 에밀 졸라의 '나나'나 김동인의 '복녀' 같은 '짐승 인간'과는 타협할 수 없는 영역이었다. '성스러움 속의 추악성, 추악성 속의 성스러움'이라는 역설적 진실을 깨우친 프랑수와 모리아크를 만난 것은 훨씬 뒤의 일이었다.

그 여인은 장경사 입구에서 한없이 아쉬운 듯 돌아보며 또 돌아보며 제 길을 갔다. 나는 다시 탄허(呑虛) 대선승(大禪僧)이 머문다는 상원사를 향하여 밤길을 재촉하였다. 진리를 향한 사무치는 갈증, 오대산 산길을 톺아 가는 그 '구도행(求道行)'에 '처녀 귀신' 같은 주술적(呪術的) 무섬기란 틈입할 여지가 없었다.

나는 『반야심경』의 유장(悠長)한 리듬, 『유마경(維摩經)』과 『십현담(十玄談)』의 차원 높은 패러독스, 인간의 실체란 욕망이 불타는 집 곧 '화택(火宅)'이라고 한 『법화경』에 매료되었다. 생로병사의 4고에, 사랑함에도 헤어져야 하는 애별리고(愛別離苦), 미워함에도 만나야 하는 원증회고(怨憎會苦) 등을 인생 8고에 격하게 공감했다. 보시(布施) · 지계(持戒) · 인욕(忍辱), 정진(精進) · 선정(選定) · 지혜(智慧)의 육바라밀(六波羅蜜)을 수양의 도리로 삼고자 했다. 내가 사법시험 공부를 하던 중 6법전서를 불사르고 허위허위 하산하게 된 것이 그 즈음이었다.

유(有)를 향하여

세상에 내려온 나를 엄습한 것은 내가 한 번도 고심해 본 적이 없는 '유(有)'의 문제에 대한 불타는 탐구욕이었다. 형이상학적으로 말하여 '존재의 근거 문제'가 화급(火急)한 탐구 과제였다. 나는 본격적으로 성서 탐독에 돌입하였고, 신약 성서는 몇 번이고 되풀이하여 읽었다. 드디어 길이 조금씩 열렸다. 『마태복음』 들머리의 누구가 누구를 낳았다는 '생식력 과시의 기록'에 질려 있던 어느 순간 '다윗이 우리아의 아내에게서 솔로몬을 낳고'에 눈이 꽂혔다. 마침내 구약 성서 『열왕기 상』에서 다윗의 공적과 죄악상을 대면하게 되었다. 다윗은 음악가요 시인이며 탁월한 통치자였다. 아울러 파렴치한 간음죄의 장본인이며 살인 교사범이었다.

이로써 나는 어릴 적 동네 교회에서 여리게 접하였던 기독교에 대하여 마음을 크게 열 수 있었다. 불교 무신론과 기독교 유신론에 대한 탐구가 시작된 것은 20대 말이었다. 나를 오래도록 회의에 잠기게 한 것은 마리아의 무염(無染) 시태와 영원 동정녀설(가톨릭)이었다. 가브리엘 천사가 마리아에게 성령 수태를 알린 서사는 과도히 예각적이었고, 예수님 부활의 서사는 길고 구체적이었다. 증인이 한둘이 아닌 이 사건의 역사성에 대한 나의 믿음이 확고해지자, 마리아의 성령 수태도 의심할 바 없었다. 『예수는 로마 병사의 아들이었다』는 어느 유물론자의 주장이나 예수님을 성 불구자로 그린 송기동의 『회귀선』 따위는 한갓 소음(noise)이었다. 먼 훗날 접하게 된 정의채 몬시뇰의 『존재의 근거 문제』와 『유(有)의 본질 문제』 등은 나의 이런 깨우침을 변증하는 명저였다.

나의 결론은 이렇다. 불교의 선(善)을 향한 분투와 자아 구제, '심우(尋牛)의 길'은 아름답다. 그 인과론(因果論)은 자연과학이고, 보살행(육도, 六度)은 상담 심리학의 좋은 지침이다. 하지만 무신론적 자각자득(自覺自得)의 불교적 자아 구제는 궁극적 구원일 수 없다. 존재의 근거인 창조주에 의한 구원만이 절대 진리다.

나는 국어과 동기이며 미국 UNION교회 목사인 이정근 박사에게 마음 빚을 크게 졌다. 그는 자신이 섬겼던 서울신학대학교 교수 자리를 내게 남기고 미국으로 갔다. 처음 신학대학 강사로 나가게 되면서 거칠던 내 신앙의 뿌다구니가 부지불식간에 갈다듬어졌고, 나아가 신앙과 학문의 만남을 지향하며 깊이를 가늠하게 되었다.

나는 창조론과 진화론의 논쟁에 참여하면서 진화론의 계보를 처음으로 확인하게 되었다. 찰스 다윈의 진화론은 프랑스대혁명(1789), 7월 혁명(1830), 2월 혁명(1848), 보불 전쟁(1871)의 역사적 격동기, 산업 혁명 융성기에 발표되었다. 마르크스와 엥겔스의 '공산당 선언'(1848)이 나온 지 11년째인 1859년에 나온 책이 찰스 다윈의 진화론이다.

헤겔 좌파 포이어바흐의 계보를 잇는 마르크스와 엥겔스 · 레닌 · 스탈린 · 마오쩌둥은 진화론 좌파고, 히틀러 · 무솔리니 · 이토 히로부미 · 도조 히데키[東條英機]는 진화론 우파라는 것을 깨달은 것은 그리스도의 은혜다. 유물론자인 그들은 진화론자답게 적대적 인간을 대상화하여 '한갓 동물(an animal)'로 본다.

히틀러는 유태인 600만 명을 학살했고, 스탈린은 6천3백, 마오쩌둥은 7천만 명을 죽였다. 스탈린은 농토를 달라는 농민 1천만 명을 집단 학살했고, 마오쩌둥은 '인민' 5천만 명을 굶겨 죽였다. 진화론적 적자생존론의 신봉자인 히틀러의 유태인 학살과 도조히데키 등의 조선인 폄훼와 학대, 학살은 잘못된 인간관이 폭발된 죄악상이었다. 엉터리 중세 가톨릭이 십자군 전쟁과 마녀 사냥의 악한 역사를 남긴 것과 어쩌면 어금지금이다. 그리스도의 모순이 아닌 영혼이 오염된 인간의 죄악상이다.

나는 40대 중반을 넘어서면서 내 영혼의 거울이 몹시 혼탁해졌음을 깨닫고 소스라치게 놀랐다. 남한산성 길의 투명하던 그 영성이 과도히 흐려져 있었고, 그때서야 비로소 셰익스피어 비극에 등장하는 주인공들의 비극적 결함(tragic flaw)에 눈뜨게 되었다. 내 논문과 저술, 평론이 심층을 천착하게 된 것도 이 즈음이다. 나는 내 제자들에게 40세 이전에 한 내 강의와 논문·저술 내용은 다 잊어 달라는 호소를 한 것은 이 때문이다.

이제 다시 졸작 시편들을 읽음으로써 이야기를 맺기로 한다.

우리가 사랑할 수 있는 시간은 너무 짧다고
생텍쥐페리가 처음 말하였을 때
대지에 엎드렸던 나의 영혼은
어느새 새가 되어 날고 있었다
눈을 감았을 때 더욱 맑게 빛나는
작고 청순한 별이 되는 우주를 키우고
끊어진 탯줄을 이으며 우리는
동산을 거닐고 있었다
누구던가

아, 태초의 주인이 있어
저 별과 대지의 꽃과
눈물 어린 어머니의 노래를
머금고 지금
깃발은 저리 나부끼고 있는가

- 「퀴크에서 우주까지」

어둠이 걸어와 마지막 창가에 설 때
길갈의 빛은 세상을 채우고
심령이 가난한 형제들은
주저앉은 울음소리를 다독인다
깨어난 아우성들이 푸른 깃발 흔들어
작은 새들도 황금빛 말씀 알갱이들을 줍고
백마 탄 그리움이 벌판을 가른다

하늘 눈물로 씻은 손길들이 모여
불멸의 현금(絃琴)을 연주하는 시간
아픈 바람살을 헤쳐 온 웃음들의 은은(銀銀)
시계가 아직은 팔을 젓는 무한량의 우주

잠들지 않은 말씀의 숲속에 길이 난다
*길갈의 빛은 우주에 찼고
말씀 씨앗 움트는 소리
기지개를 켠다

동쪽으로 걸어간 밤이 돌아다보는
아침은 늘 지금이다

- 「길갈의 빛」

*길갈 : 『사무엘 상』 11:14~15 참조.

남대문 사막시계방에 들른
나의 손목시계는
한 톨 금속성 밥을 먹고
빈 시간을 돌리고 있다

아픔을 되질하는 나의 이력서에
천진한 어린 시간은
증언인 양 늘 찾아오고

나는 침묵으로
오랜 참회를 유예한다

은 서른 닢에 영원을 팔아 넘긴
내 청년의
어둠 속 그 동산의 횃불덩이 아래
혼자서 울던 시간들은
늘 사막시계에 가위눌리고

그날 새파랗게 질린

하늘 소리에 귀를 여는
나의 영혼은 아드막한 지평선 위에

두 팔 벌린 한 개 나무로
여위어 선다

지금은 오직 묵상할 시간
힉스에서 별까지
나의 시계는 묵중한 보행에서 깨어난다
유예된 참회도 깨어나는 시간
희붐한 새벽은 이제 아득히 걸어온다

– 「시간에 관한 묵상」

창은 늘 창가에 앉아 있다
풀꽃에서 우주까지 가득 찬
생명의 비밀에 기대어
죽음 저 너머 아드막한
별들 소식에
귀를 기울인다

지금은
황사에 미세 먼지에 아물거리는
아스라한 지평선 저쪽에서
삭이고 삭인 그리움들이

종종쳐 오고
왕양(汪洋)의 바다가 깃을 치는 오후
희디흰 모래톱을 걸어가는
느린 그림자
아슴히 사위어 갈 때도
창은 늘 창가에 앉아 있다

무지개조차 가뭇없이
사랑은 내내 가물고

광장에 노랫소리 한 자락
들릴 길 없는 흑암의 밤을 지켜
창은 늘 창가에 앉아 있다

보라 저
사래져 흘러간
유유장강(悠悠長江)의 기나긴 흔적
우람한 호령인 양 뻗어 내린
산맥들은 아직도 깃을 친다

깨어나라
무지갯빛 황야의 노래여
가물었던 우리의 여문 사랑이여
광야에는

연둣빛 빗소리 데리고 오는
어리디어린 바람 소리

갓 태어난 싱싱한 아침
마침내 창은 창가에 앉는다

— 「창」

고향은 고향에 가본 적이 없다
사전 속에 주검이 된 고향
신랏적 말들을 불러 안장에 앉히고
돌아가자 돌아가자 채찍질을 한다
말들은 신랏적 울음 아득히 울고
해넘이 언덕 너머 고향으로 간 말들은
다시 사전의 말들로 돌아온다
본디 고향 가는 길의 사랑 다리
놓다가 팔이 시어버린 사람들

다리는 늘 무너지고
우리는 무지개보다 더 선명한
사다리에 신 손으로 못질을 한다
허방다리에 빠진 숫된 모국어들
사다리나라에 연실을 푼다
고향은 고향이 아니다
사전은 더욱 아닌

우리는 모두 고향을 향한다

밤도 늘 깨어 있다

- 「고향」

시는
말이 적게
사랑도
말이 적게
삶이 욕되어
하늘 못 볼 시간에도

시는 말이 적어
늘 살아남진 못하는
시는
때로
노래보다 낫게
살아남는다

- 「시와 사랑」

좀 난해해 보이는 나의 너스레를 좀 눅여 보려고 옮겨 적은 내 졸작 시들인데, 스스로 마음에 들지 않는다. 합동 시집『천년 그리움으로 떠 있는 섬』에 실렸다.

최근에 낸 네 번째 에세이집『선한 이가 당하는 고통에 대한 묵상』

(2022. 11.)의 머리말 한 자락으로써 작은 끝맺음에 갈음하기로 한다.

성직자가 되려했다. 하늘이 아니라고 손사래 치셨다. 법관이 되려했으나, 스승께서 권하신 것은 학자의 길이었다. 하고한 중병과 세상 환란의 아아로운 비탈길에서 실족하지 않고 교육자로, 문학 교수로 걸어온 길. 지금은 빛 속에 있다. 넘치는 은혜다. 그럼에도 내 영혼의 키는 작다.

이 책이 흐려진 내 영혼을 다시 맑히고, 독자들에게 소망과 구원의 작은 실마리라도 붙들게 해 드린다면 더 바랄 것이 없겠다.

나는 어릴 적 도래깨질과 세 벌 논매기를 했듯이 질기게 분투해 왔다. 군대의 지휘봉 대신 분필 한 자루에 의지하여 교육을 사랑하고 제자들을 한결같이 돌봤다. 단 한 사람의 제자도 미워하지 않은 것은 그리스도의 은혜다. 40대 중반 이후의 내 논문과 저서의 저류(底流)에 어김없이 기독교 사상이 흐르게 된 것은 영예다.

끝으로, 내 박사 학위 논문『한국 소설의 기독교 의식 연구』의 개요를 소개함으로써 군대와 신앙 이야기를 마무르려 한다.

김동리의 「무녀도」는 무속의 주술적 무의식과 기독교 의식이 습합(褶合)된 혼합주의(syncretism)의 양상을 보인다. 이는 한국인 집단 무의식의 기층을 이루는 무격 신앙이 모든 외래 사상, 외래 종교 의식의 텃밭 구실을 한다. 같은 작가의 「을화(乙化)」는 입무 과정(入巫過程)을 보여주는 장편 소설로서, 심미 윤리 쪽에서 퇴영적이다. 그의 「사반의 십자가」는 예수가 보여 주는 기적의 힘으로 유대를 해방시키고 왕이 되려는 현세주의자 사반과 천국의 진리를 전파하는 예수와의 대립상을 그렸다. 황순원의 「움직이는 성」은 한국인의 정체성인 '유랑성'을 보인다. 무속 신앙과의 대결을 보이는 기독교 응전의 픽션이다. 백도기의 「청동의 뱀」은 1970년대 초기 산업 사회 한 공장주(기독교 가정)의 신앙상의 배리(背理)를 고발한 치열성을 띤다.

박영준의 「종각」은 치명적 정욕의 죄를 범하고 회개의 삶을 사는 교회 종지기의 삶을 사는 한 주인공을 그렸다. 백도기의 「등잔」은 항일 의병 활동기를 배경으로 한 '부성(父性) 상실' 모티프의 소설로서, 조국과 아버지를 동일시했다. 기독교의 사랑으로 '선한 싸움'을 하는 주인공을 그렸다. 이청준의 「낮은 데로 임하소서」는 목사 아버지를 부정하고 떠났던 아들이 맹인이 되어 회개함으로써 신실한 목회자가 되는 내용으로 된 작품이다. 신약 성서의 탕자 이야기를 모티프로 하였다. 비기독교인이 쓴 베스트셀러 기독교 소설이다. 공과 대학 출신 김성일의 「땅 끝에서 오다」는 「땅 끝으로 가다」의 자매편으로서, 성서적 진리의 무게를 추리와 탐색, 여행, 역동적 액션 등 현대 젊은이들이 선호하는 모티프로써 완화하여 '말씀' 전파의 효과를 극대화한 소설이다.

염상섭의 「삼대」, 이광수의 「재생」 등은 본격 기독교 소설이 아니고, 예수를 성 장애자로 그린 송기동의 「회귀선」은 몰지성적, 평면적 수준에 머물렀다.

이미 말하였듯이, 문학 작품의 의식 지향성은 네 가지 위상으로 나뉜다. ①개인 의식의 형이상학적 지향, ②사회 의식의 형이상학적 지향, ③사회 의식의 형이상학적 지향, ④개인 의식의 형이하학적 지향성이 그것이다. 김동리의 「무녀도」, 박영준의 「종각」, 이청준의

「낮은 데로 임하소서」, 김성일의 「땅 끝에서 오다」는 ①의 위상에 자리한다. 「무녀도」는 우리 무속 신앙과 기독교 의식의 혼합주의 라는 신학적 쟁점을 제기한다. 송기동의 「회귀선」은 ④의 위상에 드는 작품으로, 인간의 영성(spirituality)과 우주에 충만한 영적 파동 일체를 소거하는 일면적 단순성의 독선에 빠진 작품이다. 신채호의 「용과 용의 대격전」은 ③의 위상에 속하며, 무신론 내지 아나키즘으로 치닫는 스탈린적 투쟁론의 양상을 극화(劇化)한 작품이다.

한국 기독교 문학은 자연주의적 리얼리즘의 '짐승 인간'론이나 이광수 노선의 성모 마리아적 '절대 성결(聖潔)'의 극단적 인간론을 지양, 통합된 인간상을 제시하는 길을 모색해야 한다. 성스러운 것의 내면에 잠복한 추악성, 추악한 것의 내면에 감추인 성스러움을 외면하는 일면적 단순성을 극복하자는 제언이다. 이런 관점에서, 인간의 존재성을 입체적으로 투시한 백도기의 「청동의 뱀」이 진실에 근접한 작품이다. 특히 신채호가 「용과 용의 대격전」에서 보여 주는 진화론 좌파, 스탈린적 물리적 투쟁론은 패착으로 귀결될 수밖에 없다. 형이상학적 사유 일체를 배격하는 그의 무신론적 사회 정의관(正義觀)은 오류다. 그는 자유 없는 정의는 무모하다는 에밀 브루너의 『정의와 자유』를 읽어야 했다. 출천의 민족주의자 신채호의 한계점은 사랑과 자유가 없는 증오에 찬 투쟁론에 있다.

다음 내용은 내 박사 학위 논문 결론 중의 한 대목이다.

이 세속사적 혼돈 속에서 인간은 존재 일체에 대한 외경심(畏敬心)을 상실했다. 따라서 거룩하고, 신성한 어떤 것도 인간의 삶과 의식 속에 잔존해 있지 않게 되었다. 자연은 물론 인간 기타 어떤 존재든 외경의 대상이 아니라, 한갓 재료요 소유의 대상으로 전락했다. 정결과 지조, 섬김의 삶에서 보람과 기쁨, 감사심을 누리는 인간의 삶은 환영받지 못한다.

기독교 문학은 이 비참한 역천(逆天)의 극단적 인본주의 문명사에 응전하여 새 문명사를 열 선한 싸움을 채비해야 한다. 기독교 문학의 정의(定義)는 정적인 본질론에서 역동적 주체론으로 변혁의 길을 더위잡아야 한다. 이는 '탈주술'뿐 아니라 '탈종교'마저 당위시하는 근대 이후 인류 지성사에 대한 치열한 응전 선언에 갈음된다.

이것이 내가 창작과 학문의 길에서 내린 최종 결론이다. 삶과 믿음과 앎의 합일 말이다.

은사님 이야기

부천시 문화(학술)상 수상 아내 정경임 여사와 함께. 김봉군 교수는 상복이 많았다. 중앙 문단의 각종 상과 지역 사회에서 주는 허다한 상을 받았다. 그 중에서도 크리스천 문학가협회 회장을 맡고 크리스천 문학상을 받은 것이 눈에 띄고, 특히 말년에는 우리나라 시조 문학을 이끌면서 그 시조 분야의 회장직도 맡았다. 물론 그곳에서 주는 가장 큰 상도 받았다. 부인도 잘 모시고 다녔다. 서울대에서 영문학을 공부한 따님이 아버지를 특히 존경하고 있다. 참으로 다복한 집안이다.

어려서 접한 일생의 지침, 박찬동 은사님

나는 부모님은 물론 은사님 복이 많은 사람이다. 서울대학교에서는 사범 대학 국어과(국문과, 국어과, 국어교육과로 명칭 변경) 김형규 · 이탁 · 이하윤 · 이응백 교수님과 교육심리학과 윤태림 교수님, 법과 대학 법학과 유기천 교수님의 각별한 사랑을 받았다. 이에 앞서 나의 진정한 첫 은사님은 고향 진동초등학교 박찬동 교장 선생님이셨다.

박찬동 은사님은 신생 학교인 진동초등학교 두 번째 교장으로 오셨다. 150호에 인구 800여 명이 사는 우리 마을 아동들만 입학하는 초미니 학교는 '거룩하신' 한 교장 선생님을 맞이했다. 전교생이래야 백 명이 채 안 되는 이 학교에는 박 교장 선생님이 제정하신 교훈이 처음으로 공표되었다.

나의 힘으로 남을 위하여 힘껏 일하자

좀 길고 색다른 교훈이었다. 이로써 박 교장 선생님은 어린 우리에게 이타주의 교육을 하셨다. 월요일 교정 조회 때 훈화는 "각자 힘써 공부하고 능력을 길러, 다른 사람이 이롭도록 하며 땀 흘려 살다 보면 우리 모두가 선한 사람이 되고, 온 국민이 행복하게 된다. 선한 우리나라 사람들이 딴 나라 사람들을 위하여 일하면, 온 세상이 살기 좋은 곳으로 변한다. 모두들 이것을 명심하고 살아라." 이런 말씀이었다.

어느날 으스름 녘에 교장 선생님이 부르셨다. 산 너머 마을에 사시는 박 선생님을 모셔오라 하셨다. 숙직 날인데 안 오신다는 말씀이었다. 나는 무섭기가 엄습하는 산길을 혼자서 걸었다. 올 때에는 선생님과 동행할 생각으로 거의 뛰다시피 밤길을 재촉하였다. 가녀린 초승달이 작으나마 위안이 되었다. 상기된 마음으로 선생님 댁에 도착했다. 이를 어쩌랴. 선생님은 볼 일이 있어 읍에 가셨다기에, 부득이 혼자서 돌아올 수밖에 없었다. 가파른 고갯길은 그날따라 다락같이 가팔라 보였다. 발부리에 부딪혀 구르는 돌멩이 소리에 신경이 곤두섰다. 멧돼지나 '처녀 귀신'이라도 만나지 않을까, 사위스러운 마음에 떨면서 험한 밤길을 냅다 뛰었다. 무섭기를 떨치기 위하여 나는 갑을병정무기경신임계, 자축인묘진사오미신유술해, 태정태세문단세 등, 이것저것 주워섬기며 걸음을 재촉하였다. 여리디여린 초저녁 달이 더 서러워 보이는 밤이었다.

돌아와서 교장 선생님께 전말을 고했다. 선생님은 "수고했다."고 심드렁히 말씀하셨다. 졸업식이 끝난 직후에 교장 선생님이 부르셨다. "너, 밤에 혼자서 산 너머 마을에 심부름 갔다 온 일을 기억하느냐?"고 물으셨다. 그리고 그 숨은 뜻을 일러 주셨다. "마음이 여린 너에게 담력을 길러주려 한 것이다. 담대하게 큰 뜻을 품고 살아라. 큰 인물이 되어야 한다."고 등을 두드리며 격려하셨다.

박찬동 교장 선생님께서 가르치신 이타주의 정신은 내 일생을 지탱해 온 삶의 지주였다. 그 가르침을 따르다 보니, 손해 보는 일이 적지 않았다. 힘에 부쳐 좌절감이 엄습할 때마다 나는 박 교장 선생님께서 베푸신 '체험 학습', 밤길 심부름을 상기해 가며 항심(恒心)으로 살아 올 수 있었다. 돌이켜 생각하면, 나는 우직하기 짝이 없는 그 길을 '미련한 소'처럼 걸어 왔다. 놀랍게도 이런 나를 완벽하게 이해해 주시는 분이 계셨다. 성심여자대학교 총장 김재순 수녀님(이학박사, 전 청와대 김재익 경제 수석의 누님)이셨다. 김 수녀님은 선종(善終)하시기 이틀 전에 몸소 전화하여 마지막 기도를 부탁하셨다. 지음(知音)이었다.

나는 그리운 박찬동 교장 선생님을 성심여대 교수 시절에 서울에서 뵈었다. 그 때에 내가 펴낸 한국 페스탈로치 수기집『길을 밝히는 사람들』(1982)을 보시고 흐뭇해 하셨다.

내가 서울사대부고와 성심여고 등 고등학교 교단 생활 10여 년과 교수 생활 30년 동안 '베풀고 양보하는 삶'을 살기에 진력(盡力)한 것은 초등학교 시절의 교훈과 어머니의 아가페적 사랑, 『마태복음』의 화평케 하는 사람(peace-maker) 정신의 덕이었다. 80여 년 일생을 돌이켜보건대, 제자들 그 누구도 미워하지 않았고, 누구와 한 번도 싸운 적이 없다. 주님의 과분한 은총이다.

나의 두 번째 참 은사님은 진주고등학교 정봉윤 교장 선생님이셨다. 담임 선생님 지시에 따라 법과 대학엘 진학하겠다는 나를 극구 설득하여 사범 대학으로 인도하신 분이다.(「출생과 성장」 부분 참조.)

해암 김형규 은사님

서울대학교 사범 대학 강의실에서 처음 뵙게 된 해암(海岩) 김형규(金亨奎) 교수님의 열강은 《논어》의 서두에서 말하는 '학이시습지 불역열호(學而時習之不亦說乎)'의 산 증거였다. 학문의 기쁨 말이다. 그에 못지않게 중요한 것은 그분의 국어 사랑 정신, 지사혼(志士魂)이었다.

김형규 은사님은 일제 강점기에 경성제국대학 조선어문학과를 졸업하고 전주사범학교 교유(교사)가 되셨다. 만주 사변(1931)과 중일전쟁(1937)을 일으키며 길길이 날뛰던 '강도 일본'은 1938년에 들어 '조선어 말살 정책'을 선포했다. '국어(일본어)'만 쓰고 '조선어'는 못 쓰게 했다. 이에 항거한 조선어학회 회원들이 혹독한 옥살이 과정에서 불귀의 객이 되거나 장애인으로 들것에 실려 출옥했다. 이른바 조선어학회사건(1942. 10. 1. ~ 1945. 7. 1.)이다.

김형규 은사님은 1939년(쇼와 14년) 5월 14일과 16일자 조선일보에 일제의 조선어말살정책에 항거하는 글을 쓰셨다. 요지는 이랬다. "학문을 하는 데 역사 연구는 중요하다. 과거의 변천상을 통하여 미래의 지침을 얻기 때문이다. 우리말의 과거 변천사를 살펴 장래를 열어 가는 것은 중요하다. 언어는 무력이나 지도자의 의사에 좌우되지 않고 문화의 세력 아래서만 변천된다. 만주족이 무력으로 한족을 지배하였으나 한족 문화에 복속되었고, 진시황의 분서갱유나 연산군의 문자 탄압도 소용이 없었다." 이 글의 행간에는 일제가 무력으로 우리 한반도를 점령하여 우리말과 글을 못 쓰게 탄압하나, 그게

다 부질없는 일임을 깨우치는 준열한 목소리가 심어져 있다.

은사님은 이 일로 1939년 조선총독부에 의해 파면되셨다. 우리 과학우들은 이런 은사님 아래서 공부하면서 한량없는 자부심을 품었다. 본디 시학을 공부하며 시 창작법을 알고자 입학하였던 대학이었는데, 김형규 교수님의 열강에 매혹된 나는 어느새 국어학도가 되었다. 하지만 타고난 천분을 이기지 못한 나는 대학원 석·박사 과정을 현대 문학 전공으로 마치게 되면서 문학 교수의 길을 걸었다. 대학원 시절에 종암동 자택으로 세배 드리러 갔을 때, 은사께서는 냉담 무드로 '배신한 제자'를 맞으셨다. 두고두고 죄송한 마음이었다. 은사님 명저 《국어사연구》와 《고가주석》은 지금도 내 서가를 굳건히 지키고 있다.

해암 은사님의 다섯 아드님은 모두 서울대학교 출신이다. 놀라운 자식 복이다.

명재 이탁 은사님

또 한 분 우국지사이신 은사님 한 분이 계시다. 명재(命齋) 이탁(李鐸) 교수이시다. 우리는 은사님께 음운론, 향가, 훈민정음, 용비어천가와 한문을 배웠다. 그분은 독자적 음운론을 펴셨기에, 우리 제자들은 경이로운 자세로 강의를 들었다.

이탁 은사님이 남기신 한 시 한 수가 못난 이 제자의 폐부를 찌른다.

人生勤業總成灰 인생근업총성회
白首窺廬伴瘦梅 백수규려반수매
臨紙將書眼生霧 임지장서안생무
潛心欲求耳鳴雷 잠심욕구이명뢰
洞釋萬古新原理 통석만고신원리
正解千般舊資材 정해천반구자재
就緖未成身已病 취서미성신이병
有誰同志與吾偕 유수동지여오해

평생 근업 모두 잿가루 되어
흰 머리 궁색한 집에 수척한 매화 짝하였네.
종이에 임하여 글 쓰려니, 눈에 서리느니 안개라.
마음 가라앉혀 구하려 하나, 귀에 울리는 우레 소리.
만고의 신 원리를 꿰뚫어 보고,
온갖 옛 자료 바로 풀었네.
실마리에 이르러 다 이루기 전 몸은 이미 병들었으니
누구 동지 있어 나와 함께하리.

1962년 11월 6일 강의 시간에 이탁 은사께서 칠판에 써 주신 것을
내 일기장에 소중히 옮겨 놓은 자료다. 오역이 있을까 저어한다.
은사님은 학문적 직관력이 대단한 분이셨다. 거시적 음운 변천상
을 유추하여 원시어를 재구성(reconstruct)하시고, 독특한 관점에

서 향가를 재해석하시는 등 은사님만의 학문적 성과를 보이셨다. 근대 이후의 실증주의적(實證主義的) 학풍 속에서 고군분투하신 것이다.

이탁 은사께서는 학자이기 이전에 독립군이셨다. 3.1운동 직후에 만주 집안현으로 건너가 사관연성소(士官鍊成所)를 마치고 그 해 10월 청산리싸움에 지대장으로 참전, 대승하셨다. 이후 독립 운동 중 일경에 붙들려 2년 6개월 옥고를 치르셨다. 은사님은 한글학회 회원으로서 한글 맞춤법 제정 위원, 표준말 사정 위원 등으로 공헌하셨다. 대전국립현충원에 영면해 계시다(졸저,《이 역사를 어찌할 것인가》, 2020. 참조).

서울대학교 국어교육과 동창들의 모(국)어 대한 각별한 사랑은 이 애국지사 은사님들의 훈도(薰陶)에 빚진 것이다. 우리가 중등학교 교사, 대학 교수, 언론인, 법조인, 행정가, 국회의원 등 다양한 직업으로 일하고 있으나, 우리 모두는 국어 교사로서의 본분을 잊지 않고 살아야 마땅할 것이다.

난대 이응백 은사님

우리 국어(교육)과 출신들 누구나 '못 잊을 은사님' 중의 정점에 계신 분이 난대(蘭臺) 이응백(李應百) 교수님이시다. 난대 은사님은 이 땅 국어 교육의 정초(定礎)를 세우신 선도자이시다. 또한 그 분의 덕화(德化)는 만인의 사표(師表)로서 오래도록 기림받고 있다.

난대 은사님은 인연의 벼리[綱]셨다. 하고한 연분의 실마리들을 찾아내시고는, 실한 데는 가닥잡고 끊긴 데는 다시 이어 주시던 그 세심한 배려야말로 놀라웠다. 은사님 계신 곳에는 좋은 '만남'이 있었다. 모인 이들 수효가 많든 적든 잔잔한 담소(談笑)가 오갔다. 비록 잠잠히들 앉았어도, 그것은 난(蘭) 같은 침묵이어서 좌중에 그윽한 훈향이 감돌았다. 옛 혜능(慧能) 선사를 연상케 하는 은사님의 은은한 미소 앞에서는 만단(萬端)의 분란도 멈출 수밖에 없었고, 표한한 혁명가도 목청을 낮추었다.

서울대학교 교수 회관에서 난대 은사님의 정년 퇴임식이 끝나고 소연(小宴)을 마친 후에 다른 대학 출신 한 분이 물었다. 웬 사람이 이처럼 모일 수 있느냐는 것이었다. 덕육(德育)의 사표이신 난대 은사님 아니면 누리기 어려운 만복(晚福)이라 답하였더니, 심히 부러워하였다.

난대 은사님의 제자 사랑 얘기를 하면, 눈시울을 적실 제자들이 부지기수다. 일화 한 가지만 적는다. 김 모 선배님이 서울 시내 고등학교 교사로 첫 발령을 받았으나 변변한 입성이 없었다. 난대 은사님은 당신의 옷과 구두를 주어 출근하게 하셨다. 애틋한 일화다.

난대 선생님은 큰 은사이시다. 그 많은 제자들의 재능은 재능과 취미는 물론 속사정까지 기억하시며, 장처(長處)는 길러 주시고 약점은 완곡히 질정(叱正)하시되, 아픈 곳 어루만지시기는 부성(父性)에 못지 않으셨다. 이러시니, 은사님 제자로서 김 선배만 한 사랑을 받지 않은 이가 있겠는가. 처세에 서툴러 허방다리에 빠지거나, 스스로 엇나가 낭패를 본 제자들이 난대 은사님 도우심으로 다시 일어서서 올곧게 살아 가는 이야기는 책으로 묶을 분량이 되고도 남을 것이다.

일찍이 사마광(司馬光)은 "경서를 가르치는 은사를 만나기는 쉽고, 사람을 인도하는 은사를 만나기는 어렵다."고 했다. 난대 은사님은 학문의 전수(傳授)에 그치지 않고, 사람을 바로 인도하신 큰 은사이셨다.

난대 은사님은 마음 밭이 온유돈후(溫柔敦厚)하시어 좀체로 노기(怒氣)를 띠지 않으시며, 사람을 지성(至誠)으로 대하셨다. 우리가 교단에서 늘 언성을 낮추고 옷매무새를 가다듬기에 힘썼던 것도 은사님의 감화 덕분이다.

은사님은 극단에 서시는 일이 없었다. 논리상 비변증법적이셨다. 싸움의 논리로 인생을 살려는 변증론자 쪽에서 보면, 은사님의 삶은 시대에 맞지 않아 보인다. 하지만 중용과 중화(中和)의 원리로 사시는 은사님의 국량에 비해 변증론자는 소기(小器)다.

은사님은 늠름, 유연하시면서도 교만치 않으시고[泰而不驕], 두루 공평한 마음으로 사귀시면서도 파당을 짓지 않으시며[周而不比], 타인과 화합하되 부화뇌동하지 않으시니[和而不同], 남과 조화를 이루되 그 흐름에 무조건 따르지는 않으셨다[和而不流]. 박학하시되 그에 그치지 않고, 예로써 이를 실천하시는 분이셨다[博學於文, 約之以禮]. 제자들의 상사(喪事)에 참례하시어 애이불상(哀而不傷)하시던 모습은 수제자 안연(顔淵)의 죽음에 애통해하신 공자님을 연상케 하셨다.

난대 은사님은 만년에 수필과 시조 창작, 한시(漢詩) 시조역(時調譯)에 마음을 붙이셨다. 지레 여의신 사모님을 못 잊으신 심리적 전형(轉形, transformation)이 아니었나 싶다.

영과(盈過)라는 말이 있다. 물이 흐를 때 음푹 진 곳을 다 채우고서야 다음으로 흐름을 뜻한다. 다 채움에는 시간이 필요하다. 줄달음쳐 흐르는 물은 움푹진 곳을 뛰어 건너 스쳐 간다. 겉핥기가 된다. 느긋이 고여 넘쳐흐를 때 웅숭깊은 경륜도 피어나리라.

난대 은사님은 우리 국어 교육의 선도자요 교육 현장의 증인이셨다. 은사님은 1957년 이후 1988년까지 교육 과정과 교과용 도서 심의를 하셨고, 1961년부터 1990년까지 문교부와 문화부 국어심의회 위원과 위원장을 하시었다. 은사님은 이 땅 국어과 교과서 편찬사의 선편을 잡으셨고, 몸소 쓰신 문법 · 고전 · 작문 · 한문 교과서는 중 · 고등학교 교육의 표준이 되었다. 국어 교육 관련 저서만 13권이고, 논문도 다수다. 1974년 서울대학교 문학 박사 학위 논문 「국어교육사연구」는 국어 교육 분야의 결정적 연구 업적이다. 단적으로 말하여, 우리나라의 본격적인 국어 교육은 난대 은사님에서 비롯되어 그 기반이 닦였다고 하겠다.

난대 은사님은 현학적이기보다 평명하고 실제적이셨다. 현학적이기만 한 대학인들이 응용학으로서의 국어교육론과 실천적 영역을 폄하하려 한다. 하지만 순수 국어국문학만 공부한 이들이 응용의 면, 실천적 수준에서 당혹해할 때 실제로 문제를 해결하는 것은 난대 은사님 몫이었다.

난대 은사께서 종생껏 강조하신 것이 초 · 중등 한자 교육이었다. 은사님의 유지(遺志)를 잊지 못한 나는 국어(교육)과 출신 한문학자

김경수 교수(중앙대)와 함께 초등학교 저학년 국어 교과서에서부터 한자를 병용할 수 있게 하자는 새 어문 정책을 정부에 권고하였다. 관련 학자들을 모아 여러 차례 세미나를 열고, 한자 조기 교육의 당위성을 학문적 논거로써 입증했다. 나는 내 제자인 박근혜 대통령과 교육부를 설득하기에 진력했다. 심지어 국회의원 회관에 관련 학자들과 중진 국회의원들까지 모인 자리에서 한자 교육 촉구 성명서까지 발표했다. 그때 그 자리에는 조순 전 부총리와 정운찬 총리(서울대 총장)까지 동참하시고 격려해 주셔서 천군만마를 얻은 마음이었다. 김 교수와 나는 봉천동 조순 전 부총리 어른을 찾아뵙기까지 할 만큼 한자 교육에 신명을 걸다시피 했다.

마침내 교육부 담당 실장이 초등학교 3학년 교과서부터 주요 한자를 병기하겠다는 기자 회견까지 했다. 그러나 어쩌랴. 대통령이 탄핵되고 새 정부가 들어서자, 담당 실장은 한자 병용 철회를 선언했다. 이유인즉, 한자 병용의 필요성을 말할 때와 똑같이 '학생들의 학습 부담을 덜어 주기 위해서'였다. 어처구니없는 변고였다. 난대 은사님의 통탄하시는 음성이 하늘에서 울릴 것 같다.

우리는 이렇듯 이상한 나라에 살고 있다. 어려서 주요 한자 300자 정도만 배우면, 학습 효율이 몇 십, 몇 백 배 증대할 터인데, 이 무슨 무지막지하고 얼토당토않은 국수주의(國粹主義)인가. 『표준국어대사전』의 어휘 근 60%가 한자어임을 모르는가. 한자를 알고 한글로 쓴 글을 읽는 편이 독서 효율을 높이는 첩경이다. 우리 학생들만 동아시아 한자 문화권에서 고립되어 있다. 문화 포퓰리즘이 빚은 변고다.

난대 은사님은 소문난 애처가이셨다. 사모님 병세가 위중하시어 병원에 입원해 계실 때 곁에서 불철주야 몸소 뒷바라지를 하시던 모습은 남의 지아비된 이들에게 귀감이 될 만큼 숙연했다. 은사님은 사모님을 여의신 후에 사모님의 시·서화·자수·등공예 등 탁월한 유품과 추모글 들을 모은 『영원한 꽃의 향기』·『속 영원한 꽃의 향기』를 상재하셨다. 은사님의 애달파하시는 심경이 절절히 서린 책이다. 여기 실린 관복·쌍학 흉배·원삼(圓衫)·족두리·사모(紗帽)·등공예 등은 절륜(絶倫)타 할 수작(秀作)들이다.

은사님과 민(閔)영(渶)자원(媛)자 사모님은 1949년 4월 19일 창경궁 경춘전에서 혼례식을 올리셨다. 이때 쓰신 이탁 은사님의 축시조가 남아 있다.

사랑터에 행복탑을
　　　하늘 높이 쌓으시라
그 위에 빛이 되어
　　　멀리멀리 비치시라
어둠에 헤매는 무리를
　　　길이 밝혀 주오려

이탁 은사님의 진심이 실히 담긴 소중한 자료다. 이 축의(祝意)대로 난대 은사님 내외분은 사랑터를 닦으시고 행복탑을 쌓으셨다. 외아드님 선중(善中)씨는 경기고등학교와 서울대학교 경영학과를 나와 서울대 음대 출신 윤미정(尹美貞) 여사와 다시 사랑터를 닦고 행복탑을 이루었다. 손자 상돈(相敦) 군은 서울대 법대를 나와 사법 시험을 거친 검사로서 '하나님의 공의(公義)'를 세우기에 헌신 중이다. 상협(相協) 군은 서울대 의대를 나와 인술(仁術)을 펴고 있다. 명문 가가 아닌가. 난대 은사님께서 명덕(明德)으로 세상을 밝혀 주신 크 나큰 보람이라 할 것이다.

시조 생활화·세계화 운동

나는 난대 은사님 만년을 지근거리에서 모시는 기쁨을 누렸다. 1989년 은사님 부르심으로 전민족시조생활화운동본부의 일에 참여 하면서부터다. 같은 과 5년 선배이신 유성규(柳聖圭) 시조 시인(한 의학 박사)이 펼치는 시조 생활화 운동에 동참하라는 은사님의 명은 지엄했다. 은사님이 회장이신 전통문화협의회를 텃밭으로 하는 이 모임의 취지에 공감하는 데에는 상당한 시간이 필요했다. 나의 석사 학위 논문은 현대 시론이었고, 박사 학위 논문은 현대 소설론이었 다. 1978년 이후 내가 대학에서 강의해 온 것이 현대 문학론, 현대 비평론이었기 때문이다.

나는 한국 문학사 공부를 다시 시작했다. 시조 창작과 전파, 전수 (傳授)의 당위론을 정립해야 했다. 수개월간의 분투 끝에 긍정적 결 론을 얻었다. ①시조는 우리 고전 문학 32개 장르 중에서 7백 년간 전래되어 현재까지 살아남은 유일한 고유 문학 장르다. ②21세기 우 리 국력과 문화 융성기에 세계에 내어 놓을 우리 문화(K-culture)

를 대표할 만한 것이 한글과 시조다. ③시조는 한시나 영시같이 감수성과 사유(思惟)를 '형식의 감옥'에 유폐시키는 정형시(定型詩)가 아닌 정형시(整形詩)라 유연성이 있다. 시조의 기본형이 3장 6구 12음보라는 형식적 제약은 있다. 하지만 시조는 고저·강약·장단·각운 등의 경직된 요건을 요구하지 않고, 음절수도 43~45음절을 기본으로 하여 2~3음절 가감할 수 있는 신축성을 허용한다. 고시조에서는 38~55음절의 진폭을 보이기도 했다. 종장 첫 음보가 3음절, 둘째 음보는 기본 5음절에 1~2음절이 추가되는 형식만 불변이다. 그러기에 시조는 자유 지향의 원심력과 절제 지향의 구심력이 팽팽한 긴장을 조성하는 그 어름에서 실체를 드러낸다.

시조는 43~45음절 전후의 짧은 시 형식 속에 번득이는 감성을 결 삭이고, 사유의 뿌다구니를 갈닦으며 결정을 늙인 마음자리에서 피어나는, 우리 언어 미학의 정화(精華)다. 그러기에 시조 쓰기란 행간에 침묵을 심는 행위다. '유마(維摩)의 한 침묵이 만개의 뇌성'이라고 한 우주적 역설의 실체일 수도 있는 것이 시조다. 2013년 이후 나는 시조 생활화와 시조 세계화의 길에 앞장서 있다. 나는 세계전통시인협회도 확대 개편한 이 모임의 종주국인 한국 본부 이사장(사단 법인)을 맡아 세계 시인들과 교류해 왔다. 세계에 10개 회원국이 있어 국각에서 순회적으로 총회를 열고 있다. 2019년 6월 초순에는 영국에서 제3차 총회를 연 후 몽골, 네팔, 미국 등으로 이어질 예정이던 후속 행사가 코로나19 역병으로 중단된 상황이다. 각국 전통시 번역본 무크지를 발간하여 상호 교류 중이며, 이를 통한 '시조 세계화 운동'은 내실 있게 전개하고 있다. 내가 이 모임에 입문하여 시조 시인, 시조 평론가로 행세하게 하신 분이 난대 이응백 은사이시다.

중봉조헌선생기념사업회와 수필문학진흥회

난대 은사님은 서교동에 사무실을 내어 국어교육연구소와 수필문학진흥회를 이끄셨다. 또한 임진왜란 의병장으로 충북 옥천에서 7백 의사와 함께 옥쇄(玉碎)한 중봉(重峯)조헌(趙憲)선생기념사업회 회장직을 맡으시고, 국어과 제자 정우상 · 정동화 · 이상익 · 김봉군을 이사로 임명하여 선생의 업적을 현창(顯彰)하셨다. 나는 그 말석을 지키며 이 역사적 과업의 한 증인이 될 수 있었다. 아울러 청소년을 대상으로 한 호국 정신 강연에 동참하며 강의와 백일장 심사도 하였다.

난대 은사님 이야기는 길어질 수밖에 없다. 의만중설부진(意萬說不盡)이다.

은사님은 항심(恒心)과 관용(寬容)의 귀감이셨다. 한결같은 마음, 그 항심이 절멸의 위기에 처한 이 시대에, 난대 은사님의 은은한 미소와 사람 반기시던 그 인간미를 어찌 천금으로 살 수 있겠는가. 웬만큼 언짢으셔서는 역정 내는 일이 없으셨고, 혹 깊이 상심하실 상황에도 제자들에게만은 끝없이 관대하셨다.

은사님의 수필론은 "문체는 곧 그 사람이다."고 한 뷔퐁의 말을 소환한다.

인간의 귀함은 본능을 넘어 스스로를 돌아보고 생각하며 행동하는 데 있다. 생각이 없는 삶은 인간으로 태어난 보람을 무(無)로 돌린다. 그 생각의 갈피를 더도 덜도 없이 진솔하게 글로 펼친 것이 수 필인가 한다. 그런데 단순한 서술은 소재의 상세화에 지나지 않기에, 형상화의 과정을 거쳐서 비로소 작품으로 승화한다는 것은 수필인의 상식에 속한다. 문제는 바로 이 형상화의 단계에서 과장과 지나친 기교의 작동이 도리어 신선감을 해치고 사람과 글을 이원화시킨다. 가장 큰 감동은 가림 없는 진실인바, 진실의 실체가 수필일 때 그 수필은 성공적이다.

이 수필론은 곧 선생님의 인성론으로 치환해도 무방할 것이다.

후학들의 말

난대 은사님에 대한 후학들의 평견(評見)은 극진하다.

만사에 치밀하면서 자애롭고 자상하시어 영원한 은사로 모시는 문하생이 전국 방방곡곡에 충일하다.(강신항, 성균관대 명예 교수)
큰 나무 그늘에서 잔나무는 자라지 못한다. 이에 반해 사람은 큰 인물 밑에서 크게 자란다(木長之弊, 人長之德., 『명심보감』에서). 난대는 '대인군자의 덕' 곧 인격적 감화력으로 제자를 기르셨다.(김은전, 서울대 명예교수)
선생님께서는 국어교육의 정상화와 함께 한자교육을 통해서만 학습 효과를 높일 수 있다고 역설하셨고, 한자를 아는 것이 국력이라고 주장하셨다(정우상, 서울교대 명예 교수).

선생님은 서울대 국어과의 선생님만이 아니셨다. 학교와 학과에 상관없이 모든 젊은이의 은사이셨다. 사리 분명한 속에 정 따뜻이 흐르는 큰 은사이셨다.(정진권, 한국체육대 명예 교수)

난대 선생님은 큰 은사이시다. 그 많은 제자들의 장처(長處)는 길러 주시고 약점은 완곡히 질정(叱正)하시되, 아픈 곳 어루만지시기는 부성(父性)에 못지 않으셨다.(김봉군, 가톨릭대 명예 교수)

이것은 난대 선생님 귀천(歸天) 이후에 후학·제자 들의 회고담을 엮은 책『국어교육의 큰 은사―난대 이응백 선생의 학문과 인품』뒤표지에 뽑힌 대목들이다. 은사님의 인품과 학덕을 집약한 말들이다.

누가 뭐래도 서울대 국어교육과를 전국 국어교육과의 '종가(宗家)이며 맹주(盟主)'로 자리 잡게 하신 맨 으뜸 자리에 난대 은사님이 계심은 아무도 부인할 수 없을 것이다. 은사님은 이 나라 국어교육의 기틀을 잡으셨고, 국어교육연구회를 설립하고 논문집『국어교육』지를 발간하시어 학술 발표의 장을 제공하심으로써, 국어교육론 정립은 물론 국어학·한국고전문학·한국현대문학 연구자들에게는 잊지 못할 은인으로 남으셨다. 지금은 '한국어교육학회(The Society of Korean Language Education)'로 개칭되어 전공 학자들이 한국어교육학의 진경(進境)을 열고 있다. 학회지『국어교육』은 어느덧 180호가 상재되기에 이르렀다.

대학 교수의 3대 직분이 학문 연구, 교육, 사회 봉사다. 난대 은사님의 업적은 이런 상식을 경이롭게 상회한다. 서울대학교 대학원 박사 학위 논문 『국어교육사연구』는 선생님 불후의 학문적 업적이다. 이런 학문적 업적 외에 난대 은사님처럼 많은 은덕을 끼친 학자를 어디서 만날 수 있겠는가.

일화 하나만 보탠다.

1960년대 전반기의 일이다. 미모가 수려하고 총기가 빼어난 후배 여학생이 한 남학생 스토커에게 몹시 시달렸다. 난대 은사님은 등굣길에는 교문에 서서 보호해 주셨고, 하굣길에도 그 여학생이 차를 무사히 탄 걸 확인하고서야 연구실로 들어가셨다. 이 세상 어디에서 이런 은사를 뵈올 수가 있겠는가.

난대 은사님의 심미적 감수성과 사유(思惟)의 진상(眞相)이 짚이는 시조 3수를 읽기로 한다.

왜인지 모르게 가슴이 설렙니다.
비바람에 휘청이는 버들 밑 불당(佛堂)으로 가
신 벗고 안으로 드니 촛불이 환히 비칩니다.

—「방황」

이제 이 꽃송이들이 화사하게 비치는 건
지난날 줄기들의 인고(忍苦)의 꿈이어니
내일을 수놓을 꽃들이 가지 끝에 망울졌네.

—「회장」

목어(木魚)에 가무린 오색(五色) 빛깔 찬란한 꿈

생황(生簧)처럼 줄기줄기 피어 오른 고운 정(情)이

추녀 끝 풍경(風磬)에 실려 그지없이 퍼져 가네

　　　　　　　　　　　　　　　　－「정(情)」

난대 은사님의 시조 「화삼제(畵三題)」다. 1990년 12월 10일 '어느 한국화전에서'가 추기(追記)된 작품이다. 불교의 법열(法悅)과 유교적 마음자리, 우리 고전적 심서(心緖)와 마음결이 아로새겨진 가작(佳作)이다.

만년에 은사님은 한시 시조역에 정성을 쏟으셨다.

童歸簪稻穗 동귀잠도수

女出探菁花 여출채정화

老牸將新犢 노자장신독

沿溪自認家 연계자인가

아이는 벼이삭을 머리에 꽂고 돌아오고

아낙네는 채마에 나가 부추꽃을 따는구나

암소는 갓난 송아지와 집을 찾아 돌아온다

조선 영조 때 역관(譯官) 이언진(李彦瑱)의 한시를, 난대 은사님이 시조역하셨다.

난대 은사님과 사모님 유택(幽宅)은 경기도 남양주시 진건읍 신월리 산 18번지에 있다. 영면(永眠)하시기 전에 그리스도를 영접하셨다는 아드님 선중 사장의 전언(傳言)이 가슴을 때린다.

아, 난대 이응백 선생님. 눈물겹게 불러 보는 존함이다.

연포 이하윤 은사님

연포(蓮圃) 이하윤(異河閏) 교수님과 나는 각별한 인연이 있다. 연포 은사님은 영어와 불어에 능한 해외문학파의 선도자로 한국문학사에 현저히 자리매김 되신 분이다. 또한 국제펜클럽한국본부 설립과 운영, 국제 교류에 많은 업적을 남기셨다.

대학 2학년이 된 우리는 설레는 마음으로 연포 은사님 문학개론 수업에 임하였다. 한데 우리의 기대는 무참히 붕괴했다. 허드슨의 문학 개론서를 읽어 주시는 수준에 그치는 강의였다. 국어 · 영어 · 독어 · 불어과 공통 과목이었던 문학 개론은 학생들 스스로 텍스트를 탐독하는 것으로 갈음했다.

3 · 4학년 전공 한국현대문학사와 비교문학 강의는 휴강이 다반사였다. 하다못해 문단 이면사라도 들려주시기를 바라는 우리 학생들은 문학적 갈증에 목이 탔다. 당시 우리나라 강의 풍속이 대개 그랬다 하여도, 국립 서울대학교만은 그러지 말아야 했다.

국어학 분야 김형규 은사님과 고전 · 한문 분야 이탁 은사님의 엄격한 명 강의는 이하윤 은사님의 경우와 극명히 대조되었다. 김형규 · 이탁 두 분 은사님은 휴강하신 적이 없었다. 특히 김형규 은사님은 시험 답안지를 정밀 채점하시어 학생 각자에게 돌려주시며 피드백 과정을 거치실 정도였다. 반면에 이하윤 은사님의 학점은 학생들의 신뢰를 얻지 못했다. 그 시절 대학 교수들 중에는 시험시를 선풍기에 날려서 A·B·C·D 학점을 주셨다는 웃지못할 풍문이 돌기도 했다. 서울대 어느 유명 교수는 교무과 직원이 학점 재촉 전화를 하자, 그 전화에 대고 학생들 성적을 즉흥적으로 마구 불러 주셨다는 일화도 전한다. 그걸 대학의 낭만으로 여겼던 시절의 일이기도 하다.

연포 은사님께 엉뚱하기 짝이 없는 학점을 받고도 우리는 '빛나는 학사 학위'를 거머쥐고 교문을 나섰다. 그 후 나는 안국동 부근 길거리에서 연포 은사님과 해후했다. 해거름 무렵이라 은사님을 모시고 저녁 식사를 했다. 술이 거나해지신 은사님께 나는 벼르고 벌렸던 질문 말씀을 드렸다.

"죄송합니다마는 선생님께 꼭 여쭈어 보고 싶은 말씀이 있습니다."

연포 은사님은 그저 무심히, 연신 술잔만 비우고 계셨다.

"선생님. 선생님께서는 왜 휴강을 그리 자주 하셨습니까?"

덤덤하시던 은사님은 순간 화들짝 놀라신 눈으로 나를 꿰뚫어 보셨다. 그리고는 한참 뜸을 들이신 후에 그 까닭을 말씀하셨다. 사연인즉 이랬다.

은사님 슬하에는 경기고등학교 우등생인 잘난 아드님이 계셨다. 그 아들을 6.25 전쟁 통에 잃으셨다. 하늘 무너지는 사건이었다. 피난 가시며 장서들을 마당에 묻으셨는데, 환도해 보니 책이 몽땅 없어졌다고 하셨다. 연포 은사님이 술로 세월을 죽이게 된 연유였다.

나는 눈물 어린 가슴을 다스리느라 안간힘을 쓰며 만취하신 은사님을 동숭동 댁에까지 모셔다 드렸다. 서울대를 정년퇴임하시고 덕성여대에 계실 때였다. 은사님은 성공회 신자이셨다.

내 첫째 에세이집 『꿈과 애정의 영토에서』는 이은상 선생님과 함께 연포 은사님의 추천사가 실려 있다.

연포 이하윤 교수님 시비 앞에서. 김봉군 교수는 대학 시절부터 학과 교수님들의 유별난 사랑을 받았다. 예의 바르고 공부 열심히 하는 학생으로 모든 교수님들이 칭찬을 아끼지 않으셨다. 자기 자신이 교사가 되고 교수가 되어서도 제자들의 무한한 존경과 사랑을 받았다. 그는 가르치는 사도의 정수를 가르침과 학문으로 보여준 진짜 스승이다. 그는 틈이 날 때마다 교수님 댁이나 기념비까지도 잊지 않고 찾아다녔다.

김남조 · 구인환 은사님

현대 문학 강의에 기갈이 심하였던 우리에게, 숙명여대 교수이셨던 김남조 선생님의 시론 강의는 가물에 단비였다. 등사본으로 엮인 근대 대표시 텍스트를 바탕으로 전개되는 선생님의 강의는 신비 그자체였다. 선생님은 강의 노트도 없이, 50분간 시 텍스트에 대한 감상 비평을 하셨다. 선생님은 이 땅 시인 중에 창조적 상상력의 위상으로 보아 최상위에 자리하시는 영감(靈感)의 거장(巨匠)이셨다. 누에고치에서 명주실이 연이어 나오듯이, 영성(spirituality) 충만한 신비로운 말씀이 간단없이 이어졌다. 어느 시간에 나는 속필로 선생님의 강의 말씀을 놓치지 않고 받아 적어 보았다. 놀랍게도 교열도 윤문도 허락지 않는 완벽한 문장의 연속체였다.

우리는 김남조 선생님의 신비한 아우라에 매혹당했다. '심미적 바람기'가 있는 김광휘 친구는 흰색 저고리와 검정 치마에 품격 높은 미모를 겸비하신 김남조 선생님께 뇌쇄되어 노인이 된 지금도 그 기억을 떨치지 못하고 산다.

김남조 선생님은 내게 시인이 되기를 자주 깨우치신 고마운 선배님이요 은사이시다. 문학 평론과 시조 쓰기에 심취하여, 자유시는 공동 시집 한 권을 내기에 그친 나를 선생님은 내심 괘씸해 하시리라. "아, 늙었도다. 이것이 누구의 허물인가." 주문공(周文公)의 「권학문」이 가슴을 때린다.

소설론 강사로 나오셨던 구인환 선생님은 후일 대학원에서 다시 뵐 수 있었다. 그를 계기로 하여 쓰게 된 나의 논문 「춘원 문학의 종교 의식」은 이광수가 '세속의 성자(聖者)'이기를 자처하며 오명(汚名)을 무릅쓰고 자기희생을 한 애국자였다는 역설을 도출하는 성과를 올린 희귀한 논문으로 남았다. 이를 계기로 하여 나는 1983년 10월 9일에 처음으로 춘원 선생의 따님 이정화 박사(미국 펜실베이니아대 생화학 교수)를 만났다.

『이광수전집』을 숙독한 나는 춘원 선생이 의지가 약한 친일파가 아닌 '우국적 성자(聖者)'임을 확인, 확신하게 되었다. 춘원 선생의 장편 「사랑」과 수필 「우덕송(牛德頌)」, 「그의 자서전」, 「나의 고백」 등이 결정적 논거다. 일제가 조선 민족 지도급 인사 3만 내지 3만8천 명을 학살하려는 음모를 간파한 춘원 선생은 '민족을 위하여' 친일의 오명(汚名)을 뒤집어쓰기로 했다. 춘원 선생은 김동인 같은 자연주의자나 염상섭 같은 리얼리스트가 아닌 이상주의자요 '세속의 성자(聖者, a man of worldly holiness)'였다(김봉군《이 역사를 어찌할 것인가》, 2020 참조).

교육학 은사님들

교육학부 교수님 가운데 가장 크게 영향을 받은 분은 윤태림 · 정원식 · 진원중 은사님이시다.

윤태림 은사님(훗날 교육부 차관 · 숙명여대 · 경남대 총장)은 본디 사법 고시에 합격하여 검사를 하시다가 학계로 오신 분이었다.

윤 은사님의 사랑을 크게 받게 된 것은 교육심리학 과목을 수강하면서부터였다. 강의 텍스트는 영문 원서 『Introduction to the Freudian Psychology』였다. 비엔나대학교 심리학 교수 지크문트 프로이트의 이름을 그때 처음 알게 되었다. 이드, 이고, 슈퍼이고, 미발살된 긴장, 이상 성격 등의 용어를 배우는 심리학적 인간학에 나는 심취하게 되었다. 인간의 사고와 행동의 많은 부분이 무의식에 빚지고 있다는 것도 처음 알게 되었다. 이 새로운 지적 충격에 고무되어 심리학 영문 원서를 읽기 시작한 것이 내 전공인 현대 문학 공부에도 크게 도움이 되었다. 다만 프로이트 심리학, 정신 분석학이 리비도(인간의 성욕)에 과도히 편향되어 있는 것이 불만이었다. 그때까지만 해도 나는 인간의 성결한 영성을 철석같이 믿고 있었다. 프로이트는 심리학이 무신론의 파생 학문임을 알게 된 것은 한참 후의 일이다.

아닌 게 아니라 프로이트를 비판적으로 계승한 카를 구스타프 융도 나 같은 생각을 했다는 것을 나중에야 알았다. 내 석사 학위 논문은 융(Jung)의 '아니마(Anima)'와 '그림자(Shadow)' 이론을 우리 근대시 해석에 원용한 결과물이었다.

아무튼 나는 강의가 끝난 후에 윤태림 은사님을 찾아뵙고, 원서를 읽다가 이해하기 어려운 대목을 부지런히 질문했다. 선생님과의 친분은 이렇게 하여 두터워졌고, 졸업한 후 내 혼인 예식 자리까지 찾아와 축하해 주셨다. 주례를 맡으셨던 김형규 은사님은 놀라셨다.

"윤 교수가 웬일로 오셨나?"

"김군이 어디 자기만의 제자인가?"

두 분의 정을 담은 대화였다.

그 후에도 윤태림 은사님은 오래도록 귀한 가르침을 주셨다.

교육심리학과 교수 정원식 은사님(후일 교육부 장관·국무총리)의 상담 심리학 수업은 내 일생을 지배한 교육 명언을 전수하신 명강의였다.

"행동에는 원인이 있다(Behavior is caused)."

J.A. 보사드의 말이다. 그의 이 명언은 나의 40년 교단 생활을 밝혀 준 등불이었다. '화평케 하는 사람(peace-maker)'이 되라는『마태복음』의 가르침과 이 명언 덕분에 하고한 제자들이나 동료 교수들 중 단 한 사람도 미워하지 않고 살아 올 수 있었다.

대학 졸업 후 고등학교에서 근무할 때였다. 수업 시작에 앞서 출석을 부르는데, 창가에 앉은 한 학생이 주먹으로 유리창을 강타하여 와장창 깨뜨렸다. 깜짝 놀란 나는 그 학생 앞으로 달려갔다.

"너, 손 다치지 않았니?"

하고 그의 손을 부여잡았더니, 흠칫 놀라며 시선을 아래로 떨어뜨렸다.

"손 안 다쳤으면 됐다. 유리창은 다시 끼우면 되지."

나는 유리창보다 아이의 손이 중요하다고 생각했으며, 그 아이가 그러는 이유가 무엇인지가 궁금했다.

방과 후에 그 아이는 내 책상 앞에 와서 무릎을 꿇고 흐느꼈다. 나는 아이를 데리고 중화요릿집으로 가서 자장면을 곱빼기로 먹었다. 밖에 나와서 보니 아이의 신발이 남루했다. 새 운동화 한 켤레를 사 신기며 당부했다.

"너, 이 신발을 신고 아무데나 다녀서 안 된다."

아이는 고개를 끄덕이며 잰걸음으로 귀가했다.

알고 보니, 그 아이는 결손 가정에서 외롭게 자랐다. 그가 그런 폭력을 쓴 것은 어른들에게 사랑의 결핍을 알리는 눈물겨운 절규였다.

나와 여러 선생님들의 따뜻한 보살핌 속에 고등학교를 마치고 우수한 대학엘 진학했다. 등록금은 선생님들이 십시일반으로 모아서 '장학금' 명목으로 전달했다. 그는 아르바이트를 해 가며 대학을 마친 후에 취업했고, 지금 처자식과 함께 복되게 살고 있다. 정원식 은사님의 상담 심리학 강의 덕분이다.

교육사회학 교수 진원중 은사님은 참된 사도(師道)를 가르치셨다. 교육은 성직(聖職)이며, 교육자는 성직자여야 한다는 말씀을 주셨다. 세상에 부끄럽지 않도록 성결하게 살라고 하셨다. 내가 굴곡 많은 교단 생활에서 큰 "허물없이 살다."와는 다른 경우임. 살아 온 데는 진 선생님의 훈도가 결정적 영향을 끼쳤다. 감사한 일이다.

서봉기 은사님

은사님 이야기는 끝이 없다. 고향 창선중학교 서봉기 선생님의 탁월한 음악과 체육 수업은 지금도 생생한 기억으로 남아 있다. 음악 이론과 그 적용력을 길러 주셨고, 내게는 불협화음이나마 건반 악기 연주를 취미 삼게 하신 기본은 서 선생님이 닦아 주셨다. 서 선생님

의 체육 시험에 출제되었던 체육의 5대 목표를 지금도 기억한다. ①
신체의 정상적 발달, ②지적 · 정서적 발달, ③사회성 형성, ④안전
생활, ⑤여가 선용이다.

한 인간이 이 세상에서 온전한 사회인으로 행세하기 위해서는 좋
은 부모, 훌륭한 은사를 만난 상황에서 자기 노력을 아낌없이 기울
이는 3박자가 맞아야 한다. 내가 적수공권으로 상경하여 이렇듯 수
도 서울 한복판에서 무탈히 살게 된 것은 이 3박자 인생의 오롯한
결실이라 할 것이다.

유기천 은사님

마지막으로 잊어서 안 될 또 한 분 은사님은 서울대학교 법과 대
학 유기천(劉基天) 교수이시다. 미국 예일대학교 로스쿨을 우수한
성적으로 졸업하신 유기천 은사님(법대 확장, 서울대 총장)은 세계
적인 형법학자이셨다.

2학년 전공 필수 과목인 형법 총론 학기말 시험이 끝난 어느 날
유기천 은사님은 무명의 법학도인 나를 학장실로 부르셨다. 본디 비
정해 보이기로 정평이 나 있었던 유 은사님은 나를 보시자 반색하며
자리를 권하셨다. 내 시험 답안지를 펼쳐 보이시며 극구 칭찬을 하
셨다. D, F 학점을 많이 주시기로 이름나신 은사님의 칭찬을 받다

니, 나는 때 아닌 전율을 감당해야 하는 영예를 누렸다.

"군은 어느 고등학교 출신인가?"

"진주고등학교를 나왔습니다."

"오, 1958년도 서울대학교 총수석 합격자를 낸 학교로군."

"예, 그렇습니다."

"군은 왜 법과 대학에 왔는가?"

"법관이 되어 사회 정의를 세우려 합니다."

"사회 정의란 무엇인가?"

"사회 윤리상 '올바름'이라 생각합니다."

에밀 부르너의 명저『정의와 자유』를 읽기 한참 전의 내 정의관(正義觀)이었다.

유기천 은사님은 미소 띠신 모습으로 머리를 좌우로 흔드셨다.

"군은 형법학자, 법철학자가 되어야 해. 군의 답안지가 그걸 말하고 있어. 내가 도와줄 터이니 외국 유학을 가도록 해."

그 날 이후로 나는 밤을 새워 가며 몰두해 있던 사법 시험 공부를 포기하고 유학 준비 쪽으로 전향했다. 하지만 어쩌랴. 어머니 병환이 위중하시다는 급박한 소식이 내 발길을 가로막았다.

나는 오랜 고심 끝에 유학 가지 않고 학자가 되는 길을 선택했다. 본디 내가 좋아했던 한국 현대 문학을 전공하기로 했다. 천명(天命)이었다.

초등학교 시절 박찬동 교장 선생님부터 대학 시절 여러 은사님들에 이르기까지 나는 학복(學福)이 참 많은 사람이었다.

끝으로, 20세기 이 땅 으뜸 은사이셨던 난대 이응백 은사님의 인품을 흠모하며, 저 송나라 주무숙(朱茂叔)의 「애련설(愛蓮說)」을 인용함으로 사무치는 그리움을 갈무리하려 한다.

나는 홀로 연꽃이 진흙에서 나왔으되 더러움에 물들지 않고, 맑은 잔물결에 씻겨도 요염하지 않고, 줄기 속은 비어 있으나 겉은 곧으며, 함부로 덩굴지고 가지 쳐 주변을 성가시게 하지 않고, 향기는 멀욱 맑으며, 정정(亭亭)히 곧고 깨끗하게 서 있고, 멀리서 바라볼 수 있되 가까이서 희롱하기 어려운 것을 사랑한다.

군자의 훈화(薰化)와 품격을 표상화한 대목이다. 난대 은사님의 인품과 합일된다. 난(蘭)의 침묵과 그윽한 향기, 유향(幽香)과 상통한다. 애련설이자 곧 애란설(愛蘭說)이다.
그리운 은사님들.
망미인혜(望美人兮)여, 천일방(天一方)이로다. 은사님 그리운 마음 하늘 끝을 향한다.
내 이름 한자는 金奉郡, 아호는 우석(愚石 또는 隅石)이다.

차배근

- 강원도 횡성 출생
- 휘문고등학교 졸업
- 서울대학교 사범대학 국어과 졸업
- 미국 켄트주립대학교 대학원 졸업(언론학박사)
- 서울대학교 사회과학대학 언론정보학과 교수
- 현재)서울대학교 명예교수

추억은 한 편의
산문이 되어

차 배 근

그대는 어떤 장면들을 지우고파서 / 후회 속에 꿈꾸는 걸 잊었나요 / 견뎌냈다는 이유
하나로 / 그때의 당신을 이해해줘요 / 저 멀리 저 멀리 사라져가는 / 이 시절이 의미
없게만 느껴져 / 우린 잃어버린 것도 없이 / 뭔갈 찾아 헤 맺네 / 그러나 밤하늘을 올
려다봤을 때 / 함께 세었던 별들이 그대로였죠 / 꿈결처럼 사랑했던 모든 날이 / 만든
길 빛나네 / 추억은 한 편의 산문이 되어 / 길잃은 맘을 위로하는 노래가 되고 / 그건
긴 어둠을 서성이던 청춘이 / 남기고 간 의미일 거야 …

— 신지훈 작사, 작곡의 노래 "추억은 한 편의 산문집 되어" 중에서 —

난 93학번 새내기였다

대학에 들어가며

S양, S군, 서울대학교 입학을 진심으로 축하합니다.

나도 47년 전, 1960년 4월 1일, 처음 입학했을 때의 감회가 새롭군요. 그땐 4월이 첫 학년 시작이어서 4월 1일에 입학식을 했는데, 신입생은 반드시 교복을 입고 배지(badge)도 달아야 했답니다.

그때 왼쪽 가슴에 처음 단 서울대 배지에 라틴어로 볼록하게 'VERITAS LUXMEA'(진리는 나의 빛)란 글자들을 손끝으로 어루만지며, 이제부턴 나도 진리를 찾아서, 진리의 빛을 향해 어둠을 헤쳐나가며 굳건하게 살겠다고 다짐했지요.

하지만 막상 입학하고 나니깐, 진리는 고사하고 강의실 찾는 것조차 쉽지 않더군요. 고등학교 때까진 선생님들이 모든 것을 일일이 가르쳐 주었으나 대학에선 모든 걸 혼자서 스스로 해결해야 하니까요.

S양, S군도 이제부턴 모든 것, 진리를 찾는 것도, 인생의 방향을 찾는 것도 혼자 해결해 나가야 합니다. 그러자면 많은 방황과 고민도 수반할 수 있습니다. 그러나 좌절하지 말고 진리와 값진 인생을 찾기 위해 계속 고민하길 바랍니다.

"나는 어떻게 살아야 할지 모르는 사람을 사랑한다. 설혹 그것이 몰락을 뜻한다 할지라도 언젠가 그들은 자신들의 피안(彼岸)에 도달할 수 있기 때문이다."

이러한 니체의 말처럼 진리와 값진 인생을 찾으려고 계속 고민하는 사람은 언젠가는 반드시 그것을 찾을 수 있기 때문입니다.

S양, S군, 그렇다고 해서 고민만 하지 말고 우선 공부부터 열심히 하기 바랍니다. 공자 같은 성인(聖人)도 "내가 온종일 먹지 않고 밤새 자지도 않고 생각만 해 본 적도 있으나 유익한 것이 없었고, 공부를 하느니만 못했다"고 고백하면서 "생각만 하고 배우지 않으면 위태롭다"(思而不學則殆)라고 말씀하셨기 때문입니다. 그러나 "배우기만 하고 생각하지 않으면 멍청해진다"(學而不思則罔)면서 먼저 배우고 그것에 관하여 깊이 생각하라고 말씀하셨답니다.

이런 공자님의 말씀에 내가 한 가지 더 보탠다면, 전공 공부에만 너무 매달리지 말고 다양한 학문적 지식과 주의·주장들도 폭넓게 섭취할 것을 당부하고 싶습니다.

대학이란 본래 여러 사람들이 모여 학문과 인생에 관하여 열심히 토론하면서 특히 다른 사람들의 다양한 주의·주장을 들음으로써 자칫하면 좁은 식견에 얽매어 완고해지기 쉬운 자기의 태도를 버릴 수 있는 지견(知見)과 객관적 사고방식을 지닌 인간으로 교육하기 위해 만든 곳이기 때문이지요.

S양, S군, 대학 입학을 다시 축하합니다. 앞으로 4년 동안 후회 없는 대학 생활을 마치고 국가사회에 꼭 필요한 사람이 되어 주길 바랍니다.

난 진짜로 93학번이라니까

위의 글은 서울대학교 대학신문사의 청탁을 받아 2007년 3월 5일자 「대학신문」 11면 "새내기에게 주는 글"이라는 칼럼에 실었던 나의 글이다. 지금으로부터 16년 전에 쓴 글이다. 그런데 세월은 또 유수(流水)처럼 흘러 올해는 벌써 2023년이 되었다. 그러니까 내가 대학에 처음 입학했던 것은 꼭 63년 전이었다. 그런데도 그때 그 기억이 새록새록 새롭다.

"교수님은 몇 학번이세요?"

내 나이를 직접 묻기가 좀 미안했던 듯, 어떤 학생이 나에게 이렇게 물었다.

"나? 난 93학번이야."

내가 이렇게 대답하자 그 학생은 내가 거짓말하는 줄 알고, 진짜로 몇 학번이냐고 되물었다.

내가 대학에 입학할 때는 요즘처럼 서기(西紀 : 서력기원)를 사용하지 않고, 단기(檀紀 : 단군기원) 즉 고조선의 시조 단군왕검의 즉위년을 기원으로 한 연호를 사용했는데, 난 단기 4293년 4월 1일 대학에 입학했다. 그래서 93학번이 되었다. 그러나 1962년부터 우리나라도 서기를 사용하게 되었는데, 예수님이 탄생하신 서기 1년은 단군 2333년이었다. 그래서 단기를 서기로 환산하려면 단기에서 2333을 빼고, 반대로 서기를 단기로 환산하려면 서기에다 2333을 더하면 되는데, 이것이 1960년대 초반에는 초등학교 수학에서 단골 시험문제가 되다시피 했다.

'서기'니 '단기'니 하는 연도(年度) 표기 방식 이전에, 옛날 동양에서는 임금마다 특정의 연호(年號)를 제정하여, 예컨대 광무(光武) 원년, 광무 2년 등으로 연도를 나타냈다. 이와는 달리, 또한 예컨대 '고종 3년' 식으로도 연도를 표시했고, 또한 간지로 '기미년' 등으로 표시하기도 했다.

난 일제강점기인 소와(昭和) 15년 5월 28일 태어나서 소와 20년 8월 15일 해방을 맞았다. 해방이 되자, 남한에서는 미군이 군정을 실시하면서 서기를 사용하게 되었다. 그러나 서기 1948년 대한민국 정부를 수립하면서 단군기원을 연도의 공식 표기 방식으로 채택했다. 그러다가 단기 4294년(서기 1961) 5·16군사정변 이듬해부터 서기를 공식적으로 사용하기 시작하여 지금에 이르게 되었다. 그러나 우리나라의 반쪽인 북한에서는, 김일성이 출생한 1912년을 원년(1년)으로 하는 '주체'(主體)라는 연도 표기 방식을 사용하는데, 올해(2023년)는 주체 111년이다.

단기 4293년 당시는 네 가지 방식으로 대학합격 알아

단기 4293년 3월 14일 오전 10시 50분, 나는 라디오방송을 들으러 외숙댁 안방으로 들어갔다. 정각 11시부터 서울중앙방송국(HLKA)에서 서울대학교 입학시험 합격자 발표 방송을 시작한다고 했기 때문이다. 당시 우리 집은 강원도 시골에 있었다. 그래서 나는 서울에 있는 둘째 외숙댁으로 올라와 고등학교에 다니고 있었다. 외숙댁은 부자였어도 라디오 수신기(radio set)가 안방에 딱 한 대밖에 없었다. 그것은 미제(美製) 제니스(Zenith) 진공관 라디오 수신기였다. 이는 내가 고등학교 1-2학년 때 고사기간에도 빠지지 않고 반드시 청취했던 우리나라 최초의 라디오 일일연속극으로, 청취자들로부터 선풍적 인기를 끌었던 '청실홍실'(1956. 10. 7부터 1957. 4. 28까지 KBS에서 방송된 30부작)과 '산 넘어 바다 건너'(1957. 10. 1부터 1958. 3. 15까지 6개월간 총 150회에 걸쳐, 처음에는 매일 15분씩 나중에는 20분씩 방송) 등을 애청했던 바로 그 수신기였다.

바로 이와 같은 라디오 수신기로 서울대학교 합격자 발표 방송을 들으려고 내가 외숙댁 안방으로 들어가자, 외숙모가 슬며시 방 밖으로 나가셨다. 혹시 내가 불합격하면, 나와 얼굴을 맞대기가 거북스럽기 때문이었던 같다. 그 이전에는 어떤 식으로 대학합격자들을 발표했는지 모르겠다. 그러나 내가 아는 단기 4293년에는 대체로 네 가지 방식을 통해 발표했다.

첫째는 세로가 약 50 센티미터쯤 되는 백지에 합격자들의 수험번호와 이름을 세로로 잇대어 쭉 늘어 써서 학교 건물 벽에 붙이는 것이었다. 이를 방(榜)이라고 불렀다. 낙방(落榜)이라는 말도 여기서 나왔다. 즉 방에 수험자 이름이 끼지 못하고 빠져 있는 것이 곧 낙방이다.

둘째는 신문을 통해 대학합격자들을 발표했다. 이는 대학에서 각 신문사에 광고료를 주고 합격자 명단을 싣도록 한 것이 아니라, 각 신문사에서 신문판매부수를 올리기 위해 주요 각 대학의 합격자 명단을 지면에 싣는 것이었다. 그러면서 되도록 빨리 대학합격자를 독자들에게 알려 주기 위해서 호외를 별도로 발간하기도 했다. 이러한 호외는 당시 우리나라 5대 중앙일간신문으로 일컫던 경향신문, 동아일보, 서울신문, 조선일보, 한국일보에서 모두 발행했던 것 같다.

셋째로는 일반종합일간지뿐만 아니라, 각 대학에서 발행하는 소위 '학보'들에서도 자기 대학 합격자 명단을 각각 발표했다. 이는 서울대학교 「대학신문」도 마찬가지였는데, 『대학신문사 I』이라는 역사책을 보면, 아래와 같은 내용이 나온다.

여름이나 겨울방학 중에는 「대학신문」은 휴간했다. 그러나 입학시험 합격자를 발표할 때만은 호외로 합격자 명단을 발행하여 합격자 발표현장에서 가두판매했다. 그러면 그 호외가 날개 돋친 듯 팔려나가는 것은 말할 나위도 없었다. 한편 일반 종합신문들도 주요 대학의 합격자 명단을 서로 빨리 입수하여 보도하면서 치열한 경쟁을 벌였다. 따라서 「대학신문」은 서울대학교 합격자 발표 때만큼은 대학본부의 학처장회의에서 마지막 사정이 끝나면 일반종합신문보다 먼저 명단을 인계받아서 종합신문 기자들의 맹렬한 추격을 피하면서 인쇄공장으로 달려가서 인쇄에 돌렸으며, 일반 종합지의 기자들은 서울대학교 합격자 명단을 입수하기 위하여 「대학신문」을 상대로 맹렬한 취재 경쟁을 벌였다. 그리하여 이때만큼은 주간 신문인 「대학신문」도 일간신문들과 대등한 경쟁을 한다고 콧대를 높혔다(차배근, 『대학신문사 I : 1952–1961』. 서울: 서울대학교출판부, 2004, pp. 168–169).

넷째로는 라디오방송으로 대학합격자들을 발표한 것이었다. 언제부터 방송국에서 대학합격자들을 발표했는지는 미처 조사해 보지 못했다. 그러나 내가 대학에 입학한 단기 4293년도에는 내가 라디오방송을 통해서 합격 소식을 처음 알았다. 당시 속보성(速報性)에서는 신문 등의 인쇄매체가 전파매체인 방송을 따를 수 없어, 대부분의 수험생들은 라디오방송을 통해 대학합격 여부를 처음 알게 되었다. 하지만 단기 4293년까지만 해도 대학합격자들을 신속하게 전국 방방곡곡에 알려 줄 수 있는 방송은 현재 KBS의 전신인 서울중앙방송국 라디오방송 밖에 없었다.

당시 우리나라에는 라디오방송으로는 국영인 서울중앙방송국 산하에 모두 11개 지방방송국이 있었다. 그리고 민간라디오방송으로는 종교방송인 기독교중앙방송국(1954. 12. 15 개국)과 한국복음주의방송(1956. 12. 23 개국, 1968. 1. 1 극동방송으로 개편)이 있었고, 상업라디오방송으로는 1958년 7월 4일 부산에서 개국한 부산문화방송(MBC)만 있었다. 반면 텔레비전방송은 전무했다. 1956년 5월 12일 우리나라 최초의 상업방송이자 TV방송인 HLKZ-TV(출력 0.1kw)가 개국했었으나, 약 3년만인 1959년 2월 2일 화재로 방송을 중단했다가 결국 폐국하고 말았기 때문이다.

단기 4293년도에 서울대학교 합격자 명단을 방송한 유일한 방송은, 지금의 KBS라디오방송의 전신인 서울중앙방송국이었다. 당시는 KBS라는 명칭은 아직 없었고, 흔히들 HLKA이라고 불렀다. 이는 우리나라 서울중앙라디오방송국의 전파호출부호(call sign)로, 국제전기통신연합(International Telecommunication, ITU)에서 배정한 것이었는데, HL은 국적 즉 한국을 지칭했고, KA는 한국 내에서 서울중앙방송을 지칭했다. 그리하여 방송을 시작할 때와 끝날 때 반드시 'HLKA'이라는 '콜사인'(Call sign)을 내보냈다.

라디오로 합격 소식 처음 듣고 사범대에 가서 재확인

외숙댁 안방에서 라디오를 켜놓고 조마조마하게 기다리고 있는데, 정각 11시가 되자, "여기는 HLKA 서울중앙방송국입니다"라는 콜사인에 이어, "지금부터 단기 4293학년도 서울대학교 입학시험 합격자 명단을 발표해 드리겠습다"라는 여자 아나운서의 멘트가 나왔다. 이어서 합격자의 수험번호와 성명을 각 단과대학 학과별로 차례로 부르기 시작했다. 여자 아나운서와 남자 아나운서가 번갈아 불러나갔다. 드디어 사범대학 국어과 차례가 되자, 내 가슴은 콩 볶듯 뛰었다. 마침내 아나운서가 내 수험번호와 성명을 두 번 연거푸 불렀다. 지금은 기억나지 않지만 아마도 난 환호성을 질렀을 것임에 틀림없다. 그러나 그때 내가 느꼈던 기쁨은 "합격했다"는 것보다는 "낙방하지 않았다"는 것이었다. 그게 무슨 차이가 있느냐고 누가 반문할지 모르겠으나, 나에게는 큰 차이가 있었다. 만약 낙방하면 이제까지 온갖 고생을 마다하시며 나를 길러 주시고 공부시켜 주신 부모님과 그리고 형제자매들의 얼굴을 어떻게 대할 수 있겠는가 하는 것이, 나를 가장 무겁게 짓눌러 왔던 걱정이자 두려움이었기 때문이다.

방송으로 합격 소식을 들었으나, 그것이 정말인지 아닌지 믿기지 않았다. 그래서 이를 다시 확인해 보기 위하여 내가 지원했던 용두동 소재 사범대학으로 버스를 타고 갔다. 당시 서울대 합격자들의 명단은 각 단과대학별(당시는 공대, 농대, 문리대, 미대, 법대, 사범대, 상대, 수의대, 약대, 음대, 의대, 치대 등 모두 12개 단과대학이 있었음)로 게시해 놓았기 때문이다. 사범대학에 도착하니 합격자들의 방(榜)이 붙어 있었는데, 그걸 어디에 붙여 놓았었는지는 지금 생각나지 않는다. 합격자 명단에서 내 수험번호와 이름을 확인해 보는데, 그 옆에서 서울대 「대학신문」을 팔고 있었다. 거기에도 합격자 명단이 실려 있었다. 그래서 「대학신문」을 사고, 합격자들의 방 끝에 적혀 있는 신체검사, 등록일 등에 관한 숙지 사항을 메모해 가지고 집으로 돌아왔다.

신체검사 후 등록하고 교복 맞춰 입고 서울대 배지 달아

단짝친구였던 지길웅(왼쪽), 그는 일찍 세상을 떠났다.

그를 그리워하는 과친구들을 남겨둔 채.

우선 신체검사부터 서울대학교부속병원(현 서울대학교병원)에서 받았던 것 같은데, 검사항목은 전혀 기억나지 않는다. 그러나 내 친구의 친구는 신체검사에서 떨어져 1년 동안 입학이 보류되었던 일이 있다. 그것은 그 친구가 결핵균을 보유하고 있었기 때문이었다. 당시는 영양 상태가 좋지 않은데다가 의약품도 좋지 않아서 결핵에 걸리는 젊은이들이 꽤 있었다. 하지만 대학입학시험 합격자가 어떤 병에 걸렸다고 해서 낙방시킨 것은 아니었고, 1년 동안 그 병을 치유토록 한 뒤에 입학시켰다.

신체검사가 끝난 뒤 예비신입생들은 등록금을 내야 했다. 당시 얼마를 냈는지는 전혀 기억나지 않는다. 그러나 인테넷 포털사이트에서 당시 대학등록금 액수를 찾아보았더니 자세한 수치는 나와 있지 않고, 사립대학의 경우 등록금과 입학금을 합해 쌀 10가마 정도의

값이었다고 하는데, 1960년도 쌀값은 80kg 한 가마에 1,368환이었다. 그러니까 1960년도 사립학교 등록금과 입학금은 합쳐서 13,680환 정도가 되었던 것 같으나, 이 액수가 당시에 얼마나 큰돈이었는지는 정확히 알 수 없다. 그러나 쌀 10가마는 대단히 큰돈이었다. 당시 하숙비가 한 달에 보통 쌀 5말(40Kg)이었으니까, 쌀 10가마는 20개월치 하숙비에 해당되었기 때문이다.

때문에 당시 대학을 '상아탑'(象牙塔)이 아니라, '우골탑'(牛骨塔)이라고 불렀다. 농촌에서 자식을 대학에 보내려면 소를 팔고 땅을 팔아서 학비를 대야만 했다고 해서였다. 하지만 내가 지원한 서울대학교 사범대학은 국립인데다가 수업료가 면제되었기 때문에 사립대학에 비해 등록금과 입학금이 훨씬 쌌다. 그럼에도 등록금이 없어 대학 입학을 포기하는 합격자도 적지 않았다. 이것이 1960년 당시 우리나라 현실이었다.

대학입학금과 등록금을 납부하자 교복을 사서 입학식 날 반드시 착용하고 오라면서 교복 구입처를 지정해 주었다. 그곳은 현재 국세청 자리에 있던 화신백화점 1층에 있는 신생제복(新生制服) 이라는 양복점이었다. 교복을 반드시 입어야만 하는 것으로 알 정도로 순진했던 대부분의 예비신입생은 신생 제복점을 찾아가서 자신의 몸 치수에 맞는 기성복 교복을 사 입었다. 그리고 흔히 '뺏지'(표준어 표기는 '배지')라고 부른 것도 거기서 구입해서 교복 저고리 가슴 왼쪽 지퍼 위쪽 끝에 달았다.

서울대에서 정확히 언제부터 교복 입었는지는 불분명

해방 직후 우리나라 대학생들의 복장은 각양각색이었다고 한다. 일제강점기 때 입던 교복을 그대로 입은 학생도 있었고, 아무런 옷이나 걸치고 다닌 학생도 많았다. 그러다가 미군의 군복들이 민간으로 몰래 흘러나오면서 그것들을 까맣게 염색해서 입고 다녔다. 또한 미군 군화도 까맣게 물들여 신고 다니는 것이 대학생들 사이에서 인기였다. 한편 여학생들은 대개 저고리에 통치마 한복차림이었으나, 옷감의 질은 학생 각자의 경제 형편에 따라 천차만별이었다. 그러자 이러한 빈부의 격차를 막는 동시에 학생들의 동질감을 함양하기 위한 목적에서 다시 일제강점기와 마찬가지로 교복이 생겨나게 되었다.

서울대학교에서도 개교 직후 교복이 교모와 함께 생겨났다고 하나, 정확한 시기는 알 수 없다. 주지하는 바와 같이, 서울대학교는 1946년 8월 22일 공포된 '국립서울대학교 설립에 관한 법령'에 의거, 1946년 10월 개교했다. 당시는 9개 단과대학과 1개 대학원으로 편성되어 있었다. 9개 단과대학은 문리과대학(해방 이전의 경성제국대학 법문학부 문과계통과 이공학부 이과계통의 통합), 법과대학(경성제국대학 법문학부 법과계통과 경성법학전문학교의 통합), 공과대학(경성제국대학 이공학부 공과계통과 경성공업전문학교 및 경성광산전문학교의 통합), 의과대학(경성제국대학 의학부와 경성의학전문학교의 통합), 농과대학(수원농림전문학교의 개편), 상과대학(경성경제전문학교의 개편), 치과대학(경성치과의학전문학교의 개편), 사범대학(경성사범학교와 경성여자사범학교를 통합 개편), 예술대학(미술부와 음악부의 신설)이었다.

개교 때 문리과대학 철학과 교수가 되었다가 1948년 8월 15일 대한민국 정부를 수립할 때 초대 문교부장관(현재 교육부장관에 해당)이 되었던 안호상(安浩相, 1902~1999) 박사의 『한뫼 안호상 20세기 회고록』(서울 : 민족문화출판사, 1996)을 보면, "의복에서 빈부귀천이 두드러지면 갈등이 생기게 마련"이어서 자신이 교복의 제정을 주장했다고 한다. 그러면서 독일 유학파인 그는 "교복이 없는 독일의 자유스러움을 사랑하지만, 해방정국의 서울대에서 좌익의 발호를 막는 데도 교복이 필요했고, 실제로 어느 정도 효과를 가져왔다"고 회고한 것을 볼 때, 교복은 학생들의 빈부귀천을 막는다는 대외적 목적 이외에 또한 다른 목적들도 있었던 것 같다.

하지만 서울대학교가 언제부터 학생들에게 교복을 입히기 시작했는지는 정확히 알 수 없다. 그러나 1949년 9월 이후에는 전교생이 거의 모두 교복을 착용한 것은 틀림없다. 당시 이승만 정부는 1949년 9월 '학도호국단'이란 전국적 학생조직을 결성하여 학생들의 사상통일과 단체적 훈련을 강화하면서 단원들은 반드시 교복을 입도록 함으로써, 각 대학의 교복은 곧 학도호국단 단복이 되었기 때문이다.

이렇게 되자 자연히 교복을 지을 옷감(당시는 흔히 일본말로 '기지'라고 불렀다)의 수요가 증대되었다. 그러자 정부는 해방 후 첫 가동한 경남의 밀양모직회사를 교복 옷감 생산업체로 지정하여 교복 옷감을 대량적으로 생산케 하는 동시에 섬유 산업의 발전을 꾀했다. 그러나 당시 우리나라의 방적(紡績)과 방직(紡織) 산업의 수준은 아직 낮아서 교복 옷감의 질도 많이 떨어진데다가 값도 비싸서, 미군(美軍)에서 흘러나오는 군복을 사서 그것을 염색해서 교복으로 지어 입었다고 한다. 그러나 1960년 3월 25일경 내가 처음 입어 본 교복의 옷감은 국산이었으나, 질이 좋았고, 무엇보다도 아주 질겨서 대학 4년 동안 거뜬히 입을 수 있었다.

내가 입은 서울대 교복은 1955년도 개정 교복

친구 차배근은 교복 입은 모습도 멋지다. 그래서였을까? 그는 모교 서울대학교에 언론학과를 개설하고 권위 있는 교수가 되었다.

그간에 교복의 질뿐만 아니라, 디자인 모양도 바꾸었다고 하는데, 현재 서울대학교 의과대학 의학박물관에 가 보면 여러 가지 디자인의 서울대 교복들이 진열되어 있다. 그중에는 내가 입었던 것과 똑같은 디자인의 교복도 있다. 이 교복의 디자인은 1955년에 두 번째로 개정한 것으로, 10년 넘게 사랑을 받으며 서울대학교 역사상 가장 오래도록 입히면서 서울대 교복의 상징이 되다시피했다고 한다. 그러고 보니, 1960년 3월 내가 처음 입었던 교복은 바로 1955년에 개정된 자랑스러운 디자인의 교복이었다는 말이다. 그러나 여학생 교복은 1957년 3월에 개정했다고 하는데, 내가 대학에 다닐 때, 입학식 날을 제외하고서는 교복을 입은 여학생은 거의 본 적이 없다. 그러므로 여기서는 남학생 교복에 관해서만 간단히 이야기하고자 한다.

1955년 개정된 서울대 남학생 교복의 디자인은 당시 중앙학도호국단의 건의에 따라 문교부(현 교육부)가 서울대학교에서 채택토록 권고한 것이라고 한다. 그 권고 사항에는, 교복의 형태는 반드시 '쓰메 에리형'(이는 일본말로, 옷깃을 세운 것으로, 영어로는 stand-up collar라고 하며, 우리말로는 '선 깃'이라고 한다)으로 하고, 옷감은 '반드시 견실 검소한 국산품'을 쓰라는 것이 포함되어 있었다고 한다. 그래서 이러한 권고 사항을 고려해서 1955년 교복을 개정했는데, 개정 교복의 주요 특징으로 이민정, 이경미, 이민선 교수는 "한국 대학 교복 변천에 대한 연구"라는 논문에서 아래와 같은 점들을 들었다.

가슴 양쪽의 주머니는 일본 국민복 갑호(甲號)의 세로로 된 주머니에서 착안하여 입술 주머니와 지퍼로 처리하였고, 지퍼 손잡이로 구리소재 둥근 고리를 달았다. 앞여밈에는 다섯 개의 단추를 달

앉고, 깔끔하게 보이도록 속단추로 처리하였다. 하단 양쪽 주머니는 플랩 주머니(flap pocket)로 입술단 처리를 하였으며, 뒤트임은 없었다. 색상은 감색이며, 왼쪽 소매 상단에 방패 형상 안에 국립서울대학교를 의미하는 한글 문양이 수놓인 소매장을 부착하였다. 왼쪽 가슴 세로 주머니 위에는 배지(badge)를 달았다. 배지에는 각 단과대학의 이름을 새겼다. 교모는 베레모에 모표를 붙여 사용하였고, 착용 시 모표를 왼쪽 눈 위로 오도록 돌려 착용하였다. 개정된 서울대학교 교복은 "선깃"형태의 학생복과 국민복을 참조하고, 당시 유행했던 양복의 디테일을 접합시킨 독특한 양식이었다(이민정, 이경미, 이민선, "한국 대학 교복 변천에 대한 연구 : 서울대학교를 중심으로," 「복식」 제70권 2호, 2020년 4월, 175쪽).

이와 같이 이민정 교수 등은 말하면서, 1955년 개정 교복은 그 이전 교복과는 디자인이 사뭇 달랐다면서, "개정 교복은 학도호국단에서 결의된 제복으로 전후 재건에 적합한 밀리터리(military) 양식이 반영됐음을 눈여겨볼 필요가 있다"고 했다고 부언했다. 그렇지만 "1955년 양식의 서울대 교복은 6.25 동란 이후에 갑자기 제정된 스타일이라기보다 1949년부터 있어 온 간소화 운동의 영향으로서, 엘리트 의식은 많이 내려놓으면서도, 멀리서 세로형의 가슴 지퍼 양식만을 보아도 서울대 학생이란 자긍심을 불러일으킬 수 있는 세련된 디자인인 것 같다"고 설명했다.

서울대 교복에다가 서울대 배지 달고 으스대기도

위와 같이 이민정 교수 등은 서울대 교복을 소개하면서 또한 소매에 붙였던 소매장과, 가슴에 달았던 배지에 관해서도 간단히 소개해 놓았다. 그러면서 "교복 왼쪽 소매 상단에는 방패 형상 안에 국립서울대학교를 의미하는 한글 문양이 수 놓인 소매장을 부착하였다"고 했는데, 이에 약간의 토(吐)를 단다면, 소매장은 군부대 마크와 비슷한 것이었다. 하지만 군부대 마크는 어깨와 맞닿는 팔뚝 상단에 붙였으나, 서울대의 소매장은 팔뚝 중앙에 붙였는데, 이는 학생들이 사서 붙이는 것이 아니라, 교복에 미리 달려 있었다. 이러한 소매장은 이민정 교수 등도 말했듯이, 방패형의 형상 안에 국립서울대학교의 한글 이니시얼(initial)인 ㄱ, ㅅ, ㄷ자를 금실로 수 놓았다. 이들 한글 자음은 세로로 배열해 놓았는데, 그 순서가 ㄱ과 ㅅ 사이에 ㄷ를 넣은 형태였다. 그래서 이것이 혹시 공, 산, 당의 첫 자들이 아니냐고 우리 신입생들이 농담했던 기억이 난다.

다음으로 배지는 왼쪽 가슴 세로 주머니 위에 달았다. 이는 요즘도 이곳저곳에서 흔히 보이는, 심지어는 서울대학교 의과대학 출신 의사들의 병원 앞에 그려 놓은 서울대 마크와 똑같은 것이었다. 그러나 마크 가운데 각 단과대학 이름, 예컨대 문리대, 법대, 사대 등의 글자가 새겨져 있었다. 서울대 마크는 서울대의 문장(紋章) 즉 서울대를 나타내는 상징적 표지로서, 월계관에 펜과 횃불을 X자 형태로 서로 걸쳐 놓고, 그 안에 책을 펼쳐 놓은 형상인데, 월계관은 경기에서의 승리나 학문 등의 업적에서 명예와 영광을 상징하는 것이라고 입학식 날인가, 오리엔테이션 때 들었다. 그리고 펜과 횃불은 지식의 탐구를 통해 겨레의 길을 밝히는 데 앞장서겠다는 의지를 나타내는 것이라고 했다. 이러한 뜻의 마크 안에 펼쳐있는 책에는 'VERITAS LUX MEA'라는 문구가 적혀있는데, 이는 라틴어로 "진리는 나의 빛"이라는 말이다.

"교모는 베레모에 모표를 붙여 사용하였고, 착용 시 모표를 왼쪽 눈 위로 오도록 돌려 착용하였다"고 이민정 교수들이 말했으나, 내가 교모를 써 본 것은 입학식 날 불과 두서너 시간뿐이었으며, 다른 학생들도 교모를 쓰고 다닌 것을 거의 본 적이 없다. 그러다가 1962년 대학 ROTC가 생기면서 그 후보생들이 쓰고 다니는 것은 많이 보았다.

맨 처음 교복을 사 입고, 가슴에 배지를 달고, 시내버스를 타자, 안내양이 부러운 듯 쳐다보는 것 같아 기분이 우쭐하여 으스대기도 했다. 그러나 대학입학 후, 난 교복을 잘 입지 않았다. 그건 내가 대학생이 되면 꼭 입어보고 싶은 것은 제복(制服)이 아니라, 어른들이 입는 양복에다가 넥타이를 매보는 것이었기 때문이다. 그래서 난 대학생이 되자, 주로 형의 양복을 얻어 입고 학교에 다녔다. 당시 나는 양복 중에서도 일본말로 '가타마에'(片前)라고 부른 것, 즉 양복저고리 섶을 조금 겹치게 하고, 단추를 외줄로 단 것보다는 '료마에'(兩前)라고 부른 것, 즉 양복저고리의 섶을 서로 깊이 겹치게 하고, 저고리 앞면에는 단추를 두 줄로 단 양복을 선호했다. 그리하여 난 이런 양복을 입고 다방이나 술집을 출입하며 어른 행세를 했는데, 지금 생각해 보면, 참으로 유치찬란한 행동으로, 그야말로 "삶은 소대가리가 웃을 노릇"이었다.

하필이면 만우절 날 입학식, 교가 배운 생각 밖에 안나

드디어 입학식 날이 왔다. 그날이 하필이면, 가벼운 거짓말로 남을 속이며 장난치는 만우절(萬愚節) 날이었다. 그땐 4월 1일이 새 학년, 새 학기가 시작되는 첫날이었기 때문이다. 63년 전 일인지라 몇 시부터 입학식이 열렸는지 통 기억나지 않는다. 하지만 그날의 여러 가지 정황으로 미루어 볼 때, 아마도 오후 1시부터였던 것 같다. 그러나 신입생은 모두 반드시 교복과 교모를 착용하고 12시까지 집합하라는 사전의 지시에 따라 집합 장소로 갔다.

집합 장소는 당시 서울대학교 본부와 문리과대학이 있던 동숭동(지금의 대학로)의 서울대 대운동장이었다. 운동장에는 3천여 명의 신입생들이 12개 단과대학별로 도열(堵列)했다. 조금 있더니, 교수로 보이는 남자가 운동장 교단(校壇)으로 위로 올라가서 말하기를, 지금부터 서울대학교 교가(校歌)를 가르쳐주겠다면서 한 소절 한 소절을 따라 부르게 하였다. 그때 배웠고, 그 뒤에도 여러 번 불렀지만, 노랫말이 일부는 생각났으나, 2절까지 모두는 잘 생각나지 않아, 이 글을 쓰면서 인터넷 포털사이트에서 찾아보았더니 아래와 같았다.

제1절 : 가슴마다 성스러운 이념을 품고 / 이 세상의 사는 진리 찾는 이 길을 / 씩씩하게 나아가는 젊은 오뉘들 / 이 겨레와 이 나라의 크나큰 보람 / 뛰어 나는 인재들이 다 모여들어 / 더욱 더욱 융성하는 서울대학교

제2절 : 단일해 온 말을 쓰는 조촐한 겨레 / 창조하기 좋아하는 명

석한 머리 / 새 문화와 새 생명을 이루어 가며 / 즐겨하고 사랑하는 우리의 조국 / 뛰어 나는 인재들이 다 모여 들어 / 온 누리에 빛을 내는 서울대학교

이 노래는 이병기(李秉岐, 1891~1968) 선생이 작사하고, 현제명(玄濟明, 1902~1960) 선생이 작곡한 것이다. 작사가 이병기는 저명한 시인이자 국문학자로, 해방 직후부터 서울대학교 문리대학 교수로 봉직하였다. 작곡가 현제명은 해방 이후인 1946년 2월 경성음악전문학교를 설립하고, 교장으로 봉직하다가 그해 8월 경성음악전문학교가 서울대학교 예술대학 음악학부로 편입되면서 초대 음악부장을 맡았다가 1952년 학장이 되었다.

위와 같은 교가를 배운 생각은 나지만 막상 입학식 자체에 관해서는 전혀 생각나지 않는다. 입학식의 식순(式順)은 어떠했으며, 누가 어떤 내용의 축사를 했는지 등은 통 생각나지 않는다. 당시 총장은 윤일선(尹日善, 1896~1987) 박사였으니까, 그가 신입생들에게 격려의 말을 했음은 틀림없을 터인데도 그 내용은 고사하고, 총장이 말씀을 하셨는지, 아니 하셨는지조차 생각나지 않는다. 그건 혹시 내가 치매에 걸렸기 때문은 아닐까?

공부보다 농촌계몽과 개똥철학에 심취

대학 1-2학년 시절

입학식 다음날, 그러니까 단기 4293년 4월 2일, 각 단과대학별로 오리엔테이션(orientation)이 있었다. '오리알테이션?' 난생 처음 들어보는 말인지라 그 뜻도, 발음도 정확히 몰랐다. 사범대학 신입생 '오리엔테이션'은 본관 교사(校舍) 뒤편에 있던 강단에서 열렸다.

4월 2일 사범대학 강단에서 신입생 오리엔테이션

당시 사범대학 학장은 영어과의 이종수(李鍾洙) 교수였다. 짧달막한 키에 대머리가 훌렁 벗겨진 것(실례)이 인상적이었다. 이건 나중에 안 사실이지만, 그는 1906년 평양에서 출생으로 1929년 경성제국대학(현 서울대학교 전신) 법문학부(영어영문학 전공)를 졸업하고, 동광잡지사와 조선일보사 기자, 경성사범학교 교사 등을 역임하다가 해방 이후 1946년 서울대학교 사범대학 교수로 부임하였다. 그땐 전혀 몰랐으나, 내가 몇 년 전 우리나라 전통신문인 「조보」(朝報)에 관한 연구를 하다 보니, 이종수 교수가 우리나라 신문·잡지의 발달사(發達史)에 관한 논문을 일찍이 1930년대에 세 편이나 쓴 것을 보고 새삼 놀랐다. 그러면서 그 교수님을 우러러보게 되었는데, 난 그가 유명한 영문학자이라는 것만 알았기 때문이다. 참고로 그가 쓴 논문 제목을 소개해 보면 다음과 같다. ① "조선신문사(朝鮮新聞史) : 사상변천을 중심으로," 「동광」 제28호, 1931년 11월

호, 69-75쪽; ② "조선잡지발달사," 「신동아」 제4권 6호, 1934년 6
월, 68-72쪽; ③ "조선잡지발달사," 「조광」 제2권 12월호, 1936년
12월, 122-136쪽.

　이종수 학장의 말씀에 이어, 훤칠한 키에 안경을 낀 교무과장 윤
태림(尹泰林) 교수가 강단에 올라와서 학점제와 학점 평가, 수강 신
청 방법 등에 관하여 자세히 설명해 주었다. 당시는 '교무과장'이라
고 불렀으나, 1980년대에는 '교무담당학장보'가 되었다가 요즘은 '교
무담당부학장'이라고 부른다.　당시 사범대학 교무과장 윤태림 교수
는 1908년 서울에서 출생하여, 경성제일공립보통학교(현 경기고등
학교)를 졸업하였다. 1928년 경성제국대학 예과를 수료하고, 법문
학부 철학과에 입학하여 심리학을 전공하였다. 1931년 3월 졸업 후
법학과에 재입학하여 1935년 3월 졸업하였다.

　1938년 황해도 내무부 사회과 지방서기로 임용되어, 사회서기로
근무하면서 1940년 1월 친일단체인 녹기연맹(綠旗聯盟)에 가입했
다. 당시 그가 창씨개명한 일본식 이름은 '이토 타이린'(伊藤泰林)
이었다. 이러한 이토 타이린은 1941년 황해도 내무부 사회과에서
근무 중이던 10월, 일본 고등문관시험 행정과(오늘날의 행정고시)
에 합격, 1943년 8월 황해도 금천군수로 부임해서 해방될 때까지
재직했다.

　해방 후, 1945년 11월 경성지방법원 사법관시보에 임명된 후,
1946년 서울지방법원 검사대리, 1948년 11월 서울지방검찰청 검사
로 근무하다가 1952년 서울대학교 사범대학 교수가 되었다. 이런
사실을 요즘 우리나라 좌파인사들이 알면, "도대체 저런 친일 토착
왜구가 어찌 서울대 교수가 되었느냐?" 길길이 날뛸 것이다. 그러나

윤태림 교수는 이종수 교수에 이어 사범대학장이 되었으며, 1963년부터 1964년까지는 문교부 차관을 역임했다. 1962년 5·16 군사정변 이후 군사정부가 우수인재들을 영입할 때 발탁되었기 때문이다. 윤태림 교수는 1965년 서울대학교에서 철학박사 학위를 받았는데, 그가 학위청구논문으로 제출했던 『한국인의 성격』은 그 뒤 단행본으로 출판되어 베스트셀러가 되었다.

동기생들과 통성명 뒤에는 으레 담배 권하는 것이 관례

오리엔테이션이 끝나고 강단 밖으로 나와서 비로소 같은 우리 학과 신입생끼리 얼굴을 대할 기회가 생겼다. 그러자 서로 통성명(通姓名)이 시작되었다.

"저는 아무개입니다. 앞으로 잘 부탁드립니다."

이런 자기소개가 끝나면 나면, 즉시 서로 다투어 담배를 권했는데, 거기에도 예절이 있었다. 그건 담뱃갑에서 권련 한 개비를 반쯤 빼어놓은 다음, 담뱃갑 전제를 상대방에게 공손하게 내미는 것이었다. 상대방이 담뱃갑에서 반쯤 나온 권련 한 개피를 뽑아 들면, 담배를 권한 사람이 주머니에서 얼른 성냥갑이나 미군용 라이터를 꺼내 불을 켜서 상대방이 들고 있는 담배 개피에 불을 붙여 주었다. 당시 미군용 라이터는 귀한 물건이었는데, 크기가 4×6×1.5 센티미터의 직사각형으로 하얀 금속으로 만들었다. 윗부분에는 뚜껑이 달려 있었는데, 그걸 손가락으로 철컥하고 제치면 그 안에 불이 붙는 심지가 있고, 그 옆에는 점화용 조그만 도르래가 있어 그것을 엄지손가락을 확 돌리면 심지에 불이 붙었다. 연료는 요즘처럼 가스가 아니고, 휘발유여서 가끔 라이터 밑구멍 기름통에 휘발유를 주입해야 했다.

당시는 상대방이 담배를 권하면 무조건 받아야 했다. 만약 받지 않고 사양하면, 그건 상대방을 무시하는 것으로 대단한 결례였다. 그래서 나도 누가 담배를 권하면 무조건 받아 물었으나, 가끔은 욕지기가 나서 그걸 참느라고 애썼던 기억이 난다. 난 현역으로 대학에 들어갔는데, 그때까지 담배를 피워본 적이 없는 범생(ㅋㅋ)이었기 때문이다. 다만 고3 때 담배 몇 개피를 피운 적은 있다. 그땐 지금의 파고다공원 정문에서 왼쪽으로 50미터쯤 가면 담장과 붙어서 종로도서관이 있었다(1968년 8월 사직공원으로 이전). 방과 이후 이 도서관에 다녔는데, 내 악동 친구와 화장실에 같이 가면, 그가 '사슴'이라는 10개피 들이 담뱃갑에서 담배를 한 개피 꺼내 나에게 권하곤 했다. 그러면 그걸 받아서 피우곤 했는데, 그땐 고등학생이 흡연하는 것은 마치 요즘 대마초를 피우는 것처럼 금기시(禁忌視)했다. 그래서 난 흡연의 유혹을 뿌리치는 방법의 하나로, "내가 담배를 또 피우면 대학에 떨어진다"는 최후의 비상한 방법을 채택해서 담배를 더 이상 피지 않았다. 그러나 대학에 들어와서는 학우들의 권유에 따라 흡연을 시작, 65세까지 담배를 피다 말다했는데, 난 그때까지 '뻐끔 담배'인지라 공연히 생담배 연기만 뿜어낸다고 주위 사람들의 면박을 받기도 했다.

그날이 바로 오리엔테이션 날이었는지, 아니면 다음 날이었는지 전혀 생각나지 않는다. 그러나 좌우간 우리 국어과 신입생들의 단체 상견례 날이었다. 한 사람씩 걸상에서 일어나 자기소개를 하고, 무언가 한 마디씩 피력했다. 드디어 내 차례가 오자, 난 걸상에서 일어

나서 내 이름을 소개한 뒤, 이렇게 한마디했다.

"우리가 앞으로 4년 동안 같이 지내자면, 누구의 배꼽이 어디 붙였는지도 모두 알 수 있으니, 이제부터는 서로 아무것도 숨기지 말고 톡 까놓고 지냅시다."

동기생들은 배꼽을 잡았고, 그 후 내 별명은 '거배꼽'이 되었다. 왜 '차배꼽'이 아니고, '거배꼽'이냐고 물었더니, '차씨'에서 차(車)자는 '차'와 '거'로 소리 나는데, '커다란 기차'보다 '조그만 자전거'가 더 귀여운 생각이 들기 때문이라는 것이다. 그래서 프랑스어에서도 애칭에는, 예컨대 '쁘띠'(petit)라는 축소어미를 붙이고, 독일어에서는 '클라인'(klein)이라는 축소어미가 붙는다는 것이다. 꿈보다 해석이 좋았다. 그러나 어찌 됐건 내 별명은 '거배꼽"이 되었으나, 이 말이 좀 쌍스럽다고 생각했던지, 여학생들은 나를 '거배근씨'라고 불렀다.

개강 이후 겨우 보름만에 4.19혁명 일어나

4월 3일부터 수업이 시작되었다. 그러나 바깥세상과 학교 분위기는 뭔가 어수선하였다. 지난 3월 15일 저녁 경상남도 마산에서 시작된 3.15 대통령부정선거에 대한 규탄시위가 점차 전국적으로 확산되어 나갔다. 그러자 이를 이승만정권은 무력으로 억눌렀으며, 이는 국민들의 분노를 더욱 분출시켰다. 드디어 서울에서도 4월 18일, 고려대학교 학생들이 3.15부정선거를 규탄하는 시위를 시내에서 벌였다. 저녁때 시위를 끝내고 집으로 돌아가는데, 정치깡패들이 시위 학생들을 습격, 구타하여 많은 학생들이 부상당했다.

4월 19일 아침 등교했더니, 운동장에 학생들이 운집해 있었다. 다가가 보니 3, 4학년생으로 보이는 한 학생이 큰소리로 무언가 기염을 토하고 있었다. 가만히 들어보니 그 전날 고려대학교 학생의 시위에 관하여 말하며, 우리도 시위를 벌여야 한다는 것이었다. '찬성'이라는 함성이 터졌고, 주도 학생들의 지휘에 따라 학생들은 대오를 짓기 시작했다. 나도 책가방을 지정해 준 자리에 내려놓고, 학생들의 대오 끝에 섰다. 선두의 대오가 움직이기 시작하여 교문을 나서서 종로 방향으로 뛰기 시작했다. 누가 선창했는지는 알 수 없으나, 모두가 우렁차게 '전우야 잘 자라'는 진중(陣中) 가요를 부르기 시작되었다. 나도 뛰면서 따라 불렀다.

전우의 시체를 넘고 넘어 앞으로 앞으로 / 낙동강아 잘 있거라 우리는 전진한다 / 달빛 어린 고개에서 마지막 나누어 먹던 / 화랑담배 연기 속에 사라진 전우야 / 노들강변 언덕 위에 잠들은 전우야 / 흙이 묻은 철갑모를 손으로 어루만지니 / 떠 오른다 네 모습이 꽃같이 별같이 …

이 노래는 유호(俞湖)가 작사하고, 박시춘(朴是春)이 작곡한 것이었다. 이들 두 사람이 9·28 수복 직후 명동에서 우연히 만나 하룻밤 새에 만들었다는 일화가 있다. 당시 박시춘은 육군 군예대 제2중대 책임자였기 때문이었는지, 아무튼 이 노래는 즉시 군대와 공연 등을 통해 널리 알려지며 인기를 얻어 온 국민의 애창곡이 되었다.

4.19날 경무대 앞까지 갔다가 총소리에 놀라 귀가

우리 사범대학 시위대가 노래를 부르며 동대문을 거쳐 종로에 이르자, 다른 대학 시위대들도 노래를 부르며 광화문 방향으로 내달았다. 고등학생 시위대도 보였다. 대광(大光) 고등학교 학생들로 기억된다. 우리 사범대학 시위대가 종로통을 거쳐 광화문 네거리에 이르자, 선두가 오른쪽 중앙청(현 경복궁 광화문 자리에 있던 우리나라 정부청사) 쪽으로 방향을 틀었다. 현재 광화문 광장 일대는 시위대들로 인산인해를 이루고 있었다. 중앙청 앞에서 우리 사범대학 시위대는 다시 왼쪽으로 방향을 틀어 약 1백 미터를 가다가 이번에는 오른쪽으로 방향을 틀어 효자동 길을 따라 경무대(景武臺: 당시 대통령관저, 현 청와대의 옛 이름) 방향으로 전진했다.

효자동 도로는 시위 군중들로 발 디딜 틈 없이 꽉 차서 더 이상 한 발짝도 앞으로 내딛기 힘들었다. 두어 시간 만에 겨우 2백여 미터를 전진하여 국민대학 앞에 이르렀을 때, 경찰이 갑자기 최루탄을 쏘기 시작했다. 그땐 그것이 최루탄인지도 몰랐다. 그저 눈이 따가우면서 눈물이 주체하지 못할 정도로 흘러내렸다. 다른 사람들을 따라 나도 도로 옆 민가로 들어가서 수돗물에 눈을 씻었다. 그러자 눈이 더욱 쓰리고 아팠다. 이때 민가 주인이 우리를 보고, "데모는 하지 않고, 여기에서 무얼하느냐"고 꾸짖으며 빨리 나가 데모를 하라고 했다. 나중에 생각해 보니 이것이 당시 민심이었다.

민가에서 쫓겨난 나는 다시 길거리로 나와 시위대 물결에 합류하여 한 발짝 두 발짝 경무대를 향했다. 그때 갑자기 '따다다'하는 총소리가 들리면서 시위 군중들이 일제히 길바닥에 엎드렸다. 나도 엉겁결에 아스팔트 위에 납작 엎드렸다가 잠시 뒤 고개를 들어보니, 방금 전까지 시위대로 꽉차서 한 치 앞도 보이지 않았던 도로가 순식간에 훤하게 비어서 저 멀리 경무대 정문까지도 보였다. 조금 뒤 총소리가 멎자 사람들이 일어서면서 아우성을 치기 시작했다. 총 맞은 사람들을 시위대 일부가 둘러메고 광화문 방향으로 내 달았기 때문이다.

난 갑자기 겁이 덜컹 나서 효자동 길을 빠져나와 광화문 네거리 방향으로 발걸음을 옮겼다. 나처럼 효자동을 벗어나서 흩어지는 사람들이 많았다. 내가 지금의 세종문화회관 앞쯤에 이르니, 건너편, 그러니까 지금의 교보문고 앞길에서 지프차가 불타면서 시커먼 연기를 하늘로 내뿜었다. 내 옆에서 웅성거리는 사람들의 말을 가만히 엿들어보니, 그건 서울신문사 지프차라는 것이었다. 아마도 누군가가 일부러 불을 질렀던 것 같은데, 당시 서울신문은 자유당 정부의 대표적 어용지로 많은 국민들의 지탄을 받고 있었다. 일부 청소년들이 지붕 천막을 벗긴 지프차들에 가득 타서, 무언가를 소리를 치며 광화문 광장을 신나게 돌아다니며 야단법석을 쳤다. 나중에 들어보니 이들은 구두닦이, 신문팔이 등의 소위 '양아치'들이었다고 했다.

저녁때가 가까워지자, 광화문통의 시위군중과 구경꾼들은 거의 흩어졌고, 나도 집으로 발걸음을 돌렸다. 지금 충무공 동상 앞 횡단도로를 건너는데, 팔뚝에 '치안대'라는 완장을 찬 사람들이 보였다. 그중에 내가 아는 사범대학 학생이 보였다. 인사를 건넸더니, 양아치 등이 질서를 너무 어지럽혀서 그걸 막기 위하여 대학생들이 '치안대'를 꾸려 과격한 행동 등을 말리는 중이라는 것이었다. 그러나 난 이러한 치안대에 끼지 않고 집으로 돌아오고 말다.

3.15부정선거에 대한 규탄시위는 반정부 시위로 번져

4월 20일 아침 일어나서 조간(朝刊) 신문을 보니, 어제 경찰이 시위대를 향해 실탄을 발사하여, 하층 노동자 61명, 고등학생 36명, 무직자 33명, 대학생 22명, 국민(초등)학생과 중학생 19명, 회사원 10명, 기타 5명 등 모두 186명이 사망했으며, 그 밖에 부상자도 6,026명이나 된다고 보도했다. 이런 유혈사태를 계기로 3.15부정선거에 대한 국민들의 항의시위는, 곧 이승만 독재 정권 타도 시위로 번져 나갔다. 이러한 사태를 모면하기 위하여, 이승만 대통령은 계엄령을 선포하고, 국무위원 전원을 경질하고, 이기붕의 부통령 당선을 취소하고, 구속 학생 전원을 석방하는 등의 조치를 취했다.

계엄령이 내리자 모든 학교의 문이 닫히고, 학생들의 출입이 금지되었다. 자연히 우리 대학도 휴강에 들어갔다. 그러자 난 집에서 빈둥거리고 놀면서, 가끔 교복이 아닌 평복을 입고 시내로 시위 구경을 다녔다. 난 시위에 적극 참여할 마음도 나지 않았지만, 당시 난 풋내기 신입생인지라 아는 선배도 없어 나에게 시위 참여를 권유하는 사람도 전혀 없었기 때문이다.

국민들의 반정부 시위는 점차 격화되었고, 드디어 4월 26일 이승만 대통령은 "국민이 원하면 대통령직을 사임하겠다"는 하야성명을 발표하고, 경무대를 떠나, 당신의 개인 사저였던 이화장(梨花莊)으로 거처를 옮겼다. 이렇게 되자, 당시 외무부장관 허정(許政)을 수반으로 하는 과도정부가 수립되었고, 대학의 문도 다시 열려 수업이 재개되었다.

손중근 선배의 죽음과 그에 대한 슬픈 추억

4월 27일이었는지, 아니면 그 이튿날인지 정확히 기억나지는 않지만, 어떻든 오랜만에 다시 학교에 등교해 보니, 온통 손중근 선배의 죽음에 관한 이야기였다. 4.19일 경무대 앞 시위 때, 모두 6명의 서울대생들도 희생되었다. 이들은 문리과대학 수학과 3학년 김치호, 미술대학 응용미술학과 고순자, 법과대학 1학년 박동훈, 상과대학 3학년 안승준, 그리고 사범대학 국어과 4학년 손중근과 체육과 3학년 유재식이었다.

비록 불과 몇 교시이긴 했지만, 손중근 선배는 우리 신입생들과 함께 '국어학개설'(?)이라는 과목을 수강했다. 당시 이 과목은 이탁(李鐸) 교수님이 가르쳤는데, 그는 독립군 출신으로 1919년 3·1운동이 일어나자 만주 집안현(集安縣)으로 건너가 북로군정서(北路軍政署) 사관연성소(士官鍊成所)를 졸업하고 그해 10월 청산리전투에 참가했던 분으로 키가 상당히 크셨다. 이러한 이탁 교수가 '국어학개설' 과목의 첫날 강의 시간에 수강생들의 출석을 부르다가, 손중근 선배의 차례가 되자, 그를 보면서 이렇게 말씀하셨다.

"저거 4학년 손중군 아니여? 왜 1학년 과목을 또 듣는고?"

이런 선생님의 말씀에 우리는 웃으며 그를 돌아다 보았다. 그래서 그의 얼굴을 알게 되었다. 그가 1학년 '국어학개설'과목을 또 수강하게 된 것은 아마도 1학년 때 C학점을 받아서 재수강을 하게 되었던 것 같다. 당시는 어떤 과목에 C 학점을 받으면 다시 수강해서 점수를 올릴 기회를 주었다. 그러나 아무리 시험을 잘 봐도 A학점은 주지 않았다.

4.19 이후 수업이 재개된 뒤 그 어느 날, 우리 국어과에서는 선배들의 주관으로 손중근 선배에 대한 추모 행사가 열렸다. 그날 손중근 선배가 그간에 써 놓았던 유고도 몇 편 등사해서 재학생들에게 나누어 주었다. 그중에는 내가 아직도 기억하는 수필 한 점이 있었다. 글 제목은 잊었지만, "첫 눈이 하얗게 내린 눈밭을 어떤 사람이 가로질러 마구 짓밟고 간 발자국들을 보면, 마치 내가 사랑하는 여인의 처녀성을 짓밟은 것처럼 느껴져서 부아가 치민다"는 요지의 내용이었다. 이러한 손 선배 의 글을 읽은 이후, 나는 이제까지도 아무도 밟지 않은 처녀 눈밭을 보면, 가운데로 마구 질러가지 않고 가장자리로 돌아서 가곤 한다.

첫날 데모에는 참여했지만 난 부끄러운 4.19세대

난 명색이 4.19세대이다. 그러나 4.19 이야기만 나오면 나도 모르게 주눅이 들곤 한다. 4.19세대들이 무용담이나 영웅담을 늘어놓을 때도 그렇지만, 특히 누가 나를 '4.19세대'로 치켜세울 때는 쥐구멍에라도 들어가고 싶은 심정이다.

비록 4.19날 경무대 근처까지 간 것은 사실이지만, 그건 '쳐들어간 것'이 아니라, 시위대 물결에 밀려들어갔던 것이었다. 또한 시위 도중에 최루탄을 맞고 대열을 이탈해서 민가에 들어가서 물로 눈을 씻었다. 또한 총에 맞아 죽은 사람들의 시체를 시위대들이 둘러메고 뛰는 것을 보고, 나는 은근히 겁이 나서 시위 현장을 빠져나와 집으로 돌아왔기 때문이다.

그게 언제였고, 어떤 제목의 연극이었는지는 전혀 생각나지 않는다. 그러나 주요 스토리는 기억나는데, 주인공이 전쟁에 나가 총상을 입고 제대하고 돌아오자, 그를 마을에서 전쟁영웅으로 떠받들었다. 그러나 그는 적(敵)을 향해 용감하게 돌진하다가 앞가슴에 적군의 총을 맞은 것이 아니라, 도망치다가 등에 총을 맞은 것이었다. 그래서 그는 동네 사람들이 그를 전쟁영웅으로 떠받을 때마다 심적으로 괴로워하는 고뇌를 그린 것이 바로 그 연극이었다.

학도호국단 해체, 어용교수 축출운동 등이 캠퍼스 뒤흔들어

4.19혁명은 일단 끝났으나 대학 캠퍼스는 계속해서 어수선하기만 했다. 4월 30일 공과대학과 상과대학 학생총회에서 학도호국단의 해체를 주장하고 나서자, 이를 다른 단과대학들도 뒤따랐다. 학도호국단은 학생층의 유기적 조직으로, 사상통일과 단체적 훈련을 강화하기 위하여 1949년 9월 조직되었던 학생단체였다. 학생뿐 아니라, 문리과대학과 법과대학 교수들도 학도호국단 폐지를 요구하자, 당시 과도정부(수반은 허정)는 5월 3일 국무회의 의결을 거쳐 학도호국단을 해체하고, 그 대신 학생들이 자치적으로 학생회를 조직하도록 허용했다.

이렇게 학도호국단 해체문제가 일단락되자, 5월 4일 상과대학 학생들이 학생총회를 개최하고 "곡학아세(曲學阿世)하여 학자적 양심을 상실한 사이비교수를 배척한다"는 결의안을 내고, 6일부터 맹휴(盟休) 즉 동맹휴업에 들어갔다. 이를 뒤따라 문리과대학, 법과대학, 미술대학 등에서도 "어용교수는 자진 사퇴하라"면서 동맹휴업에 참여했다. 그러면서 각 단과대학에서 어용교수축출 운동이 벌어졌다.

내가 다닌 사범대학에서도 어용교수축출 운동이 일어났으나 맹휴에
는 들어가지 않았다. 그렇지만 우리 국어과에서도 학생들이 젊은 교
수 한 분을 지목하여 축출하자고 했다. 그러나 어떤 용감한 학생이
일어나서 "그 선생님이 너무 엄격하여 학생들의 미움을 사고 있는
것은 사실이지만, 그가 어찌 어용교수냐"고 따지자, 그 선생님에 대
한 축출 움직임은 슬며시 고개를 숙이고 말았다.

학도호국단이 해체된 이후, 서울대생들은 먼저 각 단과대학별로
학생회를 구성하고, 학생회장을 직선 또는 간선제로 선출했다. 이들
이 5월 23일 함께 모여 서울대학교 총학생회를 결성했다. 이렇게 출
범한 총학생회는 6월 중순부터 사회개혁을 위한 국민계몽운동을 전
개하기 시작했다. 그 운동의 일환으로 우선 '신생활운동'을 벌이면
서 "말만의 애국 말고 사치품 배격하자," "미국제품 배격으로 새살
림 이룩하자," "한 가치 양담배에 불타는 우리 조국" 등등의 구호를
외치면서 서울에서 2천여 갑의 양담배를 회수해서 세종로에서 소각
하기도 했다. 그러자 시중에 범람했던 양담배는 일시 자취를 감추고
말았다.

여름방학엔 국민계몽대 일원으로 성주에 가서 민폐만 끼쳐

1960학년도 여름방학이 가까워지자, 서울대 총학생회는 '국민계
몽대'를 결성하고, 7월 2일 결대식을 가졌다. 7월 21일 여름방학이
시작되자, 그 이튿날부터 국민계몽대가 전국 각지로 떠났다. 나는
경상북도 성주군(星州郡) 초전면(草田面)으로 가서, 4학년 선배 대
장(隊長)의 지휘 아래 계몽운동을 했다. 그러나 어떤 활동을 했는지

는 잘 기억나지 않으나, 난 대장 선배의 지시로 초등학교에 가서 조회 시간에 운동장 교단에 올라가서 전교생을 대상으로 연설을 하기도 했는데, 무슨 말을 했는지는 통 기억나지 않는다.

잠은 농민들의 수박밭 원두막에 잤으며, 밥은 이장님이 지정해 준 농가에서 먹었는데, 보리밥을 밥사발에 고봉으로 가득 담아주었다. 다른 동료 학생들은 어땠는지 기억나지 않으나, 난 그 보리밥을 한 톨도 남김없이 모조리 먹어치웠다. 그러자 집주인 아주머니가 나에게 "고맙다"고 몇 번이나 인사말을 했다. 이것이 아마도 밥 얻어먹고 오히려 "고맙다"는 인사를 받아 본 첫 번째이자 마지막이었던 것 같다. 이처럼 밥도 '고맙다'는 인사를 받아 가며 공짜로 얻어먹고, 낮에는 원두막에 가서 농익은 수박도 실컷 얻어먹었다. 성주는 본래 수박이 유명한 곳이었는데, 우리가 이곳에 갔을 때는 마침 수박 수확 철이었다. 서울에서 사 먹는 수박은 완전히 익기 전에 미리 따온 것이라, 맛이 별로였는데, 수박밭에서 농익어서 손으로 조금만 건드려도 쩍쩍 짜개지는 수박의 맛은 가히 일품(逸品)이었다. 그러고 보면, 공연히 계몽운동이랍시고 시골에 가서 민폐만 잔뜩 끼치고 온 결과가 되었다.

학생들의 '농촌계몽운동'은 그러나 7.29총선과 맞물리면서 선거계몽운동의 성격을 다분히 띠게 되었다. 이런 선거운동에 나도 한번 참여한 적이 있다. 내가 성주에 계몽운동을 마치고 강원도 횡성 둔내면 시골집에 와서 쉬고 있는데, 어느 날 서울대 배지를 단 두 명의 학생이 날 찾아왔다. 한 명은 문리대 정외과(정치학과와 외교학과가 분리되기 이전 학과명) 2학년이었고, 또 한 명은 영어영문학과 3학년생이었다. 이들은 모두 횡성군이 고향이었는데, 선거계몽운동을 함께 하자는 것이었다. 그리하여 둔내 장날 세 명이 번갈아 마이크를 잡고, 선거에 관한 연설을 했는데, 그때 내가 무슨 말을 했는지는 통 기억나지 않는다. 그러나 지금 추측해 보건대, 7.29 국회의원 선거에 적극 참여하여 참신한 국회의원을 뽑아 조국의 민주주의를 발전시키자는 상투적 내용이었음이 거의 분명하다.

7.29총선 이후 학생들은 정치에 더 관심 가졌으나 난 농촌에 관심

7.29총선에는 민주당을 비롯하여 10여 개 정당과 무소속이 난립했다. 개표 결과, 4.19혁명 이후 사실상 수권정당으로 예상되어 왔던 민주당이 민의원 233석 가운데 175석, 참의원 58석 가운데 31석을 차지했다. 반면, 사회민주당은 민의원 4석, 사회대중당은 민의원 4석에 참의원 1석, 자유당은 민의원 2석에 참의원 4석, 한국사회당은 민의원 1석에 참의원 1석, 민족진보연맹은 참의원 1석만 차지했다. 나머지 의석은 무소속이 민의원 46석에 참의원 120석이나 되었다.

이처럼 7.2총선이 보수적인 민주당의 압승과 혁신정당(사회대중당·통일사회당·혁신동지연맹·한국사회당·사회혁신당 등)의 패배로 끝나자, "7.29총선은 혁명적 의의를 상실하고, 집요한 반혁명 보수세력들의 온상이 되었다"고 혁신세력들은 주장하면서 보수세력과 혁신세력 간의 대결이 시작되었다.

총선에서 승리한 민주당은 8월 3일 장면(張勉)을 총리로 선출함으로써, 제2공화국인 장면 정부가 탄생되었다. 장면 정부는 경제 제일주의를 천명했다. 그러나 4.19혁명 때 시민들에게 총을 쏘게 만든 책임자 등을 제대로 처벌하지 않자 특히 대학생들의 반발을 샀다. 그리하여 대학생들은 장면 정부에 대한 반정부운동과 민주화운동에 나서게 되었다. 그러자 당시 대학생들이 주도했던 국민계몽운동과 농촌계몽운동도 자연히 정치적 성격을 띠게 되었다.

하지만 당시 내가 다닌 서울대 사범대학은 탈정치적 인식 속에서 순수한 농촌계몽운동을 주장하며 전국사범대학생계몽연맹을 조직하여 문맹자 일소, 농촌사회의 정치·경제·교육문제 등의 연구와 계몽활동에 힘을 기울였다. 그러자 사범대생들은 정치문제보다는 농촌계몽운동에 더 관심을 갖게 되었고, 이러한 분위기에 나도 자연히 젖어 들게 되었다. 그리하여 난 '백생회'라는 농촌계몽운동 동아리에 가입하여 활동을 벌이기도 했다. 그러나 내가 농촌계몽운동에 관심을 갖게 된 것은 이미 고등학교 때부터였으며, 그 관심은 나를 사범대학에 진학하게 만들기도 하였다.

농촌계몽에 나의 관심은 4H운동에서 비롯된 듯

내가 농촌계몽운동에 관심을 갖게 된 것은 무엇보다도 시골 출신이었기 때문이다. 우리 집은 아버지가 약방을 했기 때문에 농사는 직접 짓지 않았다. 그러나 닭과 토끼는 몇 마리씩 길렀는데, 닭은 우리집 공동재산이었으나, 토끼는 나의 것이었다. 토끼는 내 용돈으로 암토끼 새끼를 사다가 매일 토끼풀(클로버)을 뜯어 먹이며 길렀다. 토끼가 교미할 때가 되면, 동네에서 가장 씨(종자)가 좋은 수토끼가 있는 집으로 데려가서 생(교미)을 붙였다. 수놈은 암놈 위에 올라타자마자 순식간에 교미를 끝내고 '캑'소리를 내며 벌렁 나자빠졌다.

이렇게 나의 암토끼를 수토끼와 교미를 붙이고 나서 한 달이 지나면 대여섯 마리, 많게는 열 마리까지 새끼를 낳는다. 그러면 이들을 열흘쯤 길러 친구들에게 팔기도 하고, 또는 입양을 보내기도 했다. 남의 집에 입양 보내면 그 집에서 그것을 길러 다시 새끼를 낳으면 그 반을 나에게 준다. 그러면 그것들을 내가 팔아서 돈을 벌었다.

이처럼 내가 토끼를 길러 용돈을 벌기도 할 때, 동네에 4H 구락부(4H club)이라는 것이 생겼다. 이 클럽이 지금도 존재하는지 여부는 알 수 없으나, 좌우간, 4H 클럽이란 "실천을 통하여 배운다"는 취지 아래, 19세기에 미국에서부터 설립된 청소년 단체였다. 4H는 Head, Heart, Hand, Health의 약자로서, 곧 명석한 머리(Head, 지육), 충성스런 마음(Heart, 덕육), 부지런한 손(Hands, 노육), 건강한 몸(Health, 체육)이라는 뜻이었다.

이와 같은 뜻을 모토로 한 청소년 단체인 4H 구락부는 1914년 미국 전역에 조직되었고, 그 뒤 세계 각국으로 전파되었다. 우리나라에는 1947년 3월 도입되었는데, 그 목적은 낙후된 농촌의 생활 향상과 기술 개량을 도모하고 청소년들을 고무하기 위해서였다. 그런데 미국에서는 10세부터 20세까지 남녀 청소년을 회원으로 했으나, 우리나라는 초등학교를 졸업한 13세부터 29세까지를 회원으로 받아들였다. 이는 군복무를 마치고 영농후계라는 과제를 지닌 20대 후반 청년을 참여시키기 위한 유인책이기도 하였다.

1954년에는 '전국4H구락부중앙위원회'가 민간 주도로 결성되었다. 1956년에는 농림부와 각 도에 교도과를 두고 4H구락부를 육성하기 시작했다. 1957년부터는 새로 신설한 농사원과 군농촌교도소가 농촌청소년 지도업무를 맡으면서 4H구락부 회원들도 지도하였다. 이렇게 되면서 내가 살던 시골에도 4H 구락부가 생겼는데, 회원들이 가슴에 달고 다니는, 네 개 잎사귀의 클러버(clover) 모양의 4H 구락부 배지와, 회원들이 공동으로 일을 나갈 때 들고 다시는 4H 구락부 깃발이 참으로 멋져 보였다.

하지만 당시 초등학생이었던 나는 입회자격이 없어, 정식으로 입회는 못하고, 4H 구락부 회원인 동네 형들을 따라다니며 농촌의 개발과 농사기술의 개량 등에 관하여, 이해도 잘 못하면서 형들의 여러 가지 이야기를 주워들었다. 이것이 아마도 내가 농촌계몽에 관심을 갖게 된 최초의 단서가 아니었을까 추측해 본다. 하지만 내가 진짜로 농촌계몽에 관심을 갖게 된 것은 심훈의 소설 「상록수」 때문이었다.

심훈의 '상록수'가 나를 농촌계몽에 몰입케 만들어

물론 내가 고등학교 1학년 때 읽은 이광수의 소설 「흙」과 이기영의 소설 「고향」도 농촌계몽에 관심을 갖게 만드는데 적지 않은 영향을 미쳤다. 그러나 심훈의 소설 「상록수」만큼은 나에게 많은 영향을 주지 못했다. 난 문학평론가가 아니라, 잘은 모르겠으나, 내가 보기에는 이광수의 「흙」과 이기영의 「고향」은 농촌소설 또는 농민소설이지 농촌계몽소설은 아니었던 것 같다. 물론 심훈의 「상록수」도 농촌계몽운동을 하는 남녀의 순결한 애정을 그린 애정소설이라고도 볼 수는 있다.

심훈이 지은 「상록수」는 1935년 동아일보사의 '창간 15주년 기념 장편소설특별공모'에 당선되어, 같은 해 9월 10일부터 1936년 2월

15일까지 「동아일보」에 연재되었다. 이 소설은 1931년부터 동아일보사에서 벌인 '브나로드운동'(Vnarod movement)을 모티브로 한 것이었다. '브나로드운동'은 본래 19세기 후반 러시아의 귀족 청년들과 학생들이 전개했던 농촌운동이었는데, '브나로드'란 러시아 말로 '민중 속으로'라는 뜻이었다. 바로 이와 같은 러시아에서의 운동을 동아일보가 본따서 1931년부터 우리나라판 '브나로드운동'을 벌이기 시작했다. 그러다가 이를 1933년 '계몽운동'이라 개칭하고, 1935년 여름 제5회 계몽운동을 계획하던 중 일제 총독부 경무국의 명령으로 중지하고 말았다.

하지만 「상록수」에서는 남녀 주인공 박동혁과 채영신을 우리나라 '브나로드운동'의 선구자로서 설정해서, 1930년대 일제강점기의 암울한 농촌을 구제하기 위한 처절한 극기 정신과 헌신적 행동을 보여주었다. 그러나 농촌의 어두운 면만 아니라, 전원의 밝고 싱싱한 면도 부각시킴으로써 나도 농촌에서 계몽운동을 하면서 살고 싶다는 생각을 갖게 만들었다.

이러한 나의 희망은, 그러나 뜻대로 되지 않아서 시골에서 중학교 졸업 이후 서울로 올라와서 50년이나 살았다. 그리고 정년퇴임 이후에야 겨우 시골로 내려왔으나, 그건 농촌계몽을 위한 것은 결코 아니고, 무위도식하며 전원생활을 즐기기 위해서였다. 그런데 내가 「상록수」의 주인공들과 무슨 인연이 있어 그런지는 모르겠으나, 현재 내가 사는 집에서 자동차로 약 한 시간만 가면, 박동혁의 고향인 한곡리와, 채영신이 '청석학원'을 꾸리며 농촌계몽과 야학을 했던 청석골이 나온다. 하지만 지금은 옛 모습은 조금도 찾아볼 수 없고, 아파트와 높은 빌딩들만 즐비하게 늘어서 있다.

내가 사범대학 국어과 진학도 농촌계몽 위해서

이야기 좀 빗나갔지만, 위에서 말했듯이, 난 시골 출신이라, 자연히 어릴 때부터 농촌에 관심을 갖게 되었다. 그런데 고등학교 때 특히 심훈의 「상록수」를 읽으며 대학 졸업 후 시골에 가서 살면서 농촌계몽운동에 헌신하겠다고 마음먹었다. 그래서 처음에는 농과대학에 가려고 했다. 그러나 알아보니 색맹은 농과대학에서 뽑지 않는다는 것이었다. 난 적록색맹이다. 그래서 할 수 없이 농과대학 진학은 포기하고, 어떤 대학을 갈까 고민하다가 사범대학에 가기로 했다.

교사가 되어 시골 중고등학교에 가서 학생들을 가르치며 농촌계몽활동을 하면 밥벌이도 하면서 내 꿈도 이룰 수 있다는 생각에서였다. 게다가 사범대학에 진학하면 수업료도 받지 않고, 학생 전원에게 장학금도 준다는 것이었다. 그야말로 꿩 먹고 알 먹는 격이었다. 그러면 사범대학에 무슨 과를 갈까? 색맹이니까 당연히 이과(理科)는 못 가고 …. 그럼 문과(文科) 중에서는 무슨 학과를 갈까? 내가 지리 과목을 좋아했기에 지리과를 가고 싶었다. 그러나 지리과도 색맹은 안 받아준다는 것이었다.

지금은 어떤지 모르겠으나 내가 대학에 진학하던 1960년 무렵에는 색맹자에 대한 차별과 괄시가 무척 심했다. 여성은 모르겠으나 남성 인구 중 10%가 색맹이라는 통계가 있음에도 불구하고 말이다. 색맹에 대한 괄시가 언제까지 지속되었는지는 조사해 보지 않아 알 수 없다. 그러나 내가 1967년 마국에 유학 갔다가 1972년에 돌아와서 1975년인가 자동차운전면허를 따려고 했더니 색맹은 안 된다는 것이었다. 비록 통차였지만 내가 미국에서 4년 동안이나 자가용을 몰고 다녔건만. 그러나 그 뒤 언젠가 우리나라에서도 색맹도 운전할 수 있게 되었는데, 그때가 언제부터였는지는 알 수 없다. 하지만 자동차 도로에 노란색 신호등이 "왼쪽이나 오른쪽으로 돌아가시오"라는 뜻이 아니라, "이제 곧 신호등이 바뀔 터이니 그에 대비하세요"라는 신호로 바뀌는 동시에 좌우회전 표시는 화살표로 바뀌었을 바로 그때였던 것 같다.

이야기가 잠시 삼천포로 빠졌으나, 다시 학과선택 이야기로 돌아가서, "그럼 무슨 과를 갈까?"하고 고민하다가 국어과를 선택하기로 했다. 첫째, 고3 때 대학입학모의고사를 보면, 국어과목에서만은 내가 몇 번 일등을 했다. 둘째, 국·영·수(國·英·數) 과목은 중등학교에서 필수과목으로 가장 많이 가르치니, 자연히 이들 교과 교사들의 수요가 많아서 국어교사가 되면 취직에 유리할 것 같았는데, 당시는 중고등학교 교사로 임용되기도 매우 어려운 시절이었다. 셋째, 비록 난 문학 소년은 아니었지만 문학에도 좀 관심이 있어서 당시 고등학생들에게는 금서(禁書)였던 최인욱의 에로소설 「벌레먹은 장미」(1953), 영국의 작가 D. H. 로렌스의 장편소설 「채털리 부인의 사랑」의 한국어 번역판, 작가와 번역자 이름이 전혀 생각나지 논픽션 소설 「동물들의 성생활」 등을 헌책대여점에 가서 몰래 빌려다가 방문을 걸어 잠그고, 독서삼매경에 빠지기도 했다. 대충 위와 같은 이유로써 난 국어과를 선택했던 것이었다.

사범대학 입학 후에야 사범대학 역사 알아

내가 마음먹은 대로, 그러나 운 좋게 서울대 사범대학 국어과에 들어가 보니까 마음에 드는 것들이 많았다. 새삼 알게 된 사범대학의 역사는 자랑스럽기도 했다. 그때 처음 알게 된 사실이지만, 서울대학교 사범대학은, 갑오개혁이 한창 진행 중이던 1895년 5월 10일, 소학교 설립 준비의 일환으로서 설립한 소학교 교사 양성기관인 한성사범학교에 그 뿌리를 두고 있는데, 1895년은 조선(朝鮮) 개국 504년으로 명성황후가 일본 낭인들에게 피살되던 바로 그 해였다. 이러한 해에 설립된 한성사범학교는 일곱 차례에 걸쳐 모두 195명의 졸업생을 배출한 뒤, 1911년 관립경성고등보통학교 사범과로 되었다.

1921년 4월 일제 조선총통부는 일본인 초등교원 양성기관으로 조선총독부사범학교를 설립했다. 그러나 1922년 2월 사범학교 규정을 제정하여, 조선총독부사범학교를 관립경성사범학교로 개편했다. 그리고 같은 해년 4월 1일 5년제 보통과(普通科) 86명과 1년 과정의 연습과(演習科) 136명을 입학시킴으로써 개교되었다.

1925년 4월 1일 경성사범학교는 여자연습과(女子演習科)와 강습과(講習科)를 개설하고, 관립 평양여자고등보통학교에 분교실(分敎室)을 설치했다.

1926년 4월 1일, 경성사범학교는 남자연습과를 갑·을(甲·乙) 과정으로 분리, 설치하여 갑(甲)과정에는 보통과 수료자, 중학교 졸업자, 전문학교 입학자격 검정시험 합격자를 입학시키고, 을(乙)과정에는 실업학교(實業學校)와 고등보통학교 졸업자를 입학시켰다.

1926년 9월 20일, 경성사범학교는 초등교원의 연수과정인 갑종강습과를 개설했다. 1931년에는 1년 과정의 여자강습과도 설치했는데, 1933년 4월 1일 연습과의 수업연한을 1년에서 2년으로 늘였다.

1934년 6월, 경성사범학교는 보통학교 교원 강습과를 설치하고, 농업학교 졸업자를 입학시켜 6개월 과정으로 초등교원 양성교육을 실시하였다.

1943년 3월 조선총독부는 사범교육령과 사범학교규정을 개정하여 관립사범학교를 개편토록 하여 경성사범학교에 3년제 본과(本科)와 예과(2·4년)를 두도록 하였다. 이에 따라 경성사범학교는 종전의 연습과를 본과로 개편하고, 보통과를 2년과 4년의 예과로 개편하는 한편, 1년 과정의 강습과도 설치하였다.

한편 여교사의 양성을 위하여 일찍이 1914년 경성여자고등보통학교에 사범과를 신설했다. 그러나 이를 1925년 경성사범학교 이관하여, 이 학교의 여자연습과가 되었다. 하지만 1935년 4월 1일자 조선총독부 고시 제214호에 의거, 관립경성여자사범학교를 경성부(京城府)에 신설하여 4년제의 심상과(尋常科), 2년제의 연습과, 1년제의 강습과 등을 개설하여 여자초등교원 양성교육을 실시하기 시작했다. 그러면서 경성사범학교 여자연습과(1925년 4월 개설)를 이관 받아 동년 4월 10일에 수업을 개시하였다. 이에 따라 경성사범학교 여자연습과는 자연히 폐지되었다.

1943년 사범교육제도의 개편에 따라 경성여자사범학교는 그해 4월부터 2년제 본과와 심상과(尋常科)와 강습과를 개설하여 전문학교 수준의 초등교원 양성기관으로 부상하게 되었다. 이러한 경성여자사범학교는 당시 국내 유일의 여자초등교원 양성기관으로, 입학지원자는 도지사의 추천을 받도록 까다로웠다. 입학정원은 심상과 100명, 연습과 100명, 강습과 50명이었으나, 매년 입학정원이 변경되었는데, 심상과와 연습과 재학생에게는 관비로 장학금이 지급되었다. 따라서 경쟁률이 대단히 높았다고 하는데, 이는 남자학교인 경성사범학교도 마찬가지였다고 한다.

해방 뒤 남녀사범학교를 통합해 사범대 만들어

위와 같은 경성사범학교와 경성여자사범학교는 1945년 8월 15일 광복을 맞이하면서 각각 경성사범대학과 경성여자사범대학으로 개편되었다. 그랬다가 1946년 8월 서울대학교 사범대학으로 통합, 개편되었는데, 그 과정을 참고로 간단히 소개해 보면 다음과 같다.

1945년 우리나라가 일제로부터 해방되자, 연합국의 일원으로 한반도의 38선 이남으로 진주했던 미국육군 제24군단은 1948년 8월 15일 대한민국 정부가 수립될 때까지 3년 동안 이른바 '군정'(軍政)을 실시하였다. 이를 위해 9월 8일 재조선미육군사령부군정청(在朝鮮美陸軍司令部軍政廳, United States Military Government in Korea, 약칭 USAMGIK)을 설치했는데, 이 기구를 흔히들 줄여서 '미군정청'이라고 불렀다.

미군정청은 이듬해, 그러니까 1946년 8월 22일 군정법령 제102호 '국립서울대학설치령'을 발포했다. 이 법령의 요지는, "해방 이후 한국의 부족한 인적 및 물적 자원을 최대로 활용함으로써 교육의 질을 향상시키고, 국가재정을 가장 유용하게 사용할 것을 목적으로, 서울과 그 근교에 있는 기존의 여러 고등교육기관들을 통합, 개편하여 현대적인 종합대학교로서 국립서울대학교를 설치한다"는 것이었다. 바로 이와 같은 '국립서울대학설치령'에 따라, 미군정청 학무국은, 서울과 그 근교에 있는 기존의 여러 고등교육기관들을 통합하여 9

개 단과대학과 1개 대학원으로 구성된 국립서울대학교를 설치하고, 동년 10월 15일 개교식을 거행했다.

당시 서울대학교에 설치된 9개 단과대학은 문리과대학, 법과대학, 공과대학, 의과대학, 농과대학, 상과대학, 사범대학, 치과대학, 예술대학이었는데, 이들 대학과 그 전신들을 간단히 소개해 보면 아래와 같다.

① 문리과대학 : 일제강점기에 경성제국대학 법문학부의 문과계통과 이공학부의 이과계통을 통합하여 만든 단과대학.
② 법과대학 : 경성제국대학 법문학부의 법과계통과 경성법학전문학교를 통합, 개편한 대학.
③ 공과대학 : 경성제국대학 이공학부의 공과계통과 경성공업전문학교 및 경성광산전문학교를 통합, 개편한 것.
④ 의과대학 : 경성제국대학 의학부와 경성의학전문학교를 통합, 개편한 것.
⑤ 농과대학 : 수원농림전문학교를 개편한 것.
⑥ 상과대학 : 경성경제전문학교(경성고등상업학교의 후신)를 개편한 것.
⑦ 치과대학 : 사립 경성치과전문학교를 개편한 것.
⑧ 예술대학 : 신설한 것으로 미술부와 음악부로 구성되었음.
⑨ 사범대학 : 앞서 언급했듯이 경성사범학교와 경성여자사범학교를 통합, 개편한 것.

이처럼 개교 당시 서울대학교는 9개 단과대학으로 출발했다. 그러나 1950년 9월, 사립이었던 경성약학전문학교를 서울대학교에 편입시켜 약학대학으로 만들었다. 1953년 4월에는 종래의 예술대학의 음악부와 미술부를 독립시켜 각각 음악대학과 미술대학으로 승격시켰다. 같은 해, 농과대학의 수의학부도 수의과대학으로 승격과 동시에 독립시켰다. 그리하여 내가 1960년 서울대에 들어갔을 때는 모두 12개 단과대학이 있었다.

내가 입학 당시 국어과 교수님들은 의외로 젊어 보여

내가 입학했던 사범대학 국어과에 대해서도 간단히 살펴보면, 해방 이후, 1946년 경성사범학교와 경성여자사범학교가 각각 경성사범대학과 경성여자사범대학이 되었을 때는 학과 명칭을 '국문과'라고 했다. 1946년 8월 경성사범학교와 경성여자사범학교를 통합, 개편하여 서울대학교 사범대학으로 만들 때도 학과 명칭을 '국문과'라고 했으나, 문학부에 소속시켜 "사범대학 문학부 국문과"로 불렀다. 그러나 내가 입학한 1960년 '국어과'로 개칭했다가, 1975년 3월 서울대학교를 다시 종합화할 때 '국어교육과'로 다시 명칭을 바꾸었다. 그래서 학력난이나 소개난 등에 내가 나온 학과를 기재할 때, '국문과'로 써야 할지, '국어과'로 해야 할지, 아니면 현재 명칭인 '국어교육과'로 해야 할지, 망설일 때가 많다. 하지만 나는 통상 '국어과'로 기재하고 있다.

1960년 4월 2일, 내가 입학해 보니, 국어과에 모두 다섯 분의 교수님들이 계셨다. 이들은 이탁(李鐸 : 1898-1967), 이하윤(異河潤 : 1906~1974), 김형규(金亨奎 : 1911-1996), 이응백(李應白 : 1923-

2010), 이두현(李杜鉉 : 1924-2013) 교수님이셨다. 이들 교수님을 처음 뵈었을 때는 대단히 존경스러웠다. 이들은 유명 교수님으로, 특히 이하윤 교수님은 그의 수필 '메모광'이 고등학교 국어교과서에 실려 있었고, 또한 '물레방아' 시인으로 고등학생들도 잘 알고 있었기 때문이다. 그러나 교수님들은 내가 생각했던 것보다 나이들이 젊어 보였다. 그때만 해도 난 대학교수님들은 모두 머리가 허연 분들이라고 생각했기 때문이다.

다섯 분의 교수님들 중 가장 나이가 많으셨던 이탁 선생님은 1898년생으로 1960년 당시 62세이셨다. 그러나 두 번째로 연세가 많이 드신 이하윤 선생님은 1906년생으로 54세였고, 세 번째로 김형규 교수님은 1911년생으로 49세였다. 네 번째로 이응백 조교수님은 1923년생으로 37세이셨다. 그러나 이 교수님의 행동은 마치 나이가 많이 드신 노인분 같아서 별호가 "늙은 것도 아닌 것이"였다. 이런 별명이 어디서 나왔는지는, 윤선도의 '오우가'(五友歌)를 아는 사람은 대번 눈치 챘을 줄 안다. '오우가'를 보면 대나무를 가리켜 "나모(나무)도 아닌 것이, 풀도 아닌 것이"라는 구절이 나오기 때문이다. 끝으로 이두현 선생님(당시 전임강사)도 30대로서 1924년생이었다.

당시 이처럼 교수님들의 나이가 젊었던 것은 해방이 되어, 경성제국대학의 일본인 교수들이 모두 일본으로 돌아가자, 그 자리를 우리나라 젊은 학자들이 차지하게 되었기 때문인 것 같다. 그리하여 해방 직후 서울대 교수가 된 저 유명한 국사학자 이병도(李丙燾) 교수도 당시에 49세에 불과했고, 국어국문학계의 유명 교수 이희승(李熙昇)도 49세였으며, 이숭녕(李崇寧) 교수는 겨우 37세였다. 그리고 유명한 철학과 교수로서 1948년 대한민국 정부 수립 때 초대 문교부(지금의 교육부) 장관을 역임했으며, 여류시인 윤숙(毛允淑)의 남편이기도 했던 안호상(安浩相) 박사는 서울대 교수가 될 당시 43세였다. 그러나 이들을 난 나이가 아주 지긋한 원로 교수들로 알고 있었는데, 사실상 이들은 선배 교수들이 없으니까 해방 공간에서 원로 교수 행세를 하기도 했던 것 같다.

국어과 내 동기들은 거의가 지방의 가난한 수재들

단기 4293학년도 입학 사범대학 국어과의 내 동기들은 모두 40명이었다(그중 여학생은 6명). 이들은 전국 방방곡곡에 왔다. 이들의 고향이 각각 어디였는지는 알 수 없다. 그러나 서울에 있는 고등학

1960년대 사범대학 국어교육과 학우들. 아르바이트에 시달리고, 공부에 쫓기는 고단한 모습

교를 나온 동기는 전체의 35%인 14명(경복고 3명, 서울고와 용산고 각 2명, 경기여고 3명, 서울사대부고, 휘문고, 이화여고 각 1명)이었다. 그리고 나머지 65%는 모두 지방의 유명 고등학교 출신들로, 경기의 제물포고등학교와 용인고등학교, 충남의 대전고등학교, 충북의 청추고등학교, 부산의 부산고등학교, 경남고등학교와 경남여자고등학교, 경남의 마산고등학교와 진주고등학교, 전북의 전주고등학교 등등의 졸업생이었는데, 이들은 모두가 자기 학급에서 1, 2등을 다투던 수재들이었다.

이들이 왜 사범대 국어과에 진학했는지 그 이유는 일일이 알 수 없다. 그러나 집안 형편이 넉넉지 않아서 등록금이 싼 사범대학을 선택한 학생들도 적지 않았다고 생각한다. 또한 사범대학생들은 다른 단과대학 학생들에 비해 입주(入住) 가정교사 자리도 비교적 얻기 쉬워서 고학(苦學)하는데도 안성맞춤이었기 때문이었던 같다. 요즘은 이런 말 자체가 사라졌지만, '고학'이란 학비를 자기 힘으로 벌어 고생하며 배우는 것을 말했다.

그러면 우리 학과 동기들은 사범대학 내의 수많은 학과들 중에서 왜 하필 국어과를 선택했을까? 그 이유는 일일이 물어보지 않아 정확히는 알 수 없다. 하지만 대학입학 이후 옆구리에 「현대문학」(1955년 1월 창간)이니 「자유문학」(1956년 6월 1일 창간)이니 하는 월간문학잡지들을 끼고 다니면서, 까뮈의 소설 '이방인'이 어떻니, 사르트르의 장편소설 '구토'가 어떻니 하고 아는 척하고 다닌 동기들이 많았던 것으로 미루어 볼 때, 아마도 문학소년·소년의 객기가 국어과를 선택하게 만든 것은 아니었던가 추정해 본다. 그러나 이들 문학소년·소년 동기들의 호기가 난 왠지 탐탁치 않아서 "빈속에 헛

구역질만 하지 말고, 우선 밥[지식]이나 많이 먹고 구토하라"고 비양
거리기도 했다.

내가 다닐 때 사범대는 용두동 선농단역사공원 앞에 위치

우리는 강의가 끝나거나 강의가 없는 시간이면, 학교 뒷동산인 청
량대(淸凉臺)에 올라 잔디밭에 앉아서 온갖 고담준론(?)을 펴며 때
로는 비분강개하기도 했다. 당시 사범대학은 동대문구 용두동에 있
었는데, 이 자리는 1935년에 개교했던 경성여자사범학교가 있던 곳
이었다. 그래서 내가 사범대에 다닐 때도 교무실 옆의 화장실에 가
서 큰일을 보면서, 전면에 판자로 된 벽을 들여다보면, 경성여자사
범학교 여학생들이 써 놓은 것 같은 예쁜 글씨의 낙서가 보이기도
했다. 그러나 그 내용들은 전혀 기억나지 않는다. 그래서 그때도 지
금 같은 '핸드폰'이 있었으면 그것들을 찍어 놓았으면 좋았을 터인데
하는 어처구니없는 망상을 해 보기도 한다.

사범대학이 그 이전에는 어디에 있었는지 모르겠으나, 용두동의
옛날 경성여자사범학교 자리로 옮겨 온 것은 6.25동란 이후 9.18 서
울 수복 이후였다고 한다. 1975년 서울대학교를 종합화할 때 사범
대학도 현재의 관악캠퍼스로 이전해서, 내가 다닐 때의 사대 캠퍼스
가 지금은 어찌되었는지 한 번도 가보지 못했다. 그래서 인터넷 '카
카오지도'(kakaomap)에 들어가서 검색창에 '동대문구 용두동'이라
고 치고, 클릭해 보았더니, 종암초등학교 앞에 선농단역사공원이라
는 것이 보였다. 이곳이 내가 사범대학에 다닐 때 학교 뒷동산에 '선
농단'(先農壇)이라고 새겨 놓은 돌비석이 있던 곳이 분명했다.

'선농단'이라는 말이 나왔으니, 잠깐 설명하자면, 이는 임금이 농사의 소중함을 백성들에게 알리고, 또한 풍년을 기원하기 위해 중국 고대 전설에서 농사를 관장했던 '신농씨'(神農氏)와 '후직씨'(后稷氏)에게 '선농제'라는 제사를 지냈던 곳이다. 이 제사는 해마다 경칩이 지난 뒤에 올렸는데, 제사가 끝나면 임금이 친히 소를 끌고 논밭을 가는 시범을 보였다. 이런 시범이 끝나면, 시범에 썼던 소를 잡아서 큰 솥에 넣고 푹 고은 국물에 밥을 넣어서 행사에 참가한 농민들에게 한 그릇씩 주었다. 그 음식 이름이 '선농탕'이었는데, 이 말의 음이 점차 변하여 오늘날의 '설렁탕'이 되었다고 한다(인터넷 『천재학습백과』에서 인용).

이와 같은 역사가 깃든 선농단 일대의 동산을 당시 우리는 '청량대'(淸凉臺)라고 불렀다. 이곳이 사범대학의 상징이 되기도 하여, 당시 사범대생들이 발간하던 교지(校誌)의 제호도 「청량원」(淸凉苑)이었다. 이처럼 당시는 캠퍼스의 지명(地名)을 교지 제호로 삼는 경우가 많았다. 예컨대, 공릉의 불암산 아래 있던 공과대학 교지의 제호는 「불암산」(佛巖山)이었다. 그리고 치과대학 교지의 제호는 「저경지」(儲慶趾)였는데, 당시 치과대학이 있던 곳(현재 조선호텔 건너편)이 조선 제16대 인조의 잠저 저경궁(儲慶宮)이 있던 자리였기 때문이다.

청량대에 올라 시국문제 놓고 비분강개하기도

내가 다니던 사범대학 자리는 너무나 많이 변해서 카카오 지도만을 가지고서는 정확히 알 수 없다. 그러나 카카오지도를 보면, 선농단역사공원 앞에 성일중학교가 보이는데, 이곳이 내가 학교 다닐 때 사범대 운동장 자리였던 것 같다. 만약 이것이 맞는다면, 현재 성일 중학교 교문 근처에 청량리로 가는 큰 대로변에 사범대학 교문이 있었다. 교문에서 지금의 선농단역사공원을 향하여 약 150미터쯤 직진하면 붉은 벽돌로 지은 2층짜리 교사가 교문 쪽을 향하여 기다랗게 일자(一字) 형태로 누워있었다. 이것이 바로 사범대학 본관 건물이었는데, 언제 지었는지는 알 수 없으나, 1935년에 신설한 경성여자사범학교에서 쓰던 교사(校舍)였다.

이런 본관 건물의 왼쪽 모퉁이를 돌아 조금 올라가면 왼쪽에 신식의 하얀색 시멘트 건물이 보였는데, 이것이 AID 차관을 얻어 지은 신관(新館)이었다. AID차관(Act for International Development Loan)이란 개발도상국의 경제개발을 위해 미국이 제공하는 장기융자의 하나로, 1950-60대에 우리나라는 이 차관을 받아서 학교도 짓고, 주택도 짓고 했다.

신관 건물의 오른쪽 맞은편에는 야트막한 동산이 있었는데, 이것이 바로 아까 말한 '청량대'로, 오늘날의 선농단역사공원이었다. 강의가 없는 시간이나 쉬는 시간이면, 우리는 청량대에 올라 잔디밭에 앉아서 온갖 고담준론(?)을 펴면서 때로는 비분강개하기도 했다. 우리 국어과 동기 중에 '핏대'라는 별명의 학우가 있었는데, 그는 특히 시국(時局)이나 정치에 관한 이야기가 나오면 핏대를 올리며 열변을 토하곤 해서 '핏대'라는 별명을 얻게 되었다.

우리들 이야기 중에는 물론 학문에 관한 것도 있었다. 하지만 시국이나 정치 등에 관한 것들이 더 많았다. 당시는 시국이 참으로 어수선했기 때문이다. 4.19혁명으로 자유당정권이 붕괴되고, 그 대신 새로 장면(張勉) 정권이 들어서자, 과거 10여 년 동안 자유당 정권에

억눌려 왔던 국민들의 요구들이 분출하면서 연일 데모가 끊이지 않았다. 심지어는 초등학생들조차 교사의 전근을 반대하는 시위를 벌였다. 하여 장면 내각 10개월 동안 서울시내에서 열린 가두데모만도 총 2,000여 건에 달했고, 이에 참가한 사람은 100만여 명에 달하였다고 한다.

이러한 가운데, 1961년 5월 16일 군사구테타가 일어났다. 그러자 이를 놓고 국민들 사이에서 찬반의 의견이 들끓었다. 장면 정권 때의 혼란상에 진저리를 쳤던 국민들은 군사혁명을 지지했고, 군사독재정치를 우려한 국민들은 5.16군사 쿠데타를 반대했다. 대학생들의 경우도 마찬가지였다. 그러나 당시 나는 대국적 '국가문제' 보다는, "인생이란 도대체 무엇이며, 어떻게 살아야 하느냐?" 하는 개인적인 내 문제를 놓고 고민하느라고 정치나 시국 문제 등에는 관심을 가질 겨를조차 없었다.

2학년 때부터 난 개똥철학에 심취, 공부는 뒷전

대학 1학년 1학기에는 나의 학점평균(GPA, grade point average)이 2.5점이었던 것 같고, 1학년 2학기에는 2.3이었던 것으로 기억나는데 이는 공부를 꽤 잘한 편이었다. 당시는 A학점이 3점, B학점은 2점, C학점은 1점, D학점은 0점이었다. 다만 D학점은 재수강할 특전(?)을 주었으나 재수강하면 B학점 이하를 주도록 되어 있었다. 당시는 교수님들의 학점이 굉장히 짠데다가 학생들도 학점에 그리 신경 쓰지 않았다. 지금 학생들처럼 학점에 목매지 않았다. 그래서 평균 B학점(2.0)을 맞으면 대단히 우수한 학생이었다.

하지만 2학년 1학기 내 학점평균은 1.8점, 2학년 2학기에는 1.2점으로 학사경고 감이었다. 이렇게 된 것은 2학년 때부터 "인생이란 도대체 무엇이냐?" "인생은 어떻게 살아야 하느냐?" 하는 '개똥철학'에 푹 빠져서 어처구니없는 고뇌·고민·방황·염세·허무·비관 등의 소용돌이에서 헤어나지 못했기 때문이다.

아르투르 쇼펜하우어의 「인생론」을 읽고, "인생은 덧없고 허무하다"는 염세주의에 빠져 자살까지도 생각했다. 그러다가 「의지와 표상으로서의 세계」라는 글에서 "편안함과 행복은 우리에게 소극적이지만 괴로움은 적극적이다"라는 문구를 발견하고는 '편안함'과 '행복'보다는 '괴로움'을 생(生)의 주요 가치로 치부하며, 쓸데없이 괴로워하기도 했다.

장 폴 사르트르의 「죽음의 철학」을 읽으면서는 죽음에 대하여 많이 생각하기도 했다. 그러면서 사르트르의 "인생은 B(Birth)와 D(Death) 사이의 C(Choice)이다"라는 말에 감명을 받기도 했다. 그런가 하면, 사르트르의 희곡 「닫힌 방」에 나오는 "존재하는 모든 것은 아무 이유 없이 태어나서 연약함 속에 존재를 이어가다가 우연하게 죽는다"는 대사를 줄줄 외이고 다녔다. 또한 사르트르의 소설 「구토」를 읽으면서 "정신적으로, 사상적으로 먹은 것도 없이 괜히 헛구역질"을 해 싸기도 했다.

프리드리히 빌헬름 니체의 「짜라투스트라는 이렇게 말했다」를 읽고는 허무주의(Nihilism)에 심취하기도 했다. 그러나 "난 어떻게 살아야할지 모르는 사람들을 사랑한다. 설사 그것이 몰락을 뜻한다 할지라도 그들은 언제인가 그들의 피안에 도달할 수 있기 때문이다"는 니체의 명구는 인생에 관한대한 고뇌와 절망 속에서도 하나의 희망의 끈이 되어, 나는 아직도 이 명구를 종종 외이고 있다.

알베르 카뮈의 소설 「이방인」을 읽고 나서는 '부조리'(不條理, absurdity)라는 말의 참뜻도 모른채 입에 달고 다니며, 걸핏하면 모든 것을 다 부조리라고 했다. 지금 돌이켜 생각해 보면 그때 내가 왜 그처럼 유치하게 놀았는지 도저히 이해가 가지 않는다. 그러나 그때는 심각했고 인생이 괴로웠다. 그래서 그 도피처로 2학년 2학기 겨울방학 중인, 1962년 1월에 선택한 것이 바로 군대였다.

아~ 아~, 초소의 밤이여

DMZ에 선 학보병이지만 영화주인공처럼 멋지다

재학 중 군입대 시절

요즘 TV를 보면 조명섭이라는 젊은 트로트 신인 가수가 혜성처럼
나타나서 70년이나 된 대중가요인 '신라의 달밤'을 간드러지고 기가
막히게 불러제낀다. 이 노래는 모두가 알다시피, 유호가 작사하고,
박시춘이 작곡해서 1949년 현인(본명 현동주)이 레코드에 처음 취
입해서 히트시킨 노래로 우리나라 대중음악의 대표적 불휴명작 중
하나이다. 이 노래 전주곡이 흘러나오면 나는 지금으로부터 61년 전
인 1962년 겨울, 무척이나 춥던 DMZ GP에서 보초 서던 때가 머리

에 떠오르곤 한다.

북한의 대남선전방송대에서 스피커를 켜는 기계음이 고요한 밤의 적막을 깼다. 곧이어 "국방군 군관과 하전사 여러분, 막사 주위 보초와 잠복근무에 얼마나 수고가 많으십니까? 여러분이 기다리신 방송을 이제부터 시작하겠습네다"라는 북한 여성 방송요원의 오프닝 멘트가 나온다. 비록 적들의 대남선전방송이지만, 우리를 위로해 주는 것이 일단 고마웠다. 또한 캄캄하고 적막하며 살을 에는 듯 추운 기나긴 겨울밤에, 보초 시간이 끝나기만을 한없이 지루하게 기다리고 있노라면, 한 시간 걸러 한 시간씩 번갈아 방송하는 북한의 대남선전방송이 기다려진 것도 사실이다. 그건 그 내용이 무엇이든지 간에 일단 듣고 있노라면 그만큼 지루한 보초 시간을 달랠 수 있었기 때문이다.

저들이 들려주는 노래 중에는 우리 귀에 익은 멜로디도 많았다. 그중에서 대표적인 것의 하나가 바로 '신라의 달밤'이었다. 그러나 가사를 가만히 들어보면, "아~ 아~ 신라의 밤이여, 불국사의 종소리 들리어 온다. 지나가는 나그네여 …"가 아니라, "아~ 아~ 초소의 밤이여 용마루에 조각달 슬피 우는데, 고향에 계신 부모 형제 그리워라." 어쩌구저쩌구 한 다음, 마지막 소절은 "북두칠성 길을 물어 휴전선 넘으련다."로 끝났다..

현실도피처로 찾아간 군대

내가 군대에 입대한 것은 대학 2학년 2학기 학기말 시험을 마치고, 겨울방학 중인 1962년 1월이었다. 그건 앞서도 말했듯이 대한민국 국민의 한 사람으로서 신성한 국방의무를 완수하려는 애국심에서가 아니라, 순전히 현실도피를 위해서였다. 그러나 막상 군대에 입대하려니까 어떻게 해야 되는지도 몰랐다. 그래서 아는 군인들을 찾아다니며 물어보았다. 그러나 그들은 '영장'(징집통지서)을 받고 군대에 간 것이라 자원입대방법에 관해서는 아는 바가 없다고 했다. 그래서 여기저기 알아봤더니 구청 앞에 있는 대서소(代書所, 지금의 행정사무실)에 가서 돈을 좀 주면 자원입대를 시켜 준다고 했다. 당시 내가 살던 서대문구의 구청 앞 대서소를 찾아갔더니 당시 돈으로 5000원을 내면, 1962년 1월 10일 입소시켜 주겠다고 했다. 돈을 내고 돌아와서 친구들에게 입대한다는 소문을 내면서 매일 술을 진창 얻어 마셨다.

1월 10일 아침, 수색에 있던 30사단에 갔더니 '영장'을 받은 장정들과 자원입대하려는 청년들이 연병장에 가득 집결해 있었다. 오후 두세 시쯤이나 되자, 군인들이 나와서 입영할 사람들의 이름을 불러 줄을 세웠다. 그런데 마지막까지 내 이름은 부르지 않은 채, 아직 호명하지 않은 사람들은 집으로 돌아가라고 했다. 이튿날 아침 일찍이 서대문 구청 앞에, 내가 돈을 줬던 대서소를 찾아가 항의했더니, 지원병은 징집영장을 받은 사람이 출석하지 않을 때 그 대신 넣어 주는데, 이번에는 결원이 많지 않아서 그랬으니 1월 20일에는 반드시 입소시켜 주겠다는 것이었다.

그간에 군대 간다고 사방 소문을 내고 다녔는데, 그 소문을 들은 사람을 만날까 두려웠다. 그래서 서점에 가서 「인간의 조건」이라는 대하소설 한 질(帙) 여섯 권을 사 들고 집에 와서 10일 동안 꼬박 방구석에 처박혀 완독했다. 당시 서점에는 「인간의 조건」이라는 동명의 두 가지 소설이 있었다. 하나는 프랑스 작가 앙드레 말로가 1933년 발표한 것이었고, 또 하나는 일본의 고미카와 준페이(五味川純平)가 1955년 낸 것이었다. 이들 중 내가 읽은 것은 후자였다. 이는 1943-45년간의 중일전쟁 때, '가지'라는 남자 주인공이 이데올로기와 자유의지와의 충돌의 소용돌이에 말려든 인간의 운명을 다룬 소설이었다. 인간이 인간으로서 살아가야 하는 조건, 인간이 인간으로서 살아야 하는 이유 등에 관한 이야기였다. 이 소설은 1955년 출판 이래 일본에서만도 1,500만부가 팔렸다고 하는데, 이것이 우리나라 말로 번역되어 내가 입대할 당시 인기를 끌고 있었던 것이다.

내 군번은 학보병 '0044679'

1962년 1월 20일에는 입영자들을 관리하는 육군 상사가 내 이름을 불렀고, 이때부터 "앉아, 일어서. 앉으면서 번호"하는 군대 명령이 떨어지기 시작했다. 일렬로 줄을 서서 입영 열차를 타고 밤새 달려 이튿날 아침 논산의 육군 제1훈련소에 도착했다. 당시는 육군 입소자들은 모두 논산에 있는 육군 제1훈련소에서 신병교육을 받았다. 1월 21일 제1훈련소에 입소해 보니, 신정(新正)이 끝 난지 20일이나 되었건만, 신정 연휴의 후유증으로 말미암아 입소 처리업무가 밀려 군번을 받으려면 열흘 정도 걸린다고 했다. 그러나 나는 운이 조금 좋아서 1주일만인 1월 27일 군번을 받았다. 일단 군번을 받으면 그날부터 국방부 시계가 저절로 돌아가니까 내가 무슨 짓을 하든지 간에 상관없어서 안도의 숨이 흘러 나왔다.

내 군번은 0044679이었다. 소위 '학보병 빵빵 군번'이라는 것이었다. 학보병이란 '학적보유병사'의 약칭으로, 곧 대학에 학적을 두고 있는 병사를 말했다. 이러한 병사는 군에서 18개월만 복무하되, 훈련소에서 신병교육을 마치면 무조건 최전방에 가서 근무토록 했다. 그리하여 18개월을 복무하고 나면, 제대증 대신, 귀휴증(歸休證)이라는 것을 주어 귀가시켰다. 그러면 6개월 이내에 대학에 복학해서 재학증명서를 병무청에 제출하면 제대증을 주었는데, 이를 보면, 나의 군복무기간이 1962년 1월 27일부터 1964년 1월 30일까지 24개월로 되어 있다. 이는 귀휴해서 복학까지 6개월 동안도 복무기간에 합산해 주었기 때문이다.

이러한 제도의 '학보병'은 군번도 일반 병사들과는 달라서, 군번이 00으로 시작되었다. 그래서 흔히 '빵빵' 군번으로 불렸던 것인데, 앞에 00 두 개만 떼면 장교 군번의 숫자(digit)와 마찬가지로 다섯 자리가 되었다. 그래서 전쟁이 일어나면 학보병들은 소위로 임관해서 '소모품 장교'로 전장에 내보낸다는 말도 있었는데, 그 진위는 알 수 없었다.

훈련소에서 군번을 받으면 그 자리에서 인식표를 만들어 줬다. 알루미늄 비슷하나 절대로 부식하지 않는 타원형 특수금속판 위에 군번과 성명을 쇠붙이로 된 볼록 도장 같은 것으로 때려서 오목오목하게 찍은 것으로, 그 한쪽에 금속 줄이 달려 있어 목에 걸도록 했다. 그래서 이를 흔히 '개표'라고 불렀는데, 이는 낮이나 밤이나 24시간 동안 항상 목에 걸고 있어야 했다. 타원형으로 생긴 인식표 양 끝에는 2㎟쯤씩 파여 있는데, 이는 만약 전장에 나가서 전사하면 다른 전우가 전사한 병사의 입을 벌리고 위 이빨과 아래 이빨 사이에 끼워놓도록 하기 위한 것이다. 그러면 만약 시신을 수습하지 못하여 산야에서 백골이 진토되더라도 인식표가 아래위 이빨 사이에 끼어 있어 그 백골 주인이 누구인지를 인식할 수 있기 때문이다.

제식훈련에 이어 PRI 교육과 사격연습

난 육군 제1훈련소 11중대에 배속되었다. 군기가 엄하고 훈련도 빡센 것으로 이름난 중대였다. 그러나 나의 짧은 군대 경험으로 판단해 보면, 이러한 부대가 '쫄병'에게는 더 좋았다. 원리원칙대로 하기 때문에 훈련은 좀 고될지 모르겠으나, 밥도 정량대로 주고, 잠도 정한 시간대로 재워주었다.

지금은 어떻게 변했는지 모르겠으나, 내가 입소할 당시 모든 훈련병(이하 '훈병'으로 호칭)에게는 우선 5주 동안의 기본교육을 실시했다. 이를 흔히 '상반기 또는 전반기 교육'이라고 불렀다. 이런 교육에서 처음 받는 것은 제식훈련이었다. 이는 훈병들에게 "앞으로 갓, 뒤로 돌아 갓, 좌향 앞으로 갓, 우향 앞으로 갓"하는 것으로 마치 개에게 말을 잘 듣도록 훈련시키는 순치(馴致) 교육과 마찬가지였다.

이러한 제식훈련이 끝나면, PRI 교육으로 들어가는데, 이는 Primary Rifle Instruction의 약자로 M1나 칼빈 등 소총을 정확하게 쏘는 방법에 관한 기초 내지 기본 교육을 말한다. 이 교육은 주로 가늠자를 통하여 과녁을 정확하게 겨누는 정조준방법과, 그다음 방아쇠를 당겨 총알을 발사하는 격발방법으로 이루어졌다. 방아쇠는 "처녀 젖가슴 만지듯 살살 당기라"고 교관이 가르쳤다. 그러나 난 전혀 감이 오지 않았다. 당시까지 난 숫총각이었기 때문이다. 6.25 동란 때는 신병을 모집해서 제대로 훈련시킬 시간이 없었기 때문에 신병들을 기차에 태워 전방으로 데리고 가면서 기차칸 안에서 PRI 교육을 실시한 뒤 즉각 전선에 투입했다고 한다.

사격에서 정조준은 대단히 중요하기 때문에 PRI교육장 뿐 아니라, 화장실에도 여기저기 '정조준'이라고 써 붙여 놓았다. 그러나 화장실에 붙여 놓아 놓은 '정조준'은 소변이나 대변을 변기 옆으로 흘리지 말고 변기 구멍에 정확하게 조준해서 발사하라는 것이었다.

PRI 교육이 일단 끝나면 사격실습을 하는데, 당시 한국군대의 기본무기였던 M1은 실탄을 발사하면 총이 뒤로 밀리는 반동력이 대단히 셌다. 그래서 방아쇠뭉치와 눈두덩 사이에 엄지손가락을 반드시 끼워 넣고 발사해야 했다. 그러나 이를 잘 따르지 않으면 마치 누구한테 펀치를 한 방 먹은 듯 눈두덩이 시퍼렇게 멍이 들었다. 사격실습에서 과녁을 제대로 맞추지 못해 불합격하면 기압을 받았는데, 눈탱이가 시퍼렇게 부어오른 훈병들이 M1 소총을 앞에 들고 구보하는 것을 보면 웃음이 나오다가도 불쌍한 생각을 금할 수 없었다. 난 M1 사격에서는 일등사수가 되었으나, 칼빈 사격에서는 아무리 정조준을 해도 총열이 비뚤어져 그랬는지 불합격해서 '앞에 총'하고 연병장을 몇 바퀴 돌아야 했다.

저녁 식사 후에는 '이잡기 시간'

교외 교장(敎場)에서의 교육이 끝나면 내무반으로 돌아와서 저녁 식사를 하는데, 침상에 1열로 앉아 있으면 미식기에 밥을 퍼서 국과 함께 차례로 돌렸다. 그걸 받아 허겁지겁 먹고 나면 미식기를 들고 수도가로 가서 대충 닦은 다음, 다시 막사로 돌아와서 물기가 조금도 없게 닦은 뒤에 반납해야 했다. 그런데 마른 행주 같은 천도 주지 않고 미식기의 물기를 닦으라니까 신던 양말로 닦았다. 더러운 줄은 익히 알지만, 그 미식기가 다음 식사 때 나한테 돌아올 확률은 매우 낮기 때문이었다.

저녁 식사가 끝나면 여러 가지 잡다한 일들이 기다리고 있었다. 그 중에는 이(虱, lice) 잡기도 있었다. 조그만 유리병(페니실린주사약 빈병)을 주며, 이를 잡아 그 병에 넣으라면서 마리 수를 할당해 주었다. 그러면 그 숫자만큼 잡아서 병에 넣어 반납해야 했다. 이때 그 숫자를 채우지 못하면 기압을 주었다. 그러므로 할당된 수를 채우지 못할 때는, 이를 많이 잡은 훈병에게 꾸어서 할당된 숫자를 맞추어서 받쳐야 했다.

당시에는 군대에 이가 참으로 많았다. 이를 죽이려고 DDT라는 가루약을 옷에 뿌려도 저항성이 생겨서 그랬는지 죽지를 않았다. 이를 잡아 DDT 가루약 위에 올려놓아도 죽지 않고 벌벌 기어 다녔다. 그래서 DDT를 한 움큼씩 쥐어서 등허리에 넣으면, 그것이 모두 때가 되는데, 난 훈련소에 10주 동안 목욕을 단 두 번 했다. 그것도 5분 이내에 "번개 불에 콩 볶아 먹듯이" 끝내야만 했다 .

이가 많으면 몸이 몹시 가려웠다. 그래서 내무반 불침번을 설 때는 내복을 벗어 이를 잡았는데, 내가 훈련소에서 상반기 교육을 받을 때는 추운 2월이었다. 그래서 내무반에 '페치카'라는 연탄난로를 놓았는데, 내복을 벗어서 페치카에 가까이 대면, 천의 올들 사이에 숨어 있던 이들이 뜨거워서 겉으로 나와서 벌벌 기어 다녔다. 그러면 그걸 잡아서 벌겋게 달은 페치카 위에 놓으면 톡톡 터지면서 타는 냄새가 이상야릇해서 메스꺼울 정도였다.

훈련소에서는 하루에 적어도 서 네 번씩 트럼펫 나팔소리가 들렸다. 아침에 훈병들의 단잠을 깨우는 기상나팔 소리는 짜증을 나게 만들었다. 그러나 식사 때를 알리는 나팔 소리는 반가웠다. 그리고 밤 아홉 시인가 열 시에 부는 취침 나팔 소리는 처량하게 들려서 집 생각에 눈가를 적시게 만들었다. 그런데 지금은 61년 전의 그 나팔 소리가 그리워지는 어인 까닭일까?

후반기 교육에서는 나는 AR 사수로 키워져

5주간의 전반기 교육이 드디어 끝났다. 일설에 의하면, 가방끈이 좀 길거나, '빽'이 있는 훈병들은 전반기 교육이 끝나면, 포병학교, 공병학교, 헌병학교, 수송학교 등으로 전문교육을 받으러 가고, 무학자나 초졸자, 그리고 나와 같은 학보병은 익산군 금마면에 있던 후반기 훈련소로 가서 또 5주간의 교육을 받아야 한다고 했다. 후반기 교육은 각종 중화기에 관한 것으로 박격포중대, LMG중대, AR중대 등으로 나누어, 해당 중화기의 구조, 관리와 사격방법 등에 관한 교육을 받았다.

나는 AR중대로 배치되어 영어로 'Automatic Rifle'이라는 자동소총에 관한 교육훈련을 받았다. 이 교육을 이수하고 자대에 배치되면 AR 사수나 부사수가 되었는데, 당시 보병 소대에서는 AR이 가장 강력한 무기였으며, 각 소대에 1정 밖에 없었다. 그래서 전시에는 AR 사수가 적군저격병의 제1차 목표가 되어 가장 많이 전사한다고 하는데, 나는 바로 이런 운명의 병사로 양성되어졌던 것이다. 중화기교육을 이수하면 비록 명칭은 '중화기보병'이었지만, 주특기는

001이라는 것을 받았다. 이는 보병의 '기본병과'로, 그야말로 영어로 'foot soldier'였다. 그리하여 "3보 이상은 구보"였던 반면, 포병을 비롯한 다른 병과 병사들은 "3보 이상이면 승차"였다. 그러나 전쟁 때 점령한 산봉우리나 건물 옥상에 태극기를 꽂는 것은 보병이라면서 '프라이드'를 가지라고 세뇌시켰다.

전반기 교육을 받은 논산은 3불순 즉, 인심불순, 정조불순, 일기불순이라고 했다. 그런데 후반기 교육을 받은 익산군 금마면의 일기(日氣)도 논산 못지않게 불순했다. 2월의 거센 들판 바람에 얼굴 살갗이 쩍쩍 터져서 아리고 따끔거렸다. 목에는 헌데가 나서 '목에 힘주고' 다녀야만 했다. 군복 저고리를 세탁도 제대로 하지 않고, 목덜미에 때가 반질반질하게 묻어 있는 것을 훈병들에게 계속해서 물려입히는 것이 바로 그 헌데의 발생 요인이었다.

교육훈련 시간에 훈병들은 틈만 나면 졸았고, 이들의 잠을 깨우기 위해 교관들은 음담패설을 교과내용(?)의 일부로 곁들였다. 그중에서 내가 아직도 기억하는 것은 '칫솔 자루' 이야기였다. 열 서넛 살 된 아가씨가 칫솔제조공장에 다녔는데, 이곳은 칫솔 군납(軍納)공장이었다. 마침 아가씨 오빠가 군에 복무 중이라, 아가씨가 만든 칫솔을 혹시 자가 오빠가 사용할 수도 있다고 생각, 남들보다 열심히 일했다. 그런데 하루는 목욕탕에 가서 거기를 내려다보니까 칫솔이 나오고 있었다. 이에 놀란 아가씨는 집에 돌아와서 이불을 뒤집어쓰고 공장에도 가지 않았다. 이를 이상하게 여긴 공장장이 아가씨 집을 방문하여 결근 이유를 물으니까 통 대답하지 않았다. 계속해서 물었더니, "칫솔공장에 다녔더니 거기에 칫솔이 나서 이젠 공장에 다니지 않겠다"고 대답했다. 그래서 "그건 공장에 다녀서가 아니라 나이가 들면 모두 나는 것"이라고 공장장이 설명해 줬다. 그래도 아가씨가 믿으려 하지 않자, 공장장이 자기 것을 보여 주며 "나도 이렇게 칫솔이 나지 않았느냐"고 하자, 아가씨가 더욱 놀라면서 "공장장님은 공장장까지 하니까 칫솔 자루까지 났네요"고 하더라는 것이다.

신병교육 마치고 12사단 본부 수색중대로

1962년 4월 말경, 드디어 후반기 교육까지 끝났다. 이제 전방으로 배치될 차례였다. 훈련소 교육이 끝난 병사들을 우선 의정부에 있던 101보충대나, 춘천에 있던 102보충대로 보내서 거기서 다시 각 부대로 배치했다. 그런데 흔히 '2보대'라고 부른 102보충대로 배정되면 "이젠 죽었다"고 복창했다. 이곳에 배정된 병사들은 거의 모두가 최전방인 강원도 산골짜기 군부대로 배치되었기 때문이다. 나는 학보병이니까 예상대로 102보충대로 보내졌다. 그런데 이곳에서 나의 '빽'이 기다리고 있었다. 그 '빽'은 다름 아니라 나의 친척 할아버지뻘 되는 차계호 중위였다. 이 할아버지는 내가 102보충대에 도착하자마자, 보충대 내의 BOQ의 자기 숙소로 데리고 가서 묵게 했다. 소양강 바로 옆이라 강에 나가서 그간에 묵은 때를 말끔히 벗겨냈다. 사흘 뒤, 차계호 중위는 나를 12사단으로 보내면서, 사단장 전속부관이 자신의 보병학교 친한 동기이니 잘 봐줄 것이라는 거였다.

12사단이 어디에 있는지조차 모른 채 끌려가는데, 갑자기 커다란 호수가 나타났다. 커다란 돌에 파로호(破虜湖)라고 쓴 글씨가 보였다. 이곳은 1944년 화천댐이 완공되면서 형성된 인공호수인데, 원래 명칭은 대붕호(大鵬湖), 혹은 화천호(華川湖)였다고 한다. 그러나

6 · 25 전쟁 중이었던 1951년 5월 이 호수 인근에서 한국군과 미국군이 중국군을 격파한 곳이라고 하여 1955년 이승만 대통령이 '파로호'(破虜湖)라는 이름을 붙이고 친히 쓴 것이었다. 이곳에서 한 30분 더 가더니 우리를 태운 군대 트럭이 조그만 부대에 도착했다. 정문에 12사단 보충대라는 표지가 보였다. 이틀 뒤 군대 지프차가 와서 나만 데리고 어디로 갔다. 가서 보니 12사단 직할 수색중대였다.

중대 본부 행정반에 가서 전입신고를 마치자, 인사계장이 왈, 낮에는 행정반 서무계에 와서 일을 거들고, 밤에는 제1소대 막사로 가서 자라는 것이었다. 중대 본부 행정반을 비롯하여 모든 건물들은 돌과 흙으로 벽을 쌓아 올리고, 그 위에 지붕은 풀을 엮어 덮은 그야말로 초가(草家)였다. 내무반 막사로 들어가 보니 침상은 흙을 50센티미터쯤 돋아서 만들었고, 그 위에는 마대 속에 마른 풀을 넣은 매트리스가 깔려 있었다. 밤에 잠을 자다가 목이 아프고 간지러워 나도 모르게 손바닥으로 쓱 문질러서 냄새를 맡아보니 피비린내가 섞인 고약한 냄새가 났다. 그것은 내 손바닥에 의해 무참히 문질러져 죽은 빈대의 냄새였다.

중대 본부 행정반에서 나의 군대 생활은 질식할 만큼 답답했다. 조그만 막사 안에 부관(중위)과 인사계장(상사) 아래, 서무계·작전계·교육계 병장들이 책상들을 서로 맞붙이고 앉아 있는데, 나 혼자만 이등병이라 숨을 크게 쉬기에도 눈치가 보였다. 내가 맡은 병력관계 업무도 지극히 단순하고 반복적이라 마치 개미가 쳇바퀴를 도는 것 같았다. 서면으로 병역보고를 할 때는 중대 주소도 써야 했는데, 그때 "강원도 화천군 간동면 오음리 12X 수색중대"라는 것을 수백 번 써봐서, 지금 이 글을 쓸 때 그 주소가 나도 모르게 입에서 저

절로 술술 나왔다.

매일 병역보고서를 작성하고, 그것을 중대장실 상황판에 써놓고, 오후 4시쯤 되면 전화로 사단에 보고하고, 일과 후나 주말에도 행정반을 지키면서 외출증이나 외박증을 끊어주고 …. 그러는데 '쌀종계' (1종계) 하사 놈이 와서, 실제로 외출이나 외박을 나간 병사들의 숫자보다 더 많이 나간 것으로 병력보고를 하라고 은근히 겁박했다. 그래야 쌀이 남아서 그걸 자기가 착복하거나 중대장, 부관, 인사계장 등에게 바칠 수 있기 때문이었다.

행정반에서 탈출, DMZ 투입 훈련 받아

1962년 6월인가 7월이 되자, 우리 12사단이 가을에 전방으로 이동하며, 수색 중대는 DMZ로 투입된다는 소문이 돌더니 얼마 뒤 사실로 확인되었다. 지금은 사단들이 한 곳에 계속 주둔지만, 그때는 '전후동서측방교류원칙'에 따라 2년마다 주둔지를 바꾸었다. DMZ로 투입하기 위한 우리 수색 중대의 증원이 시작되었다. 본래는 100여 명이던 인원이 200여 명으로 늘어났다. 중대장도 대위에서 소령으로 바뀌고, 장교도 본래 3명에서 5, 6명으로 늘어났다. 그중에는 통신장교, 의무장교도 따로 있었다.

수색 중대 사병들은 본래 있던 병사들 중에서 일부만 남기도 12사단 전체에서 새로 차출해 왔다. 처음에는 고졸 이상만 차출할 계획이었으나, 당시 전방에는 고졸자가 그리 많지 않은데다가 이들은 각 부대에서 대부분 행정병으로 썼기 때문에 수색 중대로 보내지 않았다고 한다. 그리하여 학력 수준을 중졸 이상으로 낮추어 차출했는데, 당시 전방부대 병사들 중에는 무학자도 많았다. 그래서 사단 내에 '공민학교'라는 것을 만들어 무학자들에게 한글을 가르치기도 하였다.

새로 차출되어 온 병사들 중에는 학보병도 10여 명이 들어있어 반가웠다. 그 이전에는 학보병은 나 혼자만이어서 외로웠기 때문이다. 이들이 교육 훈련을 받으면서 서로 재미나게 히히덕거리는 것을 보니 이들과 어울리고 싶었다. 그래서 중대장을 찾아가서, 축농증과 두통 때문에 행정업무를 보기 어려우니 소대로 방출해 달라고 청원했다. 그러자 "행정반에서 펜대를 잡는 것을 모든 졸병들이 특과로 간주하는데, 별놈 다 봤다"는 식으로 "안 된다"고 거절했다. 몇 번 더 찾아가 애원했더니 마침내 허락해 줬다. 그리하여 행정반에서 탈출하여 소대로 나와 훈련을 받으면서 학보병들과 어울리니 재미나고 마음이 편했다.

행정업무를 보게 되면 윗분들이 시키는 일도 많았고, 또한 내가 스스로 알아서 해야 할 일도 많았지만, 일반 졸병들은 '일어나라면 일어나고, 먹으라면 먹고, 자라면 자고 … 무조건 시키는 대로만 하면 되니까 근심 걱정할 일이나 책임질 일이 전혀 없기 때문이다. 다만 신체적으로 조금 고달팠지만, 그것도 운동으로 생각하니 마음이 편해졌다. 그리하여 "우리의 일거일동은 모두가 훈련이다"라는 군대구호를 "나의 일거일동은 모두가 운동이다"라고 바꿔 부르며 열심히 교육 훈련을 받았다. 이때 나는 특별히 통신병교육, 즉 암호 푸는 법, 통신선 묶는 법, PRC-10 등 무전기로 교신하는 방법 등에 관한 교육도 받아서 DMZ에 들어가서는 통신병 역할도 맡았다.

최영오 일병사건으로 군대생활 좀 편해져

DMZ로 투입을 위한 사전교육훈련과 병영 생활은 그런대로 즐거웠다. 성균관대 윤병민, 서울대 당현숙, 중앙대 이필공과 이윤용 등 몇 명의 학보병들과 몰려다니며, 식사 때 돼지고기 국이 나온다는 정보를 입수하면 식당으로 빨리 달려갔다. 비계가 붙은 돼지고기는 국을 끓이면 위로 둥둥 뜨니까 빨리 가야 그것을 얻어먹을 수 있기 때문이다. 반면에 쇠고기국이 나온다고 하면 천천히 갔는데, 소고기는 국을 끓이면 밑으로 가라앉기 때문이다. 그런데 무슨 국이든지 간에, 국에 밥을 말아먹으면 안 된다. 국과 밥을 따로따로 먹으면 두 그릇을 먹을 수 있으나, 국에 밥을 말아 먹으면 한 그릇 밖에 못 먹기 때문이다. 식사가 끝나면 미식기, 국그릇, 스푼 등을 도랑가에 가서 씻어야 했는데, 이때 대여섯 명이 가위바위보를 해서 지는 사람이 모든 사람의 그릇을 세척토록 한 것도 재미났던 기억이다.

그땐 5.16군사혁명 이후라, 모든 군인들은 반드시 혁명공약을 외어야만 했다. 그래서 병사들이 식당에 들어갈 때 '하사관'(지금의 부사관)들이 문을 막고 서서 혁명공약을 외어 보라고 했다. 못 외이면 외일 때까지 식당에 들여보내지 않았다. 혁명공약은 "1. 우리는 반공을 국시로 삼는다"로 시작해서 "6. 이와 같은 우리의 과업이 성취되면 … 언제든지 정권을 이양하고 우리들 본연의 임무에 복귀할 준비를 갖춘다"로 끝나는 것으로 길이가 꽤 길어 외이기가 쉽지 않았다.

당시 학보병들은 일반병 선임들의 질시대상이 되어, 이유 없이 '빠따'를 맞은 적도 적지 않았다. 학보병들을 아니꼽게 여긴 선임병이 느닷없이 "학보병들, 0.5초 이내로 식당 앞에 집합"이라는 명령을 내려서, 즉각 식당 앞에 모이면, "너희들 요즘 정신상태가 돼먹지 않았느니, 군기가 빠졌느니, 대학생이면 다냐? 인상들이 좋지 않다"는 등등 온갖 트집을 잡으며 일장 연설을 한 다음, 엎드려뻗쳐를 시키고 곡괭이 자루로 궁둥이를 수차례씩 때리기도 했다. 한 번은 내가 맞고 있는데 그다음 맞을 차례가 된 내 옆의 당현숙 일병이 사시나무 떨듯 떨고 있었다.

학보병들에 대한 일반병 선임들의 질시와 기압 등은 1962년 7월 8월 발생한 최영오 일병사건 때문에 많이 완화되었다. 최영오 일병은 서울대 천문기상학과에 다니다가 입대한 학보병이었는데, 자신에게 온 애인의 편지를 선임병들이 먼저 뜯어보고 조롱하자, 사과를 요구했다가 도리어 구타를 당했다. 이에 분개한 최 일병이 선임병 2명을 M1 소총으로 사살했다. 그 죄로 최 일병은 1963년 3월 18일 총살되었고, 그의 어머니는 그날 밤 마포 근처 한강에 투신자살했다. 이런 사건이 언론에 크게 보도되고, 여론이 들끓게 되자, 위에서 아마도 학보병들에 대한 부당한 대우를 금지시켰던 같다. 그 덕에 나머지 학보병들은 조금 편한 군대생활을 할 수 있었다.

군대라면 예전에는 으레 '간빵'(건빵의 일본어 발음)과 화랑담배를 연상하게 만들었다. 그러나 건빵은 1962년 4, 5월경 내가 12사단에 배치 받고 곧 배급이 중단되었다. 그래서 난 건빵을 많이 먹지 못했다. 그러나 먹는 요령은 숙달된 선임으로부터 습득했다. 건빵은 물은 마시며 먹으면 절대로 안 되고, 목이 좀 메더라도 그냥 씹어 먹은 뒤에 물을 잔뜩 마셔야 한다는 것이다. 그래야 조금 뒤 건빵이 뱃속에서 불어나면서 포만감을 느낄 수 있는데, 이것이 바로 건빵을 효율적으로 먹는 요령이었다.

 '간빵'과는 달리, 화랑 담배는 내가 제대할 때까지 3일에 한 갑씩 (20개피) 계속 나왔다. 내 몫은 골초 당현숙 일병이 받아서 관리해 주었다. 난 '뻐끔담배'인지라 훈련이나 사역을 하다가 "10분간 휴식"이라는 명령이 떨어져 모든 병사들이 담배를 한 대씩 꼬나물 때만 피웠다. 그리하여 교육이나 사역이 많은 날에는 10분간 휴식시간도 많아져 담배도 많이 피게 되었지만, 그렇지 않은 날에는 적게 폈다. 그 결과, 가령 내가 하루에 5개 개피만 피우게 되면, 하루 정량 6.7 대에서 약 2개피가 남게 된다. 그러면 이 2개피를 당 일병이 갖는 조건으로 내 담배까지 관리해 주면서 "10분간 휴식" 명령이 떨어지면 담뱃불까지 붙여 나에게 한 개피 씩 받쳤다. 그러나 휴식시간 횟수가 늘어나면서 밑지는 날이 많아졌다고 당 일병은 나에게 투덜거렸다.

드디어 비무장지대(DMZ)로 투입돼

 1962년 10월경, 드디어 DMZ에 투입되었다. 어둠이 시작되자 모두들 차량에 올라, 화천군 간동면 오음리를 떠나 밤새도록 달려 이틀날 아침 어딘가에 도착했다. 그 근처에 저 멀리 남쪽으로 높은 산이 보이기에 부사관에게 무슨 산이냐고 물었더니 적근산이라고 했다. 그리고 우리가 현재 위치하고 있는 곳은 철원군 근남면이라고 했다. 이곳의 수색중대 본부에서 여러 시간 동안 머물며 DMZ용 군복으로 갈아입고, 검은색 워커(군화, 이전에는 붉은색이었음)로 갈아 신고, DMZ내에서의 행동요령 등을 다시 점검했다. DMZ용 군복은 새 옷에다가 가슴에 명찰을 다는 곳에는 명찰 대신 '민정경찰'이라고 수놓은 표찰을 달았고, 어깨에는 태극기 표식을 붙였고, 팔에는 한글로 '헌병'이라고 쓰고 그 아래 작은 글자의 영어로 'DMZ Police'라고 쓴 완장을 찼다. 그리고 계급장은 달지 않았다.

우선 선발대로 DMZ에 투입할 병력을 각 GP와 CP별로 뽑아, 먼저 DMZ로 투입한다고 했다. 이들 선발대는, 기존에 GP와 CP에 근무하던 다른 사단 수색중대원들과 1주일 동안 합동 근무를 하면서 근무요령 등을 익히기 위한 것이었다. 독자들의 이해를 돕기 위해 먼저 DMZ, GP, CP에 관하여 간단히 설명하면, DMZ란 영어 'Demilitarized Zone'의 약자로 우리말로는 '비무장지대'이다. 이는 한국동란의 휴전협상 때인 1953년 여름 만들어진 것으로 남북 간의 군사분계선(the Military Demarcation Line)을 중심으로 남쪽 한계선(남방한계선)까지 2Km와, 북쪽 한계선(북방한계선)까지 2Km, 그러니까 남북을 합쳐 4Km 안에는 단발 소총을 제외한 다른 무기를 일체 들여와서는 아니 된다고 규정했는데, 바로 이런 지역을 DMZ, 즉 비무장지대라고 한다.

이러한 지역의 감시와 시설물의 유지, 보수 등을 위하여 남북 양쪽에서 일정 수의 병력을 주둔시키도록 했는데, 이런 병력을 영어로는 'DMZ Police'로 불렀고, 우리말로서 '민정경찰'이라고 불렀다. 그리고 이러한 민정경찰이 DMZ 내에서 주둔하는 초소를 GP라고 불렀는데, 이는 'Guard Post'의 약자로 알고 있다. 그다음 CP는 'checkpoint'의 약자로서 곧 검문소를 말한다. 비무장지대 즉 DMZ가 시작되는 남쪽과 북쪽(북한)에는 각각 한계선이 있게 마련인데, 이들 중 남쪽의 한계선을 남방한계선(south limit line), 북쪽의 한계선을 북방한계선(north limit line)이라고 부른다. 바로 이와 같은 한계선에 초소를 설치하여 DMZ를 출입하는 사람들을 검문, 통제하는 임무를 맡은 초소를 CP라고 불렀다.

처음에는 CP에서 검문과 호송 맡아

내가 DMZ에 근무할 당시, 우리 12사단 수색중대는 7개 GP와 4개 CP를 관할했는데, 이들 중 난 처음에는 4 CP에 배치되었다. 이 CP에 들어가 보니 토굴처럼 생긴 초가집 형태의 막사가 계곡 길가에 울타리도 없어 덩그렇게 앉아 있는 모습이 마치 옛날 주막집을 연상시켰다. 이곳에서 그때까지 근무하던 7사단 병사들과 며칠 동안 합동 근무를 했는데, 7사단 병사들이 왈, 인민군이 밤에 몰래 와서 낫으로 아군의 목을 베어 갔느니 어쩌니 하면서 우리들에게 겁을 잔뜩 주었다. 밤에 막사 주위 보초를 서고 있는데, 무언가 저 아래서 획 지나가는 통에 혼비백산했다. 그러나 그것을 희미한 달빛아래 보니 너구리였다.

며칠 뒤, 7사단 병력은 모두 철수하고, 그 대신 우리 12사단 병력이 모두 올라와 CP를 관할하게 되었다. CP의 T/O는 GP와 마찬가지로 15/1이었다. 이는 병력 수가 총(Total) 15명에 그중 장교(Officer)가 1명이라는 것이다. CP의 주임무는 GP에 들어가는 모든 사람들을 검문하여 무장 해제시킨 뒤, GP까지 호송해 주는 일이었다. 또한 GP에 들어가는 급식차가 오면, 무장하고 그 차에 올라 GP까지 호송했다가 CP까지 데리고 나왔다. 밤에는 CP를 안전하게 지키기 위해 보초를 섰는데, CP 주위에 철조망 울타리조차 없어 보초를 서다가 부스럭 소리만 나도 겁이 덜컥 났다. 비무장지대에는 다른 곳 군부대들과는 달리 암구호라는 것이 없었다. 그래서 수상한 사람이 나타나면 암구호를 묻지 않고 즉각 사격을 가하였다.

CP 요원들의 또 하나 주요 임무는 군사분계선의 안전 소로를 순찰하면서 그에 설치된 각종 시설물을 보수하는 일이었다. 군사분계선이란 DMZ의 중앙을 가로지르는 선으로 곧 남과 북을 가르는 선을 말한다. 이러한 군사분계선에는 300야드마다 나무판에 한글로 '군사분계선,' 한자로 '軍事分界線,' 영어로 'Demarcation Line'이라고 쓴 팻말들이 서 있다. 그리고 이 선을 기준으로 하여 2미터 남쪽과 2미터 북쪽에 각각 약 1미터 높이의 철조망 줄을 한 가닥씩 늘어놓고 그사이를 민정경찰이 걸어 다니도록 길을 만들어 놓았는데, 이 길을 '안전 소로'라고 불렀다. 바로 이러한 두 개의 안전 소로 중에서 남쪽 안전 소로는 아군 민정경찰대원들이, 북쪽 안전 소로는 인민군 민정경찰대원들이 순찰하면서 쓰러진 군사분계선 표지를 바로 세우고, 끊어진 철조망 줄을 이어주는 등의 보수작업을 했다.

내가 DMZ에 들어가기 6개월 전만 해도 아군이 안전 소로를 순찰하면 인민군이 달려 나와서 서로 대화를 나누고 선물도 교환했다고 한다. 그러다가 언쟁이 벌어져서 인민군이 낫으로 아군의 목을 베는 사건이 발생했다. 그래서 내가 4 CP에 근무할 때는 안전 소로 순찰을 거의 나가지 않았다. 만약 나가더라도 인민군이 오면 피하면서 선물만 뿌려 놓으라고 했는데, 선물이란 것은 선적 책자와 치약, 칫솔 등이었다.

난 안전 소로 순찰을 한번 밖에 나가지 않았는데, 안전 소로를 순찰하다보니 인민군들이 철조망 줄을 잘라가서 안전 소로가 어디인지를 알 수 없어, 아마도 우리가 군사분계선을 조금 넘어갔던 것 같다. 갑자기 인민군 GP에서 우리 쪽으로 사격을 가해 왔다. 그래서 땅에 납작 엎드렸는데, 다리에 총탄이 맞을 것 같아서 다리를 웅크렸다. 인민군의 사격이 중지되자 우리는 황급히 후퇴하는데, 우리 앞에서 불길이 솟아올랐다. 아마도 우리를 북쪽으로 몰기 위해 우리 앞에 소이탄을 발사했던 것 같다. 다행히 우리는 모두 무사히 빠져나왔고, 불은 마침 북풍을 타고 북쪽으로 번져 나가면서 땅에 묻어놓은 지뢰들이 터지는 소리가 들렸다. 이튿날 노란 완장을 찬 중립국감시위원들이 와서 조사를 한다면서 우리 CP장에게 현장으로 안내하라고 했다. CP장이 나에게 선두에 서라고 해서 중립국감시국위원들을 데리고 다시 현장으로 가는데 인민군의 사격을 또 받을 것 같아 오금이 조금 저렸다.

4 CP에서 204 GP로 올라가다

난 4 CP에서 3개월쯤 근무하다가 204 GP로 전출되었다. GP 막사는 공병대가 막 새로 건축한 것으로 산봉우리 위에 시멘트 블록으로 깔끔하게 지어 놓았다. 2층에는 조그만 옥탑방 같은 것도 만들어 거기에 포대경을 놓고 적방을 감시토록 했다. 204 GP는 건너편 인민군 GP와의 거리가 특히 가까워 직선거리가 500미터 정도에 불과해서 서로 소리를 지르면 대충 들렸다. 북쪽 GP에서도 그랬고, 우리 GP에서도 개를 길렀는데, 개 짖는 소리도 들렸다. 어느 날 우리 GP 진 돗개가 없어졌다. 몇 시간 뒤, 인민군의 대남방송에서 "개도 조선인민공화국이 좋아서 월북했다"고 선전했다. 우리 GP 개는 수놈이었는데, 북쪽 GP 개는 아마도 암놈이었던 것 같다.

 GP 막사 주위에는 밖에서 막사 안으로 수류탄을 투척하지 못하도록 닭장 그물 같은 것을 높게 쳐 놓았다. 막사 주위에는 참호를 빙 둘러 파 놓았다. 그 밖에 또 나무울타리를 45도 각도로 세워 놓았다. 이는 적군을 막기 위한 것이 아니라 적군이 가까이 와서 건드리면 부스럭 소리가 나도록 하기 위한 것이었다. 우리 병사들이 야간에 참호에 들어가 보초를 설 때는 막사 바깥쪽을 보면서 서야 함에도 불구하고, 대부분은 그 반대로 막사 출입문을 바라보며 보초를 섰다. 꾸벅꾸벅 졸고 있는데, 혹시 GP장이나 부사관이 나와서 질타를 할까 봐 그랬다.

 새해가 며칠 뒤로 다가왔다. "닭 모가지를 비틀어도 새벽이 오고, 국방부 시계는 거꾸로 매달아도 돌아간다"는 명언처럼, 내가 입대한지도 어연 11개월이나 되었다. 이제 7개월만 더 버티면 제대다. 크리스마스와 새해를 맞이하여 후방에서 보내온 위문편지와 위문품을 선임하사(오늘날의 선임부사관)가 우리 병사들에게 나누어 주었다. '국군 장병 아저씨에게'로 시작된 위문편지의 내용과 문체는 어디서 많이 본 듯 상투적이고 피상적이었다. 내가 중고등학교에 다닐 때 선생님이 일선 장병에게 보낼 위문편지를 써오라면, 서점에 가서 「편지 쓰는 법」이란 책을 사다가 거기서 그대로 베꼈던 '일선 장병에게 보내는 위문편지'의 견본과 거의 흡사했다. 편지 말미에는 "아저씨의 명복(冥福)을 빈다"면서 필(筆)을 놓았다. 발신인 성명이나 주소는 어디에서도 찾아볼 수 없었다. 이건 필시 편지를 쓴 사람이 여학생인데, "국군 아저씨께서는 괜히 답장을 구실로 나에게 '찝적'거릴 생각은 아예 마시라"는 경고임에 틀림없었다.

내가 받은 위문품은 칫솔 한 자루와 사자표 치분(齒紛) 한 봉지였다. '치분'이란 치아를 닦는 가루 치약을 말하는데, 그에 연마제로 섞어 놓은 활석 가루의 입자가 굵어서 이걸로 이를 닦으면 마치 가는 모래로 이를 닦는 것 같았다. 이를 닦고 나서도 입안에 모래알 같은 것들이 한참 동안 와삭와삭 씹혔다. 그때도 오늘날과 같은 튜브 치약이 있긴 했지만 값이 대단히 비쌌다. 이들은 대부분 미국제 '콜게이트'(Colgate) 치약이거나, 아니면 낙희화학주식회사(樂喜化學株式會社, 지금의 LG)에서 새로 출시한 '럭키 치약'이었다.

야간보초와 북한인민군의 대남방송

기나긴 겨울밤, GP 막사 밖에서 보초를 서는 것은 참으로 고역이었다. 야간 보초는 3교대일 경우는 제1조는 저녁 식사 후 밤 22시까지, 제2조는 22시부터 02시까지, 제3조는 02시부터 날이 밝을 때까지 섰다. 그러나 적방의 낌새가 좀 이상하다고 판단(이건 물론 GP장이나 그 윗분들의 판단)되면, '맞교대'를 했다. 이는 GP 병력 전원을 2개 조로 나누어 제1조는 저녁 식사 후 밤 12시까지, 그리고 제2조는 밤 12시부터 날이 샐 때까지 보초를 서는 것을 말했다.

겨울철 야간 보초는 동쪽 하늘에 있던 북두칠성이 북쪽으로 기울어야만 끝났다. GP가 산봉우리 위에 있기 때문에 매섭고 살을 에이는 듯한 북풍을 직사포 맞듯이 그대로 맞아야만 했다. 그래서 GP의 겨울은 다른 곳의 겨울보다 더욱 추웠다. 이는 당시 군인 피복의 질이 부실했기 때문이기도 했던 것 같다. 당시 우리는 면직(무명) 팬츠, 면직 내복을 입었다. 보초를 설 때 너무 추워 어떤 병사가 애인이 보낸 편지봉투를 거기에 씌웠더니 훨씬 덜 추웠다는 말이 돌았다. 하지만 난 불행하게도 거기에 씌울 애인이 보낸 편지봉투가 없었다.

날이 추우니까 밤도 그만큼 더 길었다. 그래서 더욱 지루했다. 이런 지루함을 달래기 위해 나는 대학 동기동창 이규성에게 시집(詩集)을 좀 보내 달라고 해서 시를 외이기도 했다. 그때 외였던 시들 중에서, 시인 이름은 잊었지만 '사다리'라는 시의 일부가 아직도 생각난다. "사다리를 하나하나 올랐습니다. 더 오르기에는 연륜이 이미 다하였고, 뛰어내리기에는 미련이 감탕처럼 나를 휘감습니다. 어머니 어찌하면 좋겠습니까."

당시 보초의 지루함을 달래준 것의 또 하나는 북한의 대남방송이었다. 저들이 우리 '국방군'에게 들려주는 대남방송은 노래와 뉴스 그리고 북한체제를 찬양하면서 월북을 권장하는 선전과 선동이었다. 저들의 '선전'(propaganda)은, 김일성의 말을 빌리자면, "인민들을 맑스-레닌주의 사상과 리론으로 교양하여 당정책을 튼튼히 무장시키는 사업"을 말한다. 그리고 '선동'(agitation)은, 이것 역시 김일성의 말을 빌려 설명하면, "군중의 기세를 돋구고 그들의 혁명과업의 수행으로 직접 발동시키는 사업"을 말한다.

뉴스는 주로 박정희 도당이 어쩌구저쩌구 했다는 것이었다. 그 당시 신문도 못 보고, 라디오조차 듣지 못했던 우리들에게는 그나마 뉴스거리가 되었다. 북한의 체제와 발전상을 찬양하고 선전하는 방송내용은 주로 "북조선에는 이불장과 재봉틀이 없는 집이 없다"는 식의 자랑이었다. 그러나 당시 '남조선'(남한)에도 이불장과 재봉틀이 없는 집이 없었기 때문에 우리들 귀에는 시큰둥하게 들렸다.

하지만 월북한 남한 병사들이 방송에 나와서, '장군님 은혜'로 현재는 모(某) 대학에 다니고 있다는 수기(手記) 등을 읽어주면서 우리 병사들의 월북을 권유하면, 그에 솔깃하는 병사가 없지 않았다. 한번은 중등학교 졸업 학력을 가진 송 일병이 나에게 다가와서 "차 일병, 월북하면 진짜로 대학에 보내줄까?"하고 진지하게 물었다. 내가 "월북해 봐, 그럼 알꺼 아니여. 내가 망을 봐줄 터이니 월북해 봐"라고 장난조로 그의 질문을 받아 준 적이었다.

학력에 관한 좀 다른 이야기지만, 내가 4 CP에 근무할 때 목격한 일이었다. 하루는 강 병장이라는 전라도 병사가 무엇을 잘못해서 그랬는지는 알 수 없으나 CP장에게 '빠따'를 여러 대 맞았다. GP장이 막사로 들어가자, 강 병장은 막 울면서 "내가 아파서 우는 줄 알아. 내가 고등학교도 못 나와서, 저런 고졸 출신의 새파란 소위에게 맞은 것이 서럽고 억울해서 운다"고 그 이유를 말했다. 그 옆에서 보초를 서고 있던 나는 자문해 봤다. "나도 CP장에게 저렇게 많이 맞으면 아파서 울긴 해야 하겠는데, 난 왜 운다고 어떤 이유를 붙여야 할 것인가?"

'호반의 벤취' 노래 들으며 미래의 '내님' 그려봐

북한의 대남선전선동 방송에 대항하여 우리 군도 대북방송을 했다. 그러나 내가 보기에는 북한에 비해 여러 가지로 부족했다. 북한 측 대남방송은 대여섯 개 GP들을 서로 연결해서 동일한 내용의 방송을 했다. 반면, 우리 사단은 7개 GP들 중, 2개에서만 방송실을 설치하여 각자 독자적으로 방송을 했다. 스피커도 북한 것들은 직경이 약 2미터쯤 되는 듯싶었다. 그 속에 인민군이 들어가서 작업하는 것이 보였기 때문이다. 때문에 스피커 소리도 쩌렁쩌렁 크게 울렸는데, 남한 쪽으로 약 5십리 정도까지 들린다고 했다. 그러나 우리 군의 스피커 소리는 작았다. 내가 근무한 204 GP 바로 옆의 205 GP의 스피커는 출력이 아주 낮아서 약 1Km정도 밖에 들리지 않는 것 같았다. 그런데도 이상하게도 방송대상자들인 인민군들보다는 우리들에게 선명하게 잘 들렸다.

205 GP에서 어떤 내용의 대북방송을 했는지는 이젠 기억나지 않는다. 그러나 우리나라 대중가요를 많이 방송한 것은 기억난다. 그 중 내가 특히 즐겨 들던 노래는 권혜경의 '산장의 여인'과 '호반의 벤치'였다. 이들 중에서도 나는 '호반의 벤치'를 특히 좋아했다. "내 님은 누구실까 어디 계실까. 무엇을 하는 님일까 만나보고 싶네. 신문을 보실까 그림을 그리실까. 호반의 벤취로 가봐야겠네." 이건 바로 당시 나의 심정을 그대로 말해 주는 것이었기 때문이다.

그 이전 이야기지만, 1962년 10월 말경, 내가 CP에 근무할 때, 갑자기 후퇴준비명령이 떨어진 적이 있었다. 나중에 알고 보니, 러시아가 미국의 코앞인 쿠바에 SS-4라는 중거리 탄도미사일(MRBM) 기지를 설치하는 것을 미군 첩보기 U-2가 포착했다. 이에 미국 케네디 대통령이 강력히 항의하면서 미-소간의 전쟁만이 아니라, 세계 3차 대전의 전운이 감돌았다. 그러자 그 불똥이 우리나라에도 튈 경우에 대비해서 만약 전쟁이 터지면, M1과 칼빈의 단발소총만 가지고 있는 GP와 CP 병사들은 몇 명씩 팀을 짜서 무조건 사창리 근처 12사단 본부로 후퇴해서 집결하라는 명령이 떨어진 것이었다. 그리하여 우리는 최소한의 비품만 넣은 배낭을 꾸려놓고, 나머지 모든 물품은 CP 앞마당에 모아놓고 후퇴할 때 소각하기로 했다.

우리는 소각물 주변에 둘러앉아 후퇴명령만 기다리며 이런저런 이야기를 나누었다. 그때 어떤 병장이, "이제 우린 모두 죽게 될 것 같은데, 무엇이 가장 억울하냐?"고 물었다. 거의 모든 병사들이 이구동성으로 "장가도 한번 못가고 죽는 것"이라고 대답했다. 다행히 그때 전쟁은 일어나지 않았고, 난 죽지 않아서 그로부터 12년 뒤 지금의 아내와 맞선을 보게 되었다. 그녀는 내가 DMZ에서 권혜경의 노래 '호반의 벤취'를 들으며 상상하고 마음속으로 그려봤던 '내님'과는 거리가 한참 멀어 보였다. 그러나 그때 내 눈에 무슨 콩 꺼풀이 씌워 그랬던지 그녀는 '내님'이 되어 버렸는데, 그녀는 그림을 그리시던 분이 아니라, 조각을 하시던 분이었다.

204 GP애서 예비소대로 퇴출되다

기나긴 겨울이 지나고 드디어 봄이 돌아왔다. 당시는 6.25 동란이 휴전된지 불과 10년도 채 되지 않아 들판에는 논밭의 형태가 아직도 뚜렷하게 남아 있었다. 물이 가득 찬 논 자리에서 개구리들의 합창소리가 산꼭대기 GP 막사까지 시끄럽게 들렸다. 막사에서 저 아래 산기슭을 내려다보면 어미 멧돼지가 알록달록한 색깔의 새끼들을 데리고 여기저기를 누비고 다녔다. 노루도 껑충껑충 뛰어다녔다. 노루를 총으로 죽이면, 반드시 사고가 난다는 미신(?)이 군대 내에 깊이 퍼져 있어 노루는 절대 잡지 않았다. 그러나 꿩은 잡아먹어도 괜찮았다. 꿩은 자동차를 탄 채 액셀러레이터를 밟아 엔진 소리를 붕붕 내면서 총으로 쏴야 도망을 안 가지, 그러지 않으면 쏜살처럼 달아나서 잡을 수가 없었다. 또한 꿩은 반드시 총소리가 작은 칼빈 총으로 잡아야 했다. 만약 총소리가 큰 M1 총을 쏘면, "어디 어디 지점에서 총소리가 났다"는 보고가 근처 다른 GP나 CP에서 중대본부 상황실로 즉각 보고됐기 때문이다.

GP에도 이제 날씨가 풀리자 주야간 보초도 설만 했다. 헌데 난데없이 나는 204 GP에서 중대본부 예비소대로 쫓겨나고 말았다. 자세한 이유는 모르겠으나, 아마도 육사 출신의 새파란 소위 GP장이 날 밉게 보았던 것 같다. 가슴에 손을 대고 곰곰이 반성해 결과, "학보병 놈들은 이유가 많고 싸지가 없다"는 당시의 중평처럼, 나도 GP장의 명령에 쓸데없는 이유를 달기 좋아했고, 다른 병사들보다 근무나 사역을 조금이라도 더 시키거나, 근무시간 외에 사역 등을 시키면 '공평'이니, '공정'이니 하는 것을 내세우며 상사에게 항의하는 등, "말 많고 따지기 좋아하는 소위 학보병들의 근성(?)"을 나도 갖고 있었기 때문이었던 것 같다.

중대 본부 예비소대란, 예컨대 GP나 CP의 병사가 휴가를 가면 그 대신 올려보내기 위한 병사들이나, 또는 휴가를 갔다 온 병사들을 다시 GP나 CP로 올려보낼 때까지 잠시 머물게 하는 일종의 보충대 비슷한 소대를 말했다. 이러한 예비소대로 내려와 보니 GP나 CP는 천국이었다. 비록 보초는 지겹게 섰지만, GP나 CP에서는 계급장을 달지 않은 데다가 맨 처음 DMZ 요원들을 차출할 때 대부분 일병이나 상병을 뽑았기 때문에 군대 밥그릇 수도 서로 엇비슷해서 계급차별이 거의 없었다. 그런데 예비소대로 내려와서 일병 계급장을 다시 붙였더니 '갑질'하는 선임들이 그렇게 많은 줄을 처음 알았다.

급식도 또한 GP나 CP에 비해 형편없었다. GP나 CP에 근무할 때는 이른바 '모가지 수당'이라는 특별수당을 매일 60원씩 받았다. 그 중 30원어치는 고기나 버터 등의 특식을 사다 먹었고, 30원은 저축해 놓았다가 제대할 때 주었다. 특식 중에서 사병들의 인기를 가장 많이 끈 것은 바로 '소대가리표' 마가린 버터였다. 그걸 한 숟갈 떠서 뜨거운 보리밥에 넣고 비벼 먹으면, 깔깔한 보리밥이 흰쌀 밥마냥 목구멍으로 술술 미끄러져 넘어갔다.

예비소대에 내려오니, 이러한 보리밥도 먹지 못해 체력이 약해지는 것 같은데다가 맨 날 사역에 시달렸다. 하루는 부대 밖 제재소로 사역을 나갔다. 어떤 병장이 둥그런 동력톱으로 땀을 뻘뻘 흘리며 열심히 통나무를 켜고 있었다. 그의 명찰을 슬쩍 훔쳐보았더니 군번이 제대를 코앞에 둔 말년 병장이었다. 이런 병장이 전혀 꾀를 까지 않고, 묵묵히 열심히 일하는 모습이 성스럽게 보이기까지 했다. 그래서 내가 다시 GP나 CP로 올라가면 저 병장처럼 열심히 복무하다가 제대하기로 마음속으로 다짐했다.

다시 202 GP로 올라가 개과천선

GP나 CP로 다시 올라가고 싶었지만 치사하게 누구에게 부탁하고 싶지는 않았다. 그래서 예비소대에 계속 머물며, 점심 식사를 마치면, 수첩을 꺼내 그에 붙어 있는 달력에서 그 날짜 칸의 반을 펜으로 시꺼멓게 뭉겨버리고, 저녁 식사를 마치면 나머지 반을 뭉개며 하루하루를 지겹게 살아가고 있었다. 그런데 마침 나와 친했던 학보병 당현숙 일병이 휴가를 갔다가 예비소대로 돌아왔다. 내가 GP나 CP로 다시 올라가고 싶다는 의사를 은근히 비쳤더니 그가 아는 장교를 찾아가서 나를 GP나 CP로 올려 보내달라고 부탁했다.

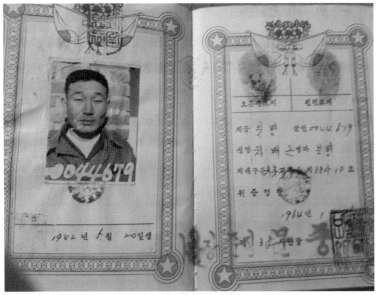

당시 학보병들은 00으로 시작되는 군번을 받고 최전방에 배치되었다. 호된 DMZ 생활이 잊혀지지 않은 듯 그는 제대증까지도 꼼꼼히 챙겨놓았다.

　그리하여 난 이번에는 202 GP로 올라가게 되었다. 이 GP는 북한의 오성산 바로 남쪽 맞은 편 아래 산봉우리에 자리 잡고 있었다. 오성산은 한국 동란의 휴전을 코앞에 두고 서로 한 치의 땅이라도 더 차지하려고 치열한 격전을 벌일 때, 인민군이 "국방군(한국군)의 인식표 한 트럭과도 바꾸지 않겠다"면서 끝까지 사수한 요충지였다. 그래서 지금도 휴전선 지도를 보면, 오성산이 있는 부분이 남쪽으로 볼록하게 튀어 내려와 있다.

　202 GP로 올라가자 나는 예비소대에서 다짐했듯이 꾀까지 않고, 사역도 자진해서 나가면서 열심히 복무했다. 그랬더니 "학보병 같지

않다"는 동료병사들의 평이 내 귀에 들렸다. 1963년 7월 초, 마침내 나에게 제대 특명이 떨어졌다. 그간에 학보병 제도가 폐지되어 내가 202 GP에서 마지막 학보병이 되었다. 나 이외에는 대학을 다닌 병사가 없었다. 내가 제대하면 GP의 여기저기에 써 붙여 놓은 DMZ 수칙, 근무요령, 사경도 그리고 물 한 드럼통 떠놓고서 '방화수', 모래 한 삼태기 퍼 놓고서 '방화사'라고 써 붙인 것들이 파손되면 그걸 다시 써 놓을 병사도 없었다. 이런 것들을 다시 새로 써서 붙여 줄 것을 GP장이 나에게 부탁했다. 난 기꺼이 받아들였고(사실상 거절할 수도 없었지만), 다른 병사들이 낮잠을 자는 동안에도 문자나 그림, 지도 따위로 된 모든 것들을 다시 새로 써 붙여 놓았다.

드디어 내가 202 GP를 떠나는 날, 병사들이 자기들에게 특식으로 지급된 마가린 버터를 모아서 꽤 많이 주면서 집에 도착할 때까지의 기간에 밥에 비벼 먹으라고 했다. 그땐 제대하면 곧바로 집으로 가는 것이 아니라, 일단 자기 본적지 예비사단으로 가서 보름 동안 영농교육을 받은 뒤에야 귀가했기 때문이다. 이때 내가 202 GP의 전우들에게 받은 버터는 내 생애에서 가장 귀중한 최고의 선물이었다고 나는 지금도 생각하고 있다.

'이유 없다'는 군대식으로 열심히 공부

군제대 후 복학생 시절

1963년 7월 8일 12사단에서 재대 특명을 받은 나는 원주에 있던 예비사단으로 찾아갔다. 당시는 군에서 제대 특명을 받으면 곧장 집으로 가는 것이 아니라, 본적지의 예비사단으로 가서 2주 동안 영농(營農) 교육을 받은 뒤에 귀가하였다. 난 본적지가 강원도 횡성이어서 원주 예비사단으로 가서 영농교육을 받았다. 그리고 7월 26일 정식으로 제대했다. 다른 사람들은 제대증을 받았으나, 난 '귀휴증'(歸休證)이라는 것을 받았다. 집으로 돌아가서 쉬면서 6개월 안에 대학에 복학해서 재학증명서를 병무청에 제출하면 귀휴증을 제대증으로 바꿔주겠으며, 만약 6개월 안에 복학하지 않으면 다시 군대로 소환하겠다는 것이었다.

제대하고 1963년 가을학기에 복학, 내 이름은 복학생

귀휴증을 받고서 난 강원도 횡성군 둔내면에 있던 고향 집으로 돌아왔다. 물론 며칠 동안은 기뻤다. 하지만 막상 제대하고 나니, 그처럼 일일여삼추(一日如三秋)로 기다렸던 것이었건만, 그리 기쁘지만은 않았다. 내가 대학 재학 중에 군대에 입대한 것은 "인생이란 도대체 무엇이냐?" "인생은 어떻게 살아야 하느냐?" 하는 '개똥철학' 문제들을 놓고 고민하다가 그것을 해결할 수 없자 그 도피처로 찾아간 것이 바로 군대였던 것이다. 그러나 18개월 동안의 나의 군대 생활은, 입대 이전의 나의 고민들을 해결해 주지 않았기 때문이다.

1963년 9월 1일, 대학에 복학했다. 복학 등록비는 내가 재대할 때 받아왔던 이른바 '모가지 수당'으로 냈다. 비무장지대(DMZ)에 근무하는 병사들에게는 우리가 흔히 '모가지 수당'이라고 부른 특별위험수당을 주었다. 내가 비무장지대에서 근무할 당시(1961. 1 ~ 1962. 7)는 하루에 60원씩 주었다. 그러나 그중에서 30원은 특식비라고 해서 떼고, 30원씩만 적립했다가 제대할 때 주었다. 내가 제대할 때 얼마나 받아 가지고 왔으며, 1963학년도 제2학기 등록금이 얼마였는지도 전혀 기억나지 않는다. 하지만 아무튼 내가 제대할 때 받아온 특별수당으로 대학등록금을 충분히 충당할 수 있었다. 하여 집에서 '향토장학금'을 받지 않아도 되었다.

대학에 복학해 보니, 같은 학과 동급생이었던 지길웅과 최래옥도 학보병으로 군대에 갔다가 제대하고 복학했다. 지길웅은 사실상 내가 군대에 끌고 갔었다. 길웅이의 집은 본래 경기도 연천이었으나, 서울의 숙부댁으로 올라와서 서울대학교 사범대학부속고등학교를 졸업했다. 길웅이는 아주 조신한 모범적 학생이었다. 이러한 길웅이와 나는 대학입학 후 나와 단짝이 되었다. 화장실도 항상 같이 다닐 정도로 서로 붙어 다녔다. 그래서 내가 군대에 입대하려 할 때 길웅에게 같이 입대하자고 했다. 그래서 같이 입대했으나, 서로 헤어져서 논산 육군훈련소에서 교장에 나가다가 얼핏 서로 한번 스치고 나서는 그간에 얼굴은 보지 못했었다. 물론 그간에 편지로는 서로 안부를 주고받았다.

최래옥은 전북의 명문 전주고등학교를 나왔다. 고향은 남원이었다. 촌놈처럼 아주 소탈하고 순수했다. 군대에 입대하기 이전에는 최래옥과 그리 가까이 지내지는 않았다. 그러나 복학하고 나서는 최래옥과 지길웅이와 나는 항상 어울려 다녔다. 우리 입학동기생들은 졸업을 한 학기만 남겨둔 점잖은 4학년생이 되어 있어 말을 걸기에도 좀 서먹서먹하였다. 그런 데다가 4학년생들은 학교에도 잘 나오지 않아서, 우리 복학생들끼리 어울려 다닐 수밖에 없었는데, 우리들 이름은 '복학생'이었다.

1964년 3월 새 학기부터는 김중호, 김반석, 남인기도 제대하고, 우리 복학생 대열에 합류했다. 김중호는 인천의 명문인 제물포고등학교 출신이었다. 꽤 큰 키에 안경을 쓴 호남형의 청년이었다. 김중호는 9사단에서 근무했는데, 그곳에서는 학보병에게 상병 계급장도 주었다고 한다. 그러나 지길웅과 최래옥 그리고 내가 근무했던 사단들에서는 18개월을 근무해도 학보병은 무조건 일병(일등병)이었다. 그래서 우리 복학생 중에서는 김중호가 계급이 가장 높았다. 그래봐야 겨우 상병이었지만.

비정상적 4학년이었던 우리 복학생들의 서러움

확실치는 않으나 그때가 아마도 우리가 복학하고 1년쯤 지난 1965년 제1학기 초였던 것 같다. 우리 국어과의 학생회장 선거가 있었다. 신입생부터 4학년까지 국어과생들이 거의 모두 모였다. 사회자가 "회장 후보자를 추천하라"고 하자, 내가 내 입학 동기 지길웅을 추천했다. 그러자 몇 학년이었는지는 모르겠으나, 한 학생이 걸상에서 벌떡 일어나더니 이의(異意)를 제기했다.

"지금 4학년생들은 정상적인 4학년생들이 아니잖아요. 게다가 인원도 몇 명밖에 되지 않고요. 지금 4학년 중에서 회장을 선출하는 것에 저는 반대입니다."

이 말을 들은 나는, 화가 나기 보다는 서러운 생각이 앞섰다.

"내가 어쩌다가 저 새까만 후배 녀석에게서 '비정상적'이라는 소리까지 듣게 되었단 말인가?"

1961년 5월 16일 군사 쿠데타로 정권을 잡은 박정희 군사정권은 그해 9월 1일 법률 제708호로 '교육에 관한 임시특례법'이라는 것을 공포했다. 이는 5 · 16군사정변 이후 교육의 정상화를 실현한다는 명목으로 교육법 · 교육공무원법 등의 법령에 특례를 규정한 것으로 전문 22조와 부칙으로 구성되었다. 그 요지는, 당시 초등학교 교원 양성교육기관으로 3년제 고등학교 수준이던 '사범학교를 교육대학 (2년제)으로 승격시켜 국민학교(지금의 초등학교) 교원양성교육을 강화하는 한편, 고등교육기관(대학)의 교수요원과 학생들의 자격요 건을 강화하기 위하여 대학과 학과를 통폐합하고 학생정원을 재조 정한다는 것이었다.

이와 같은 요지의 '교육에 관한 임시특례법'은 우리 사범대학에도 커다란 불똥을 튀겼다. 가정과 · 체육과 · 생물과 · 사회생활과만 남 기고, 나머지 모든 학과를 폐지하고, 이들 폐학과는 문리과대학에 합친다는 것이었다. 그러자 사범대학 교수와 학생들은 거세게 항의 했다. 그럼에도 폐과된 사범대학의 일부 학생들은 문리과대학으로 전과(轉科)했고, 폐과된 학과들은 1962학년도 신입생을 모집하지 않았다. 하지만 사범대학 교수와 학생뿐만 아니라, 각계에서도 반대 목소리가 높아지자, 군사정부는 1962년 말 '대학정비조정계획안'을 대폭 수정하여 폐과시켰던 사범대학 학과들을 다시 부활시켰다. 그리하여 1963학년도부터 우리 국어과도 신입생을 다시 모집하게 되었다.

이렇게 되고 보니, 한 학년이 비게 되었다. 1962학년도에는 신입생을 모집하지 않았기 때문이다. 그런데 그 빈 학년에 몇 명의 학생들이 있었으니, 그들이 바로 군대에 갔다가 복학한 우리였다. 그러니 어떻게 보면, 우리는 없어야 하는데, 이상하게도 존재하게 된 비정상적 4학년이었다. 그러니까 "비정상적 4학년생들 중에서 회장을 선출하는 것은 반대한다"는 그 학생(아마도 3학년생)의 말에도 일리가 전혀 없는 것은 아니었다.

이 학생의 제안에 다른 학생들은 어떻게 반응했었는지는 지금 기억나지 않는다. 그러나 투표 결과, 내가 추천했던 '비정상적 4학년생' 중 한 명이었던 지길웅이 회장에 당선되었고, 그의 강요(?)에 따라 나는 총무 일을 맡게 되었다.

'이유 없다'는 군대식으로 교수님이 시키는 대로 공부

앞서도 여러 번 언급했듯이 난 현실도피처로 군대에 갔었다. 하지만 군대는 나의 고민들을 해결주지 못했다. 또한 군대는 그런 곳도 결코 아니었다. 그래서 난 복학 후 마음속으로 한 가지 다짐을 했다. "이것저것 쓸데없는 고민 말고, '그걸로 밤송이를 까라면 무조건 까는 군대식'으로, 교수님들이 시키는 대로 우선 공부에만 전념해 보자"는 것이었다. 그리하여 강의실 맨 앞자리에 앉아, 내 얼굴에 튀는 교수님의 침방울 땜에 버짐이 날 정도(이건 과장)로 열심히 강의를 들었다.

요즘 군대에서도 이런 말을 쓰는지 모르겠다. 그러나 내가 군에 있을 때는 장교나 선임들이 말끝마다 붙이는 상투어가 "이유 없다"였다. 이 말 자체는 논리적으로는 맞지 않는다. 그러나 여러 가지 뜻을 함축하고 있었다.

첫째로는 "최선을 다하라"는 뜻으로 받아들일 수 있다. 주어진 일에 대하여 이러쿵저러쿵 미리부터 핑계나 변명을 붙이지 않고 우선 할 수 있는 대로 최선을 다해 보라는 말이다.

둘째로는 "불가능은 없다"는 뜻으로 해석할 수 있다. 미리부터 "안 된다"는 부정적 이유나 핑계 또는 조건 등을 붙이지 말고, 무슨 일이라도 일단 하면 할 수 있다는 말이다.

셋째로는 과묵하게 자기의 맡은 바 일만을 성실하게 하라는 뜻도 가지고 있다. 불평 없이 주어진 일만을 성실하게 처리해 나가는 것이 곧 "이유 없다"는 말이 되겠다.

제대 후 복학해서 난 교수님들이 시키면 무조건 "이유 없다"는 군대식으로 공부했다. 그 결과, 좋은 성적을 얻을 수 있었고, 교수님들의 눈에도 들게 되었다. 교수님들이 심부름을 시킬 때도 "이유 없다"는 식으로 해드렸다. 그래서 때로는 미리 교수님과 '이유 있는' 상의도 하지 않고, 무조건하다가 일을 그르친 적도 없지 않았다.

하지만 "이유 없다"는 식으로 열심히 공부한 덕택에 난 대학 졸업 후 교수님들의 조교도 될 수 있었고, 꿈에도 생각하지 않았던 미국 유학도 갈 수 있었다. "이유 없다"는 식의 내 생활 태도는 미국 사회에서도 통하였다. 때문에 5년 동안 계속해서 장학금도 받을 수 있었으며, 공부도 무사히 끝낼 수 있었다. 그래서 "이유 없다"는 식으로 자기 할 일만 성실하고 묵묵히 해나가면 반드시 그 보상이 돌아온다는 것을 확신하게 되어, "이유 없다"는 말을 지금까지도 나의 생활 신조가 되고 있다.

교수님들의 잔심부름도 난 대사가 된 기분으로 수행

복학 후, 위와 같이 내가 '이유 없다'는 군대식으로 열심히 공부하자, 내가 생각하지 못했던 일들이 벌어지기 시작했다. 그것은 내가 군대 가기 이전에는 내 얼굴조차 전혀 알아보지 못하셨던 교수님들이 내 이름을 부르기 시작했다는 것이었다. 그러면서 이것저것 심부

차배근은 우리 과의 유지였다. 과대표 박형준 군(오른쪽)과 우리과를 좌지우지 하였다.

름을 시키시기 시작했다. 그때 난 그냥 단순한 심부름꾼이 아니라, 일국의 '대사'(大使)가 된 기분이었다.

초등학교 때 일이었다. 지금 생각해 보면 그것은 선생님이 사환 누나에게 심부름을 시키려고 했으나, 그가 눈에 띠지 않자 나에게 시킨 것에 불과한 것이었다. 그 심부름이라는 것도 뭐 대단스러운 것이 아니고, 고작 교무실에 가서 '백묵'(분필의 옛말)을 가져오라는 것이었다. 또한 그것은 뭐 내가 똑똑하거나 공부를 잘해서가 아니라, 그때 마침 아주 우연하게도 선생님 눈에 띄게 되어 심부름을 한 번쯤 시키게 된 것이었다.

하지만 "아! 그때 나는 그것이 얼마나 가슴 뿌듯한 일이었던가!"

내가 초등학교 3학년이었던 그때, 난생처음 선생님의 심부름 명령을 우러러 받자옵고 교무실에 가서 백묵을 가지고 올 때 느꼈던 그 크나큰 자랑스러움은 마치 대통령의 '특명대사'가 된 기분이었다. 그 날 이후로 난 공부를 열심히 하게 되었다. 그건 순전히 선생님의 눈에 들어 심부름을 다시 해 보고 싶은 욕망 때문이었다.

바로 이와 비슷한 일이 내가 대학 3학년 때 또 벌어졌던 것이었다. 앞서 말했듯이 내가 군대에 갔다가 와서 복학하고 나서, 강의실 맨 앞자리에 앉아 열심히 강의를 들었더니, 학점도 그런대로 잘 나왔다. '올 A' 학점을 받았을 땐 무언가 뿌듯한 성취감까지 맛보았다. 교수님들께서도 나에게 원고 심부름을 시키시기 시작했다. 그러나 그건 별것이 아니라, 그땐 이메일이 없었기 때문에 교수님들이 원고를 쓰셔서 그걸 학생들로 하여금 출판사나 언론사 등에 가져다주게 하는 배달 심부름이었다. 하지만 이런 심부름도 교수님이 날 인정해 주시는 신호(?)로 해석하여 '대사'(大使)가 된 기분으로 열심히 해드렸다.

1960년 4월, 내가 사범대학 국어과에 입학할 당시는 우리 학과에 모두 5명의 교수님들이 계셨다. 그러나 1961년 9월 이탁 교수님이 정년퇴직하셨다. 그리하여 내가 1963년 9월, 복학했을 때는 네 분이 계셨다. 그 뒤, 1년 후였던가, 이용주(李庸周) 선생님이 전임강사로 들어와서 우리에게 '의미론'이라는 과목을 가르치셨다. 이들 국어과 전임교수 이외에 여러 대학의 저명한 교수님들이 시간강사로 오셔서 우리를 가르치셨다. 그중에서 지금도 생각나는 분들로는 성균관대학교 강신항 교수님, 숙명여자대학교 김남조 교수님, 연세대학교의 이가원과 장덕순 교수님, 이화여자대학교의 이태극 교수님 등을 들 수 있다. 그러나 여기서는 내가 가장 많이 배운 네 분, 즉 이하윤(異河潤), 김형규(金亨圭), 이응백(李應白), 이두현(李杜鉉) 은사님에 대한 추억의 몇 가지 편린만 소개하되, 은사님들의 존함을 마구 부르는 것은 커다란 결례이므로 존함 대신 되도록 호(號)를 부르기로 하겠다.

은사님들에 대한 추억 (1) : 연포 이하윤 교수님

연포(蓮圃) 이하윤 은사님은 우리가 고등학교 때부터 그 존함을 익히 알고 있었다. 연포 선생님이 쓰신 '메모광'이라는 수필이 고등학교 국정교과서인 「국어」 책에 실려 있었기 때문이다. 또한 연포 선생님은 '물레방아' 시인으로도 유명했기 때문이다. 연포 선생님은 1906년 강원도 이천(伊川)에서 태어나셨다. 1918년 이천공립보통학교를 졸업하고, 서울의 경성제1고등보통학교(현 경기고등학교 전신)

로 진학하여 1923년에 졸업했다. 그리고 일본에 유학하여 1929년 도쿄의 호세이대학[(法廷大學) 법문학부 문학과를 수료했다. 전공은 영문학이나 대학 재학 중에 프랑스어 · 이탈리아어 · 독일어를 배우기도 하셨다고 한다.

1929년 귀국한 연포 선생님은 경성여자미술학교(1929~1930)와 동구여자상업학교(1942~1945)에서 교편을 잡았다. 또한 「중외일보」(1930~1932)와 「동아일보」(1937~1940) 학예부 기자를 역임했으며, 경성방송국 편성계장, 콜롬비아레코드주식회사 조선문예부장 등을 역임하기도 했다. 한편 1931년에는 '극예술(劇藝術)' 동인, 1932년에는 '문학(文學)' 동인으로 활약했으며, 1939년에는 그의 첫 시집 『물레방아』를 출판했다.

광복 이후, 연포 선생님은 혜화전문학교(현 동국대학교 전신) 교수를 시작으로, 동국대학교 · 성균관대학교 교수를 거쳐 1949년 서울대학교 사범대학 교수로 부임하셨다. 그리하여 내가 대학에 다니는 동안에도 재직하고 계셨다. 내가 수강한 과목 중에서 특별히 기억나는 것은 '비교문학론'이었다. 솔직히 말해서 연포 선생님의 강의는 좀 지루했다. 강의실로 들어오시면 안경을 쓰시고, 교탁 위에 비교문학에 관한 책을 펼쳐놓고 천천히 읽어나가셨다. 그러면 우리는 그것을 놓치지 않고 받아쓰느라고 손목이 아플 정도였다. 그러나 연포 선생님은 휴강을 많이 하셔서 우리에게 인기(?)가 많았다.

연포 선생님은 일제강점기 때 경성방송국 제2방송(조선어방송) 아나운서였다는 소문이 우리 학생들 사이에 돌았다. 그래서 "책도 유창하게 읽지 않으시고, 목소리도 약간 허스키한데, 어떻게 아나운서를 하셨을까" 하고 고개를 갸웃거리는 학생들도 없지 않았다. 그러나 나중에 알아보니, 아나운서가 아니라 편성계장을 역임하셨음이 밝혀졌다.

은사님들에 대한 추억 (2) : 해암 김형규 교수님

해암(海巖) 김형규 은사님은 1911년 함경남도 원산에서 출생하시었다. 1926년 원산제일보통학교를 졸업하시고, 원산중학교에 진학하여 1931년에 졸업하셨다. 서울의 경성제국대학 법문학부 조선어문학과에 입학하여 1936년 졸업하셨다. 졸업 후 곧 전주사범학교의 교유(敎諭 : 일제강점기에 중등학교 교원을 이르던 말)로 취임하여 학생들을 가르치셨다. 그러나 1939년, 일제의 조선어말살정책을 비판한 "조선어의 과거와 미래"라는 글을 조선일보에 발표하자, 파면당하고 말았다.

1945년 광복이 되자, 해암 선생님은 고향의 원산중학교를 재건하여 교장이 되었다. 그러나 신탁통치반대운동을 한 죄로, 김일성 정권에 의해 1개월 동안 투옥되었으며, 교장직에서도 파면당하고 말았다. 그러자 월남해서 1946년 보성전문학교(현 고려대학교) 교수로 취임했다가 그해 8월 보성전문학교가 고려대학교로 개편, 승격되자 고려대학교 교수가 되었다. 1948년에는 숙명여자대학교 겸임교수도 역임하다가, 1952년 서울대학교 사범대학 국어과 교수로 부임하셨다.

해암 선생님은 고려대학교에 재직 중이던 1949년『국어학개론』이라는 저서를 출판하셨다. 이는 우리나라에서 이 방면의 첫 번째 개론서였다. 이어서 1955년에는『국어사』(國語史)와『고가주석』(古歌註釋)이라는 책을 한 해에 두 권이나 간행하셨다. 이들 저서는 모두 내가 사범대학에 다닐 때, 핵심 교재였다. 이들 중『국어학개론』과『국어사』는 아직도 내 서재의 서가에 꽂혀있다. 내가 졸업한 이후인 1974년에는『한국방언연구』라는 역작을 내셨다. 이 책에는 나도 아주 '쪼금' 기여했는데, 내가 대학에 다닐 때, 나의 부모님이 평안남도 출신이라고 하니까 나에게 평안도 방언을 조사해 달라고 해서, 조금 도와 드린 적이 있다.

해암 선생님은 휴강하시는 법이 거의 없었다. 내가 대학에 다닐 때는 휴강이 참으로 많았다. 걸핏하면 휴강이었다. 그래서 이런 우스갯말까지 돌았다. 어떤 교수님이 휴강하고 그다음 시간에 강의실에 들어가서 학생들에게 말하기를 "전번 시간에 휴강해서 미안하네"라고 말했다. 그러자 한 학생이 왈, "그래도 출근부에는 선생님이 강의한 것으로 도장이 찍혀 있던데요"라고 하자, 그 교수 왈 "그러니까 미안하다는 거지. 돈도 받지 않고 휴강한 것은 뭐가 미안한가"라고 대꾸했다는 것이다.

해암 선생님은 학생들의 야유회에도 거의 빠짐없이 참석하셨다. 우리가 선생님께 노래를 청하면, 마다하지 않으시고 한 곡조 뽑으셨다. 선생님의 18번은 변함없이 '학도가'(學徒歌)였다. 이는 19세기 말부터 20세기 초반에 걸쳐 불렸던 계몽가요의 하나로, 이에는 여러 가지 버전이 있었다. 그러나 해암 선생님의 즐겨 부르시던 학도가는 1904년 김인식(金仁湜)이 작사한 노랫말에 일본곡을 붙인 것으로, 1905년 평양의 서문 밖 소학교에서 연합운동회가 열렸을 때 처음으로 발표되었다고 한다. 이 노래는 젊은 청소년들에게 학문을 힘써 배울 것을 권장하는 것이었는데, 가사는 다음과 같다.

학도야 학도야 저기 청산 바라보게 / 고목은 썩어지고 영목은 소생하네.
동방의 대한의 우리 청년 학도들아 / 놀기를 좋아 말고 학교로 나가보세.

해암 선생님은 전공이 국어학이었지만 문학에도 조예가 깊으셔서 일찍이 1948년에는 동료 교수들과 『국문학개론』 책을 지으셨다. 또한 수필집도 여러 권 내셨다. 1963년 『계절의 향기』를 시작으로 해서 1971년에는 『인정(人情)의 향기』, 1981년에는 『인생의 향기』라는 제목의 수필집을 출간하셨다. 해암 선생님은 졸업생들의 주례도 많이 맡아 주셨다. 1973년 나도 장가갈 때 해암 선생님이 주례를 서 주셨다. "마차의 두 바퀴처럼 부부가 서로 균형을 맞추며 살아가라"고 한 선생님의 주례 말씀을 나는 지금도 가끔 되새기곤 한다.

은사님들에 대한 추억 (3) : 난대 이응백 교수님

이응백 은사님의 호(號)는 난대(蘭臺)이시다. 화려한 난초의 화분보다는 그것을 받치는 받침대처럼 되고 싶다는 일념에서 '난대'라고 지으셨다는 말씀을 들은 적이 있다. 그러시면서 '응백'(應百)이라는 이름처럼 자신은 다른 사람들의 1백 가지 요구에 모두 응하면서 살고 싶다고 말씀하시는 것을 듣기도 했다. 그래서 그러신지, 난대 선생님은 학생들의 요구를 잘 들어주셨다. 졸업생들을 취업시키는데도 적극적으로 앞장서 주시어 '복덕방'이라는 별명을 들으시기도 했다. 나도 대학을 졸업하고 선생님의 주선으로 중등학교 교사로 취직했었다.

이러한 난대 선생님은 1923년 경기도 파주시 파평면 덕천리(샘내)

330번지에서 출생하셨다. 향리에서 한학을 공부하시다가 서울로 유학, 관립경성사범학교 예과(豫科)를 거쳐 1945년 본과(本科) 2년 1학기를 수료하시고 보통학교(지금의 초등학교) 교사로 후학들을 가르치셨다.

해방이 되자, 서울대학교 사범대학 국어과에 입학하여 1949년 졸업하신 후 서울중학교(6년제) 교사가 되셨다. 1951년 서울대학교 사범대학부속중학교(역시 6년제) 교사로 자리를 옮기셨다. 1954년부터 이화여자대학교 조교수로 봉직하시면서, 1955년 한국국어교육연구회를 결성하여 회장이 되셨다. 1957년 서울대학교 사범대학 국어과 조교수로 자리를 옮기시어 1988년 정년퇴임 하실 때까지 31년 동안 봉직하셨다.

1960년 4월, 내가 사범대학 국어과에 입학 당시, 난대 선생님은 37세로 조교수이셨다. 그러나 대단히 근엄하셨다. 그래서 그랬던지 난대 선생님의 별호는 "젊은 것도 아닌 것이, 늙은 것도 아닌 것이"었다. 이러한 난대 선생님의 별명을 상급생들로부터 알게 되자, 철딱서니 없던 우리는 윤선도의 오우가(五友歌) 중에서 대나무를 노래한 "나모가 아닌 거시, 풀도 아닌 거시"라는 구절을 연상하면서 무엄하게도 따라 불렀다(선생님 죄송해요).

나는 원체 못나서, 초등학교부터 고등학교를 마칠 때까지 선생님들의 주목을 받지 못했다. 이는 대학 1-2학년 때도 마찬가지였다. 내가 1962년 1월 군대에 입대해서 일선에서 복무할 때, 군사우편을 통해 선생님께 그 무엇이던가 거창한 인생 고민을 털어놓는 편지를 올린 적 있다. 그 당시 난대 선생님께서는 나의 이름이나 얼굴을 전혀 기억하지 못하셨을 것이 분명했다. 내가 군대에 입대하기 이전에는, 난대 선생님(다른 모든 교수님 포함)께서 나를 기억하시리만큼 나는 예쁜(?) 짓은 물론, 미운 짓도 해 본 적이 없었기 때문이다. 그러나 이러한 나의 편지에 대하여 난대 선생님은 자상한 답장을 보내 주셨다.

1963년 여름 군대에서 제대하고 그해 9월 복학한 나는 개과천선(?)하여 선생님들의 강의를 열심히 들었다. 난대 선생님께서는 훈민정음, 대학 한문, 정서법(正書法), 국어교수법 등의 과목을 가르치셨다. 그 어느 날, 난 난대 선생님의 부름을 받아서, 선생님의 원고를 신구문화사에 가져다주는 심부름을 하게 되었다. 선생님이 날 알아주는 것 같아, 난 대사(大使)가 된 기분이었다. 난대 선생님께서 나에게 내려 주시는 심부름의 질(?)도 점차 높아져서 조사업무까지 부여받게 되어, 여러 가지 국어사전들에 나타난 장단음 표기를 조사해서 드리기도 했다.

군대에 갔다 온 관계로 난 입학동기생들보다 1년 반이나 뒤늦게, 코스모스 꽃이 한창 피어나던 9월 말, 소위 '코스모스 졸업'을 하게 되었다. 그날 난대 선생님께서 나를 부르시더니, 졸업선물로 파아커 만년필을 주셨다. 그땐 정말로 감개가 무량했다. 그건 당시 파아커 만년필이 결혼식장에서 신부가 신랑에게 주는 단골 예물이었을 정도로 값비싼 것이었기 때문만은 정녕 아니었을 것이다.

은사님들에 대한 추억 (4) : 의민 이두현 교수님

의민(宜民) 이두현 은사님은 1924년 4월 2일 함경북도 회령에서 태어나셨다. 1938년 3월 회령공립보통학교를 졸업하신 뒤, 회령공립상업학교에 진학, 1942년 12월 졸업하셨다. 1943년 2월 식산은행에 입사하여 청진지점에서 근무하셨다. 1944년 4월 관립청진사범학교 강습과에 입학했으나, 그해 10월 일본군에 징집되셨다.

1945년 8월 15일 해방이 되자, 회령남초등학교 교사가 되었으나, 북한지역을 공산당이 지배하게 되자 1946년 2월 단신 월남하여 서울대학교 사범대학 전문부를 수료하고, 이어서 국문과에 진학하여 1950년 5월 졸업하시었다. 졸업 직후 한성고등학교 교사로 임용되었으나, 6.25 동란이 터지자 남하하여 1952년 3월부터 마산공립상업고등학교 교사로 봉직하셨다. 1973년 7월 휴전이 되자, 서울로 환도하여 서울대학교 사범대학 강사를 거쳐, 1954년 4월 근화여자초급대학(현 명지대학교 전신) 부교수로 임용되셨다. 1958년 4월 서울대학교 사범대학 국어과 전임강사로 임용되어 1989년 8월 말 정년퇴임하실 때까지 31년 동안 봉직하셨다.

그러니까 내가 1960년 4월 사범대학 국어과에 입학했을 당시, 의민 선생님은 36세의 젊은 교수였다. 내가 맨 처음 수강한 선생님의 강의는 '국문학사'로 기억되는데, 기말고사에는 매번, 현재 우리나라에 남아 있는 신라의 향가(鄕歌) 33수의 이름을 쓰라는 문제가 나온다는 귀띔을 상급 학생들로부터 받았다. 그리하여 향가 33수의 이름을 몽땅 외느라고 고생이 막심했는데, 과연 그것이 시험문제로 나와서 매우 기뻤었다.

내가 복학 후에는 '화법'(話法)과 'Play Production' 등의 과목을 수강했다. 새로운 교과목들이라 참으로 흥미로웠다. 이러한 교과목을 의민 선생님이 국어과 교육과정에 도입한 것은 선생님이 1960년 9월부터 다음 해 8월까지 1년 동안 미국의 테네시주 내슈빌에 있는 피바디대학교(Peabody College of Education and Human Development, 1875년 개교)에 가시어, 교육과정기술방법을 연구하고 돌아오셨기 때문이었다.

'Play Poduction' 과목에서는 연극의 역사, 이론, 연기와 연출 방법 등에 관하여 배운 뒤, 학기 말에는 수강생들을 두 팀으로 나누어 각각 단막극 한 편을 실제로 상연토록 했다. 그때 우리 팀에서 상연한 단막극 이름은 '포경선'(?)이었던 것으로 기억되는데, 나는 주인공인 포경선 선장 역할을 했다. 그때 얼굴에 발랐던 도료를 연극이 끝나고 씻을 때, 요즘 같은 골드 크림이 없어서 비누로 씻어내느라고 고생했던 기억이 떠오른다.

나는 의민 선생님을 존경했다. 물론 다른 은사님들도 존경했다. 우리가 대학에 다닐 때는 모두가 스승을 존경했다. 그러나 요즘 학생들은 스승을 존경하지 않으면서 "참된 스승이 없다"는 식으로 불평하고 있다. 과연 그럴까? 내가 1991년 5월 6일자 서울대학교 「대학신문」의 고정칼럼 '관악세론'에 실었던 내 글을 여기에 그대로 옮겨 본다.

"한 송이 카네이션 꽃을 사들고"

"공직 생활에서의 정년을 맞아 세 가지 생각을 마음에 떠올린다. 첫째는 노년의 고독 속에서 누구나 혼자 죽어가야 하는 존재임에 익숙해 가야 한다는 각오이다."

정년퇴임 때, 제자들이 엮어드린 기념논문집 머리말에 은사님께서 이렇게 적어 놓으신 구절을 읽을 때, 내 코허리는 마냥 시큰거렸다. 서울대학교에서 만도 31년 넘게 숱한 제자들을 길러내신 선생께서, 혼자 쓸쓸히 살아가는데 익숙해져야 하겠다는 각오부터 하시게 된 것은 도대체 무슨 까닭일까. 이편의 말씀대로 "사람은 누구나 혼자 죽어가야 하는 존재"이기 때문일까. 아니면, 다른 연유가 있으시기 때문일까.

나의 대학 시절, 그 은사님은 학문적으로나 인격적으로나 매우 엄격한 분이셨다. 공부를 게을리 하는 학생들은 지나칠 정도로 가혹하게 대하여 옆에서 보기에도 민망할 때가 적지 않았다. 우리들의 그릇된 태도나 행동을 보시면 가차 없이 꾸짖으셨다. 까닭에 선생님께서는 학생들 사이에 자연히 인기(?)가 있을 리 만무했다.

"난 예전 교육자로는 그런대로 적합할지 모르나, 요즘 같은 세상에는 맞지 않아."

당신께서도 당신의 비인기를 익히 알고 계셨던 듯, 내가 교수가 되었을 때 이런 말씀을 혼자서 허공으로 흘리셨다. 그러면서도 이편 자신은 이른바 '현대사회'에서 '구시대'의 교육자이기를 끝까지 고집하셨던 은사님 — 그는 과연 시대에 뒤떨어진 낡은 훈장이었을까.

난 날 찾아오지 않는 제자를 탓하고 있다. 그러면서도 은사님을 찾아뵌 지 이미 오래다. 노년의 고독 속에서 혼자 조용히 돌아가시는데 익숙해져야 되겠다는 선생님의 말씀이 비수처럼 내 가슴을 에이고 있다.

흔히들 말하듯, 과연 요즘엔 선생은 많아도 참다운 스승은 없는 것일까. 아니면, 참다운 스승은 계시되, 스승을 알아보고 존경할 줄 아는 참다운 제자들이 없기 때문에 스승도 없는 것으로 보이는 것일까. 참다운 스승을 융통성 없고 고리타분한 잔소리꾼으로 간단히 매도해 버리고 나서, "참다운 스승이 없노라"고 쉽게 단언해 버리는 것은 혹시 아닐까.

송구스럽다. 그 은사님을 단순히 시대에 뒤떨어진 '낡은 훈장' 정도로 매도해 버렸던 것은 바로 나 자신이었다. 나는 과연 교직을 천직으로 삼으면서 자신을 구시대의 낡은 훈장으로 끝까지 자임하다가, 제자들의 보답을 조금이라도 기대하거나 날 찾지 않는 제자들에 대하여 털 끝만한 노여움도 느낌이 없이 고독 속에서 혼자 죽어 가는데 만족할 수 있을 것인가.

선생께서는 노년의 고독 속에서 혼자 죽어가는 데 익숙하시겠다는 각오 이외에도, 둘째로는 "이제까지의 직업으로서의 학문이 아니라, 도락으로서의 학문으로 생활을 즐기고 싶다"는 것이었으며, 셋째로는 "비록 성인군자는 못되어도 한 사람의 선비로서 인생을 시종하고 싶다"고 적으셨다.

난 영원히 그 은사님의 흉내조차도 감히 낼 수 없을 것이다. 하지만 한 가지 각오를 새롭게 해보고 있다. ― "저렇게 살아가시는 분도 계시는데, 나도 아무런 잡생각이나 불평 없이 저 분처럼 살아 나가야지."

스승의 날이 다가오고 있다. 이번엔 한 송이 카네이션 꽃이라도 사 들고 은사님을 꼭 찾아뵈어야 하겠다. 환히 웃으시며 나를 맞으실 은사님을 생각해 보니 빨리 뵙고 싶다. 하지만 내가 그를 찾아뵙고자 하는 것은 그분을 위해서라기보다는 그에 대한 그간의 내 죄책감을 조금이나마 풀어 보자는 이기적 목적 때문은 혹시 아닐까 하는 불순한 생각이 드는 것은 무슨 까닭일까(「대학신문」 1991년 5월 6일자 '관악세론'에서 전재).

난 대학 4년 동안 그 흔한 연애 한 번 못해 봐

대학 시절 이야기에는 으레 연애 이야기도 한 몫 껴야 감칠맛이 난다. 하지만 난 대학 4년 동안 연애 한 번 제대로 해 보지 못했다. 내 입학 동기에는 여학생이 모두 여섯 명이었다. 그중에는 '파이'라 는 별명과 '행커칩'이라는 별명의 여학생도 있었다. 전자는 부산의 경남여고 출신이었는데, 그건 '파이'다는 라는 말을 잘 썼기 때문이 다. 후자는 경기여고 출신이었는데, 강의시간에 항상 손수건으로 얼굴 한쪽을 가리고 있었기 때문이다.

이들을 포함해서 우리 학과의 모든 입학 동기 여학생들에게 난 말조차 제대로 걸어보지 못했다. 요즘 대학생들을 보면, 동기 남학생과 여학생들이 서로 말을 터서 반말을 해 쌌고 있다. 하지만 우리 때는 어림 반푼어치도 없는 일이었다. 서로 깍듯이 존댓말을 썼으며, 이름도 부르지 못했다. 이처럼 엄연한 시절에서도 물론 연애를 잘 거는 한량 남학생들도 없지는 않았다. 하지만 나는 소심하고 수줍음을 잘 타서, 1, 2학년 때는 감히 여학생들에게 말도 제대로 붙여보지 못했다. 그렇다고 단 한 번도 말을 붙여보지 못했다는 것은 거짓말이고, 한번은 한 여학생에게 노트를 빌린 적은 있다. 당시는 관심 있는 여학생에게 접근하는 방법의 하나가 그녀의 노트를 빌리는 것이었다.

"어제 제가 아무개 교수님 강의에 들어가지 못해서 그러는데요, 죄송하지만 노트 좀 빌려주시겠어요. 내일 돌려 드릴께요."

나도 한 번은 용기를 내서 한 여학생에게 이렇게 말했다. 그러자 그녀가 순순히 노트를 빌려주었다. 그러나 난 그녀의 글씨체만 보고, 내용을 보지도 않고, 이튿날 돌려주었다. 그러면서 빵집에 가서 "빵이나 한쪽 같이 먹자"고 말했어야 함에도 불구하고, 난 수줍어서 그만 그런 말을 하지 못하고 말았다. 그래서 내가 모처럼 여학생과 사귀어보고자 했던 나의 첫 번째 계획과 시도는 무참히 수포로 끝나고 말았다.

복학 후엔 바로 아래 학년 여학생들과 친하게 지나기도

대학 2학년을 마치고 18개월 동안 군대에 갔다가 복학하고 보니, 바로 내 아래 학년(1961년 입학) 학생들과 함께 강의를 듣게 되었다. 이들도 정원이 40명이었던 것으로 알고 있는데, 그중에 여학생들이 절반을 넘었다. 그렇다 보니, 자연히 여학생들의 '품귀성' 내지는 '희귀성'이 떨어져서 여학생들이 대접을 제대로 못 받는다는 불평이 여학생들 사이에 팽배하다는 소리도 들렸다. 그래서 그랬는지는 모르겠으나, 내가 복학하고 나니 일부 여학생들과 어울릴 기회가 생겼다.

그건 복학생들이 여학생들 사이에 '인끼'('인기'의 된소리)가 많아서 그랬는지도 모르겠다. 만약 군대에 갔다 오지 않은 남학생들과 사귀어서 결혼하려면, 군대 3년 동안을 꼬박 기다려야 하지만, 이미 군대에 갔다 온 복학생과 사귀면 언제든 곧 결혼이 가능했기 때문이다. 그래서 내가 결혼할 당시만 해도 신부감들이 자기보다 네 살 정도 위의 신랑감을 선호하였다.

그건 그렇고, 다시 본론으로 되돌아가서, 내가 군대에 갔다가 복학해 보니, 내 바로 아래 학년의 후배 학생들과 강의를 듣게 되었고, 그중에는 여학생이 무려 20여 명이나 되었다. 그러자 자연히 이들 여학생과 친하게 되었다. 그렇다고 해서, 모든 여학생들과 친하게 된 것은 아니었고, 특히 네 명의 여학생들과 친하게 되었다.

이들 여학생과 내가 어떻게 해서 친하게 되었는지 그 계기나 이유는 생각나지 않는다. 그러나 지금 생각해 보면, 아마도 이들 여학생은 내가 '보디가드'로 필요했기 때문은 아니었던가 싶다. 왜냐하면 이들 여학생이 영화관에 갈 때는 나를 곧잘 불러냈기 때문이다. 왜 나를 불러냈는지 그 이유는 정확히 모르겠으나, 지금 유추해 보면, 그때는 지금과는 달리, 여학생들끼리 영화관에 가는 것은 좀 위험했거나, 아니면 쪽이 좀 팔렸기 때문은 아니었던가 싶다. 특히 이러한 생각이 드는 것은, 영화관 입장료와 영화 관람 후 음료수와 식사 값은 모두 여학생들이 담당하고 나는 돈 한 푼 내지 못하게 했기 때문이다. 그래서 난 네 명의 여학생들이 영화관에 가자고 불러내면, 신이 나서 공부고 뭐고 다 때려치우고 달려 나가서 여학생들을 모시고 영화 구경을 가곤 했다.

그런가 하면, 술집에도 모시고 갔다. 당시 광화문 네거리 오른쪽에는 동아일보사가 있었고, 그 옆에는 광화문우체국이 있었는데, 그 오른쪽 골목에 막걸리에 녹두빈대떡을 파는 집이 있었다. 이 집을 흔히들 '기차집'이라고 불렀는데, 이는 식당의 형태가 기차처럼 길었기 때문이다. 이러한 '기차집'이 당시 젊은 층에 인기가 많았다. 그래서였던지, 앞서 말한 네 명의 여학생들이 왈, 돈은 자기들이 낼 터이니, 자기들에게 기차집을 한 번 구경시켜 달라는 것이었다. 이것은 아마도 당시는 젊은 여학생들끼리만 술집에 가는 것을 사람들이 고운 눈으로는 보지 않았기 때문이다. 때문에 여학생들은 나를 기차집에 대동시켰던 것이고, 나는 이 사실을 번연히 알면서도 마치 내가 잘나서 여학생을 네 명이나 거느리고 다니는 양 우쭐거렸다.

4학생 때 허구적 수필 한 편 썼다가 지금까지도 곤욕 치러

1965년 봄학기, 그러니까 나에게는 대학 마지막 학기였다. 당시 우리 집에서는 「동아일보」를 구독했는데, 그게 몇 면(面)이었는지는 생각나지 않으나, '남성코너, 여성살롱'이라는 고정칼럼이 있었다. 이 컬럼은 그 표제처럼, 남녀 독자들이 자신의 단상(斷想) 등을 서로 공유하는 아주 짧막한 독자란이었다. 나도 이 독자란의 애독자였는데, 여러 사람들의 여러 가지 이야기를 읽다가 보니까 나도 한번 투고하고 싶었다. 그래서 "아빠의 편지"라는 제목의 수필을 써서 나의 조카딸 이름(차경희)을 빌어 신문사에 보냈다. 이 글의 소재는 나의 군대생활과 큰누나에게서 얻었던 것인데, 투고한지 며칠 만인 1965년 5월 13일자 지면에 실렸다. 그 내용을 소개해 보면 다음과 같았다.

"아빠의 편지는 참 재미있지?"

아가는 멋도 모르고 저 보고 웃는 줄 알고 해죽거리며 아빠의 편지를 잡으려 한다. 오늘의 아빠 편지는 군대의 기압에 대해서 들려주었다. 원산폭격, 한강철교, 산타클로스 …. 거의 십여 가지나 된다. 동작이 굼뜬 아빠를 '모델'로 해서 그려 보니 더욱 우습다. 그러나 갑자기 코허리가 시어지면서 두 눈에 눈물이 핑 도는 건 너무 웃어서 그런 때문은 아닌 것 같다.

누가 들으면 웃을지 몰라도 지금 내가 사는 건 아빠의 편지를 받

는 즐거움 때문이다. 아빠의 편지를 받고 답장을 쓰고 아빠의 편지 구절을 외다 보면 아빠의 새 편지가 오고 ⋯. 나를 즐겁게 해 주려는 아빠의 편지는 때론 희극배우의 사생활을 보는 것처럼 슬픈 마음을 일으키게 한다.

"남들은 같은 졸병이면서도 후방에서 편히 지내던데"하는 나의 투정에 아빤 이렇게 대답했다. 자기가 지키는 초소에 자기가 없다면 누군가 다른 병사가 그 대신 고생을 해야 할 것이 아니냐는 것과, 민간인이라고는 구경도 할 수 없는 휴전선에 있으니 다른 여자의 유혹이 없어 당신이 마음을 놓을 수 있지 않겠느냐는 것이었다. 난 부정도 긍정도 할 수 없었다. 무사히 임무를 마치고 제대하고 돌아오기만 빌뿐이었다.

이 글이 신문에 난 뒤, 독자들로부터 100여 통의 편지가 날아들었다. 정말로 당황하지 않을 수 없었다. 특히 남편을 일선에 보낸 젊은 주부들한테서 오는, 동병상련의 정(情)을 담은 편지가 많았다. 이들이 만약 내가 더벅머리 총각이었다는 것을 알았다면 기절초풍했을 것이다. 따라서 나에게 우롱당했던 '남성코너, 여성살롱' 독자들에게 사과드리고 싶었다. 그러나 마땅한 기회와 지면을 얻지 못해서 10여 년이나 지체하고 있던 차에 사범대학 국어과 동문들이 문집을 내겠다면서 나에게도 수필 한 편을 청탁해 왔다. 그래서 1965년 5월 13일자 「동아일보」의 '남성코너, 여성살롱'에 실렸던 "아빠의 편지"라는 제목의 수필(?)은 실제로는 남자인 내가 대학교 4학년 때 썼던 것이며, 이러한 나에게 우롱 당했던 독자들에게 용서를 빈다는 글을 썼다. 그러면서 변명 비슷하게 아래와 같이 덧붙였다.

수필이란 자기의 생활감정을 붓 가는 대로 적는 것이다"라고 국어 시간에 배웠고, 또 국어시간에 그렇게 가르쳤다. 그런데 우습게도 내가 처음으로 써서 활자화된 수필은 어처구니없는 허구적 픽션이었다. 여기서 내가 알고 싶은 것은 수필의 허구성 문제이다. 수필이란 자기의 감정과 소감을 붓 가는 대로 담백하게 적어 내려가는 것이라고 하지만, 과연 그러한 수필이 있을 수가 있느냐가 나의 의문이다. 내 좁은 소견으로는 수필이 일기와 다른 점은 그 허구성에 있지 않나 생각한다. 즉 일기란 자기의 감정이나 경험에 대한 단순한 기록적 표시(presentation)라면, 수필이란 그것의 표현(expression)이라고 하겠다. 따라서 표현에는 공시성(公示性)이 포함되고, 독자를 의식하게 되며, 나아가서는 극적인 표현 효과도 뒤따르게 된다. 그렇다면 수필에서 허구성을 완전히 배제할 수는 없지 않을까?

이와 같은 나의 글이 1976년 『관악의 메아리』(관동출판사 펴냄)라는 단행본에 실리자, 이번에는 수필가들로부터 거센 항의가 들어오기 시작하였다. 이러한 항의는 지금까지도 계속되고 있다. 인터넷 포털사이트인 '다음'이나 '네이버' 또는 '구글'의 검색창에 '수필의 허구성'이라고 쳐보면, 내가 쓴 "아빠의 편지"를 실례로 들면서 나를 아직도 곤혹스럽게 만들고 있다.

입학 후 5년 8개 월만에 그것도 9월 말에야 졸업

1963년 9월 1일 제5학기에 복학했으니까 1965년 8월 말 '코스모스 졸업'을 할 예정이었다. 그러나 그해 6월 쌀값이 천정부지로 치솟자 자연히 지방 학생들의 하숙비도 올랐다. 당시는 하숙비가 쌀값 시세에 관계없이 무조건 한 달에 쌀 다섯 말(40kg)이었다. 이중 서 말은 하숙생이 먹고, 나머지 두 말은 하숙집 아주머니가 밥해주는 비용과 방값이었다. 그런데 쌀값이 다락같이 오르자 하숙비도 따라 올랐다. 그러자 지방에서 서울로 유학 보낸 부모님들이 난리가 났는데, 당시는 내가 다닌 사범대학의 경우, 지방 학생들의 비율이 전체의 70% 내지 80%나 차지했다.

이 글을 쓰면서, 당시에 쌀값이 얼마나 올랐는지를 인터넷 포털 사이트에서 찾아보았더니, 내가 대학에 입학했던 1960년에는 쌀 한 가마니(80 kg)에 1,368원이었다. 그러나 1965년에는 3,324원으로서 1960년도에 비해 2.4배나 뛰었다. 이에 비례하여 하숙비도 대폭 오르자, 1960년에는 684원이었던 것이 1965년에는 1,662원으로 껑충 뛰었다. 그러자 문교부(오늘날의 교육부)에서 대학에 조기 방학을 실시하라는 명령을 내렸다.

그래서 모든 대학생들이 1학기 말 시험도 치르지 못한 채 여름방학을 했다가, 9월 1일 개학 이후에야 1학기말 시험을 치렀다. 이때 나도 졸업시험을 치르고 1965년 9월 30일에야 뒤늦게 대학을 졸업하면서 중등학교 2급정교사 자격증도 받았다. 그러나 그때는 이미 중고등학교들에서 2학기에 필요한 교사들의 채용이 끝난 뒤였다. 그리하여 난 부득이 한 학기를 백수건달로 지내야만 했다.

졸업식장의 풋내기 학사, 풍모만은 역시 스크린의 주인공이다.

에필로그 : "그때 그 병장"

지금까지 나의 대학 시절의 이 이야기, 저 이야기를 두서없이 주
저리주저리 늘어놓았다. 그러므로 이 글에는 결말이 있을 수 없다.
그래서 내가 28년 전에 샘터잡지사의 청탁을 받아 「샘터」 1995년 2
월호의 '나의 20대'라는 고정칼럼에 썼던 "그때 그 병장"이라는 제목

의 아래와 같은 글로써, 이 글의 에필로그(epillogue)에 갈음하고자
한다.

난 현실도피 수단으로 군대에 입대

남들은 병역 기피를 위해 일부러 무릎이나 척추를 기형으로 만드
는 수술까지 한다는데, 나는 오히려 돈을 내고 군대에 갔다. 1962년
1월, 그러니까 내 나이 21세요, 대학 2학년 말 겨울방학 때 였다. 도
저히 더 이상 대학에 다닐 생각이 없었다.

난 강원도 두메산골 출신으로 그 당시 지역사회에서 가장 존경받
던 중고등학교 선생님이 되어 학생들을 가르치며 고향에서 농촌계
몽운동을 하며 살겠다는 것이 청소년 시절의 나의 꿈이었다. 농촌계
몽운동을 하려 한 것은 이광수의 소설 「흙」이나 심훈의 소설 「상록
수」 등에 깊은 감명을 받았기 때문이다. 그래서 사범대학에 진학했
고, 전공은 국어국문학을 택하였다. 이를 선택한 것은 고등학교 3학
년 때 대학입시 모의고사에서 국어 과목 성적이 좋자, 국어 선생님
이 그렇게 권유했기 때문이다.

하지만 막상 대학에 들어가 보니, 전공도 마음에 들지 않았을 뿐
아니라, 도대체 인생은 무엇이며, 난 왜 살아야 하는지 등등에 관한
고민으로 방황만 일삼았다. 혼자서 술도 진창 마셔 봤고, 한 없이 거
리를 방황하기도 하였다.

"그래, 일단 군대로 도피하자. 그리고 시간을 벌면서 생각해 보
자."

고민을 이기지 못한 나는 군대에 자원입대하려고 당시 나의 거주

지였던 서대문구청 병무계를 찾아갔다. 자원입대자가 많으니 반년 쯤 기다리라는 대답이었다. 그러면서 빨리 입대하고 싶으면 구청 앞모 대서소(代書所 : 현재의 행정사사무실)에 가보라고 은근히 귀띔해 주었다. 대서소에 갔더니 5천 원을 내라고 했다. 그것은 당시에 나에게는 거금이었다. 그럼에도 거금을 쾌히 쾌척하고 며칠 후 수색에서 친구들도 몰래 논산행 입영 열차를 탔다. 나는 눈이 색약인 탓에 기분 나쁘게 '을종 합격'이라는 신체검사 판정을 받고, '빵빵'(00)이라는 숫자로 시작된 '학보병' 군번의 인식표(군인들 사이에서는 '개표'라고 불렀음)를 목에 걸었다.

논산의 육군제1훈련소에서 후반기 교육까지 받고, 2등병 계급의 소총수로 배치된 곳은 금화의 오성산 밑 비무장지대였다. 군대에서 시간을 벌며 앞으로의 내 인생에 관하여 곰곰이 생각해 보자고 입대했건만, 어영부영하는 사이에 국방부 시계는 계속 돌아가서 제대가 가까웠다. 난 다시 고민에 빠졌다. 그러던 어느 날 군대제재소에 사역을 나갔다. 난 거기서, 지금도 그의 모습이 눈에 선하나, 성도 이름도 모르는 내 인생의 은인(?) 한 사람을 보았다. '만났다'는 말 대신 '보았다'는 표현을 쓰는 것은 난 그와 단 한마디의 말조차 섞어 보지 못했기 때문이다.

그는 병장이었다. 명찰에 새겨진 군번을 슬쩍 훔쳐보았더니 제대 특명을 이미 받았을 것 같았다. 그는 온종일 말 한마디 없이 묵묵히 땀을 뻘뻘 흘리며 열심히 통나무만 켰다. 그러한 그의 모습이 내 눈에는 성스럽게 비쳐지기조차 하였다. 난 이러한 그를 보며 다짐했다.

"그렇다. 고민과 방황이 내 인생의 문제를 해결해 주지는 않는다.

쓸데없는 고민 대신, 우선 나에게 주어진 임무부터 충실히 하자."

이름 모를 한 병장을 통해 인생살이 배워

제대하고 복학하자, 난 강의실 맨 앞자리에 앉아 열심히 강의를 들었다. 학점도 그런대로 잘 나왔다. '올 A' 학점을 받았을 땐 무언가 뿌듯한 성취감도 맛보았다. 교수님들께서 원고교정 등의 심부름을 시키기 시작했다. 난 그걸 교수님이 날 인정해 주시는 신호(?)로 해석, '대사'(大使)가 된 기분으로 열심히 했다.

군대 갔다가 오느라고 외롭게 8월 말 '코스모스 졸업'을 하던 날, 이응백 교수님께서 나를 불러 졸업선물로 '파커'(Parker) 만년필을 주셨다. 당시 파커 만년필은 결혼식장에서 신부가 신랑에게 주는 단골 결혼 선물일 정도로 귀중한 것이었다.

나를 아껴주시는 교수님들 밑에서 좀 더 공부하고 싶었다. 그래서 시골 고등학교 선생이 되겠다던 애초의 꿈을 바꿔 대학원에 진학했다. 하루는 이두현 선생님께서 부르시기에 갔더니 미국 켄트주립대학교(Kent State University)에서 장학금을 준다고 하니 유학을 가라는 것이었다. 꿈에서조차 생각해 보지 않았던 일이었다. 더구나 전공 분야가 생전 들어보지도 못했던 '커뮤니케이션학'(언론정보학)이라는 것이었다.

부랴부랴 유학시험과 토플시험을 치르고, 1967년 9월 7일, 그 당시 한국에서 유일한 미주항공노선이었던 서북항공기(Northwest Airlines)에 몸을 실었다.

"비행기가 차라리 바다 속으로 떨어져 주었으면 …."

항공기가 태평양 위를 나를 때 난 마음속으로 이렇게 기도했다. 만약 미국에서 제대로 공부를 따라가지 못해 실패한다면, 무슨 면목으로 다시 교수님, 부모님, 가족들을 대할 수 있단 말인가. 이러한 두려움 때문이었다. 그러나 야속하게도 항공기는 내가 바라는 대로 떨어져 주지 않았다.

미국에 도착하자 나중의 일과 인생의 고민은 일단 접어두고 숙제만 열심히 했다. 5년 동안 미국의 수도 워싱턴 구경도 못했다. 연애나 결혼 같은 것은 물론 엄두도 못 냈다. 그곳 교수님들도 날 아껴주셨다. 덕택에 5년 동안 한 시간의 아르바이트도 하지 않고 편하게 공부를 마칠 수 있었다.

귀국 길에는 애국심을 발휘하여, 일단 미국 비행기로 LA까지 와서, 그즈음 막 취항을 시작한 우리나라 대한항공기(KAL)를 갈아탔다. 비행기가 태평양 위를 다시 날 때, 이번에는 혹시 "비행기가 바다 속으로 떨어지면 어떻게 하나?" 하고 마음속으로 조바심쳤다.

나의 20대, 그것은 다른 사람들에게 내세울 만한 것이 결코 못 된다. 남들은 뚜렷한 인생 목표를 세우고 공부도 일도 열심히 했을 것이다. 하지만 나는 자의가 아니라, 타의로 20대를 보냈기 때문이다. 대학의 학과 선택도 그랬고, 유학을 가고, 전공을 바꾼 것도 그러하다. 그러나 나는 토정비결에서 흔히 말하는 '귀인'들을 많이 만났다. 이름도 성도 모르는 그때 그 병장도 그중 한 사람이다.

돌이켜 보면, 알토란같은 20대를 좀 더 보람 있게 보내지 못한 것이 후회스럽다. 하지만, 최소한 선생님들이 시키는 숙제는 열심히 했다는 것은 자부하고 싶다. 앞으로도 난 나에게 주어진 숙제만은 그것이 무엇이든 간에 열심히 하며 살아갈 작정이다.

최 래 옥 崔 來 沃

- 전주고, 서울대 사범대 국어과 졸업
- 서울대 대학원 국어국문학과 문학 석사 · 문학 박사
- 비교민속학회 회장, 국어국문학회 회원
- 복지법인 '베데스다' 이사
- 한양대 사범대 국어교육과 명예교수
- 길음성결교회 장로
- 저서 – 《한국구비전설의 연구》, 《한국고전문학론》
  《한국전래동화집》, 《설화와 역사》, 《신앙생활 예화집》 등

공비들이 출몰하던 지리산 출신의 신동이다. 그런 산골에서 서울대학교에 들어와 박사가 되었다. 그리고 그는 늘 웃으며 성경 말씀을 전해주는 진짜 크리스천으로 살았다. 부인, 다섯 딸과 교인들이 따르던 진짜 장로이다.

지리산 남원골의
신화

최 래 옥

내가 살아온 길

전주 최씨 가문

우리 집 전주(全州) 최씨(崔氏)는 고려 중기 최아(崔阿)를 시조로 하고, 조선 건국에 공을 세운 최양(崔養 지금 전북 전주 은행나무골에 자리 잡다)을 조상으로 두고, 계파(系派) 시조로 조선 중종 때 감찰공(監察公) 최엄(淰. 비구름 일어날 엄)를 중시조로 둔다. 이 감찰공은 지금 경남 함양(咸陽) 읍내 뇌산(磊山) 고을에 자리를 잡고 눌러 살았다.

세월이 흘러 조선 영조(英祖) 때, 영조가 등극하자, 당파 사이에 갈등이 심하고, 영조가 왕 자격이 없다는 명목으로 이인좌(李麟佐) 무리가 반란을 일으켰다(충북 청주 지방. 이인좌의 란. 1728). 이인좌의 무리인 정희량(鄭希良)은 경상도에서 반란을 일으키고 함양을 점령한 후 토호(土豪)인 전주 최씨를 군수(郡守)로 임명하였다.

그 후 정부군에 이 반란이 집안이 되어, 정희량은 잡혀 죽고, 최군수네는 역적이니까 아들 셋이 야간도주를 하였다(1728). 큰아들은 족보(族譜)를 들고, 지금 전북 임실(任實. 지사만 방계리)로 들어와 숨어 살고(뱅계 최씨라 한다), 둘째아들은 지금 전북 남원시 운봉면 권포리 2구 가동(加洞, 덧멀. 덧멀 최씨라 한다)에 와서 숨어 살고, 셋째아들은 지리산 산속에 들어가서 숨어 살았다. 이 중 둘째아들이 덧멀 최씨의 집성촌(集成村)을 만든 나의 11대 조상 입향조(入鄕祖)이다. 이 조상이 운봉 서북쪽 고남산(古南山) 아래에 들어와 움막(막

幕)을 짓고 화전민(火田民) 행세를 하고 살았다. 살고 보니, 동쪽으로 오리 상거(相距)에는 이미 권포(權布. 지금 권포1리. 정鄭씨가 많았다) 마을이 있고, 남쪽으로 오리 상거에는 장교리(長橋里. 장다리. 이李씨가 많았다)가 있었다..

지금 우리 덧멀 최씨의 사당(제각祭閣. 주로 10월 시제時祭를 지낼 때 사용) 이름은 모막사(慕幕祠)다. 선조의 움막(幕) 생활을 추억하고 사모(慕)하는 사당이라는 이름이다.

이 움막생활을 하던 입향조 이후로 3대가 내리 외아들로 내려와서, 하마터면 대가 끊기는 절손(絕孫)이 될 뻔하였다. 4대째 형제를 두어 그 후 마을이 되어 권포와 장교 두 마을 사이에 끼어든 "더(가加)한 마을(말, 멀. 운봉은 마을을 "멀"이라고 한다)"이라 하여 "덧멀"이 되고, 한문으로 가동加洞. 권포2리) 마을, 최씨 집성촌(集成村)이 되었다. 그러니까 근 100여 년 동안 역적의 후손이 알려질까 보아서 그저 "산중에서 땅 파막고 사는 농사꾼"으로 살다가 마을을 만든 것이다.

조선말에 하주(河柱) 할아버지는 공부를 하여, 고종황제의 국사(國師)로 있다가 조선 국가가 기울자 전북 무주 구천동으로 낙향(落鄕)하여 서당을 연 연재(烟齋) 송병선(宋秉璿. 1836-1905, 참판, 대사헌. 후에 을사보호조약이 체결되자 음독자살함) 선생을 찾아가 공부를 하였다. 그때 열댓 살 되는 손자를 남원 운봉에서 무주 구천동까지 데리고 다녔다. 말하자면 이 손자가 연재 선생의 마지막 제자라 할 것이다. 이 손자가 나의 조부(祖父)이다. 조부는 최영기(崔英基)요, 호는 문일(文一)이고 또 직헌(直軒)이었다. 족보 이름은 영렬

(英烈)이다.

문일 할아버지는 서당선생을 하였는데, 넷째아들인 진호(鎭昊)는 공부를 하고 싶었지만 가족을 먹여 살리는 일을 넷째가 하므로 제대로 가르치지 못하였다.

할아버지는 아들 넷과 딸 셋을 두었다. 아버지의 위로 세 형은 다 운봉 가동, 한 동네에서 살고, 딸은 남원 읍내, 남원 송동면, 김제 반월면에 시집가서 살았다.

부모님

나의 아버지, 덧멀 최씨의 10대손인 최진호(崔鎭昊) 집사는 1913년생이고, 어머니 이복순(李福順) 권사는 1915년생이다. 나는 덧멀 전주 최씨 11대손이다. 어머니는 전주 이씨로, 세종대왕의 왕자인 영해군(寧海君)의 후손인 영해군파이다. 외할아버지(이중철 李重澈)는 일찍 돌아가셔서 나는 뵙지 못하였고, 어머니는 언니가 둘, 오빠가 하나인 막내딸이다. 오빠는 이주룡(李柱龍)인데 호를 자준(子準)이라 하고, 서당선생이라, 내가 그 외삼촌 밑에서 사자소학(四字小學)을 3달간 배웠다. 큰언니는 운봉 옆 동면(지금은 인월면) 중군동(中軍洞)에 사는 최 씨에게 시집가서, 남편이 세상을 떠나 아들과 손자손녀와 같이 살고, 90살에 돌아가시고, 둘째언니는 운봉 숲멀(林里) 홍씨(남원군 군서기)에게 시집가서 살았는데, 딸 하나를 두고 일찍 세상을 떴다.

신식학교를 못 다닌 아버지가 나에게 말하였다. 아버지의 못배운 한을 풀어달라는 뜻이다.

"나는 15살부터 석삼년(三年) 겨울만, 눈이 와서 신작로(新作路)를 다니는 소구루마를 끌지 못하면 서당에서 아버지한테서 공부를 하였다. 눈이 안 오고 날이 풀리면 또 일을 하고... 통감(通鑑) 초(初)까지 배우다가, '에라, 공부를 못할 팔자구나. 자식을 낳아 나 대신 공부를 잘 시키자...' 고 하였다."

아버지는 18살 때 아웃마을 장교리에서 잘사는 집 이중철(李重澈)의 막내딸, 16살 먹은 처자 이복순(李福順) 양과 결혼하였다. 그때 아버지가 사는 가동은 운봉군 서면(西面)이고, 어머니가 사는 장교리는 운봉군 읍내면(邑內面)이라서, 웃면(상면 上面)이 되어, 결혼한 후에 아버지 택호(宅號)가 "상면, 상면손(孫), 발음은 생면손)이 되었다. 나중에 운봉 읍내로 이사하여 "읍내양반"이라고 하였다.

1929년인가, 남원에서 운봉 연재(여원재. 여원치(女院峙. 보통 연재라 한다)를 지나 해발 500미터인 높은 운봉에 이르는 50리 길에 신작로(新作路)가 났다. 지금으로 보면 고속도로가 난 셈이다. 오죽하면 그 길 이름을 신작(新作)하는 도로(道路), 신작로라고 하였을까?

근처에 오일장(五日場)인 남원장(운봉에서 서쪽으로 50리 길. 그 사이에 험한 연재가 있다), 운봉장, 인월장(引月場. 운봉에서 동쪽으로 20리 길)이 있었다. 운봉에서 인월로 가는 사이에, 고려 말 1380년, 이성계(李成桂)가 왜구(倭寇)의 대장 아지발도(阿只拔都)를 죽여 왜구를 섬별하고, 조선 왕국을 세운 근거가 되는 황산대첩(荒山大捷)을 한 황산이 있다. 또 인월장을 더 가서 경상남도에 함양장(咸陽場)이 있다. 운봉에서 60리 길인데, 그 사이에 파랑재, 곧 팔랑치

(八良峙)가 있다. 자연히 아버지는 소구루마로 오일장 물건을 이 신작로 길로 운반하였다. 소구루마(소달구지)에 쌀 10가마 정도를 싣고 하룻밤에, 평지길이나 고갯길을 50리 길을 다니다 보면 황소가 아주 힘이 세어야 한다. 이 황소를 찌럭데기라 하는데, 지방에 따라 찌럭소, 뜬소라고도 한다. 이 찌럭데기가 아니면 그 먼 장(場)을 돌아다닐 수가 없는데, 이 소를 다루는 사람은 그리 많지 않다. 담력이 있어야 하고, 힘이 세야 하고, 소가 다치지 않도록 세심하여야 한다.

1913년생인 아버지는 그 신작로가 날 때 나이 16살인데, 찌럭데기를 잘 다루었다. 하루에 쇠신(길을 걷는 소의 네 발이 닳아지지 않도록 짚신을 신기는 것)을 4차례를 갈아 신겨야 하므로, 집에서는 하루 쇠신을 4 벌인 16 켤레를 삼아야 하고, 길 도중에 쇠죽을 지게에 짐을 지고 와서 길에서 먹여야 했다. 아버지는 한 5년을 이 소구루마를 끊었다. 그 사이에 장가를 들고, 번 돈으로 많은 가족을 먹여 살렸다.

아버지는 힘이 장사였다. 소를 끄는 일만 아니고, 무슨 일이든 빨리 완전하게 일을 하였다. 간혹 동네 사람과 싸울 때가 있으면 번개같이 단숨에 이겨버려서 다들 무서워하였다. 수돼지(종모돼지)를 씨받이 돼지로 길러서 가용(家用)을 썼는데, 돼지에 대하여 전문가였다. 씨받이 수컷돼지를 종모돈(種牡豚)이라 하는데, 운봉면에는 우리 하나만 있어서 가용(家用) 수입이 있고, 내가 학교에 내는 월사금(학자금)이 되었다. 나도 돼지에 대하여 어느 정도 안다.

아버지는 한문을 서당에 다녀서 잘 알고, 어머니는 교회에 다니면서 한글을 배워 성경을 잘 보았다. 큰아버지(아버지로 보아 큰형) 부부가 만주로 돈을 벌러 가고, 둘째형과 셋째형은 장가를 들어 분가(分家)를 하고 보니, 자연히 가정의 가계, 돈벌이를 하는 일꾼은 스무 살 안팎인 아버지뿐이었다. 이런 중노동을 하는데 서당에서 어찌 공부를 할 수 있으랴? 서당선생인 할아버지가 아버지를 어찌 가르칠 수 있으랴?

가동에서 운봉 읍내, 10리 떨어진 학교(운봉소학교)에 다닌 문중 일가(一家)를 보면 아버지는 부럽기 짝이 없었다. 그러면서 10리 길을 걷는 그 애들이 안타까웠다. 자연히, "내가 학교 근처에 살면서 우리 자식이 십리나 먼 등굣길 고생이 없이 잘 가르쳐야지..." 하였다.

어머니가 16살에 결혼하여 와서 보니, 큰살림이라 힘이 들고, 웃어른은 많고, 나의 큰아버지네가 만주(滿洲)로 가면서 두고 간 갓난 아기를 키워야 하고, 나의 고모(시누이)들이 속을 썩이고, 또 할아버지가 서당을 하니까 필상(筆商) 같은 찾아온 과객이 많아 평균 밥상을 20인분을 차려야 하고, 그래서 쉴 시간이 없어 병이 나면... 5 리 떨어진 친정으로 가서 정양(靜養)을 하고, 그러면 18살 남편, 곧 나의 아버지가 며칠 후 어머니를 데리고 왔다. 다 고생하셨다.

우리 형제자매. 기독교 신앙

그러는 중에 어머니는 20살에 아들인지 딸인지 나는 모르는데 아기를 낳았다. 알 필요가 없다. 태어나서 이내 얼마 안 되어 죽었기 때문이다. 22살에 아기를 둘째 낳았다. 그리고 이내 죽었다. 23살에 셋째로 딸을 낳았다. 이 딸은 용케 살았다. 바로 지금 살아 있는(86살) 순천에 사는 귀성(貴成) 누님이다.

결혼한 지 10년 만에, 어머니는 26살, 아버지는 28살에 네 번째로 아들을 낳았다. 이 아들은 몸은 역간 부실하였지만 죽지 않고 살았다. 이 글을 쓰고 있는 1940년생, 83살인 나이다.

내 뒤로 8년 동안, 나면 죽고, 나면 죽고, 나면 죽고, 나면 죽고... 나의 동생 넷은 다 죽었다. 그리하여 나는 8살까지 외아들이었다. 이런 비극이 있는가? 내가 기억한 첫 번째 기억은 "애기를 낳으면 죽는 것"이었다. 죽은 동생이 먹을 젖은 내가 먹었다. 그리 안하면 어머니는 젖몸살로 고생을 한다. 젖을 먹어서 효도인가? 하하하.

어머니는 1948년에 아들을 낳았는데 다행하게 살았지만, 죽고살고, 죽고살기를 거듭하여 부모는 "또 어찌 될까..." 하여 노심초사하였다. 자식의 죽음. 이 공포가 우리 집에 가득하였다. 8년 만에 낳아, 살고 있는 동생이... 백일이 지나갔다. 불안과 긴장 속에 산 어머니는 마음이 불안하고 몸이 부실하여 병석에 있었다. 당골(무당)이 집에 살다시피하고, 큰 나무마다, 산마다, 냇물마다, 돌장승마다, 영하고 용하다는 데마다... 찾아다니며 치성을 들었다. 이때 아버지로 보아 외가, 곧 나로 보면 할머니 친정인 진외가의 아주머니가 어머니를 찾아왔다. 시댁에서 교회에 나간다고 구박을 받고 사는 여자 최 집사(崔執事)였다. 최 집사는 안타까운 나머지 우리 집에 찾아와서, 기운이 하나도 없는 어머니에게 말하였다.

"동생. 고생 많았네. 그동안 그런 쫄자(卒者)귀신을 섬겨서는 아무 성과가 없네. 대장귀신, 대장 신(神)을 믿으면 자식이 죽지 않네. 자식이 사네. 꼬옥!"

어머니는 정신이 번쩍 났다.

"자식이 안 죽다고요? 산다고요? 그 대장귀신이 무엇인가요?"

"예수라네, 하나님, 예수를 믿으면 애기는 안 죽네..."

"아, 그렇다면, 예수를 믿지요."

이렇게 하여 우리 집에 예수가 들어왔다. 참으로 희한하고, 생명 몇하고 바꾼 전도(傳道)요, 신앙 수입(受入)이었다. 그 뒤로 어머니는 자식이 산다는 것을 복음(福音)으로 삼고, 낳은 자식을 살려보겠다는 절실한 심정에서 예수를 믿고, 한글을 비로소 배우고, 세상노래는 다 치우고 찬송가를 부르고... 정성을 들여야 한다고 새벽교회에 가기 전에 목욕을 하고, 교회 청소를 하고, 새벽종을 치고, 교회가 비가 새면 아버지를 재촉하여 교회를 수리하게 하고, 우리들은 교회에 나가라고 하였다. 온가족이 잘 믿어야 예수님이 소원을 들어준다고 확신을 하고 믿는 데 정성을 들였다. 그 뒤에 과연, 태어난 여동생(貴順)이 살고(1950년 6.25 도중 태어남. 전주 거주), 또 태어난 여동생(貴善)이 살고(1953년 출생. 미국 거주), 7년 후 여동생(貴淑. 1960년 출생. 우리 기도원 근처 거주)이 태어나서 살았다. 이 막내여동생은 1960년 4월 19일, 46살 나이인 어머니, 산모(産母)에게 내내 진통을 주고 4월 20일 새벽에 태어났다.

4.19는 바로 서울에 간 대학 입학생인 큰아들이 죽었는지 살았는지 모를 데모가 서울에서 벌어진 날이다. 바로 20살(스무 살) 터울로 나의 막내 여동생이 나오는 날... 어머니는 진통이 하루 내내 있었고, 아버지는 공포에 싸여 있었다.

"아, 46살, 만삭(滿朔), 만산(晩産)인 각시는 애를 낳다가 죽고, 뱃속애기는 못 나와서 죽고, 서울에 간 큰 아들은 총 맞아 죽고... 그렇다면 나는 어쩌란 말인가? 이 살아 있는 자식들을 어쩌란 말인가... 예수님, 하나님, 우리 가족을 다 살려 주소서..."

라고 몸부림을 치고 빌었다. 그때까지 아버지는 별로 기독교 신앙을 탐탁하게 여기지 않을 때였다. 결국 막내딸은 잘 태어나고, 산모는 살고, 큰아들도 살았다. 아버지는 그 후로 예수라면 군말이 없이 믿었다. 아버지의 신앙은 이런 우여곡절(迂餘曲折)을 담고 있다.

하루는 어머니가 나에게 말하였다.

"내 배가 징그럽다. 한 도라구(트럭)을 배었으니까.

내가 16살에 시집와서 46살까지 30년간, 임신은 15번, 뱃속에서 지우기(유산 流産)는 3번, 낳기는 12번, 나서 껭끼기(꺾이기, 죽음)는 6번, 살려놓기는 6번..."

아. 과연 우리 어머니는 천하영웅이었다. 임신도 그리 많고, 유산까지 죽은 애가 9이나 되고, 그래도 건재(健在)하니 천하장사가 아니냐? 우리 어머니 같이 용감한 여장군이 어디 있다는 말인가? 아, 어머니... 그런 어머니를 감싸고 사랑한 아버지... 아버지도 영웅이었다!

나는 애기를 낳으면 당연히 죽는다는 생각이 들고, 그러면 아버지가 친구랑 같이 아장(兒葬)터에 갔다 와서 술을 흡씬 드는 것이 공식(公式)이라는 생각이 들었다. 이런 생각과 공식은 우리 집에 예수 신앙이 들어온 뒤에 말끔히 사라졌다. 죽음과 불안과 공포... 가 사라졌다.

이리하여 우리 집은 기독교 신앙 가정이 되었다. 그 우리 부모가 신앙을 가진 계기가 너무나 엄청나서 우리 형제자매는 다른 신앙을 생각할 수가 없었다. 그리하여 1948년 이후, 부모님 이래 나, 내 아래 자녀, 그 자녀 이하 손자 손녀... 4대 신앙을 갖게 되었다.

우리 부모님은 만고풍상(萬古風霜)을 다 겪었어도... 장수(長壽)하셨다. 1930년 결혼하여 1990년 결혼환갑인 회혼례(回婚禮)를 지내고, 2000년 결혼 70년인 고희혼례(古稀婚禮)를 지내고, 2003년 1월에 아버지가 91살로, 그 해 같은 해에 10월에 어머니가 89살로, 결혼 74년을 해로(偕老)하고 고향 선산에 잠들고 있다. 돌아가실 때 별로 질고(疾苦)가 없어 곱게 세상을 떴다. 아버지는 한 보름 고생하였고, 어머니는 자다가 돌아가셨다.

나는 시골 농토를 팔아 아버지 어머니 산소를 석물(石物)로 잘 치장하였다. 산소는 아버지가 생전에 마련한 문중(門中)의 가족 묘지이다. 큼직한 돌십자가가 비석 옆에 서 있다. 아버지 비문(碑文)은 국한문으로 내가 지었다. 자식으로 당연하다. 그 전에 할아버지 비문, 큰아버지 비문도 내가 지었다. 문학박사인 손자나 조카인 내가 당연히 비문을 지어야 하지 않겠는가?

우리 부모의 큰딸(나의 누나)은 결혼하여 집사가 되고 아들 4, 딸 2을 낳고 순천에 산다. 누님 내외(집사)는 환갑이 지나서 성경을 다 필사(筆寫)하였다. 동생 광옥(光沃. 집사)은 서적(書籍) 무역(貿易)을 하는 사장이다. 아들은 3인데, 큰아들은 교수(가천대학교 경제학과 교수), 둘째는 서울시 공무원, 셋째는 교사를 하고 있다. 여동생(집사)은 전주에서 아들 하나를 낳고 살고, 그 아래 동생(권사)은 남편(장로)을 신자로 만들고, 미국 캘리포니아 주 산호세에서 딸 하나를 낳고 살고, 막내(집사)는 남편(집사)과 강원도(우리 교회 기도원 근처)에서 농장 주인으로 아들딸을 낳고 살고 있다.

나는 딸 다섯(주현, 주선, 소현, 우주, 한주. 柱賢, 柱善, 素鉉, 友柱, 漢柱)을 두었고, 사위는 첫째는 고등학교 교사와 집사, 둘째는 작은 섬유회사 사장과 교회장로, 셋째는 교회 목사. 넷째는 회사 중

견사원과 집사, 다섯째는 만화가(漫畵家)와 집사인데, 손자 7에 손녀 4을 두어 11명이 되고, 우리 부부까지 포함하면 23명, 정말 대가족이다. 딸부자라 좋은 점도 있군.

부모님은 피를 이어받은 자녀와, 친손(親孫)과 외손(外孫), 증손자 증손녀는 다 기독교신앙을 가져서 50명가량을 "자식 낳아 혈육을 전도"한 셈이다. 행사 때 온 가족이 찬송가를 부른다.

읍내로 이사

부모님은 결혼한 1930년 이후 10년이 된 1940년에 태어난 나 내옥(來沃)은 출산 순서는 4번, 생존순서는 2번, 아들로는 큰아들 1번이 되었다.

옥(沃)자는 우리 전주 최씨 감찰공파의 항렬이 오행(五行) 중 수(水, 氵)이므로, 옥(沃)이 우리 형제 항렬은 다 들어간다. 내 동생은 광옥(光沃), 사촌은 동옥(東沃), 장옥(長沃), 완옥(完沃) 정옥(正沃) 같이 옥(沃)자 돌림이다.

아버지 항렬은 금(金)이라 진(鎭)을 이름에 첫 자로 써서 우리 아버지는 진호(鎭昊)요, 아버지 형제, 나의 큰 아버지는 진륜(鎭輪), 진수(鎭數), 진동(鎭東)이다. 할아버지는 토(土)항렬이라 영기(英基), 증조할아버지는 화(火)자 항렬이라 병충(炳忠)이다.

나의 손자 대에 이르러서는 항렬(行列)을 잘 지키지 않는다.

내가 3살 때 1942년, 아버지는,

"이제 집은 나 아니라도 살 수 있고, 나도 결혼 10여 년이 되어 애가 둘을 두었으니, 10리 떨어진 읍내로 이사를 하자. 우선 이 아이들이 학교 다닐 때 10리나 추운 때나 더운 때나 걸어 다니는 것을 못 보겠다."

하고 읍내로 이사를 왔다. 용감하게... 대단한 용기요, 용감(勇敢)이었다. 읍내로 이사를 와서 나는 편히 국민학교를 다녔고, 집근처에 있는 중학교를 다녔다. 읍내로 이사를 와서 제대로 고등학교나 대학을 다닐 수 있었다. 나에게는 행운을 불러오는 아버지의 결단이었다.

아버지가 읍내에 이사 온 동네가 서천리((西川里)인데, 무슨 이유로 집에 불이 났다. 내가 기억할 수 있는 최초의 기억을 이 불난 것이다. 어머니는 그 뒤 지서에 불려가서 불난 사유(事由)를 대라고 하여 아주 고생을 하였다.

불이 나자 아버지는 돈 38원을 주고 동천리(東川里 521번지. 대지와 마당과 텃밭은 120평 정도)에 집을 샀다. 내가 대청에서 누워서 위를 보니, 대들보가 다 드러나는데, "大正八年...上樑"이라 하였다. 대정 8년은 1919년, 3.1 운동이 나던 해라. 그때 집을 지은 것이다.

이 집은 잘 두었다가 헐고, 그 자리에 1990년도에 새집을 지어 부모님이 돌아가실 때까지 살았다. 부모가 돌아가시자 몇 년을 세를 주었는데, 그것도 감당하기 힘들어 팔았다. 아쉽다.

해방 후 풍물놀이

내가 일제(日帝) 모습을 기억하는 것은 "청결(淸潔) 검사"이다. 동네 골목 청소가 어떤가 순사가 직접 골목에 와서 검사를 하여, 동네 사람이 "청결검사"를 한다면 벌벌 떨었다. 그 때 순사가 순사복을 잘 차려 입고, 장화를 신고, 칼을 치고 철커덕 철커덕 소리를 내며 골목에 들어서면, 나는 얼른 집으로 들어가서 숨도 못 쉬고 숨었다. 아기가 울면 "에비 순사 온다"고 겁주던 시절이다. 내가 기억하는 일제의 흔적은 "청결"과 "순사 복장"이었다.

해방 후 가을에 동네 사람이 풍물잡이(지금 농악)를 동네마다 놀았다. 해방은 신명이었다.

우리 동네 나보다 20살 정도 위인 박진순 청년은 10 미터가 더 된 긴 대나무 끝에 큰 태극기를 달고, 그 대나무 기둥의 밑둥을 자기 배(허리끈 위인지, 배꼽 위인지)에 받치고, 몸은 뒤로 자빠지듯 하며, 깃대를 곧추세워 두 손으로 깃대를 잡고 골목을 당당히(솔직히 어기적거리며) 걸어갔다. 어린 나는, "나도 크면 저런 깃발을 배에 꽂고 걸어야지..."하였다. 그러나...

동네 아이와 놀기에는 일등

동갑짜리 동네친구로 광영이(안광영. 지금 교회 은퇴장로), 금용이(박금용) 등 한 열 명이 매일 같이 놀았다. 적어도 초등학교 졸업 때까지 이렇게 "무지무지하게" 잘 놀았다.

• 자치기: 댓 가지 방식이 있다. 긴 막대와 작은 막대 둘로 노는데, 위험도 하지만 재미있다.

• 제기차기: 동전(銅錢) 가운데에 난 네모난 구멍에 창호지 같은 문종이, 면서기가 먹지를 대고 쓴 공문서를 버리는 것인 미농지를

잘게 찢어 넣어 밖으로 빼면 제기가 된다. 실력은 좀.

• 못치기: 굵은 긴 철사를 한 뼘 정도 길이로 잘라서, 끝은 갈아 약
간 뾰쪽하게 한다. 6.25때 불탄 학교에 가서 가져온 못으로 하거
나, 사방공사용 돌망태 철사를 잘라 쓴다. 불량하군...

• 연날리기: 연은 나도 만들지만 주로 아버지가 만들어 준다. 연자새
(얼레)에 감는 연실은 좀 공을 들여야 하는데 "사금파리 먹인 것"이
면 연싸움에 다 이긴다. 이기면 신난다!

• 핑매(팔매질): 우리 고장은 팔매를 핑매라고 한다. 돌핑매를 마치
야구의 투수(投手)가 던진 공처럼... 50미터, 100미터, 그 이상도
나간다. 앞에 사람이 있는지를 잘 보아야 한다. 조심!

• 얼음지키기, 뺑오리(팽이) 싸움: 뾰쪽한 나무 끝에 징이나 쇠구슬
을 잘 박으면 얼음판 위에 서 오래 돈다. 스케이트 타기, 신발바닥
에 대나무 조작을 대로 얼음 위를 달린다. 넘어질라...

• 쥐불놀이: 논두렁과 밭두렁, 냇물 방천에 쥐불놀이(지금 화재가
난다고 하여서 금지)를 하였다. 청솔가지로 불을 끄면서, "띠링,
띠링-"하는 민요를 불러가면서 불놀이를 하였다.

• 이것저것 먹기: 찔레순 꺾어먹기, 고수(싱아) 꺾어먹기, 잔디새순
(삘기)뽑아 먹기도 하였다.,

- 홰때기(호드기 버들피리)불기: 만들기와 입술에 대고 임을 주어 피리를 부는 기술 요(要)!

- 물제비 시합: 연못이나 방죽이나 잔잔한 냇물이 있으면, 그 물 표면에 납작한 돌을 수면과 거의 수평이 되게 힘껏 던지면, 돌이 곡예(曲藝)를 하면서 널리 튕겨간다. 통, 통, 통...

- 무릎씨름: 둘이 마주 앉아서 서로 오른 발을 세워 X자로 붙이고, 왼발은 눕혀 자기 오른발바닥을 고정시킨 후, 심판을 보는 아이가 "시작!" 하면, 몸을 옆으로 누워가면서 자기 오른발 장단지 무릎뼈로 상대편의 무릎뼈를 아프게 하여 비명을 지르게 하고 항복을 받아내는 것이다. 한 번 무릎씨름을 하고 나면 걸음걸이에 지장이 있을 정도로 아프다. 내 장딴지, 무사!

- 서리: 주로 보리서리, 밀서리이다. 곡식을 가지고 밭을 나오면 도둑이다. 현장에서 먹을 것!

- 그 밖에 : 뻔(버찌) 먹기, 오돌개(오디) 먹으면 입에 표가 난다. 진뺏기(진도리), 낫꼭지 시합, 닭싸움, 팔씨름, 표치기, 공기받기(남자도 하였다), 고누(우리 고장은 꼬니)도 두고, 구슬치기로 땅뺏기도 하고, 서툴지만 장기(將棋)를 배워서 두고, 좀 떨어진 나무나 전봇대를 돌고 오는 달리기도 하였다. 짓궂게 똥칼먹이기(두손을 합쳐 상대의 엉덩이 거기를 찌른다. 놀래라)...

추수가 끝나면 찰흙 논에서 논흙을 파서 땅속에 있는 미꾸라지 잡기, 봄이나 여름에 도랑을 막아 물고기 잡기, 독대로 물고기 잡기, 천렵(川獵)하기, 여름에 물에 놀기. 헤엄치기... 봄에는 누나를 따라다니며 들나물 캐기, 어른 따라 산나물 캐기... 처마밑에 잔 참새잡기. 여럿이 산에 가서 산토끼 잡기, 머루나 다래나 으름을 따러 산에 가기(나무에서 떨어질라!), 송이버섯 찾기 등등 잘 놀았다. 잔인하지만 개구리 잡기, 잠자리 잡기(꼬리에 성냥개비를 꽂아 날리기. 꼬리에 실을 묶어 날려 빙빙 돌리기), 메뚜기 잡기, 매미잡기. 뱀잡기는 형편을 보아서 잡는다. 여학생이 고무줄놀이를 하면 고무줄을 끊어놓기, 고약한 친구 머리에 껌을 붙이기, 그 악동(惡童)짓은 나이가 들어 동창회를 할 때 나에게 한 여학생의 공격 레파토리였다.

노는 때는 추위든 더위든 상관이 없다. 그때는 런닝셔쓰가 없어서 맨 살에 무명옷, 솜옷 하나만 걸치고 놀았고, 연싸움을 할 때 "알라 연! 알라 연!"하고 소리치며 놀 때 종아리. 배, 배꼽으로 들어간 찬바람이 소매를 통해 팔 끝으로 나와도... 추운 줄 몰랐다. 도리어 땀이 났다.

나중에 방정환 선생의 동화를 보니까 이런 맨살 웃통을 "만년샤스"라고 하였더라. 우리는 다 만년사스를 입고 놀았다. 신나게 놀 때는 약간 다쳐도, 감기에 걸려도 "그 까짓껏"하고 대수롭지 않게 놀았다. 놀다가 정 지치면 그늘에서 쉬거나, 냇물에 가서 멱을 감거나, 집에 돌아와서 쉰다. 옷이 엉망일 때도 있다. 그때 "칭찬(부모나 누나가 하는 꾸지람)"을 반드시 받는다. 어른에게 칭찬을 받을 때 다시 안 논다고 하나, 작심삼일(作心三日)요, 마이동풍(馬耳東風)이요 도로아미타불이다. 안 놀고 배기겠는가? 그래서 노는 데는 나는 상

(上)이었다. 잘 놀았군!

최초의 충격

나는 7살 때, 1946년 9월(당시 신학기는 9월이었다)에 초등학교에 들어갔다. 그런데 한 골목에서 놀던 안광영이나 박금용이가 학교를 안가니까, 나는 재미가 없어서 학교를 다니지 않았다. 부모님도 그런가 보다 하고 인정하였다. 1947년 7월 때 9월에 입학하였다. 그 이듬해 1948년인가 신학기가 4월로 당겨져서 2학년이 되었다.

이학년인가 삼학년인가, 후에 알고 보니 담임선생님이 이진영 선생님인데, 수업 중에 나를 앞으로 나오라고 불렀다. 아이들을 앞으로 불러내는 것은 혼을 내거나 칭찬을 하는 것 중 하나인데... 나는 다 해당이 없어서 궁금한 채로 나갔다.

"애들아. 내옥이를 보아라. (다들 호기심이 가득 찬 눈으로 나를 보았다). 삐쩍 말랐지? (나는 "왜 말랐다고 왜 불러?" 속으로 하였다). 밥을 잘 안 먹어 그런다. 밥을 맛없게 먹으면 살이 안 찐다. 내옥이처럼 삐쩍 마르지 말도록! 내옥이는... 들어가라!"

나는 그만 울어버렸다... 이런 망신이라니...

'선생님이 되어서 이런 개망신을 제자에게 주면 되는가...'라는 뜻이지만, 그런 말을 할 수 없는 어린 나이니까 울어버린 것 외에는 할 일이 없었다.

사실 나는 말랐다. 내 밑으로 나온 동생이 내리 넷이나 죽으니까, 부모님은 나까지 어찌 될까 보아서 자못 걱정을 하고, 콩가루에 밥을 말아주는 밥을 해주었다. 이런 편식을 하는 버릇을 선생님이 어떻게 알고 망신을 주어 고치려고 한 것 같았다. 어린 나이지만 나는.
"밥을 말 먹으면 될 것이 아닌가요?" 그런 심정이 들었다. 그래서 평
생 밥투정 없이 다 잘 먹는다.

동생과, 팔뼈박은데 도통(道通)한 어머니

내가 초등학교 일학년 때, 8년 만에 네 번째로 1948년 1월 24일
태어난 광옥이가 조금 크니까, 업고, 안고 골목에 나가서, "애들아.
나도 동생 있다."고 들까불었다. 내가 갓난 동생을 이러니까 그만 어
린 동생이 자지러지게 울었다. 알고 보니 물 같은 삭신인 동생의 팔
(팔꿈치)이 빠진 것이다. 동네에 나이든 팔뼈박은, 지금 말하면 접골
(接骨)을 하는 영감이 있었다. 그 영감을 급히 부르면 빨리 오지 않
고, 와서 팔을 동생의 맞추어주면 부모님은 그 영감에게 술을 대접
하여야 했다.

동생은 이런 팔빠진 일(탈골 奪骨)과 팔뼈박는 일(접골 接骨)이 되
풀이 되자, 나에게 오지 않으려고 하였다. 어린 동생이 보기에는 백
발백중 나는 가해자(加害者), 몹쓸 형이었다.

어머니는 그때 예수를 믿을 때인데, "하나님. 내가 한번 아기 팔뼈
박는 일을 하겠으니 도와주소서…"하고 기도하고(정식 기도 요령도
몰랐지만 이런 심정으로), 그 영감이 하는 식으로 아픈 팔을 요리조
리 만지고 넣고 하다 보니 "쏙" 팔이 맞추어졌다. 빠진 뼈가 제자리
에 들어간 것이라, 뼈가 정상이 된 동생은 이제 더 울지 않았다.

나는 동생의 팔뼈를 빼고, 어머니는 그 팔 맞추어 넣고, 이러기를
여러 번 하는 중에 이제 어머니가 팔뼈박은, 접골사(接骨師) 어머니

가 되었다. 미릅(경험)이 도사(道士)를 만든 것이다. 유식하게 말하면, 접골 선생을 만나 접골 가르침을 받지 않고, 한두 번 본 눈썰미로 접골을 터득하였으니, 무사자통(無師自通)이라 하겠다. 어머니가 자식 사랑이 강하여 무사자통이리라.

어머니는 팔이 빠진 동생이나 환자 앞에서, 하나님에게 기도를 하고 나서 손을 댔으니... 하나님이 선생이라고 할까, 기독교식으로 말하면 신유(神癒)의 은사(恩賜)를 받았다고 할까, 동생을 치료하는 경험으로 남들에게 치료하는 선행(善行)을 베풀라는 능력(能力)을 하나님으로부터 받았다고 할까... 하여튼 차츰 차츰 접골도사, "팔빼박는데(접골)" 선생님이 되어갔다.

나는 이제 안심하고 동생을 "다루었다."

어머니는 동생에게 단골 전문접골사만 된 것이 아니고, 동네에서도 이런 탈골, 위골(違骨) 아이가 있으면 불러오거나, 찾아가서 접골을 하여 주어 동네에서 "팔빼박는 도사 아주머니"로 이제 소문이 나기 시작하였다. 치료비는 많든 적든 주는 대로 받았다.

한번은 남원경찰서에 "운봉에 불법의료시술자(접골사)가 있다."는 고발이 들어와서(나중에 아고 보니 운봉에 유도체육장을 낸 사람이 고발하였다), 경찰이 와서 밭에서 일을 하고 있던 어머니를 남원경찰서로 잡아갔다. 아버지도 궁금하고 격노하여 따라갔다. 약품도 없고, 의료기구도 없고, 아픈 환자가 불쌍하여 치료하여 준 것뿐이라고 부모님이 말하자 돌아가라고 하였다. 그 뒤로 어머니는 결혼한지 20년 후, 나이 36살 무렵부터, 우리 면(面)내 다른 마을 아이도 팔이 빠지면 고쳐주는 면내(面內) 접골사가 되었다. 팔빼박는 기술이 진화(進化), 범위가 확대하여, 발빠진 것(발목, 무릎. 허벅지 등),

허리가 삐끗한 것, 어깨가 빠진 것 등등을 무사자통(無師自通)으로 접골달인(接骨達人)이 되었다. 운봉면, 이웃면, 이웃군까지...

장정(壯丁)인 환자가 오거나, 상처의 범위가 위중(危重)할 때는 아버지의 도움을 받아, 치료받은 환자를 눕히고, 돌리고, 세웠다. 그러면 그 환자는 즉시 걸어가고, 손을 올리고, 허리를 펴고, 손가락으로 무엇을 집었다. 올 때 니아까(손수레)나 차로 실려온 환자가 나갈 때는 두 발로 활기차게 걸어 나갔다. 참으로 신기한 일이었다. 접골은 평생하였다. 돌아가시기 전까지...

발란군(반란군 叛亂軍)의 출현, 6.25 전이다.

전(前)빨치산이 운봉에 나타났다.

내가 9살 때, 양력으로 1948년 10월 그믐께, 11월 달 전부, 눈이 오는 12월 달, 그 이후... 발란군(반란군을 그렇게 발음하였다. 빨치산, 야산대野山隊. 공비共匪. 빨갱이. 산손님)이 앞산에 나타났다. 운봉읍내에서 십리 가량 떨어진 산기슭 마을에 발란군이 나타나서 식량을 털어갔다. 발란군의 내력을 후에 알고 보니, 1948년 10월 19일 밤 9시에, 전남 항구인 여수에서 국군 14연대의 좌익 군인이 반란을 일으킨 것이었다. 그들은 국군과 경찰과 민간인, 공무원, 기독교인 등등을 많이 죽이고, 지리산에 들어온 "여수순천 국군반란사건", 줄여서 "여순반란사건"의 당사자였다. 운봉은 지리산 북쪽 기슭에 있는 큰 고을이라, 이 발란군의 일차공격 목표였다. 운봉은 토벌군을 대접할라, 발란군의 내습에 방어할라... 공포 속에 살게 되었다. 그 뒤 반란군과 주모자들이 죽고 잡히고 투항(投降)하여 1년 만에 1949년에는 소멸이 되었다. 후유...

후(後)발치산이 운봉에 나타났다. 6. 25 후다.

1950년 6.25때, 경상남북도에 있는 낙동강을 경계로 하여 아군(국군, 미군, 유엔군)과 적군(북에서 남침한 공산군인 인민군. 남한에서 강제로 끌려 온 의용군 등)이 약 한 달간 전투를 벌이고 있었다.

날이 갈수록 공산군은 패색(敗色)이 짙어갔다. 보충하는 군인은 없고, 군수품(軍需品)은 떨어지고, 의약품이 떨어지고, 인민군은 다치고 죽고, 전투에 미숙한 의용군도 다치고 죽고 도망가고, 기세 좋게 남침할 때 앞장을 섰던 전차(戰車)도 하나도 없고, 제공권(制空權)도 없고... 그리하여 8월 15일까지 남한 전부를 차지하겠다는 공산 인민군은 8월 15일에 낙동강 강가에서 죽을 지경이었다.

9월 15일 인천상륙전전으로 낙동강 강가에 있던 인민군을 북으로 후퇴를 하고(도중에 많이 잡혔다), 후퇴 길이 막혀서 대부분(약 3만-4만으로 추정)은 지리산으로 들어갔다.

이들은 전빨치산과 똑 같은 산중을 휘젓는 공산주의자들인지라, 이 후발치산도 공비, 밤손님, 빨갱이, 산사람 등으로 불렀다. 그 수가 많고 설쳐대서 "낮에는 국군, 밤에는 공비"라는 소리도 나왔다. 넓은 지리산에 숨어든 공비는 지역을 넓혀, 전북만 하더라도 장수 팔공산, 무주 덕유산, 순창 회음산, 임실, 정읍, 고창, 정읍 일대 산으로 확대하여 약탈을 일삼았다.

휴전 전에 운봉은, 남원에서 4월 초파일(춘향이잔치가 있을 때, 춘향이 생일이 사월 초파일이다)에 3일 전투, 밤낮 엿새 전투가 있었고, 또 추석(공산당은 꼭 명절에 기습을 한다)에도 3일 전투 밤낮 엿새 전투가 있었다.

추적전투에는 운봉 소재지 3 동네 중 북천리를 공비가 점령하고, 동천리(내가 사는 곳)와 서천리 두 동네(지서와 면사무소가 있다)만 온전하였지만, 3일째 들어서는 풍전등화(風前燈火)였다. 남원에서 경찰과 군대의 지원이 끊긴 마당에서, 박원용(朴元鏞) 운봉 면장이 잘 지휘하여 함락(陷落)을 면하고, 농부 하나가 공비인 적의 포위망을 뚫고 운봉을 벗어나, 50리나 되는 남원(공비토벌사령부가 있었다)에 달려가서 운봉 사정을 알리는 바람에, 해가 질 무렵에 토벌군(주로 전투 경찰인 205부대, 군인 부대 등)이 포격을 하고 운봉에 진입하여 습격한 공비를 쫓아내서 안전하였다.

나보다 10살이 많은 용감한 형들인 마을 청년들이 경찰을 도와 공비를 막는 향토방위대, 줄여서 향방(鄕防)이 있는데, 이 전투에서 여러 명이 죽었다. 내가 아는 동네 형도 죽었다. 공비가 물러간 읍내 근처 야산과 콩밭을 뒤지니 굼벵이(파리. 쉬)가 가득한 공비 시체가 7이 나왔다. 나도 그런 것을 보았다. 빨치산 기록으로는, 운봉 전투에서 28명이 죽었다고 한다.

공비의 소멸

그동안 전투경찰(전경)이 공비토벌을 담당하였는데(국군은 전방에서 싸우느라고 올 수가 없었다), 전남 구례지역은 203전경(戰警. 전투경찰)부대요 전북 남원 운봉은 205부대였다. 이 전투경찰 대장은 경찰총경인데, 남원지역은 김종원(金宗元), 신상묵(辛相默), 최

치환(崔致煥) 등이 대장이었다. 운봉하고는 거리가 있지만 공비토벌에 공을 세운 다른 지역의 전투경찰 대장을 보면, 순창, 구례 지역은 차일혁(車一赫), 무주 덕유산 지역은 김두운(金斗云) 총경 등이었다. 이 총경은 당시 총사령관과 같이 위명(威名)을 떨쳤다. 무서운 공비를 잡으니까 더 무섭지...

1953년 7월 휴전이 되자 전방에서 싸우던 국군이 지리산 공비토벌을 하러 남원에 본부를 두고 토벌작전을 벌였다. 본격적인 공비토벌이 시작이 되었다. 나는 기대 반, 또 불안 반이었다.

전방에 있던 군인이 와서 여기 공비를 소탕하여 성공하면 좋지만, 다시 전방에 전쟁이 터져서 돌아간다면 여기 공비는 더 악질 노릇을 할까 보아 불안하였다.

그때 나는 운봉중학생이었는데 이런 삐라가 비행기에서 사방 군데에, 산에 뿌려졌다.

"공비여. 3, 4년간 지리산에서 있었으니, 김일성의 도움이 끊겼으니 이제 북의 지원이 없고, 북으로 갈 수도 없으니 이제 그만 귀순하라. 가족이 그립지 않은가? 이 삐라를 들고 오면 귀순증(歸順證)이 되어 무사하고. 생명을 안전을 책임지겠다..."

그 삐라에 적여 뿌려진 지리산공비토벌 사령관, 서남지구 전투사령부(서남사) 사령관은 송요찬(宋堯贊), 정일권(丁一權), 백선엽(白善燁) 등 국군 대장 이름이 있었다. 마지막 국군 공비토벌 대장은 백선엽 장군인데, 대개 "백전사(白戰司. 백선엽전투사령부)"라 불렀다.

또 다른 삐라도 있었다.

"나는 전에 어느 지역에서 경찰과 국군과 용감하게 싸웠던 여러분의 지도였던 아무개올시다. 지금은 귀순하여 잘 살고 있으니 안심하고 귀순을 하시오. 이 삐라가 귀순증입니다."

공비측 대장인 이현상(李鉉相)이 살아 지휘를 하였지만, 작전분야, 심리전분야, 포병분야 등등 분야별 지도자가 다 죽었다. 지리산 공비는 1950면 9월 중순에 3만여 명이었는데, 초기에는 전라남북, 경상남북, 심지어 중부 지역으로 번져 활동하다가 세월이 흐름에 따라, 차츰 위축(萎縮)의 되어, 죽고(死亡. 射殺), 다치고(負傷), 병들고, 굶고, 자수(귀순)하고, 잡히고(체포되어) 1만 명, 5천 명, 1천명, 700명, 100명, 70명... 으로 줄어들었다.

처음에는, 이북에서 산을 타고 지리산에 이북공산군이나 훈련받은 공작대(工作隊)가 내려와 지리산 공비가 추가로 되었는데, 그것도 끊겼다. 민간에서 공비로 들어간 사람은 없었다.

후에 알고 보니, 북한 김일성이 1953년 7월 휴전이 되고 나자, 남한 공산당(남로당) 대표격인 박헌영과 이승엽과, 같이 월북한 남로당원을 보고, "반역자, 전쟁을 망친 범죄자, 미제(美帝) 간첩..."등 죄목으로 숙청하고 제거하였으므로, 결국 지리산과 기타지역 빨치산은 남로당 계열에 속하여, 김일성은 인적(人的)으로나 물적(物的)으로 더 지원을 하지 않아, 가뭄에 방죽의 물이 잦아들 듯 공비는 고립무원(孤立無援) 상태에서, 또 휴전 후 전방에 있던 국군이 지리산 일대에 와서 대대적이고 종합적이고 체계적인 토벌을 함으로 자체적으로 소멸되고, 토벌군에 제거되고, 귀순과 도망 등으로... 무화(無化)하였다. 운봉에서는 실제로 공비의 소멸을 보고 들었다. 세월은 흘러 공비로 공포 속에 사는. 기간... 6.25 후 5년 이상이 걸렸다.

나는 6. 25 이후에 생긴 후발치산에게서 11살 때부터 겁을 먹고, 그 겁이 사라진 것, 곧 후빨치산이 소멸이 된 것은 16살 때였다. 1948년 11월 여수순반란사건 때 공산주의자인 주동자들이 지리산에 들어와 생긴 발란군(공산주의 사상을 가진 국군)인 전빨치산까지 합치면 9살 때부터이니, 나의 소년기 7년간은 전후 빨치산이 주는 공포 그것이었다. 소년기에 오는 고민이니, 사춘기 갈등(葛藤)이니, 인생에 대한 회의(懷疑)니 하는 것은 조금도 생각할 겨를이 없었다. 그렇지 않겠는가?

우리 고장에 토벌군이 오면 밥(주먹밥에 소금을 굴려 묻힌 것)을 주고, 재워주고, 초췌(憔悴)한 공비를 잡아오면 임시 수용하여 재워주고, 먹여주고... 그들이 득시글거리는 이를 불에 떨어뜨려 톡톡 소리 내는 이 잡기를 보고... 우리 아버지 같은 주민은 탄약 짐이나 식량을 지게에 지고 토벌군을 따라 산속에 갔다가, 공비와 싸우면 "다리야 날 살려라" 하고 도망오고, 그러는 중에 아버지의 짚신 발을 뚫고 산죽(山竹)이 들어가 장심(掌心)에 꽂혀 발등에 나온 것도 모르고 도망쳐 집에 오고... 그런 마당에 공포와 불안 속에 살아온 나는 소년기니, 낭만(浪漫)이니, 고민이니...하는 것은 사치였다. 상상할 수도 없는 생존(生存)하기... 그렇지 않겠는가?

드디어 1955년 공비의 최후 대장인 이현상(李鉉相)이 죽었다. 지리산 정상(頂上)에서 경남 산청 쪽으로 좀 가서 빗점골이라는 데서, 몇 년간 남한에서 이북을 갔다가 남한에 돌아온 공산당으로, 지리산 빨치산 대장으로 악명이 높은(1948-1955년 동안) 이현상은 드디어 죽었다.

1955년 8월 15일... 공비, 이현상도 죽었으니, 그 지긋지긋한 지리산 공비는 없어졌다고 하여. 운봉 소재지에서 5리 떨어진 삼산리 냇물가 솔밭 잔디밭 터에서 "지리산 평화제"를 올렸다. 그때는 나는 운봉중학교 3학년이었다. 가보았다. 어린나이지만 십년 체증이 내려갔다.

1948년 9살 때부터 반란군, 공비, 그리고 1960년 6.25 때 2달간 인공 체험. 그리고 그 뒤 1955년 8월 15일까지 내 나이 16살 때까지 또 공비... 7년간. 그 사이에 위에서도 말하였지만, 소년기의 낭만이니 사춘기의 무지개 꿈과 고민과 갈등(葛藤)이니....하는 눈을 닦고 볼래야 볼 수 없는 시절이었다. 그저 공비, 반란군, 습격, 불안... 우리 집에 공비가 들어온 꿈도 여러 번 꾸고 공비가 나의 목을 누르는 꿈도 꾸고... 그러면 창피하게도 오줌도 바지에 쌌다.

6.25 때 피난

1950년 6. 25가 났을 때는 운봉초등학교 4학년이었다.

7월 20일, 여름방학을 하였다. 7월 25일, 아버지는 지게 짐을 올려놓더니, 10리 떨어진 가동(덧멀) 큰집으로 피난을 가자고 하였다. 기르던 돼지는 먹을 것을 많이 주고 우리 가족 5식구는 걸어서 덧멀로 피난을 갔다. 3살이 난 동생 광옥, 울어 보채는 동생을 업고 피난을 간 것이다. 작은 큰아버지(아버지 바로 형)네 집 묵은 방 하나를 치우고 거처를 삼았다. 7월 27일, 해질 녘에 오토바이(북한말로 찌클)를 타고 군복을 입은 예쁜 여자 군인 하나와 잘 생긴 남자 둘이 덧멀에 들어왔다. 여자군인은 먹을 것을 달라고 하여 우리 일가는 감자를 삶아 주었다. 그때 남자군인 둘은 잠시 나갔는지 보이지 않았다. 좀 있다가 그 남자군인이 오고, 감자를 먹고, 우리들한테 새 세상이 왔으니 잘 살라는 말을 하고는, 무슨 연락을 상부로부터 받았는지 잘 있으라고 하고 남원으로 급히 돌아갔다. 내가 만난 인민군은 이 그럴싸하게 생긴 여자와 남자들이었다. 이것만하여도 인민군의 선무공직(宣撫工作)은 성공이었다.

후에 다섯 살 많은 나의 사촌형님이 이런 말을 하였다.

〈나는 인민군이 어떻게 생겼는지... 뒤를 따라 가며 보았다. 동네 입구에 사람이 안 보이는 데에 민간인 4명을 손을 묶어 군인 하나가 지키고 있었다. 집에서 나온 군인 둘이 거기에 가더니, 그 손을 묶은 사람을 앞세우고 덧멀 뒷산인 고남산(古南山) 아래 방죽(연못)으로 가더니... 사살하였다. 그리고 태연스럽게 돌아왔다. 나의 형은 이것을 목격하고 놀라는데, 군인이 내려오는지라 들키면 자기도 죽을 것인지라 우거진 나무숲으로 숨었다. 무사하였다. 훗날(인민군이 도망간 이후) 알아보니, 이 죽은 사람은 우리 이웃 면에 사는 경찰과 군인 가족이었다.〉

그럴싸하게 생긴 인민군 남자가 민간인 4 명을 총살이라... 총살이라... 우리 가족은 한 열흘 덧멀에 있는데, 그 사이에 집에 아버지는 와서 돼지에게 먹을 것을 한두 번 주고... 그때 어머니가 만삭(滿朔)이라 도저히 좁은 피난살이 방에서 출산을 할 수 없어서 읍내에 있는 집으로 내려왔다. 돼지는 살아 있었다. 어머니는 얼마 후에 딸을 낳았다.

얼마 후에 미국 비행기가 학교를 공습하여 다 학교는 다 타버렸다. 1950년 8월 인공시절, 시국이 어찌 돌아간 줄을 몰랐다. 김일성 사진과 스탈린 사진이 학교에 걸려 있었는데, 학교가 불타버리자 그

것도 없어졌다. 그 난리통에 어머니가 딸 귀순(貴順))을 낳았으니, 무더운 여름에 출산이라니, 고생이 많았다. 집밖에도 고생, 집안에도 고생...

인민군의 후퇴, 추석날 피난

9월 28일 추석. 달이 환하게 밝았다. 들리는 말로는 공산군이 쫓겨 가고 있다고 하였다. 전쟁 통에는 쫓고 쫓기는 와중(渦中), 전투요원의 교체(交替) 기간이 위험하다. 함부로 나가면 누구 손에 죽은지도 모르게 죽는다. 밖에 안 나다녀도 집안에 날아든 총알에 죽을 수 있다. 그래서 좀 멀리 떨어진 곳, 산기슭, 계곡이 있고 절벽이 있고, 그 절벽에 굴이 있는 곳을 찾아 일찍 피난을 가서 숨어 있어야 한다. 그래서 그리로 피난하였다.

휘영청 달이 밝았다. 추석이었다. 국군과 유엔군이 운봉에 오고, 공산당은 우리가 피난 간 곁에 있는 길로 해서 산으로 들어갔다. 나는 숨을 죽이며 덤불 속에서 숨어서 보았다.

후유, 인공은 끝났다. 공산당은 물러갔다. 마침 추석날 초저녁 밤이었다. 추석이 기쁜 것이 아니라, 공산군이 없어진 것이 기뻤다. 후에 알고 보니, 인천상륙작전에 성공한 유엔군과 국군이 이날 서울을 탈환하는 그 날이었다.

9월 28일, 그 당시는 서울수복은 전혀 생각을 못하고, 운봉의 "해방"이 절실하였다. 후에 지리산 공비의 출발이기도 하다. 또한, 그 공비 출발은 5년 후 "전멸(全滅)의 전제(前提)"였다.

서당에 다니다

캐리커처: 朴興用(漫畵家)

훌륭한 화백인 같은 교회 장로가 그려
준 캐리커처가 참으로 근사하다. 걸걸
하고 늘 웃으며 다니는 최 박사를 절
묘하게 묘사했다.

　추석이 지난 운봉초등학교가 2학기 개학을 하였다. 10월 초순이
었다. 나는 4학년이었다. 등교한 학생들은 형편이 닿은 곳을 찾아
수업을 하였다만, 학교 건물이 다 타버려서, 겨울이 오자 난방시설
이 없는 터라 빨리 겨울방학에 들어갔다.
　아버지는 십리 떨어진 운봉면 장다리(장교리) 외갓집에 나를 데리
고 가서, 나의 외삼촌(어머니의 오빠)이 연 서당에 보냈다. 먹고 자

는 것은 외갓집에서 하였다. 외할머니가 나를 예뻐하고 외숙모가 또 예뻐하였다. 나는 "사자소학(四字小學)"을 배웠다.

이 책을 배운 것을 암송(강 講)을 한다. 그리고 서산(書算)이라 하여, 겉은 먹을 먹인 까만 종이에 구멍을 20개를 뚫고 만든 것인데, 작은 뚜껑을 열면 하얀 밑바탕이 나오는데, 이 서산 뚜껑을 읽을 때, 강(講)할 때마다 하나씩 펴 올리면 하얀 색이 나온다. 20번을 강을 한다.

콩댐을 먹은 노란 장판지 한 조각에 붓글씨를 썼다. 그리고 걸레로 지우고 또 붓글씨를 쓴다. 또, 서판(書板)이라 하여, 얇은 나무 상자에 가는 모래를 담아 평평하게 흔들어 만든 후에, 손가락이나 막대 끝으로 사자소학에 있는 한문을 쓴다. 그리고 모래를 흔들어 쓴 글자를 없애고 또 글씨연습을 한다. 이것이 나중에 문종이에 붓글씨를 쓰는 자신감을 주었다고 본다.

나의 동학(同學)은 외갓집 삼촌이나 형이었다. 나는 11살인데 그 동학은 18살, 20살, 25살, 이상이었다. 읍내누님(우리 어머니)의 아들이라고 예뻐하였다. 같이 서당을 다닌 창영이 외삼촌은(사실은 외 5촌 외당숙)은 나보다 5살 위인데, 유(由)가 "말미암을 유"인데, 나는 "말미암다"라는 말의 뜻도 모르고, 발음하기도 난(難)하여 "마늘 마늘 유"라고 하였다. 다들 웃었다. 왜 웃는지를 몰랐다. 지금도 창녕이 외삼촌은 나를 놀린다.

"마늘마늘 유하는 사람이 대학 교수여? 박사여?"하고...

마냥 즐거운 서당 추억이다.

나는 3달간 사당에 다니고, 시자소학은 다 못 떼었지만 한문에 대한 공포는 없어지고, 최후의 서당 출신으로 자처하고... 초등학교 때 한문이 수두룩한 신문을 거의 다 읽고... 그렇지만 전혀 모른 것도 신문에 있었다. 예를 들면, 신문에 난 "위요(圍繞 둘러싸다), 포기(抛棄 포기하다), 야기(惹起. 일으키다), 집요(執拗. 끈질기다)..."는 무슨 말인지 몰라서 쩔쩔 맸다. 옥편도 없고, 아는 사람도 없고, 결국 대충 그런 뜻인가 보다 하고 그때는 어물어물하였는데... 후에 알아갔다.

결국 나는 서당을 다니고, 국어 공부는 중상급(中上級)을 하고, 국문학(고전문학)을 전공하고, 그런 대로 한문이라면 약간 아는 척을 한다. 붓글씨도 쓰는 척을 한다. 박사가 되고 나서 외삼촌 산소에 가서 큰 절을 하고 나니 눈물이 났다. 알고 보면, 외삼촌 덕분에 출세하였다.

영화 "애정산맥(愛情山脈)" 후일담

(1) 그 영화를 본 때가 초등학교 6학년 때인지 중학교 1학년 때인지 분명하지 않는데 아마 초등학교 6학년 때인 13살 무렵인 듯하다. 그때 영화가 운봉에 들어왔다. 비가 오지 않는 날 초저녁에, 대개 초등학교 학교 운동장에 커다란 천으로 상영(上映)하는 막(映寫幕)을 쳐놓고, 동쪽에서, 거리를 두고 그 영사막을 향하여 영사기를 돌리면 영화 화면이 돌아간다. 그 영사막을 중간에 두고 동쪽에 앉아 보는 사람들, 서쪽에 앉아 보는 사람들, 영사막 양쪽에서 많은 사람들이 영화를 보았다. 아마 입장료를 내고 본 것 같다. 그때 빨치산 영화가 두 편이 있었는데, 운봉에는 영화 "피아골(구례군 쪽 지리산의 큰 골짝 이름. 공비가 판을 친 곳)"을 들어오지 않았고, "애정산맥(愛情山脈)"은 들어와서 나는 한

번 보았다.

(2) ⟨줄거리는... 일제 강점기에 한 동네서 친구 셋이 자란 후 헤어졌는데, 해방 후 친구 갑(甲)은 후에 공비토벌 경찰 대장이 되고, 또 한 친구 을(乙)은 6.25때 북한군 대장으로 남침하여 와서 지리산 공비의 대장이 되고, 여자 친구 병(丙)은 고향 초등학교 교사가 되어, 마침내 갑과 결혼하여 사는데... 마지막은 을이 친구 갑과 병이 보는 데서, 바로 이전에 같이 놀았던 진달래 꽃밭에서 죽는다. 아, 흘러흘러... 애정산맥이여!⟩

(3) 한번은 "그루터기"라는 근로자 청소년을 위한 잡지에 나는 그 줄거리를 쓰기도 하였다. 후에 알고 보니 공비토벌을 한 전북 경찰청의 경찰을 따라다니는 전북일보 종군기자(從軍記者) 김 씨가 시나리오를 썼다고 한다.

(4) 아마 이 영화를 본 재주 있는 지리산 근처에 사는 사람이 있다면 거대한 소설을 쓸 것이라고 생각을 하였다. 아, 그 생각이 맞는지, "애정산맥"과 같은 줄거리의 작품이 후에 나왔다. 바로 지리산(파아골) 근처인 전남 구례(求禮) 출신인 김성종(金聖鐘. 보통 추리소설 작가로 알려졌다) 작가가 쓴 소설 "여명(黎明)이 눈동자(영화. TV로 상영)"가 그것이다.

(5) 1996년 봄에 나이가 나와 비슷한 차길진(車吉眞) 씨가 한양대학교 내 연구실로 찾아왔다.

⟨지리산 일대, 전남북 일대 공비토벌을 한 전투경찰 대장 중 하나가 차일혁(車一赫) 총경인데, 나의 아버지이다. 아버지를 주인공("애정산맥"에서 甲 해당)으로 한 "애정산맥" 영화를 알고 싶은데, 백방으로 알아보아도 영화 제목은 아는 사람이 있지만,

줄거리나 시나리오는 하나도 없었는데, 우연히 최 선생이 쓴 줄
거리 기록(그루터기 잡지에 실린 것)를 보고 반가워서 찾아왔
다. 나는 "애정산맥"이라는 서너 권이 되는 장편소설을 쓰고 싶
은데…. 도와 달라. 아버지 차총경은 일제시대는 만주에서 독립
군으로 활동하고 해방 후에는 경찰이 되어 공비토벌 대장을 할
때 상대하던 공비대장은 이현상((李鉉相. "애정산맥" 乙에 해당)
이었다. 이현상 죽음을 국민은 반신반의(半信半疑)하므로, 서울
시청 옆 덕수궁 정문 앞에 그 시신을 며칠 전시를 하다가, 부패
하자, 전북(당시) 금산(錦山)에 사는 일가가 시신 인수를 거절하
매, 차일혁 총경이 시신을 서울에서 구례구역(求禮口驛)까지 기
차로 싣고 와서, 구례구역 근처 섬진강 강변에서 장례를 치르
고, 조사(弔辭)를 지어서 읽고, 화장(火葬)을 하여 가루를 섬진
강에 뿌렸다. 원수의 장례를 원수가 치러준 모습이었다. 이것이
사상 갈등을 넘은 인간의 모습이다. 그 뒤 공비토벌 중 외팔이가
된 차총경은 공주경찰서장으로 재임중, 중학생인 나와 금강에서
수영을 하다가 그만 돌아가셨다… 그 뒤 나는 동국대학교 국문
과를 졸업하고, 인생무상을 깨닫고 불교에 법사(法師)나 포교사
(布敎師)가 되었다. 내가 아버지 전기를 쓰려는데, 최선생이 그
글에 못다 한 줄거리며, 고향에서 최선생이 견문하고 경험한 공
비 이야기를 아는 대로 다 말해 달라.〉

그 뒤 차길진 법사는 소설 "애정산맥"을 간행하고, 나는 출판기
념회에 참석하고(高恩 시인도 참석하였다), 차 법사는 미국에 가
서 불교를 포교하다가, 귀국하여 스포츠신문에 "전생(前生), 빙
의(憑依), 환생(還生), 숙연(宿緣) 등"에 대한 글을 연재하였다

(별세).

(6) 그 뒤로 공비였던 사람의 소설(이태의 "지리산" 같은 것. 영화로
　　나왔다)이나, 수기(手記)가 나왔지만... 나의 경험만큼 절실하지
　　않았다. 공비를 미화(美化)해서는 안 된다는 나의 생각이다.

"도장버짐"에 오른 채 국가고시를 보다

그때 초등학교 6학년에 중학시험을 볼 자격이 있는지 국가고시가
있었다. 그때 나는 머리에 도장버짐이 나서 아주 고생을 하였다. 도
장버짐을 고치려고 노란 옥도정기(약) 원액(原液)을 머리에 바르면,
버짐균이 죽는다고 하는데, 머리 가죽이 탄 듯이 아프다. 눈에 들어
가면 실명(失明)한다. 나는 견딜 수가 없어서, 옥도정기를 바르자마
자 우물에 가서 눈을 꼭 감고 두레박 물로 머리를 씻어내기도 하였
다. 그리고, 돼지비게 기름을 철판 위에 올려놓고, 지글지글 볶은 것
을 버짐이 난 곳인 앞머리 위에 올려놓고 살갗을 지지고 볶으면 버
짐균이 죽는다고 하여서... 그리하였는데... 그냥저냥 도장버짐은
없어졌다. 지금도 그 상처 자국이 내 머리에 있다.

그러면서 6학년 담임 김평중 선생의 지도를 받으며(몇이 잘사는
친구네 집에서 합숙을 하면서) 시험공부를 하였다. 운봉에서 50리
가 떨어진 남원에 처음으로 가서 국가고시를 보고 돌아왔다. 얼마
후에 성적이 나왔는데 만점이 얼마인지 모르나(아마 500점인 듯),
운봉에서 제일 잘 하였다고 하는 374점이었다. 도장버짐을 안고 시
험을 잘 보았군...

운봉초등학교 41회인데, 학교를 다닌 사람은 전부 75명인데, 실제

로 졸업을 한 사람은 54 명이었다. 6.25로 학생(學生) 수와 학적(學籍)이 들쭉날쭉하여 이런 현상이 생겼다 .

운봉중학교에 들어가다

6.25 난리 통에 "교육이 제일"이라는 이승만(李承晚) 대통령의 생각대로 큼직한 면에 중학교를 하나씩 세우도록 하였다.

남원군 중에 산지(山地), 이전 1915년 이전 운봉군(雲峰郡)이 운봉면, 동면(지금 인월면), 산내면, 아영면 4개면이 되었는데, 그 중에 제일 면이 크고 인구가 많은 운봉에 중학교를 세웠다. 운봉 박원용(朴元鏞) 면장이 애쓴 결과이다.

나는 운봉중학교 제4회 입학인데, 38명이 입학하였는데 여학생은 6명이고, 남학생은 32명이었다. 오전은 수업을 하고, 오후는 지게나 망태를 들고 돌을 날라 중학교 건물을 짓는 일을 하고, 운동장 한쪽에 나무를 삼고, 길을 정비하였다.

선생님들은 객지에서 활동을 하다가 6.25때 고향에 와서 눌러 앉는 분이라 실력이 아주 쟁쟁하였다. 특히 박 면장의 큰아들인 박제윤(朴堤潤) 선생은 국어를 가르쳤고, 다른 과목 선생님이 없을 때에는 그 과목도 가르쳤다. 영어는 선생님이 곧 올 것이라서 보강에 빼놓았다.

내가 중학교를 들어가니 영어책(STANDARD ENGLISH)을 받았는데, 호기심에서 영어 알파벳의 대소문자와 필기체를 통달(通達)하였다. 그런데 영어 선생님이 없었다. 운봉중학교가 공립학교라서 발령이 났는데, 산골 학교에 부임이 싫다고 부임은 늦춘 바람에 1 달이 되어도 영어 선생님이 없었다. 그런데도 영어 읽기를 나는 잘 알아야지... 그리고 첫 페이지를 읽어댔다.

"이엔지엘아이에스에이취... 엘이에스에스오엔 오엔이. 아이엠 에이 비오와이. 와이오유 이알이 에이 지아이알엘..."

아무리 구성지게 이렇게 알파벳을 읽어도, 흔히 영어라면 혀가 매끄럽게 돌아가는 쑤왈쑤왈라가 나오지 않았다. 지금 생각하면 웃기는 이야기지만, 당시 운봉중학교 신입생의 현실은 그러하였다. 내가 그러다가.. 영어 선생님은 늦게 부임하였다. 제대로 발음하였다. 그것 참...

나로도에 수학여행을 가기, 퇴비 모으기

한번은 우리 반 30명 가량이 "나로도(전남 고흥군, 지금 우주항공 발사체가 있는 곳)"로 수학여행을 갔다. 그것도 가정 형편상 수학여행을 못가는 아이가 몇이 있었다.

다들 배멀미를 하였다. 파도가 정말 무서웠다. 지리산 산중에서 살던 "산촌놈" 학생들이 바다에 와서 풍랑(風浪)을 겪었으니, 그것도 여수에서 나로도까지 먼 곳을 갔으니, 또 나라도에서 도로 여수항까지 되돌아왔으니... 무서울 만도 하였다.

그때 퇴비(堆肥) 모으기가 학교 방침이라서, 학생이 학교를 오면 망태에 풀을 잔뜩 담아 끙끙거리며 어깨에 메고 학교로 와, 운동장 모퉁이 있는 퇴비장에 쏟아 붓는다. 쏟아 붓기 전에 선생님과 선배 학생이 저울에 풀 무게가 제대로인지 달았다. 무거우라고 망태풀 속에 돌을 넣은 학생(나는 결단코 아니다!)은 단단히 혼이 났다. 사친

회비(수업료)를 못 내서 수업 중에 교실에서 쫓겨나서 집에 갔다 온 척하고(집에 가도 돈이 없었다). 좀 있다가 유리창 밖에서 교실을 보고 공부를 하였다. 공부는 안 되었지만...

한해 꿇었다(再修)

(1) 1956년 3월 운봉중학을 졸업하였다. 졸업은 하였지만 좀 쓸쓸하였다. 고등학교를 가지 않았기 때문이다. 작년에, 우리 동천리 2구 마을에 비료를 동민에게 나라에서 나누어주었다. 비료 대금(代金)은 후에 가을에 추수하여 갚으라고 외상을 주는데, 구장(區長)이 책임지고 갚고, 구장이 무슨 일로 못 갚으면 갚으라고 보증인으로 동네 유지 대여섯 명이 보증을 섰다. 그런데 송화중이라는 구장이 동네사람이 낸 비료대를 가지고 날라버렸다. 그러면 보증을 선 동네 유지가 비료대를 갚아야 한다. 아버지는 보증인 수가 적으니까 동네를 생각하여 두 사람 몫 보증을 하였는데, 결국 비료대를 두 배를 물어내야 하였다. 어머니는 본디 몸이 약한데다가 이런 비료대 사건을 충격을 받아 몸져누웠다. 아버지마저 열불이 나면 병이 날 것이다. 그런 집안 사정에 고등학교 진학 말은... 그래서 나는 고등학교 진학을 포기하였다.

(2) 이것을 지금 재수(再修)라고 하지만 당시는 "꿇었다"고 하였다. 한해 꿇으면 신학기가 막 시작하는 4월과 5월이 가장 괴롭다. 남들은 높을 고(高)자 고등학교 모자를 쓰고 다니는데, 나는 무엇인가... 한 해 꿇은 것이 영영 꿇은 것이 되면 어쩌나... 마침 듣자 하나 남원농고(南原農高)에서 추가 입학생을 뽑는데, 잘

하면 장학금도 준다고 하였다. 그렇다면... 나는 뒤주에서 쌀을 몇 되 정도를 꺼내 들고 남원으로 가서, 중학교 때 은사면서, 남원농고로 전근을 온 서정용(徐正鎔) 선생님 집을 찾아가서 추가 시험을 보겠다고 하였다. 서 선생님은 한 동네 출신이라 아버지를 잘 아는데, 나보고 아버지의 허락을 받았느냐고 물어서, 일단 시험을 보겠다고만 하였다. 그래서 시험을 보았다. 한 해 쉬면 일 밖에 할 것이 없다. 논일, 밭일, 풀 베는 일, 돼지 키우는 일, 개간(開墾)하는 일, 새보기, 산에 가서 나무를 해오는 그 일 일일... 그 일이 싫어서 남원농고에 간 것이다.

(3) 며칠 후 아버지가 들어오더니만, 화가 난 얼굴로 노란 봉투를 꺼내서 종이를 펴면서,

"너 남원농고를 시험 보았지? 합격통지서가 오고... 농고에 보내려면 진작 보냈다. 한해 꿇어서라도 전주고(全州高)는 가야 할 것이다. 이 합격통지서는 찢어버리겠다!"

하고 내 앞에서 찢어버렸다. 그리고 나서 아버지는 휙 나가셨다. 술을 한 잔하고 돌아오셨다.

(4) 나는 한해 꿇는 것을 이미 각오하고 열심히 꿇었다. 무슨 일이든지 아버지랑 같이 일하였다. 논 썰기, 모심기, 김매기... 벼베기. 이전에는 노는데 선수인데 지금은 일하는데 선수군...

남의 소를 하루 빌리면 예컨대 5만 원인데, 말을 하루 빌리면 2만 원이다. 모심기 전 쟁기질 한 논을 논물로 고르는 써레질을 하는데, 대개 소로 써레를 끌게 하지만, 아버지는 돈이 적게 들어 말을 부려 써레질을 하였다. 세상에 말로 써레질을 한다는 말은 처음 들어보았다고 할 것인데... 그 말고삐를 바짝 쥐고 앞에

서 인도하는 사람이 있으면 말로 써레질을 할 수 있다. 바로 내가 앞에서 말고삐를 잡고 이끌면 된다. 단, 말이 서서 앞발을 높이 들어 올리면 순간, 얼른 그 자리를 떠나야 한다. 쇠로 된 말발굽에 내 발이 찍히면... 말 몸무게가 얼마인가. 그놈이 내게 덮치면... 큰일이다.

(5) 그때 우리 집은 목기(木器)를 만들었는데, 아버지랑 같이 앞산(해발 1000 미터 이상, 그러나 운봉 자체가 해발 500 미터이므로 평지로 보면 500 미터 높이이다)에 가서 노각나무, 쏘트레나무, 오리나무, 도토리나무 등 단단한 나무를 베서, 눕혀서, 톱으로 토막을 내서, 짜구로 토막 아래를 찍어 버린 후, 그러니까 나무토막 위는 제대로 되어 둥근 넓은 원이고, 아래는 좁은 원인 것을 지게 발대(발채)에 지고 집으로 온다. 목기 원자재 나무라 매우 무겁다. 집에 오면 지국(김치국, 김치솥에 밥 한 사발을 넣고 끓인 것)을 먹으면 점심이 된다.

(6) 나는 산에 지게를 지고 가면, 지게 목발에 장판 종이로 만든 사각형 상자 안에 작은 영어사전을 넣고 산에 갔다. 산에 가서도 틈이 나면 영어공부, 아예 영어사전을 통째로 외울 심산(心算)이었다. 얼마나 무모(無謀) 막심(莫甚)한가? 열혈(熱血) 학도(學徒)인가? 나의 이런 짓을 본 같이 나무를 간 서너 살 위 동네 형들은,

"그래 공부하라. 우리가 네 나무를 해줄게..."

하였다. 그런다고 산에서 영어사전을 보겠는가? 영어사전이고 무엇이고 다 그만두고 나도 나무를 열심히 하였다. 그래도 지게 목다리에 종이상자는 달랑달랑 달고 다녔다.

(7) 지금 생각하면 한 해 꿇은 것은 잘한 것이다. 그 후 일생을 하는
데 유익(有益)하였기 때문이다. "한해꿇음"은 하나님이 나에게
준 은혜요, 섭리(攝理)요, 연단(煉鍛)이라 감사로다.

전주고(全州高)에 합격하다

1956년 11월 달에 들어, 올벼를 추수하여 쌀 한 두 말을 만들어 사
서(실제는 쌀을 팔아서) 지금 같으면 몇 만원 돈을 만들어, 남원(南
原) 서점에 가서 고입참고서(高入參考書)를 몇 권 사서, 집에 와서
이제 본격적인 입시공부를 하였다. 12월부터 본격적인 공부로다! 이
를 악물고 공부를 하였다. 누가 가르쳐주는 사람이 없으니까 혼자
하는 독학(獨學)을 열심히 하는 독학(篤學)을 하고, 지독하게 하는
독학(毒學)을 하였다.

이게 웬일 일인가? 엉덩이, 곧 궁둥이에 종기가 났다. 거기는 살
이 많은 곳이라 종기는 성종(成腫)하면 엄청 아프다. 제대로 앉을 수
가 없다. 어찌 되었건 성종한 궁둥이를 치료하였다. 이제 종기가 좀
나와 공부를 제대로 하려는데, 자고 일어나니 눈이 안보였다. 이럴
수가. 눈을 만져보니 두 눈이 달걀처럼 불룩하였다. 어떻게 어떻게
아래위의 눈꺼풀을 침 묻은 손으로 벌려 간신히 참고서를 보니 글자
가 흐릿하고... 운봉의원이 보더니, 급성결막염(急性結膜炎)이라고
하면서 얼른 전주 예수병원으로 가라고 하였다. 이리하여 아버지가
전주로 나를 데려와서, 아버지 사촌동생인 나의 당숙 집에 나를 두
고, 예수병원에 통원치료를 하였다.

치료하고 나면 눈이 얼얼하다. 병원 밖에 나와 양지바른 곳에 앉

아서 눈을 감고 억지 휴식 겸 명상(冥想)을 하였다. 그런데 나 같은 양지에 앉은 사람이 하나 있었다. 자연히 말을 나누었다. 전주 신흥 고등학교 3학년 정옥동(鄭玉童)인데, 폐결핵으로 치료를 하는 중이라고 하였다. 나를 아주 격려하였다. 나는 전주에 와서 처음 만난 형(兄) 같은 분이라서, 나는 진짜로 의형제(義兄弟)가 되자고 하니 옥동 형도 좋다고 하여 우리 둘은 형이 되고 동생이 되었다. 이 옥동 형은 나중에 전주신흥중고등교 선생을 하고, 신흥고등학교 교장을 하고, 여수 애양원 사무처장을 하고, 중국 연변 복지병원(지금 연변 대학 의과대학 병원) 동사장(사무처장)을 하고 은퇴하였다.

예수병원에 다니면서 눈병은 거의 90%는 나았다. 그런 채로 전주고 입학시험을 보았다. 시험 문제가 흐릿하고, 글자 흔들거리고... 머리는 띵-하고, 불안하였다. 실력을 제대로 발휘를 못하였다. 더구나 한 해 꿇었으니 제대로 공부실력도 없고...

수험번호는 2332, 二三三二였다. 시험발표 날 합격자 발표장에 나는 옥동 형과 같이 가서, 성적순으로 합격자를 붙여 놓았으니까 480명(60명 한 반인데 전체 8반) 끝대목 400등 이하를 열심히 보았다. 내가 합격을 하여도 꼴찌 급일 터이니... 뒷대목만 보았다. 눈이 아직도 흐릿하고 햇빛에 부시어서 세로로 쓴 二三三二를 읽을 수가 없었다. 그저 한일자 一 작대기만 죽죽 그어 놓았지... 길고 짧은 것은 잘 구분이 안 되었다. 정확하게 말하면, 읽을 수가 없는 것이 아니라 찾을 수가 없었다.

"없다. 운봉 촌놈이 한 해 꿇고 온 마당에 감히 전주고에 합격하랴...."

그러니, 그 비감(悲感)과 자탄(自歎)에서 눈물이 났다. 아픈 눈에 눈물이라. 시야(視野)가 영... 그랬다. 그런데 옥동 형이 나를 찾아와서, "야, 내옥아. 너 왜 우냐? 오라, 합격하여 감격하였다고... 그래 너 합격하였다."

나는 합격이라니? 아직도 정신이 맹, 어리둥절... 하였다.

"공부 잘 하였던데... 53등이야."

53등... 二三三二을 잘 보니, 맞다. 나는 학교에 가서 합격증을 받으면서 담당 선생님에게, "정말 제가 합격하였나요?" 하니 그 선생님은, "너 전고생이 맞아? 나는 맞다고 보는데..." 하여 나는 웃고 말았다. 합격을 하고도, 합격을 하였는가를 묻는 놈이 전주고 합격생이라니...

그해 운봉에서 역사 이래 처음으로 4명이 전주고에 합격하였다. 운봉이 "우끈"하였다.

교장선생님, 담임선생님

1957년 4월 전주고 1학년이 되었다.

입학 직후 이중(李中) 선생이 고려대학교 교수로 간다고 이임 인사를 하였다. 교장선생님은 배운석(裵雲石, 해방 후 기독교 목사로 정치가인 배은희裵恩希 목사의 아들. 서울대 법대 배복석裵福石 교수의 형) 선생님인데, 우리들에게 "첫째도 실력, 둘째도 실력, 셋째도 실력"을 강조하였다. 교가(校歌) 첫대목, "백두와 금강과 태백과 지리, 억만 년 짙푸른 산둘레 같이... 솟으리 솟으리 솟아 오르리"를 하려면 실력이 있어야 한다고 열변(熱辯)을 토하였다. 해방 직후 전주고 교장은 김가전(金嘉全) 교장인데, 해방 후 전주에 온 이승만 대통령이, 임시정부 요인(要人)의 동생이라, 도정(道政)을 맡은 것이 낫겠다고 하여 전북도지사로 가고, 유청(柳靑) 영어선생이 후임 교장이 되었다. 유청 교장은 후에 정치가로 나아가서 야당의 거물이 되었는데, 전주고 대선배인 이철승(李哲承)과 쌍벽(雙璧)을 이루었다.

나는 1학년 4반인데, 담임은 김용섭(金容燮, 수학과. 서울대 사대 졸업. 나의 대학 선배. 후에 전북대 총장) 선생이었다. 내가 사는 운봉의 전설을 숙제로 냈더니 칭찬하였다. 2학년은 6반인데 담임은 오민탁(吳敏鐸) 선생이었다. 담임선생임은 나보고 국어는 잘 하면서 자기가 맡은 수학은 왜 못하느냐고 딱딱하고 길쭉한 출석부로 내 머리를 곧잘 쥐어박았다. 3학년은 문과반으로 1반(주로 대학입학을 집중한 반, 이과반은 5반이 대학입학 집중반), 처음 담임은 천건(千建) 선생인데, 교조(敎組) 활동하였다고 학교를 떠나 나중에 전주 해성고등학교 교장을 하였다. 다음 담임은 이현중(李玄中) 선생인데 아주 열심이라 우리 반에서 대학입학생이 많이 나왔다.

친구들

(1) 나는 전주에서 진안(鎭安)가는 쪽, 전주농고(全州農高) 옆이 인후동인데, 거기서 중학 동창이며, 먼저 전주고에 온 장(張)군과, 중학 1년 후배인 박순태와 자취를 하였다. 거기서 학교까지 1킬로 너머 논길을 걸으며 음악시간에 부른 노래인 "돌아오라 소렌토로, 오 밝은 태양, 꿈길에 보는 귀여운 벗, 목련꽃 그늘 아래서..." 등을 목이 터져라 불렀다.

박평수 음악선생님은 우리보고, "좋은 노래를 많이 부르면 좋은 사람이 된다. 학교에서 부른 수준(水準)이 있는 노래(名曲) 20곡 정도, 적어도 10곡 정도를 잘 하면 연애도 성공하고(우리는 웃었다), 출세도 한다(우리는 진지眞摯하였다). 더 잘하면 성악가가 되고…" 라고 하여, 노래를 불러대서 나는 "하마터면" 성악가 될 뻔하였다…(착각). 나는 본디 산에 가서 나무를 하고 산에서 친구를 불러 찾아서 목소리는 크다. 그 뒤로 음악 욕심을 가졌다.

다음에, 학교 공설운동장 안쪽 김경택(金京澤)씨 집에서 하숙을 하였다. 전주고 같은 반인 정읍에서 온 은순기(殷順基)와, 무주에서 온 하준기(河埈基)와 같이 하숙하였다. 순기는 후에 은행인(銀行人)으로, 준기는 보험인(保險人)으로 성공을 하고, 지금 부부가 노후를 즐기며 자주 만나는 친구가 되어 있다. 감사한 친구들이다.

(2) 나의 고3 짝인 김오회(金五會)는 내가 지금까지 만난 천재(天才) 중 한 사람이다. 오회는 특히 수학을 잘 하였는데, 수학이 약한 나로는 족탈불급(足脫不及)이었다. 한번은 나에게, "너는 국어를 잘 하여 그 분야에 성공을 할 것인데… 수학을 알아야 국어 방면에도 성공한다."고 하였다. 수학이라면 벌벌 떠는 나에게 수학을 알아야 성공한다고 하니 내 원 참… 오회는 고려대에 갔고, 한필하 수학교수의 사랑을 입고, 장학금으로 공부를 하고, 이내 미국 어느 유명한 대학(볼티모어 도시 근처)에 유학을 하고, 그 대학의 수학교수를 하였다.

전북 각지에서 온 인재들인 전주고에서 10대에 그 인재를 많이 안 것은 행복이다.

신석정(辛夕汀) 선생님이 국문학을 하라고 하다

전주고에는 국어선생님이 훌륭하였는데, 시인 신석정(辛夕汀) 선생님, 시인 김해강(金海剛) 선생님, 시인 백양촌(白楊村)이라는 아호가 있는 신근(辛槿) 선생님이 있었다. 고문(古文)은 고전문학과 역사와 한문에 달통한 김영곤(金英坤. 후에 방송극, 역사작가로 "왕비열전" "안시성의 꽃송이"이 등을 집필) 선생님이 있었다. 내가 입학한지 한 달 만에 고전문법 대가인 하희주(河喜珠) 선생님이 서울 배화여고로 전근을 갔다. 입학하기 전에 서정주(徐廷柱. 전주고교 교가 작사자) 선생님이 있었다고 한다.

나는 독일어 선생님을 존경하여 원래 독문과를 전공하고 싶었다. 차재철(車在哲) 선생님은 서울대 철학과를 나오고, 학교에서는 독일어를 가르쳤는데, 그 교육 정열과 교수법은 황홀(恍惚)하였다. 매일 수업 시작 한 시간 전 0교시에 독일어를 희망하는 학생에게 강의를 하였다. 내가 1982년 한양대 교수로 오고 보니, 차 선생님이 한양대 철학과 교수로 와 있어서 가서 뵈었다. 선생님은 나를 알아보고 "인사 잘 해라!"를 서너 번이나 말하였다. 고교 때는 사제(師弟)지만, 후에 한양대에서는 동료(同僚)가 되었는데, 선생님은 여전히 고등학교 제자 때처럼 나를 교육을 하여 감읍(感泣)하였다.

신석정 선생님은 문학반원을 모아 "맥랑(麥浪. 또는 맥랑시대麥浪時代)"이라는 모임을 가졌는데, 이한기(李漢基. 경찰 총경. 시인), 오하근(吳河根, 원광대 교수), 유학영(柳鶴泳. 장학사. 교장. 박사). 이태건(李泰健, 인하대 교수), 그리고 한 해 아래인 오홍근(吳弘根. 장관) 등등이었다. 그 모임 때 나는 독일어를 전공하고 싶다고 신 선생님에게 말하였더니 이렇게 말하였다.

"너는 춘향이골 남원(南原)에서 태어났고, 서당에도 다녔으니. 춘향이 공부를 하라. 국문학을 전공하면 좋겠다."고 하여 한참 생각하다가, 독문학을 포기하고 국문학을 전공하기로 하였다.

변영태(卞榮泰) 선생과 아령과 나의 "4자주의"

(1) 변영태 선생은 1957년 5월엔가, 전주고등학교에 와서 운동장에서 특강을 하였다. 전 외부부장관도 하고, 국무총리(국무총리 서리署理라 함)도 하고, 1953년 7월 휴전회담에도 일하고, 유엔에 가서 국가 이익활동을 한 변영태 선생은, 형인 변영만(卞榮晚)님과 동생인 "논개(論介)" 시를 쓴 변영로(卞榮魯) 시인과 함께 천재 3변(三卞)이라는 분이다, 고려대학교 영문학 교수이기도 하다. 논어(論語)를 영어로 번역하였다.

변 선생은 교단에 올라서서 말하였다.

"더운데 이 운동장에 오래 여러 후배를 붙들어 두지 않겠다. 그래서 딱 1시간을 강연하는데, 30분은 〈학생과 애국〉을 강연하고, 30분은 〈건강과 애국〉을 실기(實技)로 보여주겠다. 내가 공산주의자와 상대를 하다 보니, 공산당은 밤에, 그것도 밤을 새워가며 주로 회의를 하고, 억지 논리를 전개하여 상대를 파김치로 지치게 만들어놓고, 자기들에게 유리하게 하려는 목적에는 한 치의 양보도 없었다. 그런 공산주의자를 상대하려면 체력(體力)이 있어야 한다. 〈체력은 국력(國力)이다〉는 말이 있다. 그것을 보여 주겠다..."

그러고 나더니. 웃통을 벗어부쳤다. 멀리서 보았지만 알통이 나온 것 같았다. 큼직한 아령을 양 손에 들고 아령 운동을 하였다. 여러 가지 아령운동 방식으로 약 반 시간 동안 하였다. 우리 학생들을 큰 감명을 받았다. 일찍이 이런 강연을 없었다. 강연효과는 100점! 그날 전주 시내의 운동구 점에서 아령은 동이 나서 다 팔렸다. 나도 아령을 시작하였다.

(2) 그 뒤 나는 아령뿐 아니라 다른 것도 운동을 하였다. 나는 역기, 곤봉, 평행봉, 전주의 산(山)인 기린봉에 오르고 내리기, 텀블링(뛰어 뒤로 몸을 돌리기), 그리고 맨손체조, 냉수마찰... 등등을 하였다. 지금 아령과 곤봉은 내 방에 두고 있다. 체력(體力)이 국력(國力)이며 학력(學力)이며, 지덕체(智德體)를 삼위일체(三位一體)로 만드는 기초라고 본다. 그래서 건강사자주의, 곧, "잘 먹자, 놀자, 웃자. 자자."를 인생관을 삼았다.

나는 고3 때 노송동 심신석씨 집에서 은순기랑 함께 하숙을 하였다. 새벽 4시경 일어나서 맨손체조(정말체조, 곧 덴마크체조)를 하고, 가벼운 역기를 들고, 우물물로 냉수마찰을 하고, 기린봉에 올라서 사자후(獅子吼)를 발(發)하고, 호연지기(浩然之氣)를 득(得)하고, 집에 돌아와서 아침을 들고, 0교시에 있는 독일어 수업, 다음 1교시부터 시작을 하였다.

선한 사마리아인 되어

그 때가 1959년 가을 9월인가, 10월인가 여름방학이 끝나고 고3 이학기라 공부에 한창 열중 할 때이다. 그날 영어 책에서 "선한 사마리아 인. Good Samaritan"을 배웠다. 내용은, 〈길에서 강도를 만나 피를 흘리고 쓰러진 사람을 보고, 당시 무시를 당하고 사는 사마리아 땅 사람 하나가 그 쓰러진 사람을 구하여 주었다. 그 사마리아 인이 진정한 이웃이다(신약성경 누가복음 11장 30-37에 있다)〉는 것이었다.

나는 집에 오면서 "굿 사마리탄" 영어 원문을 암송하고 오는데, 웬 중년 여자가 나에게 다가 오더니 진지하게, 간절하게 말하였다.

"학생! 전라남북도 합동체육대회가 전주공설운동장에 있다고 하여, 집을 나간 고3인 우리 딸 애자(李愛子)가 여기 왔는지 찾아왔는데(명함판 사진을 꺼내 보여 주면서).... 못찾고, 내일 체육대회는 끝난다는데... 딸이 어찌 될지... 학생..."

그러더니만 내 앞에서 퍽 쓰러졌다. 딸을 찾다가 못찾으니까 어머니로서 기진맥진한 것인가... 나는 난처하였다. 이 쓰러진 생면부지(生面不知)한 아주머니를 어찌한다? 나는 하는 수 없이 그 아주머니를 일으켜 부축하고 좀 떨어진 하숙집으로 데리고 왔다. 나는 길에서 우리 고모(姑母)를 만났는데 몸이 쇠약하니 하숙집으로 모시고 왔다고 하였다. 하숙집 주인이며 같이 하숙을 하는 고3 한 반인 은순기가 놀랐다.

어찌 되었건 그 다음날에 "고모"는 가까스로 일어났다. 나는 완전히 조카가 되고, 그 아주머나는 고모가 되고... 하숙집 주인과 은순기는 고모가 긴가민가 수상쩍기는 하지만...

어느새 체육대회도 끝났다. 고모는 여전히 아팠다. 딸 찾기는 허사였다. 나는 그의 딸을 찾아야겠다고 하고 혹시나... 해서, 술집 사정을 잘 아는 사람 갑(甲)과 함께 근래에 술집에 들어온 여자(그 딸인가 하고)가 있는지, 큰 술집을 찾아가서 금방 술집에 들어온 여자들을 상면(相面)하고, 구두(口頭)로 면접심사(?)를 하였는데… 다 고모의 딸은 아니었다. 자못 걱정이 되었다. 이 고모의 정체는 무엇이며, 딸은 과연 있는 것인가? 고3인 나는 엉뚱한 일로 고민이 생겼다. 그래서 담임선생님에게 가서 사정을 말하였더니, 깜짝 놀라면서,

"고3인 너 큰일이다. 고모라는 여자는 몸이 우선하면 내보내고, 딸 이야기는 엉터리니 그런 술집 같은 데에 가지는 말라. 고3이 웬 술집 출입이라니… 너 고3인 것 알아랏!"

고 엄중하게 나무랬다. 술집출입? 그 말은 맞지만… 오해를 마시라. 나, 착실한 학생이다! 이러구러 한 달 가까이 고모가 있었는데, 한번은 학교를 갔다 오니, 책상에 편지가 있었다.

〈내옥아. 정말로 고맙다. 네 덕분에 나는 살았다. 나는 간다. 너는 나를 못 찾는다. 너의 대학입시를 빌겠다. 너는 합격할 것이다. 잘 살 것이다. 반드시… 고모가 쓴다.〉

이것이 일장춘몽(一場春夢)인가? "선한 사마리아인"의 체험인가? 고모는 누구인가? 내가 고3생으로 술집 여자를 구두심사(口頭審査)는 온당한가… 지금도 수수께끼 같은 "고모 사건"인데. 그 편지에 쓰인 대로 나는 대학에 입학하고, 지금 잘 살고 있으니 좋은 효과를 본 셈이다.

서울대 사대(국어과)를 목표로 하다

아버지는 대학진학에 대하여 아무런 말이 없었다. 나의 입시학력보다 돈이 문제였다. 나는 가정형편으로 보아, 겨우 고등학교를 객

지에서 다닌 만큼, 서울에 가서 비싼 등록금이 드는 대학에 갈 형편이 못되었기 때문이다. 그러나 나는 대학은 가고 싶었다. 대학에 가려면...

(1) 그 대학은 등록금이 싸야 한다. 장학금을 받으면 되지만 내 실력으로... 어렵다.

(2) 재학 중에 고학, 가정교사를 하여 학비를 벌고, 부모님의 신세를 지지 않는다.

(3) 그 대학을 나오면 즉시 취직하여 돈을 벌어야 한다.

이런 조건에다가, 국문학 전공을 합치니 "서울대학교 사범대학 국어과" 하나뿐이었다... 그러면 지금 고3 1학기까지 성적으로 감히 서울대학교를 볼 수 있는지... 자신이 없었다. 첫째로 국어는 어느 정도가 되었는데, 중요한 영어도 중상위권, 수학도 중상위권인데... 상위권도 합격을 보장할 수 없는데... 6개월 만에 천지개벽을 한다고? 어렵다. 거의 불가능하다. 그래서 난감하였다. 그러면 서울대 사범대학을 포기할까? 그것도 난감하였다. 안될 말이지...

영어 집중 공부

"죽으나 사나 여름방학부터 2학기말, 시험보기 전에 영어와 수학을 상위권으로 끌어올리자."는 살 길을 찾았다. 찾으면 있겠지.. 목표가 그렇다면. 이제 행동으로 영어 정복과 수학 정복을 어떻게 한다...로 옮겨야 하는데... 자, 어떻게 한다?

여름방학이 시작하기 전에, 영어공부로 몸이 단 나는 이병주(李秉柱) 영어선생님을 찾아갔다. 선생님은 전주고를 나와 서울대 사대 영어과를 나와, 군대에 갔다 와서 이내 모교인 전주고에 영어 선생님으로 온, 아직 30살이 채 안된 분이다. 선생님는 내가 원하는 "속전속결(速戰速決), 단기완성(短期完成), 영어실력 증진 비결"을 듣고는 어이가 없어서 한참 웃더니만,

"너 참 당돌하고 무모하구나. 몸이 달았구나.

음, 무모한 너에게... 방법은 있다. 헌책방에 가서 중1에서 고3까지 영어교과서를 있는 대로 다 사모아 두고, 집중적으로 공격하라. 이번 여름방학 중에... 이것이 영어 비결이다...,"

라고 하였다. 그런 방법이 있구나... 하고 기뻤다. 나는 그 선생님의 명령대로 하였더니, 헌책방을 돌아다니며 영어책을 산 것이 전부 24권이었다. 나는 다른 과목은 물리치고 영어 공부에 집중하기로 하였다. 새벽에 3시간, 저녁에 4시간, 하루 7시간 영어공부다! 7월 하순에서 9월 초순까지 약 40일간, 공책에 적은 영어단어 이것저것을 쓴 것이 약 4,000단어... 본 책이 22권, 미친 듯이 매달렸다. 24권 중 두 권은 못 떼었다. 나중에는 고3 영어책 보니 영어가 즉시 한국어로 전환(轉換)하여 보일 정도였다. 9월 영어시험 성적이 부쩍 올라 나도 놀라고 다른 사람도 놀라고, 이 비법을 가르쳐 준 이 선생님도 놀랐다. 이렇게 하여 영어는 어느 정도 실력이 붙어서.... 걱정을 덜었다.

[후일담] 내가 대전 숭전대학교(지금 한남대학교) 국문과 교수로 1979년에 갔더니, 이병주 선생님이 그 대학 영문과 교수(후에 부총장)로 이미 와 있었다. 이전 영어공부 이야기를 하며 잘 모시겠다고 하니까. "그런 일이 있었나? 기억이 안 나는데... 최 선생이 옛날 제자가 되어 나를 모신다면... 그런 일이 있는 것이 맞군. 잘 대접을

받지. 하하하." 하고 호탕하게 웃었다.

수학 집중 공부

9월 말에 2학년 담임인 오민탁(吳敏鐸) 수학선생님을 찾아갔다.

오 선생님은 내가 국어 공부는 좀 하면서, 담임인 자기 수학에는 열등(劣等, 선생님은 그렇게 보았다)한 나를 곧잘 출석부로 머리를 때리곤 하였는데, 물론 사랑하기 때문인데, 그 선생님을 찾아가서, "수학 속전속결, 단기완성, 수학실력 증진 비결"을 물었다. 다급하니까 뻔뻔한 제자가 되고 말았다. 사실 대학 입시에 난공사(難工事)인 이 수학의 벽(壁)의 돌파(突破)가 절실하였다. 그런 나는 애처로울 정도였다. 애소(哀訴), 간구(懇求)를 담은 얼굴이며 입이며 눈이며... 선생님은 한참 그런 나를 물끄러미 보았다. 한심하다는 표정인지, 안타깝다는 표정인지, 수학의 벽을 넘을 놈인지... 만감(萬感)이 서린 듯하였다. 나는 선생님이 무어라고 할지 속이 탔다. 선생님이 끌끌 혀를 차더니 말하였다.

"너는 참 무지하고 몽매(無知蒙昧)하구나. 네가 고3인데 대학입시가 코앞인데... 수학을 속전속결이라니... 무지한 놈은 용감하다더라. 그 용감이라... 영어책도 외어서 성적이 올랐다더니... 수학 교과서도 싸악 외어라. 암송하여라!"

고 하였다. 수학책을 외운다고? 그러면 수학을 벽을 넘을 수 있다고? 수학책을 외운다는 말은 금시초문(今時初聞)인데... 하여튼 그래, 암송해 보자. 우선 기하(幾何)부터 정복하자...고 하였다. 오 선생님의 말씀은 복음(福音)이라고 일단 받아들이고, 복음이 되도록 노력할 결심...

그때 기하는 서울사대 수학과 박한식 교수와 이성헌 교수가 쓴 교과서였다. 즉시 책 첫 장을 펴고 그 뒤로... 〈점, 선. 면적, 삼사오륙... 다각형, 궤적(軌跡), 도형(圖形), 정리(定理), 공식(公式) 등등〉을 외어갔다. 다음 단계인 대수(代數)는 암송할 것은 암송하고, 문제를 풀고, 그때 황종흘(黃宗屹) 지은 "수학의 철저적 연구"를 보다가 모르는 것은 따로 공책에 적어 외어갔다. 일본대학 입시 수학문제도 풀다가 모르면 또 공책에 적어갔다. 문제를 못 풀면 말고... 도대체 수학을 외다니... 내가 생각하여도 정말 무지하고 몽매하였다. 그래도 어쩌겠는가? 두세 달은 수학 암송에 매달렸다. 물론 다른 과목도 공부는 하고... 불안하지만, 시간이 가다보니 수학책을 외우기 전보다는 수학의 벽이 좀 넘을 만큼... 발전하였다. 나는 생물도, 화학도, 물리도, 암송할 것은 내 나름의 암송 방식을 개발하여 암송을 하였다.,

[후일담] 이 수학, 기하 경험으로 나의 전공 논문과 저서에 도표와 수식(數式)이 들어갔다. 그리고 복잡한 것을 곧잘 도표를 그려 정리한다. 수학적 두뇌(?)가 작용한 것인지... 수학천재인 친구 김오회가 예언한 대로 국문학을 하여도 수학을 알았겠구나. 하하하.

서울대 사대에 응시. 전고 선배의 격려

내가 사대 시험을 보는 날, 누가 고맙게도 가마니에 "檄! 全高!"라는 큼직한 글을 써넣고, 따뜻한 차를 대접하였다. 전고 선배인 사대 재학생인 지리과 이양우(李亮雨. 진주교육대 교수), 영어과 이기방

(李起芳. 전기회사 사장) 형들이었다.

나는 크게 안심이 되어 꼭 붙어야지 생각을 하였다. 그리고 전고 선배가 들어온 학교라면 나도 이 대학에 들어올 수 있겠구나 하고 생각을 하니 안심이 되고 자신감이 붙었다. 떨리는 마음이 좀 진정이 되었다. 그러고 보니, 사실 선배 덕분에 서울대 합격을 하였다고 본다.

합격!

시험을 보고 나서 고향에 내려왔는데, 합격 여부가 은근히 걱정이 되었다.

하루는 동네 이발소에 가서 내가 이발을 하려던 중, 바로 면도 직전에, 이발사는 피댓줄에 면도칼 날을 쓰윽쓰윽 갈고 나서, 면도를 하려고 나의 얼굴에 비누칠을 하려는데... 마침 서울신문이 왔다. 이발사에게 그 신문을 좀 달라고 하였는데, 신문 간지(間紙)에 "서울대 합격생 명단"이 있는지라, 그... 내 이름이 있었다. 환호작약(歡呼雀躍)! 눈앞에 이발사가 들고 있는 면도날이 번쩍! 얼른! 지나갔다. 하마터면... 나는 면도하려고 얼굴에 칠한 비누거품을 대충 씻고, 한길로 뛰어나와 몇 백 미터를 달려 집에 가서,

"아부지. 어머이, 서울대 붙었어라우!"

하고 소리쳤다. 아버지는 "아이구 아가, 붙었냐?" 하고, 어머니는 "우리 아들이, 아들이..."하면서 울었다. 사람이 너무 기쁘면 말을 못하고, 감정에 격해서 우는 법이다.

이렇게 하여 나는 서울대 대학생이 되었다,

그때 운봉에는 박동원(朴東源. 문리대 지리과 합격 서울대 지리과 교수, 작고)하고, 나(사대 국어과 합격)하고 둘이 합격하였다. 3년 전에 박을용(朴乙龍. 전주고 졸. 문리대 정치외교과 입학, 미국 유학. 미국 대학교수. 귀국하여 한동대 부총장. 작고)이 운봉에서 합격한 이후 대경사가 났다고 하였다.

아버지는 그 뒤 동네 친구들에게 얼마가 되었든지, 동네 막걸리가 동이 나도록 대접을 하였다. 후에 동네 술가게 주인에게서 내가 들은 이야기이다.

사대 입학. "내옥 양이 와 안나오지?

나는 4월 1일 입학식은 마치고, 서울대 다른 단과대학에 입학한 친구들과 어울렸는데, "강의는 다음 주부터 한다. 실컷 입학 기분을 내자."고 하여 잘 놀았다가, 월요일 학교에 가서 기다리던 강의를 받으러 강의실에 들어가니, 분위기가 완전히 달랐다. 벌써 강의를 몇 시간을 한 것 같았다. 그것이 아닌데…

수업이 끝나자 나는 앞에 나가서 인사를 하였다.

"여러분. 반갑습니다. 그리고 미안합니다. 이번에 여러분과 같이 합격한 최래옥입니다."

그러자 반응이 천만 뜻밖이었다. "와, 어, 아니, 저런, 에잇!…" 왜 이러는지 어리둥절한 채로 나는 인사를 마치고 강단에서 내려왔다. 후에 여럿의 반응을 종합하면 이렇다.

"내옥이라는 여학생이 어려운 대학에 입학을 하였는데… 왜 안 나오지? 영 궁금하다. 병이 났는지, 등록금이 없는지, 사고가 났는지…

곧 과 대표를 뽑아 내옥 양을 찾아가 보자..."

고 하던 때에, 궁금하기 짝이 없을 때 스포츠머리를 한 키 큰 놈, 꺼칠한 놈(남학생)이 나와 "내가 내옥이란다"고 하니, 얼마나 실망이 컸겠는가? 나는 대학 첫줄발이 "에잇!"이었다.

사대를 다 빨아들이고 싶다

나는 강의를 열심히 들었다. 신기한 대학 공부... 그런데 약간, 생각보다 싱거웠다. 교수님의 열정이 고등학교 때 선생님만 못하였다. 기대가 크면 실망도 크다던가?

그래서 나는 방자(放恣)하게도, 무모하게도, 신통하게도, 뚱딴지 같게도 이런 계획을 세웠다.

1) 전공, 교양 수업은 대충한다. 고3 때처럼 악착같이 며칠 하면 중간성적은 나오겠다.
2) 사대에 있는 모든 것을 빨아들인다(體驗). 다른 과목, 수강, 서클 활동. 교수들 접촉, 친구 사귀기.
3) 우선 자취를 하다가 나중에 가정교사를 학비 내가 학비를 번다. 부모에게 부담을 안준다.

서클 가입, 많네. 열심히 살았네.

사범대학에 있는 서클에 되도록 많이 들어가고 싶었다. 다른 과 학생을 친구로 삼고, 다른 과 교수를 모시고 싶었다. "싶으면(희망) 하는 것이다(실천)"

(1) 아동문학회: 임석재 지도교수

우리 국어과에도 필요하다, 그런데 강의항목에 없다...고 아동문
학을 생각하던 중, 게시판에서 아동문학회 반원모집 광고를 보고 반
가워서... 가입하였다. 지도교수인 교육심리학과 임석재(任晳宰) 교
수님을 만난 것은 평생 행운이었다. 내가 동요나, 노래 가사 짓기나,
설화 연구와 조사. 민속학 연구 등에서 큰 영양을 받았다. 1년 선배
인 여정순(수희과), 조원자(수학과), 박문태(교육과), 우리과 후배인
박강문(국어과. 내가 소개하였다) 등이 회원이었다.

(2) 농촌계몽대(후에 향토개발회): 진원중 지도교수

이 서클은 활동이 활발하다, 가입하고 나서 선배들의 사랑도 많이
입었다.

그때 나는 가나안농군학교(후에 새마을운동 같은)나, 심훈(沈熏)의
소설 "상록수(常綠樹)", 이광수(李光洙)의 "흙" 같은 이상촌(理想村)
농촌 건설을 꾸었었다. 일이년 선배인 김국태(교육학과), 홍갑표(역
사과), 정춘경(수학과), 김정구(사회과), 이동호(교육학과), 김흥수
(역사과), 가정과 여학생들, 동기인 우세홍(생물과), 한철수(생물과),
한걸택(수학과), 이완섭(체육과), 박성순(교육과)와 후배 등등 사귀
고, 농촌활동도 경북 의성, 전북 장수, 충남 예산 등등을 다녀왔다.

(3) 기독학생회: 김석목 지도교수

나는 부모님의 소원대로 착실한 대학생이 되고, 신앙 동지도 많이
만나려고 기독학생회에 가입하였다. 이 학회는 해방 후 좌익학생과
대결하여 학교와 나라를 지키는 일을 하였다. 나와 어울린 회원은

김응길(지구과학과), 박홍일(교육과), 신중성(지리과), 조이남(수학과), 하봉옥(사회과), 그리고 여학생들이었다.

졸업생과 일년에 한두 번 "반석(盤石)모임. 사대기독동문회 모임을 가져 일박이일 정도로 아름다운 활동을 하였다. 선배로 고범서(숭전대 총장), 장진호(경희대 교수), 방순동(경희대 교수), 조의숙(숭전대 교수). 조은숙(숙명대 교수), 이상희(화랑 경영), 지동소(정신여고 교장), 김만두(상명여고 교장) 등 선배가 그 모임에 참가하였다. 찬송가 "눈을 들어 하늘 보라"를 작사한 석진영(우리 국어과 선배이다. 도미), 이희호(김대중 대통령 부인) 선배는 만나지 못하였다.

김석목 교수는 정년 후에도 한 달에 한번씩 우리들을 만나 성경과 윤리와 학문을 강의하였다. 우리 집에도 왔다. 그 사진을 지금도 우리 집에 걸어두고 있다.

(4) 가라데 체육부: 사범 김충식(金忠植. 독문과, 전주대 교수) 동창

방과후 체육관에서 가라데(그때 태권도하는 말이 없었다. 唐手)를 하였다. 사범은 동기생인 김충식이었다. 나중에 서울역 근처 염천교에 있는 송무관(松武館)에 가서 승급시합에서 "3급"을 받았다(애개개 겨우 3급이야... 하겠지만). 전차를 탈 때 승객 중에 "전라도가 어떻고..." 하는 사람 앞에, 나는 찾아가 떡 버티고 노려보고(주먹질은 안했다), "내가 전라도 사람인데..."를 서너 번 하였다. 가라데를 하고 보니 그럴 배짱이 생겼다. 나는 운동이 부족하다고 생각하고 중앙시장, 신당동, 한양공도 입구에 이는 "성동체육관. 성동김나지움"에 나가 역도부에 들어 "알통"을 키웠다. 나는 그 후 말하자면 격투기(格鬪技) 같은 것에 관심을 갖고 그런 책도 보았다. 보았을 뿐!

(5) 우석(愚石) 장학회 활동

대한교과서(어문각도 운영, "현대문학" 발간) 회사의 김광수(金光洙) 사장이,

"나는 교과서로 사업을 한다. 교과서를 쓰는 사람은 교사다. 교사를 양성하는 대학을 사범대학이다. 아버지 우석 김기오 선생의 이름 딴 장학금을 서울사대 학생 중 공부를 잘하고 봉사를 잘하는 학생에게 주겠다."

고 하여 우석장학회가 생기고 내가 장학금을 받았다.

회장은 김국태(金國泰) 선배인데, 농촌계몽대도 대표요, 후에 김광수 사장이 불러서 대한교과서에 가서 문학잡지 "현대문학"의 간행 편집장이요, 소설가가 되었다.

훗날 우석장학회 출신 40여명이 신라호텔에 모셔서 김광수 사장의 생신축하를 하여주었다. 그 장학생 중 15명이 교수가 되고, 20여 녕이 학교 교장, 교감, 교사, 장학사 등을 하고, 회사 사장과 언론인으로 활동을 하였다.

(6) 대학 밖의 생활 보고

나는 대학생으로 힘이 넘쳤다.

• 1학년 봄. 어느 날 아침 8시에, 〈마장동-경동시장-미아리-도봉동-의정부-극장에서 "현해탄은 알고 있다" 영화관람-도봉동-미아리-경동시장-마장동〉 밤 10시 도착을 하였다. 100리, 20킬로미터를 당일 걸었다. 마장동 집에 돌아와서는 녹초가 되었다. 엔간하면 걷는다. 지금도 나는 자가용이 없어 교통수단을 이용한다. 우대권이 있으니 다행. 서울 가까운 인왕산, 아차산, 수락산. 도봉산, 백

운대, 관악산. 남한산성 등산을 다녔다.

나이가 든 지금 2020년 4월에 새벽기도를 마치고 가까운 백운대에 갔다. 다음 주에 도봉산 신선봉에 올랐다. 다음 주 월요일에 수락산에 올랐다. 그 다음 주에 불암산에 올랐다. 한 달 만에 네 산을 올라 네 체력을 시험하여 보니 합격이었다. 하하하.

• 대학생 때 나의 형편이 그래서 내 형편에 맞게 살았다.

옷은 남대문시방과 동대문 시장에서 검은색 군복을, 신은 군화를 신었다. 이발은 이발학원(서울역 뒤 봉래동, 남대문 옆...)에서 하고, 극장은 대대 3류극장, 간혹 준개봉관을 다녔는데 헤아려 보니 한 20군데 극장을 다녔다. 책은 헌책방에 가고(지금도 지하철 1호선 동대문역, 동묘역 근처 헌책방에 잘 다닌다), 종로 3가에 있는 세창서관(世昌書館)을 가 보았다.(삼국지 현토본懸吐本 5권을 샀다.)

술은 좀 하였는데 본격적으로 예수를 믿으면서 딱 끊었고, 담배는 못하고, 화투는 왕년에 좀 하였고, 장기는 보통 둔다. 대학생 때부터 지금까지 맹장수술을 할 때 한번 입원을 하였다.

다른 과 수강

나는 우리 국어과만이 아닌 다른 과에 가서 학점을 받으면 좋고, 학점이 없더라도 가서 강의를 받고 싶었다.

(1) 식물형태학(植物形態學); 이웅직(李雄稙) 교수 담당. 학점 있음.

나는 생물학과에 가서 식물형태학을 들었다. 제로니움 화초의 잎을 잘라 세포활동을 하는 것을 현미경으로 보았다. "식물이 살아있는 존재요 그 나름의 형태를 가지고 있다"는 요점을 들어, 후에 나는 "문화는, 구비문학은, 설화는 살아있는 존재요 그 나름의 형태(形態)를 가지고 있다"로 적용하였다. 생물과 친구로 우세홍, 한철수, 염수암, 강승국, 이기우, 이용수, 정두현, 당현숙 등을 사귀었다.

(2) 역사과에 가서 수강하고(삼국사기 열전(列傳) 김유신전(金庾信傳)을 강독하였다. 동기생 오금성(吳金成, 서울대 교수)과 정구복(鄭求福. 한국정신문화원 교수) 등과 사귀었다. 독어과에 가서 수강하였다. 김임평(金任平, 경상대 교수), 김충식(전주대 교수) 등을 사귀었다.

[후일담] 내가 1980년 말 한양대 사대 학장을 할 때, 영어교육과에 신임교수로 강원대학교 영문과 교수요 교과서를 쓴, 서울사대 영어과 출신인 김임득(金任得) 교수를 한양대 사대 영어교육과 교수로 적극석으로 초빙을 하였는데, 후에 알고 보니 김임평의 동생이었다. 형제가 다 사대 동창이니 그 형제는 훌륭하였다. 나는 형과 동생을 다 알고 지내서 행복하였다.

(3) 한국민속학, 문리대 고고인류학과. 이두현 교수 담당. 학점 있음.
우리 과 이두현 선생님이 우리 과에 없는 민속학 강좌를 문리대 고고인류학과에 가서 강의하였는데, 나는 그 강의를 들으러 문리대에 걸어가서 들었다. 교재는 동국세시기(東國歲時記).

(4) 구비문학론(口碑文學論). 문리대 국어국문학과. 장덕순(張德順) 교수 담당. 학점 있음.

내가 복학을 한 후 구비문학을 전공을. 삼으려고 할 때, 마침 구비
문학 강의가 문리대에 처음으로 생겨 있어서, 담당 장덕순 교수 강
의를 사대에서 문리대까지 걸어가서 들었다. 국문과 학생 16명이 수
강생인데 사대생은 나 하나였고, 거기서, "구비문학을 계속 하자"고
다짐한 셋을, 곧, 조동일(趙東一. 1958년 문리대 불문과 입학. 불문
과 대학원, 석사논문을 쓰려다가 국문과로 4년 내려가 전과. 서울대
교수), 서대석(徐大錫. 1961년 국문과 입학. 서울대 교수), 조희웅
(曺喜雄. 1961년 국문과 입학. 국민대 교수)을 만났다. 1966년 이 넷
은 대학원 국문과에 들어가서, 다 장덕순 교수의 지도를 받고, 넷이
서울대 구비문학 연구 흐름을 형성하였다.

　* 내가 과락(科落)한 두 과목 재수강을 한 것과, 학점이 있는 사대
나 문리대가 개설한 과목이나, 학점 없이 청강한 것을 다 합치면 취
득한 학점이 180학점 정도는 될 것이다. 입학 초기에 "대충 공부하
겠다"는 대학공부라면서 많이도 뛰어다녔군!

서울대에 구비문학이 정착

　문리대 장덕순 선생님의 그 강좌를 들은 학생이 서울대 구비문학
파(口碑文學派)를 만들었다.

　대학원에 가서, 조동일은 가면극 연구를, 서대석은 무가(巫歌) 연
구를, 조희웅은 문헌설화연구를, 나는 현지설화 연구를 하고, 각기
석사논문을 썼다.

　1972년 대학원에 박사과정이 생기니까 위 셋은 1회로 입학하고,
나는 1973년 2회로 입학하고, 구비문학으로 다 전공을 삼아 많은 저

술을 하였다. 말하자면 우리 4은 장덕순 문하, 서울대 구비문학파라고 부를 수 있겠다. 이 넷은 구비문학 책을 냈다.

장덕순 교수, 그 제자인 조동일과 서대석과 조희웅 넷이 "구비문학개설(口碑文學槪說. 1971. 일조각)을 우리나라 최초로 간행하였다.

나는 한국방송통신대학 교재로, 그 대학에 있는 윤용식(尹用植) 교수와 공저로 교재 "구비문학개론(口碑文學槪論. 1989)"을 간행하였다. 독학사(獨學士) 제도가 생겨서, 나 혼자 독학사 국어국문학과 과정 "구비문학론(口碑文學論 1993. 와이제이 학사고시방송교육본부)"을 간행하였다. 그 뒤 이미 나온 책을 보완하여 "제이앤시"에서 2009년 "한국구비문학론(韓國口碑文學論)"을 간행하였다. 다른 학회에서 여러 명이 공저로 우리나라에서 "구비문학"을 낸 것을 합치면 전부 5권인데, 이 중 4은 장덕순 제자들이 발간하였다. 그러고 보니 5권 중 3권은 내가 썼구나.

나는 나의 책에 한국민간속신어, 곧 속신어(俗信語)를 구비단문(口碑短文) 장(章)에 속담과 수수께끼와 함께 속신어를 넣었다. 그리고 이번(2023년)에 "한국민간속신어사전"을 "민속원"에서 간행한다.

엄청난 일 둘을 처리

(1) 1961년 4월 신학기 초, 나는 사대 물리과에 다니는 내 고향 남원 출신 최삼우(崔三宇. 인천 지역 고등학교 교장)와 죽마고우(竹馬故友)인 박상수(朴相洙. 한국외국어대학 영어과 재학. 미국 외국어대 동창회장, 보석 관련 회사 사장)와 셋이 청량리역 뒤 전농동에서 방을 얻어 자취를 하고 있었다. 운봉중학교 1년 후배인 이(李)군이,

전주사범학교를 졸업하고, 연세대학교 국문과에 입학한 후, "가정교사로 자리 잡고 나가기까지 당분간 형님에게 신세를 지겠다"고 하여 같이 있었다.

5월 14일 일요일, 나는 이군과, 이군을 만나러 온 친구 세 명에게 같이 교회가자고 하니까, "형님이 예수 믿고 천국에 가시구려. 우리 넷은 한강에 목욕을 가겠소이다."

그래서 나는 교회 출석 권유를 포기하고 혼자 교회를 갔다. 그리고 해질녘에 집에 돌아왔다. 나의 자취방에 이군 친구 셋은 있는데, 얼굴을 얻어맞아 엉망이었다. 이군은 없었다. 이군은?

"형, 그 애 이군은 죽었어. 한강에 헤엄치다가 물에 빠져서…. 앙 앙 앙…."

셋이 나를 붙들고 대성통곡을 하였다. 이 무슨 청천벽력!

"우리는 한강 곁에 있는 고깃배를 빌려 이군을 찾아보아도 안돼서, 광나루 파출소에 신고하고 이군을 찾아달라고 하였더니. 경찰이 '네놈들이 그 애를 죽였지? 자백해!' 하면서 들구 패서. 맞고… 여기 왔습니다."

나는 그 애들을 돌려보냈다. 이 엄청난 일을 나 혼자 처리할 수밖에 밖에 없었다. 우선 이군의 집에 전보를 쳤다. 이군 아버지는 나이 70살이고, 이군은 삼대독자였다.

간단히 말하여, 3일 만에 한강에서 이군을 찾아, 나의 온 몸이 엉망인 채로 밭(지금 강변터미널 자리)에서 내가 판자쪽으로 관을 만들어, 관을 날라, 홍제동 화장터에 가서 화장을 하였다.

내가 관을 짜고 있는데, 연세대 국문과 학생들이 학교버스를 타고 같은 과 이군이 갔다고 조문(弔問)을 와서, 허튼 소리를 한 바람에

나는 격노하여 관을 짜던 판자를 휘돌러 쫓아버렸다. 나는 제정신이
아니었다. 이군사건에 고립무원(孤立無援), 독행(獨行)... 허튼소리
에 분노 폭발.

[후일담: 그 때 쫓겨간 이군 친구 하나가 후에 나와 같은 신일학교
국어선생이 되었는데, 이군 사건이 화제에 오르자 나를 보고 폭소
(爆笑)하였다.

"아, 흉악(凶惡)한 모습, 무섭게 판자를 날리고 달려든 수호지에
나오는 흑선풍 이규(黑旋風 李逵)가 최 선생이었소?"하였다.]

그때가 중간고사 시험 기간인데, 시험은 엉망이었다. 그래서 영어와
국어학 전공과목이 과락 D학점이 나온 듯하다. 후에 들어보니 이군
아버지는 새장가를 들어 아들을 낳았다 한다.

(2) 그해 7월 22일인가 전국에 대홍수가 나고, 운봉에도 수해가
나서 28명이 희생이 되었고, 나는 급히 운봉에 내려가, 내가 주장
(主將)이 되어 수해복구사업은 친구들과 하였다.

아, 친구 박군이 작업 중, 다리가 끊겨 파인 곳에 담겨진 물에 심
장마비로 익사하였다. 자연히 초상을 치른 일을 내가 주관하고, 조
사(弔辭)도 지어 읽고 친구랑 상여를 메고 갔다. 그리고 묻었다. 박
군은 부모는 없고 여동생 하나만 두고 살았는데...

나는 대학 2학년 때에 두 달 만에 이런 엄청난 일을 치렀다. 사실
엄청난 일이었다.

군대입대. 군번 0046135.

그때 대학생이 군대를 가면 특혜가 있었다. 나라에서 인재 보호와 양성을 한다는 특혜이다

현재 군대에 갈 사람이 교사라면 교적보유자, 줄여서 교보병(敎保兵)이라고 하여, 군번도 00을 시작하는데, 군 복무기간이 1년이다. 현재 군대갈 사람이 학생이라면 학적보유자, 줄여서 학보병(學保兵)이라고 하여, 군번도 교보처럼 00으로 시작하는데, 군 복부기간은 1년 반이다. 일반병이 군복무 기간이 3년인데, 학보병은 그 절반이니까 특혜이기는 하다.

6.25 전쟁이 끝나고 몇 년이 가니까 이 제도는 없어지고 학사장교. 곧 ROTC가 생겨 1959년 입학생부터 대학 3학년이 ROTC 1기로 선발을 하는데, 자연히 우리 1960년 입학생은 2기인데, 나는 해당이 없었다. 공부를 소홀히 하느라고 그 선발 자격점수인 B학점이 못되었기 때문이다. 그래서 나는 새장교 제도(ROTC)도 안되고, 학보병 특혜도 없어지면 안 되겠다고 하고, 서둘러서 학보병 말기(末期)로 입대원서를 냈고, 그리하여 1962년 4월 28일 논산 훈련소에 입대하였다.

그때 나는 서울 원효로 용강동에서, 초등학교 6학년 김영희에게 중학입시 지도를 하는 가정교사로 2달째 하고 있었고, 영희는 성적이 부쩍 올랐다. 영희 오빠 김관영(金寬泳)이 서울공대 항공조선학과를 다니다가 입대한 바람에, 서울대생 가정교사로 내가 그 영희네 집에 들어간 것이다. 내가 입대를 한다니까 영희 집에서는 낙심을 하고, 나도 미안하였다.

내가 그 집을 떠나기 전에 4월 21일, 나는 영희를 데리고, 창경원 (지금 창경궁)에서 열린 "산업박람회"를 구경가고, 다음 날 4월 22일은 천호동을 지나 황산(荒山)에 있는 김용기 장로가 하는 "가나안 농군학교"를 견학을 갔다. 끝까지 최선을 다하고 싶었다.

4월 23일 나와 영희네와 피차 눈물을 흘리며 작별하였다. 나는 고향 집에 기차로 왔다.

4월 24일 논산훈련소 수용연대에 입소하였다. 4월 28일에 군번, 0046135를 받았다. 같이 간 고향 친구로 일반병 1099 9999에서 1100 0000으로 넘어갈 때였다. 나중에 알고 보니 학보병은 두세 달 후에 끝났고, 내 뒤로 학보병이 1,000여 명이 있었다.

훈련이 고되다는 30연대 입소

30년대 6중대로 배치되었다. 새로운 군대생활이 시작이 되었다. 옆친구를 인사하고 보니 교보 민고의(閔高義. 후에 전남에서 중고등학교 교장), 일반병 원종권(元鐘權. 후에 경기도 여주에서 여관 운영)이었다. 서로 제대 후 내가 여주로 찾아가 만났다.

그 다음 날부터 "숙달된 조교로 하여금 시범을 보이겠다."는 말로 시작하여 훈련이 시작되었다. 내무반 반장이나 훈련조교는 내 군번을 보고 군복무가 일년반 짜리라고 거친 말을 한다.

"빵빵새끼들. 훈련 점수가 개판이야. (내가 불만스러워하니) 너, 왜 째려봐? 뭐 불만 있어?"

그런데 마지막 소총훈련 종결(終結)인 피알아이(PRI 6단계)에서 제2조로 사격장에 들어간 나는 사격하자마자 그만 탈락. 그 뒤는 기합. 오전 10시부터 오후 6시까지 기합이란 기합은 다 받았다. 정말로 나는 빵빵새끼다웠다.

빠따를 맞고 교회출석

일요일은 훈련이 없다. 대신 사역으로 쥐 잡아라, 파리 잡아라, 땅 파라 등등 일을 시켰다. 군인이 시간이 있으면 탈영할 궁리, 애인이 고무신을 꺼꾸로 신을까 고민(다른 남자에게 가는 변심變心을 할까 번민. 탈영의 원인)하므로, 사역을 시킨다는 말이다.

일요일에 사역을 안 하고 교회에 간다고 엉덩이에 빠따(몽둥)를 몇 대 맞고, 알곡식 신자인 듯이 천막교회에 가서 긴 시멘트 기둥에 앉아 아픈 엉덩이를 대고, 찬송가 "천부여 의지 없어서…"하고, 옆 페이지에 있는 "태산을 넘고 협곡에 가도…"를 거기 모인 군인과 함께 대성(大聲)으로, 통곡(慟哭)으로 불렀다. 몇 분인가 울고 나면 속이 후련하였다.

이러는 훈련 중에, 정범모(鄭範模) 교수의 "교육과정" 레포트와, 이하윤(異河潤,)교수의 "문예사조사(文藝思潮史)" 레포트를 써서 학교에 우송을 하였다(학점이 나왔다). 신통도 하지…

나팔수가 되고 싶었다

나팔수는 때가 되면 나팔을 불렀다.

나는 훈련이 고되어 나팔수가 되고 싶었는데, 이것은 안 될 말이고, 대신 내가 나팔수가 되었다고 하고, 입술에 손나팔을 만들어 홍내를 내고, 내 나름대로 번역(飜譯), 번안(飜案)을 하였다. 지금도 나팔수 흉내를 내면 다들 즐거워한다. 이 책에서 실습을 못하니 아쉽다.

- 기상나팔: 아, 졸린다 졸인다. 새벽잠이 졸린다. 아... (쌍말도 있다. 번역은 생략)
- 식사나팔: 밥은 밥은 꽁보리밥, 국은 국은 된장국, 빨리빨리 쳐먹어라.
- 출장나팔: 죽으나 사나, 죽으나 사나 빨리 모여라.
- 비상나팔: 비상 비상 비상. 난 싫어 난 싫어. 난 싫어.
- 취침나팔: 자거라. 자거라, 자거라. 야 이 놈들아—

사단에서 세례받다. 전방에 배치

- 훈련소에서 전반기와 후반기를 다 마치고 사단에 배치를 받았다. 중대, 박격포 사수인데 후에 서무계(庶務係)를 보았다. 원래 학보병은 서무계는 안된다만. 계속 훈련이었다. 소대훈련 소대테스트, 중대훈련 중대테스트, 대대훈련 대대테스트, 연대훈련 연대테스트, 맨나중에는 CTX라는 큰 행사를 한다. 나는 60미리 박격포 사수인데, 나는 이것을 메고 하룻밤에 몇 십리를 행군하는데, 졸면서 행군이었다. 졸까 보어서, 잘까 보아서 휴식은 없다. 그런데 희한한 것은 낭떠러지나 개울에 가면 본능적으로 멈칫, 깨고... 무사하다.
- 이런 중에 1963년 4월 부활절을 맞아 우리 연대 군목인 김종택

(金宗澤. 후에 대령, 군종감) 대위에게서 세례문답은 나를 포함하여 네 명이 받고 다음날 10리나 떨어진 사단본부에 나 혼자 가서 진중시례(陣中洗禮)를 받았다. 후에 전방에 부대 이동을 하여 가서, 거기서 일요일 밤에는 장전한 카빈총을 어깨에 걸고 좀 떨어진 민간인 교회에 예배를 드리러 갔다. 서너 명이 갔다. 25년이 흘렀다. 어떤 인연으로 김종택 목사를 만나고, 목사님이 시무하는 화곡동 발산교회에 가서 간증설교를 금요일에 하였다. 군대 세례를 받은 내가 착실하게 성공하였다는 내용...

• 군인 중에 문맹자(文盲者)가 있어서 한글 교육을 하고, 군인의 연애편지를 대신 써주고 그 군인이 한 턱을 내면, 주보에 가서 막걸리를 부대원과 같이 즐겼다. 군인 중에는 한글이나 영어는 잘 몰라도 유행가 부르기는 도사가 있고, 관상(觀相) 수상(手相)에 도사가 있어서, 나는 그한테서 수상을 배워, 사회에 나와서 곧잘 활용하고 이득을 보았다(사례생략).

• 우리 사단이 전방(강원도 고성군)으로 이동하여 갔는데, 쉬는 시간에 설악산도 가보고, 6.25때 불이 탄 천년고찰(千年古刹) 건봉사(乾鳳寺) 터도 가보았다. 전쟁은 문화재에 잔인한 짓...

• 6.25 기념으로, "상기하자 6.25! 쳐부수자 공산당!" 이런 반공웅변대회가 있어서, 나는 중대 대표로 나가서 열변을 토하는 중에, 주먹을 강대상에 "탁!" 치니, 윗주머니에 꾸부려 꽂아둔 대형 숟갈이, 그 바람에 튕겨 높이 솟았다가 강대상에 떨어져 "쨍그랑!" 소리가 동시에 나서, 대 폭소. 나는 망신상(亡身賞)과 폭소상(爆笑賞)을 동시에 받았다. 실제로 그런 상은 없다!

• 1963년 10월 말에 제대를 하고, 전주 35 예비사간에서 마무리 훈

련을 받았다. 추레한 제대복(除隊服)은 왕이 입은 곤룡포(袞龍袍) 이상으로 나에게 값졌다. 다른 군인 제대병도 같다.

제대. 복학. 가정교사. 졸업. 약혼

두 달 집에 있다가 서울로 와서 이전 가정교사를 하던 영희네 집을 찾아갔다. 군대 있을 때도 자주 편지를 하였다. 영희는 의젓한 이화여중학교 여학생이 되어 있었다. 영희 어머니가 말하였다. "내 동생네 집에 가정교사로 가서 국민학교 5학년 김영동을 가르쳐 달라." 고 하였다.

영동이네는 아현동 굴레방다리 옆에서 사는데, 남대문시장에서 장사는 어머니와, 직장에 나가는 고모(김광자 양)가 있었다. 나는 열심히 가르쳤다. 영동이도 잘 따라 공부하였다. 그런데 나는 복학에, 과락(科落) 두 과목을 재수강 하는 일에, 교생실습을 가는 일에 등등으로 시간이 없어서 누가 도와주면 좋겠다고 할 때, 고맙게도 영동이 고모가 나를 도와주었다. 고마움은 호감(好感)으로, 호감은 사랑으로, 호감은 약혼으로, 마침내 일년 후는 결혼으로 진전하였다. 이 고모의 외종동생이 컴퓨터글꼴 안상수체를 만든 홍익대 안상수(安商秀) 교수다.

1965년 9월 말 졸업하고, 시골에서 부모가 올라오고, 애인인 영동이 고모 김광자(金光子) 양을 부모님께 소개하고, 김양은 서울에 처음 온 우리 부모님을 안내하고, 바로 이어서 명동 근처 식당에서 약혼식을 하였다. 약혼식 사회는 차배근(車培根) 동창이 하였다.

부모님은 정신 차릴 수 없이 휘몰아치는 일정(日程)에서도 "참한 며느리감"을 발견한 것에 대만족이었다. 참한 며느리는, 예수를 믿는 며느리, 결혼하면 예수를 잘 믿겠다고 약속하는 며느리감이라고 어머니가 후에 나에게 말하였다.

초등교사자격증 연수를 받다

당시 중등학교 교사 자리는 넘치고, 초등학교 교사 자리는 부족하여서, 사범대학을 나오고, 사범대학에서 배우지 못한 학생에게 음악, 미술, 체육, 기술을 한 달간 집중 연수를 받으면 초등학교 교사 자격증을 주는 제도가 있었다. 서울교육대학(지금 덕수상고 자리. 한양대역 근처)에서 나는 이 연수를 받았다. 사대에서 배울 수 없는 공부를 어찌 기회를 놓칠쏘냐? 공부 욕심을 어찌 막으랴? 아동문학을 하려면 초등학교 교사 자격증이 필요하지 않으랴?

배운 내용을 보면 이렇다.

음악은 성악(聲樂), 악보를 보고 즉시 부르는 독보창讀譜唱, 애국가와 "유관순 누나를 바라봅니다" 노래를 올갠(풍금)으로 연주하는 것, "애국가" 지휘 등이었다.

미술은 박상은(朴商殷)교수한테서 배웠는데, 인물화(人物畵)로 자기 얼굴을 그리는 자화상(自畵像) 그리기, 사과나 명태와 책상 등을 그리는 정물화(靜物畵) 그리기, 피카소의 같은 미술품을 감상하고 평가하기와, 간단한 미술사(美術史) 공부였다. 기술로 주판(珠板)놓기였다. 40명 중 내 성적은 꼴찌에 들어갔는데, 그래도 자격증은 나왔다. 한 번도 이 자격증을 쓰지 못하였지만. 마지막 날 수료식에는 참석하지 못하였다. 서울대학원 입학시험을 보러 갔기 때문이다.

그때 음악을 가르던 교수가 큰 가르침을 주었다.

"지금 여기서 단기속성으로 한 달간 음악을 마치기는 어렵습니다. 앞으로 중고라도 피아노를 집에 사 두면, 아이들이 마음껏 피아노를 다루고, 음악가가 나올 것입니다. 여러분도 정서와 건강과 재능을 이번 참에 공부하였으니... 음악을 활용하십시오."

그 말은 격언(格言)이었다. 나는 결혼하고 집을 산 뒤 즉시 중고 쉼멜피아노를 샀고, 그 덕분에 첫째 딸과 넷째 딸과 다섯째 딸은 교회반주를 오래 하였고, 우리 가족을 음악가족, 찬송가 부르기 가족으로 만들었다. 또 내가 노래가사를 짓는 욕심도 내고, 작곡도(단 하나지만) 하게 만들었다. 내가 그림을 직접 그리기는 어렵지만, 동양화나 서양화나 문화재 등을 약간 감상할 수 있게 만들었다.

대학원에 입학하다

1966년 3월, 나는 서울대 대학원 국어국문학과에 입학하였다.

고전문학 입학 동기(同期)는 우리 과 4년 선배인 김병국(金炳國, 용산고등학교 교사) 선생, 학부에서 "구비문학론"을 같이 들은 국어국문학과 조동일, 서대석, 조희웅 그리고 나였다.

나는 전광용(全光鏞) 선생님 방 조교로 있었다. 전 선생님은 호가 백사(白史)인데, 현대문학자요, 신소설 연구가며, "꺼피탄 리" 소설을 쓴 소설가이다. 목소리가 크고 활달하고, 열정이 넘치고, 불의를 보면 못참고, 그래서 학생들이 황소, 호랑이 별명을 부르고 있었다.

나는 선생님의 사랑을 듬뿍 받았다. 내가 석사학위를 받을 때도, 10년이나 지나서 박사학위를 받을 때도 통과되도록 애를 썼다. 나의 박사까운은 선생님 까운을 빌려 만든 것이다.

나는 이화여자대학교 사범대학 부속중학교, 이대부중에 강사로 나가고 있었다. 수입이 있어야 하니까. 가정교사로 영동이네 집에서 거주하고 있었다.

현지조사를 많이 하다

설화조사를 본격적으로 나 혼자 하였다.

- 아현동 영동이 집 근처에 구세군 양로당(養老堂)이 있었다. 거기 가서 설화조사를 하였다.
- 서울 동쪽 중랑교 넘어 면목동에 움집에 가서 설화를, 옛날이야기 를 조사하였다.

움집은 말하자면 땅속 사랑방이요, 사람 여럿이 모인 토굴이다. 먼저 밭(땅이 무른 평지) 한쪽에 서너 평 정도를 잡고 삽으로 판다 (요즘 같으면 포크레인을 판다). 깊이는 한 2미터 남짓, 바닥에는 짚 멍석을 깐다. 입구를 만들고 흙벽에 오르내리는 사다리를 놓는 다. 이 여기를 지붕을 덮는데, 지붕 처마와 땅(지표(地表) 사이를 좀 두어서 빛도 들어오고, 공기가 통하게 한다. 그러면 겨울이라 도 지열(地熱)이 있어서 그리 춥지 않는다. 정 추우면 화로를 놓고 둘러앉는다. 동네 사람들이 그 움집에 시골 사랑방 같이 모여서 이런 이야기, 저런 이야기를 한다.

면목동에 약혼자의 이모가 사는데, 나에게 집 근처에 있는 이 움 집을 소개하면서 가보라고 하였다. 서울 근교에 움집이 있다는 것 은 특이한 사랑방 민속(民俗)이었다.

내가 이런 곳도 있구나 하고 찾아갔더니, 웬걸, 나보다 선방자(先訪者), 곧 선구자(先驅者)가 있었다. 건국대 국문과 교수요 문과대학 학장을 하고, "국학도감(國學圖鑑)" 책을 낸 이훈종(李勳鐘) 선생이었다. 이 선생은 나보다 먼저 움집에 와서 옛날이야기를 조사하였다.

• 나는 "장자못 전설"을 전국에 걸쳐 집중적으로 200 개 쯤 조사하여, 이 설화의 분포도(分布圖) 작성, 의미 해석, 변화 양상(樣相), 구조분석 벙법 등을 석사논문으로 삼으려고 하였다. 그 현장을 알아보니 망우리(忘憂里) 너머, 구리시(九里市)의 한강쪽 동편에 있는 수택리(水澤里)와 토평리(土坪里) 언저리에 장자못이 있다고 하였다. 광나루다리에서 출발하여, 아차산과 워커힐 아래 동쪽 아차리(峨嵯里)로 가는 십리나 되는 길로 갔다. 가면서 설화조사를 하였다.

• 한번은 내가 나가는 아현감리교회의 학생회(學生會)에서 교회학교 교사를 하면서, 구약성경창세기 19장에 나오는 "소돔과 고모라"와 같은 것이 "장자못 전설"이라고 하였더니, 고등학생 민병수(閔炳洙) 군이, "우리 집이 있는 충남 아산군 온양 냇물건너, 염치면 송곡리, 작은송곡에 장자못이 있다"고 하였다. 그래서 나는 그 후에 일주일간 민(閔)군 집에 숙박하면서 조사할 계획으로 온양 장자못을 가보나 현충사(顯忠祠) 공사를 거의 끝내고 있었다.

다른 장자못전설을 문헌으로, 현지조사로 조사하고 보니 180개 가량이 되었다.

현지조사법을 만들다

설화조사방법을 알기 위하여 선배들이 쓴 조사법, 사회학의 사회조사법, 인문지리학(人文地理學) 의 조사법 등을 참고하고, 나의 경험을 살려 육하원칙(六何原則)을 반복하는 방법을 썼다.

1) 내 나름대로 육하원칙: 곧, 내가 조사한 육하원칙, 곧, 나는, "언제 어디서 누가 이 이야기를 어떻게 하여 유도하여, 제보자(화자 話者)가 어떤 모습으로 구술(口述)하였는가?" 하는 데, 자료(資料) 신뢰도(信賴度)를 높인다.

2) 그 제보자의 육하원칙: 곧. "이 이야기를 제보자(이야기를 하는 분. 화자(話者))가 언제 몇 살 때 어디서 누구에게서 어떻게 하여 들었는가, 몇 번이 반복하여 이야기를 하였는가?" 하는 자료의 역사(설화력 說話歷)를 밝힌다.

대개 조사에는 두 번의 육하원칙이 있어야 하고, 특히 언제 들었는가 하는 설화력을 밝혀야 한다. 학술 자료면에서는 설화력(說話 歷)이 중요하다. 자료의 가치는 이것이 결정한다.

설화 구조분석, 화소(話素), 속성(屬性)을 만들다

• 구비문학(예컨대 설화)은 국어학과 국문학, 곧 어학과 문학을 다 공유하는 중간자(中間者) 성격이라고 보고, 문법(文法)처럼 구조분석, 의미해석 작업을 나는 하였다.

• 구비문학은 문화 복합체(複合體) 성격이다. 오랜 기간 여럿(민간)이 만들어 향유하므로, 어학과 문학 말고, 역사, 사회, 정치, 경

제, 자연과학(동물학, 식물학, 기후학...) 등 여러 분야가 엉켜 있다. 예컨대 "정기룡(鄭起龍) 장군 이야기"는, 역사학의 임진왜란과, 지리학의 경상도 지리와, 사회학의 민간심리 등등을 알아야 한다. 외국의 예도 알아야 한다.

설화(이야기)마다 여러 분야가 작용하는 것이 다르다. 설화는 겉으로 들어난 것만으로는 수수께끼 같기도 하다. 그 수수께끼를 풀려면 구조를 분석하고, 의미를 해석하여야 한다.

• 한 이야기라도 어떻게 구조를 분석하느냐, 의미를 해석을 하느냐에 따라 정답(正答)이 다를 수 있다. 이것이 설화 연구자가 종합예술로 보고 해석하여야 한다는 말이다.

설화는, 큰 이야기 한편 (1) 설화형形. tale type)이 있고, (2) 그 다음에 작은 이야기들이 들어가 묶여있다면 삽화(揷話. episode)가 있고, (3) 그 아래에 이야기의 핵심인 모티프(motif. 마땅한 우리말이 없다. 소설에서 플롯 plot에 해당)가 있다.

이 모티프까지가 그동안 설화 분석의 구조단계였다. 미시적 분석(微視的分析)이 있어야 한다.

• 한 설화형(예컨대 장자못전설)을 100개, 200개 정도를 많이 놓고 보면, 거의 다 그런 이야기라, 모티프도 거의 같아서 차이점인 변별성(辨別性)이 막연하여진다.

• 자연히 모티프 아래 (4) 모티프를 만드는 구조단위, 곧 설화의 작고도 중요 요소(要素)를 만들어야 한다. 나는 이 (4)를 "화소(話素)"하고 작명(作名), 명명(命名)하였다.

문학, 문장을 보자. (1) 문단(文段)이 있고(설화형 해당), (2) 문장에는 단문(短文)도 있지만, 복문(複文)과 중문(重文)이 있고(삽화 해당), (3) 그 아래에 한 의미 있는 문장이 있고(모티프 해당), (4) 문장을 만드는 단어(의미, 형태, 기능 존재)가 있다. 문장에서 단어에 해당하는 것이 설화에서 화소이다. 화소도, 단어처럼, "의미, 형태, 설화에 놓인 위치에 따른 기능"이 있다.

• 그런데 미시적 분석을 하면, (4) 화소로 끝나지 않는다. 아래를 보자.

예1: 최래옥이/ 수업을 한다.

예2: 최래옥이/ 연애를 한다.

예3: 최래옥이/ 공을 찬다.

여기서 "최래옥이/ 수업을 한다/ 연애를 한다/ 공을 찬다"는 화소(話素)다. 화소 "최래옥"은 같지만, 예1에는 학생 최래옥이고, 예2에는 젊은이 최래옥이고, 예3은 운동선수 초래옥이다. "학생과 젊은이와 운동선수"는 최래옥 회소가 가지고 있는 내적의미(內的意味)이다. 이것을 나는 "속성(屬性)"이라고 이름지었다.

• 그런데 구조분석을 하다가 "속성 단계" 이르면, 바로 의미해석이 되어서 속성은 구조도 되고 의미도 된다. 마치 심장에서 나온 피가, 〈대동맥−중동맥−소동맥−모세관−소정맥−중정맥 대정맥〉으로 순환한 것과 같다. 모세관은 동맥과 정맥을 공유(公有)하듯이. 〈[구조인] 설화형−모티프−화소−속성−[의미인 화소]−모티프 설화형의 의미〉로 순환한지라, 속성은 구조도 되고 의미도 되는 것이다.

• 화소 개념은 모든 구비문학에 다 적용을 할 수 있다. 민요는 민요소(民謠素), 수수께끼는 질문소(質問素), 해답소(解答素), 속신어는 "원인소(原因素, 條件素), 결과소(結果素) 등이다.

이 화소 개념은 바로 알려주는 직설(直說)과 함께, 감추어진 모습인 비유(比喩)와 상징(象徵) 등을 곁들이면, 곧 화소와 속성 이론으로 풀어가면, 대개 난해(難解)하다는 문화현상을 풀 수 있다.

예를 들면 "자루가 빠진 도끼"는 직설(直說)이면 "사용을 못하는 도끼"지만, 신라 원효대사(元曉大師)가 부른 "몰가부(沒柯斧)노래"를 비유와 상징(화소와 속성)으로 풀면, 〈남편(자루. 가柯)이 죽은 (없는. 빠진. 몰沒) 여자(도끼. 부斧)= 과부(寡婦)〉이다. 바로 원효대사가 과부인 요석공주에게 구혼(求婚)하는 것이다. 중이 과부에게 장가간다고... 노골적으로 말할 수 없지 않은가?

전세계의 문화 현상의 이해(理解)도 같다. 국내와 국외 신화(神話) 해석이 이 이론이 필요하다.

[후일담] 나는 "한국 민간속신어사전"을 내면서 속신어 1만 4천 개를 거의 다 화소(話素) 개념을 적용한 원인소와 결과소로, 속성 이론으로 거의 다 풀었다.

학술논문의 자격

논문 자격 요건은 "재료가 새로운가, 방법이 새로운가, 결론이 새로운가?"이다. 새로움(독창성獨創性. 오리지낼리티 originality)이 있어야 논문이라는 말이다. 재탕 삼탕은 안된다. 그러려면 그 주제에 대한 국내외에 걸쳐 앞선 선연구(先研究)를 다 살펴야 하고, 참고문헌을 밝혀야 한다. 그리 안하면, 게으름이요, 무식이요, 글도둑인 표절(剽竊)이다.

논문은 문법이 맞는지, 논리 전개가 기승전결(起承轉結)인지, 문장이 주어와 술어가 맞는지. 눈문 체체가 수미상관(首尾相關)에 합격인지...가 중요한데, 서론(序論)을 잘 보면 논문의 성패(成敗)를 알 수 있다. 그래서 잘 써야 한다. 서론이 불합격이면 본문도 불합격이다. 우리 대학원에는 고전문학이든, 현대문학이든, 국어학이든, 지도교수가 지도를 끝내면 반드시 전광용 선생님에게 가서 서론을 보여 합격을 받아야 논문을 제출할 수 있다.

그리고 논문에는 제목이 중요하다. 논문제목을 잘 정하면 비로소 세상에 "외출"할 수 있다.

석사논문: 설화(說話)와 그 소설화(小說化) 과정(過程)에 대한 구조적(構造的) 분석(分析)

나는 장자못전설을 재료로 한 것도, 현지조사 방법도, 그래서 결론도 새로워서 논문에 3가지 새로움은 문제가 없는데, 제목을 정하기가 실로 어려웠다. 이런 제목, 저런 제목...

머릿속에 든 장자못전설 분석과, 분석 방법과, 그리고 〈서울대의 국문학석사, 박사 논문에는, 고전문학 논문에는 현대문학 한 장(章)이나, 다른 분야 적용 한 꼭지가 들어간다는 규정이 있는 것〉을 살리는 멋진 제목을 전하기가 심히 어려웠다는 말이다.

나의 석사논문의 제목을 정하기가 어렵다는 고충을 들은 국어학 이기문(李基文) 교수가, 위 제목을 정하여 주었다. 그래서 일사천리(一瀉千里)로 논문을 완성하고, 사회에 "외출"을 시킬 수 있었다. 그때 노암 촘스키가 쓴 "변형생성문법(變形生成文法)"이 국내에 들어와서 언어학계와 국어하계가 주목하고 있었다. 나는 그 책을 빌려 몇 시간을 보았다. "잘은 모르지만 나무그림(樹枝) 분석법", "내적

의미(deep meaning)" 등등은 나의 분석법과 같은 점이 많았다. 그리하여, 석사논문에 장자못 전설과, 이 전설과 관련이 있는 고전소설 "옹고집전"을 분석할 때 나의 화소이론에 그 변형생성문법을 적용하였다.

설화를 연구할 때 공간적 지역별(국내, 국외. 국지적局地的, 세계적 世界的) 현상인 "분포(分布)"와, 시간적 유통(流通)과 변이(變異)인 "전승(傳承)"과, 이를 종합한 "전파(傳播)"를 거론(擧論)하고, 그 이유를 육하원칙으로 풀어야 한다. 그러나 원칙은 이렇지만 연구하는 현실은 실로 어렵다. 나는 이런 구조분석, 의미추출(意味抽出), 전승, 분포, 변이 등등을 더 심화하여 박사논문 "한국구비전설(韓國口碑傳說)의 연구(研究)"을 제출하였다.

나는 박사 논문에서, "장자못 전설"과 "오뉘힘내기전설"과 "홍수전설"에서 분포도(分布圖)를 그리고, 변이양상(變異樣相)을 도형화(圖形化), 공식화(公式化)하였다. 구비문학은 문학이면서, 어학도 되고, 어느 면에서 자연과학 성격도 가진다는 말이다.

석사논문 등사본(謄寫本)을 내가 쓰다

이런 과정을 거쳐 석사논문을 완성하면, 대학본부에 인쇄본, 곧 당시 학교 앞에 있는 필경사(筆耕社. 가게)에서 필경사(筆耕士. 사람)가 곱게 쓴 등사본(謄寫本)을 제출한다. 그러려면 돈이 든다. 그런데 솔직히 나는 필경사본(筆耕士本)을 만들어 낼 돈이 없었다.

그 때가 1968년 1학기, 6월경이었다(나는 코스모스, 졸업, 8월 졸업 예정). 무척 더웠다. 아현동 언덕 중턱에서 4만 원짜리 단칸방(원

룸) 셋방을 살고 있어서... 돈이 없었다. 더구나 한 달 전에 딸을 낳았다. 아내가 나의 공부로 고생이 많았다. 다음에 잘 살아 위로를 해 주어야지.

나는 그때 "이대부속중학교(梨大附中)"에 시간강사로 있었는데, 인쇄실에 가서, 못쓴다고 한쪽에 치워둔 철판(일본말로 가리방)을 얻어, 석유로 씻고(세척洗滌), 철필은 하나를 얻고, 원지는 한 통 (100장이 들었다)을 사고... 모든 필경 작업은 집에서 하였다. 결혼할 때 아내가 가져온 틀(미싱. 발틀상자)을 책상으로 삼고, 한 달 계획으로 필경(筆耕) 작업을 하였다, 나의 필경글씨는 필경사만은 못하지만, 잘만 쓰면 논문을 6책으로 만들어 대학본부에 제출은 할 수 있다.

필경사에 맡기지 못한 것은 돈이 없는 것 말고, 내 장자못 전설 170개(화 話)의 분석표, 곧가로로 화소(話素) 27개를 나열하고. 세로로 장자못 170개를 제시하고, 방안지方眼紙에 칸칸마다 차이점과 변이(變異) 전부 분석한 것을 필경사가 잘 쓰지 못할 것 같아서, 내가 분석한 방안지를 그대로 원지에 옮겼다.

하루에 원지 5장 정도를 긁었다(썼다). 원지 한 장에 2페이지가 나오니까 전부 170페이지면 약 90장, 버린 것까지 합치면 100장 한 통을 다 썼다. 거의 한 달이 걸렸다. 이것을 가지고 대학로에 있는 필경사(筆耕社)에 가져가서, 제목을 곱게 붓글씨로 쓰고, 인쇄를 하고, 제본을 하고... 대학본부에 마감 직전에 제출하였다.

그리고 지도교수와 친구 몇에게 이 자필본(自筆本), 달리 보면 악필본(惡筆本)을 주었다. 그리고 나서 몸살을 앓았다, 눈병이 날 지경이었다. 얼마 후 장덕순 교수가 나를 불렀다.

"자필본, 수고 했다. 그런데 이 자필본 석사논문은 서울대에 역사에 남으니까, 돈이 들더라도 필경사 본으로 다시 써서 제출하라. 대학본부에 내가 말해두겠다."

나는 그리하였다. 그래서 나의 석사논문은 두 가지이다. 필경사본, 곧 선필본(善筆本)이 또 나왔으니까. 지금 나는 자필본을 집에 두고 보면 감회가 새롭다. 어언 반세기가 흘렀구나.

"참, 무모(無謀)한 도전(挑戰)이었군. 내가 필경사라니? 안되면 되게 하라...였군"

신일중학교(信一中學校) 교사가 되다

정병욱 선생님의 지도를 받은 대학원생 박태남(朴泰男) 신일고등학교 교사가 나를 신일학교에 추천하여, 석사학위를 1968년 8월에 받고 반년 후에 신일중학교 교사가 되었다. 그러다 보니, 월급이 처음 큰 뭉돈으로 나오고, 고맙게도 다른 학교에도 없는 보너스 400%가 나왔다.

신일중고등학교는 대한모방주식회사(505 혼방사. 카멜텍스를 생산하는 회사)와 인천판유리회사(사장은 최태섭)를 세운 이봉수(李奉洙) 사장이며 장로가, "신앙으로는 제2의 대광(大光)중고등학교가 되고, 실력으로는 사립학교로 제2의 경기(京畿)중고등학교를 목표로", 서울 북쪽 미아리 오패산 기슭에 넓은 땅에 세웠다. 이봉수 장로의 4형제가 다 기금을 낸 설립자이다. 재정으로는 신일학원 이봉수 이사장이, 학력으로는 장윤철(張允哲) 교장이, 신앙으로는 이귀선(李貴善) 교목실장(목사), 삼두마차가 잘 이끌어가는 학교였다.

1967년에 설립을 하고 나는 3년차에 교사가 되었고, 교사는 전국적으로 발탁하여 매우 유능하였다. 신일학교에서 국어선생만 보아도 대학교수로 진출을 많이 하였다. 예를 들면 박태남(순천향대학), 최기호(상명대), 이용남(명지대), 김진영(사울여대), 안정헌(경남대), 나 등이다. 그리하여 믿음(신信)이 제일(일 一)이라는 교명(校名)대로 신일중고등학교는 단연 상위(上位) 사립학교로 자리를 잡아갔다.

노래가사 짓기에 열을 올리다

• 1970연대초 유행가 "그건 너 때문이야"하는, 이장희(李章熙)가 작사, 작곡한 노래가 유행하였고, 중학생들도 곧잘 불렀다. 나는 공부를 잘 하는 고(高)군을 불러, "〈너 때문이야〉는 책임을 남에게 전가(轉嫁)하는 것이라 나쁘다."고 그랬더니, 고 군이 이런 말을 하였다.

"우리를 이해하는 줄 알았던 선생님까지 이 노래에 교훈을 담고 부르지 말라고 하시다니... 선생님, 우리가 부를 노래를 주고, 부르지 말라고 빼앗으십시오."

고 군(후에 의사 醫師가 되었다)이 당돌하다고 할까, 당연하다고 할까? 나는 할 말을 잃었다.

• 그날 밤 숙직을 하면서, "대안(代案)없는 횡포(橫暴)를 하였구나. 내가 국어선생이니까 작곡은 못해도 작사는 할 수 있지 않는가?"

그러면서 해답이 성경에 있을까 하여 펴보니, 신약성경 로마서 12장 1절에서 13절이었다.

〈3절: 오직 하나님께서 각 사람에게 주신 믿음의 분량대로 지혜롭게 생각하라.

6절: 우리에게 주신 은사(恩賜)대로 행하라.

13절: 성도들의 쓸 것을 공급하여, 손님 대접하기를 힘쓰라.〉

나보고 보라는 성경구절이라, 나는 대오각성(大悟覺醒)하고 활연개안(豁然開眼)하였다.

"아하, 나에게 주신 은사는 노래가사 짓기, 작사(作詞)구나. 이런 유행가 가사든, 건전가요 가사든, 찬송가 가사든, 동요 동시든, 나아가서 시조(時調)든, 고전 가사(歌辭)든… 종류를 가릴 것 없이 닥치는 대로 운문(韻文)을 써보자. '하나님, 지혜를 주소서' 해보자…"

그리고 나니… 아, 글쎄, 생각이, 시가(詩歌)가, 노래가사 같은 것이 머릿속에서, 입에서 막 쏟아졌다. 나는 미쳐 종이를 챙길 겨를이 없어서 벽에 걸린 큰 달력 종이를 북, 찢어서 뒷면에 마구 써갔다. 이렇게 하여 그 숙직한 날 밤에 노래가사(그렇게 이름을 붙였다) 12편을 지었다. 후에 당선이 안 되었지만 신문에 신춘문예 "시조" 몇 편을 응모하였다.

• 그 뒤 나는 노래가사 짓기가 발(發. 발동, 꽃피기)하여, 광(狂 마치기. 열정)으로 번졌다. 용천(湧泉), spring(용수철, 솟은 샘물)이었다. 몇 년 간, 700개를 지었다. 공책 여러 권이 지금 남아 있다. 노래가사가 생겼으니 작곡을 하여야겠기에, 주변에 있는 음악가에게 부탁하였다.

신일학교 음악선생인 한태근(韓泰根. 1928생. 후에 음악목사. 지금 찬송가 448장. 576장 작곡) 선생, 권영주((權榮柱) 선생. 1940생), 음악 강사로 나온 홍권옥(1950생. 후에 용인대학 김의환金義煥

교수 부인. 김선생은 그때 신일학교 체육선생. 찬송가 609장 작곡) 선생, 김성태(金成泰. 1957년생. 길음교회 반주자. 작곡자) 등 여러 분에게 작곡을 부탁하여, 약 20개 가량은 작곡이 되었다.

나도 작곡을 딱 하나 하였는데, 웃으면서 한글 발음하기 교육용인 "기어가는 굼벵이"다. 그러더니 몇 년이 지나 모르는 사이에, 나의 시가(詩歌) 상(想)은 발(發)이 불발(不發)이 되고, 광(狂)이 냉(冷)이 되고, 용천(湧泉)이 건천(乾泉)이 되었다. 지금은 작사하려면 땀이 난다.

박흥용 화백이 그린 최래옥 박사의 미소가 보는 이들을 미소 짓게 한다. 그는 생활 속에서도 늘 웃음과 위트를 전해주는 만물박사다. 젊어서부터 전국을 누비며 우리나라 구전민요를 발굴했고, 그것을 방송을 통해 젊은이들에게 전했다.

• 작곡한 것들

– 길음교회: 교회가(敎會歌). 새신자 환영가. 추수감사절 노래, 성탄절 칸타타. 애국 찬송 노래...

– 가족 노래: 자장가, 교육하는 동요. 빨간 고추가(누나에게), 축혼가(祝婚歌. 동생 결혼에)...

– 군가: 광주함가(光州艦歌), 광주함 전투가. 국군장병위문의 노래...

– 기타: 스승의 노래(나의 은사에게). 어느 신설 중학교 교가. 어느 교회 교회가...

1973년 박사과정에 들어가다

신일중학교와 신일고등학교에 있는 동안, 나는 대학교수가 되려는 꿈을 영영 잃을까 보아 해가 늘어갈수록 걱정이 되었다. 이때 1972년 서울대에 박사과정이 생겼다고 하고, 석사를 같이 하던 조동일, 서대석, 조희웅 동학(同學)들이 제1회로 입학을 하였다는 말을 듣고, 나는 자극을 받아 1973년 제2회로 박사과정을 들어갔다.

미아리 신일학교에서 대학이 있는 대학로는 거리가 가까워서 공부를 할 수 있었는데, 1975년 흩어져 있던 서울대 단과대학들이 다 관악산 기슭으로 모여, 가서 공부하기가 힘이 들었다. 박사코스를 마쳐도 박사논문 제출과 논문심사와 논문통과와, 학위수여 등등 절차가 있고, 박사 취득자의 순서가 있는 등 연유로 1981년 2월에 입학한 지 8년 만에 문학박사가 되었다.

1969년 길음성결교회에 출석하다

그동안 아현동에서 살았는데, 3월에 미아리 신일학교로 직장을 잡으니까 학교 근처인 삼양2동에 15만원 단칸방 전세방을 얻어 이사를 왔다. 그래도 주일은 삼양동에서 아현동에 있는 아현감리교회에 가서 주일예배를 우리 부부가 드렸다. 약간 힘이 들었지만.

그렇게 하기를 두 달이 되었을 때, 하루는 예배 후 우리를 주례를 선 목사님이요, 아현감리교회 담임목사인 김지길(金知吉, 후에 감리교 감독) 목사님이 우리 부부를 불러서 말하였다.

"먼 삼양동에서 우리 교회에 오는 것은 나는 좋다. 그러나 거리가 멀어서 교회출석에 부담을 느끼고, 지각을 하면 하나님은 싫어한다. 그러니 집 가까이 있는 좋은 교회를 골라 가서, 이 아현교회를 섬기듯 그 교회를 잘 섬기고, 나를 생각하듯 그 교회 목사님을 잘 섬겨라."

그리하여 집 옆에 있는 언덕 위의 하얀 교회를 내 발로 찾아가서 그 교회, "길음(吉音) 성결교회(聖潔敎會) 신자가 되었다. 때는 1969년 5월이었다. 나는 30살(집 나이)이었다. 교회는 1959년 2월 22일 세웠고, 개척할 때 27살 전도사였던 임희창(林熙昌) 목사님은 1933년생이니까, 나보다 7살 위인 37살이었다. 나는 2022년 말 지금까지 길음교회에 나간다. 54년간 개근하는 신자다. 임희창목사가 작년에 89세로 소천(召天, 별세)할 때까지 나는 53년간을 모셨다. 이렇게 길음교회에 일이관지(一以貫之)로 나간다.

나는 길음교회에 나가서 평신도, 주일학교 교사, 성가대원, 성가대장, 집사. 신신우회(新信友會. 신혼부부들 신앙회) 지도장로, 시무장로, 건축위원장, 기도원 터 구입 실무자, 백운산기도원 담당 장로, 남전도회 회장을 하였다. 지금은 원로장로이다. 길음교회 역사편찬 실무자이다. 길음교회 상부기관으로, 북지방 장로회 회장, 북지방 부회장. 성결교회본부에서 성결신문 편집위원, 활천(活泉)편집위원, 성결교회 역사편찬위원, 전국적으로 "새찬송가 편찬위원외(초기) 가사위원이 되었다. 학문하는 재능에 신앙을 하는 재능에 봉사하는 재능 발휘를 하고 싶다.

기독교 봉사활동으로 1975년부터 베데스다(장애인단체. 복지법인 "베데스다". 대표 양동춘楊東春목사)에 가서 베데스다 이사장, 요육대학(療育大學) 학장을 하고, 지금은 복지법인 "베데스다" 이사 등이다. 베데스다에 작지만 후원금으로 지금까지 근 50년간 내고 있다.

한편 지금은 활동은 많이 못하지만 명색은 서울대기독인회 회원이다.

그리고 기독교에 관한 책 5권 정도를 냈다. 매주 나오는 교회주보에 "사귐의 뜨락"이라는 나의 신앙컬럼을 35년간 연재하고 있다. 언젠가 책으로 내겠다.

1977년 전주공업전문학교 교수가 되다

나는 대학교수로 가고 싶어서, 마산 경남대학에 원서를 내고, 서울사대 은사며, 지금 경상대 윤태림(尹泰林) 총장을, 임석재 선생님의 추천장을 가지고 찾아가도... 안되고, 원광대학에 가서 교수채용시험을 보고, 이응백 선생님이 나를 데리고, 선생님의 사대 후배(1952년 영어과 졸업)며, 지금 원광대 대학원장인 전팔근(全八根) 영문학교수를 찾아가도... 안되고(원불교 대학에 장로가...) 결국 신문에서 교수초빙 광고를 보고 서류를 낸, 영생대학을 운영하는 영생학원(영생교회 강홍모 康弘模 목사가 이사장)의 학교인 전주공업전문학교로 교수로 갔다. 같은 지역인 전주고등학교 출신이고, 서울대 출신이고, 교회 장로니까 나를 부른 것 같다.

전주는 고등학교를 다닌 제이의 고향이고, "전주공전"은 소원하던 교수가 되도록 해준 대학이라 이 년간 열심히 교수 노릇을 하였다. 강홍목 목사님이 고맙고, 내가 하숙하기 전 당분간 목사님 사택에 있는 객사(客舍), 목사님 댁에서, 곧 외부에서 영생학원 출강한 강사에게 숙식을 제공하는 곳인 객사에 머물게 해주어서 고마웠다.

나는 후에 하숙을 하였는데, 밥을 해주는 79살 손성녀 할머니의 옛날이야기 29편을 듣고, 또 전주 경로당에서 듣고, 가까운(80키로미터) 남원 운봉 고향을 찾아가 부모님과 어른들이 한 이야기를 담아 "전북민담(全北民譚. 형설출판사. 1979)"를 조동일 교수의 권유로 출판하였다.

1979년 대전 숭전대학교(崇田大學校) 교수가 되다

• 나는 4년제 대학으로 전공과가 있는 대학을 가고 싶어서 여러 군데에 서류를 내었다. 다행히 기독교대학인 대전 숭전대학교(서울 숭전대와 같은 재단. 지금 한남대학교)에서 교수로 오라고 하여 얼마나 기쁜지 모른다. 장로라서 된 것인지... 그러면서 걱정도 되었다.

대학원 은사인 정병욱 선생님이 제자인 전형대(全鎣大, 문리대 국문과 졸업. 나보다 1년 후배)형을 직접 데리고 왔는데... 그 대학에 이미 와 있던 이명규(李明奎. 문리대 국문과 출신. 선배. 후에 한양대 교수) 교수와 김대행(金大幸. 사대 국어과 출신. 1년 후배. 후에 서울대 교수) 교수가 난처하였다. 선생님님에게 미안, 거기 교수들에게 미안하고, 나는 교수를 바라고...

그런데 그 다음 날, 내가 서류를 낸 경기대학교에서 오라고 연락이 왔다. 죽마고우(竹馬故友)인 배동원(裵東圓. 경제과 교수) 교무처장이 애를 쓴 결과인데... 내가 안 되면 국문과에서 교수 자리(TO)를 닫을 것인데... 교수가 되려고 하여도 그리 안 되더니, 되려니까 하루 사이에 두 곳이 나올 줄이야... 나는 도리상 숭전대로 결정을 하고... 지도교수인 장덕순 선생님을 찾아가 사정 이야기를 하였다. 친구요 동료인 정병욱 교수에게 나의 일로 난처할 때였다. 선생님은 그 대학 국문과 교수들과 친한 전광용 교수를 찾아가라고 하고, 전 선생님도 나 때문 난처하였는데... 결국 전 선생님이 노력하여 국문과 교수자리를 열어두고 전형대를 경기대 국문과 교수로 채용하였다. 이리하여 만사가 다 해결이 되었다.

- 나는 숭전대에 박물관은 신설하는 위원이 되었다. 위원은 나의 고등학교 은사인 영어과의 이병주 교수, 그리고 역사과의 오해진(吳海鎭) 교수, 국문과의 박요순(朴堯順) 교수, 영어과의 서의필(徐義必. 섬머빌) 교수요 목사였다. 서 교수는 하버드 대학을 나오고, 그 대학의 한국학 전공자인 와그너 교수 제자며, 우리말에 능통하고, 한문에 능통하여, 동양철학을 강의하고, 교재는 논어(論語)였다. 나의 박사 논문 "영문초록"을 만들어 주었다. 나는 서 교수에게 자극을 받아, 겨울특강으로 학생들에게 "논어"를 강독하였다.

- 제자로 강현모(姜賢模)를 거두었다. 그는 나를 따라 한양대로 와서 나의 지도로 석사가 되고, 박사가 되고, 설화 조사의 전문가가 되고, 여러 대학에 강사를 하였지만 아쉽게도 교수가 되지 못하였다. 강 박사가 나의 설화 조사의 대(代)를 이어서 기쁘고 감사하다. 시인 권선옥(權善玉), 구재기(丘在基) 선생 등 많은 제자로 두었다. 보람이 있다.

- 학교 근처에서 하숙을 하였다. 하숙은 같이 부임한 미술과 강광식(姜光植 서울 미대 졸업. 1년 선배) 교수랑 3년간 같이 하였는데, 집사였던 그는 나와 신앙토론을 많이 하고, 나중에 장로가 되고. 나는 미술 공부를 하였다, 서로 유익하였다. 강 교수의 지도를 받은 미술과 학생들의 미술전시회도 가 보고, 몇 학생에게는 미술가

로 쓸 호(號)를 지어주었다.

1981년 나는 드디어 문학박사 학위를 받았다. 1960년 서울대 입학한지 21년만인 1981년 서울대를 졸업(중간 1969-1972년 4년은 쉬었지만)하였다. 길고 긴 세월이여! 그 즐거움이여!

1982년 서울 한양대학교 교수가 되다.

60대쯤 되었던 장년풍의 최래옥 박사. 이 세상 모든 이치를 깨닫고 있는 듯한 얼굴이다. 시원한 앞머리도 지성적으로 보이고, 잘 매지 않는 넥타이가 다소 어색해 보이지만 언제나 웃으며 해박한 지식을 전해주는 최래옥 박사는 진짜로 유식하다. 학문도 깊지만 그의 신앙은 더욱 빛난다.

• 우리 교회에서 나이든 교인들은 최 장로가 서울에 있는 대학으로 오기를 줄곧 기도하고 있었고, 나도 노력을 하여 1979년, 숭전대 교수가 된지 3년 만에 서울 한양대학교 인문대학 국어국문학과 교수로 왔다. 학장인 이경선(李慶善) 국문과 교수(장덕순 교수와 절친하다)가 애써준 덕분이라고 본다. 장 선생님은 나의 소원을 항상 생각하고 여러 방면으로 애를 쓰고 있었다.
• 1980년대 초 각 대학은 격변기(激變期)였다. 큰 변화를 맞았다. 졸업정원제가 생겨 각 대학은 신입생을 많이 뽑고, 서울에 있는

대학은 지방에 분교(分校)를 세우고, 전공학과가 늘고... 그런 바람에 교수들 이동이 많아지고, 새 교수 채용이 늘었다. 한양대도 반월(안산 安山)에 분교인 반월캠퍼스(지금 에리카 캠퍼스)가 생기고, 사범대학은 새로 국어교육과, 영어교육과, 미술교육과, 교육공학과를 신설하여 제대로 규격을 갖추고, 새로 교수를 채용하게 되어... 나는 그 시운(時運)을 타서 서울에 있는 한양대학에 온 셈이다.

• 첫해는 인문대 국어국문학과 교수로 있었는데, 이듬해 사범대학을 확장할 때 국어교육과 교수로 인문대에 있던 현대문학 김시태(金時泰) 교수, 고전문학에 내가 사범대학에 가서 신설한 학과를 육성(育成)하였다. 한양대에, 서울캠퍼스 국어국문과와 반월캠퍼스 국어국문과와 사범대학에 국어교육과 교수 17명 중 사범대학을 나오고, 중고등학교 교사를 하여 사범대학 교수로 적당한 사람은 내가 유일하여 사범대로 간 것이다. 사대 출신이 사대 교수가 된 것이다.

• 1983년부터 신설한 국어교육과의 학과장, 사범대 교직과장, 교학과장(부학장 해당), 부임 7년 만에 사범대 학장과 10년 만에 박물관장(교무위원)을 하고, 입시 논설문 출제위원이 되고, 기독학생회 지도교수를 하고, 사회봉사단 위원을 하고, 한양대 어문학회 회장 등을 하였다. 대외적으로 성동구 지명제정위원, 성동문회원에서 내는 "성동의 문화" 책을 여러 권을 냈다. 제자를 많이 길렀는데, 2회 졸업생 중에 정일형(鄭一亨. 현재 교사)군을 맏사위로 삼았다.

한양대 서울캠퍼스에 "민속학"과 "한국 문화론" 등을 신설하여 강의하고, 몇 년간 반월캠퍼스에 가서 "민속학" 강의 하다가, 국문과 고전문학 담당인 김용덕(金容德. 전주고 8년 후배. 한양대 졸)교 수에게 넘겨주었다. 김교수는 후에 대작(大作) "한국민속학사전" 을 간행하였다.

우리 과에 교수 4분을 더 모시다

사대 국어교육과 학생이 해마다 늘어 충원(充員)이 된 바람에 강 의 과목이 늘어 교수를 우리 과에 더 늘렸는데, "국어학"에 장경 희(張京姬. 당시 전북대 교수. 서울사대 우리 과 1974년 졸업. 후 배) 교수를, 다음에 "현대문학"에 유병석(柳炳奭. 서울사대 우리 과 1960년 졸업. 선배. 강원대 교수로 있다가 5년간 解職으로 고통 중) 교수를, 다음에 "국어교육"에 이삼형(李三炯 교육개발원, 서울사대 우리 과 1978년 졸업, 후배) 교수가 들어왔다.

어떤 교수가, "다 서울사대 동문만 불렀군요"하여, 나는 난처하 며, 식사를 대접하며, "우리나라 국어교육과 원조(元祖)는 서울사 대 국어교육과니까 그리 되었네요,"하고, 그런 오해를 풀고자, 다음 에 "현대문학"에는 시인 이건청(李建淸. 한양대 졸. 한양대 반월캠 퍼스 국어국문학과 교수)를 특별히 사범대학 우리 과 교수로 모셔왔 다. "특별히"는 이건청 교수가 서울캠퍼스 사범대학 우리 과에 있어 야 "대학신문 간행" 등을 한다고 학교에 소청(訴請), 성사하였다는 말이다.

기독교를 믿는 교수와 직원의 모임인 한양대기독인회(한기회)를 1982년 같이 만들어 매주 만나서(방학 때에도), 성경 1장을 회원끼리 돌려가며 강독(講讀) 강독(講解)을 하였는데, 내가 2005년 8월 정년퇴임을 하고도 한기회에 나가 2007년까지 성경 1189 장을 독파(讀破)하는데 25년이 걸렸다. 한양대출판부에서 "한국문화와 기독교" 책을 냈다. 건강한 몸으로, 정년, 다행. 감사하다.

가정 이야기

해외신혼여행을 인천 "영종도"로

최래옥 박사는 부인의 자랑을 유난히 자주한다. 딸 다섯만 낳아준 부인이 그토록 사랑스러운 모양이다. 대학에서도 교회에서도 그 사모님이 더 유명하다. 사모님이 말씀을 더욱 유창하게 하고 전도발이 강하다. 그 사모님을 만나면 누구나 크리스천이 될 수 있다. 조심해야 한다.

1965년 9월 약혼식을 하고, 대학원 석사과정에 들어가고, 이대부속 중학교에 강사를 나가는 중에, 내가 국어과 출신이니까 세종대왕을 기념하는 "한글날" 결혼하자고 결정하고, 약혼 후 일 년만인 1966년 10월 9일, 서대문 우미(優美)예식장에서, 약혼자랑 나가는 아현감리교회 김지길 목사님 주례로 결혼식을 올렸다. 결혼, 돈이 든다만... 나는 여전히 주머니는 비었다.

"남들이 가는 온양온천 신혼여행, 특별히 가는 해운대 신혼여행... 못지 않는 해외(海外)로 신혼여행을 갑시다."

결혼 전에 나는 약혼자에게 이런 말을 하였다. 약혼자가 내 말을 다 알아 듣고, "꼭 해외여행입니다!"하고 웃었다. 내 말을 알아듣는 신부. 후에 내 말과 꿈으로, 학사−석사−박사의 가 되는 꿈을 달성시키려고 고생을 많이 한 아내...

결혼식을 마치고, 예약해둔 택시를 타고 해외여행 차(次) 인천(仁川)으로 달렸다. 인천 "어느 여관"에서 첫날밤을 치렀다. 그 중요한 여관 이름을 모르다니, 그 때 나는 그랬다.

아침에 인천항구("만석항"인지...)가 보니, 해외여행을, "바다(海) 바깥(外)에 배타고 섬에 가는 해외여행을 시켜줄, 강화도(江華島)로 가는 배가 이미 떠났다. 나는 신부, 아내에게 웃으면서 말하였다.

"신혼밤이라 일찍 일어날 수 있어야지. 자, 일차 해외신혼여행은 포기하고, 이차 해외신혼여행을 할 곳으로, 새 행선지(行先地)로 갑시다."

하고 마침 떠나려는 영종도 행(行) 배를 탔다. 그래서 우리부부의 신혼여행은 해외여행인데, 행선지(行先地)는 영종도였다. 배에서 내리자 기다리고 있던 버스를 타고 섬 안으로 들어갔다. 처음 와본 영종도를 걷고, 용궁사(龍宮寺)라는 절도 구경하고, 농부에게서 고구마도 얻어먹고, 아무도 없는 논길을 우리 부부는 손잡고 걸으며, 아는 노래를 목청을 높이 불렀다.

이 영종도가 해외신혼여행 장소인가? 이것이 해외신혼여행인가? 이런 말을 만들고 실천하는 나를 신랑으로 받아주는 신부에게 내가 "일이관지(一以貫之)로 사랑"하리라...는 생각에서, 그 생각을 큰 목소리 노래로 표현하였다. 그 노래에 나의 문자를 쓴 심정이 들어 있다.

'이제 부부가 되었으니, 광활(廣闊)한 전야(田野)에서, 공활(空豁)한 창공(蒼空)으로 부부(夫婦)는 합창(合唱)하는도다. 그렇게 살아갑시다. 신부여...'

메뚜기들이 우리가 부른 큰 노래 소리에 놀라 멀리 멀리 날아갔다. 나는 그런 메뚜기를 꾸짖었다.

"음악 감상의 실력이 없는 놈들아! 우리 신혼부부가 부른 명곡을 듣기 싫다고 왜 도망가냐?"

그러니까 신부는, "메뚜기가 그러네요."하고 웃었다. 나는 신이 나서 호기(豪氣)롭게 말하였다.

"우리 여기에 땅을 좀 살까? 장래성이 있겠는데..."

"우리 신랑의 꿈은 야무진데... 땅은 있지만 주머니가 좀..."

하여 둘이 웃었다. 나는 여전히 객기(客氣)만 부리고 있었는데, 신부가 다 받아 주었다. 놀라워라. 그로부터 4, 50년이 흘러 영종도에 공항(空港), 세계적으로 알아주는 인천공항이 들어섰다!

집 늘려가기. 아현동에서 삼양동으로

아현동 네거리에서 서울역 쪽으로 넘어가는 언덕 중턱에 4만 원을 주고 단칸방 전세방을 얻은 것이 신접살림의 출발이었다. 내가 2만 원을 대고, 처갓집여서 2만원을 "빌려주었다."

첫딸은 1968년 5월에 아현동 "전일산부인과"에서 낳고, 그 직후 석사논문을 아이 옆에서 원지를 긁어(철판. 가리방) 쓰고, 석사학위를 9월에 받고, 그때 아기를 안고 아내가 졸업식에 참석하고... 석사 동기랑 사진을 같이 찍고, 속으로는, "지리산 촌놈이 서울대 석사가 되었군!" 하였다.

그 동안 이대부속중학교, 이화여고와 사대부고에 강사로 나가고, 아내는 직장을 그만 두고, 친구들은 소주병 하나를 들고 이 신혼방에 찾아와서 고담준론(高談峻論)을 펼치면, 나는 새로 나온 특식인 "라면"를 끓여 대접하고... 석사과정 공부를 하며, 설화조사를 다니며... 그러다가 1968년 9월 석사학위를 받고, 1969년 3월 미아리 신일중학교 교사로 취직하여. 학교에서 1킬로쯤 떨어진 곳, 바로 학교에 가까운 걸어 다닐 수 있는 삼양2동 시장 근처에 15만 원짜리, 주인집 마당에 세운 단칸방 독채에 전세를 들고, 집 가까운 길음교회에 나가고, 그러다가 몸채에 전세든 사람이 나가니까 그 몸채에 60만 원 전세를 들고, 그러는 중에 1971년에 1월에 둘째딸을 낳고, 1973년 1월에 셋째딸을 낳았다. 숨 가쁘게 세월은 잘도 간다!

집 늘려가지, 삼양동에서 수유리로

1973년 봄, 은행적금을 탈 때가 되자 나는 생각하다가 혼잣말로 말하였다.

"우리 집은 가족이 벌써 5이다. 우리 늘어나는 가족도 살아야 하지만, 커 버린 동생들도 서울에 데려오려면 나의 집을 사야겠다. 집은 교회와 학교를 걸어 다닐 수 있는 오리, 2킬로 안에 있어야 한다. 교회를 떠나면 안 된다."

그러면서 여러 집을 보러 돌아다녔다. 집이 마음에 들면 돈이 많아 안 되고, 돈에 맞는 집은 초라하여서 안 되고... 그러다가 동생 광옥이랑 5월 어느 토요일에 집을 보러 막 개발 중인 집값이 싼 수유리에 갔다. 길가에 있는 칠칠복덕방에 들어가서 말을 하니,

"한길에서 떨어진(50미터) 곳에 대지 오십 평에 건평이 25-30평인 집이 세 채가 나왔는데, 금방 지은 집은 370만 원이고, 반년 전에 지은 집은 360만 원이고, 1년 전에 지은 집은 350만 원이고... 그 다음은 빨간벽돌집인 국민주택인데... 안 판답니다."

그런지라, 나는 동생이랑 그 중 싼 집을 보니 그런 대로 마음에 들어, 10만 원을 깎아 340만 원에 사겠다고 계약을 하고, 집주인이 싸게 팔았다고 복덕방비를 못 내겠다고 하여 내가 복덕방비를 다 내고, 점심을 내가 돈을 내서 같이 먹고... 그러다 보니 "교회를 떠나지 않을 곳에 있는 나의 단층 기와집 한 채"를 재산 목록 일호로, 서울에 빈손으로 온지 13년 만에 마련하였다. 아, 기뻐라. 내가 가지고 있던 "문패"를 드디어 달고, 눈물을 흘리며 감격, 기도하였다.

은행에 적금을 든 것과, 이것저것을 합치면 350만원이 되는데, 동

생이 사정을 하였다.

"저도 살도록, 청계천 5가에 헌책방을 내주십시오."

이리하여 적금해서 나올 돈 150만원을 동생에게 주어 "글천지"서점을 내주고, 새로 산 집에 함께 살았다. 동생에게 준 150만원을 대신하여 달리 돈을 변통하여. 빚을 내서 몇 년 후에 다 갚았다.

내가 집을 샀다고 하니까, 서점주인인, 이미 있는 남동생 광옥이 말고, 여동생 둘이 고향에서 오고, 처형네 딸이 또 오고, 누님네 아들이 고려대 법대를 다니는데 와 있고...

외국인과 아름다운 교제鎬

마나베 유코 양(현재 동경대 교수, 金子〈眞鍋〉佑子)과 나가하다 아키코(長畑炤子) 선생 이야기를 하겠다. 1980년대에는, 일본 나라교육대학(奈良敎育大學)을 다니며, 한국에 한국공부를 하러 자주 오는 여대생 마나베 유코(眞鍋佑子) 양을 받아들여, 일주일, 이주일씩 가족으로 같이 지내고, 한번은 일본 기다규수 시(北九州市)에 있는 명치(明治)여자고등학교 교사로, 고등학생인 마나베 양에게, "한국을 공부하라"고 한 고마운 나가하다 아키코 선생을 초청하여 25일 간을 가족으로 같이 지냈다. 한국에 있는 동안 한국정신문화연구원에서 실시하는 "한국구비문학대계 전남 화순군 편" 조사를 내가 할 때, 마나베 양과 아키코 선생이랑 같이 화순에 가서 운주사(運舟寺)도 보고 한국농촌을 여행하였다.

딸만 있는 우리 집에 마나베 양은 안심하고 오고, 딸들은 "유코언니, 유코언니..."라고 따랐다. 그러는 중에 마나베 양의 어머니가 우리 집에 오고, 우리 큰딸과 둘째딸을 일본 자기 집에 초청하여 구경을 시켜주고, 후에 마나베 양의 약혼자가 우리 집에 오고... 또 행복하고 감사한 것은, 마나베 양은 우리 집에 있는 동안에 우리를 닮아 기독교인이 되고, 그 뒤 스꾸바(筑波)대학에서 석사, 박사를 하고, 결혼하여(동경에 있는 YMCA교회에서 결혼을 할 때 우리 부부는 축하하러 갔다), 아들딸을 두고, 지금 동경대학 교수로 있다는 것이다. 마나베 교수는 한국말을 잘하고, 한글도 예쁘게 정확하게 쓰고, 그의 책은 한국 "민속원" 출판사에서 간행도 하였다. 마나베 유코, 이렇게 아름다운 인생을 보여주어, 그 아니 기쁜가?

감사한 일들. 딸부자. 해외여행...

• 1975년에 넷째 딸을 낳고, 1980년에 다섯째 딸을 낳았다. 딸이, 딸만 다섯이라, 딸부자군. 식구가 많다고 보니까 어느 해는 김장을 하는데, 무배추가 석 접(300포기), 꼬돌배기가 한 접(100단)을 하였다. 채소장사가 아내보고, "무슨 식당을 합니까?"라고 할 정도였다. 이러는 중에 나는 "신일중고등학교–전주공업전문대학–대전 숭전대학–서울 한양대학" 교직에 있으며 10년을 보냈다.

• 1983년 비교민속학회(比較民俗學會)를 연세대 국문과 김동욱(金東旭) 교수와, 인하대 국문과 최인학(崔仁鶴) 교수와 계명대(후에 일본 히로시마대학廣島大學) 최길성(崔吉城) 교수 등 여러분과 같이 만들어 그 학회 회장(3대)도 하였다. 한국 민속의 폭을 넓혔다. 그 학회가 국제회의나 해외답사를 할 때 세계 여러 나라, 예컨대 중국(북경, 연변, 운남성, 서안, 황산黃山, 티베트), 일본(동경, 오키나

와), 미국(아리조나 주), 러시아(이르크추크, 바이칼호), 카자흐스탄, 우즈베키스탄, 몽골(울란바트로. 홉스골 호수), 인도(북부 전지역), 스리랑카, 몰디브, 인도네시아(자바섬. 슬라웨시 섬의 토라자). 베트남(호찌민. 하노이), 캄보디아(앙코르와트), 타이(치앙마이) 등 여러 나라를 부부가 가서 견학도 하였다. 그 아니 감사한가?

최래옥 박사는 딸만 다섯을 낳았다. 그 다섯 자매끼리의 사랑이 또 다른 자랑거리였다. 자매 중에서 큰 병을 얻었던 따님이 있었는데 또 다른 따님이 자기 몸의 일부를 흔쾌히 내주어 완쾌시켰다는 스토리가 모두를 감동시킨다. 부인도 후덕하여 함께 교회를 섬기는 일이 주위 사람들을 늘 감화시키고 있다. 최래옥 장로는 진짜 장로이다. 나도 예수를 믿으려면 저렇게 믿어야 한다는 생각이 절로 든다.

수유리에 4층집을 짓다. 기도원 근처 집을 마련하다.

수유리 집에 눌러 살았다. 달리 이사를 갈 이유가 없었다. 딸이 다섯, 교회가 근처인데... 하나님이 교회 가까이에 산다고 신통방통하다고 부자를 만들어 주었다-고 나는 생각한다.

우리 집 근처(20 미터 거리에)에 성북구에서 갈리진 도봉구의 구청이 들어서고, 후에 이 도봉구청은 강북구청으로 이름이 바뀌고, 의정부로 가는 한길에서 구청 정문까지 이르는 약 100미터 길에 진입로(進入路)를 구청에서 내느라고 우리 집 북쪽에 있는 빨간벽돌 국민주택을 헐어서, 집을 살 때 돈이 없어서, 그 집 안쪽에 산 우리 집은 이제 길갓집이 되고, 그 뒤에 의정부로 가는 한길에 지하철 4호선 수유역(水踰驛. 우리집에서 50미터 거리)이 생기고. 그래서 요지가 되어, 4층집을 새로 짓고. 가게에 세를 놓고... 아현동 4만원 전세를 산 사람이었던 나...

1986년 강원도 화천군 사내면 광덕4리에 백운산기도원 터 3만 평을 교회가 사는데 내가 주장하여 샀고, 기도원 주변에 땅이 나와서 500만원을 들여 농가(農家)와 임야(林野) 1700평을 사서, 농가를 헐어 새집을 짓고, 또 기도원 주변에 있는 전답(田畓)과 임야(林野)을 조금 사고... 노후대책인가? 미꾸라지가 용이 된 것인가? 감사로다.

감사하고 감사하고...

딸부자가 진정 부자로다! 그러는 중에 딸을 다 대학을 보내고, 어떤 딸은 유학을 보내고, 딸 다섯을 25살에서 29살 사이에 다 결혼시키고, 그러다보니 손자가 7이고, 손녀가 4이고, 다 모이면 우리 가족은 23명이고, 나는 연금을 받고, 집세도 받고, 아내도 나이가 들고 나도 나이가 들어 80객이고. 3달에 한번 한양대에서 건강검진을 받는데 그런대로 건강하다.

책을 여러 권(수십 권)을 썼고, 최근에는 대학 때부터 연구대상으로 삼은 한국민간속신어, 줄여서 속신어(俗信語)를 마무리 한다고 사전을 간행하고 있다. 사전을 내기까지 60년이 흘렀다.

속신어 조사한 것(내가 조사, 학생들이 조사, 문헌에서 인용)이 약 4만여 개가 되고, 가나다…로 정리하여 하나하나 다 나 혼자 해설을 하니 표제어로 삼을 속신어는 1만 4천 개요, A4 용지에 컴퓨터 10호 글자로 인쇄하니 2400장(페이지)이고, "민속원"출판사에서 교정지로 본 페이지는 약1700 페이지, 사전은 사위, 딸, 손자가 돕고, 삽화는 다섯째 사위인 만화가가 그리고…

나는 베스트셀라도 냈다. "되는 집안은 가지나무에 수박 열린다(우리 설화집, 6권. 1993. 미투, 20쇄 간행)인데, 평생 처음, 거금(巨金), 인세(印稅)을 1,000 만원 받았는데, 아내가, "내일 같이 운봉에 가서 이 돈을 부모님께 갖다드려 공부를 시킨 보답을 합시다."고, 나는 "아내여, 고맙소이다."하고 큰절을 하고, 즉시 그대로 하였더니, 어머니가 아내를 꼬옥 끌어안았다. 내 손을 만지고…

범사(凡事)에 모든 일이 감사하고 감사한 것 들이다.

4.19와 나

4.19 평가의 양면

1960년 4월 초 대학을 입학한 지 보름 만에 4.19에 나는 참가하였다. 자랑해 보자.

(1) 대학 1년생으로 연소(年少)한 몸으로 애국적(愛國的)인 활동을 한 4.19 참가자.

(2) 4.19 이후 한국을 이끌고 갈 분야에서 주도적(主導的)인 세대(世代)의 한 사람.

(3) 4.19 정신을 소유하고 건설적으로 활동하려고 노력해온 사람.

그런데 자랑을 할 수 없는 일이 일어났다. 그것은 다음에 말하겠다.

4.19 이전

나는 고3때는 대학입시 공부에 바빴고, 그래서 시국을 논(論)할 겨를이 없었고, 대학에 첫발을 디딘 후에는 대학이 어떤 곳인가, 좋은 대학에 들어와 어떻게 공부하고 지낼 것인가... 하는 흥분과 기대로 가득 차서 "현실적인 나라 걱정"은 뒷전에 밀렸다고 변명하겠다.

그런데, 1960년 4월 18일 밤, 고려대 학생이 정부의 잘못된 처사를 규탄하는 데모를 하다가, 종로4가 근처에서 깡패들과 경찰에게 맞았다는 뉴스는 들었다. 비무장한 대학생에 대한 폭력은 국가 안전을 책임진 경찰은 그럴 수 있다지만, 경찰이 아닌, 경찰이 잡아들여야 할 비난을 받는, 거칠고 완력(腕力)이 센 깡패들이 비무장한 고려대 학생에게 행패를 부렸다는 것은 분명히 나쁘다. 그런데 나쁘다는 생각은 하고도, 내가 나서서 정부나 경찰이나 깡패에게 항의를 할 용기는 없었다. "이렇게 나라나 사회가 나가면 안되는데..." 할 정도였다.

4.19 당일

고대생 피습(被襲) 다음날, 1960년 4월 19일, 화요일, 10시에 사대 현관 바로 위층인 201호실에서 나는 김병화(金秉和) 교수가 하는 "교육원리(敎育原理)" 강의를 듣고, 한 시간이 흘렀다. 2시간 연속 강의라서 11시에 임박하여 휴식시간 되었다. 내가 교실 유리창을 통하여 밖을 보니, 정문 쪽을 보니, 학생들이 모여들고 일부는 교문을 나가고 있었다. 일부는 우리를 보고 손을 흔들었다. 빨리 나오지 않고 무엇 하느냐는 것 같았다. 아마 한 시간 전부터 "정문 모임, 데모 직전"이 있었을 것이다. 우리 교실에서 밖을 볼 때는 이미 데모의 분위기가 익어 있었다.

우리 교실은 술렁거리고, 하나 둘... 교실 밖으로 나갔다. 나도 수업이 안 될 것 같고, 밖이 수상하고... 그래서 교실을 나왔다. 자연히 그 후 수업은 안 되었다. 나는 현관 옆방에(아마 수위실인 듯), 다른 애들처럼 책을 넣은 가방 대신으로 사용하는 서류봉투를 집어던졌다. 이제 내 손이나 몸에 거추장스러운 것은 없다.

교문 쪽으로 갔다. 아니 학교 교실마다에서 나온 학생들에게 그저 휩쓸려 나갔는데, 정문에서 누가 손을 올리더니 나의 어깨 위에 올려놓았다. 나도 그처럼 손을 올려 옆엣사람의 어깨에 올려 어깨동무 대열(隊列)을 만들었다. 후에 이 어깨동무를 스크람이라고 하였다만, 나는 그것이 스크람인지 무엇이라고 부르는지 아무 것도 모르고 그저 스크람을 짠 것이다. 우리 차례가 되어 만든 한 줄인 대여섯 명은 정문으로 그만 뛰어나갔다. 이미 우리 대학 행렬은 얼마인지 모르나 많이 앞장서서 달렸다. 우리 스크람 대열은 중간쯤 될 것이다. 우리 뒤에도 스크람이 뒤따라 왔다. 신설동 쪽, 시내 쪽, 서쪽으로 방향을 틀었다. 나의 앞에도 스크람, 나의 뒤에도 스크람. 앞으로나 뒤로나 빠질 수 없이 달려가는 과정(過程)... 그저 뛰었다. 안암동을 지나 신설동을 지나, 동대문을 지나 종로 5가 네거리에 단숨에 달렸다.

지금 대학로인 북쪽 서울대 본부, 문리대, 법대가 있는 쪽에서 학생들이 우리 쪽으로 달려오고 있었다. 문리대나 법대학생 일부는 원남동, 돈화문 앞으로 갔을 것이나, 당시는 나는 서울 지리를 전혀 몰랐다. 그저 종로 길로만 데모대가 가는 것으로 알았다. 사대가 앞서고, 대학로 쪽에서 온 다른 대학 서울대 학생이 합세하여 우리 대열은 늘어났다. 종로 3가, 2가, 1가, 광화문, 거기에서 북쪽으로 꺾어 광화문으로 향하였다. 각지에서 달려온 학생들이 광화문 일대에 모여들고 있었다. 사실 나는 "광화문" 말을 들었어도 실물도, 위치도 모르고 남들이 광화문이라고 하니까 그저 그런가 보다고 하였다. 데모 와중(渦中)에 광화문 공부를 할 계제(階梯)가 아니기도 하였다

우리 사대생은 서쪽을 들어가다가, 누군지 우리 대학 지도부가 "정지!"하고 소리를 치니 다 정지하였다. 사대 스크람 대열 앞에서, 여기까지 단숨에 달려온 우리, 나는 그 자리(지금 적선동, 경복궁 모서리. 효자동으로 꺾이는 곳)에 주저앉았다. 조금 있으니까 우리 뒤

를 따라온 대학생(동국대 학생인 듯하다)들이 앉아있는 우리 옆을 달리며, "서울대 것들..." 어쩌고 하는데, 뒤따라오는 고등학생들도 우리 옆을 뛰어가는데. "형들이 왜 여기 있어..."하는 것 같고, 다들, 왜 경무대(景武臺. 지금 청와대. 이승만 대통령이 있는 곳)에 달려가지 않고 주저앉고 있느냐고 힐난(詰難)을 한 것 같아서, 앉았던 우리 사대생은 그 대학생들과 고등학생들에게 질세라 다 일어서서 마구 전진(前進)하였다. 속도를 냈다. 그러고 보니 사대생이 선두(先頭)에 해당하였다. 나도 선두 편에 들었다.

조금 속도를 내서 달리니 누가 "정지!"라고 하였다. 다들 섰다. 한 30미터 떨어진 거리에서. 또는 50 미터 앞에 경찰이(나는 경찰로 보았다. 일열一列로 서서 우리를 막고 있었다. 누구는 소방차가 그 방어(防禦) 대열에 있었다고 하는데 나는 못 보았다. 알아볼 여유도 없었다. 그저 달렸으니까. 후에 알고 보니 우리가 있던 곳의 서쪽 거기가 진명여자고등학교요, 입구 큰 건물이 3.1당(堂)인지 강당인지...였다고 한다. 동쪽을 보니 개인 집이 길과 나란히 여러 채 있었다. 담장에는 유리조각이 꽂혀 있거나 둥글게 만 철조망이 있었다. 도둑이 담을 넘어 오지 말라는 방범(防犯) 시설이었다. 그 집 대문은 두 쪽은 있고, 몸을 굽히고 들락거리는 한쪽 대문짝에 만든 작은 출입문, 쪽문이 열린 것도 있고, 닫힌 것도 있었다. 이때 길 한가운데에 앉아있는 학생들(대학생, 우리 사대생도 있었다, 나중에 일부 고등학생도 있었다고 한다). 나는 도로에서 조금 높은 인도(人道)에 올라 가로수에 기대다가, 앉았다.

학생들은 나무인지 돌인지를 경무대 쪽에 있는 방어(防禦) 편에 던지고 있었다. 긴장. 긴장... 방어하는 북쪽 편에서 "탕 탕"하고 우리 학생 편에 총을 쏘았다. 그 총알은 직접 학생들에게 쏘지 않고, 학생들이 앉아있는 약 10 미터 전방(前方) 아스팔트에 쏜 것이라, 아스팔트 조각이 사방 군데로 튀었다. 학생들이 와 일어났다. 도망을 갔다. 총소리는 여전히 났다.

탕! 탕! 탕!

나는 한참 후에 정신을 차렸다. 여기가 어디지... 어느 집, 바로 동쪽에 쪽문이 열린 듯한 그 집의 부엌이었다. 어떻게 그 집에 들어왔는지 모른다. 담을 넘어왔는지, 열린 쪽문으로 왔는지. 나는 어떤 학생의 엉덩이 밑 두 다리 사이에 나의 머리를 쳐박고 있었다. 내 등에는 가마니가 덮여 있었다. 그 가마니는 겨울에 그 집에서 먹으려고 무를 담아둔 것인데 봄이 되니 빈 가마니, 짚이었다. 어떻게 그것을 덮었는지 모른다. 내앞엣 학생은 아궁이 속에 머리를 쳐넣고 있었다. 아궁이에 불이 없었기 망정이지... 마치 총소리를 듣고 꿩이 덤불 속에 머리를 쳐박는 꼴이었다. 나는 그 꿩의 엉덩이에 머리를 쳐박고... 시간이 얼마나 흘렀는지 모른다. 총소리는 더 나지 않았다. 나는 정신을 차리고 일어섰다. 부엌 아궁이에 머리를 쳐박은 학생은 없었다. 부엌에 도망온 다른 학생들도 어디 가고 없고 나만 혼자 있었다. 집주인은 부엌에 나타나지 않았다.

나는 부엌을 나와 튼튼한 담 쪽으로 붙은 사다리 같은 것, 지붕으로 올라가는 계단에 올라갔다. 그 계단 끝이 부엌을 덮은 함석지붕과 닿았다. 그 집은 지붕이 다 함석지붕이었다. 나는 함석지붕을 딛고 일어섰다. 담 동쪽 안쪽에 어마어마한 너른 집터가 있고, 담 가까이는 큰 나무(버드나문인 듯)가 서 있었다(후에 알고 보니 거기가 경무대가 아니고 경복궁 북쪽이었다).

"여기가 경무대인데... 왜 이 옆구리로 쳐들어가지 않고 정문으로 돌파한다고 저 난리인가?"

하고 중얼거리는 순간, 피융! 총알이 소리 내서 공중으로 나르더니, 그 담 안에 솟은 큰 나무의 끝에 있는 가지를 툭 잘라, 가지가 함석에 툭 떨어졌다. 소리가 요란하였다.

아이구머니나... 나는 놀라, 경무대를 지키는 사람이 이리로 나를 보고 총을 쏘는구나... 기겁을 하고, 담쪽으로 붙은 함석을 잇댄 지붕 같은 것을 딛고 도망을 쳤다. 한두 집이나 갔을까... 함석지붕이 푹 꺼져 나는 그만 한 다리가 푹 빠져 아래로 처지고, 한 다리를 지붕에 걸려 있고.... 간신이 몸을 세워 그 연약하고 녹이 난 함석지붕에서 내려왔다. 내가 하마터면 빠질 뻔한 그 아래는 변소 같았다.

그 집에서 혼자인 나는 이제 그 집 마당을 지나 대문으로 와서 쪽문으로 고개를 내밀고, 길쪽, 바깥 쪽을 보았다. 길에 총소리는 없고, 사람들은 몇이 지나가고, 연기가 자욱하고 냄새는 매콤하였다. 태풍(颱風), 아니 총성(銃聲) 일과(一過) 후 고요, 정적(靜寂), 운무(雲霧), 아니 매연(煤煙) 만만(滿滿)... 나는 안심하고 그 집 쪽문으로 나와 길에 서서 허리를 펴고 보니, 저만치에서 사람들이, "사람이 다쳤다!"하는지라, 내가 그리 달려가 보니 긴 소매 하얀 와이셔츠를 입은 젊은이가 배에 총을 맞았는지 허리끈 쪽에 피가 많이 났다. 세 사람이 그 부상을 입은 사람을 힘겹게 들고 나르는지라, 내가 거들어 결국 네 사람이 그 사람을 온전히 나를 수 있었다.

이때 경향신문(당시 야당 성격의 신문) 차가 취재차 오기에 세워서, 내가 이 다친 사람(죽은지 모른다)을 병원으로 싣고 가라고 부탁을 하였더니, 신문사가 그 사람을 실으면서 마이크를 나의 입에 대었다. 한 마디 말을 하라 것이다. 나는 마이크에, "살인정권 물러가라. 물러가라!"고 소리쳤다. (후에 추측하여 보니, 그 다친 사람이 우리과 2년 선배인 손중근[4.19에 효자동길에서 사망] 학생이었는지 모르겠다.)

스크람 대오(隊伍)도 없었다. 길거리는 몇 사람만 걸어가고 있었다. 나는 우리 사대 친구는 못찾고 혼자... 다른 사람은 있지만... 적선동 네거리.... 광화문 정문에 이르렀다. 거기 전차 철로 위에서 전주고 동창인 친구며, 이번에 서울 법대에 들어간 김성길(金聖吉)을 만났다. 허리에 경찰이 차는 방범용(防犯用) 곤봉을 차고 었었다. 내가 놀라 어찌 된 곤봉이냐고 물으니, "금방 경찰을 때려눕히고 곤봉을 빼앗았다."고 하였다. 나는 놀랐다.

"이 애가 목사 아들인데, 법으로 사랑을 실천한다고 하고 서울 법대를 갔는데..."

경찰을 패고 곤봉을 빼앗는 것이 그에게 합당한 사랑의 실천인가? 나는 "너 용감하구나."하고 우리 둘은 웃었다(김성길은 후에 판사, 가정법원 판사를 하고, 지금 전주에서 이름난 변호사이다).

그때 광화문 앞에 파출소가 있는데, 파출소(후에 그 자리에 경찰 본부인 치안국治安局이 생겼다. 지금은 공원이 되었다)를 학생들이 들어가려고 하니까, 한 사람(아마 사복을 입은 경찰인 듯)이 팔을 벌리고 막는지라 학생들이(나도 포함) 그 사람을 밀치고 안으로 들어갔다. 그 사람은 쓰러졌는데... 학생들이 그 쓰러진 사람을 짓밟았는데... 그 후 그 사람의 사정은 모르겠다. 그런 상황에서 혼자 파출소를 지키다니 쯧쯧쯧. 잘했다고 할까, 못했다고 할까 원....

광화문에 좀 쉬는 중에 우리 사대 학생이 모여들어 다시 한 무리가 되었다. 그러자 광화문 네거리를 지나 동아일보사 앞을 가는데, 누가, "이기붕(李起鵬, 1896~1960)의 집으로 가자!"고 하여,

 "아. 부통령이 된 이기붕 집에 가자고... 집이 으리으리 할 것인 데..."하고 나는 생각을 하는데, 우리 사대 일행이 걸음이 빨라졌다. 뛰는 것은 아니고(약간 지쳐서 뛸 힘이 없었다) 속보(速步) 정도로 빨리 걸어갔다. 서울 시청에 이르렀다.

 서쪽 골목으로 들어갔다(지금 보니 덕수궁德壽宮 정동貞洞 돌담 길이었다). 조금 가다가 보니까 사대 선두 그룹이 한 6, 7 층 되는 어마어마한 집으로 들었다. 나는, "이 집이 이기붕이 집인가 보다. 되게 크네..." 하였다. 그런데 그 큰 건물은 이기붕 집이 아니고 대법원(大法院)이었다. 나는 처음 서울에 처음 와서 그쪽 지역을 처음 가보아 아무것도 몰랐다. 대법원장이, "이승만 대통령, 이기붕 부통령 당선 축하!"를 하여서, 우리 사대생은 대법원장을 규탄하려고 대법원에 들어간 것이다. 대법원 사람은 말하기를, 대법원장이 제주도에 가서 지금 없다고 하였는데, 학생은 "빨리 데려오라"고 소리를 쳤다. 그때 한 사람이 나와서 우리에게 조용히 말하였다. 나는 앞에 앉았다가 들었다. 대충 이런 말을 하였다.

 "나는 여러분의 선배 김윤수(金潤洙) 대법관이요. 이렇게 나라를 사랑하는 정열은 좋으나, 특정인(特定人. 대법원장)을 지목하여 공격을 하는 것은 시국에 큰 변화를 주지 못하오. 나라 사랑은 여러분 나름으로 달리 크게 할 수 있소..."

 학생들은 좀 진정이 되었다. 사실 그 대법관의 말이 맞았다. 이때 대법원 근처에서 연기가 검게 치솟았다. 아마 큰 건물이 불에 탄 듯하다만 큰 건물이 무슨 건물인지 몰랐다. 누구인지 모르나, "서울신

문사가 불타는군."하였다. 당시 서울신문은 정부가 만들고, 정부 편을 드는지라 사람들이 못마땅하게 여기고 있어서. 누가 불을 지를 만도 하다고 나는 생각하였다. 서울 시청 뒤에 서울신문사가 있었다.

우리들은 대법원 마당에 앉아 있었다. 나는 그저 남들이, 선배들이 하는 대로 따라만 하였다 약간 지쳤다. 먹을 것도, 물 한 모금도 입에 대지 않았다. 조금 있다가 군복을 입은 군인이 대법원에 들어오더니, 우리 대학 학생 지도부를 만나 무슨 이야기를 하였다. 무슨 군인(軍人)인지.... 조금 있다가 학생 지도부가 우리에게 말하였다.

"지금 계엄령(戒嚴令)이 내렸다. 사령관은 송요찬(宋堯讚, 1918~1980) 장군이다. 학생이 집단으로 반정부 데모를 하면 법에 걸려 다 잡아간다. 여러 사람이 모이기만 하여도 잡아간다. 그래서 계엄령을 알리려 군인이 왔다. 우리와 상의하여 이런 결정을 하였다.

〈우리가 지금 대법원을 나와, 행렬을 지어 질서 있게 귀가(歸家)하면 안전을 보장한다. 그러나 행렬을 이탈하여 개별 활동을 하면 계엄령 위반으로 잡아간다. 자, 학교로 돌아간다.〉"

그때가 오후 2시던가, 3시던가... 우리는 그 말을 따라 대법원을 철수하기로 하였다. 계엄령? 불안하다. 얼른 귀가하자...는 생각이 다들 들었다. 그래서 대법원을 나왔다. 선두가 하는 대로 따라갔다. 대법원-이화여고 뒤-경교장(京橋莊. 지금 강북 삼성병원. 당시 이기붕 집자리) 자리-서대문네거리-염천교-서울역-충무로 방향으로 꺾여 남대문시장(지금 회현역. 여기에 이르러 일반 시민이 나와서 길에 나란히 서서, 우리 보고 학생들이 잘하였다고 박수를 치고, 마시라고 물도 주고, 땀을 닦으라고 수건도 던져주었다)-국도극장-대한극장-북으로 꺾어서 종로 5가 네거리-서울대 본부(지금 대학로 혜화역)에 이르렀다.

대학본부에 이르고 보니 그 많던 사대생은 다 어디 가고 없고, 서울대 학생은 없고, 몇 명만이 대학본부까지 나처럼 왔다. 학교는 아주 조용하였다. 나는 맥이 빠졌다. 다 어디 갔지.. 장차 어떻게 하지....

이때 누가 사대에 가는 트럭이 한 대 있으니 얼른 타라고 하여, 나는 그 트럭을 타고 용두동 사대에 왔다. 사대에 와 보니 조용하였다. 학생 몇 명만이 오고 갔다. 현관 입구에 던져 둔 책봉투를 찾을 염(念)도 못하고, 아니 기운이 없어, 그럴 염도 없고... 학교를 나와 하숙하고 있는 마장동(지금 축산시장 쪽)을 터벅터벅 걸어왔다. 집에 오니 해가 질 녘이었다. 시간이 어찌 갔는지 모른다. 배가 고픈지도 몰랐다. 아무것도 먹지 않고 하루내내 서울 시내를, "용두동 사대－광화문－효자동－대법원－서울역－대학본부－사대－마장동 집〉을 돌아다닌 것이다.

이것이 나의 4.19날 행적(行蹟)이여 노정(路程)이다.

나는 무슨 4.19 정신이니 이념이니... 아무 것도 모른 채 4.19 참가자요, 4.19 세대라는 이름을 들었다. 4.19로 무슨 애국이나, 개혁이나, 혁명이나...하겠다는 생각은 전혀 없었다. 그저 신입생으로 우리 대학 선배를 그저 따라다니기만 하였다.

수유리 우리 집에서 멀지 않은 곳에 "4.19 탑이 있고" "4.19 민주공원"이 있는데... 그 죽은 사람에게 미안하다. 사실 그 죽은 사람도 무슨 애국, 개혁, 혁명을 달성하려는 불붙은 이념이 있었을까? 하여튼 그 죽은 영령(英靈) 앞에 4.19에 참가하고도 산 나는 미안하고, 그 영령이 못다 한 애국, 개혁 혁명을 하겠다고 다짐을 한다... 그 다짐이 어언간에 60년이 흘렀다.

당시 우리 대학 교육심리학과 윤태림(尹泰林, 1908~1991) 교수가 학생처장으로 있었는데, 〈나의 인생관: "조용한 그 시간에". 휘문출판사. 1984. 157면〉을 보자. 나도 모르는 여학생 부상 이야기도 나온다.

당시 서울대학 학생 중에서 제일 많이 피해를 입은 것이 사대생(師大生)이었다.

그것은 경무대를 향하는 학생들이 비단 서울대만이 아니고, 동국대학 등도 있었지만, 경무대 앞 근처에서 쏘아대는 총탄이 무시무시할 정도였음에도 불구하고, 경찰 백차, 소방차 등의 방어선을 뚫고 앞장서서 들어간 것은 이 사대생들이었기 때문이다.

서울대 중에서도, 미대(美大), 법대 학생 중에 총탄에 쓰러진 학생도 한 명 정도씩이었지만, 유탄(流彈)에 맞은 사람이 대부분이고, 정통으로 맞은 것은 사대 체육과 유재식(柳在植), 국어과 손중근(孫重瑾) 두 명이었다.

그것은 두 사람의 시체를 당시 수도의과학 병원의 시체실에서 실제로 목격한 바로 알 수 있었다. 당시 사대생의 피해는 사망 2 명, 부상 7 명이고, 그 중 가정과 여학생인 김신웅(金信雄. 2학년. 1959년 입학. 1963년 졸업. 16회)까지도 있었다.

그는 남대문 밖에 있는 세브란스병원(서울역 건너편. 지금 연세빌딩)에서 여러 달 고생을 한 뒤 퇴원해 무사히 학업을 마쳤으나, 왼쪽 팔이 마비가 되어 오랜 고생을 했는데, 다행히 결혼하고 미국 가서 살고 있는데, 지금은 형편이 어떤지 궁금하다. 혹은 비가 오든지 하는 궂은 날은 팔이 쑤시지나 않는지 모르겠다.

4.19 직후

나는 마장동 하숙집에 돌아와, 피곤하지만 배가 고파서 우선 먹고 보았다. 조금 쉬는데 시간이 흘러 밤에 들어가고 있는데, 길거리에서 확성기 소리가 났다.

"피를 구합니다. 피를 구합니다. 오늘 부상을 당한 사람을 살리려고... 여러분의 피를 구합니다. 헌혈하여 주십시오."

나는 즉시 일어나서, 오늘 부상을 당한 사람... 나 대신 부상을 당한 사람을 구하여야지... 하고 옷을 주섬주섬 챙겨 입는데, 하숙집 주인인 성영환의 어머니가 말렸다.

"오늘 데모를 한 학생을 잡으려고 하는 수작이니 나가지 말라."

나는 나가려다 말고 생각을 하였다.

'사실 내가, 다른 대학생처럼 오늘 공부를 하지 않고 시내에 나가서 집단으로 데모를 한 것은, 그 대통령이 사는 무서운 경무대 앞까지 간 것은, 그래서 계엄령이 발동한 지금 시점에서는 국법(國法)으로 보아, 틀림없이 데모한 대학생 나는 범법자(犯法者)이다. 여전히 법은 살아있고, 이승만 대통령은 여전히 대통령이고, 자유당은 국회를 차지하고... 그들 세력 층에 비하면 대학생은 약자인데, 오늘 데모까지 하였으니 약자 중의 약자이다. 그런 약자가 헌혈을 한다고 골목을 나서고 길거리로 제 발로 걸어 나간다면 십중팔구, 쥐도 새도 모르게 잡혀간다. 잡혀간 이후는... 모른다. 공포일 것이다...'

이런 생각을 하니, "헌혈(獻血)하러 밖으로 나오라"는 말은, "오늘 데모를 한 자는 체포당하려 밖으로 나오라."는 말로 들렸다. 그러면 나가지 말아야지… 이런 생각을 하는 나는 비겁하였다. 여럿이 낮에 데모를 할 때는 무엇을 모르고 용감하였는데, 이제 내가 밤에 혼자 되어서는 헌혈을 할 수 없다는 변명만 늘어놓고 있으니… 비겁하지 않는가? 내가 헌혈하였으면 오늘 시내에서 같이 데모한 대학생 누구를 살릴 수 있을 것인데… 나는 헌혈을 하지 않았으니… 비겁하다. 극단적 이기주의자이다… 이런 자괴(自愧)가 들었으나 안전하게 살기 위하여서는 어쩔 수 없다고 또 변명하였다.

이튿날도 불안하였다. 계엄령이 시행중이라 불안한 것이 아니고, 정부, 경찰이 데모한 사람을 샅샅이 조사를 할 것 같아서, 그래서 잡혀갈 것 같아서 밖에 나오지 않고 잡 안에만 있었다. 그런데 운봉 부모님이 걱정이 되었다. 서울에 막 간 나의 안부(安否), 문자 그대로 안(安)이냐, 부(否) 안(安)이냐… 노심초사(勞心焦思)할 것이다. 나는 평소 가지고 있던 엽서에 편지를 썼다.

〈부모님께. 이 아들은 소원한 대학에 들어와서 공부를 잘 하고 있으니 안심하십시오. 부모님도, 동생들도 보고 싶습니다. 보고 싶으면 공부에 열심히 한 것으로 대신합니다. 불초자(不肖子) 내옥 올림.〉

엽서는 공개된 사연이니 이런 사연을 쓸 수밖에 없었다. 그 다음 길거리에 있는 우체통(우편물을 넣고 가져가는 빨간통)에 이 엽서를 넣는 것이 걱정이었다. 내가 우체통에 이 엽서를 넣으려고 다가간다면 잠복하고 있던 경찰이 홱 잡아갈 것이기 때문이다. 그래서 골목까지 나가서, 지나가던 초등학생 아이 하나에게 이 엽서를 저 우체통에 넣어달라고 하면서 돈(얼마인지 모르나 지금 돈으로 1,000원 한 장 정도)을 주었다. 그리고 나서 집에 돌아와서, 그 이후에 집에 주욱 있으면서 라디오나 소문으로 세상이 어떻게 돌아가는지, 정황(情況)과 정황(政況)을 듣고 있었다.

며칠 지나니까 시국(時局)으로 보아 밖에 나가도 잡힐 것 같지 않았다. 나는 마장동 집에서 종로 4가 네거리에서 좀 안쪽에 있는 동대문경찰서 앞까지 갔다. 종로 4가 네거리에 학생이나 일반이나 두루 섞인 사람들이 모여서 경찰서에 삿대질을 하고 있었다. 경찰서는 조용히 있고, 군중은 더욱 기세를 올렸다. 이때, 탕 탕 탕 총소리가 났다. 종로 4가로타리에 있는 우리들에게 총을 쏜 것이다.

"앗, 뜨거워라!" 하고 사람들은 도망을 갔다. 나도 도망을 쳤다. 이제 여기는 총을 맞을 자리가 아니라 하고 주위를 보니 또 네거리였다. 지금 보니 종로 3가 네거리, 단성사 극장 입구였다. 단숨에 거기까지 달린 것이다. 불안하여 집에 돌아 왔다.

그 후 이승만 대통령이 하야를 하고 허정(許政) 씨가 과도정부 수반(首班)이 되어 임시 대통령이 되었다. 이제 나는 고향에 가도 되었다. 즉시 운봉에 갔다. 부모님을 뵈었다. 어머니는 딸을 낳은지 일주일이 채 안되어 몸져누워 있었다. 아버지는 나를 보자마자 호통을 쳤다.

"이놈아. 네 엽서는 받아 보았다. 공부한다고 편지에 하였더라마는... 죽을 짓을 한 것을 감추어 한 말인 줄 안다. 이놈아, 너 죽을라고 환장했냐? 네가 죽으면 우리 집은 어떻게 되느냐? 네 데모인지 뭣인지 할 때, 네 에미는 출산(46살에 노산老産)을 하느라고 하루내내 고생을 하였다. 아이구, 이놈아... 너는 나라를 위한다지만, 나라를 위하여 죽을 사람은 너 아니라도 쌔버렸다(매우 많다). 쌔버렸어. 너는 우리 집 하나여, 이놈아. 서울로 공부하러 간다고 하고 너

죽으면... 우리 집은 어찌 살아... 너는 하, 나, 여—”

아버지는 나를 붙들고 울었다. 아, 나는 아버지가 운 것을 본 적이 한 번도 없었다. 아버지는 조금 있다가 목성을 낮추어 말하였다.

“어찌 되었건 살아왔으니 되었다... 기쁘다. 하나님 도움으로 네가 살아왔고, 네 어미는 출산을 잘 하고, 태어난 어린 것, 네 동생은 살아 있다. 이제 마음 놓고 술을 한 잔 하겠다.”

그러면서 밖으로 나갔다.

아버지는 어머니가 예수를, 하나님을 믿는 것을 못마땅하게 여겼는데, 큰아들을 살고, 나이든 각시가 노산(老産)이지만 순산한 것을 알고, 하루 내내 4.19 전날, 산모 진통에서 무사히 세상에 나온, 그러니까 4.19날 태어난 갓난애를 보니, 세 목숨을 살려준 하나님을, 바로 하나님이 도움을 주었다고 말을 한 것이다. 어머니는 말이 없이 울기만 하였다. 어머니는 죽을 고비를 넘긴, 나이 오십에 가까운 산모(産母)이다. 출산으로 기진맥진, 큰아들 나로 인하여 기진맥진... 어머니가 할 말은 아버지가 다 하였다고 보고, 살아온 큰아들의 손을 만지기만 하였다. 어머니 손은 생각보다 힘이 있었고 뜨거웠다. 서울에서 데모가 났다. 대학생이 주동이다. 서울대 학생도 참가하였다. 서울대 사범대 학생이 죽었다. 우리 아들은 그 대학생이다. 우리 아들 소식이 며칠째 없다... 이것이 애간장이 녹을 일이 아닌가? 나는 20살, 뱃속에서 나오려는 동생은 스무 살 터울... 어머니는 46살...큰아들 소식은 없고, 어찌 된 판인지 모르겠고... 애간장이 녹을 만하다.

내가 멋모르고 한 데모가 애국이던가? 그 데모가 애국이라고 한들 부모에게는 애국으로 보일까? 데모를 죽음의 행진(行進)으로 보일까?

이틀을 집에서 나는 쉬었다. 아버지가 말하였다.

"서울은 시국이 바뀌어 데모를 해도 안 잡아가지만, 여기 시골은, 운봉은 서울에서 데모한 대학생이 집에 내려오면 경찰이 잡아간다고-고 하더라. 일단 느그(너의) 누님 집에 가서 피신하여라."

그래서 나는 누님 집으로 갔다. 누님 집에 피신하려고... 누님은 전남 여수, 그중 돌산(突山)에 산다. 누님 남편인 나의 자형(姉兄)은 경찰로 계급이 경위요, 지금 돌산지서 지서장이다. 나는 운봉 경찰에게 잡힐까 보아, 돌산 지서장 경찰 집에 피신을 한 셈이다. 누님은 죽지 않고 살아온 동생을 생각하여 만날 해산물을 푸짐하게 해주었다 한 보름 있었다. 누님과 자형의 사랑을 받고 오랜만에 섬 생활을 만끽(滿喫)하였다.

4.19 이후 나라 정세

이 4.19 이후 현실과 기대와 실망을 구체적으로 보자.

(1) 경제면의 변화, 혁신, 개선. 발전을 기대하였으나...

(2) 정치적으로 변화 혁신, 개선. 발전을 기대하였으나...

(3) 사회적으로 변화, 혁신, 개선, 발전을 기대하였으나...

정치적으로 집권한 민주당에 실망하고, 사상 면에서 6.25와, 나이 9살에서 16살까지 지리산 공비한테 치를 떤 나는 공산당을 풀어준 듯한 시국(時局)이 돌아가는 것이 싫고, 사회면에서 절제(節制)와, 중용(中庸)과, 온건(穩健)이 설 자리를 잃고, 방종(放縱)과, 과도(過度)와, 극단(極端) 및 과격(過激)으로 치달아 결국 국력(國力)이 약화(弱化)되어가는 것을 불안이 여겼다. 사람들은, 4.19 후 1년을 지내고 보니, 내놓고, "4.19를 한 것은 이런 혼란을 보자고 한 것이 아닌데…" 탄식을 할 정도였다.

또 다른 건전한 세력(대학생이 아닌)이 "진정한 4.19"를 일으키면 좋겠다고 하였다. 그 탄식을 하는 사람 앞에 "나는 그 4.19를 하였소."라고 당당히 말할 수 없었다. "죽 쑤어서 개 주었다"는 말을 내 스스로 할 정도였다. 4.19의 장점과 단점, 양면(兩面)을 이렇다고 나는 본다.

[후일담] 1년 후 1961년 5.16 군사혁명이 일어났다. 1960년 4.19 학생혁명에 실망을 한 백성은 어느 정도 "올 것이 왔다"는 심정으로 받아들였다. 5.16 혁명세력은 "혁명공약" 6조항을 내세워 불안한 인심을 사로잡으려고 하였다. 그 혁명공약은 4.19후 불안한 시국과 민심을 잘 반영하였다.

나는 대학 2학년 학생으로 5.16을 불가피(不可避)한 필요악(必要惡)으로 보고, 이렇게라도 하여 4.19 정신이 살아났으면 좋겠다는 생각도 하였다. 그런데… 5.16이 세력이 지금 다니고 있는 서울대 사대를 없애려고 한 작태(作態)를 어찌 좋게 보겠는가? 나쁘게도 보았다.

4.19가 나에게 미친 영양: 구비문학 전공

청춘인 나는, 대학생인 나는 "4.19의 아름다운 이념(理念)"을 내 나름대로 실천하고 싶었다.

(1) 농촌계몽과 봉사 활동을 하자.

나는 일찍이 감동을 받은 소설 "상록수(常綠樹)"와 "흙" 같은 활동, 사범대학이라는 교육(敎育)과, 국가 현실이라는 농촌부흥을 합쳐 일하자....고 하여 사대 "농촌계몽대(후에 향토개발회)에 가입하였다. 그런데... 농촌부흥과 같은 전문지식, 농과 대학생과 같은 체계가 있는 지식이 없고, 돈이 없고, 동지, 예컨대 배우자를 구하기 어렵다. 국문과생이 농대생 같은 "미친 짓"을 하는 가난뱅이 학생을 어떤 여자가 좋다고 연애를 하고, 시집을 오겠는가? 우선 자식이 농사를 안 하고, 못하도록 소원하는 부모님을 대하기가 어렵고... 결국 "교육과 농촌"의 결합은 포기하였다.

(2) 군대 가서 공부하기로 대오각성(大悟覺醒)

나의 대학 1학년과 2학년은 우리 과 전공을 소홀히 하고, 전공 아닌 여러 분야에 공을 들인 지난 2년은 후회는 안하지만, 주먹을 불끈 쥐고 속으로 선언하였다.

"진짜 학문을 연마(練磨)하고 연찬(研鑽)하는 일로 전공도 살리고, 4.19 정신, 애국정신도 살리고, 나의 평생 진로(進路)를 잘 결정하여 성공하자. 그러니 제대하면 더 열심히 살고 공부하자. 공부에 분골쇄신(粉骨碎身)하자. 이 결심을 꼭 달성하자! 대오각성한다!"

(3) 4.19 애국정신을 전공(專攻)으로 실천하자.

제대 무렵 생각하고, 복학 후 구체적으로 생각하는 것이 새로운 방향의 전공 공부였다.

국문학, 그 중 고전문학 분야 중, 향가, 고려가요, 시조, 가사, 소설, 등등을 내 역량(力量)에 맞추어 하나씩 살펴보니, 다 벅찼다. 그 분야에 대가가 많은데, 예컨대 향가하면 양주동(梁柱東,

1903~1977)선생, 우리 과 이탁(李鐸) 선생을 따라잡기도 어렵고, 능가(凌駕)하기도 어려웠다. 그래서 나는 국문학 어느 분야를 개척하여 개척자가 되고, 내 능력과 적성과 애당초 목표를 묶어서 나에게 맞는 국문학은 없는가를 생각하고 찾아보았다. 있었다. 나에게 맞는 전공과 농민과 4.19와 애국을 하나로 묶어 보는 것이 있었다.

"농촌에도, 농민에게도 문학이, 국문학이 있다. 농민은 문학을 알고, 향유(享有)하는 문학 수준이 있다고 보자. 아니 〈문학적인 것〉을 찾아 〈진짜 문학〉으로 만들어보자." 이것이었다.

(4) 구비문학의 기초 이론 설정

학교를 못 다닌 우리 아버지, 우리 어머니에게 문학이 없다고 할 것인가? 우리 부모가 이광수의 소설 같은 다른 모습의 소설을 접하는 것은…. 바로 옛날이야기이다. 김소월의 시와 같은 다른 모습의 시는 민요이다. 극장에서 연극을 못 보아도 그런 것(극문학 劇文學)은 우리 고장에서 생긴 판소리, 우리 고장에서 나온 박초월(朴初月, 1913~1983) 같은 광대나 판소리꾼을 통하여, 또 농악에서 잡색, 지신밟기, 선산타령, 그리고 무당(당골네)가 하는 굿하는 것에서 극문학, 희곡문학을 접하였다.

학교에서 정식으로 문학을 수업하지 않고, 글자를 줄줄 읽지 않아도, 우리 부모에게 문학은 있다. 문학을 "인생(人生)을 반영하는 문학적(文學的) 경험(經驗)"이라고 달리 보면, 우리 부모는 충분히 문학적 경험을 한 것이다. 글을 모르는 어린아이도 옛날이야기를 통하여 문학적 경험을 한다. 학교를 안 다닌 할머니도 민요를 통하여 문학적 경험을 한다. 농민인 우리 부모도 문학적 경험을 한다. 이들

"문학적 경험"을 "정식 문학"으로 높여 자리매김을 한다면, 설화도 문학이 될 것이고, 민요도 문학이 될 것이고, 판소리나 무당굿노래나, 운봉에서는 못 보았지만 본다면 탈춤(가면극(假面劇)도 문학이 될 것이다. 머릿속에 잠겨있는 것을 입으로 꺼내서 유효(有效)하고 적절(適切)하게 말하는 속담이나 수수께끼도, 또 내가 새로 주장하는 민간속신어(民間俗信語. 속신어)도 하나의 문학적 경험, 곧 문학이라고 할 수 있다.

그런 생각을 한다면, 문학을 향유하는 사람의 폭(幅)은 유식자(有識者)나 무식자나, 배운 사람인 학력자(學歷者)나 못 배운 사람인 무학력자(無學歷者)까지 확대한다. 서재(書齋)나 학교에서 향유를 할 수도 있고, 육지에서 지리산 산정(山頂)이나, 망망대해(茫茫大海)의 배 안에서 담소(談笑)와 화제(話題) 나누기로도 장소의 폭을 넓힐 수 있다.

바로 문학을 폭을 무제한으로 넓히면서, "누구나(인간 제한 없이), 어디서나(장소 제한 없이), 언제나(시간 제한 이) 문학은 존재한다"고 보자. 그 문학이 어떤 문학인가를 개념(槪念)을 규정을 새로이 하면 문학 인구를 늘릴 수 있다. 또 문학 연구의 영역을 넓힐 수 있다. 그런 유치하다고 할까, 도외시(度外視)해야 할 문학이랄까, 그런 굳이 문학으로 치면, "문학적(文學的) 형태(形態)"를 문학으로 승격(昇格)한다면... 무엇일까?

구전(口傳)하는 문학이니 구전문학(口傳文學)이요, 구비문학(口碑文學)이다. 나는 그 구비문학의 향유자를 우리 부모로 예를 들었지만 확대하여 보면, 모든 사람이다. 좁혀 보면 일반 국민이다. 더 좁혀 보면 무지(無知)와 빈곤(貧困)에 사는 농민(農民)이라 할 수 있다. 그래서 내가 농촌계몽 같은 행동을 하기 어렵다고 보고 나는, "농촌에 내가 전공하는 문학이 있다. 그 잠겨 있고(잠재 潛在), 실제가 드러나지 않는 문학적인 것, 아니 문학을 표면(表面)과 수면(水面)으로 부상(浮上)하여 현재(顯在)로 만들어 보자. 이것이 또 하나의 농촌계몽이며, 내가 전공으로 할 수 있는 4.19의 애국정신의 실천이다."고 보았다.

(5) 4.19 정신과 구비문학 연구 · 설화 연구

이런 생각을 하다가 보니까 구비문학의 실체를 밝힐 수 있었다.

1) 구비문학의 설화; 기록문학의 소설 해당= 산문 문학 향유

2) 구비문학의 민요: 기록문학의 시 해당 = 운문문학의 향유

3) 구비문학의 판소리. 가면극, 무가(巫歌 무당노래): 기록문학의 극. 희곡(戲曲) 해당 = 극문학의 향유

4) 구비문학의 속담, 수수께끼, 민간속신어(民間俗信語) 같은 구비단문(口碑短文): 기록문학에 땅한 것이 없다= 굳이 본다면 산문, 운문, 극문학이 아닌 수필 같은 것. 기록물(記錄物)...

(6) 설화에 대한 질문을 하고, 공부를 하여 해답을 찾자.

• 질문 1: 왜 한국인은 설화에 관심이 적었는가?

• 질문 2: 왜 국문학계에서는 설화를 등한시(等閑視)하였는가?

• 질문 3: 민간에는 많은 설화가 있는데, 책으로 나오고 글자로 정착하여 왜 세상에 알려진 것은 왜 양이 적은가?

• 질문 4: 왜 설화에 대한 기원(起源)이론, 전승(傳乘)이론, 분포(分布)이론, 변이(變異)이론이 나오지 않는가?

- 질문 5: 왜 설화를 다른 분야에 활용, 적용이 부족한가?
- 질문 6: 나는 설화수집과 활용과 연구 등에 전력(全力)경주(傾注)할 자신이 있는가?

결국 4.19에 참가한 나는 "나는 무엇인가? 네 자신을 알라"하고 후에 "이야기꾼"이 되었다. 이 이야기꾼이 "틀림없이 4.19정신인 애국 활동인지는 장담"은 못 하나, "어느 정도 4.19 정신을 학문으로 전공으로 실천하여 나라에 도움이 된다."고는 자부(自負)하고 있다.

4.19 후 부상을 입은 사람에게 문병을 가서 약속한, "당신들의 뜻을 이어 나라 사랑의 일을 하겠다"는 말과, 집 근처 우이동에 있는 "4.19 민주공원"에 잠든 영령(英靈)들에게 "당신들의 뜻을 이어 나라 사랑의 일을 하였다."고 "가느다랗게" 말하겠다. 그래 가느다랗다.

내가 구비문학을 전공하고, 설화를 집중적으로 연구한 것이 애국을 한 셈이요, 4.19 정신을 일부 실천한 것으로 자위(自慰)한다. 그렇게 자위(自慰)한다.

이상이 "4.19의 참가와, 4.19의 정신과, 4.19의 뒷날 실천"이라고 말하겠다.

은사의 추억
이하윤(異河潤 1907-1974) 선생님

선생님의 "문예사조론(文藝思潮論)"을 듣다.

나는 1962년 대학교 3학년 1학기에 선생님의 강의 "문예사조(文藝思潮)" 강의를 들었다. 그런데 사실 나는 마지못하여 듣고, 별로 흥미를 끌지 못하였다.

당시 나는 농촌계몽대나 아동문학회 같은 서클에 열정을 내고 전공에 좀 소홀하던 때라, 문학에 전심(傳心)할 생각이 거의 없어서 이 강의에 소홀하였다. 자연히 이하윤 선생님의 강의 청강 자세는 열정(熱情)도 아니고 냉담(冷淡)도 아니고 그저 그런 어중간한 중간급이었다.

나는 1962년 4월 28일 논산훈련소 입대 명령을 받았다. 학기 중에 입대를 하니 지금까지 배운 과목의 성적이 걱정이 되었다.

이하윤 선생님을 찾아가서 입대 사정을 하야기 하였더니, 교재 어느 대목까지 요약정리하고, 자기가 좋아하는 문예사조 하나를 집중적으로 논(論)하라... 그것을 보내주면 성적을 고려하겠다,"고 하였다. 그래서 나는 논산훈련소에 문예사조(정범모 선생 "교육과정" 과제도 함께) 교재를 가져가서 고된 훈련 중에도 시간이 있으면 성적을 받기 위한 나의 부족한 소견(所見)을 담고, 교재를 요약한 레포트를 썼다. 그리고 두 분 선생님에게 우송을 하였다. 신통도 하지. 성적이 나왔다.

나는 훈련을 받으면서 "복학을 하면, 이하윤 선생님을 가까이 모시자."고 하였다.

선생님을 돕다.

내가 대학원에 들어간 1967년 어느 날 학교를 갔더니 이응백(李應百) 선생님이 나를 불렀다.

"최 군, 이하윤 선생을 좀 도와드려. 환갑 준비를 하는데... 한문(漢文)를 잘 하는 학생을 나보고 소개해 달라던데 최 군이 좋겠어. 지금 서울대 병원 몇 호실로 가 보게."

나는 그러겠다고 나오면서 참으로 궁금하였다. 얼마나 아프시면 환갑을 앞두고 입원을... 병실을 찾아갔다. 아, 선생님은 아무런 병이 없었다. 책을 보고 있었다. 나는 놀랐다. 선생님은 호탕하게 웃고 어리둥절한 나를 맞았다.

"응. 이응백 선생이 추천한 사람이 자네 최 군인가? 잘 왔네. 며칠 고생 좀 해주게."

그래서 나는 선생님이 건재(健在)하여 안심을 하였다. 그래도 입원은 궁금하였다.

"하하하. 내가 병실에 있다니까 어디 아픈 줄 알고 자네는 걱정했지? 나 괜찮아.

내가 입원한 것은 이 병실을 호텔 삼아 좀 편히 쉬자는 것이야. 지나온 세월을 좀 돌이켜 보고. 지금 환갑을 맞는 기분을 정리하고, 앞으로 할 일도 구상하고... 그래서 여기 온 것이야. 최 군이 할 것은 내 환갑잔치에 초청할 사람, 수백 명이 될 것인데, 주소록과 편지묶음을 여기 가져와 두었으니 보고 초청장에 주소를 쓰라는 것이네."

그러면서 보자기에 싼 두 뭉치 서류 편지더미를 내 놓았다.

나는 선생님이 이응백 선생님에게 부탁하여 나를 부른 이유를 알고, 궁금한 것을 풀었다. 이리하여 연사흘 선생님 병실에 나는 가서 수백 명이 보낸 편지에서 주소를 알아서, 초청장 봉투에 정서(正書)하여 써갔다. 사실 편지봉투의 주소와 이름(發信者)을 정확하게 알기는 어렵다. 글씨체가 초서(草書) 같으면 더욱 난(難)하다. 그 중에는 일본 사람, 유럽 사람, 미국 사람도 있는데... 꼭 한국에 초청을 하는 것은 아니지만 통지 정도로 편지를 보낸 것이다

당시 서슬이 퍼런 중앙정보부장 "金鐘泌"도 있었다. 내가 아는 문인과 학자가 대부분이었다. 내가 그 사람에 대하여 물으면 어찌나 그리 재미있게 정확하게 말하는지 지금 생각하면 그때 녹음을 해두고, 그 주소록 뭉치를 내가 보관을 한다면 "한국문단 사료(史料)"가 되었을 것을.

선생님의 호를 따서 나온 "연포(蓮圃) 이하윤선생 화갑논문집(김윤식 외. 진수당. 1966)"은 제자인 김윤식(金允植) 나의 선배 등 몇 분이 애를 써서 간행하였고 출판기념회 겸 환갑잔치는 서울대 의대 구내인 함춘원(含春苑)에서 하였다. 물론 나는 참석하였다. 즐거웠다.

그 뒤 선생님과 접촉이 없었다. 그래도, 문예사조와 같은 것을 구비문학에 적용하여, 구비문학의 발생과 사조(思潮)와 성격을 시대별로, 국가별로, 학자별로 차이점(差異点)을 연구에 적용하는 일에 도움이 되었다. 예를 들면, 설화에서 "역사지리학파. 핀란드학파", 대학원 시험에 나오는, "한국 문예사조와 작가와 작품 경향", 언어학에서 "우랄 알타이학파.", "몽골어와 한국어와 일본어"의 상관관계

등에서 선생님의 강의 영향을 입어 공부에 도움이 되었다.

한국 문학사에서 선생님

(1) 활동의 성격

나는 우리 선생님에 대하여 이런 생각을 한다.

첫째로, 선생님은 당시 여러 외국어에 능통하고, 영문학자이면서, 언론인이며, 현대문학 학자요, 교수로 보고 해외문학(海外文學)을 국내에 소개하는 어학과 문학에 능통한 인재(人才)다. 창작보다 해외문학을 국내에 소개하는 기초적(基礎的)인 일이 당시 실정으로 보아 우선(于先)하다고 선생님은 보았다. 자기 창작보다 해외문학을 국내에 소개하는 일에 더 치중하였다. 그 우선순위에서 서정시인(抒情詩人)을 자리 매김하는 것이 밀렸을 것이다.

둘째로, 한국문화를 해외에 알리는 문학의 세계화에 큰 활동을 한 분, 어느 면에서 애국심이 있는 문학자로 본다.

셋째로, 이것은 일부만 생각하지만, "성공회(聖公會)" 기독교 신자이면서 성공회 정착(定着)과 전도와 교육에 공헌이 있다는 것이다. 언제 믿고 왜 믿었는가가 궁금하다.

넷째로, 이런 훌륭한 선생님을 나는 대학 재학 중에 제대로 모시고 배우지 못한 것을 송구스럽게 생각한다. 졸업 후 선생님 업적을 뒤따르지 못한 것도 죄송하다.

(2) 교육과정

선생님의 어릴 적 아명(兒名)은 대벽(大闢)이었다. 후에 항렬(行

列)을 따라 하윤(河潤)으로 개명하였다. 호는 연포(蓮圃)이다. "연꽃이 활짝 핀 연못"이라는 뜻이다. 선생님이 연꽃이라...

고향은 강원도 이천(伊川), 지금은 휴전선 북쪽, 철원군과 연천군의 북쪽. 임진강 상류 지역.

1907년은 선생님은 아버지 종석(宗錫)과 어머니는 이정순(李貞順) 사이에서 태어났다. 형제가 몇인지 나는 모르겠다.

1918년 이천보통공립학교를 마치고, 서울로 와서 1923년 경성제1고등보통학교(지금 경기고등학교)를 수료하고, 일본유학을 가서, 1926년 동경에 있는 호세이대학(法政大學) 예과에 들어가고, 재학 중 문학 활동을 시작하였다. 문학에 눈을 넓혀가면서, 조선문단에 외국문학을 번역 소개하는 것을 목표로 하였다. 그러는 중에 1929년 법문학부 문학과를 수료하였다.

전공은 영문학이나 대학 재학 중 프랑스어, 이태리어, 독일어를 배웠다. 외국어 하나도 공부하기 벅찬데 선생님은 다른 외국어를 여럿을 공부하였다니... 그 열정과 재주가 놀랍다. 얼마나 부지런하였을까? 그래서 해외문학을 잘 알게 되고, 후에 대한민국을 세계에 알리는 일(유네스코, 펜클럽 등)을 앞장서서 하였을 것이다.

나는 선생님의 일본 유학시절을 어떻게 보냈는지 궁금하였는데, 마침 그 대목을 볼 수 있었다. 1974년 12월호 "여학생(女學生)" 잡지 부록으로 나온, 크기가 포케트판인 "시와 시인의 생애(白承喆 지음)"에 있었다. 그 책 125면을 보자.

[요약] "남(南)으로 창(窓)을 내겠소" 시를 쓴 월파(月波) 김상용(金尙鎔)은 1900년 경기도 연천군에서 출생하여, 1917년 경성제일

고보에 입학하고, 1919년 3.1운동이 일어나자 몸을 피하여 고향 연천으로 와서 몇 달 있다가(이때 결혼) 상경하여 보니, 학교에 제적이 되어 보성고보(普成高普)에 들어가고, 졸업 후 일본에 가서 입교대학(立教大學)에 들어가 영문학을 공부하였다.

[인용] 이 무렵 동경의 거리는 한국 학생들이 적지 않는 수였는데, 이광수, 김동인, 전영택, 이하윤, 주요한, 물론 김상용 등 우리나라 신문학에 크게 공헌한 인물들이 당시 이 곳에서 공부하면서, 새로이 불고 있는 서구 근대문명에 눈을 뜨고 심취해 있던 때였다. 그리하여 그들은 문학잡지를 만들어 돌려서 보기도 하고, 혹은 문학서클이나 친목회들을 통해 활발한 문학활동을 벌이기도 하였다. 월파(김상용)는 주로 해외문학파(海外文學派) 동인들과 사귀면서 문학에 대한 뜻을 조금씩 펴기 시작하였다.

이 글에서 김상용과 같은 동인(同人)들의 활동을 이하윤의 활동으로 바꾸어 보아도 된다. 이하윤은 동경유학 중에 유학생들과 같이 해외 문학에 눈을 뜨고, 문학가 시인 되고, 해외문학파를 만들고, 해외문학을 국내에 소개를 하였다. 자연히 그 일이 시급하다고 보았다.

(3) 귀국후 개화(開化) 활동(일제시대)
선생님은 1929년 학업은 마치고 귀국하였다. 국내에서, 동경과 같은 문화, 문학활동을 하려고 신극운동(新劇運動)도 하고, 대중가요(大衆歌謠)를 작사(作詞)에도 참여하였다.
나라가 개화(開化)하는 일이면 신극이든 대중가요든 가리지 않고

재능을 마음껏 발휘하였다. 아울러 교육과 언론 분야에서도 개화(開化) 활동을 펼쳐나갔다

경성여자미술학교 (1919-1930) 교사를 하고, 동구여자상업학교 (1942-1945) 교사를 하였다. 한편 중외일보 (1930-1932) 기자, 동아일보(1937-1940) 기자도 하였다.

선생님은 다재(多才)하고 다능(多能)하고, 문화와 문학을 통하여 애국(愛國)을 한 지사(志士)로 볼 수 있겠다.

(4) 광복 후 문학 수호(守護) 활동

1945년 8월 15일 해방이 되었다. 시국은 혼란스러웠다. 광복 직후 좌익의 프로 문학이 극성을 떨었다. 보통 문인들은 프로문학에 용감하게 대항하기가 어려웠다. 그러나 선생님은 분연(奮然)히 그것에 대항하여 중앙문화협회를 창설하고 상무위원(常務委員)이 되었다.

(5) 교육활동. 제자 양성

선생님은 문학 활동도 중요하지만, 고급 교육기관에 가서 교육하는 것도 본인도 필요하다고 생각하고, 당시 나라 사정으로 보아서 학교나 국가도 그들 교육계에 불러들였다. 그래서 1945 혜화전문학교 교수가 되고, 혜화전문학교가 동국대학으로 발전하니 1947-1950에는 동국대학교 교수가 되고, 또 성균관대학교 교수가 되었다.

다음 1949에는 서울대학교 법과대학 교수가 되었다. 6.25을 거쳐 서울대학교가 본궤도에 오른 때, 교육의 본산(本山)이요 전공인 현대문학을 강의할 수 있는 서울대학교 사범대학 국어과 교수로 자리를 옮겨, 사대에 현대문학의 영역(領域)을 넓히고, 사대에서 교육을

받은 일선 교사에게 문학(현대문학, 해외문학 비교문학 등)을 교육하고, 김윤식(金允植. 서울대), 한계전(韓啓傳. 서울대), 유병석(柳炳奭. 한양대), 유민영(柳敏榮. 단국대), 김광협(金光協. 시인), 김봉군(金奉郡. 성심대). 한상무(韓相武. 강원대) 교수와 문인 같은 문학 전공 제자들을 길러냈다. 서울대 사대 국어과 17회로 1960년에 입학한 나도 그래서 선생님의 강의를 듣고, 전공에서 선생님 같은 현대문학이나 비교문학은 아니지만, 같은 문학인 고전문학과 구비문학을 전공하는 제자가 되었다.

선생님은 1973년 서울대 사대를 정년하고 서울대학교 명예교수가 되고, 퇴직 후 덕성여자대학교 교수 겸 교양학부장으로 있다가 작고(1974)하였다.

(6) 성공회 종교활동

선생님은 성공회 신자로서 성공회신학원(聖公會神學院. 지금 성공회신학대학 전신) 설립에 공을 들이고, 이사(理事)를 역임하였다. 돌아가신 후 성공회 가족묘지에 영면하였다.

(7) 국내 국외의 문학과 문화 활동

선생님은 문화, 문학 활동으로 6.25 후 시인 모윤숙(毛允淑) 등과 함께 문총(文總. 한국문화단체총연합회)을 만들고, 최고위원이 되고, 조국을 세계에 알리고자 유네스코(UNESCO)에 가입하여 한국 유네스코를 만들고, 유네스코한국위원회 부위원장이 되고, 1956년 유네스코 아시아회의(일본 동경)에 한국대표로 참석한 것을 필두로 한국문화계와 문학계를 대표하여 10여 차례나 각종 국제회의에 참석하였다. 아울러 문인협회 이사도 하고, 한국비교문학회 회장을 하였다. 한편 민주일보, 서울신문의 논설위원과 방송용어심의위원회 위원장 등 많은 공직을 거쳤다.

(8) 문학활동. 번역 작업. 저술 작업 등

선생님은 문학 창작 활동으로, 1926년 "시대일보"에 〈잃어버린 무덤〉을 처음 발표하고, 1926년 "해외문학" 동인. 및 1930 "시문학" 동인으로 참가하여 본격적으로 전개하였다.

1931년 "극예술인" 동인으로, 1932년 "문학(文學)" 동인으로 활약하였다. 작품 성격을 보면, 그의 시는 대체로 애조(哀調)를 띤 민요조의 서정시가 주류를 이루고 있다.

1939년 발간한 그의 첫 시집 "詩歌集 물레방아(京城 靑色紙社)"는 사상이나 리듬의 단조로움으로 인하여 큰 반향을 일으키지 못하였다. 같은 서정시 계열인 김소월(金素月)이나 김영랑(金永郎)의 그늘에 묻혀버린 느낌을 준다. 당시 조국과 사회 여건을 보아 이하윤 선생님은 창작에만 전심할 수 없도록 여러 방면에서 그를 필요로 하여, 그 필요에 따라 활동을 한 결과라고 보겠다.

다시 말하면, 선생님은 조국과 사회의 필요에 따른 부응(副應)으로 외국시의 번역과 소개에 찾아야 할 것이다. 그의 문학사적 공적은 창작시(創作詩)보다는, "해외문학(海外文學派) 성격의 실천에서 찾아보면 좋겠다. 또 시인들의 위상(位相)을 올리는 문학 사업가(文學事業家)로 보아도 좋겠다. 해외문학파 성격의 예를 들면, 역시집(譯詩集) "실향(失鄕)의 화원(花園) 1933"은 이 방면에서 1930년대 문학활동을 대표하는 업적이다. 외국의 시 110 편을 번역하여. 간행한 시집이다. 그 밖에도 불란서시선(佛蘭西詩選/ 首善社. 1954) 등 역시집을 냈다. 이어서 영국애란시선(英國愛蘭試選)을 냈다. 문학사 업가로 예를 들면, 현대시정선(現代詩精選. 博文書館. 1939), 현대 국문학정수(現代國文學精髓. 中央文化協會 1946), 현대한국시집(現代韓國詩集. 漢城圖書. 1955) 등 편저가 있다. 현대서정시선(現代抒情詩選)을 발간하여 시인의 위상을 올려주었다.

그는 영문학자이면서도 영·미·불의 시를 번역하는 작업을 꾸준히 해왔고, 문학가로 시 창작을 하고, 교육자로 국문학 교수로 국문학에 공헌을 하고, 저술을 통하여 학문과 문학을 다 아울렀다. 저서로 "연포 이하윤 선생화갑기념논문집(김윤식 외. 진수당. 1966)". "나의 문단회고(이하윤. 신천지 1950. 6)"이 있다.

이하윤 선생님의 전부를 알리지 못하여 이 제자는 송구스럽다. 내가 그 선생님이 살던 시대에 살았으면 그렇게 치열하게 열심히 재능을 다 발휘하고 살았을까... 존경스럽다.

나는 대학 때는 선생님에게는 부실한 제자였다. 그래도 그 후에, 선생님의 활동과 인품과 열정을 본받아, 내가 살아온 시대에. 이 조국에 학자로 교육자로 최선을 다하여 살고 싶은 노력을 하는 착실한 제자가 되고 싶었다. 이 나이에도 지금도 닮고 싶다.

잊지 못할 사람들

젊어서부터 팔도를 다니며 민담을 채취했다. 그리고 그 내용을 KBS 라디오를 통해 수십년간 풀어냈다. 그는 말솜씨가 참으로 구수하여 만인을 매료시킨다. 그의 이야기를 들으면 혼이 쏙 빠진다. 그의 설교와 간증을 들으면 예수 안 믿을 사람이 없다.(넷째 사위 그림)

나는 우리과 40명 하나하나가 다 훌륭하고, 먼저 하늘나라로 간 친구들 그립다. 그 중 서봉석과 지길웅을 잊지 못한다.

서봉석(徐鳳錫) 동창

(1) 서봉석은 잘 생겼다.

서봉석은 언제나 말수가 적고, 미소가 얼굴에 가득하다. 입술은 두텁다. 동작은 의젓하고 남의 말, 험담을 절대로 하지 않는다. 자기 신상(身相)에 대하여 말하지 않는다. 학구적(學究的)이고 과묵(寡默)하다. 충청도 신사답다. 그래도 그 신사는 나와 곧잘 어울렸다.

대학 1학년 때인가, 2학년 때인가, 봉석이가 나에게 말하였다.

"내옥아. 이 좋은 대학에 와서 우리는 얼마나 좋으냐? 그런데 너는 우리 과 공부보다 서클에 들어가고, 놀기 좋아하고..."

한 마디로 나보고 속 차리고 공부를 하라는 말이다. 동창으로 오죽 내가 탈선(脫線)을 하였으면 이런 충고를 하였을까? 과묵한 신사 봉석이가 큰마음을 먹고 한 충고였는데, 당시 나는 마이동풍(馬耳東風) 격이라, 그리 귀에 들어오지 않았다. 봉석이는 그 후에 나에게 효과가 없다고 보았는지 이런 보약 같은 충고를 다 이상 하지 않았다. 그러저러 보내다가 나는 군대에 가고, 봉석이는 졸업을 하고, 서울을 떠나 있어서 그 뒤 만나지 못하였다. 알아보니, 봉석의 고향은 충남 부여군 홍산면이고, 나이가 든 부모님이 대학을 서울에서 졸업을 하면 고향에 내려 같이 지내며, 가까운 곳에서 선생님을 하기를 바라서 서울을 떠나 충청남도와 대전에 있는 중고등학교에서 교사를 한 것이었다.

(2) 봉석이는 나의 약점을 말하였다.

나는 1982년 서울에 있는 한양대학교 사범대학 국어교육과 교수로 온 후로, 방학 직전에 우리 과 학생들을 데리고 부여 일대에 학술조사를 갔다. 사실 봉석이를 만나보고 싶어서 조사할 곳을 부여로 정한 것이다. 홍산면 소재지인 남촌리인가, 북촌리인가 정미소(봉석이네가 한 방앗간)를 한다는 곳에 가서 주민에게 봉석의 근황(近況)을 물으니, 부모님은 돌아가시고 봉석은 지금 약 20 킬로미터 떨어진 서천((舒川)에 있는 학교에 근무 중이라고 하였다.

우리는 서천에 가서 어느 여관에 자리를 잡고, 나는 그 학교를 찾아갔다. 마침 서봉석은 수업중이라 저녁에 보자고 하고 나는 숙소로 돌아왔다. 해가 질 무렵 서봉석은 자전거에 맥주 한 상자를 싣고 우리 숙소로 왔다. 학생들은 환호작약(歡呼雀躍)이었다. 그 무더위가 맥주 한 상자만 보아도 싹 가신다고 다들 말하였다.

여학생까지도 맥주를 환영하고, 아니 "서봉석 선생님은 멋져요!" 하고 대환영을 하였다. 자연히 그 다음, 여관 일층 홀에서 술판 맥주판이 벌어졌다. 다들 왁자지껄하였다. 나는 마냥 흐뭇하였다. 보고 싶었던 봉석이, 이런 멋진 분위기를 만든 봉석이, 따라서 나의 위신도 올려주고 있는 봉석이. 그래서 동창이 좋아... 그런 흥분이 고조(高潮)된 때 남학생 하나가 물었다.

"서 선생님. 우리가 궁금한 것이 있는데요... 우리 최 교수님(나를 말한다)이 학교 다닐 때 공부를 잘 하셨어요? 학업에 열중하셨나요?"

실로 나는 난처하였다. 이것 나의 약점인데... 봉석은 나를 보고 나서 씨익 웃더니만...

"이 친구, 최 박사는 그 때 공부는... (봉석은 맥주를 한 잔 마시고 입을 손으로 쓱 닦고, 나를 웃으며 보더니만)... 공부는 참, 못했습니다."

저런 저런, 그 말을 들은 학생들은 와 웃었다. 내가 학생들에게 평소에 공부에 열중하라는 그 나의 지론(持論), 역설(力說)은 여지없이 붕괴(崩壞)...

"그런데... 여러분도 공부를 못한다고 낙심하지 마시오. 에헴."

학생들은 조용히 있으면서 서 선생님이 다음에 무슨 말을 하려는지 술잔들 들고 일제히 바라보았다.

"에헴. 지금 공부는 못해도 나중에... (뜸을 들이다가) 최소한도로, 음, 최소한도로 박사는 되고, 교수는 할 수 있습니다."

"우하하하."

학생들은 폭소를 터뜨렸다. 나는 그 분위기에서 한 마디를 안 할 수가 없었다.

"하하하. 이 친구가, 서 선생이 나를 망신을 주는 것이여? 칭찬을 하는 것이여?"

학업 성적이 좀 그런 학생 하나가 말하였다.

"망신도 칭찬도 아닙니다. 희망(希望)입니다."

그러자 학생들은 일제히 "희망! 희망! 희망! 브라보!" 하고 맥주잔을 다 들고 마셨다.

그 뒤 딸이 학교를 다니는 대전에서 교사로 있다고 전화를 한 후로... 그는 세상을 떴다. 아.

지길웅(池吉雄) 동창

(1) 길웅이는 인품(人品)이 있고, 공부도 잘하였다.

길웅이는 "천하 부고!"라는 구호를 외치는 서울사대부고를 졸업하였다. 이두현 교수의 "스피치 화법(話法)" 연구와 강의에 쓸 영어 원서 부분을 다 번역을 하였다. 그 번역한 노트가 어찌된 일인지 지금까지 우리 집에 있다. 아마 내가 빌려다 보고 돌려주지 않는 것 같다. 각설(却說)하고, 나는 길웅이에게 말하였다.

"우리 학보병 제도가 있을 때 군대나 가자!"

그리하여 재학 중에 지길웅이랑 차배근이랑, 김중호랑, 김반석이랑, 남인기랑, 나도 학보병으로 군대에 갔다. 2년 후 우리는 복학하여 다시 학교에서 만나 공부를 하였다. 그런데 5,16정부가 2년 후 우리 후배가 나올 해에 과 학생 모집을 막아버려서 제대한 복학생은 후배가 없어서 외롭게 되었다.

길웅은 전부터 사귀던 안(安) 양과 일찍 결혼을 하였다. 그때 이명군은 동기동창 길민자와 결혼하고, 나도 김(金) 양과 결혼하고… 결혼이 빠른 축이었다. 하하하. 청춘은 아름다워라. 청춘은 그리워라. 지길웅과 이명군은 우리 곁을 떠났다. 청춘은 구름이어라.

(2) 길웅이에 대한 동창의 우정은 놀랍다.

길웅을 생각하면 동창 한연수(韓連洙) 교장을 생각한다. 지길웅은 한연수가 있어 존재하고, 한연수는 지길웅이 있어 존재하였다. 입학 동기로 대학생일 때도 그렇고, 교사로 있을 때에도 그렇다.

그 둘이 사대부고 국어교사로 있을 때, 지길웅이 암으로 투병하고 있을 때, 한연수가 지길웅이 몫을 대강(代講)도 하고, 학교 일도 대신하고, 출근과 퇴근에 동행(同行)을 하고, 말벗이 되어 위로하고 상담자가 되고… 우는 자와 같이 울고, 웃는 자와 같이 웃는다는 동고동락(同苦同樂)을 이 둘에게 찾아볼 수 있다.

또 하나, 길웅이가 세상을 떴을 때 상갓집에서 대성통곡을 한 김반(金盤石)을 잊을 수 없다. 김반석은 친구가 세상을 뜨자 너무 괴로워, 괴로워, 그 괴로움을 잊고자 술을 거퍼마셔댔다.

"길웅아. 슬프다, 슬프다…"고 하더니, 나중에 술이 더 들어가자, "길웅아, 나와라, 나와라…"하였다. 나중에 몸부림을 쳤다. 상갓집에서 몸부림, 이 부조화(不調和)가 사실은 조화였다.

반석이가 더 상갓집에 있어서는 안 될 것 같아서 부인에게 연락을 하였더니, 부인이 자가용을 몰고 와서 남편을 모시고 갔는데, 걱정이 되어서 나는 그 차를 타지 않고 다른 친구가 반석이 집에 같이 갔다. 반석은 자기 집에 갔는데도, "길웅아. 나와라. 나와라." 소리만 하여 가까스로 방에 인도하고, 그 친구는 도로 길웅이 집으로 돌아왔다. 대성통곡을 한 김반석의 우정, 그 앞에서 나는 무엇인가?

길웅이 묘소는 경기도 북쪽 연천군 전곡에 있다. 그의 비문의 기초(起草)는 내가 잡고, 국어과 전공한 친구들이 멋지게 정리하여 문장을 줄여 비석을 세웠다. 그 비문 중 눈을 끈 대목은 이렇다.

"... 아 이 세상에 잘 와서, 잘 살다가, 잘 가신 분, 아, 못다 한 사랑이여!"

(3) 길웅이 가족은 길웅을 빛내 준다.

그 뒤 나는 길웅이 아들 혁상의 결혼 주례도 서고, 딸 승희를 한양대에서 가르쳤다.

한번은 한 여학생이 가정과 신입생이 나의 강의를 들었고(부전공), 그 학생이 "저는 지길웅 선생의 딸 승희랍니다." 라고 하였다. 그때 그 딸이 이리 커서 대학생이 되고, 내 강의를 듣는가? 감동하고 감사하였다. "스승의 날"에 연구실로 와서 꽃을 달아주었다. 나를 스승으로 보는 친구의 딸... 이듬해 승희가 내 연구실에 또 와서 꽃을 달아주었다. 그 날은 "어버이날"이었다. 어버이날...

임석재(任晳宰) 교수님

(1) 아동문학회와 교수님

내가 1학년 때, 아동문학반 반원을 모집한다는 광고를 보고 찾아간 곳이 교육심리학을 강의하는 임석재 교수의 방, 연구실이었다고, 지도교수는 임석재 교수님이었다. 그날 선생님과 반원이 지어온 동요(童謠)를 감상하고 토론을 하고 있었다.

이런 첫 상견례(相見禮)를 마치고 나는 다음 모임에 참석하여, 동요를 지어가고, 전래동화. 옛날이야기를 선생님이 들려주고 해설하는 것도 듣고 배우고, 나아가서 옛날이야기가 교육상으로나 문학상으로 가치가 있다는 것을 알았다.

(2) 내가 영향을 받은 것들. 창작과 창작교육

1) 설화 조사와 연구와 설화집 발간의 동기를 얻었다.

선생님을 뵙고 나서 내가 아는 옛날이야기(설화)도 그 뒤에, 앞으로 이 설화를 긍정적으로 받아들여야겠다는 생각을 하였다. 내가 재미가 있어서 옛날이야기를 들을 때, 어른들은, "이야기를 좋아하면 가난하게 산다."고 하여 천하게 여기고, 후에 내 국문학, 그중에도 옛날이야기를 전공한다고 하면, '그 하찮은 것을 왜 좋은 대학에 들어가서 공부 하려느냐?'고 하여 가치를 낮게 보았다. 이렇게 옛날이야기는 연구 가치가 없다고 할 때, 나도 약간 그렇게 생각을 하고 있었는데, 선생님을 아동문학회에서 만나고 나서 옛날이야기에 대하여 생각을 백팔십도로 바꾸었다.

"아하, 이야기가, 설화가 이렇게 가치가 있구나. 저 경성제국대학

1회로 나온(1930년) 선생님이 설화가 중하다면 중한 것이지. 나도 선생님처럼 설화를 제대로 받아들여 공부하자."

고 마음을 먹었다. 바로 선생님처럼 설화 조사에 몰두하자는 것이었다.

나는, 대한민국에서 알아줄 정도로 이야기에 미친 사람, 이야기 조사를 많이 한 사람, 이야기책을 많이 낸 사람, 할 수만 있다면 교과서에 이야기를 실은 사람, 곧 이야기꾼이 되자고 마음을 먹었다. 후에 내가 설화를 조사하고 연구하는 것, 대학원 석사과정에 들어가 석사가 되고, 박사과정에 들어가 박사가 되고, 구비문학을 영역을 넓히는데 조금이나마 일을 한 것은 선생님 덕분이라 하겠다.

이런 일로 나는 구비문학 문학을 전공하게 된 계기가 되었다. 그리고 이야기책인 설화집, 동화집을 많이 내고, 남의 이야기책 해설을 하고, 교과서에도 나의 이야기가 실렸다.

2) 동요, 시가(詩歌) 짓기를 실천하고 교육할 동기를 얻었다.

시가(詩歌), 동요(童謠) 창작하려면, 사대를 나왔으니 중등학교 교사 자격증은 나오는데, 나아가서 초등학교 교사 자격증이 있어야 하겠다는 생각이 들어 그런 연수를 받고 초등교사 자격증을 취득하였다. 동요를 확대하여 노래가사로 발전하였다. 바로 건전가요 가사, 찬송가 가사, 동요, 군가 등 시가(詩歌)를 짓는 일을 나는 하였고, 학생들에게도 가르쳤다. 선생님은 창작 동요집 5권을 간행하였는데, 나도 동요집을 내야지... 하였는데 아직 간행한 것은 한 권도 없다.

동요를 확대하여 시조와 가사(歌辭)로 발전하였다. 내 강의를 듣는 대학생에게 현대시조와 현대 가사 짓기 교육을 하였다. 나의 강의가 끝나면 학생들이 써낸 것(시조나 가사 등)을 인쇄하여 "시조 모음." "가사모음" 같은 소책자를 만들어 하나씩 돌려주었다. 강의와 창작의 확실한 증거물이 되었다.

동화를 확대하여 소설쓰기로 발전하였다. 나도 소설을 쓰고 학생에게도 소설 짓기 교육을 하였다. 예컨대, 황순원의 소설 "소나기"의 중간을 잘라서, 후반은 학생들이 상상력을 동원하여 소나기 후편 쓰기인데, 신일중학교 2학년이 곧잘 그 소설쓰기를 하였다.

나도 동화나 소설을 창작하였는데 선생님의 교육을 받은 덕분이다.

(3) 선생님이 준 사랑

대학 재학 중 나는 선생님의 사랑을 입어 집(안암동. 대광고등학교 옆) 집에 자주 갔다. 내가 가정교사 구직광고를 신문에 낼 때, 누군가가 나를 가정교사로 부를 연락 전화번호가 선생님 댁 전화번호였다. 그때 전화가 있는 집이 드물었다. 선생님은 기꺼이 그 전화를 사용하라고 하였다. 주말 수업이 없을 때, 하루 종일 가정교사로 오라는 전화를 따르릉 따르릉 하고 울리기를…. 행여나 행여나 기다리느라고 나는 선생님 댁 전화통 옆에 있었다. 선생님은 학교에 가 가시고, 집에 있는 사모님이 이야기도 해주시고 점심도 주었다.

그러는 사이에 나는 선생님의 자녀와 형제 같이 지냈다. 나와 같은 나이 또래인 아들 광(洸 서울대 농대, 농장 경영)과 후배인 돈희(敦姬, 서울대 인류학과. 미국 인디아나대 유학, 동국대 교수. 세계 유네스코 위원), 윤(允. 서울대 치과대학. 치과의원 원장)과 친하게 지냈다. 나중에는 윤(允)치과 원장의 딸인 혜령 양에게 나는 문학 지도를 하였다. 혜령 양은 명지대학교 문예창작과를 다녔는데, 교수는 나의 대전 숭전대(지금 한남대) 제자인 김석환 교수이고, 한양대 제자인 고운기(高雲基. 시인. 현 한양대) 교수였다. 두 교수가 혜령 양을 잘 지도하였다. 그러고 보면 "선생님 제자인 나, 선생님 손녀인 혜령 양-혜령 양의 지도교수인 나의 제자들" 이런 4대(代)의 인연이 되었다.

(4) 인정이 많은 선생님

우리 딸들 셋이 결혼할 때 선생님은 축하도 해주고, 참석하고, "그루터기: 잡지의 기자인 큰딸이 인터뷰를 할 때도 받아주었다.

"이 나한테 인터뷰를 하는 이 처자(處子) 기자는 누구인가?"

"제 큰딸입니다. 제가 그 때 첫 애기를 낳았다고 하니까 선생님이 돈을 주면서, '애기 낳느라고 애쓴 부인에게 미역국을 끓여주게.' 하던 그 딸입니다."

"아 하. 세월이 그리 갔나? 고마운 일이네."

하였다. 큰딸은 "미역국"이라는 말에 눈물이 글썽거렸다.

셋째딸이 서울 불광동 기독교수양관에서 야외결혼식을 할 때 선생님은 93살인데도 참석하여 축하하여 주셨다. "선생님-제자인 나-제자의 딸들"로 이어지는 3대의 사랑을 만들었다.

선생님이 88세 될 때 비교민속학회에서 "인간 임석재(人間 任晳宰. 휘호揮毫는 이응백 교수가 썼다)"를 간행할 때, 나는 선생님을 모시고 본 "일화(에피소드) 50편"을 썼다. 제자로서 스승의 인간미 있는 이야기를 50 개를 쓸 수 있는 것은 나의 행복이었다. 그런 일화를 만든 스승이나 쓴 제자는 그리 없다고 다들 말하였다. 그렇지만 나는 선생님의 일화 100개를 쓰지 못한 것이 아쉬웠다.

(5) 답사할 때 모범적인 선생님

선생님은 민속조사를 오래, 일제시대부터 나이 드실 때까지 앞장서서 하였다. 나는 1960년 대 이후 선생님을 따라 답사를 하였다. 내가 복학한 후와 대학원 때, 선생님과 이두현(우리과 은사), 장주근(우리고 선배. 경기대 교수), 최길성(우리과 1년 선배)를 따라 양주 산대놀이 공연을 가서 본 것이 답사의 처음이었다.

서울 창덕궁 돈화문과 낙선재 근처에 살던 황해도 도무당(都巫堂) 이선화(여, 김일 레슬링 선수의 장모)의 굿을 선생님을 따라가 보았다.

인천(만석)항구에 가서 굿하는 것을 따라가 본 것, 선생님은 답사라면 그 자세가 요지부동(搖之不動)이었다. 학문에서 답사(踏査)나 조사(調査)라는 기초를 잘 닦아야 성공한다는 것을 선생님은 몸으로 보여 주었다.

(6) 선생님이 한 일들. 내가 한 일들

아동도서를 내는 한림출판사에서 임석재 선생의 옛날이야기(5권. 1955년 간행)을 7권으로 재편집하여 낼 때, 내가 가지고 있는 3권을 보태 전부 5권을 찾아 출판을 완성하였다. 제자인 내가 해설(작은 책 한 권)하고, 딸인 임돈희 교수와 손녀딸인 동화작가 임혜령이 편집위원이 되었다.

고려원에서 "임석재 동요집" 5권을 낼 때 내가 동요 전부(실제로 출판에는 절반만 실었다)을 해설을 하였다. 선생님의 한국 신화와 대표 설화 15편은 1970년대 "서울평론(서울신문사 간행, 고급 주간지)"에 연재한 것인데, 내가 그 원고를 가지고 추진하여, "민속원" 출판사에서 간행할 예정이다. 선생님은 가셨어도 저작물은 남았으니 저작물을 돌보는 것이 제자 된 도리요, 의리(義理)이다. 선생님의 개인 일, 서울대에 알려지지 않는 일, 사대에 있던 일, 학문과 답사에 관한 일 등등을 곧잘 들여 주었다. 초기 민속학자들과 교류도 말하였다.

선생님은 화초 기르기를 좋아하여 나는 호랑가시나무를 구해 드리고, 시골 우리 집에 있는 가죽나무 묘목을 갖다 주어 선생님 댁에서 30년 정도 거목으로 자랐다. 나에게는 선생님이 야래향(夜來香) 화초를 주었다. 그런데 오래 기르지 못하여 미안하였다.

선생님은 학자들과 잘 어울렸고, 나는 따라다니면서 학자나 유명 인사를 알게 되었다. 서울 정릉에 사는 고전무용 대가인 김천흥(金天興) 선생에게서 고전무용을 배웠을 때 선생님, 이두현 선생님, 장주근 선생님, 문화재관리국 관리국장 장건상(후에 민속박물관장) 선생을 따라 나도 고전무용을 좀 배웠다.

선생님은 많은 사람이 찾아오고 따르고 배웠는데, 한결 같이 너그럽게 대하고 담소(談笑)를 나누었다. 자연히 그 찾아온 분들과 나는 친하였다. 김인회(金仁會. 이화여대), 황루시(관동대), 최길성(계명대. 후에 일본 히로시마대학), 홍윤식(洪潤植. 동국대), 유영대(劉永大 고려대), 최상일(방송국 피디), 김수남(金秀男) 사진작가. 한국무속사진 촬영 기록자)... 같은 분이들이다.

(7) 선생님의 인생, 일생.

1) 선생님은 1903년에 태어나시고, 1998년에 돌아가셨다. 동대문구 안암동, 초목이 우거진 한옥 기와집에서 96살을 사셨다.

2) 1918년 4월 경성제일고등보통학교(지금 경기고등학교)를 입학

한 후 1919년 3.1 운동참가로 퇴학당하고(일본 정부에 밉보였다), 그 후 배재고등보통학교에 들어가서 1924년 3월에 졸업을 하였다.

3) 선생님은 1924년 4월 그 경성제국대학 철학과 제1회생으로 입학하고, 1930년 3월 법문학부 철학과에서 심리학은 전공하여 졸업하였다. 심리학과에 선생님이 단 1 명 학생이었는데, 후배가 없으면 심리학과가 끊어지므로, 1년 후배인 윤태림(尹泰林)을 설득하여 심리학과 2회생으로 만들었다. 그 대학의 심리학과의 대를 이은 것이고, 한국심리학계에 대를 이은 것이다.

해방 후, 6.25 후 윤태림 선생을 만나 서울대 사대 교육심리학과에 같이 근무하자고 하여 윤태림 선생이 사대에 오고, 우리 은사가 된 것이다.

1931-1942, 10여년간 평안북도 선천에서 신성중학교 교편(일본어 담당)을 잡았다.

4) 선생님이 민속학, 설화 방면에 관심을 가진 계기를 보자.

선생님은 경성제국대학 예과를 수료한 후, 다음 해인 1927년부터 아카마쓰(赤松智城), 아키바(秋葉隆) 교수의 민속자료 수집을 도우면서 그 방면에 관심을 가지기 시작하였다.

그 이전에, 일본은 개국(開國. 명치유신)하고, 서구(西歐) 문물을 급속이 받아들일 때, 일본의 자주성(自主性)이 무너질까 우려하여, 자연히 일본 전통문화를 조사하고 연구하려는 국학운동(國學運動)이 일어났다. 그리하여 민속학이나 설화 같은 학문연구가 일어났다. 일종의 애국(愛國) 활동이었다. 이런 분위기에서 일본 민속학 개척자의 한 사람인 야나키다(柳田國男)는 원래는 농학도(農學徒)였는데, 국학(國學)으로 돌아섰다. 이리하여 그는 일본민속학의 개척자요 원조(元祖)다.

이때 조선에도 서구 문명과 일본 문화 침략(그렇게 보았다)으로 조선 문화의 자주성이 염려가 되어 국학(國學)운동이 일어났다. 민속학회도 생기고, 경제, 역사, 예술, 문학, 언론, 언어(한글운동)에 대한 많은 학자와 학술지(學術誌)도 나왔다. 신문에서 전통 민요와 설화 찾기, 일종의 우리것을 찾아서 독립운동, 애국활동을 하려는 것이었다. 선생님도 그런 면이 있었다(선생님은 문화 독립운동, 그런 말을 쓰지 말라고 하였다)

1931년 선생님이 평북 선천에 머물러 있으면서 더욱 본격적으로 설화를 수집하고, 학생들을 에게 숙제를 주어 설화를 수집하였다. 그것이 60년 후 임석재 설화 전집이 된 것이다.

[보충설명] 나는 선생님 같은 전통문화, 설화 지킴이가 되려고 하고, 선생님처럼 설화집을 내려고 하고, 선생님처럼 민속조사를 하고 사진을 찍고 녹음을 하고 발표를 하려고 하고, 선생님처럼 학생들에게 숙제를 주어 설화, 민요, 속담, 속신어 등을 수집하려고 하였다. 어느 정도는 선생님처럼 나는 하고 싶었다.

5) 1946년 서울대 사대가 생기니까 교육심리학과 교수로 와서, 1967년까지 교수로 있다가 정년을 하셨다.

[보충설명] 6,25 때 부산으로 피난을 가셨는데. 읽을거리가 없는지라 우선 아들과 딸을 위하여 동요를 밤새에 짓고, 공책에 적어두고, 아이들이 아침에 일어나면 그 동요를 읽어주고 같이 흥겹게 읽었다.

또 그동안 조사한 옛날이야기 중, 교육에 좋은 것을 골라 현대어로 이야기를 공책에 적어 읽어주고, 아이들이 그 공책을 읽도록 하였다. 아이들은 학교에 가져가서 친구들에게 동요를 불러주고, 옛날이야기를 같이 읽었다. 이이들 중에는 자기 공책에다가 그 동요와 이야기를 적어 자기들도 소년문학작품을 소유한 사람이라고 으쓱하였다. 현대판 필사본(筆寫本)이 유행한 것이다. 그것이 선생님 제자들에게도 알려져서, 부산에서든 후에 서울 환도(還都)하여서든 선생님의 동요와 이야기가 출간이 되었다.

6) 피난을 마치고 상경한 후 동요집을 낼 때 삽화가 필요하였는데, 그때 중학교 미술교사 장욱진(張旭鎭) 선생이 와서, 앉은 자리에 독특한 그림으로 쓰윽쓰윽 그렸다.

내가 장욱진, 서울대 미술교수인가 하고 물었더니, 선생님은 웃으면서 말하였다.

"맞아. 장 선생은 그때 중고등학교 교사였어. 내가 아는 이병도(李丙燾) 국사학 교수의 사위야. 이 박사 딸 순경이 남편이지. 그 부인은 혜화동 로터리에서 동양서점을 하고, 장 선생을 많이 도와주었지. 그 독특한 그림이 장 선생의 화풍(畵風)이야."

(8) 선생님의 저작물. 활동들

선생님의 책을 보면, 동요집, 전래동화집, 무속(巫俗)에 관한 것, 무가(巫歌) 등이 있다.

- 1950-1960년 방대한 자료가 임석재전집이다. 구전설화 평북편 1.(1987)에서 경상북도편 1(1987)까지 마지막으로 7년간에 걸쳐 12권을 전부 간행한 것이다. 1920년-1990년대 이르는 위업(偉業), 90세 고령으로 원고를 완결하였다.
- 2년 후 1995년 임석재 채록 한국구연민 CD음반 5매와 기록자

료가 출판되었다.

[보충설명] 선생님은 30년 전 경남 남해군 설촌면 진목(眞木)리에 가서 8살짜리 아이가 자기 집 마당에서 부른 동요를 녹음하였다. 그 것을 최근에 들어, 그 동요를 부른 아이를 찾아갔다 주려고 하여, 마 침 한국일보 기자(記者)와, 동국대 홍윤식 교수와, 딸 임돈희 교수 와 나, 4명이 남해 현장까지 찾아가서, 그 아이, 지금은 38살인 된 애아버지를 찾아 녹음한 시디를 전하여 주었다. 그 주인공은 감개가 무량하였다

- 1989년 10. 대한민국 학술원상과 1994년 10월 자랑스러운 서울 대인상을 받을 때 내가 주로 사진을 찍었다. 선생님은 원래 사진 찍히기(남이 선생님을 찍어주는 것)를 아주 싫어하였다. 선생님 의 조사와 생활 사진이 그래서 적다. 그런데 나만은 예외였다. 그리고 내가 찍은 사진을 칭찬하였다. 후에 김수남(민속사진 작 가. 무속 사진이 많다)도 나처럼 사진 찍기에 허락을 받았다. 그 래서 나는 선생님 사진 전속작가 연(然)하였다.
- 비교민속학회 고문으로 우리 후진을 많이 지도하였고, 그때마다 나는 선생님을 따라다녔고, 돌아가신 후 추모 사업에도 일을 하 였다.

임석재 선생님의 전기를 쓴다면 더 자세히 쓰겠다만, 이 자리는 잊지 못할, 많은 감화(感化)와 교육을 하여 준 은사(恩師)의 일부 모 습만 적어 본다.

끝맺이하면서...

최래옥 박사 가정은 화목하고 다정한 우리 전통가정의 전범(典範)이다. 3대가 함께 모였는데 이렇게 요란하고 아름다운 한 가족이 있겠는가. 요즘 같은 AI시대에 이렇게 구시대적으로 온 식구가 모이고, 인간 냄새를 풀풀 풍긴다는 것은 얼마나 아름답고 부러운 일인가. 3대가 함께 모인 가정에서 이렇게 풋풋한 손자들의 웃음소리를 들을 수 있겠는가. 이 가정의 웃음소리와 그 얼굴의 화평한 모습을 감상해보시라!

이제 더 욕심 없이, 그래도 할 수 있는 대로 학문하고, 건강하게, 남을 돕고, 자식에게 폐를 끼치지 않고, 예수 잘 믿으며, 아내랑 자녀손이랑 웃어가며, 형제자매가 무사하고...살고 싶다.

그동안 인생관대로, 소락건화(笑樂健和), 곧 웃고, 즐겁고, 건강하고, 화목하게 살고 싶다.

또 상희도사(常喜禱謝), 곧 신약성경 데살로니가전서 5장 16, 17,

18절, 곧, 항상 기뻐하고, 쉬지 말고 기도하고, 범사에 감사하고 살고 싶다.

또 "사자주의", 곧 "잘 먹자, 잘 놀자. 잘 웃자. 잘 자자"로 살고 싶다.

또 "구두찾기", 곧 "구하라, 두드려라, 찾아라. 기도하라(미테복음 7: 7-12)"로 살고 싶다. 희망은 나이와 관계없다.

내가 오늘 이렇게 행복하게 된 것은, 〈1960년 서울사대 국어과 입학. 그 대학이 있는 용두동(龍頭洞), 그때 열을 뿜던 4.19〉에 근거(根據)한 것이다.

아, 그 세월 60년 전이구나!